Стефани Майер

Стефани Майер

РАССВЕТ

ИЗДАТЕЛЬСТВО
МОСКВА

УДК 821.111(73)-312.9
ББК 84(7Сое)-44
М14

Stephenie Meyer
Breaking Dawn

Перевод с английского М. Десятовой,
О. Романовой

Печатается с разрешения издательства
Hachette Book Group USA, Inc. и литературного агентства
Andrew Nurnberg

Майер, С.

М14   Рассвет / Стефани Майер; пер. с англ. М. Десятовой, О. Романовой. — М.: АСТ: АСТ МОСКВА, 2009. —
635, [5] с.

ISBN 978-5-17-058469-7 (ООО «Изд-во АСТ») (С: Кинороман)
ISBN 978-5-403-00880-8 (ООО «АСТ МОСКВА»)

Четвертая книга знаменитой вампирской саги, возгла-
вившей списки бестселлеров десяти стран.
    Истинная любовь не страшится опасности... Белла Свон
согласна стать женой своего возлюбленного — вампира Эдварда и принять его дар бессмертия. Однако после первых
же дней немеркнущего счастья ее жизнь превращается в
кромешный ад. Белла и Эдвард ждут ребенка... Ребенку и его
родителям грозит жестокая казнь от рук вампирских старейшин. Белла, Эдвард и их друг вервольф Джейк понимают: в одиночку им не выстоять. Но что же делать?!

УДК 821.111(73)-312.9
ББК 84(7Сое)-44

Подписано в печать с готовых диапозитивов заказчика 17.07.2009.
Формат 84×108¹/₃₂. Бумага газетная. Печать высокая с ФПФ.
Усл. печ. л. 33,60. С.: Кинороман. Доп. тираж 25 000 экз. Заказ 1356.

ISBN 978-985-16-6896-6
(ООО «Харвест»)(С.: Кинороман)

*Посвящаю книгу моей ниндзя (агенту)
Джоди Ример.
Спасибо, что не дала мне сорваться.*

*Отдельное спасибо моей музе —
моей любимой группе, которая так кстати
называется «Muse», за то, что вдохновили меня
на создание целой саги.*

Книга первая

БЕЛЛА

Детство — это не с рождения до зрелости.

Вырастет ребенок и оставит детские забавы.

Детство — это королевство, где никто не умирает.

Эдна Сент-Винсент Миллей

Пролог

Сколько раз я уже бывала на волосок от смерти, и все равно привыкнуть невозможно.

Новая встреча со смертью кажется неизбежной. Я как будто притягиваю катастрофы. Вновь и вновь ускользаю, но беда следует за мной по пятам.

Однако в этот раз все по-другому.

Можно убежать от того, кого боишься; можно вступить в бой с тем, кого ненавидишь. От таких убийц — чудовищ, врагов — я научилась обороняться.

Иное дело — умереть от руки любимого. Зачем бежать и сражаться, тем самым причиняя ему боль? Если жизнь — единственное, что ты можешь ему подарить, разве стоит цепляться за нее?

Если любишь всем сердцем?

1. ОБРУЧЕННЫЕ

«Никто на тебя не смотрит, — твердила я. — Никто не смотрит. Никто».

Сейчас проверим. Мне ведь даже саму себя не обмануть.

Стоя на светофоре (одном из трех на весь городок), я украдкой скосила глаза вправо — миссис Уэбер за рулем минивэна повернулась ко мне всем телом. Так и буравит взглядом. Я отшатнулась, недоумевая, как это ей хватает наглости. Что, бесцеремонно пялиться уже вошло в правила приличия? Или правила приличия на меня больше не распространяются?

Тут я вспомнила про затемненные стекла. Да сквозь них, наверное, вообще не видно, кто внутри и в каком он «восторге» от беспардонности. И вовсе не меня она с таким интересом разглядывает, а машину.

Мою машину. Ох...

Я посмотрела налево и застонала. Двое пешеходов, вместо того чтобы перейти на зеленый, застыли на тротуаре. За их спинами прилип к витрине своего сувенирного магазинчика мистер Маршал. Только что носом к стеклу не прижимается. Пока.

Все, зеленый! Спеша поскорее скрыться, я по привычке утопила в пол педаль газа — старенький пикап на меньшее не отзывался.

Машина утробно зарычала, как барс перед прыжком, и дернулась так резко, что меня вдавило в кожаную спинку сиденья, а желудок прилип к позвоночнику.

Ахнув, я поспешно нашарила тормоз. На этот раз я едва коснулась педали, но машина все равно замерла как вкопанная.

Страшно было даже оглянуться по сторонам. Если раньше еще оставались какие-то сомнения, теперь уж точно все догадались, кто сидит за рулем машины.

Кончиком носка я прижала педаль газа буквально на миллиметр, и машина снова рванула вперед.

Наконец-то добралась до заправки! Не будь бензобак на нуле, я бы вообще в город не заезжала. Я уже без стольких вещей научилась обходиться — шоколадные подушечки, шнурки для ботинок, — лишь бы не показываться на люди.

Я спешила, как на гонках, — ключ в замок, крышку бензобака долой, карточку через сканер, «пистолет» в бак — все в считанные секунды. Жаль, нельзя заставить цифры на счетчике ползти быстрее. Они щелкали размеренно, неторопливо, будто назло.

На улице было пасмурно — обычный для Форкса, штат Вашингтон, дождливый день, но я никак не могла отделаться от ощущения, что хожу в луче прожектора, высвечивающего тоненькое колечко у меня на левой руке. Чувствуя спиной любопытные взгляды, я каждый раз воображала, будто оно мигает неоновым светом, вопя: «Смотрите, смотрите!»

Знаю, глупо так переживать. Какое мне дело, как воспримут остальные — не мама с папой — мою помолвку? Новую машину? Неожиданное поступление в университет Лиги плюща?* Блестящую черную кредитку, которая жжет мне задний карман?

— Вот именно! Какое мне дело? — пробормотала я вполголоса.

— Э-э, мисс? — раздался над ухом мужской голос.

Я обернулась — и тут же об этом пожалела.

У навороченного внедорожника с новехонькими каяками на крыше стояли два молодых человека. На меня они даже не взглянули, не в силах отвести глаз от автомобиля.

---

* Лига плюща — ассоциация из восьми самых престижных американских университетов.

Не понимаю. С другой стороны, я хорошо если отличу значок «тойоты» от «форда» или «шевроле» Блестящая, черная, изящная красавица — моя новая машина для меня была просто машиной.

— Извините за любопытство, не подскажете, что у вас за автомобиль? — спросил тот, что повыше.

— «Мерседес» Да?

— Да, — вежливо подтвердил спрашивавший. Его невысокий приятель с досадой закатил глаза. — Вижу, что «мерседес». Я имел в виду... У вас на самом деле «мерседес-гардиан»? — В его голосе слышалось благоговение. Похоже, они нашли бы общий язык с Эдвардом Калленом, моим... э-э... женихом (к чему отрицать очевидное, если до свадьбы считанные дни?). — Их ведь даже в Европе еще нет? — продолжал молодой человек. — А уж тут...

Пока он ощупывал машину взглядом (по мне, так совершенно обычный «мерседес», но я в этих вопросах полный чайник), у меня снова замелькали мысли, связанные со словами «жених», «свадьба», «муж» и т. п.

В голове не укладывается.

Во-первых, в силу воспитания от одной мысли о пышных платьях-тортах и свадебных букетах меня должно передергивать. Но самое главное, такое скучное, степенное, обыденное понятие, как «муж», просто не вяжется с моим представлением об Эдварде. Все равно что принимать архангела работать бухгалтером. Просто не представляю его в подобной заурядной роли.

Как обычно, стоило мне подумать об Эдварде, и голова закружилась от фантазий. Молодому человеку пришлось кашлянуть, чтобы привлечь мое внимание — он все еще дожидался ответа про марку и модель машины.

— Не знаю, — честно призналась я.

— А можно мне с ней сфотографироваться?

Я не сразу поняла, о чем он.

— Сфотографироваться? С машиной?

— Ну да. Мне ведь иначе не поверят.

— Э-э. Хорошо. Пожалуйста.

Я поспешно вытащила «пистолет» и притаилась на переднем сиденье, дожидаясь, пока этот фанат выудит из рюкзака огромный профессиональный фотик. Сперва они с другом по очереди позировали у капота, потом переместились к багажнику.

— Пикапчик, мне тебя не хватает... — проскулила я.

Какое совпадение (подозрительное, я бы сказала), что мой старичок испустил дух через считанные недели после нашего с Эдвардом необычного уговора. Ведь одним из условий Эдвард поставил разрешение подарить мне новую машину, когда старой придет конец. А пикап, видите ли, и так дышал на ладан — мол, прожил долгую насыщенную жизнь и умер своей смертью, клятвенно уверял меня Эдвард. И разумеется, я никак не могла ни подловить его на лжи, ни воскресить пикап из мертвых своими силами. Мой любимый механик...

Я оборвала мысль, не дав себе додумать до конца. Вместо этого прислушалась к доносившимся снаружи приглушенным голосам.

— ...на видео жгли огнеметом, и хоть бы что! Даже краска пузырями не пошла!

— Еще бы! Ее под танк можно. Кому ее здесь покупать? Вот ближневосточным дипломатам, торговцам оружием и наркобаронам — в самый раз, для них и делалась.

— Думаешь, эта, за рулем — важная персона? — вполголоса усомнился тот, что пониже. Я резко опустила голову, пытаясь скрыть пылающие щеки.

— Хм-м... — Высокий пожал плечами. — Кто ее знает. Ракетонепробиваемое стекло и восемнадцать тонн брони — в наших-то краях — зачем бы? Наверняка едет куда-то, где есть чего опасаться.

Броня. Восемнадцать тонн брони. Ракетонепробиваемое стекло? Миленько. Пуленепробиваемое, значит, уже не котируется?

Теперь все понятно. По крайней мере, человеку с извращенным чувством юмора.

Нет, я догадывалась, что Эдвард воспользуется нашим уговором и перетянет одеяло на себя, чтобы отдать гораздо больше, чем получить. Я согласилась на замену пикапа — когда тот уже не сможет мне служить, — разумеется, никак не ожидая, что это случится так скоро. Признавая суровую правду — мой пикап превратился в вечный памятник классике «шевроле», я понимала, что скромностью замена, скорее всего, отличаться не будет. Что она будет притягивать взгляды и вызывать перешептывания. Я угадала. Однако мне даже в страшном сне не могло присниться, что машин будет подарено две.

Одна «до» и одна «после», как объяснил Эдвард, когда я запротестовала.

Это всего лишь та, которая «до». Получена в прокате, и после свадьбы вернется обратно. Я никак не могла взять в толк, зачем такие сложности. Теперь поняла.

Ха-ха, как смешно! Я ведь такая по-человечески хрупкая, притягиваю опасности, вечно становлюсь жертвой своего собственного невезения — разумеется, только противотанковая броня сможет хоть как-то меня обезопасить. Ухохотаться! Представляю, как он с братьями валялся от смеха, пока я не видела.

«А вдруг — представь на секундочку, дурашка, — зашептал робкий голосок, — это вовсе не шутка? И он действительно за тебя беспокоится? Ведь уже не первый раз он, защищая тебя, слегка перегибает палку».

Я вздохнула.

Машину, предназначенную на «после», я еще не видела. Она скрывалась под тентом в самом дальнем углу калленовского гаража. Многие, знаю, не выдержали бы и глянули одним глазком под тент, но мне просто не хотелось.

Брони там наверняка не будет — после медового месяца она мне уже не понадобится. В числе прочих бонусов

меня ждет и неуязвимость. Прелести принадлежности к
Калленам не ограничиваются дорогими автомобилями и
впечатляющими кредитками.

— Эй! — позвал высокий, приставив ладони к стеклу, чтобы лучше видеть. — Мы уже все! Спасибо!

— Не за что! — ответила я и, внутренне сжавшись, потихоньку — осторожно! — нажала на газ...

Сколько раз я ездила по этой дороге до дома, и все равно упорно лезут в глаза вылинявшие от дождя объявления.
На каждом телеграфном столбе, на каждом указателе —
бьют наотмашь, как пощечины. Заслуженные пощечины.
Моментально всплыла та самая мысль, которую я резко
оборвала на заправке. На этой дороге от нее не отделаешь-
ся. Как отделаться, когда лицо моего любимого механика
возникает перед глазами снова и снова, через равные про-
межутки?

Мой лучший друг. Мой Джейкоб.

Это не его отец придумал расклеить повсюду объявления, вопящие: «Вы видели этого мальчика?». Это мой папа,
Чарли, напечатал постеры и наводнил ими город. Причем
не только Форкс, но и Порт-Анжелес, Секвим, Хоквиам,
Абердин — весь Олимпийский полуостров. Заодно поза-
ботился, чтобы такое же объявление висело в каждом по-
лицейском участке штата Вашингтон. В его собственном
участке под поиски Джейкоба отвели целый пробковый
стенд, который, к великому папиному огорчению и неудо-
вольствию, все равно пустовал.

Огорчение, впрочем, ему доставлял не только пустой
стенд. Гораздо больше папу расстраивало поведение Билли — папиного лучшего друга, отца пропавшего Джейкоба.

Почему он не принимает более активное участие в ро-
зысках шестнадцатилетнего «беглеца»? Почему отказывается вешать объявления в Ла-Пуш, резервации, где жил
Джейкоб? Почему смирился с исчезновением, как будто

ничего и сделать-то не может? Почему твердит: «Джейкоб уже взрослый. Захочет — сам вернется»?

Я его тоже расстраиваю. Потому что я на стороне Билли.

Я не вижу смысла клеить объявления. Мы с Билли в курсе, куда, так сказать, делся Джейкоб, и прекрасно знаем, что «мальчиком» его точно никто не видел.

При виде объявлений у меня ком встает в горле и слезы жгут глаза. Хорошо, что Эдвард уехал на охоту. Заметив, как мне плохо, он бы тоже начал переживать.

Не очень, конечно, удобно, что сегодня суббота. Поворачивая к дому, я обратила внимание на папину патрульную машину, припаркованную во дворе. Опять пропускает рыбалку. Все еще обижается из-за свадьбы.

Значит, домашний телефон отпадает. Но мне очень нужно позвонить...

Поставив машину рядом с памятником «шевроле», я вытаскиваю из бардачка сотовый, выданный Эдвардом на случай крайней необходимости. Набираю номер, приготовившись тут же нажать «отбой», если что...

— Алло? — раздается в трубке голос Сета Клируотера, и я облегченно вздыхаю. Боялась нарваться на его старшую сестру Ли. Выражение «она же тебя не съест» — категорически не про нее.

— Здравствуй, Сет, это Белла.

— Здорово! Как дела?

Задыхаюсь от слез. Кто бы успокоил.

— Нормально!

— Звонишь узнать, какие новости?

— Ты у нас ясновидящий?

— Да нет. Куда мне до Элис? А с тобой все и так понятно. — Шутит. Из всей стаи квилетов, обитающих в Ла-Пуш, он один способен назвать кого-то из Калленов по имени, а тем более прохаживаться насчет моей почти всевидящей будущей невестки.

— Ну да, есть такое, — признала я и наконец решилась спросить: — Как он?

Вздох в трубке.

— Все так же. Разговаривать не хочет, хотя нас слышит, мы же знаем. Пытается не думать по-человечески... Ну, ты понимаешь. Живет инстинктами.

— Где он?

— Где-то на севере Канады. В какой точно провинции, понятия не имею. Для него границы сейчас — пустой звук.

— А он, ну, хотя бы намеком не?..

— Нет, Белла, домой он не собирается. Прости.

Я сглотнула.

— Ничего, Сет. Я догадывалась. Просто ничего не могу с собой поделать.

— Ясно. У нас то же самое.

— Спасибо, что общаешься со мной, Сет. Представляю, как тебя остальные за это травят.

— Да уж, горячих поклонников ты среди них не найдешь. И глупо, по-моему. Джейкоб сделал свой выбор, ты — свой. Он остальных не одобряет. Правда, твои постоянные подглядывания его тоже не сказать чтобы радуют.

— Ты же говоришь, он все время молчит? — ахнула я.

— От нас не скроешь, как ни старайся.

Выходит, Джейкоб в курсе, что я беспокоюсь. Даже не знаю, как с этим быть. По крайней мере, он знает, что я не умчалась на закат, забыв о нем навсегда. Он вполне мог решить, что я на это способна.

— Тогда увидимся... на свадьбе? — Я с трудом заставила себя произнести последнее слово.

— Да, мы с мамой придем. Здорово, что ты нас пригласила!

Я улыбнулась, услышав столько радости в его голосе. Пригласить Клируотеров — инициатива Эдварда, и я несказанно счастлива, что он об этом подумал. Сет мне просто необходим — тоненькая, но все же ниточка к моему отсутствующему лучшему другу.

— Куда же я без тебя?

— Передавай привет Эдварду!

— Обязательно.

Я покачала головой. Зародившаяся между Эдвардом и Сетом дружба приводила меня в замешательство. И все же вот оно, доказательство, что не должно быть так, как есть сейчас. Что, если захотеть, вампиры спокойно уживаются с оборотнями.

Только не всем это по душе.

— Ой! — голос у Сета взлетел вверх. — Ли пришла.

— Ой! Все, пока!

Тишина в трубке. Я положила телефон на сиденье и собралась с духом, чтобы зайти домой, где меня ждет Чарли.

Бедный папа, на него столько всего навалилось... Сбежавший Джейкоб — лишь одна капля в переполненной чаше. За меня, свою едва совершеннолетнюю дочь, которая вот-вот станет женой, он беспокоится куда больше.

Медленно подходя к дому под моросящим дождем, я вспоминала тот вечер, когда мы ему сказали...

Шум подъехавшей патрульной машины возвестил прибытие Чарли, и кольцо у меня на пальце как будто сразу стало в сто раз тяжелее. Я бы сунула руку в карман или за спину, но выдернуть ее из твердых цепких пальцев Эдварда не было никакой возможности.

— Не нервничай, Белла. И не забывай, что ты не в убийстве признаешься.

— Легко тебе говорить!

Зловещий топот папиных ботинок все ближе. Гремит ключ в незапертом замке. Как в фильме ужасов, когда героиня осознает, что не задвинула засов.

— Успокойся, Белла! — шепчет Эдвард, услышав мое лихорадочно забившееся сердце.

Дверь с грохотом распахивается, и я дергаюсь, как от электрошока.

— Здравствуйте, Чарли! — поприветствовал папу абсолютно спокойный Эдвард.

— Нет! — вырвалось у меня.

— Что такое? — удивленно прошептал Эдвард.

— Пусть сначала пистолет повесит.

Эдвард со смехом пригладил спутанные бронзовые волосы.

Чарли вошел в комнату — все еще в форме и при оружии, — заметным усилием заставив себя не нахмуриться при виде нас с Эдвардом в обнимку на диване. В последнее время он так старался хоть чуть-чуть потеплеть к Эдварду, а сейчас мы объявим новость, и все старания пойдут насмарку.

— Привет, ребята! Что нового?

— Мы хотели бы вам кое-что сказать, — безмятежно проговорил Эдвард. — Новости у нас хорошие.

Показное радушие Чарли тут же сменилось грозной подозрительностью.

— Хорошие? — прорычал он, сверля меня взглядом.

— Пап, ты садись.

Приподняв одну бровь, он пристально смотрел на меня секунд пять, затем протопал к креслу и примостился на самом краешке, неестественно выпрямив спину.

— Ты не волнуйся, пап, — прервала я напряженное молчание. — Все в порядке.

Эдвард дернул уголком рта. Всего-навсего «в порядке»? «Чудесно», «великолепно», «замечательно» — вот как надо говорить!

— Конечно, Белла, конечно. Только, если все в порядке, почему с тебя пот градом катит?

— Вовсе нет! — соврала я.

Я прижалась к Эдварду, уклоняясь от папиного грозного взгляда, и машинально вытерла улику со лба тыльной стороной кисти.

— Ты беременна! — загремел Чарли. — Беременна, да?

Вопрос явно предназначался мне, хотя папин испепеляющий взгляд был прикован к Эдварду, и, могу поклясться, рука его невольно дернулась к кобуре.

— Нет! Конечно же, нет! — Я вовремя удержалась, чтобы не подтолкнуть Эдварда локтем — все равно только синяк заработаю. Говорила ведь ему, что именно так все и воспримут. Что еще может в восемнадцать лет заставить кого-то в здравом уме и твердой памяти сыграть свадьбу? («Любовь» — получила я от Эдварда достойный умиления ответ. Ну да, да...)

Чарли слегка поостыл. Видимо, поверил, у меня ведь все на лице написано.

— Хм... Прости.

— Извинения приняты.

Повисло молчание. Потом я вдруг поняла, что оба ждут от меня каких-то слов. Я в панике глянула на Эдварда. Язык не шевелился.

Улыбнувшись, Эдвард расправил плечи и посмотрел папе в глаза.

— Чарли, я понимаю, что несколько нарушил заведенный порядок. По традиции полагалось бы сперва заручиться вашей поддержкой. Ни в коем случае не хотел показаться неучтивым, однако поскольку Белла уже дала согласие, а я не хочу умалять значимость ее выбора, я не стану просить у вас ее руки, но попрошу родительского благословения. Мы решили пожениться, Чарли. Я люблю вашу дочь больше всего на свете, больше собственной жизни, и — по чудесному совпадению — она так же любит меня. Благословляете ли вы нас?

Само спокойствие и уверенность. Завороженная невозмутимым голосом, я на миг увидела Эдварда со стороны, глазами остального мира. Мне показалось, что закономернее нашей новости и быть не может...

И тут я заметила, с каким выражением Чарли смотрит на кольцо.

С остановившимся сердцем я следила, как папа сначала краснеет, потом багровеет, потом синеет. Потом меня как подбросило — не знаю, что конкретно я хотела сделать, может, применить метод Хаймлиха, которым спасают подавившихся, — но Эдвард удержал меня за руку и едва слышно прошептал: «Погоди, дай ему минутку».

На этот раз молчание затянулось надолго. Постепенно краска начала отливать, и цвет папиного лица вернулся к нормальному. Губы плотно сжаты, между бровями складка — я заметила, у папы всегда так, когда он чем-то озабочен. Под его долгим пристальным взглядом я почувствовала, как Эдвард рядом слегка расслабился.

— А чему я, собственно, удивляюсь? — пробухтел Чарли. — Знал ведь, что так оно в скором времени и случится.

Я выдохнула.

— Решение окончательное? — сверкнув глазами, грозно спросил папа.

— Я уверена в Эдварде на все сто! — последовал моментальный ответ.

— Да, но свадьба... К чему такая спешка? — Он снова окинул меня подозрительным взглядом.

Спешка к тому, что я с каждым днем приближаюсь к проклятым девятнадцати, а Эдвард навеки застыл в своем семнадцатилетнем великолепии, в котором и пребывает последние девяносто лет. Это не значит, что по моим представлениям, отсюда вытекает необходимость срочно пожениться. Необходимость вытекает из сложного и запутанного соглашения, которое мы с Эдвардом заключили — необходимость как-то обозначить грань, мой переход из мира смертных к бессмертию.

Однако Чарли я этого объяснить не могла.

— Осенью мы вместе едем в Дартмут, — напомнил Эдвард. — Я хочу, чтобы все было... ну, как положено. Так меня воспитали. — Он пожал плечами.

Без преувеличения. Во времена Первой мировой воспитывали и впрямь несколько несовременно.

Чарли задумчиво подвигал губами. Ищет подходящий контраргумент. Хотя какие тут могут быть возражения? «Я бы предпочел, чтобы ты сначала пожила в грехе?» Он отец, у него руки связаны.

— Знал, что так и будет... — снова пробурчал он. И вдруг папино лицо прояснилось, от озабоченной складки не осталось и следа.

— Папа? — Встревоженная резкой переменой, я украдкой глянула на Эдварда, но и по его лицу ничего прочитать не смогла.

— Ха! — Вдруг вырвалось у папы. Меня опять подбросило на диване. — Ха-ха-ха!

Согнувшись пополам, он трясся от хохота. Я смотрела, не веря своим глазам.

В поисках объяснения перевела взгляд на Эдварда и по плотно сжатым губам догадалась, что тот сам едва сдерживает смех.

— Хорошо, давайте! — наконец выговорил Чарли. — Женитесь! — Новый взрыв хохота. — Только...

— «Только» что?

— Только маме сама сообщишь! Я ей и словом не обмолвлюсь. Давай сама как-нибудь! — И комнату снова сотрясли громовые раскаты.

Я в задумчивости застыла перед дверью, улыбаясь воспоминаниям. Конечно, тогда решение Чарли повергло меня в страх. Сообщить Рене! Это же Страшный суд. Для нее ранний брак — худшее преступление, чем сварить щенка заживо.

Кто мог предвидеть ее реакцию? Точно не я. И не Чарли. Элис, возможно, однако ее спросить я не догадалась.

— Ну что сказать, Белла, — произнесла Рене, когда я, запинаясь и заикаясь, выговорила невозможное: «Мама, мы с Эдвардом решили пожениться». — Меня, конечно, слегка задевает, что ты так долго тянула, прежде чем сообщить. Билеты на самолет с каждым днем дорожают. И да, вот еще что, — спохватилась она, — как ты думаешь, с Фила к тому времени гипс уже снимут? Обидно, если на фотографиях он будет не в смокинге.

— Стоп, мам, подожди секундочку! — ахнула я. — В каком смысле «тянула»? Мы только сегодня об-об... — слово «обручились» не шло с языка, — все уладили.

— Сегодня? Правда? Надо же. А я думала...

— Что ты думала? И давно?

— Когда ты приезжала ко мне в апреле, мне показалось, что дело, как говорится, на мази. У тебя ведь все на лице написано. Я тогда ничего не сказала, потому что это ровным счетом ни к чему бы не привело. Ты прямо как Чарли. — Она смиренно вздохнула. — Если приняла решение — точка, спорить бесполезно. И так же будешь идти до конца.

А дальше мама произнесла что-то совсем неожиданное.

— Я верю, Белла, на мои грабли ты не наступишь. Понимаю, ты меня боишься сейчас, боишься моей реакции. Да, я много чего высказывала о браке и глупостях — и назад свои слова брать не буду, — но ты пойми, я ведь по своему опыту судила. А ты совсем другая. И шишки набиваешь другие. Зато верная и преданная. Так что у тебя куда больше надежд на удачный брак, чем у большинства моих сорокалетних знакомых. — Рене снова рассмеялась. — Моя не по годам мудрая девочка... Впрочем, тебе, кажется, повезло на такого же мудрого душой.

— Ты... мам, это точно ты? Разве я, по-твоему, не совершаю громаднейшую ошибку?

— Само собой, подождать пару лет не повредило бы. Я еще слишком молода для тещи, не считаешь? Да ладно, не отвечай. Главное не я, главное — ты. Ты счастлива?

— Непонятно. Я сейчас себя как будто со стороны наблюдаю.

Рене усмехнулась.

— Ты с ним счастлива, Белла?

— Да, но...

— Тебе когда-нибудь нужен будет кто-то другой?

— Нет, но...

— Но что?

— Так говорят и говорили испокон веков все обезумевшие от любви подростки.

— Ты никогда не вела себя как подросток, девочка моя. И ты знаешь, как будет лучше для тебя.

Последние несколько недель Рене вдруг с головой ушла в предсвадебные хлопоты. Телефонные переговоры с Эсми, мамой Эдварда, длились часами (судя по всему, размолвок между будущими родственниками не предвидится). Рене полюбила Эсми всей душой — да и кто мог устоять перед моей замечательной уже почти свекровью?

Я смогла вздохнуть свободно. Всю подготовку взяли на себя родственники с обеих сторон, избавив меня от нервотрепки и волнений.

Чарли, конечно, обиделся, но хоть не на меня, и то хорошо. Предательницей оказалась Рене. Он-то рассчитывал на маму как на тяжелую артиллерию, а вышло... Что делать, если решающий способ воздействия — страх перед маминой реакцией — себя не оправдал? Все карты биты, крыть нечем. И вот обиженный папа бродит по дому, бормоча под нос, что кругом враги...

— Папа? — позвала я, открывая дверь. — Я дома!

— Подожди, Беллз, не входи!

— А? — Я покорно замерла.

— Сейчас, секундочку! Ай, Элис, больно!

Элис?

— Простите, Чарли! — зазвенел мелодичный голосок Элис. — Ну, как?

— Сейчас все кровью заляпаю.

— Ничего подобного. Даже царапины нет, уж я бы знала.

— Что происходит? — требовательно спросила я, не отходя от двери.

— Полминуточки, Белла, пожалуйста! — откликнулась Элис. — Потерпи, и тебя ждет награда.

Чарли хмыкнул в подтверждение.

Я начала постукивать ногой, считая каждый стук. До тридцати не дошла, Элис окликнула меня раньше.

— Все, Белла, заходи!

Я осторожно заглянула в гостиную.

— Ух! — вырвалось у меня. — Ого! Папа, ты смотришься...

— Глупо? — подсказал Чарли.

— Скорее, импозантно.

Чарли залился краской. Элис, ухватив его за локоть, медленно развернула кругом, чтобы во всей красе продемонстрировать светло-серый смокинг.

— Прекрати, Элис! Я выгляжу полным идиотом.

— В моих руках никто никогда не выглядит идиотом! — возмутилась Элис.

— Она права, пап. Смотришься потрясающе! По какому поводу наряжаемся?

Элис закатила глаза.

— Сегодня последняя примерка. Для вас обоих, причем.

С трудом оторвав взгляд от непривычно элегантного Чарли, я наконец заметила аккуратно уложенный на диване белый одежный чехол.

— А-а...

— Помечтай пока, Белла, я тебя надолго не займу.

Сделав глубокий вдох, я закрыла глаза и на ощупь начала подниматься по лестнице к себе в комнату. Там разделась до белья и вытянула руки.

— Можно подумать, я тебе иголки под ногти собралась загонять, — пробурчала Элис, входя следом за мной.

Я не слышала. Я погрузилась в сладкие мечты.

Там, в мечтах, свадебный переполох давно закончился. Все позади.

Мы одни, только я и Эдвард. Окружающая обстановка при этом оставалась расплывчатой и постоянно менялась — от туманного леса до скрытого за облаками города или полярной ночи. Все потому что Эдвард, желая сделать сюрприз, упорно скрывал, где будет проходить медовый месяц. Собственно, «где», меня и так не особо заботило.

Мы с Эдвардом вместе, и я честно выполнила свою часть уговора. Я вышла за него замуж. Это самый главный пункт. А еще я приняла все его невозможные подарки и поступила — хоть и фиктивно — в Дартмутский колледж. Теперь его очередь.

Прежде чем превратить меня в вампира — выполняя свою часть соглашения, — он обязался сделать кое-что еще.

Эдвард безумно переживал из-за того, что превращение в вампира лишит меня некоторых человеческих радостей, которых он меня лишать не хотел бы. Я-то как раз готова была отказаться от большинства — например, от выпускного бала — безо всякого сожаления. И лишь одну человеческую радость я все же хотела бы испытать сполна. Разумеется, Эдвард был бы счастлив, если бы именно о ней я забыла и не вспоминала.

Однако в этом и загвоздка. Я приблизительно представляю, как буду себя ощущать, когда сменю человеческий облик на вампирский. Мне довелось видеть новорожденных вампиров собственными глазами, да и рассказы будущих родственников неплохо дополнили картину. Несколько лет сплошной ненасытной жажды. Владеть собой я научусь не сразу, а даже когда научусь, чувства и ощущения вернутся уже другими.

Надо сейчас, пока я еще человек... и страстно влюблена.

Прежде чем сменить свое теплое, хрупкое, управляемое феромонами тело на прекрасное, сильное и... незнакомое, я хотела испытать отпущенное ему сполна. Чтобы у нас с Эдвардом был настоящий медовый месяц. И он согласился попробовать, несмотря на грозящую мне в таком случае опасность.

Я едва замечала суетящуюся вокруг меня Элис и прикосновения струящегося шелка. Позабыла о ходящих по городу пересудах. О том, что скоро мне предстоит сыграть главную роль в представлении. Перестала волноваться, что споткнусь о собственный шлейф или захихикаю в неподобающий момент, не тревожилась больше из-за возраста и сосредоточенных на мне пристальных взглядов. Даже отсутствие моего лучшего друга не вызывало былой горечи.

Мы с Эдвардом одни, в лучшем месте на земле.

2. ДОЛГАЯ НОЧЬ

— Я уже скучаю.
— Мне не обязательно уходить. Могу остаться...
— М-м...

Воцарилась тишина, нарушаемая только стуком моего сердца, нашим прерывистым дыханием и чмоканьем движущихся в унисон губ.

Как легко порой было забыть, что целуешься с вампиром. Не потому что он становился обыкновенным, как человек — я ни на секунду не теряла ощущения, что в моих объятиях скорее ангел, чем смертный; нет, прижимаясь губами к моим губам, шее, лицу, он давал мне понять, что ничего страшного не произойдет. Он уверял, что моя кровь уже не вызывает такой жажды, как раньше, что страх потерять меня излечил его от пагубной страсти. Но я-то знала, что запах моей крови по-прежнему мучает его, разжигая в горле пожар.

Я открыла глаза и увидела, что он тоже не сводит с меня взгляда. В такие моменты мне не верилось в происходящее.

Как будто я и есть награда, а вовсе не бессовестный везунчик, которому она досталась.

Наши взгляды встретились. В его золотистых глазах таилась такая глубина, что мне на секунду почудилось, будто я сейчас загляну ему прямо в душу. Неужели у меня когда-то возникал этот глупейший вопрос — а есть ли у Эдварда душа, пусть даже он и вампир? Конечно есть, самая прекрасная. Прекраснее, чем его блестящий ум, неописуемо красивое лицо и невероятная фигура.

Его взгляд тоже, казалось, проник мне в самую душу, и, судя по всему, увиденное Эдварда не разочаровало.

Однако в мои мысли, в отличие от мыслей всех остальных, он проникнуть не мог. Кто знает, почему — возможно, какой-то сбой в моем мозгу, сделавший его неуязвимым для сверхъестественных и пугающих способностей, которыми обладают некоторые бессмертные. (Это только мозг, тело же вполне себе поддавалось чарам других вампиров, действовавших иначе, чем Эдвард). И все же я была бесконечно благодарна этому сбою за то, что мои мысли останутся тайной. А то я сгорела бы от стыда.

Я снова потянулась к нему губами.

— Точно остаюсь, — пробормотал он.

— Нет-нет. У тебя мальчишник. Надо идти.

Я говорила одно, а делала другое — пальцами правой руки расплетала его бронзовые кудри, левой прижимала крепче к себе. Его прохладная ладонь поглаживала мою щеку.

— Мальчишник нужен тем, кто провожает холостую жизнь с сожалением. А я счастлив оставить ее в прошлом. Так что не вижу смысла.

— Да! — выдохнула я в ледяную кожу на его шее.

Чарли спит без задних ног у себя в комнате, а значит, мы все равно что одни. Свернувшись калачиком на моей узкой кровати, мы сплелись, насколько позволяло толстое покрывало, в которое я укуталась как в кокон. Без покрывала было бы куда романтичнее, но лучше так, чем клацать зубами от холода. А включить отопление в августе — Чарли сильно удивится...

Зато Эдварду, в отличие от меня, укутываться необходимости не было — наоборот, его рубашка валялась на полу. Я все еще никак не могла привыкнуть и каждый раз изумлялась совершенству его тела — белого, прохладного, гладкого, как мрамор. Моя ладонь благоговейно скользнула по твердокаменной груди, плоскому твердому животу. По его телу пробежала легкая дрожь, а губы снова отыскали мои. Я осторожно тронула кончиком языка его зеркально-гладкую губу, и у него вырвался вздох. Лицо овеяло его легким дыханием, прохладным и свежим.

И вдруг Эдвард отстранился — машинально, как всегда бывало, когда он решал, что заходит слишком далеко, рефлекторный отказ от продолжения, когда именно продолжения хочется больше всего. Почти всю свою сознательную жизнь он заставлял себя отказываться от физического удовлетворения. Неудивительно, что теперь попытка изменить сложившейся привычке вызывает страх.

— Подожди! — Я обхватила его за плечи и притянула обратно к себе, а потом высвободила ногу из-под одеяла и обвила вокруг его талии. — Повторение — мать учения!

Эдвард хохотнул.

— Тогда мы уже должны были достичь совершенства. Тебе за этот месяц хоть раз поспать удалось?

— А это генеральная репетиция, — напомнила я. — При том, что половина спектакля вообще не отработана. Некогда осторожничать.

Я хотела рассмешить его, но Эдвард промолчал, замерев от неожиданного потрясения. Жидкое золото в его глазах, казалось, застыло тоже.

Мысленно прокрутив свои последние слова еще раз, я поняла, что он в них услышал.

— Белла... — прошептал он.

— Не надо начинать по новой. Уговор есть уговор.

— Не знаю. Трудно сосредоточиться, когда ты со мной вот так. Мысли... путаются. Я не смогу себя сдерживать. А пострадаешь ты.

— Все будет в порядке.

— Белла...

— Ш-ш-ш! — Я прильнула к нему с поцелуем, чтобы прогнать непрошеный страх. Все это я уже слышала. Эдварду не отвертеться от уговора. Тем более, настояв, чтобы сперва я вышла за него замуж.

На поцелуй он ответил, хотя явно старался не терять при этом головы. Тревога, вечная тревога. Как все изменится, когда исчезнет необходимость испытывать эту постоянную тревогу за меня... Он же не будет знать, куда деть освободившееся время. Придется завести новое хобби.

— Дрожишь? — спросил Эдвард.

Я поняла, что он не про температуру.

— Нисколечко. И завтра не дрогну.

— Точно? Не передумала? Еще не поздно.

— Хочешь меня бросить?

Эдвард рассмеялся.

— Всего лишь убедиться. Не надо делать того, в чем не уверена.

— В тебе я уверена. А остальное переживу.

Он замолчал, и я испугалась, что опять сморозила глупость.

— Переживешь? — тихо переспросил он. — Я не про свадьбу — ее ты точно переживешь, несмотря на все страхи, я про то, что будет потом... А как же Рене, как же Чарли?

Я вздохнула.

— Мне будет их не хватать. — Да, скучать я буду сильно, сильнее, чем они, но зачем подкидывать Эдварду лишние доводы?

— Анжела, Бен, Джессика, Майк?

— Да, и друзей тоже, — улыбнулась я в темноте. — Особенно Майка. Ох, Майк! Как же я без тебя...

Эдвард зарычал.

Я рассмеялась, но тут же посерьезнела.

— Мы все это уже столько раз проходили! Я знаю, что будет тяжело, но мне так нужно. Мне нужен ты, причем навсегда. Одной человеческой жизни мне мало.

— Остаться навеки восемнадцатилетней, — прошептал он.

— Мечта любой нормальной женщины, — поддразнила я.

— Не меняться, не двигаться вперед...

— В каком смысле?

Эдвард начал подбирать слова:

— Помнишь, когда мы сообщили Чарли о предстоящей свадьбе? И он подумал, что ты... беременна?

— Он тебя чуть не пристрелил, — со смехом вспомнила я. — Честное слово, на какую-то секунду он всерьез готов был в тебя пальнуть.

Эдвард молчал.

— Что? В чем дело?

— Просто... как было бы здорово, если б его подозрения оправдались.

Я ахнула от изумления.

— То есть если бы это в принципе было возможно. Если бы мы могли. Мне больно, что ты этого лишишься.

Мне понадобилась минута на раздумья.

— Я знаю, на что иду.

— Откуда тебе знать, Белла! Погляди на мою мать, на сестру. Эта жертва гораздо тяжелее, чем кажется.

— Но ведь Эсми и Розали держатся, и держатся молодцом. Если когда-нибудь станет ясно, что дело плохо, поступим так же, как Эсми, — возьмем приемных.

Эдвард вздохнул, и в его голосе послышалась ярость.

— Так не должно быть! Я не хочу, чтобы ты шла на жертвы ради меня. Я хочу давать, а не отбирать. Не хочу лишать тебя будущего. Если бы ты осталась человеком...

Я прижала палец к его губам.

— Ты мое будущее. И хватит. Кончай хандрить, иначе я позову твоих братьев, чтобы они тебя забрали. Может, мальчишник и не повредит.

— Прости. Я хандрю, да? Наверное, нервы.

— Дрожишь? — поддразнила я.

— Не в том смысле. Я прождал сто лет, чтобы жениться на вас, мисс Свон. Свадебной церемонии я как раз жду с нетер... — Эдвард вдруг замер на полуслове. — Ох, ради всего святого!

— В чем дело?

Он скрипнул зубами.

— Братьев звать не надо. Такое чувство, что Эмметт и Джаспер решили своего не упускать.

На секунду я крепко-крепко прижала его к себе — и тут же отпустила. Состязаться с Эмметтом в перетягивании каната — гиблое дело.

— Повеселись хорошенько!

За окном раздался визг — кто-то царапал стальным когтем по стеклу, издавая невыносимо противный звук, от которого по спине бегут мурашки и хочется заткнуть уши. Меня передернуло.

— Если не отдашь Эдварда, — угрожающе прошипел невидимый под покровом ночи Эмметт, — мы придем за ним сами!

— Иди! — рассмеялась я. — Пока дом еще цел.

Эдвард закатил глаза, но все же стремительным движением вскочил с кровати и не менее стремительным — набросил рубашку. Наклонившись, он поцеловал меня в лоб.

— Спи. Завтра важный день.

— Конечно. Теперь я точно успокоилась.

— Встретимся у алтаря.

— Я буду в белом, — улыбаясь собственной невозмутимости, пошутила я.

— Верю! — усмехнувшись, похвалил он и вдруг пригнулся, напружинив мускулы. В следующий миг он исчез, неуловимым движением метнувшись в окно.

Снаружи донесся приглушенный удар, затем ругательство — голосом Эмметта.

— Смотрите, как бы он завтра не опоздал, — пробормотала я, зная, что меня прекрасно расслышат.

И тут в окне показалось лицо Джаспера — медовые волосы в пробивающемся сквозь тучи лунном свете отливали серебром.

— Не волнуйся, Белла. Времени у него будет с запасом.

Я почувствовала неожиданное спокойствие, все страхи и тревоги улетучились. Джаспер обладал таким же даром, как Элис с ее точными предсказаниями. С той разницей, что ему подчинялось не будущее, а настроение, но противостоять настроению, которое он внушал, все равно было невозможно.

Я неуклюже села в кровати, по-прежнему завернутая в одеяло.

— Джаспер, а как проходит мальчишник у вампиров? В стрип-клуб же вы его не поведете?

— Не вздумай рассказывать! — прорычал снизу Эмметт. Послышался еще один глухой удар, потом тихий смех Эдварда.

— Не волнуйся! — велел Джаспер, и я перестала. — У нас, Калленов, свои традиции. Пара-тройка горных львов, несколько гризли... Обычная загородная вылазка.

Интересно, я тоже буду отзываться о вампирском «вегетарианстве» с такой бравадой?

— Спасибо, Джаспер.

Подмигнув на прощание, он скрылся из виду.

За окном наступила тишина. Из-за стены доносился приглушенный храп Чарли.

Я откинулась на подушку, понимая, что сейчас засну. Из-под отяжелевших век обвела взглядом стены своей маленькой комнатки, выбеленные лунным светом.

Последняя ночь в моей комнате. Последняя ночь в качестве Изабеллы Свон. Завтра вечером я уже стану Беллой Каллен. Сама свадебная церемония мне как нож к горлу, зато новое имя греет душу.

Я дала волю мыслям, надеясь быстрее заснуть. Однако через несколько минут поняла, что, наоборот, напрягаюсь еще сильнее. В животе, скручивая его то так, то эдак, свернулась тревога. В постели без Эдварда слишком мягко и слишком жарко. Джаспер далеко, а внушенные им спокойствие и безмятежность тут же испарились.

День завтра предстоит долгий.

Конечно, я понимала, что мои страхи большей частью беспочвенны и главное — преодолеть себя. Нельзя прожить жизнь, не привлекая внимания. Нельзя вечно сливаться с пейзажем. И все же кое-какие мои треволнения вполне оправданны.

Во-первых, шлейф свадебного платья. Элис опрометчиво позволила эстетике взять верх над практичностью. Одолеть парадную лестницу в особняке Калленов на каблуках и в платье со шлейфом — слишком большой подвиг. Эх, тренироваться надо было...

Во-вторых, список гостей.

К началу церемонии прибудет клан из Денали во главе с Таней.

Очень трогательно собрать в одном помещении Танину семью и наших гостей из квилетской резервации — то есть Блэка-старшего и Клируотеров. Клан Денали не жалует оборотней. Танина сестра Ирина так вообще на церемонию не приедет. Она все еще жаждет отомстить оборотням за убийство своего друга Лорана (который, в свою очередь, хотел убить меня). Из-за этой вражды клан Денали покинул семью Эдварда в час страшной беды — и только

не укладывающийся ни в какие рамки союз с квилетскими волками не дал нам пасть в борьбе с ордой новорожденных вампиров...

Эдвард поклялся, что никакой опасности соседство де-
налийцев с квилетами не представляет. Тане и всей ее семье — за исключением Ирины — очень стыдно за свое дезертирство. Перемирие с оборотнями — ничтожная цена,
пустяк для тех, кто хочет искупить вину.

Однако на этом тревоги не заканчиваются, ведь помимо серьезной проблемы есть и еще одна, поменьше. Моя
низкая самооценка.

Ни разу не встретившись с Таней, я все равно прекрасно понимала, какой удар эта встреча нанесет по моему са-
молюбию. Когда-то в незапамятные времена, еще до моего рождения, она имела виды на Эдварда — тут я ее не
виню, перед ним невозможно устоять. Но она ведь как
минимум прекрасна и как максимум ослепительна. И пусть
Эдвард определенно — хотя и необъяснимо — предпочел
меня, все равно я невольно буду сравнивать.

Я попробовала поворчать на эту тему, но Эдвард знал,
на что давить.

— Мы для них почти родные, Белла, — напомнил он. —
Они до сих пор чувствуют себя сиротами, время тут не властно.

Пришлось скрепя сердце согласиться.

Теперь у Тани большая семья, почти такая же, как у Калленов. Их пять: помимо Тани, Кейт и Ирины, есть еще Кармен и Елеазар, появившиеся так же, как у Калленов появились Элис и Джаспер. Всех их объединяет более милосер-
дное, чем у прочих вампиров, отношение к людям.

Однако, несмотря на расширение состава, Таня с сестрами по-прежнему чувствовали себя в определенном смысле обделенными. И по-прежнему носили траур. Ведь когда-то у них была еще и мать.

Я без труда могла понять, как пусто и одиноко им стало
с ее потерей, которую не восполнить даже за тысячу лет.

Попыталась представить, как жили бы Каллены, лишившись создателя своей семьи, ее главы и наставника, своего отца — Карлайла. Попыталась и не смогла.

Историю Таниного клана мне поведал Карлайл, в один из тех долгих вечеров, когда я допоздна засиживалась у Калленов, пытаясь узнать как можно больше, подготовиться как можно полнее и глубже к тому будущему, которое выбрала. Танину мать постигла та же участь, что и многих других, и ее история должна была послужить мне уроком, наглядной иллюстрацией одного из правил обитания в мире бессмертных.

На самом деле правило это одно-единственное, распадающееся на тысячи подпунктов, — храни тайну.

Хранить тайну означает жить в неприметной глуши, подобно Калленам, переезжая с места на место, чтобы не вызвать подозрения своей вечной молодостью. Или вообще обходить людей стороной (за исключением тех случаев, когда одолевает голод) — так жили кочевники вроде Джеймса с Викторией и до сих пор живут приятели Джаспера, Питер и Шарлотта. А еще это означает полную ответственность за создаваемых тобой новых вампиров. Которую смог обеспечить Джаспер, когда жил с Марией. И на которую наплевала расплодившая новорожденных вампиров Виктория.

Из этого следует запрет на создание того, что в принципе неподвластно контролю.

— Я не знаю, как звали Танину мать. — В отливающих золотом глазах Карлайла светилась печаль при воспоминании о Таниной боли. — Они стараются не упоминать о ней и по возможности не думать. Женщина, создавшая Таню, Кейт и Ирину — и, полагаю, любившая их как дочерей, — появилась на свет задолго до меня, когда в нашем вампирском мире свирепствовала чума. Нашествие бессмертных младенцев. О чем думали древние, мне не понять. Они превращали в вампиров детей, едва вышедших из грудного возраста.

Я представила себе эту картину и с трудом подавила поднявшуюся волну тошноты.

— Младенцы получались невыразимо прекрасными, — поспешно пояснил Карлайл, видя мою реакцию. — Такие душки, такие очаровашки. К ним проникались любовью с первого взгляда, неизбежно и моментально. Однако при этом они не поддавались воспитанию. Замирали на уровне развития, предшествующем перерождению. Очаровательные двухлетние младенцы, картавящие, с ямочками на щечках, но в порыве гнева способные истребить полдеревни. Проголодавшись, они мчались на охоту, и любые увещевания, любые запреты были бессильны. Они попадались на глаза людям, рождая слухи, паника распространялась со скоростью лесного пожара...

Одного такого младенца и создала Танина мать. Что ею — и другими древними — двигало, моему уму непостижимо. — Карлайл сделал глубокий вдох, чтобы успокоиться. — И, разумеется, вмешались Вольтури.

Я, как обычно, дернулась при упоминании этого имени. Да, разумеется, без итальянского легиона — вампирской аристократии по сути — дело бы не обошлось. Закон не будет исполняться, если нет угрозы наказания, а наказание надо кому-то осуществлять. Вольтури двинули свои войска под предводительством старейшин — Аро, Марка и Кая. Мне довелось встретить их лишь однажды, и за эту короткую встречу настоящим лидером показал себя Аро со своим мощным даром читать мысли: одно прикосновение, и ему известно все, что когда-либо было у тебя на уме.

— Вольтури исследовали бессмертных младенцев — и у себя в Вольтерре, и в других уголках мира. Кай пришел к выводу, что хранить тайну они по малолетству не способны. А следовательно, подлежат уничтожению.

Как я уже сказал, младенцы были прелестны. Поэтому кланы сражались за них до последнего — многие погибли. И хотя по массовости война между вампирами уступала войнам, которые охватывали южную часть нашего континента, она оказалась не менее разрушительной. Древние кланы, древние традиции, дружба... Потеряно было многое. В конце концов младенцев искоренили как явление. О них даже вспоминать не принято — что-то вроде табу.

Двух таких младенцев я видел своими глазами, когда жил у Вольтури, так что мне довелось на себе испытать их чары. Этих младенцев исследовал Аро, уже после того, как отшумела вызванная их появлением гроза. Ты знаешь, как он любознателен — и он надеялся найти способ укротить их. Однако окончательный вердикт был единогласным: бессмертные младенцы не имеют права на существование.

И тут, когда я совсем забыла про мать сестер Денали, с которой и началась эта история, Карлайл вернулся к ней.

— Что именно произошло с Таниной матерью, неизвестно. Таня, Кейт и Ирина ни о чем не подозревали до того самого дня, когда к ним явились Вольтури, арестовав предварительно их мать и младенца. Неведение спасло сестрам жизнь. Одним прикосновением Аро получил доказательства их абсолютной невиновности, и они избежали уготованного матери наказания.

Ни одна из сестер прежде не видела этого младенца, даже не подозревала о его существовании до того самого дня, как его сожгли вместе с матерью у них на глазах. Полагаю, мать потому и не посвятила их в тайну, чтобы спасти от ужасной участи. Зачем же тогда она создала младенца? Кем он был, что значил для нее, если заставил перейти самую страшную черту? На эти вопросы ни Таня, ни остальные ответа не получили. Однако вина их матери была доказана, и, боюсь, девочки так и не смогли ее до конца простить.

Несмотря на свидетельство Аро о том, что девочки никоим образом не причастны к поступку матери, Кай хотел отправить на костер и их. За пособничество. Однако Аро проявил милосердие. Таня с сестрами получили прощение, а вместе с ним — незаживающую рану в сердце и пиетет перед законом...

Погрузившись в воспоминания, я сама не заметила, как заснула. Вот я слушаю Карлайла и вижу его лицо, а вот передо мной уже серая пустошь и в воздухе — густой едкий запах гари. На поле я не одна.

Посреди пустоши — группа фигур, укутанных в серые, пепельного цвета плащи. Это Вольтури, а я, несмотря на предписание, еще человек, и мне следовало бы испугаться до смерти. Но я чувствую, как иногда бывает во сне, что они меня не видят.

То тут, то там разбросаны курящиеся останки. Уловив характерный сладковатый запах, я старательно отвожу глаза. Смотрю мимо лиц сожженных, боясь разглядеть знакомое.

Кого — или что — окружили выстроившиеся плотным кольцом воины Вольтури? До меня доносится их возбужденный шепот. Я подхожу ближе, пытаясь понять, что вызвало у них такой интерес. Осторожно прокравшись между двумя перешептывающимися фигурами в плащах, я наконец вижу предмет дискуссии, уложенный на небольшом пригорке.

Очаровательный пупсик, в точности как описывал Карлайл. Мальчик, едва вышедший из грудного возраста, года два на вид. Ангельское личико с пухлыми губками и щечками в обрамлении светло-каштановых кудрей. Малыш дрожит, зажмурившись, чтобы не видеть смерть, которая с каждой секундой все ближе.

Я хочу только одного — спасти несчастного напуганного кроху, и в этом порыве исчезает страх перед грозной мощью Вольтури. Я проталкиваюсь сквозь строй, мне уже все равно, видят они меня или нет. Кидаюсь к младенцу.

И останавливаюсь как вкопанная, разглядев пригорок, на котором он лежит. Это не земля и не камень, это груда обескровленных человеческих тел. Не успев отвести взгляд, я узнаю одно за другим знакомые лица — Анжела, Бен, Джессика, Майк... А прямо под пятками малыша **тела моих** папы и мамы.

Ребенок распахивает алые, налитые кровью глаза.

3. ЗНАМЕНАТЕЛЬНЫЙ ДЕНЬ

От увиденного мои глаза тоже распахнулись.

Минуту-другую меня била дрожь, я хватала ртом воздух в своей нагретой постели и силилась стряхнуть сон. Пока я унимала бьющееся сердце, небо за окном успело посереть, затем подернуться бледно-розовым.

Наконец я вернулась в привычный мир, в свою маленькую захламленную комнатку, и тут же отругала себя. Очень подходящий сон — самое то накануне свадьбы! Меньше надо страшных историй вспоминать на ночь.

Чтобы окончательно избавиться от кошмара, я оделась и, несмотря на несусветную рань, вышла на кухню. Прибралась в чистых комнатах, потом испекла Чарли оладьи на завтрак. Мне в моем взвинченном состоянии было не до еды; я просто смотрела, как папа поглощает оладьи, и нервно подпрыгивала на стуле.

— В три тебе нужно заехать за мистером Уэбером, помнишь?

— Беллз, ну как же я забуду, если на сегодня это моя единственная забота — привезти священника? — Ради свадьбы Чарли взял отгул и явно не знал с непривычки, куда себя деть. Его взгляд то и дело норовил метнуться к кладовке, где хранились рыболовные снасти.

— Не единственная. Еще нужно привести себя в порядок и одеться.

Папа опустил голову и, уставившись на миску с хлопьями, пробурчал что-то вроде: «Как клоун».

От входной двери донесся короткий быстрый стук.

— Думаешь, ты один попал? — скорчив рожицу, съехидничала я. — Меня вот Элис на целый день к рукам прибрала.

Чарли задумчиво кивнул, соглашаясь, что ему и вправду придется полегче. Я на ходу чмокнула его в макушку — он покраснел и что-то хмыкнул — и помчалась открывать дверь своей лучшей подруге и будущей золовке.

Короткие черные волосы Элис сегодня не топорщились ежиком, а обрамляли тщательно уложенными завитками ее обычно озорное лицо, сегодня выглядевшее деловым и сосредоточенным.

Без лишних слов, едва удостоив Чарли короткого «здрасте», она сгребла меня в охапку и потащила за собой.

Усадила в «порше» и пригляделась повнимательнее.

— О господи, ну и вид! — Элис в ужасе зацокала языком. — Ты что, до утра не спала?

— Почти.

Она возмущенно сверкнула глазами.

— Белла, у меня и так времени в обрез, чтобы сделать тебя ослепительной! Могла бы и побережнее обращаться с исходным материалом.

— Никто и не ждет, что я буду ослепительной. Гораздо хуже, если я засну во время церемонии, просплю момент, когда нужно сказать «да», и Эдвард сбежит.

Элис рассмеялась.

— Когда будет пора, я швырну в тебя букетом.

— Спасибо!

— Завтра в самолете отоспишься.

Я вопросительно изогнула бровь. «Завтра». Если мы отправляемся в путешествие сегодня вечером, и завтра еще будем в самолете... Так, Бойз, штат Айдахо, определенно отпадает. Эдвард пока ни намеком себя не выдал. А меня не столько пугала загадочность, сколько странно было не иметь ни малейшего понятия, где мы будем спать завтра ночью. То есть хочется надеяться, не будем спать..

Элис нахмурилась, спохватившись, что чуть не выдала тайну.

— Вещи уже упакованы, — доложила она, чтобы отвлечь меня от вычислений.

У нее получилось.

— Элис, ну почему мне самой нельзя было собрать чемодан?

— Тогда ты бы обо всем догадалась.

— Ага, а ты бы упустила возможность побегать по магазинам.

— Каких-нибудь десять часов, и ты официально станешь моей сестрой... пора уже избавиться от страха перед обновками.

До конца поездки я невидящим взглядом смотрела в окно.

— Эдвард вернулся? — спохватилась я на подъезде к дому.

— Не беспокойся, когда заиграет музыка, будет на месте. Раньше ты его все равно не увидишь, так что без разницы, когда он приедет. Мы чтим традиции.

— Традиции! — фыркнула я.

— Если не считать собственно жениха с невестой.

— Он же наверняка уже подглядел.

— Ни в коем случае! В платье тебя видела только я. И старалась при нем этот образ в свои мысли не пускать.

— Ух ты! — поразилась я, когда мы свернули на подъездную дорожку. — Вот и выпускные украшения пригодились.

Деревья вдоль всей четырехкилометровой аллеи искрились сотнями тысяч огоньков. Только на этот раз к огонькам добавились белые атласные банты.

— Кто умеет не транжирить, тот нужды не знает. А ты смотри хорошенько, потому что внутреннее убранство до самой церемонии не увидишь. — Элис свернула в огромный гараж к северу от дома. Так, джип Эмметта по-прежнему отсутствует

— С каких это пор невесте нельзя видеть, как украсили дом? — возмутилась я.

— С тех самых, как невеста доверилась мне. А то неинтересно будет, когда станешь по лестнице спускаться.

На пороге кухни Элис закрыла мне глаза ладонями, и я не поняла, откуда доносится разлившийся в воздухе аромат.

— Что это?

— В нос бьет? До тебя тут людей не было, неужели я перестаралась?

— Чудесный запах! — успокоила я. Аромат на самом деле казался хотя и пьянящим, но не удушливым, ненавязчиво и тонко соединяя разные оттенки. — Померанцы... сирень... и еще что-то. Угадала?

— Да, правильно. Фрезия и розы, вот что еще.

Под эскортом Элис я проследовала в огромную ванную комнату, и только там мне было позволено открыть глаза. Которые тут же разбежались от обилия баночек и флакончиков — на длинной полке уместился арсенал целого салона красоты. Бессонная ночь дала себя знать.

— Без этого правда никак? Все равно рядом с ним я буду серой мышкой, как ты ни старайся.

Элис толкнула меня в низенькое розовое кресло.

— Посмотрим, у кого хватит наглости назвать серой мышкой результат моего труда!

— Еще бы... Ты же у них всю кровь выпьешь, — проворчала я себе под нос. Откинувшись в кресле, я закрыла глаза в надежде благополучно проспать все процедуры. Я то задремывала, то просыпалась, а Элис тем временем неустанно умащивала, подпиливала и наводила блеск на каждую клеточку моего тела.

Время шло к обеду. В дверях мелькнула Розали — мерцающее серебристое платье, золотые кудри уложены в корону — я чуть не расплакалась. Какой смысл наводить красоту, если рядом Розали?

— Мальчики вернулись! — предупредила она, и моя детская ревность тут же улетучилась. Эдвард приехал.

— Не пускай его сюда!

— Он тебя и сам сегодня боится, - улыбнулась Роуз. — Ему жизнь дорога. И потом, Эсми запрягла их доделывать что-то снаружи. Тебе помочь? Могу заняться прической.

Я оторопела от ее слов.

Розали с самого начала меня не жаловала. А потом я нанесла ей чуть ли не смертельную обиду своим выбором. Она бы с легкостью отдала все: свою неземную красоту, любящую семью, родственную душу в лице Эмметта — за то, чтобы вновь стать человеком. А человек, то есть я, вдруг швыряется этим недостижимым счастьем как нечего делать. Разумеется, теплых чувств ко мне у Роуз после такого не прибавилось.

— Конечно, давай, — с готовностью разрешила Элис. — Можешь начинать плести. Позатейливее. Фата будет крепиться вот сюда, снизу.

Ее руки принялись перебирать мои волосы, укладывая, приподнимая, переплетая, чтобы точно показать, что имеется в виду. Поняв, что требуется, Розали приступила к делу, едва касаясь волос легкими, как перышки, пальцами. Элис вернулась к макияжу

Затем, одобрив дело рук Розали, Элис послала ее сперва за моим платьем, а потом найти Джаспера, которому поручили забрать из гостиницы маму и ее мужа Фила. Снизу доносилось приглушенное хлопанье дверей. И оживленные голоса.

Я встала, чтобы Элис могла осторожно натянуть на меня платье, не испортив прическу и макияж. Коленки тряслись так, что атласная ткань разбегалась мелкими волнами до самого подола, мешая Элис, которая застегивала ряд мелких жемчужных пуговиц на спине.

— Дыши глубже, Белла! — попросила она — И уйми сердцебиение, а то от испарины весь макияж поплывет

В ответ я скорчила как можно более ехидную физиономию.

— Будет сделано!

— Мне нужно пойти одеться. Продержишься пару минут одна?

— Э-э... попробую.

Элис фыркнула и пулей выскочила за дверь.

Я постаралась дышать ровно, считая каждый вдох-выдох и разглядывая отблески света на сияющей ткани платья. В зеркало я взглянуть не смела — боялась, что, увидев свое отражение в свадебном наряде, растеряю остатки самообладания и ударюсь в панику.

Когда счет вдохов-выдохов начал приближаться к двумста, Элис примчалась обратно — в вечернем платье, ниспадающем с ее точеной фигурки серебристым водопадом.

— Элис, восторг!

— Пустяки. На меня сегодня никто и не взглянет. Ты затмишь любую.

— Ха-ха...

— Ну что, взяла себя в руки? Или Джаспера позвать?

— Он уже вернулся? Мама тут?

— Только что вошла. Сейчас поднимется.

Рене прилетела два дня назад, и я отдавала ей каждую свободную минуту — если, конечно, удавалось оторвать маму от Эсми и предсвадебных хлопот. Она веселилась, как ребенок, забытый на ночь в Диснейленде, а я уже начинала чувствовать себя такой же обманутой, как и Чарли. Сколько пустых страхов, что мама будет против...

— О, Белла! — воскликнула мама, едва появившись в дверях. — Малышка, ты такая красавица! Я сейчас расплачусь! Элис, волшебница, вам с Эсми пора открывать свое свадебное агентство. Где ты отыскала это чудесное платье? Невероятно! Такое изящное, элегантное!.. Белла, ты прямо из фильма по Джейн Остин. — Мамин голос звучал как будто издалека, и комната расплывалась перед глазами. —

Гениально придумано — оттолкнуться стилистически от кольца, которое Белле подарил Эдвард. Я так понимаю, оно передается в семье с начала девятнадцатого века?

Мы с Элис заговорщически переглянулись. Прибавь лет сто, мама. Стиль платья увязан вовсе не с кольцом, а с датой рождения Эдварда.

В дверях кто-то громко и хрипло кашлянул.

— Рене, Эсми просила передать, чтобы ты уже шла и садилась, — объявил Чарли.

— Чарли, какой же ты сегодня красавец! — изумленно произнесла Рене.

Чарли поспешно открестился:

— Дело рук Элис.

— Неужели пора? — пробормотала мама, судя по голосу, волнуясь не меньше меня. — Как все быстро. Голова кругом.

Так, теперь нас двое.

— Обнимемся напоследок, — попросила она. — Только аккуратно, чтобы ничего не помять.

Осторожно подержав меня за талию, мама развернулась к выходу, но вдруг вспомнила что-то и, обернувшись, снова оказалась лицом ко мне.

— Боже, чуть не забыла! Чарли, где она?

Вывернув все карманы, папа добыл и передал маме маленькую белую коробочку.

— Кое-что синее, — объявила она, открыв крышку и вручая коробочку мне

— Причем кое-что старое. Их носила еще твоя прабабушка Свон, — добавил папа. — А мы сходили к ювелиру и заменили искусственные камни сапфирами.

В коробочке лежали два тяжелых серебряных гребня для волос. Темно-синие сапфиры густыми изящными букетиками разбегались над зубцами.

У меня перехватило дыхание.

— Мам, пап... не стоило..

— Все остальное взяла на себя Элис, ничего нам не давала сделать. Только заикнемся — она чуть не в глотку нам готова впиться.

Я не смогла сдержать истерический смешок.

Элис моментально подскочила ко мне и ловким движением заправила гребни с одной и с другой стороны под густое переплетение кос.

— Кое-что старое, кое-что синее, — перечислила она задумчиво, отступая на несколько шагов, чтобы полюбоваться работой. — Кое-что новое — это твое платье, значит, остается...

Она метнула мне что-то стремительным жестом. Я машинально подставила руки, и в ладони порхнула невесомая белоснежная подвязка.

— Это моя, потом верни, — закончила она.

Я покраснела.

— Вот, то, что надо! — удовлетворенно кивнула головой Элис. — Чуть-чуть румянца. Все, теперь ты полное совершенство. — С самодовольной улыбкой она обернулась к папе с мамой. — Рене, вам пора вниз.

— Да, мэм! — Послав мне воздушный поцелуй, мама покорно удалилась.

— Чарли, окажите любезность, принесите букеты, пожалуйста.

Дождавшись, пока папа выйдет, Элис выхватила из моих рук подвязку и нырнула под шлейф. Почувствовав ее холодную руку на лодыжке, я невольно ахнула и пошатнулась, но Элис уверенно водрузила подвязку куда положено.

Выбраться из-под шлейфа она успела как раз вовремя — в комнату вошел Чарли с двумя пышными белыми букетами. Меня окутало облако нежного аромата роз, померанцев и фрезии.

Снизу раздались первые аккорды фортепианной мелодии — за инструмент села Розали, второй в семье музыкант после Эдварда. Узнав канон ре-мажор Пахальбеля, я едва не задохнулась от волнения.

— Спокойнее, Беллз! — Чарли с тревогой повернулся к Элис. — Кажется, ей нехорошо. Думаешь, она выдержит?

Папин голос доносился как сквозь вату. Я не чувствовала ног.

— Еще как!

Элис подошла вплотную ко мне и, пристально глядя в глаза, обхватила запястья сильными пальцами.

— Белла, сосредоточься. Эдвард ждет внизу.

Я глубоко вдохнула, заставляя себя собраться.

Первая мелодия плавно перетекла в следующую.

— Беллз, наш выход! — подтолкнул меня папа.

— Белла? — позвала Элис, не отрывая пристального взгляда.

— Да, — пропищала я. — Эдвард. Точно.

Элис потянула меня за руки, и я покорно поплыла за ней.

Музыка заиграла громче. Мелодия плыла по лестнице вместе с благоуханием миллиона цветов. Только одна мысль — внизу ждет Эдвард — заставляла меня переступать ногами и двигаться вперед.

Знакомая мелодия. Традиционный марш Вагнера в праздничной аранжировке.

— Моя очередь! — пропела Элис. — Сосчитай до пяти — и спускайся следом.

Плавно и грациозно, как в танце, она двинулась по ступенькам. Я вдруг поняла, чем рискую, получив Элис в единственные подружки невесты. После нее я покажусь совсем деревянной и неуклюжей.

Внезапно в ликующую мелодию ворвались фанфары. Теперь точно мой выход.

— Папа, смотри, чтобы я не упала, — шепнула я. Чарли крепко взял меня под руку.

«Осторожно, по шажочку!», — напомнила я самой себе, и мы стали спускаться в медленном темпе марша. При виде меня гости начали оживленно перешептываться, но я не поднимала глаз, пока ноги не ступили на ровный пол. Румянец заливал щеки. Розовая от смущения невеста-скромница — это я, во всей красе.

Как только коварная лестница осталась позади, я забегала глазами в поисках Эдварда. На миг взгляд запутался в облаках белых цветов, гирляндами обвивавших все неподвижные предметы в помещении, и струящихся нитях белых газовых лент. Но я заставила себя оторваться от пышного навеса и заметалась глазами по рядам обтянутых атласом стульев. Под устремленными на меня взглядами я покраснела еще больше — и тут наконец отыскала его, рядом с аркой, обрамленной настоящим водопадом цветов и лент.

Рядом с ним стоял Карлайл, а чуть поодаль — папа Анжелы, но я их не замечала. Я не видела маму, которая сидела где-то в первом ряду, не видела своих новых родственников и гостей — сейчас не до них.

Единственное, что я видела, было лицо Эдварда, заполнившее все мои мысли и чувства. Его глаза горели расплавленным золотом, а прекрасные черты казались почти суровыми от обилия переживаний. Но стоило ему встретиться со мной взглядом, и лицо озарила счастливая улыбка.

В этот миг только крепкое пожатие Чарли помешало мне кинуться сломя голову к алтарю.

Теперь я, наоборот, большим усилием заставляла ноги двигаться медленнее, подстраиваясь под размеренный ритм марша. К счастью, до арки было недалеко. Вот и она, наконец! Эдвард протянул руку. Чарли древним как мир символическим жестом накрыл его перевернутую ладонь моей. Я почувствовала прикосновение холодных пальцев, и на сердце воцарились мир и покой.

Мы обменялись клятвами — обычные традиционные слова, миллион раз произнесенные у алтаря до нас, хотя вряд ли в мире нашлась другая такая же необычная пара. По нашей просьбе мистер Уэбер внес единственное крошечное изменение и покорно проговорил вместо «пока смерть не разлучит нас» более логичное «отныне и навеки».

И только тут, когда священник произнес эти слова, полный кавардак в моей голове наконец исчез, и мысли пришли в порядок. Я поняла, как глупо было бояться свадебной церемонии, будто непрошеного подарка на день рождения или нелепой показухи выпускного. Заглянув в сияющие ликованием глаза Эдварда, я осознала, что не только он добивается сегодня своего, но и я. Мы вместе навсегда, а остальное неважно.

Пришло время произнести главные слова, и я вдруг осознала, что из глаз катятся слезы.

— Да! — выдохнула я едва слышным шепотом, смаргивая пелену с ресниц, чтобы видеть лицо Эдварда.

Его ответ прозвучал громко и победно.

— Да!

Мистер Уэбер объявил нас мужем и женой, и Эдвард бережно, как бутон благоухающего у нас над головами цветка, взял в ладони мое лицо. Я смотрела на него сквозь застилающую глаза пелену, пытаясь осознать невероятное — этот удивительный человек теперь мой. У него по щекам, казалось, тоже вот-вот покатятся слезы, но я знала, что это невозможно. Эдвард склонил голову, и я, приподнявшись на цыпочках, не выпуская букета из рук, обвила его за шею.

Поцелуй Эдварда был полон любви и нежности. Я забыла о толпе гостей, о том, где мы и зачем мы здесь... Все, что я помнила — он любит меня, я нужна ему, я принадлежу ему.

Он начал поцелуй, ему и заканчивать. Я прильнула к его губам, не обращая внимания на смешки и покашливания среди гостей. Наконец он убрал ладони от моего лица и отстранился (как скоро...), глядя на меня. Его улыбка могла показаться удивленной и даже слегка ехидной, но я прекрасно знала, что напускное изумление от моей неожиданной раскованности скрывает глубочайшую радость.

Собравшиеся взорвались громом аплодисментов, и Эдвард, обняв меня, развернулся к нашим друзьям и родным.

Меня тут же прижала к себе мама, ее залитое слезами лицо было первым, что я увидела, когда страшным усилием оторвала взгляд от Эдварда. А потом меня начали передавать от одного гостя к другому, из объятий в объятия... Я не видела лиц, чувствовала только руку Эдварда, крепко зажатую в своей. Человеческое тепло и холодные, осторожные прикосновения моей новой родни слились в одно целое.

И лишь от одного гостя полыхнуло настоящим жаром — Сет Клируотер прорвался сквозь толпу вампиров, чтобы поздравить меня вместо моего лучшего друга-оборотня, пропавшего без вести.

4. ВЫХОДКА

Торжественная церемония плавно перетекла в празднично-банкетную часть — заслуга Элис с ее незаурядным организаторским талантом. Над рекой сгустились сумерки, время было заранее рассчитано так, чтобы солнце успело скрыться за деревьями. Эдвард провел меня через стеклянные двери в сад, в море мерцающих огней и цветочного сияния. Еще тысяч десять цветов образовывали благоухающий воздушный навес над танцевальной площадкой между двух древних кедров.

Мягкий августовский вечер прогнал прочь суету. Приглашенные разбрелись под сенью мерцающих огоньков, друзья, едва выпустив нас из объятий, снова подходили с поздравлениями. Пришло время общаться и веселиться.

— Мои поздравления, ребята! — воскликнул Сет Клируотер, подныривая под цветочную гирлянду. Следом показалась его мать, Сью Клируотер, окидывающая гостей настороженным взглядом. Ее неширокое лицо казалось резким, и короткая строгая стрижка только усиливала впечатление. Ее дочь Ли тоже коротко стрижется. Интересно, это из солидарности? Билли Блэк, подошедший вместе с ними, выглядел, в отличие от Сью, спокойным.

При виде папы Джейкоба я каждый раз не могла отделаться от ощущения, что передо мной два человека. Первый — пожилой мужчина в инвалидном кресле, морщинистый и белозубый, тот же, кого видят все остальные. И второй — прямой потомок могущественных вождей, обладающих волшебными способностями, в ореоле власти, данной ему от рождения. И пусть волшебство в его поколении не проявилось, за отсутствием катализатора, Билли все равно остается частью древней легенды и носителем власти. Они у него в крови. И в крови его сына, который не желает эту волшебную силу принимать. А значит, вожаком и преемником остается Сэм Адли.

Билли выглядел на удивление спокойным, учитывая окружение и повод торжества. Его черные глаза лучились радостью, как будто от приятного известия. Я поражалась его выдержке. Ведь ему эта свадьба как кость в горле, худшей участи для дочери лучшего друга и не придумаешь.

Я понимала, какого труда ему стоило справиться с чувствами, тем более что наша свадьба несет угрозу для древнего уговора, заключенного между квилетами и Калленами, запрещающего вампирам создавать себе подобных. Волки знали, что уговор вот-вот будет нарушен, но как они себя поведут, для Калленов оставалось загадкой. До альянса разрыв уговора означал бы только войну. Квилеты напали бы без промедления. Теперь, когда стороны знают друг друга чуть ближе, может быть, конфликт удастся погасить?

Словно в ответ на мои мысли, Сет подался вперед с распростертыми для Эдварда объятиями. Эдвард обнял его свободной рукой. Сью едва заметно вздрогнула.

— Как хорошо, что у вас все получилось! Я ужасно за вас рад!

— Спасибо, Сет. Мне очень дороги твои слова. — Отстранившись, он обратился к Сью и Билли. — И вам спасибо! За то, что позволили Сету прийти. И что радуетесь за Беллу.

— Не стоит благодарности. — В густом басе Билли прозвучал неожиданный оптимизм. Неужели не за горами новое, более прочное перемирие?

Увидев, что позади скапливается очередь, Сет откланялся и покатил кресло Билли к столам с закусками. Сью держала обоих под руки.

Вслед за ними к нам прорвались Анжела и Бен, потом родители Анжелы, а потом Майк с Джессикой — которые, к моему удивлению, не размыкали рук. А я и не знала, что они снова вместе. Приятный сюрприз!

Моих человеческих друзей сменила новоиспеченная родня, клан вампиров из Денали. С бьющимся сердцем я смотрела, как первая из них — судя по клубничному оттенку светлых волос, Таня — обнимает Эдварда. Рядом с ней стояли еще трое вампиров, разглядывая меня с неприкрытым любопытством. Одна пепельная блондинка с прямыми, как дождь, волосами и двое темноволосых, мужчина и женщина, с бледной едва заметного оливкового оттенка кожей.

Все четверо были так прекрасны, что у меня внутри все сжалось.

Таня по-прежнему прижималась к Эдварду.

— Эдвард! Как я по тебе соскучилась.

Эдвард с коротким смешком высвободился из объятий и, положив ладонь ей на плечо, отступил на шаг, будто чтобы окинуть давнюю знакомую взглядом.

— Да, Таня, столько времени прошло. Отлично выглядишь.

— Ты тоже.

— Позволь представить тебе мою жену. — Эдвард впервые после окончания церемонии воспользовался официальным титулом, и вид у него был такой, словно он сейчас лопнет от удовольствия. Гости из Денали весело рассмеялись в ответ. — Таня, это моя Белла.

Таня, воплощая мои худшие кошмары, сияла красотой. Скользнув по мне чуть более оценивающим, чем позволяют приличия, взглядом, она взяла мою протянутую руку.

— Добро пожаловать в нашу семью, Белла, — с горьковатой улыбкой произнесла она. — Мы действительно считаем себя частью семьи Карлайла, и я очень сожалею о том... эпизоде... когда мы предали родственные узы. Нам следовало познакомиться раньше. Простишь ли ты нас?

— Конечно! — выдохнула я. — Приятно познакомиться.

— Теперь все Каллены по парам. Дальше наш черед, а, Кейт? — Она подмигнула блондинке.

— Мечтать не вредно. — Ее сестра закатила золотистые глаза и крепко сжала мою руку. — Добро пожаловать, Белла!

Темноволосая вампирша накрыла наши руки своей.

— Я Кармен. А это Елеазар. И мы очень рады наконец-то увидеться с тобой.

— Вз-заимно. — С легкой запинкой выговорила я.

За Таней дожидались своей очереди нас поздравить папин заместитель Марк и его жена, уставившиеся на красавиц из Денали широко раскрытыми глазами.

— У нас еще будет время, чтобы как следует узнать друг друга. Целая вечность! — рассмеялась на прощание Таня.

Все шло своим чередом, согласно традиции. Под огнем слепящих вспышек мы с Эдвардом занесли нож над грандиозным свадебным тортом — чересчур большим для нашей довольно скромной компании друзей и родных. Потом по очереди кормили им друг друга, и Эдвард мужественно проглотил свой кусок (провожаемый моим изумленным взглядом). Я неожиданно ловко швырнула букет, и он угодил прямо в руки не ожидавшей такого счастья Анжелы. Эмметт с Джаспером покатывались со смеху, глядя как Эдвард — с величайшей осторожностью — снимает зубами одолженную подвязку (я предусмотрительно спустила ее чуть ли не до лодыжки). Лукаво подмигнув мне, он точным броском отправил ее в лицо Майку Ньютону.

А когда заиграла музыка, Эдвард притянул меня к себе, приглашая на традиционный первый танец. Хоть танцевать я так и не научилась — тем более перед публикой, — сопротивляться и в мыслях не было, я просто таяла от счастья в его объятиях. Он вел уверенно, мне ничего не пришлось делать, только покружиться под мерцающими огоньками навеса и фотовспышками.

— Вам весело, миссис Каллен? — прошептал он мне на ухо.

Я рассмеялась.

— Уйма времени уйдет, пока привыкну.

— Уйма времени у нас найдется, — напомнил он звенящим от счастья голосом и, не прерывая танца, наклонился поцеловать меня. Защелкали вспышки.

Мелодия сменилась, и Чарли, незаметно подкравшись сзади, похлопал Эдварда по плечу.

С папой непринужденно вальсировать не получилось. Танцоры мы с ним оба еще те, поэтому просто переступали на раз-два-три по маленькому квадрату. Эдвард тем временем подхватил Эсми, и они закружились вихрем — вылитые Фред Астер и Джинджер Роджерс.

— Без тебя дом опустеет, Белла. Я уже скучаю.

В горле стоял ком, но я попыталась отшутиться:

— Теперь вся готовка на тебе, и это преступная халатность с моей стороны. Имеешь полное право посадить меня под арест.

Папа улыбнулся.

— Готовку я как-нибудь переживу. Ты, главное, навещать не забывай.

— Не забуду.

Я перетанцевала практически со всеми. Приятно было видеть старых друзей, но больше всего на свете мне хотелось бы не отрываться от Эдварда. Поэтому когда, едва началась новая мелодия, он разбил нашу с Майком пару, я просияла от счастья.

— Все еще недолюбливаешь Майка? — поддела я Эдварда, увлекающего меня в танце на другую сторону площадки.

— С его-то мыслями? Пусть скажет спасибо, что с лестницы не спустил. Или еще чего похлеще.

— Ну да, конечно.

— А ты себя в зеркале видела?

— Э-э... Нет, кажется. Некогда было. А что?

— Боюсь, тогда ты даже не представляешь, как невыразимо прекрасна. Ничего странного, что бедняге Майку так и лезут в голову непристойные по отношению к чужой жене мысли. Как же Элис не заставила тебя хоть раз в зеркало глянуть?

— Твое предвзятое мнение в расчет не принимается.

С укоризненным вздохом Эдвард развернул меня лицом к дому. В стеклянной стене, как в огромном черном зеркале, отражались танцующие пары. Рука Эдварда протянулась к двум фигурам прямо напротив нас.

— Предвзятое, говоришь?

Я скользнула взглядом по отражению Эдварда, в точности воспроизводившему идеальные черты. Рядом с ним стояла темноволосая красавица. Нежная персиковая кожа, огромные сияющие от счастья глаза в обрамлении густых ресниц. Узкое, как перчатка, мерцающее платье расходится внизу широким шлейфом, делая девушку похожей на перевернутый цветок каллы. В ней столько грации, столько изящества... Главное не шевелиться, а то все испорчу.

Я застыла, боясь, что моргну — и прекрасная незнаком-ка исчезнет, оставив меня прежней, но Эдвард вдруг ока-менел и обернулся, как будто его окликнули.

— Вот оно что... — На лбу возникла озабоченная склад-ка — и тут же разгладилась.

Эдвард как ни в чем не бывало сиял лучезарной улыбкой.

— В чем дело? — насторожилась я.

— Сюрприз для новобрачных.

— В смысле?

Вместо ответа он снова закружил меня в танце, увлекая в противоположную сторону, подальше от залитой светом площадки.

Остановились мы только под сенью раскидистого кед-ра. Эдвард устремил взгляд в густую темноту.

— Спасибо, — произнес он. — Очень... мило с твоей сто-роны.

— Милый — мое второе имя, — отозвалась темнота зна-комым хрипловатым голосом. — Я вас разобью?

Ахнув, я схватилась за горло и чуть не рухнула в обмо-рок — спасибо, Эдвард поддержал.

— Джейкоб! — выдохнула я, когда спазм прошел. — Джейкоб!

— Привет, Беллз!

Негнущимися ногами я шагнула на голос. Эдвард не вы-пускал мой локоть, пока из темноты мне навстречу не про-тянулась другая пара крепких рук. Джейкоб притянул меня к себе, и от него полыхнуло жаром, от которого не спасла тонкая ткань платья. Танцевать он не пытался, только сто-ял, обнимая меня, а я уткнулась лицом ему в грудь. Скло-нив голову, он коснулся щекой моей макушки.

— Розали не простит, если я лишу ее права потанцевать с женихом, — вполголоса проговорил Эдвард, и я поняла, что он собирается оставить меня с Джейкобом наедине — щедрый подарок с его стороны.

— Джейкоб! — Я захлебнулась слезами. — Спасибо!

— Ну что ты нюни развела? Платье испортишь. Это всего лишь я.

— Всего лишь? Ох, Джейк! Теперь я совершенно счастлива.

— Еще бы! — фыркнул он. — Начинайте свадьбу. Шафер прибыл.

— Теперь все, кого я люблю, рядом.

Его губы коснулись моих волос.

— Прости, что задержался, подруга.

— Как я счастлива тебя видеть!

— В том и смысл.

Я мельком оглянулась на гостей, но за танцующими парами отыскать Билли Блэка там, где я его видела последний раз, не удавалось. Может, он уже ушел.

— Билли знает, что ты здесь? — спросила я и тут же поняла, что да, знает. Как еще объяснить его приподнятое настроение?

— Сэм наверняка доложил. Я его навещу... когда все закончится.

— Он будет рад, что ты снова дома.

Джейкоб разжал объятия и выпрямился. Обвив меня одной рукой за талию, он задержал мою правую ладонь в своей и поднес к груди. Я почувствовала, как бьется его сердце, — видимо, на это и был расчет.

— Не знаю, удастся ли мне урвать еще один танец... — С этими словами Джейкоб медленно повел меня по кругу в собственном ритме, не имеющем ничего общего с мелодией на танцевальной площадке. — Так что воспользуюсь.

Мы танцевали под стук его сердца.

— Правильно, что пришел, — немного помолчав, произнес он вполголоса. — Не ожидал, что будет так хорошо. Но я рад, что увидел тебя... еще раз. Думал, будет больнее.

— Не хочу, чтобы тебе было больно.

— Знаю. И я пришел не затем, чтобы ты чувствовала себя виноватой.

— Что ты! Я счастлива. Лучшего подарка и придумать нельзя.

— Да? Хорошо. Потому что настоящего подарка я приготовить не успел, — рассмеялся он.

Глаза понемногу привыкали к темноте, и я разглядела его лицо — несколько выше, чем предполагала. Неужели он до сих пор растет? Так и за два метра перевалит. После долгой разлуки я с особой радостью изучала знакомые черты — глубоко посаженные глаза под кустистыми черными бровями, высокие скулы, полные губы, растянутые в насмешливой улыбке над белоснежными зубами. В глазах притаилось напряжение — осторожничает. Каждый свой шаг выверяет. Чтобы я была счастлива и не замечала, каких усилий ему стоит не сорваться.

Я не заслуживаю такого друга, как Джейкоб. Ни одним своим поступком.

— Почему ты вдруг решил вернуться?

— Сознательно или подсознательно? — Он глубоко вдохнул, прежде чем ответить на собственный вопрос. — Не понимаю. Потихоньку брел в этом направлении, ноги сами несли. А утром вдруг взял и помчался бегом. Не знал, успею или нет. — Он рассмеялся. — Не представляешь, как странно снова ходить на двух ногах. Да еще в одежде! А еще страннее, что мне это странно. Я и предположить не мог. Отвык от всего человеческого.

Мы медленно кружили в танце.

— Но я бы очень много потерял, если бы не увидел тебя такой. Ради этого стоило побегать. Ты невероятно красивая, Белла.

— Элис постаралась. И потом, здесь темно.

— Мне светло, ты ведь знаешь.

Да, правда. Обостренные чувства оборотня. Но глядя на него в человеческом облике, о них и не вспомнишь. Тем более в такой момент.

— Ты подстригся, — обратила внимание я.

— Да. Так проще. Решил, что пока есть руки, надо ими пользоваться.

— Хорошо вышло. — Тут я слукавила.

Джейкоб фыркнул.

— Точно. Обкорнал ржавыми кухонными ножницами. — Широкая улыбка вдруг померкла, и он посерьезнел. — Белла, ты счастлива?

— Да.

— Ладно. — Джейкоб пожал плечами. — Это главное.

— А ты как, Джейкоб? Если по правде?

— Все в порядке. По правде. За меня не беспокойся. И Сета не тереби.

— Я его не поэтому тереблю. Он мне нравится.

— Да, он хороший парень. И с ним куда проще, чем с некоторыми. Ох, если бы еще отключить этот хор голосов в голове, тогда и в волчьем облике не жизнь была бы, а малина.

Я рассмеялась.

— Да уж. Мне бы тоже отключить.

— Тоже голоса? Значит, крыша поехала. Хотя я и так всегда знал, что с головой у тебя не в порядке.

— Ну, спасибо!

— Нет, по-моему, сумасшествие лучше, чем общий эфир со всей стаей. Гудят себе голоса в голове и гудят, не порываясь чуть что прислать няньку...

— А?

— Сэм вышел за мной приглядеть. И еще парочка. На всякий, понимаешь ли, пожарный.

— Какой пожарный?

— Ну, вдруг я не смогу держать себя в руках. И устрою дебош. — На губах мелькнула улыбка — «а что, хорошая мысль». — Я здесь не затем, чтобы портить тебе свадьбу, Белла. Я здесь затем... — он не договорил.

— Чтобы сделать ее идеальной.

— Высокая планка.

— Так ты и есть высокий.

Джейкоб застонал от моего примитивного каламбура, а потом горестно вздохнул.

— Я здесь как твой друг. Лучший друг, в последний раз.

— Сэм зря тебе не доверяет.

— Может, я слишком близко к сердцу все принял. Может, они все равно пришли бы — прикрыть Сета. Вампиров-то уйма вокруг. А Сету по барабану.

— Потому что Сет знает, что никакой угрозы нет. Он чувствует Калленов куда лучше, чем Сэм.

— Ну да, да. — Джейкоб поспешил спустить все на тормозах, пока я не вспылила.

Когда он успел стать таким дипломатом?

— Жаль, что тебя так донимают. Если бы я могла хоть чем-нибудь помочь... — И не только в этом.

— Не так уж все и плохо. Просто ною.

— Ты... счастлив?

— Почти. Но что мы все обо мне? Сегодня твой день. — Он хохотнул. — Ты небось на седьмом небе от восторга? Столько внимания...

— А то! Всегда мечтала.

Рассмеявшись, Джейкоб вдруг посмотрел куда-то поверх моей головы. Сжав губы, он скользил взглядом по сияющим огням, по кружащимся в танце парам, по невесомо опускающимся на землю белым лепесткам с гирлянд. Я тоже оглянулась. Отсюда, из темноты и тишины праздничная кутерьма казалась необычно далекой. Как будто смотришь на вихрящиеся хлопья в снежном шаре.

— Да, этого у них не отнять. Умеют устроить праздник! — признал он.

— Все Элис. Ее, как ураган, с пути не свернешь.

Джейкоб вздохнул.

— Вот и кончилась песня. Можно еще один танец? Или я зарываюсь?

Я крепко сжала его руку.

— Сколько хочешь.

— Заманчиво, — рассмеялся он. — Нет уж, ограничусь двумя. А то пойдут слухи...

Мы сделали еще круг.

— Пора бы уже мне привыкнуть с тобой прощаться, — пробормотал Джейкоб.

Я сглотнула, пытаясь подавить предательский ком в горле.

Джейкоб посмотрел на меня и, нахмурившись, провел кончиками пальцев по моей щеке, смахивая слезы.

— Не твой сегодня черед плакать, Белла.

— Все плачут на свадьбе, — сдавленным голосом проговорила я.

— Ты ведь этого хотела?

— Да.

— Значит, улыбнись.

Я попробовала. Джейкоб рассмеялся, увидев мою жалкую гримасу.

— Надо запомнить тебя такой. А потом представить, что ты...

— Что я что? Умерла?

Он стиснул зубы. Нелегко преодолеть себя, раз уж дал слово дарить мне сегодня только радость и воздержаться от комментариев. Хотя я догадывалась, что он хочет сказать.

— Нет, — наконец произнес Джейкоб. — Но вспоминать я тебя буду такой. Румянец на щеках. Стук сердца. Обе ноги левые. Вот так.

Я с чувством наступила ему на ногу.

Джейк расплылся в улыбке.

— Во-от! Узнаю свою подругу.

Он хотел еще что-то сказать и вдруг резко захлопнул рот. Вновь эта внутренняя борьба и стиснутые зубы, чтобы непрошеные слова не прорвались наружу.

До чего же легко мне было когда-то дружить с Джейкобом... Почти как дышать. Но с тех пор как в мою жизнь вернулся Эдвард, между нами выросла стена. Ведь — по мнению Джейкоба — выбирая Эдварда, я выбираю участь если не худшую, чем смерть, то примерно равную.

— Что такое, Джейк? Скажи. Я пойму.

— Н-ничего.

— Ну, давай. Говори уже, что хотел сказать.

— Я... Все наоборот. Не сказать, а спросить. Чтобы ты мне кое-что сказала.

— Ну так спрашивай.

Еще минуту он мучался сомнениями, потом выдохнул:

— Нет, не надо. Неважно. Просто нездоровое любопытство.

И тут я догадалась — мне ли его не знать?

— Нет, Джейк, это произойдет не сегодня, — прошептала я.

Мой человеческий облик заботил Джейка еще больше, чем Эдварда. Он дорожил каждым стуком моего сердца, зная, что биться ему осталось недолго.

— А, — пытаясь скрыть облегчение, ответил он. — Ну да.

Мелодия снова сменилась, но в этот раз Джейк даже не заметил.

— А когда же?

— Не знаю точно. Через неделю-другую.

— В чем задержка? — уже другим, напряженным, с легкой издевкой голосом поинтересовался он.

— Не хотелось бы весь медовый месяц корчиться от нестерпимой жажды.

— А чем же вы тогда займетесь? В шашки будете играть? Ха-ха-ха!

— Очень смешно...

— Шутка, Беллз. Но я честно не понимаю. Настоящий медовый месяц вам с вампиром все равно не положен, так зачем? Давай начистоту. Ты уже не первый раз отодвигаешь решающий момент. Что, кстати, и к лучшему, —

неожиданно серьезно оговорился он. — К чему притворяться?

— Ничего я не отодвигаю! — отрезала я. — А медовый месяц у нас будет самый настоящий! Имею право! И не лезь.

Джейк резко перестал меня кружить. «Неужели заметил, что мелодия давно играет не та?» — удивилась я и стала прикидывать, как бы поскорее загладить размолвку. Нехорошо прощаться на такой ноте.

Но его глаза расширились от недоумения и ужаса.

— Что? — задохнулся Джейкоб. — Что ты сказала?

— Когда? Джейк! Ты что?

— В каком это смысле? Настоящий медовый месяц? Пока ты еще человек? Скажи, что пошутила! И шуточки у тебя, Белла, идиотские!

Я сверкнула глазами.

— Говорю же, не лезь, Джейк! Тебя это абсолютно не касается. Зря я... Не надо было даже разговор заводить. Это мое личное...

Огромными руками он сграбастал меня за плечи, сжимая так, что костяшки пальцев побелели.

— Ай, Джейк, больно! Отпусти!

Он встряхнул меня.

— Белла! У тебя правда крыша поехала? Нельзя быть такой дурой! Скажи, что пошутила!

Джейк встряхнул меня еще раз. Руки, которыми он сжимал меня как в тисках, задрожали пронизывающей до костей дрожью.

— Джейк, прекрати!

Темнота вдруг ожила.

— Убери руки! — ледяным и острым, как бритва, тоном отрезал Эдвард.

За спиной Джейкоба раздался негромкий рык, следом почти сразу же еще один.

— Джейк, братишка, перестань, — уговаривал Сет Клируотер. — Ты чуток перегнул.

Джейкоб как будто окаменел, уставившись перед собой широко распахнутыми полными ужаса глазами.

— Ей же больно! — шепнул Сет. — Отпусти!

— Сию секунду! — рявкнул Эдвард.

Руки Джейкоба безвольно повисли. Не успела я понять, что происходит, как вместо горячих ладоней меня обхватили холодные, и вокруг заструился рассекаемый воздух.

Моргнув, я поняла, что стою метрах в двух от прежнего места. Настороженный Эдвард прикрывает меня собой. Между ним и Джейкобом два напружинивших мышцы волка — впрочем, на драку они, судя по всему, не настроены. Скорее, пытались предотвратить.

А Сет — неокрепший пятнадцатилетний пацан — обхватил сопротивляющегося Джейкоба и пытается оттащить. Если Джейкоб перевоплотится прямо в объятиях Сета...

— Джейк, не надо! Пойдем...

— Я тебя убью! — севшим от ненависти голосом прохрипел Джейкоб. Устремленный на Эдварда взгляд полыхал яростью. — Своими руками! Сию секунду! — Его затрясло.

Черный волк, тот, что покрупнее, утробно зарычал.

— Сет, в сторону! — прошипел Эдвард.

Упрямый Сет снова попробовал сдвинуть Джейка с места. И сдернул почти на метр — от ярости тот даже сопротивляться не мог.

— Не надо, Джейк. Пойдем! Ну же!

На помощь Сету пришел Сэм — тот самый громадный черный волк. Он уткнулся мордой Джейку в грудь и подтолкнул.

Все троица — трясущийся Джейк на буксире у Сета и подталкивающий спереди Сэм моментально растворилась в темноте.

Оставшийся волк посмотрел им вслед. В полумраке не видно, какая у него шкура; если шоколадно-коричневая, тогда это, возможно, Квил.

— Прости, — шепнула я волку.

— Все хорошо Белла, все хорошо, — пробормотал Эдвард.

Волк перевел взгляд на него. Не сказать, чтобы дружелюбный взгляд. Эдвард ответил холодным кивком. Коротко фыркнув, волк удалился вслед за остальными и исчез в темноте.

— Ну что ж, — отметил про себя Эдвард и обратился ко мне: — Пойдем обратно.

— Но Джейк...

— Сэм его скрутит. Они ушли, все.

— Эдвард, прости! Я так сглупила...

— Ничего страшного ты не сделала.

— Кто меня за язык тянул? Чем я думала?

— Не волнуйся. — Он коснулся моего лица. — Надо идти обратно, пока нас не хватились.

Я непонимающе покачала головой. «Пока не хватились»? Неужели кто-то умудрился пропустить такое зрелище?

А потом, прокрутив случившееся в голове, я поняла, что катастрофу удалось уладить в мгновение ока, причем в полной тишине и вдали от посторонних глаз.

— Дай мне пару секунд, — взмолилась я.

В душе бушевали паника и отчаяние, но сейчас не до них, сейчас нужно сохранить лицо. Этому мне еще учиться и учиться.

— Как платье?

— Все в порядке. И прическа волосок к волоску.

Я сделала два глубоких вдоха.

— Хорошо, идем.

Обняв меня за плечи, Эдвард направился к освещенной площадке и под мерцающим навесом легко влился в круг танцующих пар — будто мы и не исчезали никуда.

Я украдкой оглядела гостей: нет, ни испуга, ни возмущения на лицах не видно. Только на самых бледных читаются признаки беспокойства, но и те искусно скрыты. Джаспер и Эмметт не отходят от края площадки — видимо, какие-то отголоски схватки до них донеслись.

— Ты...

— Я нормально. Просто поверить не могу. Что со мной не так?

— Все с тобой так.

Я была так рада видеть Джейкоба. Я знала, на какие жертвы он идет, чтобы здесь появиться. А потом взяла и все испортила, превратила сюрприз в склоку. Меня надо посадить под замок.

Но я не позволю, чтобы по моей дурости погибло все остальное. Задвинем случившееся в самый дальний угол, запрем на ключ — разберемся потом. Для самобичевания будет достаточно времени, сейчас все равно ничего не поправишь.

— Не надо больше об этом, — попросила я.

Я думала, Эдвард моментально согласится, но он промолчал.

— Эдвард?

Закрыв глаза, он прижался ко мне лбом.

— Джейкоб прав, — тихо произнес он. — О чем я думаю?

— Нет, не прав. — Ради толпы гостей я пыталась сохранить напускную беззаботность. — Джейкоб слишком субъективен, чтобы мыслить здраво.

Эдвард что-то пробормотал, я разобрала только: «Пусть бы лучше убил меня за одну только мысль...»

— Прекрати! — велела я и, сжав его лицо в ладонях, подождала, пока он откроет глаза. — Ты и я. Остальное неважно. Больше ни о чем тебе сейчас думать нельзя. Слышишь?

— Да, — вздохнул он.

— Забудь, что приходил Джейкоб. — У меня же получается. Должно получиться. — Ради меня. Обещай, что не будешь вспоминать.

Пристально посмотрев мне в глаза, он кивнул.

— Обещаю.

— Спасибо, Эдвард. Я не боюсь.

— А я боюсь, — прошептал он.

— Ну так не бойся! — улыбнулась я. — И кстати, я люблю тебя.

Он улыбнулся:

— Поэтому мы и тут.

— Ты монополизируешь невесту, — укоризненно произнес подошедший к Эдварду со спины Эмметт. — Дай и мне потанцевать с младшей сестричкой. Вряд ли у меня будет еще шанс заставить ее покраснеть. — И громко засмеялся, как обычно не обращая ни малейшего внимания на перемены в атмосфере.

Оказалось, что я все-таки много с кем еще не танцевала, зато смогла успокоиться и прийти в себя, пока исправляла упущение. Поэтому когда Эдвард потребовал меня обратно, «ящичек» с мыслями о Джейке был задвинут далеко и надолго. В объятиях Эдварда ко мне вернулись прежняя радость и уверенность, что все в моей жизни сложилось как надо. Улыбнувшись, я опустила голову ему на грудь. Руки, сжимающие меня в объятиях, чуть напряглись.

— Я, кажется, привыкаю.

— Больше не стесняешься танцевать? Не может быть!

— Танцевать не так уж и страшно — если с тобой. Но я про другое. — Я прижалась к нему крепче. — Исчезает страх, что ты со мной расстанешься.

— Никогда не расстанусь! — пообещал он, наклоняясь поцеловать меня.

Поцелуй был серьезным — долгим и настойчивым...

И когда я уже успела забыть, где мы, раздалась серебряная трель Элис.

— Белла! Пора!

Я почувствовала укол раздражения — умеет моя новоиспеченная сестра выбрать время.

Эдвард оставил ее слова без внимания, только губы стали еще настойчивее. Мое сердце колотилось, как бешеное, а ладони вспотели.

— На самолет хотите опоздать? — Голос прозвучал уже почти над ухом. — Милое дело — провести медовый месяц в аэропорту, дожидаясь следующего рейса.

Эдвард оторвался на секундочку, чтобы пробормотать: «Элис, уйди!» — и снова прильнул ко мне губами.

— Белла, в самолет в свадебном платье полезешь? — Элис гнула свою линию.

Я не откликнулась. Какая мне разница?

Элис недовольно заворчала.

— Тогда я сейчас скажу ей, куда вы летите, Эдвард. Вот возьму и скажу!

Эдвард замер. Потом, неохотно отстранившись, грозно глянул на свою обожаемую сестру.

— Такая маленькая на вид — и такая зануда!

— То есть я, по-твоему, дорожный костюм ей зря готовила? — возмутилась Элис, хватая меня за руку. — Пойдем, Белла!

Вместо того чтобы покорно потянуться за ней, я приподнялась на цыпочках и еще раз поцеловала Эдварда. Элис нетерпеливо дернула меня за руку, чтобы я, наконец, оторвалась. Послышался смех. Тогда я сдалась и послушно пошла за Элис в пустой дом.

Вид у нее был недовольный.

— Ну извини, — покаялась я.

— Да я не сержусь, Белла, — вздохнула она. — Но самой тебе не справиться.

Глядя на ее скорбное лицо, я не смогла сдержать улыбку, и Элис тут же нахмурилась.

— Элис, спасибо тебе! Ты устроила самую прекрасную на свете свадьбу, — искренне поблагодарила я. — Все прошло идеально. Ты у меня самая лучшая, самая умная и самая талантливая сестра в мире!

Моментально оттаявшая Элис просияла.

— Рада, что тебе понравилось!

Наверху ждали Эсми и Рене. В шесть рук они с Элис быстренько вытряхнули меня из платья и облачили в тем-но-синий дорожный костюм, заранее отобранный Элис. Чьи-то добрые пальцы вынули шпильки из моей причес-ки, и волнистые от косичек волосы свободно заструились по спине. По маминому лицу непрерывно катились слезы.

— Я тебе позвоню, как только узнаю, куда мы летим, — пообещала я, обнимая ее на прощание. Вот уж кто с ума сходит от неизвестности — мама терпеть не может сюрп-ризы... особенно если ее в тайну не посвятили.

— Я вам все расскажу, как только Белла уедет, — перебила Элис, самодовольно улыбаясь при виде моей обиженной физиономии. Ну вот! Несправедливо, что я узнаю все самой последней.

— Приезжайте к нам с Филом поскорее. Вам надо на юг, хоть на солнышке погреетесь, — настаивала Рене.

— Сегодня дождя не было! — возразила я, ловко увиливая от обещания.

— Только чудом.

— Все готово! — объявила Элис. — Вещи в машине, Джаспер ее сейчас подгонит. — И она поволокла меня к лестнице. Рене кинулась за нами, пытаясь обнять меня на ходу.

— Мам, я люблю тебя, — шепнула я, спускаясь. — Как хорошо, что ты с Филом. Берегите друг друга.

— Я тебя тоже люблю, Белла, солнышко!

— Пока, мама. Люблю тебя, — еще раз повторила я прерывающимся голосом.

Эдвард ждал внизу, протягивая мне руку. Я сжала его ладонь, но мой взгляд тут же обеспокоенно забегал по небольшой группке собравшихся нас провожать.

— Где папа? — Я никак не могла его найти.

— Вон он, — вполголоса ответил Эдвард и потянул меня за собой.

Гости расступились. Чарли, оказывается, неуклюже подпирал стену позади всех, как будто нарочно спрятался. Покрасневшие глаза подтвердили мою догадку.

— Ой, пап...

Я прижалась к нему, не сдерживая льющиеся ручьем слезы, — что-то у меня сегодня глаза на мокром месте. Папа успокаивающе похлопал меня по спине.

— Ну, что ты, что ты... Так на самолет опоздаешь.

Нелегко было сказать Чарли, как я его люблю, — в этом мы с ним похожи: нам проще перевести разговор на пустяки, чем признаться в чувствах. Нет уж, надо отбросить смущение.

— Я всегда буду любить тебя, пап. Не забывай.

— Я тоже, Беллз. Любил и буду любить.

Мы одновременно чмокнули друг друга в щеку.

— Позвони! — напомнил он.

— Обязательно, — пообещала я, зная, что больше ничего обещать не могу. Только звонить. Маме с папой нельзя больше со мной видеться, я стану совсем другой — и крайне опасной.

— Тогда поезжай, — глухо напутствовал папа. — А то опоздаете.

Гости снова расступились. Эдвард, шагая к выходу, обнял меня покрепче.

— Ну что, готова?

— Да! — И это была чистая правда.

Под всеобщие аплодисменты Эдвард поцеловал меня в дверях, и мы кинулись к машине, осыпаемые рисовым дождем. Большая часть пролетела мимо, но чья-то метко запущенная горсть (наверняка Эмметт!) срикошетила от спины Эдварда и угодила прямо в меня.

Машина тоже купалась в цветах — длинные гирлянды тянулись вдоль корпуса, а позади болтались привязанные к бамперу невесомыми газовыми лентами туфли — ни разу не надетая дизайнерская обувь.

Я пробралась в машину, пока Эдвард прикрывал меня от рисового града, и он скользнул следом. Машина рванула с места, я успела помахать рукой в окно и крикнуть «Люблю вас!» всем родным, собравшимся у дверей.

Последнее, что я успела заметить, были мои родители. Фил нежно обнимал маму за плечи. Она обвила его рукой за талию, но другой держала за руку папу. Настоящая симфония разных образов любви. Картина показалась мне весьма оптимистичной.

Эдвард сжал мою руку.

— Я люблю тебя!

Я прижалась к его плечу и процитировала им же сказанное:

— Поэтому мы здесь.

Он коснулся губами моих волос.

Когда мы выехали на темное шоссе, и Эдвард по-настоящему прибавил газу, сквозь урчание мотора донесся какой-то звук. Из леса. Если слышно мне, то Эдварду тем более. Но он не произнес ни слова. Я тоже промолчала.

Пронзительный, полный тоски вой затихал вдали, пока не смолк совсем.

5. ОСТРОВ ЭСМИ

— Хьюстон? — удивилась я, когда в Сиэтле мы прошли на посадку.

— Промежуточная остановка, — с улыбкой пояснил Эдвард.

Потом я почувствовала, как он меня будит, хотя только на секундочку задремала. Полусонная, я тащилась за ним по аэропорту, после каждого моргания заново вспоминая, как открывать глаза. Поэтому, когда мы остановились в зале международных вылетов и встали в очередь на регистрацию, до меня не сразу дошло.

— Рио-де-Жанейро? — уже с беспокойством переспросила я, прочитав надпись на мониторе.

— Тоже пересадка, — кивнул Эдвард.

Перелет оказался долгим, но мы устроились с комфортом в салоне первого класса, и я уснула в объятиях Эдварда. На этот раз поспать удалось как следует. Я проснулась неожиданно бодрой, когда самолет уже начал заходить на посадку. В иллюминаторы проникали косые лучи заходящего солнца.

Вопреки моим предположениям, мы не остались в аэропорту и не пошли пересаживаться на следующий рейс. Такси мчало нас по темным улицам Рио, где кипела бурная жизнь. Не разобрав ни слова из того, что Эдвард на беглом португальском объяснял водителю, я сообразила, что мы, судя по всему, едем в гостиницу, переночевать и набраться сил перед следующим этапом путешествия. В животе шевельнулось что-то похожее на мандраж. Такси летело по бурлящим улицам, но вот оживление заметно спало, и впереди показалась западная окраина города, вдающаяся в океан.

Такси затормозило в доках.

Эдвард уверенно зашагал вдоль белоснежных яхт, покачивающихся на темной воде. Та, у которой он остановился, казалась поменьше и стройнее остальных — сразу видно, скоростная, а не плавучий дом. При этом все равно роскошная, просто более изящная. Эдвард ловко, несмотря на тяжеленные чемоданы, прыгнул на борт. Сгрузив багаж на палубу, он протянул руку, помогая мне забраться.

Я молча смотрела, как он готовит яхту к отплытию, поражаясь его уверенным и точным движениям — он ведь никогда даже не упоминал, что интересуется морем. С другой стороны, когда у него что-то получалось не идеально?

Мы взяли курс на восток, в открытый океан, и я попыталась восстановить в памяти школьную географию. Хм... Не припомню ничего существенного к востоку от Бразилии... Разве что Африка?

Эдвард вел яхту полным ходом прямо вперед, пока огни Рио не растаяли за кормой. На лице его сияла восторженная улыбка — движение, скорость, что еще нужно для счастья... Яхта рассекла носом волну, и меня окатило фонтаном брызг.

Наконец упорно сдерживаемое любопытство взяло верх.

— А нам еще долго плыть?

Вряд ли Эдвард позабыл о моих человеческих слабостях, но мало ли — вдруг он решит пожить какое-то время на этом суденышке?

— Полчаса примерно. — Заметив, как я вцепилась в сиденье, он улыбнулся.

Ну-ну... Он, в конце концов, вампир. Может и в Атлантиду увезти.

Прошло двадцать минут, и я услышала, как Эдвард зовет меня, перекрикивая рев мотора.

— Белла, смотри! — Он показывал куда-то вперед.

Там ничего не было, только кромешная тьма и лунная дорожка на воде. Но присмотревшись получше, я разглядела темное пятно на посеребренных лунным светом волнах. Я прищурилась, и силуэт обрел очертания. Приземистый неправильный треугольник, один угол тянется длинным хвостом, зарываясь в волны. Мы подошли поближе, и верхняя кромка треугольника закачалась под легким бризом пушистыми перьями.

Я моргнула, и образ вдруг сложился в одно целое — прямо по курсу из океана вставал крошечный островок с раскидистыми пальмами и сияющим под луной пляжем.

— Где мы? — прошептала я в изумлении. Яхта тем временем огибала остров, двигаясь к северной оконечности.

Эдвард умудрился расслышать мой шепот за рокотом двигателя и расплылся в широченной сияющей улыбке.

— Это остров Эсми.

Яхта с картинной точностью причалила к выбеленному лунным светом деревянному пирсу. Эдвард заглушил мотор, и мир погрузился в непривычно глубокую тишину. Только плеск волн за бортом и шелест бриза в пальмах. Воздух теплый, влажный и напоен ароматами — как в ванной после горячего душа.

— Эсми? — Я переспросила вполголоса, но в ночной тишине вопрос все равно прозвучал чересчур громко.

— Подарок от Карлайла. Эсми нам его любезно одолжила.

Подарок. Разве острова дарят? Я озадаченно сморщила лоб. Могла бы и раньше догадаться, что неслыханная щедрость Эдварда имеет семейные корни.

Сгрузив чемоданы на пирс, он обернулся, чтобы помочь мне сойти. Но вместо того чтобы просто поддержать, одним махом подхватил меня на руки.

— Полагается вроде переносить через порог? — обретя дар речи, поинтересовалась я, когда мы приземлились на доски причала.

— Все продумано! — улыбнулся Эдвард.

Ухватив свободной рукой два огромных чемодана на колесиках, Эдвард донес меня до песчаной тропинки, теряющейся в буйных зарослях.

Сперва я ничего не могла разобрать в этих джунглях, потом впереди показалось светлое пятно. И когда стало ясно, что это никакое не пятно, а дом, светящийся двумя широкими окнами по обеим сторонам от входной двери, на меня опять напал мандраж. Еще худший, чем когда я думала, что мы сейчас заселимся в гостиницу.

Я почти слышала, как стучит по ребрам сердце, дыхание перехватило. Не в силах поднять взгляд на Эдварда, я смотрела невидящими глазами прямо перед собой.

Эдвард, вопреки обыкновению, даже не спрашивал, о чем я думаю. Получается, ему тоже страшновато стало.

Он поставил чемоданы на широкую веранду, чтобы освободить руку и открыть дверь — гостеприимно незапертую.

Перед тем как перенести меня через порог, он дождался, пока я все же взгляну ему в глаза.

А потом в молчании пронес по всему дому, зажигая на ходу свет в комнатах. Дом показался мне довольно большим для крошечного островка — и смутно знакомым. Привычная цветовая гамма Калленов, пастельно-кремовая. Как будто и не уезжали. Подробностей я, впрочем, не разглядела. Из-за бешено стучащего в ушах пульса все слилось в одно сплошное пятно.

И тут Эдвард повернул последний выключатель.

Просторная комната в светлых тонах, одна стена полностью стеклянная — узнаю стиль своих вампиров. За окном луна серебрила белый песок, и в каких-нибудь паре метров от дома плескались волны. Но мой взгляд был прикован не к ним, а к огромной белой кровати под пышными облаками москитной сетки.

Эдвард опустил меня на ноги.

— Схожу... за чемоданами.

В комнате было тепло, теплее, чем в душной тропической ночи за окном. По шее скатилась капелька пота. Я осторожно подошла к кровати и, протянув руку, дотронулась до воздушной сетки. Хотелось убедиться, что это не мираж и не сон.

Я даже не услышала, как вернулся Эдвард. Поняла, что он тут, только почувствовав прикосновение ласковых ледяных пальцев, смахивающих бисеринки пота с моей шеи.

— Жарковато здесь, — извиняющимся тоном произнес он. — Мне показалось... так будет лучше.

— Все продумано? — пробормотала я, и он едва слышно хихикнул. Нервный смех. Непохоже на Эдварда.

— Я пытался все заранее предусмотреть, чтобы было легче, — объяснил он честно.

Я шумно сглотнула, избегая встречаться в ним взглядом. Был ли у кого-нибудь когда-нибудь медовый месяц подобный нашему?

Ответ известен. Нет. Никогда и ни у кого.

— Я тут подумал... — медленно проговорил Эдвард, — может, сперва... может, ты хочешь пойти поплавать со мной? — Его голос зазвучал увереннее: — Вода как парное молоко.

— Хорошая мысль, — дрогнувшим голосом согласилась я.

— Тебе, наверное, надо побыть одной пару минут, почувствовать себя человеком? Все-таки дорога была долгой.

Я сковано кивнула. До человека мне сейчас далеко, но пара минут наедине с собой не помешает.

Губы Эдварда коснулись шеи, прямо под ухом. Он рассмеялся, и прохладное дыхание щекотнуло влажную от жары кожу.

— Только не слишком долго, миссис Каллен!

Я дернулась с непривычки, услышав свое новое имя.

Эдвард покрыл легкими поцелуями мою кожу от шеи до плеча.

— Жду тебя в океане. — С этими словами он распахнул стеклянные двери, выходящие прямо на песчаный пляж. На ходу одним движением плеч сбросил рубашку и шагнул в лунное сияние. В комнату ворвался влажный соленый ветер.

Кожа горела так, что я даже глянула проверить. Нет, не похоже. По крайней мере, внешне.

Стараясь не забывать делать вдох-выдох, я направилась к гигантскому чемодану, который Эдвард оставил открытым на длинной белой прикроватной тумбе. Судя по знакомой косметичке и преобладающему розовому цвету, чемодан мой — но я не узнавала ни одной вещи. Лихорадочно роясь в аккуратно уложенных стопках, я надеялась найти хоть что-то родное — теплые треники, например, — однако под руку попадались сплошные кружева и крохотные вещицы из шелка. Белье. Самое что ни на есть. С французскими этикетками.

Ну, Элис! Когда-нибудь ты мне за это заплатишь, придет день!

Наконец я сдалась и ушла в ванную, украдкой глянув в узкие окна, выходившие на тот же пляж. Эдварда не видно. Наверное, он в воде и даже не удосужится вынырнуть, чтобы глотнуть воздуха. Высоко в небе сияла почти идеально круглая луна, а внизу расстилался ослепительно белый в ее свете песок. Краем глаза я уловила какое-то движение... Присмотрелась. Остальная одежда Эдварда, небрежно переброшенная через ветку пальмы, раскачивается на морском ветру.

Кожу снова обдало жаром.

Сделав два глубоких вдоха, я подошла к зеркалу, вытянувшемуся параллельно длинному туалетному столику. Сразу видно, что я весь день спала в самолете. Вооружившись щеткой, я принялась раздирать спутавшиеся космы, пока не добилась результата — гладкая прическа и вся щетина щетки в волосах. Тщательно почистила зубы. Два раза. Умылась и плеснула водой на шею, которая горела, как в лихорадке. Сразу стало легче, поэтому я полила и на руки. А потом решила не мучаться и принять душ. Глупо, конечно, лезть в душ перед купанием в океане, но мне нужно было как-то прийти в себя, а горячая вода — отличное средство.

Выйдя из душа, я завернулась в огромное белое полотенце.

И тут же передо мной встала неожиданная проблема. Что надевать? Купальник исключается. Одеваться обратно тоже глупо. О содержимом заботливо упакованного Элис чемодана даже думать страшно.

Дыхание снова участилось, руки задрожали — вот тебе и успокоительное влияние душа. Перед глазами все поплыло, предвещая настоящую волну паники. Я уселась прямо в полотенце на прохладный кафельный пол. Главное, чтобы Эдвард не явился проведать, пока я не пришла в себя. Представляю, что он подумает, увидев меня в таком разобранном состоянии. Вывод будет только один: мы совершаем огромную ошибку.

Но ведь я терзаюсь не потому, что мы совершаем ошибку. Нет. А потому что не знаю, как все пройдет. Боюсь выйти из ванной и столкнуться с неизвестностью. Тем более во французском белье. К такому я пока не готова.

Такое ощущение, что мне предстоит выйти на сцену перед переполненным зрительным залом, а я не помню ни строчки из текста.

Как отваживаются остальные доверить другому свои страхи и неуверенность, если этот другой, в отличие от Эдварда, не связан с ними нерушимой связью? Если бы не Эдвард, в безраздельной, безусловной и, честно говоря, необъяснимой любви которого я уверена каждой своей клеточкой, — я бы, наверное, так и не вышла из ванной.

Но меня ждал именно Эдвард, поэтому, прошептав: «Не трусь!» — я поднялась на ноги. Подтянула полотенце и, закрепив его потуже, решительным шагом двинулась на выход. Не удостоив даже взглядом раскрытый чемодан, полный белья, и огромную кровать. За распахнутыми стеклянными дверями расстилался мягкий, как пудра, песок.

В лунном свете все казалось черно-белым, без полутонов. Медленно ступая по мягкой «пудре», я подошла к пальме, где Эдвард повесил одежду. Плавно провела рукой по шершавому стволу, восстанавливая дыхание. Хотя бы чуть-чуть.

Мой взгляд скользнул вдоль темной ряби в поисках Эдварда.

Он стоял ко мне спиной по пояс в воде, подняв голову к сияющему лунному диску. В бледном свете его кожа казалась белоснежной, как песок и сама луна, а волосы — черными, как океан. Эдвард не двигался, просто стоял, касаясь ладонями воды, мелкие волны разбивались об него, как об утес. Я обвела взглядом его спину, плечи, руки, шею...

Кожа перестала пылать огнем, пламя затихло, стало ровным и глубоким, испепелив мою неловкость и робость. Я решительно сбросила полотенце и повесила на дерево рядом с одеждой Эдварда. А потом шагнула в лунное сияние. Пусть и у меня кожа будет белая, как песок.

Не слыша собственных шагов, я подошла к кромке воды. Эдвард наверняка слышал. Но не обернулся. Ласковые волны заплескались у ступней. Эдвард был прав — теплые, как в ванне. Я стала заходить глубже, осторожно нащупывая невидимое дно, однако опасения оказались напрасными — под ногами, постепенно понижаясь, расстилался все тот же идеально ровный песок. Почти не ощущая сопротивления воды, я подошла вплотную к Эдварду и накрыла его прохладную ладонь своей.

— Как красиво! — По его примеру я тоже посмотрела на луну.

— Вполне, — подтвердил он будничным тоном и медленно повернулся. Между нами заплясали крошечные волны. Глаза на его ледяном лице отливали серебром. Эдвард развернул ладонь под водой, и наши пальцы переплелись. Я даже не почувствовала привычных мурашек от его прикосновения — так было тепло.

— Для меня не существует другой красоты, — наконец проговорил он, — кроме твоей.

Улыбнувшись, я приложила руку, переставшую наконец дрожать, к его груди, там где сердце. Белое на белом. В кои-то веки я с ним совпала. Эдвард слегка вздрогнул от моего теплого прикосновения. Дыхание стало чуть прерывистее.

— Я обещал, что мы попробуем, — напомнил он с неожиданной сдержанностью в голосе. — И если я сделаю что-нибудь не то, если тебе будет больно, сразу же дай мне знать.

Я с серьезным видом кивнула, не переставая смотреть Эдварду в глаза, а потом шагнула ближе и прижалась к его груди.

— Не бойся, — шепнула я. — Мы созданы друг для друга.

И тут же сама осознала всю истинность своих слов. В такой момент, когда все вокруг идеально, в них не могло быть и тени сомнения.

Руки Эдварда сомкнулись у меня за спиной, он подтянул меня поближе, и мы застыли, обнявшись, — зима и лето. По моим нервам как будто ток пропустили.

— Навсегда, — подтвердил он и осторожно потянул меня за собой в океан.

Разбудили меня лучи жаркого солнца на обнаженной спине. Было позднее утро. А может, уже день. Все остальное, впрочем, казалось ясным и понятным, я прекрасно помнила, где мы — в белоснежной комнате с огромной кроватью, ослепительное солнце струится через распахнутые стеклянные двери. Москитный полог защищает от яркого света.

Я не торопилась открывать глаза. Пусть все остается таким же идеальным, не хочу ничего менять, даже такой пустяк. Слышен только шелест волн, наше дыхание и стук моего сердца...

Даже обжигающее солнце не нарушало идиллии. Прохладная кожа Эдварда спасает от любой жары. Лежать в его объятиях, на его зимне-снежной груди — нет ничего

проще и естественнее... С какой стати, спрашивается, я
вчера такую панику развела? Теперь все ночные страхи
выглядели глупыми и никчемными.

Эдвард медленно провел пальцами вдоль моего позво-
ночника, и я поняла: он уже знает, что я не сплю. Не открывая глаз, я прижалась к нему покрепче.

Он молчал. Пальцы рассеянно, едва касаясь, чертили
узоры на моей спине.

Я могла бы лежать так вечно, чтобы счастье не конча-
лось, но организм требовал свое. Нетерпеливый у меня
желудок, однако. Я тихонько рассмеялась. После нашей
необыкновенной ночи голод казался слишком баналь-
ным желанием. Как будто меня резко опустили с небес
на землю.

— Что смешного? — не переставая поглаживать мою
спину, поинтересовался Эдвард. Его серьезный хрипловатый голос пробудил поток воспоминаний, от которых меня
тут же бросило в жар.

В желудке заурчало — вот и ответ на вопрос. Я снова
рассмеялась.

— Никуда не денешься от человеческой природы.

Я ждала, что Эдвард посмеется вместе со мной, но он
молчал. Сквозь клубившийся в голове туман безгранично-
го счастья пробилось тревожное ощущение, что снаружи
все не так радужно.

Пришлось открыть глаза. И первое что я увидела —
бледную, почти серебристую кожу его шеи и изгиб скулы
прямо перед собой. Сведенной от напряжения скулы. Приподнявшись на локте, я заглянула ему в лицо.

Эдвард лежал, подняв глаза к воздушному противомос-
китному пологу, и даже не посмотрел на меня, когда я попыталась понять причину неожиданной суровости.

Меня будто током дернуло, когда я увидела его глаза.

— Эдвард? — позвала я внезапно севшим голосом. —
Что случилось?

— Ты еще спрашиваешь? — резко и с издевкой отозвался он.

Как человек всю жизнь считавший себя хуже других, я попыталась вспомнить, что же сделала не так. Но, прокрутив в голове всю симфонию прошлой ночи, я не услышала там ни одной фальшивой ноты. Все оказалось куда проще, чем я предполагала, мы с Эдвардом подошли друг другу, как две половинки одного целого. Еще один повод для моей тайной радости — раз мы идеально совместимы физически, значит, во всем остальном тем более. Огонь и лед, не уничтожающие друг друга, а причудливым образом соединяющиеся. Мы созданы, чтобы быть вместе, какие еще нужны доказательства?

Так почему лицо Эдварда вдруг стало суровым и мрачным? Я чего-то не знаю?

Эдвард разгладил собравшиеся на моем лбу морщинки.

— О чем ты думаешь?

— Тебя что-то тревожит. А я не понимаю. Я что, что-то не так...

Он сузил глаза.

— Ты сильно пострадала? Только правду, Белла, пожалуйста, не надо ничего преуменьшать.

— Пострадала? — От удивления даже голос повысился.

Эдвард пристально смотрел на меня.

Я машинально вытянулась, проверяя, все ли со мной в порядке, подвигала руками, ногами. Ну да, чувствуется некоторая тяжесть, мышцы слегка ноют, но в основном такое чувство, что кости исчезли, и я растекаюсь, как медуза. Ощущение не сказать чтобы неприятное.

И тогда я разозлилась. Что это такое — портить лучшее в мире утро какими-то мрачными подозрениями!

— С чего ты решил? В жизни себя лучше не чувствовала.

Глаза тут же закрылись.

— Перестань!

— Что перестать?

— Перестань меня выгораживать. Я чудовище, у которого хватило ума согласиться...

— Эдвард! — прошептала я, уже по-настоящему выбитая из колеи. Зачем он втаптывает в грязь мои светлые воспоминания? — Не говори так!

Глаза не открывались. Будто он не в силах меня видеть.

— Посмотри на себя, Белла. А потом уже убеждай, что я не чудовище.

Оскорбленная в лучших чувствах и расстроенная, я окинула себя взглядом — и ахнула.

Что такое? Почему я вся в снегу? Я потрясла головой, рассыпая каскад снежных хлопьев.

Поймав одну «снежинку», я поднесла ее к глазам. Птичий пух.

— Откуда эти перья? — озадаченно поинтересовалась я.

Эдвард нетерпеливо втянул воздух.

— Я разорвал зубами подушку. Может, две. Но я не об этом.

— Подушку? Зубами? Но почему?

— Белла, да посмотри же ты! — почти рявкнул он, резко хватая меня за руку и вытягивая ее вперед. — Вот, гляди!

И тут я поняла, о чем он.

Под слоем налипшего пуха на бледной коже расцветали багровые синяки. Они поднимались до плеча и переходили дальше, на грудную клетку. Высвободив руку, я ткнула пальцем гематому на левом предплечье — синяк на мгновение пропал и тут же проявился снова. Чуть-чуть побаливает.

Едва касаясь, Эдвард приложил ладонь к синяку на плече. Очертания точно совпали с контуром его длинных пальцев.

Я попыталась восстановить в памяти момент, когда мне стало больно — и ничего не вспомнила. Не было такого, чтобы он сжал или сдавил меня слишком сильно. Наоборот, мне хотелось, чтобы объятия стали крепче, и было так хорошо, когда он прижимал меня к себе...

— Прости, Белла... — прошептал Эдвард, глядя, как я уставилась на синяки. — Мне следовало... Нельзя... — Из его груди вырвался возглас отвращения. — Передать не могу, как я перед тобой виноват.

Он замер, уткнувшись лицом в ладони.

Я тоже замерла — от изумления, — пытаясь осознать его горе, которому я теперь хотя бы знала причину. Но осознание давалось нелегко — сама-то я чувствовала совершенно противоположное.

Изумление постепенно прошло, оставив после себя ничем не заполненную пустоту. Никаких мыслей. Я понятия не имела, что сказать. Как объяснить ему, чтобы он понял? Как передать ему мое счастье — то, в котором я купалась еще минуту назад?

Я дотронулась до его руки. Он не шевельнулся. Я потянула сильнее, пытаясь оторвать его ладонь от лица. С таким же успехом можно было теребить мраморную статую.

— Эдвард...

Ноль реакции.

— Эдвард!

Молчание.

Ладно, значит, будет монолог.

— Я ни о чем не жалею, Эдвард. Я... я даже передать не могу. Я так счастлива! И этим все сказано. Не сердись. Не надо. Со мной все хоро...

— Не надо! — В его голосе звучал лед. — Если не хочешь, чтобы я сошел с ума, не вздумай говорить, что с тобой все в порядке.

— Но так и есть, — прошептала я.

— Белла!

Он все-таки отнял руки от лица. Золотистые глаза смотрели настороженно.

— Не порть мое счастье. Я. Правда. Счастлива.

— Я все испортил, — прошелестел он.

— Прекрати!

Он скрежетнул зубами.

— О-ох! — простонала я. — Ну почему ты не можешь прочесть мои мысли?

Его глаза расширились от удивления.

— Это что-то новенькое. Тебе же нравится, что я их не читаю?

— А сейчас жалею.

— Почему? — Он уставился на меня в недоумении.

Я в отчаянии всплеснула руками. Плечо пронзила боль, но я не обращала внимания. Обе ладони я с размаху обрушила Эдварду на грудь.

— Потому что ты почувствовал бы мое счастье и перестал терзаться попусту! Пять минут назад я была счастлива. Абсолютно, безгранично и безмерно. А теперь... Теперь я злюсь.

— Я этого заслуживаю.

— Ну, вот, я на тебя зла! Доволен?

— Нет, — вздохнул он. — Как я могу теперь быть чемто доволен?

— Именно! — отрезала я в ответ. — Поэтому я и злюсь. Ты рушишь мое счастье, Эдвард.

Он покачал головой.

Я вздохнула. Мышцы ныли все сильнее, но это не страшно. Как на следующий день после силовой тренировки. Было дело — у Рене случился приступ увлечения фитнесом, и она затащила меня в спортзал. Шестьдесят пять выпадов на разные ноги поочередно с четырехкилограммовыми гантелями. На следующий день ходить не могла. Так что сейчас по сравнению с тем — пустяки, детский сад.

Проглотив злость, я заговорила успокаивающе и ласково:

— Мы понимали, что будут сложности. А все оказалось гораздо проще и легче. Так что ничего страшного. — Я провела пальцами по руке. — Для первого раза, когда мы оба не знали, как все пройдет, по-моему, просто чудесно. Немного практики...

На его лице вдруг отразилось такое, что я умолкла на полуслове.

— Понимали? То есть ты примерно этого и ожидала? Ожидала, что я причиню тебе боль? Думала, что будет хуже? Раз на ногах держишься — значит, эксперимент прошел удачно, да? Кости целы, и слава богу?

Я дождалась конца пламенной тирады. Потом еще чуть-чуть, пока он не задышал ровнее. И только увидев долгожданное спокойствие в его глазах, я ответила, чеканя каждое слово:

— Я не знала, чего ждать — но уж точно не подумала бы, что будет настолько... прекрасно и идеально. — Голос превратился в шепот, а голова безвольно качнулась вниз. — Я не знаю, как тебе, но мне было именно так.

Эдвард холодным пальцем приподнял мой подбородок.

— И это все, что тебя беспокоит? — выдавил он сквозь зубы. — Получил ли я удовольствие?

— Я знаю, что ты чувствуешь иначе. Ты же не человек. Я просто хотела сказать, что для человеческого существа вряд ли в жизни найдется что-то прекраснее, — не поднимая взгляда, ответила я.

Мы надолго замолчали. Наконец я не выдержала и посмотрела на Эдварда. Вид у него был уже не такой суровый, а скорее, задумчивый.

— Получается, я еще не за все прощение попросил, — нахмурился он. — Мне и в голову не могло прийти, что из моих слов ты сделаешь вывод, будто эта ночь не была... самой лучшей за все мое существование. Но разве я могу так думать, когда ты...

Я не удержалась от улыбки.

— Правда? Лучшей? — робко переспросила я.

— Когда мы заключили уговор, я побеседовал с Карлайлом. Надеялся, он чем-нибудь поможет. Он меня, конечно, сразу предупредил, какая тебе грозит опасность. — По его лицу пробежала тень. — И все же он в меня верил. Как выяснилось, зря.

Я хотела возразить, но Эдвард приложил два пальца к моим губам.

— Еще я спросил, чего ожидать мне самому. Ведь я понятия не имел, как это ощущается... у нас, вампиров. — Губы изогнулись в слабом подобии улыбки. — И Карлайл признался, что по силе воздействия этому нет сравнения. Он предупреждал, что с физической любовью не шутят. Ведь мы почти не меняемся в эмоциональном плане, а такое мощное потрясение может привести к большим сдвигам. Однако на этот счет, сказал он, беспокоиться нечего — ты и так сделала меня совершенно иным. — Теперь улыбка была совершенно искренней. — Братьев я тоже спрашивал. Оба в один голос твердят, что это огромное удовольствие. Приятнее только человеческую кровь пить. — Его лоб прорезала складка. — Но я пробовал твою кровь, и для меня нет ничего притягательнее... Хотя, наверное, они правы. Просто у нас с тобой по-другому.

— Так и было. Все лучшее сразу.

— Только это не умаляет моей вины. Даже если тебе и в самом деле было хорошо.

— В каком смысле? Думаешь, я притворяюсь? Зачем?

— Чтобы я не терзался. Я ведь не могу отрицать очевидное. И выкинуть из головы прошлые разы, когда ты делала все, чтобы я забыл о своих ошибках.

Я взяла его за подбородок и наклонилась близко-близко.

— Послушай меня, Эдвард Каллен. Я ни капельки не притворяюсь. У меня и в мыслях не было, что тебя надо утешать, пока ты не развел тут мировую скорбь. Никогда в жизни не чувствовала себя счастливее — даже когда ты понял, что не можешь убить меня, потому что любишь. Или когда я проснулась, а ты ждал меня в комнате утром. И когда твой голос звал меня там, в балетном классе... — Эдвард вздрогнул, вспомнив, как я оказалась на волосок от смерти в лапах вампира-ищейки. — И когда ты произнес «да» и я осознала, что теперь никогда тебя не потеряю. Это мои самые счастливые воспоминания. Однако сегодняшняя ночь сделала меня еще счастливее. Вот и не отрицай очевидное.

Эдвард нежно коснулся моей щеки.

— Я причиняю страдания. Но я не хочу, чтобы ты страдала.

— Тогда сам не страдай. Ведь все остальное просто чудесно.

Он прищурился, потом с глубоким вздохом кивнул.

— Ты права. Что сделано, то сделано, тут ничего не изменишь. Нельзя, чтобы по моей милости ты тоже расстраивалась. Что угодно сделаю, чтобы исправить тебе настроение.

Я посмотрела на него подозрительно, а он ответил безмятежной улыбкой.

— Что угодно?

В животе раздалось урчание.

— Ты же у меня голодная! — Он вскочил с кровати, взметнув облако пуха.

Тут я вспомнила.

— Чем провинились подушки Эсми? — Я села в постели и потрясла головой, добавляя к снегопаду свою лепту.

Эдвард, успевший натянуть легкие полотняные брюки, застыл в дверях, ероша волосы, из которых тоже вылетела пара перьев.

— Провинились... Как будто я нарочно, — пробормотал он. — Скажи спасибо, что я не тебя растерзал, а подушки.

Он со свистом втянул в себя воздух и помотал головой, отгоняя злые мысли. Его губы расплылись в улыбке, но я догадывалась, какого труда она ему стоила.

Когда я соскользнула с высокой кровати, синяки и ушибы заныли более ощутимо.

Эдвард ахнул. Он стоял, отвернувшись, сжимая побелевшие в костяшках кулаки.

— Что, все настолько страшно? — как можно более беззаботно спросила я.

Эдвард справился с дыханием, но пока не поворачивался, пряча от меня лицо. Я отправилась в ванную оценивать масштабы бедствия.

Зеркало за дверью отразило меня в полный рост.

Бывало, прямо скажем, и похуже. Легкая синева на скуле, распухшие губы — в остальном лицо в порядке. Тело покрыто лиловато-сиреневыми узорами. Самые трудно скрываемые — на руках и плечах. Ну и подумаешь! Я всю жизнь в синяках хожу, пока очередной успеет проступить, уже забываешь, откуда он взялся. Эти, правда, еще свежие — завтра зрелище будет пострашнее...

Я перевела взгляд на волосы — и застонала.

— Белла? — Эдвард вырос рядом со мной.

— Мне эти перья за всю жизнь не вычесать! — Я горестно ткнула в похожую на куриное гнездо прическу и принялась выбирать пушинки по одной.

— И кроме перьев ее ничего че волнует... — пробормотал Эдвард, но пух вытаскивать помог, причем у него дело двигалась в два раза быстрее.

— Неужели тебе не смешно? Я же вылитое пугало огородное!

Он не ответил, только еще проворнее заработал пальцами. Собственно, что спрашивать? И так понятно, в таком настроении ему не до смеха.

— Ничего не выйдет, — вздохнула я. — Все присохло намертво. Попробую смыть под душем. — Повернувшись, я обняла его за талию. — Поможешь?

— Лучше раздобуду что-нибудь на завтрак, — тихо ответил он, размыкая мои руки, и поспешно удалился. Я вздохнула ему вслед.

Вот и весь медовый месяц. В горле встал комок.

Смыв почти все перья и переодевшись в непривычное белое хлопковое платье, удачно скрывающее самые страшные синяки, я прошлепала босиком на восхитительный запах яичницы с беконом и чеддером.

На кухне Эдвард у сияющей плиты как раз перекладывал омлет со сковороды на голубую тарелку. От запаха закружилась голова. Сейчас проглочу весь омлет одним махом вместе с тарелкой и сковородой!

— Держи. — Эдвард с улыбкой повернулся и поставил тарелку на выложенный мозаикой столик.

Примостившись на кованом стуле, я набросилась на горячий омлет. Обожгла все горло, но темпа не сбавила.

Эдвард сел по другую сторону стола.

— Надо кормить тебя чаще.

— Когда? Во сне? — удивилась я. — Очень вкусно, кстати. А уж из рук повара, который сам ничего не ест, — вообще шедевр.

— Кулинарные передачи, — пояснил он, просияв моей любимой хитрой улыбкой.

Какое счастье видеть его улыбающимся! Наконец-то он хоть чуть-чуть пришел в себя.

— А яйца откуда?

— Передал уборщикам, чтобы забили холодильник. Впервые за все время. Надо их будет попросить собрать перья... — Осекшись, Эдвард уставился в пространство поверх моей головы. Я промолчала, боясь снова его расстроить.

Завтрак я слопала весь, хотя еды там было на двоих.

— Спасибо! — Я перегнулась через стол, чтобы поцеловать Эдварда. Он машинально ответил, но тут же замер и отстранился.

Я скрежетнула зубами. Вопрос, который я все равно собиралась задать, прозвучал как обвинение.

— То есть ты вообще больше до меня дотрагиваться не будешь?

Эдвард помолчал, едва улыбнувшись, погладил меня по щеке. В его прикосновении было столько нежности, что я невольно наклонила голову и уткнулась ему в ладонь.

— Ты же понимаешь, я не об этом.

Он со вздохом опустил руку.

— Понимаю. Да, именно так. — Эдвард вздернул подбородок и проговорил решительно: — Пока ты не переродишься, я не стану заниматься с тобой любовью. Чтобы не причинить тебе новую боль.

6. РАЗВЛЕЧЕНИЯ

Найти, чем меня развлечь, стало занятием номер один на острове Эсми. В ход шло все. Подводное плавание (я с трубкой, Эдвард — без, демонстрируя способность подолгу обходиться без воздуха). Экспедиция в джунгли, узкой полосой окаймляющие скалистый пик. Прогулки в гости к попугаям, обитателям южной оконечности острова. Мы любовались закатом из каменистой лагуны на западном берегу. Играли с дельфинами, плещущимися на теплом мелководье. Вернее, играла я; завидев Эдварда, дельфины тут же бросались врассыпную, как от акулы.

Эдвард пытался загрузить меня по полной, чтобы я даже не заикалась о сексе. Все попытки пристроиться с ним вдвоем перед плоским плазменным экраном и не делать ничего тут же пресекались волшебными словами «коралловые рифы», или «подводные пещеры», или «морские черепахи». Целый день мы носились по острову и, когда садилось солнце, я уже не могла шевельнуть ни рукой, ни ногой.

За ужином я клевала носом над тарелкой — однажды так и заснула, Эдварду пришлось нести меня в постель. А еще он все время готовил огромные двойные порции, которые я съедала одна, умирая от голода после карабкания по скалам и плавания. Осоловев от еды, я, само собой, засыпала на ходу. Хитроумный план в действии.

При таком раскладе шансы соблазнить Эдварда катастрофически таяли. Но я не сдавалась. Пробовала переубеждать, уговаривать, дуться — без толку. Какие тут убеждения, если глаза слипаются на полуслове... А мне снились сны — в основном кошмары, настолько яркие и неотличимые от реальности (видимо, из-за буйства красок на острове), что я все равно поднималась утром невыспавшаяся.

Примерно через неделю я решила поискать компромисс.

Теперь я спала в голубой комнате. Уборщики пока не приходили, поэтому в белой спальне до сих пор высились сугробы из пуха и перьев. А голубая была поменьше, и кровать поскромнее. Стены отделаны темными тиковыми панелями, и все обтянуто роскошным голубым шелком.

Постепенно я привыкла переодеваться на ночь в кружевные наряды из коллекции Элис. По сравнению с микроскопическими купальниками, которые она сунула мне в чемодан, их можно было считать целомудренными. Неужели Элис было видение, что мне понадобится что-нибудь в таком роде, и все эти соблазнительные кружева и шелк не случайность? Бр-р. Представить стыдно.

Начинала я потихоньку — с шелковой пижамы цвета слоновой кости, опасаясь, что слишком открытые вещи при моих синяках скорее оттолкнут. Я была готова пойти дальше. Но Эдвард обращал на кружева и шелк не больше внимания, чем на заношенные треники, в которых я спала дома.

Синяки постепенно проходили — местам желтея, местами исчезая совсем. Поэтому сегодня я утащила в отделанную деревом ванную, чтобы переодеться после душа, самый куртизанский комплект. Черный кружевной — даже смотреть стыдно. До самого выхода из ванной я старательно отворачивалась от зеркала. Боялась струсить.

Наградой мне были широко распахнувшиеся при виде меня глаза Эдварда — лишь на секунду, потому что справился он с собой моментально.

— Ну как? — Покрутившись, чтобы продемонстрировать наряд со всех сторон, спросила я.

Он откашлялся.

— Очень красиво. Ты всегда красивая.

— Спасибо... — с легкой обидой протянула я.

Мягкая постель манила со страшной силой. Эдвард обнял меня и прижал к себе — все как всегда, как и в предыдущие ночи. В этой жаре и духоте без его прохладных рук не заснешь.

— Давай договоримся, — сквозь подступающий сон пробормотала я.

— Никаких уговоров!

— Ты ведь даже не знаешь, о чем...

— Все равно.

— Ну и пусть, — со вздохом согласилась я. — Я просто хотела... А, ладно.

Подождем, пока проглотит наживку. Я зевнула.

Хватило минуты. Я даже не успела вырубиться окончательно.

— Хорошо. Рассказывай, что ты хотела.

Я стиснула зубы, чтобы не улыбнуться. Перед возможностью сделать мне подарок Эдвард никогда не мог устоять.

— Мне тут подумалось... По идее, Дартмут всего лишь прикрытие, но что плохого, если я действительно поучусь семестр в колледже? — Я повторяла его собственные слова из прошлого, когда он уговаривал меня повременить с превращением в вампира. — Буду развлекать Чарли историями о студенческой жизни. Обидно, конечно, если не смогу угнаться за институтскими умниками. И все же... Восемнадцать, девятнадцать — какая, по большому счету, разница? Морщинами за год я вряд ли покроюсь.

Эдвард погрузился в долгие размышления. Затем произнес глухим голосом:

— Ты хочешь подождать. Побыть человеком.

Я прикусила язык, чтобы дать Эдварду как следует все обдумать.

— Зачем ты так со мной? — неожиданно зло выпалил он сквозь зубы. — Думаешь, мне и без этого не тяжело? — Эдвард собрал в кулак кружевную пену, и я испугалась, что сейчас он оторвет все оборки с мясом. Но пальцы разжались. — А, все равно. Никаких уговоров.

— Я хочу в колледж.

— Нет, не хочешь. Ради чего снова подвергать твою жизнь опасности? Ставить ее под удар?

— Я правда хочу. Не столько в колледж, если честно, сколько еще чуть-чуть побыть человеком.

Эдвард закрыл глаза и шумно выдохнул через нос.

— Белла, ты меня с ума сведешь! Сколько было разговоров на эту тему, и каждый раз ты умоляла сию же секунду сделать тебя вампиром.

— Да, но... Теперь у меня есть причина остаться человеком подольше.

— Какая причина?

— Догадайся. — Я сползла с подушек и поцеловала его.

Эдвард ответил, но это был совсем не тот поцелуй, который означал бы мою победу. Поцеловал просто из вежливости, чтобы не обидеть. Полностью себя контролируя. Издевательство какое... Он бережно отстранил меня и, обвив руками, прижал к груди.

— В тебе и так столько человеческого, Белла. Поведением правят гормоны, — усмехнулся он.

— В том-то и дело, Эдвард. Эта часть человеческой натуры мне нравится. И я пока не хочу с ней расставаться.

Пройдут годы, прежде чем я перестану быть жаждущим крови новорожденным вампиром и снова обрету эту радость.

Я не смогла подавить зевок, и Эдвард улыбнулся.

— Ты устала. Поспи, любимая. — И он начал напевать мою колыбельную, которую сочинил в нашу первую встречу.

— Интересно, откуда взялась усталость? — ехидно пробормотала я. — Ты ведь совсем ни при чем, да?

Он снова усмехнулся и продолжил мурлыкать колыбельную.

— Учитывая, как я еле до кровати доползаю, должна была бы спать как сурок.

Колыбельная прервалась.

— Так и есть. Спишь как убитая. За все время, что мы тут, я от тебя во сне и слова не слышал. Если бы ты не храпела, подумал бы, что впадаешь в кому.

Я пропустила мимо ушей шутку насчет храпа — я не храплю.

— И не металась во сне? Странно. Обычно, когда снятся кошмары, я всю постель переворачиваю. И кричу.

— Тебе снятся кошмары?

— Реалистичные до жути. И очень выматывающие. — Я зевнула. — Не может быть, чтобы у меня никаких воплей во сне не вырывалось.

— А что именно снится?

— Сны разные. И одновременно похожие. Потому что цветные.

— Цветные?

— Очень яркие, совсем как в жизни. Обычно во сне я чувствую, что сплю. А здесь нет. И от этого еще страшнее.

— Что же в них страшного? — В голосе Эдварда послышалась тревога.

Я поежилась.

— В основном... — И умолкла.

— В основном? — переспросил Эдвард.

Что-то мешало мне рассказать о появляющемся во всех кошмарах младенце. Это слишком мое, слишком личное. Поэтому я ограничилась только одним фрагментом сна. Которого, впрочем, было достаточно, чтобы на кого угодно нагнать страху.

— Вольтури! — прошептала я.

Эдвард прижал меня к себе крепче.

— Они нас больше не тронут. Ты скоро станешь бессмертной, а значит, им не к чему будет придраться.

Я уютно устроилась в его объятиях, чувствуя, правда, легкий укол совести, что ввела Эдварда в заблуждение. В кошмарах я боялась совсем не того, о чем он подумал. Не за себя. За мальчика.

Теперь я видела другого ребенка, не того вампиреныша с налитыми кровью глазами на груде тел моих родных и близких. Младенец, являвшийся мне уже четыре раза за прошедшую неделю, был явно человеческим — розовые щечки, светло-зеленые широко распахнутые глаза. Но, как и вампиреныш, при виде Вольтури он трясся от ужаса и отчаяния.

В этой смеси прежнего и нового кошмаров я чувствовала себя обязанной защитить неизвестного малыша. По-другому никак. И в то же время я знала, что это невозможно.

От Эдварда не укрылось появившееся у меня на лице затравленное выражение.

— Чем тебе помочь?

Я поспешно прогнала страшные мысли.

— Это просто сны, Эдвард.

— Хочешь, я буду петь колыбельную? Всю ночь. И ни один кошмар близко не подберется.

— Ну, там ведь не только кошмары. Некоторые сны очень красивые. Разноцветные. Как будто я плаваю под водой, среди рыб и кораллов. Как наяву, совершенно не чувствуешь, что спишь. Наверное, все дело в этом острове. Тут везде такие яркие краски...

— Хочешь домой?

— Нет. Пока нет. Мы можем еще тут побыть?

— Сколько угодно, Белла, — пообещал он.

— А когда начинается учебный год? Я совсем забыла о времени.

Эдвард вздохнул. И наверное, снова замурлыкал колыбельную, но я уже не слышала, провалилась в сон.

Когда я проснулась, вздрагивая от ужаса, снаружи было темно. Этот сон — такой живой, такой настоящий, со всеми ощущениями... Я ахнула вслух, не понимая, где я и почему вокруг темно. Еще миг назад я грелась в лучах ослепительно яркого солнца.

— Белла? — прошептал Эдвард, обнимая меня и укачивая как ребенка. — Все хорошо, любимая?

— Ох! — выдохнула я. Всего лишь сон. Мне все приснилось. Из глаз вдруг стремительным потоком хлынули слезы.

— Белла! — уже громче, с тревогой позвал Эдвард. — Что с тобой? — Холодными пальцами он вытирал слезы с моих горячих щек.

— Мне все приснилось! — Из груди вырвалось рыдание. Непрошеные слезы пугали, но справиться с охватившим меня горем не было сил. Я хочу, хочу, чтобы этот сон оказался явью!

— Все хорошо, любимая, все в порядке. Я здесь. — Эдвард баюкал меня в объятиях, чуть-чуть резковато для попытки утешить. — Опять страшный сон? Это сон, всего лишь сон...

— Не страшный... — Я мотнула головой и потерла глаза тыльной стороной кисти. — Это был хороший сон. — Голос опять дрогнул.

— Тогда почему ты плачешь? — недоумевал Эдвард.

— Потому что проснулась! — прорыдала я, стискивая руки у него на шее и захлебываясь слезами.

Загадочная женская логика насмешила Эдварда, но смех вышел обеспокоенный.

— Все хорошо, Белла. Дыши глубже.

— Он был такой настоящий. Я думала, это все по правде...

— Расскажи, — попросил Эдвард. — Вдруг поможет?

— Мы были на пляже... — Я замолчала, вглядываясь сквозь пелену слез в его прекрасное встревоженное лицо, едва различимое в темноте. Необъяснимое горе накатило с новой силой.

— И? — не выдержал он.

Я сморгнула слезы, разрываясь от горя.

— О, Эдвард...

— Рассказывай, Белла! — взмолился Эдвард, обеспокоенный прозвучавшей в моем голосе болью.

Я не могла. Только снова повисла у него на шее и впилась поцелуем ему в губы. Это было не просто желание, а физическая потребность, острая до боли. Эдвард начал целовать меня в ответ, но тут же опомнился.

Оправившись от неожиданности и осторожно выпутавшись из моих объятий, он отстранил меня, придерживая за плечи.

— Белла, нет, — настойчиво проговорил он, пристально глядя в глаза — как будто опасался, что я сошла с ума.

Мои руки безвольно упали, слезы хлынули новым потоком, к горлу подступили рыдания. Он, наверное, прав — я схожу с ума.

Эдвард смотрел на меня ничего не понимающим растерянным взглядом.

— П-прости! — выдавила я.

Он притянул меня к себе, прижимая к холодной мраморной груди.

— Не могу, Белла, нельзя! — взвыл он как подраненный

— Пожалуйста! — умоляла я, уткнувшись носом в его грудь. — Эдвард, прошу тебя!

Может, он не смог больше выносить моих слез, может, его смутила внезапность атаки, а может, у него, как и у меня, больше не было сил бороться с желанием. Он отыскал мои губы и закрыл их страстным поцелуем, простонав от бессилия.

И мы продолжили с того места, где прервался мой сон.

Проснувшись утром, я лежала не шевелясь, стараясь дышать как можно ровнее. Глаза открывать было страшно.

Моя голова покоилась на груди у Эдварда, который тоже лежал не шевелясь и не касаясь меня руками. Плохой знак. Как же страшно показать, что я уже не сплю, и выдержать возможный гнев — неважно на кого обрушенный, на меня или на него самого...

Я глянула сквозь прикрытые ресницы. Эдвард лежал на спине, закинув руки за голову, уставившись в темный потолок. Приподнявшись на локте, я заглянула ему в лицо. Оно было совершенно бесстрастным.

— Мне бежать в укрытие? — робко поинтересовалась я.

— Немедленно! — подтвердил он, поворачиваясь ко мне с ехидной улыбкой.

Я облегченно вздохнула.

— Прости! Ни в коем случае не хотела... Не знаю, что на меня нашло ночью. — Я помотала головой, вспомнив беспричинные слезы и глубокое горе.

— Ты так и не рассказала, что тебе снилось.

— Не рассказала. Зато показала. — У меня вырвался нервный смешок.

— О... — Эдвард заморгал. — Вот как. Надо же.

— Это был замечательный сон! — Эдвард не отвечал, поэтому, выждав несколько секунд, я решилась: — Ты меня простил?

— Еще думаю.

Я села в кровати, оглядывая себя. В этот раз никаких перьев. Однако перед глазами тут же все поплыло, и я откинулась обратно на подушки.

— Ой! Голова закружилась.

Эдвард моментально обнял меня.

— Ты долго спала. Двенадцать часов.

— Двенадцать? — Странно.

Я поспешно — и как можно незаметнее — осмотрела себя. Все в порядке. Синяки на руках старые, желтеющие. Попробуем потянуться. Тоже нормально. Даже лучше, чем нормально.

— Инвентаризация пройдена?

Я смущенно кивнула.

— И подушки вроде не погибли

— Подушки — нет. А вот твоя... м-м... пижама — увы, да. — Эдвард кивком показал на лоскутки черного кружева, раскиданные по шелковым простыням у изножия кровати.

— Какое несчастье! Она мне нравилась.

— Мне тоже.

— Еще жертвы есть? — робко поинтересовалась я.

— Придется купить Эсми новую кровать, — оглядываясь через плечо, признался Эдвард. Я повернула голову и наткнулась взглядом на жуткие царапины, избороздившие спинку.

— Хм, — нахмурилась я. — Странно, что я не слышала.

— Ты отличаешься поразительной невнимательностью, когда чем-то увлечена.

— Да, я слегка увлеклась. — Щеки от смущения стали пунцовыми.

Эдвард коснулся моей пылающей щеки и вздохнул.

— Румянца мне будет очень не хватать.

Я вглядывалась в его лицо, опасаясь найти признаки сожаления или недовольства. Но оно было спокойным и непроницаемым.

— А ты как себя чувствуешь?

Эдвард рассмеялся.

— Что смешного?

— У тебя такой виноватый вид — будто преступление совершила.

— Примерно... — пробормотала я.

— Подумаешь, соблазнила собственного не особо сопротивлявшегося мужа. Тоже мне криминал.

Ишь ты, подкалывает.

Щеки запылали сильнее.

— «Соблазнить» подразумевает некоторый умысел.

— Положим, я неточно выразился, — уступил Эдвард.

— Ты не сердишься?

— Не сержусь... — ответил он с грустной улыбкой.

— Почему?

— Ну, во-первых, на этот раз обошлось без увечий. Я нашел способ контролировать избыток эмоций, перенаправив его в другое русло. — Он покосился на поцарапанную спинку кровати. — Наверное, потому что я уже знал, чего ждать.

Я улыбнулась:

— Вот видишь! Говорила же, главное — побольше практики.

Эдвард покачал головой.

Тут у меня в желудке заурчало.

— Человекам пора завтракать! — рассмеялся Эдвард.

— Пожалуй, — кивнула я, спрыгивая с кровати. И тут же зашаталась от резкого движения, как пьяная. Спасибо Эдварду, подхватил — иначе врезалась бы в комод.

— Ты что это?

— Если в следующей жизни останусь такой же неуклюжей, потребую компенсацию за моральный ущерб.

Завтрак готовила я — простую яичницу, на кулинарные изыски терпения бы не хватило. Не дожидаясь пока дожарится, я перевернула ее на тарелку.

— И давно ты стала есть яичницу подрумяненной стороной вверх? — поинтересовался Эдвард.

— Только что.

— А ты в курсе, сколько яиц съела за эту неделю? — Он вытащил из-под раковины мусорную корзину, полную голубых упаковок.

— Надо же... — удивилась я, проглатывая обжигающий кусок. — Это у меня на острове аппетит разыгрался. — А еще сны странные снятся и равновесие ни к черту. — Но мне здесь нравится. Правда, нам, наверное, все равно скоро ехать, если не хотим опоздать к началу семестра в Дартмуте? Ух! Еще ведь жилье надо найти и все такое.

Эдвард присел рядом.

— С колледжем можешь больше не притворяться. Ты ведь своего добилась? А уговор мы не заключали, так что никаких обязательств.

Я возмущенно засопела.

— Все по-честному, Эдвард! В отличие от некоторых я не строю целыми днями хитроумные планы. «Как бы так поинтереснее вымотать Беллу?» — передразнила я. Эдвард рассмеялся. — Мне правда нужно еще капельку побыть человеком. — Я пробежалась пальцами по его обнаженной груди. — Мне пока мало.

— Ради этого? — Кинув на меня недоуменный взгляд, Эдвард перехватил подбирающуюся к его животу руку. — То есть дело только в сексе? — Он усмехнулся. — Мог бы и раньше догадаться. Разом прекратил бы кучу споров.

— Наверное, — рассмеялась я.

— В тебе столько человеческого, — повторил Эдвард уже когда-то сказанное.

— Знаю.

— Значит, едем в Дартмут?

— Не бойся, я на первой же сессии вылечу...

— Я тебя подтяну. — Улыбка стала шире. — А в колледже тебе понравится.

— Думаешь, еще не поздно искать жилье?

Эдвард виновато улыбнулся.

— У нас там вроде как есть дом... На всякий случай.

— Ты купил дом?!

— Недвижимость — оптимальное вложение средств.

Вот значит как.

— Тогда едем.

— Только сперва узнаю, можно ли не возвращать пока машину «до»...

— Конечно! А то не дай бог на меня танк попрет.

Эдвард рассмеялся.

— Сколько еще мы можем тут побыть?

— Времени достаточно. Несколько недель у нас точно есть. А потом, перед отправкой в Нью-Гэмпшир, предлагаю навестить Чарли. Рождество можно встретить с Рене...

Он рисовал полное радужных перспектив будущее, где никому не придется причинять боль. Почти никому — поправила себя я, услышав, как затрясся запертый на ключ ящичек с мыслями о Джейкобе.

Так ничего не выйдет. Стоило почувствовать прелесть человеческого бытия во всей полноте, как далеко идущие планы тут же поплыли. Где восемнадцать, там и девятнадцать, где девятнадцать, там и двадцать... Какая разница? За год я и не изменюсь совсем. Но быть человеком рядом с Эдвардом... С каждым днем выбор все сложнее.

— Несколько недель, — согласилась я. И тут же добавила, чувствуя, как неумолимо бежит время: — Помнишь, что я говорила насчет практики? Может...

Эдвард рассмеялся.

— Не упускай эту мысль. Я слышу лодку. Похоже, уборщики прибыли.

Не упускать мысль? То есть мешать ее осуществлению он больше не будет? Я улыбнулась.

— Сейчас объясню Густаво, что стряслось в белой спальне, и можем двигаться. На южной стороне в джунглях есть одна полянка...

— Не хочу двигаться. Я сегодня не в настроении мотаться по острову. Хочу остаться тут и посмотреть фильм.

Эдвард сжал губы, чтобы не рассмеяться над моим капризным тоном.

— Хорошо, как скажешь. Выбирай фильм, а я пока дверь открою.

— Что-то я не слышала стука.

Эдвард склонил голову, прислушиваясь. Через секунду в дверь робко постучали. Эдвард с довольной улыбкой отправился открывать.

На полках под большой телевизионной панелью выстроились ряды фильмов. Не знаешь, с какого бока начать... Их тут больше, чем в прокате.

Из коридора донесся приглушенный бархатистый баритон Эдварда, что-то объясняющий, насколько я догадывалась, на португальском. Ему отвечали на том же языке резковатым хриплым голосом.

Эдвард провел уборщиков в комнату, по пути махнув рукой в сторону кухни. На его фоне оба местных жителя казались чересчур темнокожими и низкорослыми. Плотный мужчина и миниатюрная женщина, лица у обоих сухие, морщинистые. Эдвард с гордой улыбкой жестом представил меня, и в потоке незнакомых слов я расслышала собственное имя. При мысли о том, что сейчас эти люди войдут в засыпанную перьями комнату, щеки тут же порозовели. Мужчина приветствовал меня почтительной улыбкой.

Его крошечная спутница с кофейного цвета кожей, наоборот, улыбаться не спешила. В ее взгляде отражались изумление, беспокойство и всепоглощающий ужас. Не успела я хоть что-то сказать или сделать, как Эдвард махнул им рукой, и они отправились созерцать разгром в курятнике.

Вернулся он один. Стремительно подлетел ко мне и обнял.

— Что с ней? — тревожно прошептала я, вспомнив этот панический взгляд.

Эдвард бесстрастно пожал плечами.

— У Каури индейские корни, ее воспитывали тикуна. А они куда более суеверны — иными словами, более внимательны, чем основная масса наших современников. Так что она догадывается, кто я такой. — В голосе его не было беспокойства. — У них здесь свои легенды. Лобисомем, демон-кровопийца, охотящийся исключительно на красавиц. — Эдвард изобразил плотоядную улыбку.

Только на красавиц? Это, кажется, комплимент!

— Но у нее такой перепуганный вид...

— Да. Ей страшно — за тебя.

— За меня?

— Ее пугает, что я привез тебя сюда совсем одну. — Зловеще усмехнувшись, он перевел взгляд на уставленные фильмами полки. — Ладно, давай ты уже выберешь фильм, и мы усядемся его смотреть. Вполне человеческое занятие.

— Точно! Она сразу убедится, что ты человек. — Я рассмеялась и повисла у него на шее, приподнявшись на цыпочки. Эдвард сперва наклонился, подставляя губы, а потом обхватил меня за талию и приподнял, чтобы не нагибаться.

— Фильмы-фигильмы... — пробормотала я, перебирая пальцами бронзовые кудри. Его губы в это время путешествовали по моей шее.

За спиной кто-то ахнул от ужаса, и Эдвард тут же опустил меня на пол. В дверях стояла оцепеневшая Каури — в волосах перья, в руках набитый пакет для мусора, на лице смертельный страх. Она смотрела на меня, а я покраснела и смущенно опустила взгляд.

Уборщица тут же опомнилась и пробормотала извинение — слова незнакомые, по интонации все понятно. Эдвард ответил миролюбиво и с улыбкой. Она отвела темные глаза и пошла работать дальше.

— Она правда подумала то, что, как мне показалось, она подумала?

Ну и завернула... Эдвард рассмеялся.

— Да.

— Вот, держи. — Я наугад сняла диск с полки. — Включим и притворимся, что смотрим.

В коробке оказался старый мюзикл с улыбающимися девушками в пышных платьях на обложке.

— Как раз для медового месяца, — одобрил Эдвард.

Глядя на экран, где актеры вытанцовывали под задорную вступительную песню, я забралась на диван и свернулась клубком в объятиях Эдварда.

— Теперь можно будет снова перебраться в белую спальню? — мимоходом поинтересовалась я.

— Не знаю... Учитывая, что кровать в другой спальне я тоже угробил, может, в разрушениях пока ограничимся одной комнатой? Если повезет, Эсми когда-нибудь нас еще сюда пригласит...

Я просияла.

— Громим дальше?

Эдварда моя радость насмешила.

— Уж лучше запланированно, чем ты застанешь меня врасплох посреди ночи.

— Да, долго ждать не придется, — небрежно согласилась я. Кровь при этом бешено застучала в висках.

— С сердцем перебои?

— Нет. Здорова как бык. Ну что, пойдем испытаем боевой полигон?

— Наверное, лучше дождаться, пока мы останемся одни. Это ты не замечаешь, как я мебель крушу, а уборщики испугаются.

Надо же! Вылетело из головы, что в доме посторонние

— Точно. Вот черт...

Густаво и Каури неслышно перемещались из комнаты в комнату, а я нетерпеливо считала минуты и пыталась проникнуться сказочной идиллией на экране. Постепенно меня начало клонить в сон — хотя, если верить Эдварду, я и так проспала полдня.

Проснулась я от резкого голоса. Эдвард сел, не выпуская меня из объятий, и ответил беглой португальской скороговоркой. Густаво, кивнув, направился к выходу.

— Они закончили, — сообщил Эдвард.

— Значит, теперь мы одни?

— Может, сперва перекусим?

Я прикусила губу, разрываясь между двумя желаниями. Есть хочется страшно.

Эдвард взял меня за руку и с улыбкой повел на кухню. Ну и что, что он не читает мои мысли? Зато мое лицо для него как открытая книга.

— Совсем в обжору превращаюсь, — пожаловалась я, плотно набив живот.

— Хочешь, пойдем поплаваем с дельфинами — сожжешь лишние калории?

— Можно, только не сейчас. Калории можно сжечь и по-другому.

— Это как же?

— Ну, там еще не вся кроватная спинка растерзана...

Договорить я не успела. Эдвард подхватил меня на руки и, поцелуем заставив замолчать, с нечеловеческой скоростью уволок в голубую спальню.

7. НЕОЖИДАННОСТЬ

Черная туча катит на меня сквозь пелену тумана. Я вижу, как горят от жажды их рубиновые глаза, как отчаянно им хочется убить. Зубы оскалены — у кого в хищной, у кого в довольной ухмылке, с острых клыков капает слюна.

Малыш за моей спиной хнычет от страха, но я не могу повернуться. Как ни велико желание проверить, не случилось ли с ним чего, отвлекаться нельзя ни на секунду.

Они подбираются ближе, черные плащи с капюшонами едва заметно трепещут на ветру. Скрючиваются бледные когтистые пальцы. Строй рассыпается, нас обтекают с флангов. Мы окружены. Гибель близка.

И вдруг, как будто под яркой вспышкой, сцена предстает в ином свете. Вроде бы ничего не изменилось — Вольтури по-прежнему смыкают смертельное кольцо. Но я уже смотрю на все по-другому. Во мне пробуждается нетерпение. Я хочу, чтобы они скорее напали. Паника сменяется жаждой крови, я пригибаюсь, как зверь перед прыжком, на лице улыбка, сквозь оскаленные зубы рвется утробный рык.

Проснувшись, я резким движением села в постели.

В комнате темно. Влажная духота. Волосы на висках слиплись от пота, капли катятся по шее.

Откинув взмокшие простыни, я поняла, что лежу в постели одна.

— Эдвард?

И тут пальцы нашарили что-то гладкое, плоское и шуршащее. Сложенный пополам лист бумаги. С запиской в руке я на ощупь добралась до выключателя.

Адресатом записки значилась миссис Каллен.

«Надеюсь, ты не проснешься среди ночи и не станешь гадать, куда я делся. Но если вдруг проснешься — не бойся, я скоро вернусь. Уехал на материк поохотиться. Ложись спать, утром я уже буду с тобой. Люблю тебя».

Я вздохнула. Мы здесь две недели, могла бы догадаться, что рано или поздно он уйдет на охоту. Время летит так незаметно... Как будто его вовсе нет, а мы просто плывем в бесконечном счастье.

Смахнув пот со лба, я поняла, что совершенно не хочу спать, хотя часы на комоде показывают второй час ночи. В этой липкой духоте все равно не заснешь. Тем более, стоит погасить свет и закрыть глаза, как темные фигуры снова начнут сжимать свое хищное кольцо...

Я отправилась бесцельно бродить по дому, щелкая выключателями. Без Эдварда он кажется огромным и пустым.

Наконец ноги привели меня в кухню. А что, подкрепиться не помешает...

Поиски в холодильнике увенчались успехом. Все ингредиенты для жареной курицы в наличии. В шипении и шкворчании мяса на сковороде было что-то успокаивающее — родной, домашний звук разгонял неуютную тишину.

Курица пахла так аппетитно, что я начала есть прямо со сковороды, обжигая язык. Но на пятом или шестом куске мясо уже слегка подостыло, и я распробовала, что жую. Челюсти задвигались медленнее. Какой-то странный вкус... Мясо белое, я проверяла, но вдруг все-таки не прожарилось? Я куснула еще, пожевала. Фу! Явно протухло! Подскочив, я выплюнула недоеденный кусок в раковину. От запаха жареной курицы и масла меня вдруг чуть не стошнило. Содержимое сковороды отправилось в мусорное ведро, а я настежь распахнула окно, чтобы прогнать запах. Крепчающий бриз освежил разгоряченную кожу, и стало чуть легче.

Хотя я вдруг почувствовала полный упадок сил, идти обратно в душную спальню не хотелось. Тогда я поотркрывала все окна в комнате с телевизором и улеглась прямо под ними. Потом включила тот же мюзикл, который мы смотрели с Эдвардом, и благополучно уснула под вступительную песню.

Когда я открыла глаза, солнце стояло высоко в зените, но проснулась я не от его ярких лучей. Меня разбудили ласковые прохладные руки Эдварда. И сразу скрутило живот, как будто кто-то ткнул мне туда кулаком.

— Прости! — проводя ледяной ладонью по моему влажному лбу, приговаривал Эдвард. — Все продумано, все продумано... А сам не догадался, что без меня ты тут сваришься. К следующему разу кондиционер поставлю.

Я едва слышала, что он говорит. Со сдавленным «сейчас!» я попыталась выбраться из объятий.

Эдвард машинально разжал руки.

— Белла?

Прижимая ладонь ко рту, я помчалась в ванную. Мне было так худо, что я даже не сразу заметила прилетевшего следом Эдварда. Теперь он видит, как я скорчилась над унитазом.

— Белла, что с тобой?

Я не могла говорить. Он встревоженно убрал мне волосы с лица и подождал, пока я отдышусь.

— Дурацкая тухлая курица! — простонала я.

— Ты как? Жива? — голос Эдвард звенел от напряжения.

— Вроде... — тяжело дыша, прохрипела я. — Просто отравилась. Не смотри. Уйди.

— Нет уж, Белла.

— Уходи! — снова застонала я, поднимаясь на ноги, чтобы прополоскать рот. Эдвард помог подняться, не обращая внимания на слабые отпихивания.

Потом он отнес меня в комнату и бережно усадил на кровать, поддерживая, чтобы я не упала.

— Отравилась, говоришь?

— Угу, — промямлила я. — Ночью решила курочку пожарить. Она оказалась испорченной, я ее выкинула. Но пару кусков съесть успела.

Холодная ладонь опустилась на лоб. Приятно

— А сейчас как себя чувствуешь?

Я прислушалась к ощущениям. Тошнота отпустила, все как в любое другое утро.

— Нормально. Есть хочется, если честно.

Эдвард на всякий случай продержал меня еще час впроголодь, заставил выпить большой стакан воды и только потом поджарил яичницу. Я уже вполне пришла в себя, лишь слабость некоторая осталась, от того что проснулась среди ночи. Эдвард включил «Си-эн-эн» (мало ли, вдруг там Третья мировая в разгаре, а мы прохлаждаемся), и я сонно прилегла к нему на колени.

Устав от новостей, я повернулась поцеловать Эдварда. И вдруг, как утром, живот скрутило от острой боли. Прижимая руку ко рту, я вскочила и бросилась к кухонной раковине, осознав, что до ванной не добегу.

Он снова придерживал мне волосы на затылке.

— Может, вернемся в Рио, покажем тебя врачу? — с тревогой предложил Эдвард, пока я полоскала рот.

Мотая головой, я сделала шажок в сторону коридора. Врачи, уколы... Нет уж.

— Сейчас зубы почищу и буду как огурчик

Когда запах во рту почти исчез, я пошла перекапывать чемодан в поисках аптечки. Предусмотрительная Элис запасла все, что может понадобиться хрупкому человеческому организму, — бинты, болеутоляющее и — как раз на такой случай — лекарство от расстройства желудка. Надеюсь, поможет, и Эдвард успокоится...

Тут мне попалось на глаза еще одно средство, уложенное заботливыми руками Элис. Забыв обо всем, я остановившимся взглядом смотрела на голубую коробочку.

Потом начала подсчитывать. Один раз. Другой. Заново.

И застыла, как громом пораженная. Голубая коробочка вывалилась из рук обратно в чемодан.

— Ты хорошо себя чувствуешь? — позвал Эдвард из-за двери.— Или снова тошнит?

— И да, и нет, — сдавленно откликнулась я.

— Белла? Впусти меня, пожалуйста. — В голосе звучала тревога.

— Хо...рошо.

Я с ошарашенным лицом сидела по-турецки перед раскрытым чемоданом. Эдвард сел рядом со мной. Прохладная рука снова легла мне на лоб.

— Что случилось?

— Сколько дней прошло со свадьбы? — прошептала я.

— Семнадцать, — моментально ответил он. — Белла, да что с тобой такое?

Я принялась пересчитывать. Подняв палец, чтобы Эдвард не перебивал, я шевелила губами, называя цифры. Прежние подсчеты неверны. Мы здесь, оказывается, дольше, чем я думала. Сбилась, начала заново.

— Белла! — нетерпеливым шепотом вмешался Эдвард. — Ты меня пугаешь.

Я попыталась сглотнуть. Не помогло. Тогда я снова нашарила в чемодане голубую коробочку с тампонами и молча показала ее Эдварду.

— И что? — удивился он. — Хочешь сказать, тебя жестокий ПМС замучил?

— Нет! — Спазм в горле чуть-чуть ослаб. — Хочу сказать, что у меня задержка уже пять дней.

Эдвард ничуть не изменился в лице. Как будто не слышал.

— И отравление, видимо, ни при чем.

Он не отвечал. Окаменел, как статуя.

— Кошмары... — пресным голосом бормотала я. — Недосып. Слезы. Еда как не в себя. Все сходится.

Эдвард смотрел невидящим взглядом, как будто сквозь меня.

Моя рука непроизвольно дернулась к животу.

— Ой! — пискнула я.

Выскользнув из оцепеневших рук Эдварда, я кое-как поднялась. В суматохе даже пижаму переодеть не успела, и теперь, задрав голубую ткань топика, я разглядывала свой живот.

— Не может быть...

Я по беременностям, младенцам и прочим подобным радостям, конечно, не специалист, но и не дура. Фильмов и телепередач пересмотрела достаточно, так что прекрасно знаю: все происходит не так. У меня задержка всего пять дней. Если даже я беременна, на фигуре это пока не отразится. И для утренней тошноты слишком рано. Даже перебои со сном и разгулявшийся аппетит — не по графику.

А уж небольшой, но все же заметный холмик на месте обычно плоского живота — на таком сроке точно не бывает.

Я повернулась туда-сюда, разглядывая живот под разными углами... Как будто, если найти правильный ракурс, холмик исчезнет. Провела по нему ладонью. Он оказался неожиданно твердым, как камень.

— Не может быть, — повторила я. Холмик не холмик, задержка не задержка (ясно, что задержка, до сих пор всю жизнь все было четко, день в день), но забеременеть я не могла. Ради всего святого, я не занималась сексом ни с кем, кроме вампира!

Который окаменел на полу ванной и, похоже, в жизни больше не шевельнется.

Значит, должно быть другое объяснение. Со мной что-то не так. Загадочная южноамериканская болезнь, по всем симптомам напоминающая ускоренную беременность...

И тут память услужливо подсунула мне картинку из далекого прошлого, когда я все утро просидела в Интернете, ища информацию. За окном пасмурная мгла, на столе хрипит старенький компьютер, а я жадно глотаю страницы сайта «Вампиры от А до Я». Накануне Джейкоб Блэк, развлекая меня квилетскими легендами, в которые тогда и сам толком не верил, поведал, что Эдвард — вампир. И вот я лихорадочно перескакиваю с ссылки на ссылку, читая мифы о вампирах у разных народов. Данаг у филиппинцев, Эстри у евреев, румынские вараколаки, итальянские Стрегони Бенефици (последняя легенда своим появлением обязана проделкам молодости моего новоиспеченного свекра и его тогдашних приятелей Вольтури — но, сидя на сайте, я об этом понятия не имела)... Легенды делались все менее и менее правдоподобными, и я перестала вчитываться. Помню только отдельные обрывки из последних статей. Сказки, выдуманные в оправдание высокой детской смертности или супружеских измен. «*Нет, дорогая, что ты, какая любовница?! А, красотка, украдкой выскользнувшая через черный ход? Так это злой демон, суккуб. Скажи спасибо, что я жив остался!*» (С другой стороны, зная, на что способны Таня с сестрами, поневоле призадумаешься...) Для женского пола своя отмазка: «*Я тебе изменяю? Да как ты смеешь?! Ну и что, что ты два года провел в море, а я беременна! Это был инкуб... От его таинственных чар нет спасения*»...

То есть инкуб на это способен. Зачать ребенка своей бездыханной жертве.

Я ошарашенно потрясла головой. Но как же...

Как же тогда Эсми? А тем более Розали? У вампира не может быть детей. Если бы хоть малейшая возможность существовала, Розали давно ею воспользовалась бы. Инкуб — это сказки.

С другой стороны... есть все же разница. Розали не в состоянии вынашивать ребенка по той простой причине, что ее организм навеки застыл в том виде, в котором она перешла из мира смертных в мир бессмертия. Он не подвержен изменениям. А женское тело не может не меняться в процессе воспроизводства. Повторяющиеся преображения, связанные с циклом, и куда более серьезные трансформации во время беременности. Тело Розали неизменно.

Зато мое меняется. И еще как. Я дотронулась до холмика на животе, которого еще вчера и в помине не было.

А вот мужчины... По большому счету, от полового созревания до смерти особых неожиданностей не предвидится. Вспомнились невесть откуда почерпнутые забавные факты: Чарли Чаплину было за семьдесят, когда у него родился младший сын. У мужчин не тикают биологические часы и не бывает периодов овуляции.

Как узнать, может ли вампир зачать ребенка, если его спутница жизни не способна к деторождению в принципе? А если проверять теорию с человеческой женщиной, то какому вампиру хватит выдержки оставить партнершу в живых? И какой вампир захочет эту выдержку проявить?

Я знаю только одного.

Сознание работало наполовину — часть перебирала факты, теории и обрывочные воспоминания, а другую, ту, что отвечает за мелкую моторику, как будто парализовало. Одеревеневшими губами я пыталась окликнуть Эдварда — пусть объяснит мне наконец, что творится, — и не могла. Хотела подойти к нему, прикоснуться — тело не слушалось. Я только смотрела в ошеломленные глаза своему отражению и прижимала руки к подросшему животу.

И вдруг, как в недавнем кошмаре, сцена предстала в ином свете. Раз! И зеркало отражает совсем не то, что секунду назад, хотя на самом деле ничего не изменилось.

А все потому, что изнутри меня легонько толкнули в прижатую к животу ладонь.

И в этот же миг у Эдварда пронзительно и требовательно зазвонил телефон. Ни Эдвард, ни я не двинулись с места. А телефон не унимался. Я ждала, не убирая ладонь с живота, пытаясь отключиться от навязчивой трели. Лицо в зеркале уже не казалось ошеломленным, скорее, прислушивающимся. Я не сразу заметила, что по щекам катятся молчаливые слезы.

Телефон разрывался. Почему Эдвард не отвечает? У меня тут такой момент! Наверное, величайший в жизни.

Дзынь! Дз-зын-нь! Дзз-зынн-нь!

Наконец терпение лопнуло. Я опустилась рядом с Эдвардом на колени — в тысячу раз осторожнее, чем обычно, следя за каждым движением — и принялась шарить по карманам в поисках телефона. Отчасти я надеялась, что Эдвард «отомрет» и ответит сам, но он не шелохнулся.

Разглядев на дисплее знакомый номер, я сразу поняла, почему она звонит.

— Привет, Элис. — Голос не прорезался. Пришлось откашляться.

— Белла? Белла, у тебя все нормально?

— Да. Э-э... А Карлайл близко?

— Близко. Что случилось?

— Я... не до конца... уверена.

— С Эдвардом ничего? — тревожно спросила она. Потом, отвернувшись от трубки, позвала Карлайла, а меня, не дожидаясь ответа на первый вопрос, тут же огорошила вторым: — Почему Эдвард сам не подошел?

— Не знаю точно.

— Белла, что у вас творится? Я только что увидела...

— Что увидела?

Она не ответила.

— Вот, даю Карлайла, — наконец проговорила Элис.

Мне в вены как будто ледяную воду впрыснули. Если Элис привиделся зеленоглазый малыш с ангельским личиком у меня на руках, почему мне об этом не сказать?

На ту долю секунды, что Карлайл брал трубку, перед глазами заплясало придуманное для Элис видение. Крохотный прелестный малыш, даже прелестнее, чем зеленоглазик в моих снах. Крошечная копия Эдварда. По венам, прогоняя лед, побежало приятное тепло.

— Белла, это Карлайл. Что случилось?

— Я... — А что ответить? Вдруг он посмеется над моими рассуждениями, решит, что я спятила? Или может, это очередной цветной сон? — Я... Меня беспокоит Эдвард. У вампиров бывает ступор?

— Его ранили? — Голос на том конце сразу стал четким и собранным.

— Нет-нет, — успокоила я. — Просто... застали врасплох.

— Белла, я не понимаю.

— Я... кажется... может быть... по-моему, я... — Так, глубокий вдох. — Беременна.

И как будто в подтверждение, меня снова пихнули изнутри. Рука тут же дернулась к животу.

Карлайл умолк. Потом в нем заговорил профессионал.

— Когда началась последняя менструация?

— За шестнадцать дней до свадьбы. — После всех подсчетов-пересчетов я могла утверждать с уверенностью.

— Как ты себя чувствуешь?

— Странно. — Голос дрогнул. Из глаз опять закапали слезы. — Вы, наверное, решите, что у девочки не все дома, потому что я и сама знаю, на таком сроке не бывает... Может, я и правда с ума сошла? Мне снятся странные сны, я без конца ем, плачу, меня тошнит... и, честное-пречестное, у меня сейчас что-то толкнулось в животе.

Эдвард вскинул голову.

Я облегченно вздохнула.

С белым застывшим лицом он протянул руку за телефоном.

— Э-э... Эдвард хочет с вами поговорить.

— Давай, — отрывисто отозвался Карлайл.

Я вложила телефон в протянутую руку, не уверенная, правда, что Эдвард в силах произнести хоть слово.

Он прижал трубку к уху и едва слышно прошептал:

— Такое может быть?

Долгое время он слушал, глядя в пространство отрешенным взглядом.

— А Белла? — Свободной рукой Эдвард притянул меня поближе к себе.

В ответ снова пространные объяснения, которые Эдвард выслушал молча, потом проговорил:

— Да. Да, хорошо.

Он нажал «отбой» и тут же набрал другой номер.

— Что Карлайл говорит? — не выдержала я.

— Что ты, видимо, беременна, — безжизненно прошелестел Эдвард.

По спине пробежала теплая дрожь. Крохотный комочек внутри шевельнулся.

— А теперь ты кому звонишь?

— В аэропорт. Мы летим домой.

Больше часа Эдвард провел на телефоне. Судя по всему, организовывал обратный перелет, хотя я об этом могла только догадываться, поскольку по-английски не было сказано ни слова. Разговор велся сквозь зубы, и со стороны казалось, что Эдвард ругается.

Одновременно он собирал вещи. Яростным вихрем носился по комнате, оставляя после себя не разруху, а идеальный порядок. Не глядя, бросил на кровать какой-то из моих нарядов, и я поняла, что пора одеваться. Он в это время продолжал выяснять отношения по телефону, судорожно жестикулируя.

Не в силах выносить эту кипучую энергию, я потихоньку вышла из комнаты. От его маниакальной сосредоточенности меня замутило, но не как во время утренней тошноты. Просто слегка не по себе. Надо переждать где-нибудь в тихом уголке. Оледеневший, ничего не видящий вокруг Эдвард меня слегка пугал.

Так я снова очутилась на кухне. Ухватив с полки пакет крендельков, я рассеянно отправляла их в рот один за другим, глядя в окно на песок, скалы, пальмы и океан в лучах слепящего солнца.

Внутри беспокойно толкнулись.

— Конечно. Я тоже не хочу уезжать.

Отклика изнутри не последовало, и я снова уставилась за окно.

— Не понимаю... Что в этом такого?

Да, неожиданно. Да, ошеломительно. Но разве плохо? Нет.

Тогда почему Эдвард как с цепи сорвался? Кто, в конце концов, требовал срочно играть свадьбу, я или он?

Я попыталась рассуждать здраво.

В общем-то, не так уж трудно предположить, почему он решил сию секунду везти нас домой. Чтобы Карлайл меня посмотрел и окончательно развеял сомнения — хотя какие уж тут сомнения? Зато, может, он сумеет объяснить, почему я вдруг настолько «глубоко» беременна, что и живот виден, и шевеление чувствуется. Это ведь не нормально...

И тут меня осенило! Он беспокоится за малыша. Я до этой стадии еще не дошла. Мозги медленнее работают, в голове пока только одна счастливая картинка — я качаю на руках изумительно красивого младенца с зелеными, как у Эдварда, глазами (у него были зеленые, до того как он стал вампиром). Надеюсь, он будет копией Эдварда, а не моей.

Забавно, как неожиданно и резко эта картинка заслонила остальные мысли. Мир перевернулся после того самого первого толчка. Раньше на свете существовал только один человек, без которого я не смогу жить. Теперь их двое. Это не значит, что моя любовь раскололась пополам и поделилась между ними, нет. Наоборот, сердце как будто стало вдвое больше, выросло, чтобы вместить и ту любовь, и эту. Наполнилось любовью до краев. Даже голова слегка закружилась.

Я никогда не понимала боль и обиду Розали. Не представляла себя матерью, не ощущала материнских чувств. Поэтому мне было легче легкого заверить Эдварда, что без сожаления откажусь ради него от возможности иметь детей. Я и правда так думала. Дети как таковые не вызывали у меня теплых чувств. Орущие, вечно все пачкающие создания. С ними и не пообщаешься толком. Когда я просила у Рене братика, имелся в виду старший брат. Чтобы он обо мне заботился, а не наоборот.

Но этот ребенок, наш с Эдвардом, совсем другое дело.

Он нужен мне как воздух. Это не выбор, это необходимость.

Наверное, у меня никудышное воображение. Я и представить не могла, как мне понравится замужем, пока не вышла замуж на самом деле. Так и с ребенком. Не могла представить, что захочу детей, пока не оказалась перед фактом...

Я накрыла живот ладонью, надеясь почувствовать еще толчок, и по щекам заструились слезы.

— Белла?

Голос меня насторожил. Слишком холодный, слишком осмотрительный. И глаза такие же — пустые, жесткие.

И тут он заметил, что я плачу.

— Белла! — Эдвард стрелой пронесся через кухню и прижал ладони к моему лицу. — Где болит?

— Нет, нет...

Он притянул меня к себе.

— Не бойся. Через шестнадцать часов мы будем дома. Все образуется. Карлайл подготовит что нужно. Мы примем меры, все будет хорошо, все будет в порядке...

— Меры? Ты о чем?

Он отстранился и посмотрел мне в глаза.

— Эту штуку нужно извлечь, пока она не повредила тебе что-нибудь. Не пугайся. Я не дам ей тебя мучить.

— Штуку? — задохнулась я.

Эдвард бросил быстрый взгляд на входную дверь.

— Вот черт! Совсем забыл, что Густаво должен приехать. Сейчас, отправлю его и тут же вернусь. — Он вылетел из кухни.

Я вцепилась в кухонный стол, чтобы не упасть. Ноги подкашивались.

Эдвард назвал моего маленького непоседу «эта штука»! И Карлайл собирается его «извлечь»...

— Нет! — прошептала я.

Я все не так поняла. Малыш Эдварда не волнует. Он хочет его обидеть. Радужная картинка вдруг померкла и окрасилась в мрачные тона. Мой прекрасный младенец надрывается от плача, а я со своими слабыми руками не способна его защитить...

Что мне делать? Сумею ли я их переубедить? А если нет? Вот почему Элис так странно молчала в трубке? Она это увидела? Как Эдвард с Карлайлом убивают бледного красавца-малыша, не дав ему даже появиться на свет?

— Нет! — крепнущим голосом прошептала я. Не бывать этому. Не допущу!

У входа Эдвард снова заговорил по-португальски. Опять ругается. Голоса приближались, Эдвард заворчал от досады. Ему ответил другой голос, тихий и робкий. Женский.

Эдвард вошел в кухню и, не сбавляя шага, двинулся ко мне. Вытерев мои слезы, он, почти не разжимая плотно сомкнутых губ, прошептал на ухо:

— Она приготовила нам еду, непременно хочет ее тут оставить. — В другом состоянии, не таком напряженном и клокочущем, Эдвард закатил бы глаза. — Это просто предлог, на самом деле она пришла проверить, жива ты или я тебя убил. — К концу фразы голос стал совсем ледяным.

Каури с накрытым крышкой блюдом в руках опасливо просунулась на кухню. Если бы я знала португальский или хоть испанский получше... Я бы от души поблагодарила эту маленькую женщину, которая из беспокойства за меня не побоялась рассердить вампира.

Ее взгляд перебегал от Эдварда ко мне, наверняка подмечая и мою бледность, и заплаканные глаза. Пробормотав что-то непонятное, она опустила блюдо на стол.

Эдвард довольно грубо рявкнул в ответ. Не помню, чтобы он позволял себе такое поведение. Женщина развернулась, колыхнув длинной юбкой, и мне в лицо повеяло запахом еды. Рыба с луком. Подавившись, я кинулась к раковине. Сквозь шум в ушах я чувствовала прохладную руку Эдварда на лбу и слышала его успокаивающий шепот. На секунду ладонь убралась, хлопнула дверца холодильника — и запах, к счастью, улетучился. Взмокшему лбу и щекам стало чуть легче от освежающих прикосновений. Скоро все кончилось.

Я прополоскала рот водой из-под крана, Эдвард в это время поглаживал мой висок.

В животе вопросительно толкнулись.

— Все хорошо. Все в порядке, — мысленно ответила я.

Эдвард развернул меня и прижал к себе. Я положила ему голову на плечо. Ладони машинально сложились на животе.

И тут раздалось испуганное «а-ах!». Я подняла взгляд.

Маленькая женщина застыла в дверях, вытянув руки, готовая броситься на помощь. Расширенные от ужаса глаза смотрят в одну точку — на мой прикрытый ладонями живот, рот распахнулся в немом крике.

В этот момент Эдвард тоже ахнул и, развернувшись к уборщице, сдвинул меня назад, прикрывая собой. Рукой он придерживал меня за талию, как будто боялся, что я рванусь вперед.

А Каури вдруг начала на него кричать — громко и зло. Непонятные слова летели в Эдварда как кинжалы. Уборщица наступала на Эдварда, грозя ему крошечным кулачком, но, несмотря на всю ярость, заметно было, как ей страшно.

Эдвард дернулся к ней, и я ухватила его за руку, испугавшись за женщину. Оборвав гневную тираду, Эдвард заговорил совсем другим тоном — такого я не ожидала, учитывая, как резко он разговаривал, когда уборщица еще не начала на него кричать. Голос стал тихим, чуть ли не умоляющим. Даже тембр поменялся, стал более гортанным, не таким ритмичным. Кажется, это был уже не португальский.

Уборщица глянула на него с удивлением, а потом, сощурив глаза, выплюнула длинную вопросительную фразу на том же странном языке.

Эдвард кивнул с помрачневшим и вытянувшимся лицом. Каури отшатнулась и поспешно перекрестилась.

Он подался к ней, потом показал на меня и погладил по щеке. Она в ответ замахала руками с обвиняющим видом, выпалив что-то обидное. Дождавшись, пока она закончит, Эдвард снова принялся увещевать тихим настойчивым голосом.

Каури слушала с растущим сомнением в глазах. Время от времени ее взгляд падал на мое озадаченное лицо. Эдвард умолк, она тоже молчала, видимо, что-то взвешивая. Посмотрела на меня, на него и невольно подалась вперед.

Вопросительным жестом округлила руки перед животом, изображая что-то вроде большого шара. Я вздрогнула. Неужели в ее легендах о демоне-кровопийце и об этом тоже есть? И она догадывается, кто растет у меня в животе?

Каури сделала еще пару шагов навстречу Эдварду, на сей раз осознанно, и задала несколько отрывистых вопросов. Он сдержанно ответил. Потом спросил сам. Что-то короткое. После некоторого размышления Каури медленно покачала головой. Когда Эдвард заговорил снова, в его голосе было столько муки, что я удивленно вскинула взгляд. Лицо его исказилось от боли.

Каури, медленно переступая, подошла ко мне и накрыла мои скрещенные на животе руки своей маленькой ладошкой. А потом произнесла одно слово по-португальски.

— Морте, — выдохнула она. И ссутулившись, как будто разом состарилась, побрела из кухни.

На это моего испанского хватило.

Эдвард снова застыл, провожая Каури помертвевшим взглядом. Несколько секунд спустя снаружи донеслось и постепенно затихло вдали ворчание лодочного мотора.

Эдвард шевельнулся, только когда я направилась в ванную.

— Куда ты? — измученно прошептал он.

— Зубы почищу.

— Не обращай внимания на ее слова. Это всего лишь легенды, древние байки.

— Я все равно ничего не поняла. — Тут я немного покривила душой. Ну и что, что легенды? У меня кругом сплошные легенды! И все истинная правда.

— Я твою щетку уже упаковал. Сейчас достану.

Он поспешил в спальню.

— Когда мы едем? — крикнула я вслед.

— Как только соберешься.

Дожидаясь, пока я верну щетку, он в молчании ходил кругами по комнате. Я вручила ее сразу, выйдя из ванной.

— Пойду погружу вещи.

— Эдвард...

Он обернулся.

— Да?

Куда бы его услать, чтобы на пару секунд остаться одной?

— Можешь... прихватить какой-нибудь еды? Вдруг я опять проголодаюсь...

— Конечно. — Его взгляд потеплел. — Не волнуйся ни о чем. Пара часов, и Карлайл нас встретит. Скоро все будет позади.

Я молча кивнула, боясь, что голос меня выдаст.

Эдвард вышел из комнаты, ухватив по чемодану в каждую руку.

Метнувшись к столу, я схватила сотовый. Непривычная для Эдварда рассеянность — забыл, что Густаво должен приехать, телефон вот оставил... Сильный, должно быть, ступор, если Эдвард сам не свой.

Открыв телефон, я пробежала взглядом по списку номеров. Хорошо, что звук выключен, а то засечет еще. Где он сейчас, на яхте? Или уже обратно идет? Если я буду тихим-тихим шепотом и на кухне, услышит или нет?

Вот он, нужный номер. Первый раз в жизни набираю. Нажав кнопку вызова, я скрестила пальцы.

— Да? — прозвенели в ответ золотые колокольчики.

— Розали? — прошептала я. — Это Белла. Ты должна мне помочь. Пожалуйста!

Книга вторая
ДЖЕЙКОБ

*...Хотя, по правде говоря, любовь и
разум в наши дни плохо ладят...**

Уильям Шекспир,
«Сон в летнюю ночь»,
действие третье, явление 1.

Пролог

Жизнь — дерьмо, и все мы сдохнем.
Жаль, мне последнее не светит.

8. СКОРЕЙ БЫ УЖЕ ЭТА БИТВА

— Слушай, Пол, у тебя что, своего дома нет?

Пол, развалившись на *моем* диване, смотрел по тели ˒
какой-то дурацкий бейсбольный матч. По *моему* телику,
черт возьми!

Он улыбнулся, медленно — очень медленно — достал
один «дорито» из пакета с кукурузными чипсами и целиком запихнул в рот.

— Мог бы и свои принести.

Хрум.

---

* Перевод М. Лозинского.

— Неа, — ответил Пол с набитым ртом. — Твоя сестренка велела не стесняться и брать, что угодно.

— А Рейчел здесь? — непринужденно спросил я. Только бы он не заподозрил, что я хочу ему врезать!

Увы, Пол тут же разгадал мои намерения. Он бросил пакет за спину и вжался в диван, вскинув кулаки к самому лицу, точно боксер. Чипсы с хрустом раскрошились.

— Я за Рейчел не прячусь, понял?

Я фыркнул.

— Ну-ну! А к кому ты первым делом побежишь плакаться?

Он рассмеялся и опустил руки.

— Да не буду я ныться девчонке! Если сможешь мне врезать, это останется между нами, лады? И наоборот.

Какое любезное приглашение! Я тоже обмяк, будто бы сдался.

— Ага.

Пол снова уставился в телевизор.

        рванул к нему.

Нос приятно хрустнул под моим кулаком. Пол хотел меня схватить, но я увернулся и вырвал у него из-за спины пакет с раскрошенными чипсами.

— Ты мне нос сломал, дурень!

— Это останется между нами, да?

Я убрал чипсы на место, а когда снова обернулся к Полу, он вправлял себе нос, пока тот не застыл в смещенном положении. Кровь больше не шла и появилась на его губах и подбородке словно бы ниоткуда. Пол выругался, надавив на хрящик.

— Ну ты и гад, Джейкоб!.. Надо было перекантоваться у Ли.

— Готов спорить, она бы страшно обрадовалась, что ты решил осчастливить ее своим присутствием.

— Забудь, что я это сказал.

— Ага, могила.

Пол хмыкнул и уселся обратно на диван, вытирая оставшуюся кровь воротником футболки.

— А ты ничего, шустрый парень. — С этими словами он вернулся к просмотру суетливого матча.

Я малость постоял рядом и ушел в свою комнату. Может, Пола недавно похитили инопланетяне? Раньше он был готов драться в любую минуту. Его даже бить не надо было — хватало одного грубого слова. Что угодно могло вывести его из себя. А теперь, когда мне по-настоящему *захотелось* драться, рыча и сшибая вокруг деревья, он вдруг подобрел.

Жуть, опять запечатление, уже четвертый случай в стае! Когда это закончится? Разве импринтинг не редкость? Тошнит уже от любви с первого взгляда, черт бы ее побрал!

И вообще, почему именно *моя* сестра должна была запечатлиться на *Пола*?!

Когда в конце лета Рейчел вернулась из штата Вашингтон — рано окончила университет, заучка, — больше всего я переживал, как бы она не пронюхала. Я не привык скрываться в собственном доме. Мне всегда было жаль Эмбри и Коллина, чьи родители не знали, что они — оборотни. Мама Эмбри наивно считала, что у ее сынка просто переходный возраст. Его уже не раз запирали за побеги из дома, но он, ясное дело, ничего не мог с собой поделать. Каждую ночь мама заглядывала в его комнату, и каждую ночь там никого не было. Она кричала, сын молчал, и так по кругу. Мы пытались поговорить с Сэмом, чтобы он сделал для Эмбри поблажку и позволил ему рассказать все матери, однако Эмбри заявил, что тайна превыше всего.

Вот и я пытался ее сохранить. Но через два дня после приезда Рейчел они с Полом случайно встретились на пляже и... Здравствуй, любовь! Конечно же, от второй половинки никаких секретов быть не может и так далее. Вся эта муть про запечатление.

Рейчел узнала тайну, и Пол рано или поздно должен был стать моим зятем. Билли тоже не прыгал от восторга по этому поводу, хотя держался куда спокойнее, чем я, разве что стал чаще сбегать к Клируотерам. Ума не приложу, какой в этом толк — Пола он не видел, зато глаза мозолила Ли.

Интересно, я умру, если пущу себе пулю в висок? Или придется мозги от стен оттирать?

Я рухнул на постель. Устал черт знает как — не спал с последнего дозора, — но сон не шел. В голове стоял дикий шум, мысли бились о черепушку, как рой взбесившихся пчел. То и дело они жалили. Нет, даже не пчелы, а шершни, ведь пчелы умирают после первого укуса. А меня жалили одни и те же.

Неопределенность сводила с ума. Прошло уже почти четыре недели — скоро все станет известно. Долгими ночами я представлял, как это произойдет. Например, позвонит Чарли и в слезах сообщит, что Белла с мужем разбились... в авиакатастрофе? Нет, ее сложно инсценировать. Впрочем, пиявкам ничего не стоит прибить полсотни свидетелей, верно? Или они полетят небольшим частным самолетом. Наверняка у них такой найдется.

А может, убийца вернется домой после неудачной попытки сделать Беллу одной из них. Или даже до этого не дойдет? Может, он просто раздавит ее, как пакет с чипсами? Ведь собственное удовольствие для него куда важнее, чем жизнь Беллы...

Эдвард расскажет, что произошла трагедия: на его жену напали хулиганы. Она подавилась за ужином. Разбилась в аварии, как моя мама. А что тут удивительного, такое часто случается.

Привезет ли он ее домой? Похоронит ли здесь — ради Чарли? Понятное дело, гроб не откроют. Гроб с моей мамой заколотили наглухо.

не оставалось только надеяться, что пиявка приедет, и я смогу до него добраться.

А может, никакой истории вообще не будет. Чарли позвонит моему папе и спросит, не слышал ли он чего про доктора Каллена — тот сегодня не пришел на работу. В доме пусто, телефоны не отвечают. О загадочном исчезновении сообщат в каких-нибудь второсортных новостях, заподозрят убийство...

Или большой белый дом сгорит дотла вместе с его обитателями. Конечно, понадобятся трупы — восемь тел подходящих размеров обгорят до неузнаваемости, так что личности нельзя будет установить даже по зубам.

В любом случае, работенка мне предстоит та еще. Вампиров сложно найти, когда они прячутся. С другой стороны, у меня впереди целая вечность. А когда в твоем распоряжении вечность, можно перебрать все соломинки в стоге, чтобы отыскать иголку.

Я был не прочь поворошить сено — хоть какое-то занятие. Невыносимо сознавать, что я упускаю свой шанс, даю кровопийцам возможность свалить, если таков их план.

Почему бы не взяться за дело сегодня же? Убьем всех, кого удастся найти.

Я хорошо знаю Эдварда: если прихлопнуть кого-нибудь из его шайки, он непременно вернется, чтобы отомстить. И тогда мы встретимся с ним лицом к лицу — я не позволю братьям напасть на него всей стаей. Только он и я. Победит сильнейший.

Впрочем, Сэм ни за что на это не согласится. *«Мы не нарушим договор. Пусть его нарушат они».* У нас ведь нет доказательств, что Каллены совершили преступление. Пока нет. Рано или поздно они его совершат: Белла должна либо превратиться в вампира, либо умереть. Так или иначе, не станет человека, а это повод начать войну.

Из соседней комнаты донеслось ослиное гиканье Пола. Наверное, переключился на какую-нибудь комедию, или реклама смешная. Какая разница! Его ржание действовало мне на нервы.

Так и подмывало еще разок сломать ему нос. Хотя на самом деле я хотел драться вовсе не с Полом.

Я прислушался к другим звукам, к ветру в ветвях. Человечьими ушами слышишь по-другому, в этом теле мне недоступны миллионы голосов.

Впрочем, я и сейчас не мог пожаловаться на слух. Я слышал, как за деревьями, на дороге, машины делали последний поворот перед тем, как откроется вид на острова, скалы и огромный синий океан. Ла-пушские копы любят стоять на этом повороте: туристы редко замечают знак ограничения скорости на другой стороне дороги.

Я слышал голоса возле сувенирной лавки на пляже. Когда дверь открывалась или закрывалась, звякал колокольчик. Мама Эмбри стояла за кассой и выбивала кому-то чек.

Я слышал волны, набегающие на каменистый берег. Визжали дети, не успевая скрыться от ледяной воды. Мамаши ругали их за промокшую одежду. И я слышал знакомый голос...

От внезапного взрыва ослиного хохота за стеной я чуть не упал с кровати.

— Убирайся из моего дома, — буркнул я. Зная, что Пол и не подумает убраться, я решил последовать собственному совету: распахнул окно и вылез на улицу, не желая лишний раз встречаться с Полом. Соблазн был слишком велик. Я снова его ударю, а Рейчел и так взбесится, когда увидит кровь на рубашке — выругает меня, толком не разобравшись. Конечно, она будет права, но все-таки.

Я спустился к берегу, спрятав кулаки в карманах. Пока я шел по пустырю возле Первого пляжа, никто не обращал на меня внимания. Хорошо летом — можно разгуливать в одних шортах, не привлекая любопытных взглядов.

Я шел на знакомый голос и без особого труда отыскал Квила. Он держался в стороне от туристов и беспрестанно выкрикивал предупреждения:

— Не лезь в воду, Клэр! Хватит уже. Не надо! Ну, вот... молодчина. Нет, серьезно, Эмили меня убьет, ты этого добиваешься? Больше не пойду с тобой на пляж, если... Ах так? Переста... Да что с тобой?! Думаешь, это смешно? Ха! Допрыгалась!

Когда я к ним подошел, Квил ухватил малышку за ногу. В руке у нее болталось ведерко, а джинсы были насквозь мокрые. У Квила на груди тоже красовалось мокрое пятно.

— Пять баксов на малютку, — сказал я.

— Привет, Джейк!

Девочка завизжала и ударила Квила ведерком по ногам.

— Пусти, пусти!

Он осторожно поставил ее на ноги, и Клэр бросилась ко мне.

— Дядя Джей! — радостно закричала она, обхватив мою ногу обеими руками.

— Как дела?

Она хихикнула.

— Квил совсем моклый!

— Вижу. А где твоя мама?

— Ушла, ушла, ушла! — пропела девочка. — Клэл весь день иглает с Квилом! Клэл никада не пойдет домой!

Она отпустила меня и помчалась к Квилу. Тот легко подхватил ее на руки и усадил на плечи.

— Смотрю, кризис двух лет в полном разгаре.

— Вообще-то трех, — поправил Квил. — Это надо было видеть: меня нарядили принцессой и заставили надеть корону, а Эмили предложила испытать на мне новый набор детской косметики.

— Обалдеть! Да, я много пропустил.

— У Эмили есть фотографии. На них я прямо красотка.

— Лопух ты, а не красотка.

Квил пожал плечами.

— Главное, Клэр было весело.

Я усмехнулся. Мне трудно находиться рядом с «запечатленными» Неважно, на какой они стадии — ведут любимую под венец, как Сэм, или терпеливо сносят детские шалости, как Квил, — от их блаженного спокойствия меня прямо тошнит.

Клэр у него на плечах взвизгнула и показала пальчиком на землю.

— Класивый камушек! Дай, дай!

— Который? Красненький?

— Неть!

Квил присел на колени, а Клэр заверещала и дернула его за волосы, как за поводья.

— Вот этот, голубенький?

— Неть, неть, неть! — восторженно пропела малютка, радуясь новой игре.

Самое странное, что Квил радовался не меньше, чем она. У него не было того выражения лица, какое обычно бывает у приезжих папаш и мамаш: «Когда уже тихий час?» — словно бы спрашивают они. Настоящие родители не ловят столько кайфа от глупых детских игр, которые выдумывают их чада. Один раз я видел, как Квил битый час играл с малышкой в «ку-ку», и за все это время ему ни разу не стало скучно.

Я даже не мог его высмеять — слишком завидовал.

С другой стороны, Квилу тоже фигово: впереди еще четырнадцать лет монашеской жизни, пока Клэр не станет его ровесницей. Ладно хоть оборотни не стареют. Но и это, видать, не больно-то его тревожило.

— Квил, ты когда-нибудь думаешь о девушках? — спросил я.

— Чего?

— Неть, неть, желтый! — завопила Клэр.

— Ну, о девушках. Настоящих. С кем можно провести свободный вечер, когда не надо возиться с ребенком.

Квил уставился на меня, разинув рот, и от удивления даже забыл предложить Клэр очередной камень.

— Хочу класивый камушек! — крикнула она и шмякну-ла его кулачком по голове.

— Ой, прости, медвежонок! Бордовый подойдет?

— Неть! — хихикнула Клэр. — Не хотю болдовый!

— Тогда хоть подскажи. Ну, пожа-алуйста.

Клэр на минуту задумалась.

— Зеленый!

Квил внимательно рассмотрел землю под ногами и выб-рал четыре камня разных оттенков зеленого.

— Вот эти?

— Дя!

— Который из них?

— Фсе-е!

Она протянула ему ладони, и он ссыпал в них камешки. Клэр рассмеялась и тут же шибанула его ими по голове. Он картинно поморщился, встал и зашагал к стоянке — ви-димо, испугался, как бы она не простудилась в мокрых джинсах. Порой Квил был хуже любой параноидальной, чересчур заботливой мамочки.

— Извини за бестактность, дружище. Ну, насчет деву-шек, — сказал я.

— А, да ладно! — отмахнулся Квил. — Я просто немного удивился. Никогда об этом не думал.

— Мне кажется, Клэр тебя поймет... ну, когда вырас-тет. Не станет она беситься из-за того, что у тебя была своя жизнь, пока она пешком под стол ходила.

— Да, знаю. Нисколько не сомневаюсь, что поймет.

Больше он ничего не сказал.

— Но тебе все равно никто не нужен, верно? — дога-дался я.

— Даже представить себе этого не могу, — тихо отве-тил Квил. — Я ни на кого не смотрю... *так*. Девушек вооб-ще не замечаю, не вижу их лиц.

— А если вспомнить про диадему и косметику, то у Клэр, похоже, скоро будет другой повод для ревности.

Квил рассмеялся и игриво послал мне воздушный поцелуй.

— Ты в эту пятницу свободен, Джейкоб?

— Размечтался! — ответил я и тут же наморщил лоб. — А вообще-то свободен...

Квил немного помедлил и спросил:

— Ну, а ты о девушках думаешь?

Я вздохнул. Похоже, меня раскусили — сам виноват.

— Знаешь, Джейк, пора и о себе вспомнить.

Он не шутил, в его голосе слышалось искреннее сочувствие. Ну вот, еще чего не хватало!

— Как и ты, я их не замечаю. Не вижу лиц.

Квил тоже вздохнул.

Где-то далеко в лесу прозвучал вой — так тихо, что за плеском волн кроме нас его никто не услышал.

— Черт, это Сэм. — Квил поднял руки и потрогал малышку, словно проверяя, на месте ли она. — Понятия не имею, где ее мама!

— Узнаю, в чем дело, и позову тебя, если понадобишься, — скороговоркой выпалил я. — Слушай, ты ведь можешь оставить ее у Клируотеров. Сью и Билли за ней присмотрят. К тому же они уже наверняка знают, что случилось.

— Ладно. Беги!

И я побежал — не по тропинке через живую изгородь, а напролом к лесу, сквозь заросли терна. Колючки впивались в кожу, но я не обращал на них внимания. Царапины заживут, прежде чем я успею добраться до деревьев.

Я промчался за магазином и пересек шоссе. Сзади раздался громкий вой клаксона. Оказавшись под сенью деревьев, я побежал быстрее, делая длинные прыжки. Если бы меня кто-то увидел, он бы очень удивился: нормальный человек так бежать не может. А что, весело было бы поучаствовать в каких-нибудь бегах — на Олимпийских играх, к примеру. Представляю лица крутых атлетов, когда я ветром пролечу мимо них! Вот только анализы на допинг наверняка выявят какую-нибудь жуткую дрянь в моей крови.

В чаще леса, когда дороги и дома остались далеко позади, я резко затормозил и стянул с себя шорты. Быстрым движением скрутил их, привязал к кожаному шнурку на лодыжке и сразу начал перевоплощаться: позвоночник охватило пламя, от которого руки и ноги свело мощными судорогами. Все случилось за секунду. Жар затопил мое тело, и своеобразное *мерцание* превратило меня в зверя. Я уперся тяжелыми лапами в блеклую землю и потянул спину, играя мышцами. Если сосредоточиться, перевоплощение всегда происходит легко и быстро — я давно научился усмирять свою ярость. Хотя иногда она мне все-таки мешает.

Вспомнился тот отвратный случай на свадьбе. Я так обезумел от ярости, что тело перестало подчиняться. Я угодил в ловушку — дрожал и горел, не в силах перевоплотиться и убить гада, который стоял всего в нескольких метрах от меня. Это было ужасно. Я мечтал его прикончить и боялся причинить боль Белле. Да еще друзья вмешались. Наконец, когда я перевоплотился, прозвучал приказ вожака. Распоряжение альфы. Если бы на празднике были только Эмбри и Квил, без Сэма... смог бы я прикончить убийцу?

Терпеть не могу, когда Сэм нами помыкает. Ненавижу чувство, что у меня нет выбора, что я вынужден подчиниться.

Тут я ощутил в своих мыслях посторонних.

— *Ах, он всегда так погружен в себя!..* — подумала Ли.

— *Да уж, от тебя не скроешься,* — сердито подумал я в ответ.

— *Хватит, ребята,* — одернул нас Сэм.

Мы замолчали, Ли наморщилась при слове «ребята» — обидчива, как всегда.

Сэм сделал вид, что ничего не заметил.

— Где Квил и Джаред?

— Квил везет Клэр к Клируотерам.

— Хорошо. Сью за ней присмотрит.

— *Джаред собирался к Ким*, — подумал Эмбри. — *Он мог и не услышать твой зов.*

Стая тихо зарычала. Я тоже: когда Джаред придет, наверняка он будет думать о Ким, а кому приятно смотреть, что там у них происходит?

Сэм сел на задние лапы, и громкий вой снова прорезал в воздух. То был знак и приказ одновременно.

Стая собралась в нескольких милях к востоку от меня. Я помчался к ним сквозь чащу. Ли, Эмбри и Пол тоже были в пути, причем Ли бежала совсем рядом: вскоре я услышал треск веток под ее лапами. Мы двигались параллельно, не приближаясь друг к другу.

— Не ждать же нам его весь день. Придет, когда сможет.

— *А в чем дело?* — поинтересовался Пол.

— Случилось кое-что. Надо обсудить.

Я почувствовал, как мысли Сэма устремились ко мне — а заодно и мысли Сета, Коллина и Брейди. Коллин и Брейди, новенькие, патрулировали лес вместе с Сэмом; стало быть, им уже все известно. Но почему с ними Сет, сегодня ведь не его очередь?

— Сет, расскажи им, что ты узнал.

Я побежал быстрее, чтобы их видеть. Ли тоже разогналась. Она не выносила, когда ее опережали, и хотела только одного: быть самой лучшей бегуньей.

— *Не догонишь, кретин!* — прошипела она и рванула вперед. Я выпустил когти, оттолкнулся от земли и помчался следом.

Сэму, похоже, было не до наших разборок.

— Ли, Джейк, угомонитесь.

Ни она, ни я скорость не сбавили.

Сэм зарычал, но решил оставить нас в покое.

— Сет?

— Чарли обзвонил всех, пока не нашел Билли у меня дома.

— *Да, я тоже с ним разговаривал*, — добавил Пол.

Когда я услышал имя Чарли, меня пробила дрожь. Вот оно! Моему ожиданию конец. Я побежал еще быстрее, заставляя себя дышать, хотя мои легкие словно одеревенели.

Так какую же историю придумал Эдвард?

— Он страшно взволнован. На прошлой неделе Белла с Эдвардом вернулись домой, и...

Дышать сразу стало легче.

Она жива. Ну, по крайней мере, не умерла в прямом смысле этого слова.

Я и не догадывался, как много будет значить для меня эта разница. До сих пор я считал, что она умерла, и даже мысли не допускал, что Эдвард привезет ее живой. Но толку-то? Всем ясно, чем дело закончится.

— Да, брат, а теперь плохая новость: Чарли с ней разговаривал, и у нее был ужасный голос. Она заболела. Карлайл сказал, что в Южной Америке Белла подхватила какую-то редкую болезнь, и велел ее изолировать. Чарли сходит с ума, его к ней не пускают. Он все твердит, что ему плевать на заразу, но Карлайл стоит на своем: никаких посетителей. Состояние у Беллы тяжелое, однако он делает все, что может. Чарли трясется из-за этого уже несколько дней, а Билли позвонил только сегодня. Говорит, Белла совсем ослабла.

После его слов надолго воцарилась мысленная тишина. Мы все поняли.

Итак, Чарли боится, что она умрет. Дадут ли ему посмотреть на труп? Бледный, неподвижный, бездыханный труп дочери? Наверняка ему не разрешат притронуться к холодной коже — он может заметить, какая она твердая. Им придется ждать, пока Белла научится сдерживать себя, иначе она убьет и Чарли, и всех остальных, кто придет на похороны. Сколько времени это займет?

И похоронят ли ее? А потом она сама выберется из могилы или ей помогут кровопийцы?

Стая молча слушала мои разглагольствования. Я думал об этом куда больше, чем они.

Мы с Ли вбежали на поляну почти одновременно, хотя она считала, что пришла первой. Она села рядом с братом, а я встал справа от Сэма. Пол покружил на месте и тоже сел.

— *Я первая!* — подумала Ли, но сейчас мне было не до нее.

Почему они сидят? От нетерпения я весь ощетинился.

— *Ну, и чего ждем?* — не выдержал я.

Никто не ответил. В их молчании чувствовалась неуверенность.

— Что с вами?! Договор нарушен!

— У нас нет доказательств, может, она действительно заболела...

— ЧУШЬ!

— *Да, косвенные улики довольно убедительны, но...* Джейкоб... — прозвучала нерешительная мысль Сэма. — *Ты уверен? Думаешь, так будет правильно? Мы все знаем, чего хочет Белла...*

— В договоре ничего не сказано о желаниях жертвы, Сэм!

— *А по-твоему, она жертва? Ее можно так назвать?*

— Да!

— *Джейк,* — подумал Сет, — *они нам не враги.*

— Заткнись! Оттого что вас с этим кровопийцей связывает какое-то больное геройство, законы не меняются! Они наши враги. Они на нашей земле. Мы их уничтожим. И плевать, что когда-то вы с Эдвардом Калленом сражались заодно!

— *Джейк, а что ты будешь делать, если Белла тоже вступит в битву, а?* — вопросил Сет.

— Она больше не Белла.

— *Ты сам ее убьешь?*

Я не выдержал и нахмурился.

— *Нет, не убьешь. Попросишь кого-нибудь из нас? А потом навсегда затаишь на него зло?*

— *Я не...*

— *Еще как затаишь. Ты не готов к этой битве, Джейкоб.*

Мной завладел инстинкт, и я пригнулся к земле, рыча на волка со светлым мехом.

— *Джейкоб!* — осадил меня Сэм. — *Сет, помолчи минутку.*

Тот кивнул.

— *Черт, я что-то пропустил?* — прозвучала мысль Квила. Он на всех парах мчался к поляне. — *Мне рассказали про звонок...*

— *Скоро выступаем,* — перебил его я. — *Заскочи к Киму и притащи сюда Джареда. Нам нужны все до единого.*

— *Беги сюда, Квил,* — приказал Сэм. — *Мы еще ничего не решили.*

Я зарычал.

— Джейкоб, я должен помнить о благе стаи и принимать благоразумные решения. С тех пор как был заключен договор, многое изменилось. Я... честно говоря, сомневаюсь, что Каллены опасны. К тому же долго они здесь не пробудут. Как только все уляжется, они исчезнут. А мы вернемся к нормальной жизни.

— *К нормальной?*

— Если мы бросим им вызов, Джейкоб, они будут защищаться до последнего.

— *Ты боишься?*

— *А ты готов потерять брата?* — Сэм помолчал и добавил: — *Или сестру?*

— *Я не боюсь умереть.*

— Знаю, Джейкоб. Поэтому я и усомнился в твоем благоразумии.

Я посмотрел в его черные глаза.

— Ты не чтишь договор наших предков?

— Я забочусь о стае. Ваши жизни — превыше всего.

— Трус!

Сэм напрягся и оскалил зубы.

— *Довольно, Джейкоб. Твое предложение отклоняется.* — Мысленный голос Сэма изменился, в нем зазвучали странные двойные ноты, которым мы не могли противиться. Голос альфы. Он по очереди заглянул в глаза всем волкам на поляне. — *Мы не станем беспричинно нападать на Калленов. Мы чтим дух договора. Каллены не опасны ни для нашей стаи, ни для жителей Форкса. Белла Свон сделала сознательный выбор, и мы не должны наказывать за это своих былых союзников.*

— *Верно, верно!* — оживленно подумал Сет.

— Я, кажется, велел тебе молчать.

— Ой, прости, Сэм.

— Джейкоб, куда ты направился?

Я вышел из круга и пошел на запад, чтобы они не видели моей морды.

— Пойду попрощаюсь с отцом. Я и так задержался тут слишком надолго.

— Ох, Джейк, опять ты за свое!

— *Молчи, Сет!* — перебили его несколько голосов.

— *Мы не хотим, чтобы ты уходил,* — уже мягче подумал Сэм.

— Так вынуди меня остаться. Отдай приказ. Сделай из меня раба.

— Ты хорошо знаешь, что я так не поступлю.

Тогда мне больше нечего сказать.

Я побежал прочь, изо всех сил стараясь не думать о своих планах. Вместо этого я вспоминал долгие волчьи месяцы, когда мало-помалу меня покидала человечность, и в конце концов я стал больше похож на зверя. Жил настоящим днем, ел, когда был голоден, спал, когда уставал, пил когда испытывал жажду, и все время бежал — ради того, чтобы бежать. Простые вопросы, простые ответы. Боль тоже была простой: от голода, от мерзлой земли, от чужих когтей — если ужин попадался несговорчивый. От каждой боли имелось простое средство, ясное и понятное действие которое могло положить ей конец.

Когда ты человек, все иначе.

И все-таки, подбежав ближе к дому, я принял человечес кий облик. Надо было подумать без свидетелей.

Прямо на бегу я отвязал и нацепил шорты.

Итак, теперь мои мысли никому не слышны, и Сэму уже не под силу меня остановить.

Он отдал недвусмысленное распоряжение: стая не нападет на Калленов. Хорошо, пусть так.

Но он ничего не сказал про одиночек.

Верно, стая не нападет.

Нападу я.

9. ЧЕРТ, ТАКОГО Я ТОЧНО НЕ ОЖИДАЛ

На самом деле, прощаться с отцом я не собирался.

Один звонок Сэму — и все пропало. Они меня остановят, возможно, попытаются разозлить или даже ранят, чтобы я перевоплотился в волка и Сэм мог отдать новый приказ.

Однако Билли догадался, в каком я буду состоянии, и поджидал меня во дворе. Он сидел в инвалидном кресле и, как только я вышел из леса, попытался определить, куда я направляюсь. Я зашагал прямиком к своему гаражу

— Минута найдется, Джейк?

Я остановился и перевел взгляд с него на гараж.

— Ну же, сынок. Помоги хоть домой зайти.

Я скрипнул зубами, но потом решил, что у меня будет больше проблем с Сэмом, если я не уделю отцу пару минут.

— С каких пор тебе нужна для этого помощь, старик?

Он громко расхохотался.

— Руки устали! Я только что от Сью.

— От нее вся дорога под гору. Еще небось с ветерком проехался.

Я закатил его коляску на небольшой пандус, который соорудил сам, а затем в гостиную.

— Ну ладно, твоя правда! Я несся под тридцатник, не меньше. Эх, хорошо!

— Когда-нибудь ты убьешь коляску, придется тебе ползать на локтях.

— Вот еще! Меня будешь носить ты.

— Ну, всюду я тебя носить не стану. Посидишь дома.

Билли поставил руки на колеса и подъехал к холодильнику.

— Пожевать найдется?

— У нас весь день торчал Пол, так что вряд ли.

Билли вздохнул.

— Пора прятать от него еду, а то мы тут с голоду помрем.

— Скажи Рейчел, чтобы переехала к нему.

Билли посерьезнел и смягчился.

— Она дома всего несколько недель, мы давным-давно ее не видели. Ей нелегко — девочки были старше тебя, когда умерла ваша матушка. Им тяжело находиться в этом доме.

— Знаю.

Ребекка не приезжала с тех пор, как вышла замуж, хотя у нее была уважительная причина: летать домой с Гавайски островов — недешевое удовольствие. Вашингтонский университет был куда ближе, так что Рейчел училась все

летние семестры напролет и еще подрабатывала по выход-
ным в студенческом кафе.

Если бы не Пол, она бы не осталась здесь надолго. Может, поэтому Билли его и не прогонял.

— Ну ладно, мне еще поработать кое над чем надо... — Я
направился к задней двери.

— Погоди, Джейк. Ты не расскажешь, что стряслось?
Или я обязательно должен звонить Сэму?

Я стоял к нему спиной, пряча лицо.

— Ничего не случилось. Сэм решил их простить. Похоже, мы все теперь души не чаем в пиявках.

— Джейк...

— Не хочу об этом говорить.

— Ты уходишь, сын?

Воцарилась долгая тишина, пока я обдумывал ответ.

— Зато Рейчел сможет поселиться в своей прежней комнате. Я-то знаю, как она ненавидит надувные кровати.

— Ради тебя она будет спать и на полу, Джейк. Я тоже.

Я фыркнул.

— Прошу... Если тебе нужна передышка... Только не
пропадай надолго. Возвращайся.

— Может, и вернусь. Моим коньком станут свадьбы.
Эффектно появлюсь на свадьбе у Сэма, потом у Рейчел.
Хотя первыми наверняка будут Ким с Джаредом. Надо ко-
стюм прикупить, а то неприлично...

— Джейк, посмотри на меня.

Я медленно обернулся.

— Что?

Билли долго глядел мне в глаза.

— Куда ты пойдешь?

— Еще не решил.

Он склонил голову набок и прищурился.

— Правда?

Мы не сводили друг с друга глаз. Шли секунды.

— Джейкоб, — натужно выговорил Билли, — Джейкоб, не надо. Оно того не стоит.

— Не понимаю, о чем ты.

— Оставь Беллу и Калленов в покое. Сэм прав.

Я смотрел на него ровно секунду. Потом в два прыжка одолел комнату, отсоединил телефонный шнур от розетки и аппарата и с ним метнулся к двери.

— Пока, пап.

— Стой, Джейкоб! — окликнул он, но я уже был на улице.

Мотоцикл ехал не так быстро, как я мог бы бежать, зато я не привлекал к себе лишнего внимания. Интересно, сколько времени потребуется Билли, чтобы добраться до магазина и позвонить кому-нибудь, кто передаст весть Сэму. Сэм еще наверняка не перевоплотился. С другой стороны, в любую минуту домой может вернуться Пол. Он вмиг перевоплотится обратно и доложит Сэму, что произошло...

Ну и плевать. Поеду на предельной скорости, а если меня догонят, тогда и придумаю что-нибудь.

Я завел мотоцикл и в следующий миг уже мчался по грунтовой дороге. На свой дом я даже не оглянулся.

Движение на шоссе было оживленное. Я лавировал между машинами, заслужив несколько злобных гудков и неприличных жестов в спину. Потом на скорости семьдесят миль в час повернул на Сто первое шоссе. Какое-то время ехал медленно, чтобы не угодить под мини-фургон. Конечно, я бы не умер, но заминка мне была ни к чему: сломанные кости — большие, по крайней мере — заживают несколько дней. Я испытал это на собственной шкуре.

Когда машин стало меньше, я выжал восемьдесят и ни разу не притормозил, пока не добрался до узкой подъездной дороги. Сюда Сэм не прибежит, слишком поздно.

Только тогда — убедившись, что за мной нет погони, — я начал обдумывать план действий. Сбавил скорость до двадцати и лавировал между деревьями куда осторожнее, чем требовалось.

Конечно, вампиры сразу меня услышат — неважно, на мотоцикле я или нет. Врасплох их не застанешь. Эдвард поймет, что у меня на уме, как только я приближусь к дому. Или он уже понял? Впрочем, его раздутое эго сыграет мне на руку: он наверняка захочет драться один на один.

Стало быть, я войду, получу столь необходимые Сэму доказательства и вызову Эдварда на дуэль.

Я фыркнул: паразит еще словит кайф!

Убив его, я прикончу как можно больше пиявок. Ха! Интересно, моя смерть обеспечит повод для битвы? Или Сэм скажет, что я это заслужил, и не захочет обижать своих закадычных друзей?

Подъездная дорога вывела меня на открытую лужайку, и в нос ударил мощный смрад. Фу, вонючие вампиры! Раньше, когда эта вонь смешивалась с человеческими запахами, выносить ее было легче. С другой стороны, волчий нос ее бы вовсе не стерпел.

Никаких признаков жизни вокруг белого склепа я не увидел. Разумеется, вампиры меня уже почуяли.

Я вырубил двигатель и прислушался. За широкими двойными дверями раздавались сердитые голоса. Стало быть, кто-то дома. Я услышал свое имя и улыбнулся: приятно быть причиной их недовольства!

Сделав глубокий вдох — внутри вонь будет нестерпимой, — я вскочил на крыльцо.

Дверь отворилась, не успел я до нее дотронуться, и в проеме возник Карлайл. Вид у него был мрачный.

— Привет, Джейкоб, — сказал он спокойнее, чем я ожидал. — Как дела?

Я втянул воздух ртом, чтобы не чувствовать омерзительного смрада, шедшего изнутри.

Жаль, что меня встретил Карлайл. Лучше бы на крыльцо, оскалив клыки, вышел разъяренный Эдвард. А Карлайл... ну, слишком похож на человека. Может, мое отношение к нему изменилось еще и потому, что прошлой весной он отлично меня подлатал. Словом, мне было неловко смотреть ему в лицо, зная, что скоро я попытаюсь его убить.

— Слышал, Белла вернулась живой, — сказал я.

— Э-э, Джейкоб, сейчас не время... — Он тоже растерялся, но не так, как я ожидал. — Может, заглянешь потом?

Я опешил и молча уставился на него. Он что, просит отложить смертельную битву до лучших времен?

И тут я услышал голос Беллы, надтреснутый и грубый. Больше я ни о чем не мог думать.

— А почему нет? — спросила она кого-то. — Мы что, и от Джейкоба будем скрываться? Какой смысл?

К такому я был не готов. Попытался вспомнить голоса новорожденных вампиров, которых мы нашли весной, но те только рычали. Может, у них тоже были не такие звонкие и пронзительные голоса, как у взрослых? Может, все новорожденные хрипят?

— Заходи, Джейкоб! — уже громче каркнула Белла.

Карлайл прищурился.

Интересно, Белла хочет *пить*? Я тоже сощурил глаза.

— Извините, — сказал я врачу, обходя его. Это было нелегко: инстинкты не позволяли мне повернуться спиной к кровопийце. Впрочем, с инстинктами я справился. Если и существует на свете безобидный вампир, то это на удивление учтивый вожак Калленов.

Надо держаться от него подальше, когда начнется битва. Жертв и так будет предостаточно, зачем убивать Карлайла?

Прижимаясь спиной к стене, я вошел в дом. Окинул взглядом комнату — обстановка была незнакомая. Когда я приходил сюда последний раз, гостиную украсили к свадьбе, а теперь все было холодное и бледное. Включая шестерых вампиров, столпившихся у белого дивана.

Они собрались все вместе, но не из-за этого я замер на пороге с открытым ртом.

Дело было в Эдварде.

Я не раз видел его гнев и однажды видел его муки. Однако теперь... нет, то была не просто боль. В глазах Эдварда читалось безумие. На меня он даже не взглянул, и лицо у него было такое, словно он горел живьем; руки деревянными клешнями застыли по бокам.

Я даже не смог насладиться его страданием. Меня терзала единственная мысль: отчего он так мучается? Я проследил за его взглядом и... как только увидел ее, тут же учуял запах.

Теплый чистый человеческий запах.

Беллу, свернувшуюся клубочком, наполовину скрывал подлокотник дивана. Она сидела, обхватив колени, и на какой-то миг я увидел перед собой прежнюю Беллу, ту, которую любил: мягкая персиковая кожа, глаза шоколадного цвета. Мое сердце забилось в странном неровном ритме, и я подумал, уж не снится ли мне все это.

А потом увидел ее по-настоящему.

Под глазами — темные круги, выделяющиеся на изможденном лице. Она что, похудела? Кожа туго натянута на скулы, еще чуть-чуть — и порвется. Темные волосы убраны в растрепанный узел на затылке, но несколько прядей налипло на взмокший лоб и шею. Пальцы и запястья такие хрупкие, что смотреть страшно.

Она действительно *больна*. Серьезно больна.

Эдвард не солгал. Чарли рассказал Билли правду.

Пока я смотрел на Беллу во все глаза, она позеленела.

Белобрысая кровопийца — та, что вечно выпендривалась, Розали — склонилась над Беллой, как бы загораживая ее от меня.

Это она напрасно. Я почти всегда знал, что думает и чувствует Белла — ее мысли были так очевидны; порой казалось, они написаны у нее на лбу. Белле не нужно было подробно расписывать ситуацию, чтобы я все понял. Она недолюбливала Розали. Рассказывая о ней, она особым образом кривила губы. Белла ее *боялась*. По крайней мере, раньше.

Теперь в ее глазах страха не было. Она словно чувствовала себя... виноватой.

Розали быстро подставила тазик, в который Беллу тут же с шумом вырвало.

Эдвард упал на колени — взгляд по-прежнему страдальческий, — и Розали жестом велела ему не подходить слишком близко.

Ерунда какая-то.

С трудом подняв голову, Белла смущенно улыбнулась.

— Извини, — шепнула она мне.

Эдвард едва слышно застонал и прислонился головой к ее коленям. Она положила ладонь на его щеку. Как будто *утешала*.

Я сам не заметил, что ноги несут меня к Белле, пока Розали не зашипела, встав у меня на пути. Я ее почти не видел — как будто она в телевизоре, ненастоящая какая-то.

— Роуз, не надо, — прошептала Белла. — Все хорошо.

Белобрысая неохотно ушла с дороги и присела на пол в изголовье дивана, готовясь к прыжку. Не обращать на нее внимания оказалось совсем просто, я даже не ожидал.

— Белла, что случилось? — шепнул я, невольно упав на колени по другую сторону дивана, напротив ее... мужа. Он словно не замечал меня, я тоже на него не смотрел. Я взял вторую Беллину ладонь в обе руки — кожа была ледяная. — Все хорошо?

Идиотский вопрос, конечно. Она не ответила.

— Я так рада, что ты пришел меня навестить, Джейкоб...

Пусть Эдвард не умел читать ее мысли, он уловил в этих словах какое-то скрытое от меня значение. И вновь застонал в одеяло, которым укрыли Беллу, а она погладила его по щеке.

— Что такое, Белла? — вновь спросил я, крепко стиснув ее холодные хрупкие пальцы.

Вместо ответа она окинула комнату взглядом, в котором была мольба и предупреждение. Шесть пар беспокойных желтых глаз сосредоточились на ней. Наконец Белла обратилась к Розали:

— Поможешь?

Та поджала губы и смерила меня таким злобным взглядом, словно хотела разорвать мне глотку. Не сомневаюсь, так оно и было.

— Прошу тебя, Роуз.

Белобрысая скорчила недовольную мину, но потом все же наклонилась к Белле рядом с Эдвардом, который даже не пошевелился. Она осторожно просунула руки под Беллины плечи.

— Нет, — прошептал я, — не вставай...

Она выглядела такой слабой.

— Я отвечаю на твой вопрос, — отрезала Белла. Наконец-то в ее голосе прозвучали знакомые нотки.

Розали подняла Беллу с дивана, а Эдвард остался на месте и уронил голову на подушки. Одеяло упало к Беллиным ногам.

Ее тело отекло, живот неестественно раздулся: его плотно обтягивала огромная серая футболка. Ноги и руки, наоборот, похудели, словно огромный пузырь образовался из того, что высосал из Беллы. Я не сразу понял, что это такое — пока Белла не обхватила свой раздувшийся живот, ласково положив одну руку сверху, а одну снизу. Как будто укачивала ребенка.

Тогда до меня дошло, что случилось, хотя поверить в это я не мог. Мы же виделись месяц назад! Белла еще не была беременна, по крайней мере не *настолько*!

По всей видимости, была.

Я не хотел на это смотреть, не хотел об этом думать. Не хотел представлять *его* в *ней*. Сама мысль о том, что мерзкая тварь пустила корни в теле моей любимой, была отвратительна. Я сглотнул, едва подавив тошноту.

Все оказалось еще хуже, намного хуже. Меня потрясла страшная догадка: Белла так быстро раздулась и выглядела такой изможденной, потому что ребенок питался ее жизненными силами.

То было чудовище. Как и его отец.

Я всегда знал, что он убьет Беллу.

Эдвард вскинул голову, уловив мою последнюю мысль. В следующее мгновение он вскочил на ноги и замер надо мной: глаза черные, как уголь, под ними бордовые круги.

— Выйдем, Джейкоб!

Я тоже вскочил и теперь сам смотрел на Эдварда сверху вниз. Как раз за этим я и пришел.

— Выйдем, — кивнул я.

К Эдварду тут же подбежал здоровяк Эмметт, а следом и Джаспер — вид у него был голодный. Плевать! Может, моя стая тут все подчистит, когда меня убьют. А может, и нет. Какая разница?

Мои глаза остановились на тех, кто стоял сзади. Эсми. Элис. Невысокие и обманчиво хрупкие. Впрочем, остальные прикончат меня куда раньше, чем я доберусь до женщин. Не хочется их трогать... пусть они и вампиры.

Впрочем, для блондинки я бы сделал исключение.

— Нет! — выдохнула Белла и дернулась вперед, чуть не упав, чтобы схватить Эдварда за руку. Розали подалась за ней, как будто их связывала незримая нить.

— Мы только поговорим, — тихо сказал Эдвард Белле и коснулся ее лица. У меня перед глазами заплясало пламя, гостиную будто залило красным светом. После всего, что он натворил, ему еще позволено *так* к ней прикасаться?! — Не трать силы, прошу тебя. Отдыхай. Через несколько минут мы оба вернемся.

Она внимательно всмотрелась в его лицо, кивнула и опустилась на диван. Розали помогла ей улечься. Белла испытующе заглянула в мои глаза.

— Веди себя хорошо, — промолвила она. — И возвращайся.

Я не ответил: сегодня с меня никаких обещаний. Я отвернулся и вслед за Эдвардом вышел на улицу.

Мой внутренний голос случайно подметил, что отделить его от остальных оказалось очень просто.

Эдвард как ни в чем не бывало шагал, подставив мне спину. Ну да, ему не нужно оглядываться, чтобы разгадать мои намерения. Если я захочу застать его врасплох, соображать надо очень быстро.

— Я пока не готов умирать, Джейкоб Блэк, — прошептал Эдвард, когда мы быстро шли прочь от дома. — Обождешь немного. Имей терпение.

Ха! Можно подумать, мне есть дело до его планов! Я глухо зарычал.

— Терпение не мой конек.

Он двинулся дальше. Мы прошли метров двести по подъездной дороге, все это время я шел за Эдвардом по пятам. Меня била дрожь, я сгорал от ярости и ждал подходящего момента.

Эдвард резко встал и повернулся ко мне лицом. Его взгляд вновь меня обескуражил.

На мгновение я превратился в обычного ребенка — ребенка, который провел всю жизнь в захолустном городишке. Мне придется прожить еще очень много лет и испытать много боли, чтобы хоть отчасти понять муки Эдварда.

Он поднял руку, словно хотел вытереть пот со лба, но его пальцы вцепились в кожу так, словно пытались ее содрать. Черные глаза горели в глазницах, слепо глядя в пустоту. Или они видели то, чего не было? Рот Эдварда открылся в беззвучном крике.

Это было лицо человека, горевшего живьем.

На минуту я лишился дара речи, осознав, что все по-настоящему. Там, в гостиной, в глазах Беллы и Эдварда я видел только намек на это, но теперь сомнений не осталось.
Последний гвоздь в крышку ее гроба забит.

— Ребенок ее убивает, да? Она умрет. — Произнося эти
слова, я понимал, что горе на моем лице — лишь жалкое
подобие горя Эдварда. И оно другое. Я все еще был потрясен и попросту не успел сообразить, что происходит, а Эдварду хватило времени дойти до такого состояния. Мое
горе было другим еще и потому, что я множество раз терял
Беллу в своих мыслях. Другим, потому что она никогда мне
не принадлежала, а значит, я и потерять ее не мог.

И потому что в этом не было моей вины.

— Виноват я, — прошептал Эдвард, и у него подкосились
колени. Он опустился на землю прямо передо мной — уяз-
вимый, беспомощный. Идеальная жертва.

Увы, огонь во мне погас. Я был холоден, как лед.

— Да! — простонал он в грязь, будто признавался земле в своем преступлении. — Да, ребенок ее убивает!

Беспомощность Эдварда меня раздражала. Я хотел битвы, а не казни. Ну, и где теперь его вечное самодовольство?

— Почему Карлайл ничего не делает? — прорычал я. —
Он же врач. Пусть вытащит из нее эту тварь!

Эдвард поднял глаза и ответил усталым голосом, как будто в десятый раз объяснял очевидное:

— Она не разрешает!

Я не сразу переварил услышанное. Господи, ну конечно, Белла в своем репертуаре — готова умереть ради вам-
пирова отродья. Это так на нее похоже.

— Ты хорошо ее знаешь, — прошептал Эдвард. — Как
быстро ты все понял... А я понял слишком поздно. По дороге домой она со мной не разговаривала. Я думал, она злится на меня за то, что я подверг ее жизнь опасности. В который раз. Я даже вообразить не мог, на что она *решается*!
И только потом, когда мои родные встретили нас в аэро-

порту, и Белла кинулась обнимать Розали — Розали! — я услышал, что та думает. А ты все сразу понял... — Он застонал.

— Погоди-ка. Она тебе не *разрешает*. — От сарказма у меня стало кисло во рту. — А ты никогда не замечал, что силенок у нее — как у обычной девушки весом в пятьдесят килограммов? Или вы, пиявки, совсем отупели? Поймайте ее да усыпите!

— Я хотел, — прошептал Эдвард. — Карлайл бы...

Что, благородство помешало?

— Нет, не благородство, — ответил он на мой мысленный вопрос. — Личная охрана.

Ах, вот как. Если прежде я не видел особой логики в его россказнях, то теперь все сложилось в четкую картину. Понятно, что задумала белобрысая. Но почему? Неужели королева красоты желает Белле такой страшной смерти?

— Может быть, — ответил Эдвард. — У Розали свое мнение на этот счет.

— Так уберите сперва белобрысую. Вы же воскресаете, так? Порубите ее на кусочки, а сами тем временем займитесь Беллой.

— Эмметт и Эсми на стороне Розали. Эмметт никогда не позволит... а Карлайл не пойдет против Эсми... — Голос подвел Эдварда, и он умолк.

— Ты должен был оставить Беллу со мной.

— Да.

Ну, теперь-то в любом случае поздно. Ему стоило подумать об этом до того, как обрюхатить Беллу кровопийцей.

Эдвард посмотрел на меня из своего личного ада, и я увидел, что он полностью со мной согласен.

— Мы не знали, — едва слышно произнес он. — Я даже представить такого не мог. Других таких пар, как мы с Беллой, не существует. Откуда нам было знать, что простая женщина может забеременеть...

— Ведь ее полагается сожрать в процессе?

— Да, — громким шепотом ответил Эдвард. — Такие садисты существуют — инкубы, суккубы. Они есть. Но для них обольщение — лишь прелюдия к пиру. После такого еще никто не *выживал*. — Он затряс головой, словно гнал от себя отвратительные мысли.

— А я и не знал, что для таких, как ты, есть специальное слово, — выплюнул я.

У Эдварда было лицо тысячелетнего старика.

— Даже ты, Джейкоб Блэк, не можешь ненавидеть меня так, как я сам себя ненавижу.

«Ошибаешься», — подумал я, от ярости не в силах вымолвить ни слова.

— Моя смерть ее не спасет.

— А что спасет?

— Джейкоб, окажи мне услугу.

— Размечтался, паразит!

Он продолжал сверлить меня безумным взглядом.

— Ради нее.

Я крепко стиснул зубы.

— Я сделал все, что мог, пытаясь уберечь ее от тебя. Теперь уже поздно.

— Ты хорошо ее знаешь, Джейкоб. У вас с ней прочная связь, которую я никогда не понимал. Ты — часть ее, а она — часть тебя. Меня она не слушает: думает, я ее недооцениваю. Белла уверена, что ей хватит сил... — Эдвард задохнулся и сглотнул. — А тебя она выслушает.

— С какой стати?

Он с трудом поднялся на ноги. Глаза у него горели еще ярче, чем прежде, еще безумнее. Неужто он в самом деле спятил? Разве вампиры сходят с ума?

— Может быть, — ответил Эдвард. — Я не знаю. — Он покачал головой. — При Белле мне приходится держать себя в руках, ей нельзя нервничать. Ее и так постоянно рвет. Я должен быть спокойным и собранным... Впрочем, сейчас это неважно. Она тебя выслушает!

— Ничего нового я Белле не скажу. Да и что говорить? Что она дура? Она и сама в курсе. Что ребенок ее убьет? Это ей тоже хорошо известно.

— Предложи Белле то, что она хочет.

Я ничего не понял. Так дает о себе знать безумие?

— Ее жизнь превыше всего, на остальное мне плевать, — неожиданно спокойным голосом заговорил Эдвард. — Если Белла хочет ребенка, пусть у нее будет ребенок. Да хоть десять! Только бы она жила. — Он на секунду умолк. — Пусть родит щенят, раз ей так хочется.

Эдвард на мгновение посмотрел мне в глаза, и под тонкой коркой самообладания его лицо исказила мучительная гримаса. Мой оскал исчез без следа, когда я понял, что он имеет в виду. Я изумленно раскрыл рот.

— Только не эту *тварь*! — прошипел он. — Не чудовище, которое высасывает из нее жизнь, пока я беспомощно сижу рядом! Я могу лишь смотреть, как она исчезает, гибнет. Как *оно* причиняет ей боль. — Эдвард со свистом втянул воздух, словно его ударили в живот. — Ты *должен* ее образумить, Джейкоб. Меня она больше не слушает. Розали все время рядом, подбадривает ее, защищает... Нет, защищает *это*. На Беллу ей плевать.

Я захрипел, как от удушья.

Что он несет?! Пусть Белла... что? Родит ребенка? От меня? Как?! Он от нее отказывается? Или он решил, что Белла будет не прочь стать одной женой на двоих?

— Мне все равно. Главное, чтобы она выжила.

— Такого бреда я от тебя еще не слышал, — пробормотал я.

— Она тебя любит.

— Не настолько.

— Белла готова умереть ради ребенка. Может, она согласится на менее радикальные меры...

— Ты ее совсем не знаешь.

— Нет-нет, я понимаю, уговорить ее будет нелегко... Для этого мне и нужен ты. Образумь ее. Ты ведь знаешь ход ее мыслей.

Я даже подумать не мог о его предложении. Это уж слишком. Невозможно. Неправильно. Извращение какое-то!

Забирать Беллу на выходные, а потом возвращать, как кино в видеопрокат?

Нет, это ненормально.

И так заманчиво.

Я не хотел об этом думать, не хотел представлять, но образы сами лезли в голову. Я так часто мечтал о Белле — давно, когда у нас еще могло что-то получиться, и даже потом, когда эти фантазии оставляли в душе лишь гноящиеся раны, потому что Белла никогда бы не стала моей. Я ничего не мог поделать с собой тогда, не смог и теперь. Белла в *моих* объятиях, Белла шепчет *мое* имя...

Хуже того, теперь я увидел новый образ: то, на что не мог рассчитывать даже в самых смелых мечтах. До сих пор. Образ, который не терзал бы меня еще много *лет*, если бы Эдвард не запихнул его мне в голову. А теперь он засел там и обвивал мой мозг ядовитыми и живучими плетьми. Белла, сияющая здоровьем, совсем не такая, как сейчас, но чем-то похожая: ее тело красиво округлилось, потому что она носит *моего* ребенка.

Я попытался вырвать ядовитый сорняк из головы.

— Образумить Беллу? С какой планеты ты свалился?

— Хотя бы попробуй.

Я затряс головой. Эдвард молча ждал, потому что слышал мои терзания.

— И откуда только берутся такие безумные затеи?

— С тех пор как я понял, что у Беллы на уме, я больше ни о чем не могу думать. Только о ее спасении. Я не знал, как с тобой связаться, по телефону ты не стал бы и слушать. Если бы ты не пришел, рано или поздно я бы отыскал тебя, но мне так трудно ее покидать... даже на несколько минут. Ее состояние меняется очень быстро. Эта тварь... растет. Постоянно. Я не могу отойти от Беллы.

— Кто это?

— Неизвестно. Но оно уже сильнее, чем она.

Внезапно я его увидел — раздувающегося монстра, который однажды сломает ее изнутри.

— Помоги мне, — прошептал Эдвард. — Сделай так, чтобы этого не случилось.

— Как? Предложить Белле услуги по осеменению?! — Он даже не поморщился при этих словах, зато меня передернуло. — Ты правда больной. Она не станет меня слушать.

— Попробуй. Терять уже нечего. Попытка не пытка.

Еще какая пытка — для меня. Белла столько раз меня отвергала, и я должен пройти через это еще раз?

— Ради ее спасения можно и потерпеть. Неужели оно того не стоит?

— Все равно ничего не получится.

— Может быть. А может, это ее смутит, заставит подумать. Малейшее сомнение — и я сумею ее отговорить.

— А мне потом вернуть свои слова назад? «Я пошутил, Белла»?

— Если она хочет ребенка, она его получит. Я не против.

Мне не верилось, что я вообще об этом думаю. За такие слова Белла мне точно врежет. Еще и руку опять сломает. Ну зачем я послушал Эдварда? Почему сразу его не убил?!

— Сейчас нельзя, — прошептал он. — Еще рано. Заслуженная или нет, моя смерть ее раздавит, и ты это понимаешь. Куда торопиться? В тот миг, когда сердце Беллы остановится, я сам буду молить тебя о смерти.

— Долго молить не придется.

Тень улыбки появилась на его губах.

— Очень на это рассчитываю.

— Тогда по рукам?

Эдвард кивнул и протянул мне ледяную руку.

Переборов отвращение, я протянул ему свою, и мои пальцы сомкнулись вокруг холодного камня.

— По рукам.

10. ПОЧЕМУ Я ПРОСТО НЕ УШЕЛ? АХ ДА, Я ЖЕ БОЛВАН

Я чувствовал себя так... как не знаю что. Словно все вокруг ненастоящее. Словно я попал в готическую версию дурного молодежного сериала, только играю в нем не зубрилу, который собрался пригласить на выпускной девушку из группы поддержки, а крутого оборотня, второго после вожака стаи, который хочет предложить жене вампира наплодить детишек. Миленько!

Нет, это ненормально и неправильно. Я забуду все, что сказал мне Эдвард. Но с Беллой поговорю и постараюсь сделать так, чтобы она меня выслушала.

Да только она не выслушает. Как всегда.

Пока мы шли к дому, Эдвард не отвечал на мои мысли. Почему, интересно, он выбрал именно то место в лесу? Хотел отойти подальше от дома, чтобы никто не услышал его шепота?

Может быть. Когда мы вошли, Каллены уставились на нас подозрительно и отчасти смущенно, но никакого омерзения или гнева в их глазах не было. Выходит, они не слышали, о чем попросил меня Эдвард.

Я помедлил в дверях, не зная, что делать. Здесь мне было чуть лучше — с улицы заходил свежий воздух.

Эдвард подошел к дивану, напряженный, как струна. Белла взволнованно перевела взгляд с него на меня и обратно.

Ее лицо посерело, и я понял, почему ей нельзя нервничать.

— Давайте оставим Джейкоба и Беллу наедине, — попросил Эдвард без всякого выражения в голосе, словно робот.

— Только через мой прах! — зашипела Розали. Она все еще сидела в изголовье, покровительственно держа холодную ладонь на желтоватой Беллиной щеке.

Эдвард даже не взглянул на сестру.

— Белла, — тем же безразличным тоном сказал он, — Джейкоб хочет с тобой поговорить. Ты боишься оставаться с ним наедине?

Белла смущенно поглядела на меня, потом на белобрысую.

— Роуз, все хорошо. Джейк нас не обидит. Ступай с Эдвардом.

— Тут может быть подвох, — предупредила вампирша.

— Нет, не может, — возразила Белла.

— Мы с Карлайлом будем все время на виду, Розали, — добавил Эдвард. В безразличном голосе зазвучали первые нотки гнева. — Она боится нас, а не Джейкоба.

— Нет, — прошептала Белла. Ее глаза блестели, ресницы намокли. — Нет, Эдвард, я не...

Он покачал головой и чуть улыбнулся. На эту улыбку было больно смотреть.

— Не волнуйся за меня.

Вот жуть. Эдвард прав: Белла изводит себя за то, что ранит его чувства. Девчонка самая настоящая мученица, только веком ошиблась. Ей следовало родиться в те времена, когда ради правого дела можно было скормить себя львам.

— Пойдемте, все, — сдержанно указав на дверь, произнес Эдвард. — Пожалуйста.

Самообладание вот-вот бы его подвело. Я почти увидел в нем того сгорающего живьем человека, каким он был на улице. Остальные тоже увидели. Каллены молча подошли к двери, и я шагнул в сторону, чтобы их пропустить. Они двигались очень быстро; мое сердце успело стукнуть дважды, а в комнате уже никого не было. Кроме Розали, замершей посреди гостиной, и Эдварда, дожидавшегося у двери.

— Роуз, — тихо сказала Белла. — Иди.

Белобрысая злобно уставилась на Эдварда и жестом велела ему выйти первым. Он скрылся из виду. Напоследок вампирша бросила на меня предостерегающий взгляд и тоже исчезла.

Когда мы остались наедине, я сел на пол рядом с Беллой, взял ее холодные руки в свои и осторожно потер.

— Спасибо, Джейк. Очень приятно.

— Не буду врать, Беллз, выглядишь ты отвратительно.

— Знаю, — вздохнула она. — Видок жуткий.

— Ты прямо чудище болотное, — кивнул я.

Она рассмеялась.

— Как я рада, что ты пришел! И как приятно опять улыбаться! Эта трагедия у меня уже в печенках сидит.

Я нахмурился.

— Ладно, ладно, — понимающе сказала Белла, — я сама виновата.

— Вот именно. О чем ты думала, Беллз? Я серьезно!

— Он просил читать мне нотации?

— Вроде того. Ума не приложу, с чего он взял, что ты меня выслушаешь. Раньше-то не слушала.

Она вздохнула.

— Я же говорил... — начал было я.

— Джейкоб, знаешь, у выражения «я же говорил» есть родной брат: «заткни рот».

— Клево!

Белла улыбнулась, и кожа туго обтянула ее лицо.

— Я не сама придумала, это из «Симпсонов».

— Пропустил ту серию.

— Смешная была.

Мы помолчали. Руки у Беллз потихоньку согревались.

— Он в самом деле просил тебя со мной поговорить?

Я кивнул.

— Хотел, чтобы я тебя образумил. Вот что значит проиграть битву до ее начала.

— Так почему ты согласился?

Я промолчал — не был уверен в ответе.

Одно я знал точно: каждая секунда, проведенная с Беллой, выльется потом в ужасную боль. Я был как наркоман с ограниченным запасом героина, и час расплаты близился. Чем больше уколов я сделаю сейчас, тем хреновее мне будет, когда наркота кончится.

— Вот увидишь, я справлюсь, — через пару минут сказала Белла.

От этих слов мои глаза опять налились кровью.

— Слабоумие — один из признаков твоей беременности?

Белла хохотнула, но мой гнев был непритворный, даже руки, которыми я все еще растирал ее ладони, задрожали.

— Может быть, — ответила она. — Джейк, я не говорю, что будет легко. Но как я могу не верить в волшебство, когда столько всего пережила?

— В волшебство?!

— А ты тем более. — Белла улыбнулась, высвободила одну руку и прижала ее к моей щеке. Ладонь была теплее, чем сначала, но все равно холодная по сравнению с моей кожей — впрочем, как и любой другой предмет. — В твоей жизни непременно случится волшебство, и все станет прекрасно.

— Не неси чепуху.

Белла по-прежнему улыбалась.

— Эдвард однажды рассказал мне про запечатление. Он говорит, это как «Сон в летнюю ночь», как волшебство. Ты найдешь того, кого ищешь, Джейкоб, и тогда все обретет смысл.

Не будь у нее такой хрупкий и ранимый вид, я бы заорал.

Впрочем, зарычать я себе позволил.

— Если ты думаешь, что из-за импринтинга это *безумие* обретет смысл... — Я умолк, подбирая нужные слова. — Неужели то, что однажды я запечатлюсь на какую-нибудь незнакомку, оправдает *это*? — Я показал пальцем на ее раздавшееся тело. — Скажи мне, в чем смысл, Белла? В чем смысл того, что я любил тебя, а ты любила *его*? Когда ты умрешь... — Я снова зарычал, — как все встанет на свои места? Какой смысл в этой боли?! Моей, твоей, его! Он, кстати, тоже умрет, хотя мне и плевать. — Белла поморщилась, но я не мог остановиться. — Какой смысл в этой *безумной истории любви*? Если он есть, покажи мне, Белла, а то я не вижу.

Она вздохнула.

— Пока я и сама не знаю, Джейк. Но... чувствую... **что все будет хорошо**, пусть сейчас это трудно представить. Можешь назвать это *верой*.

— Ты умираешь просто так, Белла! Ради ничего!

Она отняла руку от моего лица и погладила свой раздувшийся живот. Я без слов понял ее мысль: она умирает ради ребенка.

— Я не умру, — процедила Белла, и я догадался, что ей до жути надоело это повторять. — Мое сердце не остановится. Мне хватит сил.

— Чушь собачья! Ты слишком давно в тесной связи со сверхъестественным. Никому это не под силу. Ты очень слаба. — Я прижал ладонь к ее лицу, помня, что нужно обращаться с ней бережно. Весь облик Беллы говорил о том, как она *уязвима*.

— Я смогу, смогу! — пробормотала она, будто паровозик из детской книжки, который все мог.

— Не верится. И какой план действий? Если он у тебя **есть**, конечно.

Белла кивнула, не глядя мне в глаза.

— Ты знал, что Эсми прыгнула с обрыва? Ну, когда была человеком.

— И?

— Она была так близка к смерти, что ее даже не повезли в реанимацию — сразу в морг. Но когда Карлайл нашел Эсми, ее сердце еще билось...

А, так вот что Белла имела в виду под словами «мое сердце не остановится».

— То есть остаться человеком ты даже не надеешься, — мрачно проговорил я.

— Нет, я ведь не дура. — Тут она посмотрела мне в глаза. — Хотя ты, похоже, думаешь иначе.

— Срочная вампиризация...

— С Эсми получилось. И с Эмметтом, и с Розали, и даже с Эдвардом. Все они стали вампирами на пороге смерти. Карлайл превратил их только потому, что иначе они бы умерли. Он не забирает у людей жизни, он их спасает!

При упоминании доброго вампира-врача я вновь ощутил укол совести, но тут же отбросил бесполезные мысли и взмолился:

— Послушай, Беллз, не делай этого! — Как и тогда, когда мне рассказали о звонке Чарли, я вновь осознал, что жизнь Беллы для меня превыше всего — и неважно, в какой форме. — Не рискуй, Белла. Живи, хорошо? Просто живи. Не поступай так со мной, умоляю. И с ним тоже. — Я заговорил громче и строже: — Ты ведь знаешь, что с ним будет, если ты умрешь. Хочешь, чтобы он вернулся к итальянцам?

Белла съежилась.

Я решил умолчать о том, что на этот раз у Эдварда не будет такой необходимости.

Стараясь говорить как можно мягче, я спросил:

— Помнишь, что ты сказала, когда меня покалечили новорожденные вампиры?

Я подождал ответа. Белла молчала, стиснув зубы.

— Ты сказала, чтобы я был хорошим мальчиком и слушал Карлайла. И что я сделал? Послушался! Ради тебя.

— Ты послушался, потому что это было разумно.

— Ладно, думай, как хочешь.

Белла сделала глубокий вдох.

— А убийство ребенка — неразумно. — Она прикоснулась к своему огромному животу и едва слышно прошептала: — Я его не убью.

У меня опять задрожали руки.

— О, так я не в курсе последних новостей! Значит, у вас мальчик-крепыш, да? Знал бы, захватил бы голубые шарики.

Белла порозовела и стала такой красивой... прямо нож по сердцу. Зазубренный нож, старый и ржавый.

Я ее потеряю. Опять.

— Ну, вообще-то я не знаю, мальчик это или девочка, — робко проговорила она. — Ультразвук ничего не показывает. Мембрана вокруг ребенка ужасно твердая — как вампирская кожа. Так что пока это маленькая тайна. Но я все время представляю себе мальчика.

— Там не очаровательный малыш сидит, Белла.

— Еще посмотрим, — ответила она, чуть ли не усмехаясь.

— *Ты* уже не посмотришь! — рявкнул я.

— Не будь таким пессимистом, Джейкоб. Шанс выжить у меня точно есть.

Я не смог ответить, только опустил глаза и медленно перевел дух, чтобы справиться с гневом.

— Джейк, — сказала Белла, погладив меня по щеке и волосам, — все будет хорошо. Честное слово. Ш-ш...

— Не будет, — буркнул я, не поднимая головы.

Она стерла что-то мокрое с моей щеки.

ш-ш...

— Ради чего ты это делаешь, Белла? — Я не сводил глаз с бледного ковра на полу — мои босые ноги оставили на нем грязные разводы. Круто. — Я думал, больше всего на свете тебе нужен этот вампир. А теперь ты так запросто от него отказываешься? Бред какой-то. С каких пор тебе позарез хочется стать мамашей? И раз уж ты так этого хотела, зачем вышла за вампира?

Я был опасно близок к предложению, о котором просил меня Эдвард. Слова сами вели меня в этом направлении.

Белла вздохнула.

— Нет, все не так. Я не то что бы очень хотела стать мамой. Я даже не думала об этом. Дело не просто в ребенке, а... ну... в *этом* ребенке.

— Он убийца, Белла. Посмотри на себя.

— Нет! Просто я слабая, я человек. Но я обязательно справлюсь, Джейк, обещаю...

— Ой, да хватит! Заткнись, Белла. Можешь родить своему кровопийце эту тварь, но меня не обманешь. Ты прекрасно знаешь, что тебя ждет смерть.

Она смерила меня злым взглядом.

— Не *знаю!* Хотя и волнуюсь, конечно.

— Волнуется она! — процедил я.

Тут Белла охнула и схватилась за живот. Моя ярость сразу исчезла, будто свет выключили.

— Все хорошо, — задыхаясь, выдавила Белла — Не бойся.

Я ее не слышал; она случайно стянула футболку на бок, и я в ужасе уставился на ее живот. Он словно был покрыт огромными кляксами темно-фиолетовых чернил. Белла увидела мой взгляд и тут же прикрыла живот футболкой.

— Просто он очень сильный! — воскликнула она.

Кляксы были синяками.

Я чуть не подавился, вспомнив слова Эдварда о том, что оно причиняет ей боль. От ужаса я сам немного спятил.

— Белла.

Она услышала перемену в моем голосе и подняла на меня смущенный взгляд.

— Белла, не делай этого.

— Джейк...

— Послушай меня. Не надо перебивать, хорошо? Просто выслушай. А что если?..

— Что?

— Что если не зацикливаться на этом? Что если ты послушаешься Карлайла и выживешь?

— Я не...

— Я еще не договорил. Допустим, ты выживешь. Тогда можно начать все сначала. Тут не получилось, так попробуй еще разок!

Белла нахмурилась и потрогала место соединения моих бровей. Несколько секунд она разглаживала мой лоб, о чем-то думая.

— Не понимаю... Что значит «попробуешь еще разок»? Любой ребенок от...

— Да, — перебил ее я. — Любой ребенок от *него* будет таким же.

На ее уставшем лице еще сильнее проступила растерянность.

— Что?

Ответить я был не в силах. Какой в этом толк? Я никогда не смогу спасти ее от самой себя. И никогда не мог.

Белла заморгала — видимо, все поняла.

— О... Ты что, Джейкоб? Думаешь, я убью этого ребенка и заменю обычным? Искусственное осеменение? — Она не на шутку разозлилась. — А зачем мне ребенок от чужого человека? По-твоему, нет никакой разницы? Любой сойдет?

— Я не чужого имел в виду, — пробормотал я.

Белла наклонилась ближе.

— Что ты хочешь сказать?

— Неважно, Белла.

Она подозрительно нахмурилась.

— Это *он* попросил тебя об этом?

Я помедлил, удивившись ее сообразительности.

— Нет.

— Конечно, он!

— Нет, правда. Ничего про искусственное осеменение он не говорил.

Ее лицо разгладилось, она утомленно откинулась на подушки и, не глядя на меня, промолвила:

— Ради меня он готов на все, а я причиняю ему такую боль... Но о чем он думал? Что я променяю этого малыша... — Белла погладила живот. — ...на чужого... — Последние слова я не разобрал, а потом она умолкла. У нее в глазах стояли слезы.

— Необязательно причинять ему боль, — шепнул я. От этих слов у меня во рту жгло, как от яда, однако я понимал, что так мне, возможно, удастся ее спасти. Хотя шансы все равно тысяча к одному. — Ты можешь его осчастливить, Белла. По-моему, он в самом деле сходит с ума. Честное слово.

Она будто и не слушала меня, только покусывала губу и гладила свой побитый живот. Так продолжалось несколько минут. Интересно, Каллены далеко? Слышат ли они мои жалкие попытки образумить Беллу?

— Не от чужого, говоришь? — пробормотала Белла. Я вздрогнул. — Что именно тебе сказал Эдвард?

— Ничего. Он надеялся, что ты меня выслушаешь.

— Не об этом. О втором ребенке.

Она испытующе посмотрела мне в глаза, и я понял, что сболтнул лишнее.

— Ничего.

Белла чуть приоткрыла рот.

— Вот это да...

Несколько секунд она молчала. Я снова уставился на свои ноги, не решаясь смотреть ей в глаза.

— Он действительно готов на *все*, да? — прошептала она.

— Говорю тебе, он с ума сходит. По-настоящему, Беллз.

— Странно, что ты сразу его не сдал. Не захотел ему насолить.

Я поднял голову и увидел на ее лице улыбку.

— Очень хотелось, — ответил я и тоже попытался улыбнуться, но только скривил губы.

Белла поняла, что я предлагаю, и, разумеется, даже думать об этом не хотела. Я знал, что она не согласится, однако все равно чувствовал себя уязвленным.

— Ты тоже готов ради меня на что угодно, да? — прошептала она. — Я в самом деле не понимаю, почему вы так убиваетесь. Я ни одного из вас не заслуживаю.

— Только это ничего не меняет, верно?

— На сей раз нет... — вздохнула Белла. — Ох, как бы мне хотелось объяснить все так, чтобы ты понял. Я не могу причинить ему боль, — она указала на свой живот, — так же как не могу взять пистолет и пристрелить тебя. Или Эдварда. Я его люблю.

— Почему ты всегда любишь не тех, кого надо, Белла?

— Неправда, Джейкоб.

Я проглотил комок, застрявший в горле, чтобы мой голос звучал как можно тверже.

— Правда, уж поверь.

Я начал подниматься.

— Куда ты?

— Здесь от меня никакой пользы.

Она умоляюще протянула руку.

— Не уходи!

Я почувствовал непреодолимую зависимость от Беллы, желание остаться рядом с ней.

— Мне тут не место. Я должен вернуться.

— Зачем ты приходил? — спросила она.

— Хотел убедиться, что ты жива. Я подумал, Каллены **об**манули Чарли.

По ее лицу было не понятно, верит она мне или нет.

— Ты еще придешь? До того как...

— Я не хочу сидеть тут и смотреть, как ты умираешь.
Белла поморщилась.

— Ты прав, прав. Лучше уходи.

Я шагнул к двери.

— Пока, — шепнула она мне вслед. — Люблю тебя,
Джейк.

Я чуть было не вернулся. Чуть не упал на колени и не
принялся умолять. Но я знал, что должен уйти от Беллы и
пережить ломку, иначе она меня убьет — так же, как Эдварда.

— Ну-ну, — пробормотал я, уходя.

Никаких вампиров поблизости не было. Я не глядя прошел мимо своего мотоцикла, одиноко стоявшего посреди
лужайки, — надо было торопиться. Отец, наверное, в ужасе, да и Сэм тоже. Что подумала стая, не услышав моего
перевоплощения? Что Каллены застали меня врасплох? Я
разделся, не думая о возможных свидетелях, и побежал,
на ходу превращаясь в волка.

Они меня поджидали. Конечно, а как иначе?

— *Джейкоб! Джейк!* — облегченно воскликнули восемь
голосов.

— *Беги домой,* — приказал голос альфы. Сэм был в бешенстве.

Я почувствовал, как исчез Пол, спеша сообщить Билли
и Рейчел радостную весть: я не достался на ужин вампирам. Ему даже не хватило терпения выслушать мою историю.

Не было нужды объяснять стае, что я бегу домой: они
сами видели, как мимо меня проносится лес. Говорить, что
я схожу с ума, тоже было необязательно; все они чувствовали мое безумие.

Братья разом увидели ужасные сцены: побитый живот
Беллы; ее хриплый голос: «Просто он очень сильный!»; Эд-

вард, горящий живьем: «Я могу лишь смотреть, как она исчезает, гибнет. Как *оно* причиняет ей боль»; Розали, изго-
товившаяся к прыжку: «На Беллу ей плевать». Стая потрясенно замолчала.

Их ужас вылился в безмолвный, бессловесный крик.

— !!!!!!!!!

Я был уже на полпути домой, когда они пришли в себя и
бросились мне навстречу.

Почти стемнело: заходящее солнце скрылось за туча-
ми. На свой страх и риск я перебежал шоссе — меня никто
не заметил.

Мы встретились примерно в десяти милях от Ла-Пуш,
на пустой поляне для кемпинга. Она была довольно далеко
от дороги, за двумя скалами, так что нас бы никто не увидел. Пол прибежал на место одновременно со мной, и вся
стая теперь была в сборе.

В голове царил полный хаос. Все кричали наперебой, не
слушая друг друга.

Шерсть у Сэма на загривке стояла дыбом, и он без конца рычал, расхаживая туда-сюда. За ним, словно тени, прижав уши к голове, следовали Пол и Джаред. Волки были
взбудоражены и время от времени глухо рычали.

Поначалу я не смог определить причину их гнева и подумал, что дело во мне. Я был так растерян, что не боялся
кары за неисполнение приказа. Пусть делают со мной, что
хотят.

Через некоторое время их путаные мысли начали скла-
дываться в отдельные предложения.

— Как такое возможно? Что это значит? Что будет
дальше?

— Это плохо. Неправильно. Опасно.

— Чудовищно! Мерзость!

— Нельзя этого допустить.

Все члены стаи двигались и думали синхронно — все,
кроме меня и еще одного волка. Я сел рядом с братом и в

растерянности даже не посмотрел — ни глазами, ни мысленно, — кто это. Стая взяла нас в кольцо.

— В договоре такое не предусмотрено!

— Мы все в опасности.

Я попытался разобраться в голосах, пройти по следам извилистых мыслей, но у меня ничего не вышло. Образы, которые тревожили стаю больше всего, были моими образами — самыми страшными из них. Синяки Беллы, горящее лицо Эдварда.

— Они тоже боятся.

— Но ничего не предпримут.

— Надо защитить Беллу Свон.

— Нельзя думать только о ней.

— Безопасность наших семей важнее, чем жизнь одного человека.

— Если они не убьют отродье, придется нам.

— Защитить племя.

— Защитить семьи.

— Надо убить его, пока не поздно.

Снова мое воспоминание, слова Эдварда: «Эта тварь растет. Очень быстро».

Я сосредоточился на голосах и попробовал понять, кому они принадлежат.

— *Нельзя терять время*, — подумал Джаред.

— *Будет битва*, — предупредил Эмбри. — *Жестокая.*

— *Мы готовы!* — упорствовал Пол.

— *Нужно застать их врасплох*, — подумал Сэм.

— *Давайте их разделим*, — предложил Джаред. — *Это увеличит наши шансы на победу.*

Я потряс головой и поднялся на ноги. Перед глазами все плыло. Волк, сидевший рядом, тоже встал и уперся в меня плечом, чтобы поддержать.

— *Погодите*, — подумал я.

Братья на миг остановились, потом снова начали кружить по поляне.

— *У нас нет времени*, — отрезал Сэм.

— Что вы затеваете? Днем мы все думали, что договор нарушен, но нападать не захотели! А теперь, хотя договор никто не нарушал, вы устроите вампирам засаду?

— *Такого наши предки не могли предугадать*, — ответил Сэм. — *Опасность грозит всем местным жителям. Мы не знаем, что за чудище родится у Калленов, но оно уже сильное и быстро растет. Когда оно появится на свет, будет слишком мало, чтобы соблюдать какие-то условности. Помнишь новорожденных вампиров? Дикие, голодные, необузданные. Представь себе такого же, да еще под защитой Калленов!*

— *Мы же не знаем...* — начал было я.

— *Не знаем*, — согласился Сэм, — *и поэтому не вправе испытывать судьбу. Мы позволили Калленам жить здесь, потому что можем им доверять, они никому не причинят вреда. А этому... существу доверять нельзя.*

— Им оно тоже не по душе.

Сэм взял из моей головы образ Розали, загородившей Беллу, и показал всем.

— Кое-кто готов защищать его до последнего.

— Господи, да это же просто ребенок!

— *До поры до времени*, — прошептала Ли.

— *Джейк, дружище, это не пустяк*, — подумал Квил. — *Мы не можем оставить все как есть.*

— *Вы делаете из мухи слона*, — возразил я. — *Если кто сейчас и в опасности, так это Белла!*

— *Опять же, по собственной воле*, — заметил Сэм. — *Чо на этот раз от ее решения зависит и наша жизнь.*

- Вот уж вряд ли.

— *Нельзя испытывать судьбу! Нельзя позволить кровопийце охотиться на наших землях.*

— *Тогда вели им уйти*, — сказал волк, поддержавший меня. Это был Сет. Ну конечно.

— И навлечь опасность на других? Когда кровопийцы появляются на наших землях, мы их уничтожаем, и неважно, куда они держат путь и где собираются охотиться Мы защищаем всех, кого можем.

— *Бред!* — воскликнул я. — *Еще днем ты боялся только за стаю.*

— Днем я не знал, что под угрозой наши семьи.

— *Невероятно! И как ты собираешься убить эту тварь, не убив Беллу?*

Последовала многозначительная тишина.

Я взвыл.

— *Она ведь тоже человек! Разве мы не должны защищать и ее?!*

— *Белла все равно умирает,* — подумала Ли. — *Мы про сто ускорим процесс.*

Это было последней каплей. Я отскочил от Сета к его сестре, оскалил зубы и уже хотел вцепиться в ее заднюю ногу, когда почувствовал на своей шкуре зубы Сэма. Он оттащил меня в сторону.

Я взвыл от боли и в ярости обернулся.

— *Хватит!* — приказал он двойным голосом альфы.

Из-под меня словно выбили землю. Я резко остановил ся и лишь усилием воли удержался на ногах.

Сэм посмотрел на Ли.

— *Не будь так жестока,* — велел он. — *Жизнь Беллы — огромная жертва, и мы все это понимаем. Убийство человека противоречит нашим убеждениям. Оправдать его может только одно: мы все будем горько сожалеть о том, что свершится сегодня.*

— *Сегодня?!* — в ужасе переспросил Сет — *Давайте для начала все обсудим, хотя бы переговорим со старей шинами. Нельзя же просто так..*

— Сейчас не время быть благосклонными к Калленам Сет. Мы должны торопиться. И ты сделаешь, как я тебе велю.

У Сета подогнулись ноги, и он склонил голову, не в силах противиться приказу альфы.

— Нам понадобится вся стая. Джейкоб, ты самый лучший боец и будешь драться вместе с нами. Я понимаю, как тебе трудно, поэтому возьмешь на себя сильнейших врагов — Эмметта и Джаспера Калленов. С... остальными можешь не драться. Эмбри и Квил тебе помогут.

У меня задрожали колени; я пытался стоять прямо, но голос альфы ломал мою волю.

— *Мы с Полом и Джаредом нападем на Эдварда и Розали. Судя по тому, что нам рассказал Джейкоб, Беллу охраняют именно они. Карлайл и Элис тоже будут поблизости, возможно, и Эсми. Ими займутся Брейди, Ли, Коллин и Сет. Кто быстрее доберется до...* — Все услышали, как он мысленно запнулся на имени Беллы, — ...*твари, тот ее и убьет. Уничтожить вампирово отродье — наша главная задача.*

Стая тревожно зарычала в знак согласия. От напряжения все ощетинились, заходили быстрее, и звук шагов по солончаку стал отчетливей: землю вспарывали когти.

В центре воронки из оскаленных клыков и прижатых ушей только мы с Сетом стояли спокойно. Сет почти приник носом к земле, согнувшись под приказами альфы. Я чувствовал его боль. В тот день, когда он бился заодно с Эдвардом Калленом, Сет стал настоящим другом вампиров.

Однако он даже не пытался сопротивляться — что такое боль, когда нет выбора?

Когда говорит альфа, стая подчиняется.

Сэм еще никогда не злоупотреблял своей властью. Я знал: ему больно видеть Сета, рабски склонившегося к его ногам. Он поступил так лишь потому, что другого выхода не было. Вожак не мог лгать стае, когда мы входили в столь тесный контакт. Он действительно верил, что мы должны убить Беллу и чудовище, которое она носит под сердцем. Он верил, что у нас нет времени. Верил настолько, что гоов был умереть.

Сэм решил взять на себя Эдварда — тот умел читать мысли, а значит, был самым грозным противником. Сэм не стал бы подвергать такой опасности кого-то из нас.

Вторым по силе он считал Джаспера, поэтому и отдал его мне. Из всей стаи только у меня был шанс его одолеть. Молодые волки и Ли возьмут на себя тех, кто слабее. Маленькая Элис не представляла никакой опасности без своего дара предвидения, а в прошлый раз мы убедились, что Эсми — тоже не боец. С Карлайлом будет сложнее, но он не приемлет насилия, и в битве это ему помешает.

Сэм детально продумал предстоящую схватку, чтобы у каждого волка был шанс выжить.

Все пошло наперекосяк. Днем я сам рвался в бой, но Сет оказался прав: я был не готов к этой битве. Ненависть меня ослепила. Я не позволил себе хорошенько все обдумать, потому что понимал, к какому выводу я тогда приду.

Карлайл Каллен. Когда рассеялась пелена ярости, застилающая глаза, я осознал: убить его — преступление. Он добрый. Такой же добрый, как люди, которых мы защищаем. А может, и лучше. Остальные, видимо, тоже не так плохи, но к ним я особых чувств не питал, да и знал их намного хуже. Карлайл не станет драться с нами даже ради спасения собственной шкуры. Вот почему его будет легко убить — он не захочет, чтобы мы, его враги, умирали.

Это неправильно.

И дело не только в том, что убить Беллу для меня равноценно самоубийству.

— *Хватит, Джейкоб,* — приказал Сэм. — *Племя превыше всего.*

— Сегодня я был не прав.

— Ты поступил безрассудно. Но теперь мы обязаны исполнить долг.

Я собрался с духом.

— Нет.

Сэм зарычал и посмотрел мне в глаза.

— Да, — проговорил он властным голосом альфы. — *На этот раз никаких уверток. Джейкоб, сегодня ты будешь драться против Калленов. Вместе с Эмбри и Квилом вы нападете на Джаспера и Эмметта. Вы обязаны защищать племя. Ради этого вы существуете. Вы исполните долг.*

Под гнетом приказа мои плечи опустились, ноги стали ватные, и я лег на живот перед Сэмом.

Никто не мог противиться альфе.

11. ДВА ДЕЛА ИЗ РАЗРЯДА «НИ ЗА ЧТО НА СВЕТЕ»

Сэм начал выстраивать стаю в боевом порядке, а я все еще лежал на земле. Эмбри и Квил стояли по бокам от меня и терпеливо ждали, пока я соберусь с силами.

В груди поднималось непреодолимое и навязанное альфой желание вскочить на ноги и повести их в бой. Я боролся с ним, как мог, корчась на земле.

Эмбри тихо заскулил. Он не хотел думать связно, чтобы не привлекать внимания Сэма, и без слов умолял меня встать, забыть обо всем и довести дело до конца.

В стае преобладал страх, однако каждый боялся не за себя, а за остальных. Мы не знали, кто выживет, а кого из братьев мы потеряем. Чьи мысли покинут нас навсегда? Чьих безутешных родственников мы будем успокаивать завтра утром?

Мой разум заработал в унисон с остальными, преодолевая эти страхи.

В тот же миг я встал и отряхнулся.

Эмбри с Квилом облегченно выдохнули. Квил ткнулся осом мне в бок.

Все их мысли были о предстоящем бое, о нашем задании. Мы вместе вспомнили вечера перед битвой с новорожденными, когда мы наблюдали за тренировками Калленов. Эмметт Каллен был самый крепкий, но куда большую опасность представлял Джаспер, быстрый, как молния — воплощение скорости и мощи. Интересно, сколько веков боевого опыта у него за спиной? Неудивительно, что остальные Каллены ждут его наставлений.

— *Если хочешь, я буду биться в центре, а ты во фланге.* — Квил был взбудоражен сильнее всех. Когда он учился у Джаспера, его так и подмывало опробовать свои умения на вампирах. Для него это будет как состязание, пусть биться придется не на жизнь, а на смерть. Точно так же думали Пол и мальчишки, еще ни разу не дравшиеся, Коллин и Брейди. Того же мнения был бы и Сет, не окажись наши враги его друзьями.

— *Джейк!* — нетерпеливо позвал Квил. — *Как построимся?*

Я только покачал головой, не в силах сосредоточиться: приказ альфы управлял моими мышцами, словно нити — марионеткой. Я выставил вперед одну лапу, затем вторую.

Сет тащился позади Коллина и Брейди — за главную у них была Ли. Продумывая план действий, она не обращала внимания на Сета, и я видел, что она предпочла бы не брать его в битву. К младшему братцу она испытывала почти материнские чувства и хотела, чтобы Сэм отправил его домой. Сет не слышал ее мыслей: он тоже привыкал к нитям.

— *Может, если не сопротивляться...* — прошептал Эмбри.

— *Думай о нашей цели, о самых сильных вампирах. Завалим обоих! Считай, им уже крышка!* — Квил подзадоривал сам себя, словно перед важным матчем.

Хотел бы я принимать в расчет только противников! Мне было нетрудно представить схватку с Джаспером и Эмметтом, ведь я долгое время считал их врагами — посчитаю снова.

А вот забыть, что они защищают того же человека, ради кого я готов сражаться до последнего... Забыть причину, по которой я не хотел одерживать победу в этом бою...

— Джейк, — осадил меня Эмбри, — *не отвлекайся, думай о нашей цели.*

Я едва переставлял лапы, борясь с натяжением нитей.

— *Что толку противиться?* — опять шепнул Эмбри.

Правильно. В конечном итоге я все равно исполню волю Сэма.

В безграничной власти альфы были плюсы. Даже такая сильная стая, как наша, ничего не стоила без вожака. Чтобы добиваться своего, надо думать и двигаться, как один. Для этого телу и нужна голова.

Подумаешь, на сей раз вожак ошибся! Мы все равно ничего не можем поделать. Никто не в силах ему противиться.

За одним исключением.

Эта мысль пришла сама — я надеялся, что она никогда не придет. Но теперь, когда моими лапами управляли нити, свою исключительность я принял с облегчением. Нет — с безудержной радостью.

Никто не мог противиться альфе. Кроме *меня.*

Я этого не заслужил, но кое-какие права достались мне от рождения. Права, за которые я и не думал бороться.

Я никогда не хотел быть вожаком стаи, не хотел и теперь: слишком большая ответственность легла бы на мои плечи. Сэм справлялся куда лучше меня.

Однако сегодня он ошибся.

А я не был рожден его рабом.

В тот миг, когда я признал свое первородство, оковы упали с моего тела.

Я почувствовал, как во мне накапливаются свобода и какая-то странная, бесполезная сила. Бесполезная, потому что вожак черпает ее из стаи, а у меня стаи не было. На мгновение я ощутил острое одиночество.

Подумаешь, нет стаи!

Я выпрямился и уверенно подошел к Сэму, который стоял в сторонке и обсуждал с Полом и Джаредом грядущий бой. На звук моих шагов он обернулся и сощурил черные глаза.

— *Нет*, — еще раз сказал я.

Сэм сразу понял, какой выбор я сделал, — по голосу альфы, зазвучавшему в моих мыслях.

Он взвыл и отскочил назад.

— Джейкоб! Что ты натворил?!

— Я не пойду за тобой, Сэм. Ты принял неправильное решение.

Он изумленно смотрел мне в глаза.

— Неужели враги тебе дороже семьи?

— *Они...* — Я потряс головой, чтобы привести в порядок мысли. — *Они не враги. Я не понимал этого, пока не захотел уничтожить их по-настоящему.*

— *Дело не в них*, — прорычал Сэм, — *все из-за Беллы! Она никогда не была твоей, никогда тебя не выбирала, и все-таки ради нее ты продолжаешь рушить собственную жизнь!*

В этих словах заключалась горькая правда. Я втянул их вместе с большим глотком воздуха.

— Возможно, ты прав. Но из-за нее ты уничтожишь стаю, Сэм. И даже если никто из наших не погибнет, на вашей совести всегда будет убийство.

— Защищать семью — наш долг!

— Я знаю, какое решение ты принял, Сэм. Однако за меня ты больше не решаешь.

— Джейкоб... ты не можешь отвернуться от стаи.

Я услышал двойное эхо его приказа, но никакой тяжести не почувствовал. Распоряжения альфы больше на меня не распространялись. Он стиснул зубы, пытаясь принудить меня к ответу.

Я посмотрел в его разъяренные глаза.

— Сын Эфраима Блэка был рожден не для того, чтобы подчиняться сыну Леви Адли.

— *Вот как, Джейкоб Блэк?* — Сэм ощетинился и оскалил зубы. Пол и Джаред встали по бокам от него и зарычали. — *Даже если ты меня убьешь, стая за тобой не пойдет!*

На этот раз с удивленным воем отскочил я.

— Убью тебя?! Я и не думал с тобой драться, Сэм!

— Тогда что ты затеял? Я не буду стоять в сторонке и смотреть, как ты защищать вампирово отродье, подвергая опасности мое племя.

— А я и не прошу тебя стоять в сторонке.

— Если ты прикажешь им следовать за тобой...

— Я никогда не подчиню их своей воле.

Сэм забил хвостом, услышав упрек в моих словах. Затем шагнул вперед и встал нос к носу со мной. До сих пор я и не замечал, что перерос его.

— В стае может быть только один альфа. Стая выбрала меня. Ты хочешь раскола? Ты пойдешь против братьев? Или прекратишь это безумие и вернешься к нам?

В каждом его слове слышался приказ, но на меня он не действовал. В моих венах текла чистая кровь альфы.

Теперь я понял, почему в стае может быть только один вожак. Мое тело само отвечало на брошенный вызов: во мне поднималось желание доказать, кто здесь хозяин. Примитивный волчий инстинкт звал вступить в битву за превосходство.

Я сосредоточил все силы на том, чтобы его побороть. Не стану я драться с Сэмом — это бессмысленно и жестоко! Он по-прежнему мой брат, пусть я и отрекся от него.

— Да, второго альфы быть не может, и я не претендую на это звание. Я лишь хочу идти своей дорогой.

— Ты теперь из их шайки, Джейкоб?

Я поморщился.

— Не знаю, Сэм. Но одно я знаю точно...

Сэм съежился, услышав мысленный голос альфы. Он действовал на него куда сильнее, чем его на меня. Потому что я был *рожден* вожаком, а он — нет.

— *...я встану между вами и Калленами. Я не буду смот-реть, как стая убивает невинных...* — Трудно было назвать этим словом вампиров, но пришлось: — *...людей. Вы не та-кие. Прошу, выбери для них правильный путь, Сэм.*

Я отвернулся, и сразу несколько волков взвыли за моей спиной.

Я вонзил когти в землю, оттолкнулся и побежал прочь от шума, который сам же и поднял. Надо торопиться. Из всей стаи только Ли способна меня опередить, но я старто-вал первым. Вой начал исчезать вдали, и я с радостью при-слушался, как он вспарывает ночную тишину: значит, по-гони еще нет.

Надо предупредить Калленов, пока стая не опомнилась и не остановила меня. Если Каллены будут начеку, Сэм дважды подумает, прежде чем нападать. Я помчался к бе-лому дому, который все еще ненавидел, прочь от своего. Больше у меня дома не было. Я из него ушел.

А ведь утро не предвещало ничего особенного. Я вер-нулся с дозора, позавтракал с Билли и Рейчел, посмотрел какую-то лажу по телику, поцапался с Полом... Отчего все так резко изменилось? Как все перемешалось и изврати-лось до такой степени, что я теперь один, сам себе альфа, отрекся от братьев и предпочел им вампиров?

Мои размышления прервал звук, который я боялся ус-лышать: мягкие удары лап по земле. Погоня. Я рванул что есть сил и помчался сквозь черный лес. Надо только подо-браться поближе к дому Калленов, чтобы Эдвард услышал мои мысли. Одна Ли меня не остановит.

И тут я уловил настрой того, кто за мной бежал. Не гнев, а воодушевление. Он не гнался за мной, а... следовал.

Я едва не упал и только через два прыжка сумел восста-новить прежнюю скорость.

— Погоди! У меня не такие длинные лапы!

— СЕТ! Что ты здесь делаешь?! Беги ДОМОЙ!

Я чувствовал его волнение, видел мир его глазами, так же как он видел моими. Ночной пейзаж, проносившийся мимо, для меня был полон отчаяния, а для него — надежды.

Я и не заметил, что сбавил скорость, пока вдруг не увидел рядом бегущего Сета.

— Я не шучу, Сет! Тебе здесь не место. Убирайся.

Неуклюжий волк фыркнул.

— Я за тебя, Джейкоб. Ты прав. Я не хочу быть на стороне Сэма, когда...

— Нет, черт подери, ты будешь на его стороне! Неси свою волосатую задницу в Ла-Пуш и делай, что велит Сэм!

— Нет.

— Марш отсюда, Сет!

— Это приказ?

Его вопрос застал меня врасплох. Я резко затормозил, оставив в земле глубокие борозды.

— Я никому не отдаю приказов. Просто говорю тебе то, что ты и сам знаешь.

Он бухнулся на задние лапы рядом со мной.

— Я знаю одно: уж очень тихо тут стало. Не находишь?

Я поморгал и нервно завилял хвостом, прочтя мысли Сета. Тихо было не в прямом смысле слова: далеко на западе стая еще выла.

— Они не перевоплотились, — заметил Сет.

Я это знал. Все волки сейчас взбудоражены и усиленно пользуются мысленной связью, чтобы увидеть ситуацию с разных сторон. Но я не слышал их мыслей. Я слышал только Сета, больше никого.

— Похоже, разные стаи между собой не связаны. Ха! Наши предки не могли это знать, потому что разных стай попросту не было. Волков не хватало. От этой тишины прямо жуть берет! И все-таки приятно, а? Сдается мне, Эфрайму, Леви и Квилу жилось полегче. Никакого гомона в ушах, всего три голоса. Или два...

— Заткнись, Сет.

— Есть, сэр.

— Прекрати немедленно! Нет никаких разных стай, она одна, а я — сам по себе. Так что можешь идти домой.

— Если стай нет, то почему мы слышим только друг друга? Мне кажется, когда ты отвернулся от Сэма, это был очень важный шаг. Перемена. И когда я пошел за тобой, это тоже было очень важно.

— *Пожалуй, ты прав*, — заключил я. — *Но то, что изменилось, всегда можно вернуть.*

Сет поднялся и побежал на восток.

— Сейчас не время для споров. Надо торопиться, пока Сэм не...

Тут он тоже был прав. Я побежал, хотя на сей раз не так быстро. Сет следовал за мной по пятам, заняв традиционное место второго справа от меня.

— *Я могу бежать и слева*, — подумал Сет, чуть понурив голову. — *Я ведь не ради повышения за тобой пошел.*

— Беги, где хочешь. Мне плевать.

Погони не было, но мы оба немного ускорились. Я чувствовал себя не в своей тарелке от того, что не слышал мысли стаи. Теперь я узнаю об их нападении не раньше Калленов.

— *Будем патрулировать лес*, — предложил Сет.

— *И что если стая нападет?* — Я прищурился. — *Будешь сражаться против братьев? Против сестры?*

— Нет. Мы предупредим Калленов, но сами в битву не сунемся.

— Хорошо придумал. Ну а потом что? Я не...

— *Знаю*, — уже не так уверенно согласился Сет, — *я и сам не могу с ними драться. Но они не больше нашего хотят этой битвы. Может, они уже передумали. К тому же их теперь только восемь.*

— *Хватит быть таким...* — Я не сразу подобрал подходящее слово. — *...оптимистом. Действуешь мне на нервы.*

— Ладно. Хочешь, чтобы я дулся и хмурился, или мне просто заткнуться?

— Просто заткнись.

— Без проблем.

— Неужели? Слабо верится.

Сет наконец-то умолк. Через пару минут мы перебежали шоссе и оказались в лесу, окружавшем дом Калленов.

Интересно, Эдвард нас уже слышит?

— Может, надо усердно думать: «Мы пришли с миром»?

— Дерзай.

— *Эдвард!* — осторожно подумал Сет. — *Эдвард, ты здесь? Ну вот, теперь я чувствую себя полным кретином.*

— Ты и есть кретин.

— А он нас слышит?

До дома оставалось меньше мили.

— Наверняка. Эй, Эдвард, если ты нас слышишь — собирай народ. У вас проблемы.

— *У нас проблемы,* — поправил меня Сет.

Тут мы вылетели на большую лужайку. В доме было темно, но не пусто. На крыльце поджидали Эдвард, Эмметт и Джаспер, в темноте их кожа казалась белоснежной.

— Джейкоб, Сет! Что случилось?

Я затормозил и попятился: вонь стояла такая, что внутри от нее все горело. Сет тихо заскулил, замешкался и скрылся за моей спиной.

Отвечая на вопрос Эдварда, я прокрутил в голове ссору с нашим вожаком. Сет думал вместе со мной, заполняя пробелы и показывая произошедшее с другой стороны. Дойдя до слов «чудовищно» и «нельзя этого допустить», мы остановились, потому что Эдвард зашипел и спрыгнул с крыльца.

— Они хотят убить Беллу? — прорычал он.

Эмметт и Джаспер, не слышавшие нашего рассказа, приняли его слова не за вопрос, а за утверждение. В мгновение ока они очутились рядом с Эдвардом и оскалили клыки.

— *Эй, полегче,* — подумал Сет, пятясь.

— Я не этих имел в виду! — остановил их Эдвард. — Сюда идет стая.

Эмметт и Джаспер изумленно отпрянули; верзила повернулся к Эдварду, а Джаспер не сводил с нас глаз.

— Что им надо? — вопросил Эмметт.

— То же, что и мне, — прошипел Эдвард. — Но у них другой план. Собирай наших. Позови Карлайла и Эсми! Пусть немедленно возвращаются.

Я тревожно взвыл. Как я и боялся, вампиры были не в сборе.

— Они недалеко, — тем же мертвым голосом процедил Эдвард.

— *Пойду разведаю обстановку,* — подумал Сет. — *Прочешу лес с западной стороны.*

— Это опасно? — спросил его Эдвард.

Мы с Сетом переглянулись и вместе подумали:

— *Вряд ли.*

Я добавил:

— *Хотя я, наверное, лучше пойду с ним. На всякий случай...*

— *Меня они не тронут,* — заметил Сет. — *Я для них всего лишь ребенок.*

— *Для меня тоже.*

— *Все, я побежал. Ты нужен здесь, для связи с Калленами.* — И он нырнул в темноту.

Я не остановил его, потому что не хотел им помыкать.

Мы с Эдвардом теперь стояли лицом к лицу посреди темного луга. Я слышал, как Эмметт разговаривает по телефону. Джаспер не сводил глаз с того места, где исчез Сет. На крыльцо вышла Элис и, смерив меня долгим тревожным взглядом, порхнула к Джасперу. Я догадался, что Розали дома, с Беллой, по-прежнему охраняет ее.

— Уже не первый раз я должен выразить тебе свою благодарность, Джейкоб, — прошептал Эдвард. — Я никогда бы не посмел просить тебя о такой услуге.

Я вспомнил, о чем он просил меня днем. Ради Беллы Эдвард был готов на что угодно.

— Посмел бы, еще как.

Он задумался и кивнул.

— Да, наверное, ты прав.

Я тяжело вздохнул.

— Что ж, а я не первый раз соглашаюсь тебе помочь.

— Верно, — пробормотал Эдвард.

— *Извини, что днем ничего не вышло. Я же говорил, она не станет меня слушать...*

— Я это знал и даже не надеялся, что она послушает. Просто...

— Ты должен был попытаться. Понимаю. Ей лучше?

Его глаза остекленели, голос опять стал безразличным.

— Хуже, — выдохнул он.

Я не хотел, чтобы это слово повисло в тишине. Слава богу, заговорила Элис.

— Джейкоб, ты не превратишься в человека? — попросила она. — Нам надо знать, что происходит.

Я покачал головой, а Эдвард ответил за меня:

— Он должен быть на связи с Сетом.

— Что ж, тогда будь любезен, Эдвард, объясни, в чем дело!

Он начал отвечать короткими рублеными предложениями:

— Стая решила, что Беллу надо убрать. Они видят возможную угрозу в... том, кого она носит в утробе. Их долг — эту угрозу устранить. Джейкоб и Сет ушли из стаи, чтобы предупредить нас. Остальные, возможно, нападут сегодня ночью.

Элис отпрянула и зашипела. Эмметт с Джаспером переглянулись и вновь стали смотреть на лес.

— *Никого*, — доложил Сет, — *на западе все чисто*.

— Они могли пойти в обход.

— Сделаю петлю и проверю.

— Карлайл и Эсми скоро будут. Максимум через двадцать минут, — сообщил Эмметт.

— Надо занять оборонительные позиции, — сказал Джаспер.

Эдвард кивнул.

— Все в дом.

— Я пойду к Сету. Если вдруг убегу слишком далеко, и ты перестанешь слышать мои мысли, прислушивайся к вою.

— Хорошо.

Еще до того, как они скрылись в доме, я побежал на запад.

— *По-прежнему чисто*, — подумал Сет.

— Я обегу лес с другой стороны.

Сет тут же рванул вперед.

Какое-то время мы бежали молча. На всякий случай я прислушивался и к звукам вокруг него.

— *Эй, сюда кто-то очень быстро движется!* — минут через пятнадцать предупредил меня Сет.

— Уже бегу!

— Не надо, оставайся на месте, это не стая. Звук другой.

— Сет...

Тут он уловил чей-то запах, и я прочел его мысли:

— Вампир. Явно Карлайл.

— Сет, спрячься! Вдруг это не он.

— Нет, это они, я узнал по запаху. Погоди, я превращусь в человека и все им объясню.

— Сет, не надо...

Но он уже исчез.

Я бежал вдоль западной границы леса, и меня одолевали тревожные мысли. Черт подери, какой из меня вожак,

если я даже одну ночь не могу позаботиться о Сете! Вдруг
с ним что-то случится? Ли мне глотку перегрызет.

К счастью, мальчишка управился быстро, и уже через
две минуты я вновь почувствовал его присутствие:

— Да, это Карлайл и Эсми. Вот они удивились! Сейчас
они скорее всего дома. Карлайл нас поблагодарил.

— Он хороший.

— Да. Так что мы точно были правы.

— Надеюсь.

— Чего ты такой кислый, Джейк? Готов спорить, Сэм
сегодня не нападет. Он не самоубийца.

Я вздохнул. Какая уж теперь разница...

— А, так дело не только в Сэме?

В конце своего участка я повернул и учуял запах Сета в
том месте, где свернул он. Хорошо, значит, мы ничего не
пропустили.

— *Ты думаешь, Белла умрет,* — прошептал Сет.

— Да.

— Бедный Эдвард. Он, наверное, с ума сходит.

— В прямом смысле слова.

Имя Эдварда вызвало во мне другие воспоминания. Сет
изумленно их прочел и тут же взвыл:

— Черт подери! Ты спятил! Поверить не могу! Да это
же просто черт-те что, Джейкоб! Полная лажа! Ты действительно обещал его убить? Надо было отказаться!

— Заткнись, идиот! Они подумают, что мы увидели
стаю!

— *Ой!* — Сет умолк на полувое.

Я развернулся и помчался к дому

— Сет, не лезь в наши дела. На этот раз весь круг твой.

Он еще бесился, но я не обратил на это внимания.

— *Ложная тревога, ложная тревога,* — думал я, приближаясь к дому. — *Извини, Сет еще молод. Иногда забыва-
ется. Все спокойно, ложная тревога.*

Выбежав на луг, я увидел в темном окне Эдварда и решил убедиться, что он получил мое послание.

— Все спокойно, ты понял?

Он кивнул.

Будь у нас двустороннее общение, было бы проще. С другой стороны, не хотел бы я оказаться у *него* в голове.

Эдвард оглянулся назад, в комнату, и я увидел, как его всего передернуло. Он махнул рукой, не глядя на меня, и скрылся из виду.

— Что происходит?

Можно подумать, он бы мне ответил.

Я затих и прислушался. Мои уши могли уловить даже шаги Сета в лесу, в милях от дома, не говоря уже о том, что творилось внутри. Я слышал каждый звук

— Ложная тревога, — мертвым голосом объяснял Эдвард остальным, — Сет разволновался из-за чего-то другого и забыл, что мы ждем сигнала. Он еще очень молод.

— Как мило: нашу крепость охраняют дети! — проворчал кто-то низким голосом, наверняка Эмметт.

— Они оказали нам огромную услугу, — сказал Карлайл, — и принесли этим большую жертву.

— Да, знаю. Просто завидую. Я бы сам в лесу побегал.

— Сет думает, что сегодня они нападать не будут, — механически проговорил Эдвард. — Мы предупреждены, а стая осталась без двух волков.

— Что думает Джейкоб? — спросил Карлайл.

— Он настроен менее оптимистично.

Воцарилась тишина. Откуда-то доносилось тихое капанье, но я не мог понять, что это. Я слышал дыхание всех, кто был в доме, и различал дыхание Беллы: хриплое, тяжелое, оно то и дело прерывалось или учащалось. Я слышал ее пульс. Вроде бы чересчур быстрый. Я сравнил его со своим, но это мало что дало: вряд ли у меня нормальное сердцебиение.

— Не трогай, разбудишь! — прошептала Розали.

Кто-то вздохнул.

— Розали... — пробормотал Карлайл.

— Не начинай. Мы разрешили тебе сделать осмотр, и хватит.

Похоже, и Розали, и Белла теперь говорили о себе во множественном числе. Как будто у них собственная стая.

Я тихонько пошел к двери. Каждый шаг приближал меня к цели, темные окна притягивали взгляд, как телик в каком-нибудь скучном зале ожидания — невозможно было от них оторваться.

Несколько минут, несколько шагов — и вот я уже задел мехом крыльцо.

Снизу я видел только верх стен, потолок и выключенную люстру. Однако стоило мне чуть вытянуть шею... поставить одну лапу на крыльцо...

Я заглянул в большую гостиную, ожидая увидеть примерно ту же картину, что и днем. Но все так изменилось, что я подумал, не ошибся ли комнатой.

Стеклянная стена исчезла — вместо нее как будто была металлическая. Мебель отодвинули к стенам, и посреди открытого пространства на узкой кровати неуклюже свернулась Белла. Кровать была не обычная, а с поручнями, как в больнице. Вокруг стояли мониторы, от Беллиного тела шли длинные трубки. Мониторы были включены, но никакого шума не издавали. Капающий звук шел от капельницы с густой белой жидкостью.

Белла начала задыхаться во сне, и к ней тут же подскочили Розали с Карлайлом. Белла содрогнулась и застонала. Розали погладила ей лоб, а Эдвард, стоявший спиной к двери, весь напрягся и, видимо, переменился в лице, потому что Эммет тут же загородил его от Беллы.

— Не надо. У нас и так хлопот хватает.

Эдвард отвернулся от них, и я вновь увидел лицо человека, сгорающего живьем. Мы на секунду встретились взглядами, а потом я опустился на четыре лапы.

И побежал. Прочь от дома, к Сету, прочь от того, что осталось за моей спиной.

Хуже. Белле стало хуже.

12. ОНА ВООБЩЕ В КУРСЕ, ЧТО ТАКОЕ «НЕЖЕЛАННЫЙ ГОСТЬ»?

Я почти уснул.

Было пасмурно, солнце недавно встало, и лес из черного превратился в серый. На рассвете я растолкал Сета и велел патрулировать лес. Хоть я и пробегал всю ночь, мне не сразу удалось выкинуть из головы дурные мысли, но ритмичные удары лап Сета по влажной земле усыпляли. *Пум-пум-пум* — он снова и снова обегал земли Калленов по периметру (мы уже протоптали узкую тропинку), ни о чем не думая. Перед глазами Сета проносились лишь серо-зеленые деревья, и это успокаивало, помогало заместить собственные тревожные образы тем, что видел он.

Внезапно утреннюю тишину пронзил его громкий вой.

Я тут же подскочил и бросился бежать — мои передние лапы были уже в прыжке, когда задние еще не успели оторваться от земли. Я мчался к Сету и одновременно слушал, как кто-то движется в нашем направлении.

— Доброе утро, мальчики.

Сет потрясенно взвизгнул, и мы оба зарычали, вчитываясь в новые мысли.

— *О нет! Уходи отсюда, Ли!* — застонал он.

Я подбежал к Сету как раз в ту секунду, когда он уже запрокинул голову, чтобы взвыть — на этот раз жалобно.

— Умолкни, Сет.

Он зарычал, заскулил и принялся царапать землю, оставляя в ней глубокие борозды.

Вскоре появилась Ли: ее небольшое серое тело замелькало в подлеске.

— Хватит ныть, Сет. Прямо как маленький!

Я прижал уши к голове и зарычал.

— Зачем ты явилась, Ли?

— *А что, непонятно? Присоединяюсь к вашей жалкой стайке отступников и сторожевых псов на службе у пиявок!* — Она тихо и язвительно рассмеялась.

— Даже не думай. Уноси ноги, пока я не порвал тебе пару сухожилий.

— *Сначала поймай!* — Она улыбнулась и сжалась в пружину. — *Хочешь побегать, о мой бесстрашный предводитель?*

Я сделал глубокий вдох и до отказа наполнил легкие воздухом. Затем, убедившись, что не закричу, резко выдохнул.

— *Сет, беги к Калленам и скажи, что это всего лишь воя тупая сестра,* — как можно тверже подумал я. — *Тут я сам разберусь.*

— *Есть!* — Сет был только рад убраться подальше и сразу скрылся из виду.

Ли заскулила и рванула за ним, мех у нее на плечах встал дыбом.

— *Ты что, отпустишь его к вампирам одного?!*

— Он скорее отдастся на растерзание Калленам, чем проведет лишнюю минуту с тобой.

— Заткнись, Джейкоб. Ой, извини, великий альфа.

— Зачем ты пришла, черт побери?!

— Думаешь, я буду спокойно смотреть, как мой младший братец добровольно сдается на ужин вампирам?

— Сету не нужна твоя защита. И вообще, тебя никто не звал.

— *О, это оставит неизгладимый след в моей психике. Ха!* — тявкнула Ли. — *Покажи мне того, кто желает меня здесь видеть, и я уйду.*

— То есть дело не только в Сете?

— Только в нем. Я просто хотела сказать, что пришла не
для того, чтобы вас позлить. Так себе мотивчик, не находишь?

Я скрипнул зубами и поднял голову.

— Тебя подослал Сэм?

— Приди я по поручению Сэма, ты бы меня не слышал.
Я больше ему не подчиняюсь.

Я внимательно прислушался к мыслям, которые скрывались за ее словами. Будь тут какая-нибудь хитрость или
уловка, я бы это понял. Но нет, ничего подобного, Ли сказала правду. Горькую, безысходную правду.

— *То есть ты теперь верна мне?* — насмешливо спросил я. — *Ну-ну. Конечно.*

— Выбор-то у меня невелик. Из двух зол выбирают
меньшее. Поверь, мне это нравится не больше, чем тебе.

А вот тут она слукавила. Я почувствовал в ее мыслях какое-то странное предвкушение. Конечно, она была подавлена — и в то же время чему-то радовалась. Я принялся
искать ответ в ее голове. Ли тут же ощетинилась, недовольная моим вторжением. Прежде я не обращал внимания на
ее мысли — они меня не очень-то интересовали.

Нас прервал Сет, начавший мысленно объяснять Эдварду, в чем дело. Ли тревожно заскулила. Лицо Эдварда, возникшее в том же окне, что и вчера, ничуть не изменилось в
ответ на новости. Оно было пустое, мертвое.

— *Ну и видок...* — подумал Сет. Вампир никак не отреагировал и на это замечание и скрылся в доме. Когда Сет
развернулся и побежал обратно к нам, Ли немного успокоилась.

— Что происходит? — спросила она. — *Введите меня в
курс дела.*

— Зачем? Ты не с нами.

— Ошибаешься, мистер Альфа. Должна же я принадлежать к какой-нибудь стае. Не думай, будто я не пыталась

жить сама по себе — ты прекрасно знаешь, какая это бесполезная затея. В общем, я выбрала вас.

— Ли, я же тебе не нравлюсь. А ты мне.

— Какой наблюдательный! Да мне все равно, я остаюсь
с Сетом.

— Ты терпеть не можешь вампиров. Неувязочка, а?

— Ты тоже их ненавидишь.

— Но этой семье я служу. Ты — нет.

— А я буду держаться от них подальше. Патрулировать
лес, как Сет.

— И я должен тебе доверять?

Она вытянулась и подняла голову, чтобы сравняться со
мной ростом и заглянуть мне в глаза.

— Я не предам стаю.

Я едва поборол желание запрокинуть голову и взвыть,
как Сет.

— Это не твоя стая! Это вообще не стая! Я сам по себе,
усекла? Клируотеры, вы с ума посходили? Почему вы не
оставите меня в покое?

Как раз в эту минуту к нам подбежал Сет и жалобно заскулил. Отлично, я его обидел!

— Разве от меня нет пользы, Джейк?

— Напортачить ты еще не успел, малыш, но раз уж вы с
Ли в такой связке, и она уйдет отсюда только с тобой, то...
Разве я виноват, что хочу твоего ухода?

— Ли, ты все испортила!

— *Да, знаю.* — В ее голосе прозвучало отчаяние.

Она произнесла эти два слова с такой болью, что я оторопел. Нет, мне вовсе не хотелось ее жалеть. Конечно, в
стае с ней обходились не очень-то ласково, но она сама виновата: все ее мысли так пропитались горечью, что никто
не желал лишний раз вникать в этот кошмар.

Сет тоже почувствовал себя виноватым.

— Джейк... Ты ведь меня не прогонишь, а? Ли не такая
уж плохая, честное слово. Если она будет с нами, мы рас-
ширим границы. А у Сэма останется всего семь волков —

••

без численного превосходства он ни за что не пойдет в наступление. Может, дело выгорит...

— Ты ведь знаешь, я не хочу быть вожаком, Сет.

— Ну и не будь.

Я фыркнул.

— Вот и договорились! Бегите домой.

— *Джейк,* — подумал Сет, — *мое место здесь. Мне нравятся вампиры, правда. Ну, по крайней мере, Каллены. Они для меня все равно что люди, и я буду их защищать, потому что это наш долг.*

— Допустим, твое место здесь. А место Ли — нет. Она пойдет за тобой куда угодно, и...

Я умолк, ощутив нечто, о чем Ли пыталась не думать. Она никуда не уйдет.

— *Стало быть, дело не в Сете,* — с горечью подумал я.

Ли вздрогнула.

— Я пришла ради брата.

— А ушла из-за Сэма.

Она стиснула зубы.

— Я не обязана перед тобой отчитываться. Мое дело — выполнять поручения. Я принадлежу твоей стае, Джейкоб, и точка.

Я зарычал и отошел подальше от Ли.

Черт! Я никогда от нее не избавлюсь! Да, она терпеть меня не может, да, она ненавидит Калленов и с радостью порвала бы их на куски, а теперь вынуждена их защищать... но все это меркнет в сравнении с тем, что она почувствовала, освободившись от Сэма.

Меня Ли недолюбливала, поэтому и не обижалась, что я не хочу видеть ее в стае.

А вот Сэма она любила. И то, что ее не желал видеть *он,* причиняло Ли больше страданий, чем она могла вынести. Теперь у нее появился выбор. Она пошла бы на что угодно, даже стала бы комнатной собачонкой у Калленов, только бы не жить с этой болью.

— *Ну, собачонкой не стала бы,* — как можно упрямее и злее подумала она, хотя ее самообладание уже трещало по швам. — *Для начала попыталась бы себя убить.*

— Послушай, Ли...

— *Нет, это ты меня послушай, Джейкоб. Хватит со мной спорить, бесполезно. Я не буду путаться под ногами, договорились? Выполню любые твои приказы. Только не гони меня обратно к Сэму. Не желаю быть бедненькой бывшей подружкой, от которой никак нельзя избавиться. Если хочешь, чтобы я ушла...* — Она присела на задние лапы и посмотрела мне в глаза. — *...придется меня убить.*

Целую минуту я злобно рычал. Мало-помалу я начинал понимать Сэма: неудивительно, что он всеми помыкал. Иначе просто ничего не добьешься!

— Эй, Сет, ты не возражаешь, если я придушу твою сестрицу?

Он сделал вид, что задумался.

— Ну... вообще-то возражаю.

Я вздохнул.

— Ладно, мисс Готова-На-Что-Угодно. Сделай доброе дело, расскажи нам, что случилось вчера после нашего ухода.

— *Все очень долго выли. Ну, вы и сами это слышали. Шум стоял такой, что мы не сразу поняли, что ваших мыслей больше нет. Сэм был...* — Мысли ее подвели, но мы с Сетом все увидели и съежились. — *Потом мы быстро сообразили, что план придется менять. В первую очередь Сэм хотел поговорить с другими старейшинами. Мы должны были встретиться утром и обсудить план игры. Ясно, что он решил пока не нападать на Калленов. Это будет самоубийство: кровопийцы предупреждены, вы с Сетом отбились от стаи. Не знаю, что они надумали, но на месте пиявок я бы не шастала в лесу одна. Сезон охоты открыт.*

— То есть на встречу ты не пошла? — спросил я.

— Ночью, когда мы делились на патрульные группы, я отпросилась домой, чтобы рассказать о случившемся маме...

— *Черт! Ты рассказала маме?!* — рявкнул Сет.

— Хоть на минуту забудьте вы о своих семейных склоках! Дальше, Ли.

— Ну, я перевоплотилась и решила минутку подумать. Правда, это заняло у меня всю ночь — остальные, наверное, вообразили, что я уснула. На самом деле мне надо было как следует пораскинуть мозгами: две отдельные стаи, два отдельных разума... В общем, я все взвесила. На одной чаше безопасность Сета и... некоторые другие выгоды, а на второй — предательство и необходимость до конца жизни нюхать вампирскую вонь. Тебе известно, к какому выводу я пришла. Я оставила маме записку. Полагаю, мы услышим, когда Сэм ее прочтет...

Ли навострила одно ухо.

— *Да уж, наверное,* — согласился я.

— Вот и все. Что будем делать?

Они с Сетом выжидающе уставились на меня.

Именно этого я и боялся.

— Ну, будем держаться начеку. Больше нам ничего не остается. Ты бы вздремнула, Ли.

— Ты спал не больше моего.

— А ты вроде обещала выполнять все мои распоряжения?

— *Поймал на слове, да?* — проворчала Ли, но тут же зевнула. — *Ладно, так и быть.*

— *Я еще побегаю, Джейк. Я ни капельки не устал.* — Сет жутко обрадовался, что их не прогнали, и теперь чуть не прыгал от нетерпения.

— Давай, давай. Я проведаю Калленов.

Сет умчался по новой тропинке, протоптанной во влажной земле. Ли задумчиво поглядела ему вслед.

— Может, тоже пару кругов навернуть, пока не свалюсь... Эй, Сет, проверим, сколько раз я тебя обгоню?

— НЕТ!

Хохотнув, Ли бросилась за ним.

Я зарычал — да что толку? О покое и тишине можно было забыть.

И все-таки Ли старалась: пробегая круг за кругом, она держала свои шуточки и колкости при себе. Впрочем, самодовольство из нее так и лезло. Вот уж действительно, третий лишний. Хотя это не наш случай, потому что я вообще предпочел бы действовать в одиночку. Но если нас непременно должно быть трое, то я бы согласился на кого угодно, кроме Ли.

— *А на Пола?* — спросила она.

— Пожалуй, на него нет.

Ли рассмеялась — слишком громко и натянуто, чтобы на это обидеться. Интересно, она еще долго будет казнить себя за то, что воспользовалась жалостью Сэма?

— Ну, тогда моя первая цель — не так действовать тебе на нервы, как Пол.

— Да, постарайся.

В нескольких метрах от лужайки я принял человеческое обличье. Долго в таком виде я быть не планировал, однако и Ли слушать больше не хотел. Я натянул потрепанные шорты и двинулся к дому.

Не успел я подняться на крыльцо, как дверь отворилась. Странно: на пороге стоял Карлайл, а не Эдвард. Выглядел он утомленным и подавленным. Мое сердце дрогнуло, я замер на месте, не в силах вымолвить ни слова.

— Ты что, Джейкоб? — спросил Карлайл.

— Белла?.. — выдавил я.

— Она... примерно в том же состоянии, что и вчера. Я напугал тебя? Прости. Эдвард сказал, что ты идешь к нам в обличье человека, и я вышел тебя встречать — он не отходит от Беллы. Она недавно проснулась.

Понятно, Эдвард не хотел терять ни минуты, потому что минут осталось очень мало.

Пусть Карлайл не сказал этого вслух, я все понял.

Я уже давно не спал — с последнего дозора — и теперь как нельзя лучше это почувствовал. Я шагнул вперед, присел на ступеньки крыльца и привалился к перилам.

Двигаясь бесшумно и стремительно, как умеют только вампиры, Карлайл сел рядом.

— Вчера я не успел тебя поблагодарить, Джейкоб. Ты не представляешь, как я ценю твое... сочувствие. Знаю, ты защищаешь Беллу, но и остальные мои родные теперь в безопасности. Эдвард рассказал, что...

— Не надо об этом.

— Как тебе угодно.

Мы посидели в тишине. Со второго этажа дома доносились тихие серьезные голоса Эмметта, Элис и Джаспера. В соседней комнате Эсми бубнила себе под нос какую-то песенку. Где-то рядом дышали Эдвард и Розали; их дыхания я не смог отличить друг от друга, а вот тяжелое Беллино услышал сразу. Еще я уловил, как бьется ее сердце. Билось оно... неровно.

Похоже, судьба заставляла меня делать все, что за последние сутки я поклялся никогда не делать.

Больше слушать мне не хотелось. Лучше уж разговаривать.

— Белла вам теперь тоже родная? — спросил я Карлайла, имея в виду его слова про «остальных родных».

— Да. Она моя дочь. Любимая дочь.

— И вы дадите ей умереть.

Карлайл молчал так долго, что я не выдержал и поднял на него глаза. У него было очень, очень усталое лицо.

— Не представляю, кем ты меня считаешь после этого, — наконец молвил он, — но я не могу действовать против ее воли. Было бы неправильно сделать за Беллу такой важный выбор, принудить ее.

Я хотел разозлиться на Карлайла — и не смог: он будто повторил мои собственные слова, только поменяв их местами. Раньше я считал, что я прав, однако теперь все изменилось. Белла умирала. Но... я вспомнил, каково это — валяться у ног Сэма. Вот только Сэм принял неправильное решение. А Белла всегда любила не тех, кого нужно.

— Полагаете, у нее есть шанс выжить? Ну, стать вампиром и все такое прочее. Белла рассказала мне про... про Эсми.

— На данный момент шанс есть, — тихо ответил Карлайл. — Я видел, как наш яд творит чудеса, хотя случается, что не помогает даже он. Ее сердце испытывает огромные перегрузки; если оно остановится...

Сердце Беллы вдруг забилось быстрее и споткнулось, зловеще подчеркнув слова Карлайла.

Может, планета начала вертеться в обратную сторону? Может, этим объясняется, что все так резко изменилось, и теперь я надеюсь на то, о чем прежде боялся и подумать?

— Что эта тварь с ней делает? — спросил я. — Белле стало намного хуже. Вчера я видел трубки и все такое... в окно.

— Плод несовместим с ее организмом. Во-первых, он слишком сильный. Впрочем, с этим Белла справилась бы. Гораздо хуже, что он не дает ей питаться, не принимает необходимую ей пищу. Я пытался кормить ее внутривенно, но питательные вещества просто не усваиваются. Все процессы в организме ускорены. Он истощается буквально с каждым часом. Я не могу остановить это или замедлить, не понимаю, чего плод *хочет*. — Утомленный голос Карлайла дрогнул.

Я почувствовал то же самое, что и вчера, увидев синяки на Беллином животе: гнев и подступающее безумие. И сжал кулаки, чтобы совладать с охватившей меня дрожью. Всей душой я ненавидел чудовище, которое изводило Беллу. Мало того, что оно бьет ее изнутри, так теперь оно не дает ей есть! Небось ищет, куда бы воткнуть зубы, хочет впиться в чье-нибудь горло. А пока это невозможно, высасывает из Беллы все жизненные силы.

Я-то знал, чего оно хочет: крови и смерти, смерти и крови.

Моя кожа вдруг стала горячей и колючей. Я медленно вдохнул и выдохнул, пытаясь успокоиться.

— Плод слишком хорошо защищен, — пробормотал Карлайл, — ультразвук ничего не показывает. Вряд ли я смог бы проткнуть амниотический мешок иглой, да и Розали не позволит мне это сделать.

— Иглой? Зачем?

— Чем больше сведений о плоде, тем лучше мы будем понимать, на что он способен. Все бы отдал за образец амниотической жидкости! Узнать бы число хромосом...

— Док, я не въезжаю. Объясните, как для тупых.

Карлайл хохотнул — даже смех у него был усталый.

— Попробую. Вы на биологии хромосомные пары проходили?

— Вроде да. У нас их двадцать три, кажется.

— У людей.

Я моргнул.

— А у вас?

— Двадцать пять.

Я снова сжал кулаки и нахмурился.

— И что это значит?

— Раньше я думал, что наши виды кардинальным образом различаются. Что мы похожи на людей даже меньше, чем львы на кошек. Но Беллин ребенок доказывает обратное... мы довольно совместимы. — Карлайл тяжело вздохнул. — Я бы их предупредил...

Я тоже вздохнул. Было легко ненавидеть за неосмотрительность Эдварда — я по-прежнему его за это ненавидел. Но с Карлайлом так не получалось. Может, потому, что в моем отношении к нему не было жгучей слепой ревности.

— Хорошо бы узнать, сколько хромосомных пар у плода — кому он ближе, вампирам или людям. Чтобы понять, к чему готовиться. — Карлайл пожал плечами. — А может, это ничего и не даст. Просто мне нужно что-то изучать, чем-то заниматься.

— Интересно, сколько хромосом у меня, — рассеянно пробормотал я, опять вспомнив про анализы на Олимпийских играх. А ДНК там проверяют?

Карлайл смущенно кашлянул.

— У тебя двадцать четыре пары, Джейкоб.

Я в удивлении повернулся к нему.

— Мне стало... любопытно. Я осмелился взять твою кровь, когда лечил тебя прошлым летом.

Секунду я размышлял.

— Наверное, я должен огорчиться. Но мне плевать.

— Извини. Надо было спросить разрешение.

— Ничего, док. Вы же не хотели мне зла.

— Нет, уверяю, никаких дурных намерений у меня не было. Просто... ваш вид меня завораживает. Я много веков подряд изучал вампирские особенности, и они уже не представляют такого интереса. Отличия оборотней от людей куда любопытней. Это почти волшебство!

— Крибле-крабле-бумс, — буркнул я. Говорит прямо как Белла!

Карлайл вновь сдавленно рассмеялся.

Тут из дома донесся голос Эдварда, и мы оба прислушались.

— Я сейчас вернусь, Белла. Хочу переговорить с Карлайлом. Кстати, Розали, ты не составишь мне компанию? — Эдвард словно бы немного оживился, в его голосе я уловил искру... не надежды, но хотя бы *желания* на что-то надеяться.

— В чем дело, Эдвард? — хрипло спросила Белла.

— Не о чем волноваться, любимая. Я всего на секундочку. Роуз, пожалуйста.

— Эсми! — позвала Розали. — Посидишь с Беллой вместо меня?

Я услышал шепот ветра: Эсми порхнула по лестнице на первый этаж.

— Конечно.

Карлайл напряженно обернулся к входной двери. Первым из нее вышел Эдвард, затем Розали. Лицо у него, как и голос, перестало быть мертвым. Он словно бы сосредоточенно о чем-то думал. Розали подозрительно на него косилась.

Эдвард закрыл за ней дверь.

— Карлайл...

— Что такое, Эдвард?

— Возможно, мы делаем все неправильно. Я сейчас слышал ваш разговор... о том, что нужно плоду, и у Джейкоба мелькнула интересная мысль.

У меня?! Разве я думал о чем-то, кроме своей лютой ненависти к мерзкому отродью? Ладно хоть в этом я не один. Нейтральный термин «плод» явно давался Эдварду с большим трудом.

— Мы все время пытались дать Белле то, что необходимо *ей*, а о нуждах плода не думали, — продолжил он. — Ее организм стал принимать обычную пищу примерно так же, как наш. Возможно, если удовлетворить желания... плода, нам удастся ей помочь.

— Я тебя не понимаю, Эдвард, — сказал Карлайл.

— А ты подумай: если это существо больше вампир, чем человек, то чего оно хочет — и не получает? Джейкоб вот догадался.

Разве? Я порылся в своих мыслях и нашел ответ одновременно с Карлайлом.

— О... — изумленно выдохнул тот. — Думаешь, он хочет... *пить*?

Розали тихо зашипела. Ее омерзительно красивое лицо просияло, глаза широко раскрылись от волнения.

— Ну конечно! — воскликнула она. — Карлайл, у нас же есть для Беллы донорская кровь первой группы! Давай попробуем.

— Хм-м-м, — протянул Карлайл, подперев рукой подбородок. — Интересно... Но как лучше ее ввести...

Розали потрясла головой.

— Нет времени проявлять смекалку. Лучше начнем с традиционного метода.

— Погодите, — прошептал я, — стойте-ка. Вы что... хотите напоить Беллу кровью?!

— Ты сам это придумал, псина, — оскалилась Розали, даже не взглянув на меня.

Я пропустил ее слова мимо ушей и уставился на Карлайла. Та же призрачная надежда, что была на лице Эдварда, теперь загорелась и в его глазах. Он задумчиво поджал губы.

— Да это же... — Я не смог найти подходящего слова.

— Чудовищно? — пришел мне на помощь Эдвард. — Отвратительно?

— Вроде того.

— А если поможет? — шепнул он.

Я сердито покачал головой.

— И что вы сделаете? Засунете трубку ей в горло?

— Сперва спросим, что она думает. Я просто хотел раньше поговорить с Карлайлом.

Розали кивнула.

— Если вы скажете, что это поможет малышу, она на что угодно пойдет.

Только теперь — услышав, каким сладким голоском она произнесла слово «малыш», — я понял: Розали тоже готова на что угодно ради маленького кровопийцы. Неужели в этом все дело? Любовь к ребенку — и есть та загадочная нить, что связывала Розали с Беллой?

Краем глаза я заметил, как Эдвард рассеянно кивнул, не глядя в мою сторону — он ответил на мой мысленный вопрос.

Надо же! Не думал, что в ледяной Барби может проснуться материнский инстинкт. На Беллу ей плевать — небось сама же и засунет ей трубку в горло, если придется.

Губы Эдварда превратились в тонкую нить: опять я был прав.

— Нет времени на пустые разговоры, — нетерпеливо сказала Розали. — Что думаешь, Карлайл? Попробуем?

Он глубоко вдохнул и встал.

— Сначала спросим Беллу.

Белобрысая самодовольно улыбнулась: раз все зависит от Беллы, она примет правильное решение.

Я с трудом поднялся и пошел за ними в дом. Уж не знаю, зачем. Из какого-то нездорового любопытства, что ли? Я будто в ужастик попал: всюду монстры и кровища.

А может, я был просто не в силах удержаться от очередной дозы.

Белла лежала на больничной кровати, укрыв огромный живот одеялом. Она была как восковая: белая и почти прозрачная. Я бы решил, что она умерла, если бы ее грудь не вздымалась едва заметно, когда она делала частые неглубокие вдохи, и если бы она не окинула нас усталым подозрительным взглядом.

Каллены подлетели к ней со скоростью ветра — их движения были внезапными и молниеносными. Жуткое зрелище. Я неторопливо подошел к кровати.

— Что такое? — скрипучим шепотом спросила Белла. Ее восковая рука дернулась, словно хотела защитить раздувшийся живот.

— У Джейкоба появилась идея, как тебе помочь, — сказал Карлайл. Лучше бы он меня не впутывал. Я ничего не предлагал, скажите спасибо ее муженьку-кровопийце. — Это не очень приятно...

— Зато поможет малышу! — перебила Розали. — Мы придумали, как его накормить! Вроде бы.

Веки Беллы затрепетали, и она то ли хихикнула, то ли кашлянула.

— Неприятно? Господи, а у меня тут сплошные удовольствия! — Она взглянула на трубку, торчавшую из ее руки, и снова хихикнула.

Белобрысая тоже рассмеялась.

Девчонке жить осталось несколько часов, и ей до жути больно, а она еще смеется! Как это похоже на Беллу. Всегда пытается разрядить обстановку, сделать как лучше...

Эдвард обошел Розали, без тени улыбки на лице. Это меня порадовало. Мысль о том, что он страдает даже больше, чем я, малость успокаивала. Эдвард взял Беллу за свободную руку — не за ту, что прикрывала живот.

— Любимая, мы хотим предложить тебе нечто чудовищное, — сказал он, воспользовавшись теми же прилагательными. — Отвратительное.

Что ж, хотя бы назвал вещи своими именами.

Белла сделала неровный и неглубокий вдох.

— Очень-очень?

За Эдварда ответил Карлайл:

— Мы считаем, что вкусы ребенка больше похожи на наши, чем на твои. Возможно, он хочет пить.

Белла заморгала.

— О... О!

— Твое состояние, то есть ваше, стремительно ухудшается. Нельзя терять времени и изобретать более приемлемые способы проверить нашу теорию. Самый быстрый...

— Мне придется выпить кровь, — прошептала Белла и едва заметно кивнула — на большее просто не хватило сил. — Что ж, ладно. Потренируюсь на будущее. — Ее бесцветные губы растянулись в слабой улыбке. Эдвард в ответ не улыбнулся.

Розали нетерпеливо застучала ногой по полу. Звук ужасно меня донимал. Интересно, что она сделает, если я прямо сейчас впечатаю ее в стенку?

— Ну, кто поймает мне гризли? — прошептала Белла.

Карлайл с Эдвардом переглянулись. Розали прекратила стучать.

— В чем дело? — не поняла Белла.

— Сейчас разумнее не думать о морали, — сказал Карлайл.

— *Если* плоду нужна кровь, — пояснил Эдвард, — то не
кровь животных.

— Ты все равно не почувствуешь разницы, Белла. Ни о
чем не волнуйся! — подбодрила ее Розали.

Белла распахнула глаза.

— Кто?! — Ее взгляд переметнулся на меня.

— Нет, Беллз, я тут не в роли донора, — буркнул я. — К
тому же ему нужна человеческая кровь, и я не очень-то подхожу...

— Кровь у нас есть, — встряла Розали, как будто меня
тут и не было. — Мы раздобыли немного на всякий случай. Ни о чем не думай, все будет прекрасно. У меня хорошее предчувствие, Белла. Малышу станет гораздо лучше!

Белла погладила живот.

— Ну, — едва слышно прохрипела она, — я действительно умираю от голода, значит, он тоже. — Опять шутит! —
Давайте попробуем. Моя первая кровь.

13. ЛАДНО ХОТЬ
У МЕНЯ КРЕПКИЕ НЕРВЫ

Карлайл и Розали молниеносно умчались наверх, и я
слышал, как они спорят, надо ли подогревать кровь. Похоже, дом битком набит атрибутами ужастиков. Холодильник с кровью точно имеется. Что еще? Камера пыток?
Склеп с гробами?

Эдвард остался и взял Беллу за руку. Лицо у него опять было мертвое. Они смотрели друг другу в глаза, но не как влюбленные в слезливых мелодрамах, а будто о чем-то беседовали. Очень похоже на Сэма с Эмили.

Да, не как в слезливых мелодрамах. Легче мне от этого не стало.

Я понял, как тяжело было Ли. Ей все время приходилось это видеть, слышать мысли Сэма. Ясное дело, мы ей сочувствовали, не звери же — в этом отношении, по крайней мере. Но нас бесило, как она справлялась со своей болью — вымещала ее всю на нас, чтобы нам было так же плохо.

Теперь я очень хорошо ее понимал. Разве можно скрыть такую боль? Разве можно не пытаться ее облегчить, отдав хоть маленький кусочек другим?

И если уж мне придется стать вожаком стаи, разве смогу я винить Ли за то, что она забрала мою свободу? На ее месте я поступил бы точно так же, сделал бы что угодно, желая убежать от боли.

Через секунду Розали ветром пролетела мимо нас на кухню, оставив за собой горелый запах. Скрипнула дверца буфета.

— Не *прозрачную*, Розали, — сказал Эдвард.

Белла посмотрела на него с любопытством, а он только качнул головой.

Розали опять пронеслась через гостиную.

— Это ты придумал? — хрипло спросила Белла, стараясь говорить как можно громче, чтобы я услышал. Опять забыла, какой у меня слух. Мне нравилось, что она часто забывала о том, кто я на самом деле. Я подошел ближе, чтобы она не тратила силы.

— Я тут ни при чем. Просто твой вампир читал мои нехорошие мысли.

Белла улыбнулась.

— Я думала, ты не вернешься.

— Ага, я тоже.

Было странновато стоять посреди гостиной, но вампиры оттащили всю мебель к стенам, чтобы освободить место для аппаратуры. Их это, похоже, не волновало: какая разница, сидеть или стоять, когда ты сделан из камня. Мне бы тоже было все равно, не будь я таким уставшим.

— Эдвард рассказал, что тебе пришлось сделать. Мне очень жаль.

— Ничего страшного. Рано или поздно приказы Сэма мне бы надоели.

— И Сету? — прошептала Белла.

— Он рад тебе помочь.

— Так ужасно, что из-за меня у вас неприятности...

Я хохотнул — получилось больше похоже на лай.

Белла едва слышно вздохнула.

— Опять я за свое, да?

— Вроде того.

— Ты не обязан смотреть, как я это делаю, — почти беззвучно проговорила она.

Да, я мог уйти. Так было бы лучше. Но, судя по Беллиному виду, это могли быть последние минуты ее жизни.

— Да мне и пойти-то некуда, — как можно спокойнее ответил я. — К своим не очень хочется, там теперь Ли.

— Ли? — выдохнула Белла.

— Ты ей не рассказал? — спросил я Эдварда.

Он пожал плечами, не отрывая взгляда от Беллы. Я понял, что новость не особо его взволновала, и он не счел нужным ею делиться, когда вокруг творится такое.

Белла восприняла все иначе. Новость показалась ей плохой.

— Почему? — прошептала она.

Я не собирался пересказывать ей всю историю, уж очень она длинная и запутанная.

— Чтобы присматривать за Сетом.

— Но Ли нас ненавидит...

Нас. Здорово! Впрочем, я понял, отчего Белла так напугана.

— Ли не будет никого доставать. — Кроме меня. — Она в моей стае... — Я нахмурился. — ...и подчиняется моим приказам. — Уф. Белла мне явно не поверила. — Значит, Ли ты боишься, а с психованной вампиршей вы лучшие друзья!

Со второго этажа донеслось шипение. Клево, Розали меня услышала.

Белла помрачнела.

— Не надо. Роуз... все понимает.

— Ага. Она понимает, что скоро ты умрешь, но ей плевать, лишь бы мутантское отродье выжило!

— Не будь кретином, Джейкоб, — прошептала Белла.

Я не смог на нее разозлиться: уж больно слабой она выглядела. Вместо этого я улыбнулся.

— Против себя не попрешь.

Белла тоже попыталась улыбнуться, но сил хватило только приподнять уголки меловых губ.

Тут в гостиной появились Карлайл и психованная. Карлайл держал в руке белую закрытую кружку с соломинкой. «Не прозрачную» — так вот о чем говорил Эдвард! Он не хотел, чтобы Белла лишний раз думала о том, что пьет. Хотя содержимого кружки было не видно, я учуял запах.

Карлайл помедлил, его рука замерла в воздухе. Белла посмотрела на нее и, видимо, опять испугалась.

— Может, что-нибудь другое придумать... — тихо сказал Карлайл.

— Нет, — прошептала Белла. — Нет, сначала попробуем это. Времени нет...

Сперва я решил, что она наконец-то поняла, какой опасности себя подвергает. Но она снова погладила живот.

Белла взяла у Карлайла кружку. Ее рука немного задрожала, и я услышал внутри плеск. Белла попыталась опереться на локоть, но ей едва хватило сил приподнять голову.

Так ослабела всего за день! По моей спине прошла волна жара.

Розали подложила руку под Беллины плечи, словно помогала новорожденному держать головку, — видно, совсем на детях свихнулась.

— Спасибо, — шепнула Белла и окинула нас застенчивым взглядом. Она еще смущается! Будь у нее силы, покраснела бы.

— Не обращай на них внимания, — проворковала Розали.

Мне стало неловко. Жаль, я не ушел, когда предлагали. Вечно суюсь куда не надо! Я подумал, не выскочить ли за дверь, но потом решил, что так Белле будет еще труднее. Она подумает, что мне противно. Почти правда.

И все-таки, пусть я не хотел нести ответственность за эту идею, казнить себя за нее я не собирался.

Белла поднесла кружку к лицу и понюхала соломинку. Вздрогнула, поморщилась.

— Белла, милая, давай придумаем другой способ, — сказал Эдвард и потянулся к кружке.

— Зажми нос, — предложила Розали и уставилась на руку Эдварда так, словно хотела по ней шлепнуть. А что, будет неплохо! Эдвард этого точно не стерпит, и белобрысая останется без руки.

— Нет, мне не противно... — Белла глубоко вдохнула. — Наоборот, пахнет вкусно! — еле-еле выдавила она.

Я сглотнул, стараясь ничем не выдать отвращения.

— Вот и хорошо! — оживленно воскликнула Розали. — Значит, мы на правильном пути! Ну, пробуй. — У белобрысой было такое лицо, что я удивился, как она еще не станцевала победный танец.

Белла взяла соломинку губами, зажмурилась и наморщила нос. Кровь плеснула в кружке. Белла сделала глоток и тихонько застонала с закрытыми глазами.

Мы с Эдвардом одновременно шагнули вперед. Он прикоснулся к ее лицу. Я сжал за спиной кулаки.

— Белла, любимая...

— Все нормально, — прошептала она, открыла глаза и посмотрела на мужа. Взгляд у нее был... виноватый. Умоляющий. Напуганный. — На вкус тоже здорово!

Мне скрутило живот. Я заскрипел зубами.

— Вот и хорошо, — все так же радостно повторила Розали. — Добрый знак!

Эдвард лишь прижал ладонь к Беллиному хрупкому лицу.

Белла вздохнула и снова взяла в рот соломинку. На этот раз она сделала приличный глоток.

— Как живот? Не тошнит? — спросил Карлайл.

Она покачала головой.

— Нисколько.

Розали просияла.

— Отлично!

— Пока рано радоваться, — пробормотал Карлайл.

Белла сделала еще один большой глоток крови и вдруг бросила на Эдварда настороженный взгляд.

— Это испортило мой общий счет, да? Или считать начнем *после* того, как я стану вампиром?

— Никто ничего не считает, Белла. В любом случае, из-за этой крови никто не пострадал. — Эдвард безжизненно улыбнулся. — На твоем счету по-прежнему никого нет.

Я не врубился.

— Объясню позже, — ответил Эдвард так тихо, что его слова слились с дыханием.

— Что? — прошептала Белла.

— Да так, сам с собой разговариваю, — нашелся Эдвард.

Если все получится и Белла выживет, непросто ему будет обманывать ее чувства: они станут такими же обостренными, как и его. Придется поучиться честности.

Губы Эдварда дернулись, подавляя улыбку.

Белла проглотила еще несколько унций крови, глядя в окно. Наверное, делала вид, что рядом никого нет. Что нет *меня*. Всем остальным было не так противно. Даже наоборот: ручаюсь, Каллены с удовольствием вырвали бы кружку из ее рук.

Эдвард закатил глаза.

Черт, как остальные с ним уживаются? Жаль, что он не может читать Беллины мысли. Ей бы это мигом надоело, и она бы его бросила.

Эдвард хихикнул. Белла тут же на него взглянула и слабо улыбнулась, увидев, что ему смешно. Похоже, такого с ним давно не случалось.

— Что смешного?

— Джейкоб.

Она еще раз вымученно улыбнулась и посмотрела на меня.

— Да, он у нас юморист.

Отлично, я теперь еще и придворный шут.

— Опля! — буркнул я, изображая клоуна.

Белла снова улыбнулась и отпила из кружки. Я поморщился, когда соломинка громко втянула воздух.

— Получилось! — с довольным видом сказала Белла. Голос у нее был хриплый, но она хотя бы не шептала — впервые за день. — Если так пойдет и дальше, ты вытащишь из меня иголки, Карлайл?

— Обязательно! — пообещал он. — Честно говоря, от них все равно мало толку.

Розали погладила Беллу по лбу, и они посмотрели друг на друга с надеждой.

Все, кто был в гостиной, увидели, какое улучшение наступило после кружки крови. Беллина кожа вновь обрела цвет: восковые щеки едва заметно порозовели. Розали больше не нужно было постоянно поддерживать Беллу, дыхание у нее облегчилось, и я мог поклясться, что ее сердце забилось ровнее и сильнее.

Состояние Беллы стремительно улучшалось.

Призрачная надежда в глазах Эдварда превратилась в самую настоящую.

— Хочешь еще? — не отставала Розали.

Беллины плечи поникли.

Эдвард бросил на белобрысую злой взгляд.

— Милая, если не хочется, можешь пока больше не пить.

— Да, но... я хочу, — мрачно созналась Белла.

— Тебе нечего стыдиться. У организма есть потребности. Мы все это понимаем, — ласково проговорила Розали и тут же резко добавила: — А кто не понимает, пусть катится к черту!

Последние слова явно были адресованы мне, но я на них не повелся. Главное, Белле стало лучше. Подумаешь, от их «лекарства» меня блевать тянет!

Карлайл забрал у Беллы кружку.

— Я мигом.

Когда он исчез, Белла внимательно посмотрела на меня.

— Джейк, ты ужасно выглядишь, — прохрипела она.

— Кто бы говорил.

— Нет, серьезно, когда ты последний раз спал?

Я на секунду задумался.

— Э-э... Не помню точно.

— Ох, Джейк, теперь я еще и твое здоровье порчу. Не глупи!

Я скрипнул зубами. Значит, ей можно жертвовать собой ради чудовища, а мне нельзя посмотреть, как она это делает?

— Отдохни, пожалуйста, — продолжала она. — Наверху есть несколько кроватей, выбирай любую.

Розали сделала такое лицо, что я сразу понял: одну из кроватей мне точно не дадут. И зачем нашей Неспящей Красавице вообще нужна постель? Или она просто такая жуткая собственница?

— Спасибо, Беллз, я лучше посплю в лесу. Там не так воняет, знаешь ли.

Белла скорчила недовольную мину.

— Ах да.

Вернулся Карлайл. Белла рассеянно потянулась за кружкой, словно думала о чем-то другом, и с тем же отсутствующим выражением лица начала пить.

Вид у нее действительно стал лучше. Она приподнялась и осторожно села, стараясь не дергать трубки. Помощь Розали, которая готова была поймать ее в любую секунду, больше не требовалась. Делая глубокие вдохи между глотками, Белла быстро допила вторую кружку.

— Ну, как самочувствие? — спросил Карлайл.

— Гораздо лучше. Хочу есть... или *пить*, сама не пойму.

— Нет, Карлайл, ты только посмотри! — проворковала Розали — ну прямо кошка, слопавшая канарейку, разве что перьев на губах не хватает. — Ее организму в самом деле нужна кровь. Пусть выпьет еще.

— Она все-таки человек, Розали. Еда ей тоже нужна. Давайте понаблюдаем за ее состоянием, а потом накормим. Тебе чего-нибудь хочется, Белла?

— Яиц! — выпалила та и улыбнулась Эдварду. Он тоже улыбнулся — не слишком убедительно, но его лицо, по крайней мере, больше не выглядело мертвым.

Я моргнул и с трудом открыл глаза.

— Джейкоб, — пробормотал Эдвард, — тебе в самом деле нужно поспать. Можешь устроиться наверху, как сказала Белла, но тебе, наверное, будет удобнее на улице. Ни о чем не волнуйся. Обещаю, если понадобишься, я тебя найду.

— Конечно, конечно, — буркнул я. Что ж, раз в запасе у Беллы появилось несколько часов, можно и смыться. Подремлю под каким-нибудь деревцем... Подальше от этой жуткой вони. А в случае чего кровопийца меня разбудит. Он мой должник.

— Точно, — согласился Эдвард.

Я кивнул и положил свою руку на Беллину, холодную как лед.

— Поправляйся.

— Спасибо, Джейкоб. — Белла перевернула руку и сжала мою. Я почувствовал, как тонкое обручальное кольцо болтается на ее костлявом пальце.

— Принесите ей одеяло, что ли, — буркнул я, поворачиваясь к выходу.

Тут сдвоенный громкий вой пронзил утреннюю тишину. На сей раз это точно был сигнал тревоги.

— Проклятье! — рыкнул я, вылетел за дверь и спрыгнул с крыльца. Уже в прыжке огонь охватил все мое тело, и я услышал, как затрещали шорты. Черт! Другой одежды у меня с собой нет. Ладно, плевать. Я приземлился на лапы и помчался на запад.

— *Что случилось?* — мысленно крикнул я.

— *У нас гости. Минимум трое,* — ответил Сет.

— Они что, разбились на группы?

— *Лечу к Сету на всех порах,* — заверила меня Ли. Я слышал, как воздух свистит в ее легких: она развила невероятную скорость. Мимо проносился лес. — *Других точек атаки пока нет.*

— Сет, не лезь в драку, понял? Дождись меня.

— Они сбавили скорость. Уф... Так странно не слышать их мысли! Вроде бы...

— Что?

— Вроде бы они остановились.

— Дожидаются стаю?

— Ш-ш. Чувствуете?

Я прислушался к его ощущениям. В воздухе что-то беззвучно и едва заметно мерцало.

— Кто-то перевоплощается?

— Похоже.

Ли влетела на маленькую поляну, где ее поджидал Сет. Она вонзила когти в землю и завертелась на месте, словно гоночная машина.

— Я с тобой, брат.

— *Они приближаются*, — тревожно заметил Сет. — *Медленно. Идут*.

— *Я почти на месте*, — подумал я и попробовал лететь, как Ли. Ужасное чувство — сознавать, что меня нет рядом, когда ей и Сету грозит опасность. Я должен быть с ними... нет, *между* ними и тем, кто к ним приближается.

— *Отцовские чувства взыграли?* — сухо подметила Ли.

— Не отвлекайся.

— *Их четверо*, — заключил Сет. Все-таки отличный у него слух. — *Три волка, один человек*.

Я вбежал на поляну и сразу занял позицию во главе стаи. Сет облегченно вздохнул, выпрямился и встал справа от меня, а Ли без особого воодушевления встала слева.

— *Так я теперь еще и хуже Сета*, — пробурчала она.

— *Кто успел, тот и съел!* — самодовольно ответил ей братец. — *К тому же ты никогда не была третьей. Считай, тебя повысили!*

— Когда младший брат главнее тебя, это не повышение.

— *Тс-с*, — осадил их я. — *Мне все равно, как вы стоите. Заткнитесь и будьте начеку.*

Через несколько секунд они появились: Джаред с поднятыми руками, в человеческом обличье, и три волка — Пол, Квил и Коллин. Они неторопливо шли, как правильно догадался Сет, и в их позах не было никакой агрессии. Волки навострили уши, но держались спокойно.

Странно... Сэм послал не Эмбри, а Коллина. Я бы на его месте не отправил ребенка в стан врага даже с дипломатической миссией. Выбрал бы опытного бойца.

— *Уловка?* — подумала Ли.

То есть Сэм, Эмбри и Брейди пошли в наступление одни? Что-то не верится.

— Давай я сбегаю, проверю. Вернусь через две минуты.

— *А я могу предупредить Калленов!* — предложил Сет.

— *Мы должны держаться вместе. Каллены и так поняли, что дело неладно. Они наготове.*

— *Сэм же не идиот...* — прошептала Ли, охваченная страхом. Она представила, как Сэм нападает на Калленов, а прикрывают его только двое.

— *Нет, конечно!* — согласился я, хотя от этой картины мне тоже стало не по себе.

Джаред и волки выжидающе смотрели на нас. Мне было жутко от того, что я не слышал, как переговариваются между собой Пол, Квил и Коллин. По их мордам ничего не поймешь.

Джаред откашлялся и кивнул.

— Белый флаг, Джейкоб! Мы пришли поговорить.

— *Думаешь, вранье?* — спросил Сет.

— Вроде бы нет, но...

— *Вот именно,* — согласилась Ли. — *Но.*

Мы решили держать ухо востро.

Джаред нахмурился.

— Говорить легче, когда собеседники друг друга слышат.

Я смерил его внимательным взглядом и решил не перевоплощаться, пока не пойму, в чем дело. С какой стати они взяли с собой Коллина? Это беспокоило меня больше всего.

— Ладно. Тогда я просто скажу, зачем мы пришли. Джейкоб, мы хотим, чтобы ты вернулся.

Квил тихо заскулил, подтверждая слова Джареда.

— Наша семья раскололась надвое. Так быть не должно.

Не то чтобы я считал иначе, однако вряд ли они пришли только за этим. У нас с Сэмом уже не раз возникали разногласия, которые мы до сих пор не решили.

— Мы знаем, что ты... очень огорчен ситуацией с Калленами. Конечно, дело непростое, но это уже перебор.

Сет зарычал.

— Перебор?! А внезапное нападение на союзников — не перебор?

— Сет, угомонись, сделай невозмутимую морду.

— Извини.

Джаред перевел взгляд с меня на Сета и обратно.

— Сэм решил не торопиться, Джейкоб. Он успокоился, поговорил со старейшинами. Они пришли к выводу, что действовать необдуманно сейчас не в наших интересах.

— *Перевожу: они поняли, что врасплох нас не застать,* — подумала Ли.

Мне показалось странным, что наше мышление так быстро отделилось. Стая уже стала для нас «стаей Сэма», чужаками. Особенно странно было слышать такие суждения от Ли — она почувствовала себя неотъемлемой частью «нас».

— Билли и Сью согласны с тобой, Джейкоб, и хотят подождать, пока Белла... разрешится от бремени. Убийство никому не по душе.

Хоть я только что отчитал за это Сета, у меня из пасти невольно вырвался рык. Так убийство им, значит, *не по душе,* да?!

Джаред снова поднял руки.

— Спокойно, Джейк. Ты меня понял. Суть в том, что мы хотим подождать и все обдумать. А решение принять только в том случае, если возникнут проблемы... ну, с *этим.*

— *Ха!* — подумала Ли. — *Так мы вам и поверили!*

— По-твоему, они врут?

— *Я знаю, что они задумали, Джейк. Что задумал Сэм. Он не сомневается, что Белла умрет, и тогда...*

— *...я сам поведу их в бой.* — Я прижал уши к голове. Предположение Ли показалось мне очень даже разумным. Возможно, именно так я и поступлю: если эта тварь убьет Беллу, мне будет нетрудно забыть о своих чувствах к семье Карлайла. Они вновь станут для меня врагами — обычными пиявками.

— *Я тебе напомню при случае,* — сказал Сет.

— Конечно, напомнишь. Только не факт, что я тебя послушаю.

— Джейк, — окликнул меня Джаред.

Я фыркнул.

— Ли, сделай-ка кружок на всякий случай. Я с ним поговорю. Хочу быть абсолютно уверен, что все спокойно.

— Да ладно тебе, Джейкоб, можешь перевоплощаться при мне. Я уже видела тебя голым и ничего, живая.

— Я не о твоем чувстве прекрасного забочусь, Ли, а о нашей безопасности. Давай, беги уже.

Ли фыркнула и скрылась в чаще. Я слышал, как ее когти впиваются в землю.

Нагота — не слишком приятная, однако неотъемлемая часть жизни стаи. Мы и думать об этом не думали, пока не появилась Ли. С ее приходом стали случаться конфузы. Поначалу Ли, как и все, не очень-то умела держать себя в руках. Ей потребовалось время, чтобы научиться не перевоплощаться чуть что, раздирая на себе одежду. Мы все успели ее заценить. Нет, выглядела Ли ничего, просто было жутко неприятно, когда она после этого читала твои мысли.

Джаред и остальные настороженно посмотрели ей вслед.

— Куда это она?

Я закрыл глаза и снова взял себя в руки. Воздух вокруг словно задрожал, расходясь от меня маленькими волнами. Я приподнялся на задних лапах, улучив момент так, чтобы распрямиться уже человеком.

— О... Здорово, Джейк.

— Привет, Джаред.

— Спасибо, что решил со мной поговорить.

— Ага.

— Мы все хотим, чтобы ты вернулся.

Квил опять заскулил.

— Все не так просто.

— Возвращайся, — сказал Джаред, умоляюще подавшись вперед. — Мы все уладим. Тебе здесь не место. И пусть Ли с Сетом тоже вернутся.

Я рассмеялся.

— Можно подумать, я не просил их о том же с первой минуты!

Сет фыркнул у меня за спиной.

Джаред принял это во внимание и насторожился.

— Ну так что?

С минуту я раздумывал, а Джаред терпеливо ждал.

— Не знаю. Вряд ли все будет по-прежнему, даже если мы вернемся. И вообще, я понятия не имею, как эта штука работает — сомневаюсь, что можно запросто перестать быть альфой.

— Твое место среди нас.

— Двум альфам не ужиться в одной стае, Джаред. Помнишь, что чуть было не случилось вчера ночью? Инстинкт слишком сильный.

— То есть вы хотите до конца жизни ошиваться с паразитами? — вопросил Джаред. — У вас же нет дома! У тебя даже одежды больше нет, — заметил он. — Будешь все время волком? Между прочим, Ли терпеть не может сырое мясо.

— Пусть ест, как хочет и что хочет. Она здесь по собственной воле. Я никем не распоряжаюсь.

Джаред вздохнул.

— Сэму очень жаль, что он так с тобой поступил.

Я кивнул.

— Я на него больше не сержусь.

— Но?

— Но пока не хочу возвращаться. Мы тоже подождем и посмотрим, как оно пойдет. И будем охранять Калленов столько, сколько понадобится. Что бы вы там ни думали, я здесь не только ради Беллы. Я защищаю тех, кого нужно защищать. И к Калленам это тоже относится. — Ну, к некоторым из них, по крайней мере.

Сет тявкнул в знак согласия.

Джаред нахмурился.

— Тогда нам больше не о чем разговаривать.

— Да, пока не о чем. А там видно будет.

Джаред обратился к Сету:

— Сью велела сказать... нет, *упросить* тебя вернуться домой. Ты разбиваешь ей сердце. Она совсем одна. Не понимаю, как вы с Ли могли бросить ее после смерти отца...

Сет заскулил.

— Полегче, Джаред, — предупредил я.

— Я просто хочу объяснить, каково это.

Я усмехнулся.

— Ну конечно! — Сью была самой сильной и упрямой из всех, кого я знал. Упрямее моего отца, упрямее меня. Она не постеснялась играть на жалости детей, чтобы вернуть их домой. Нечестно так поступать с Сетом. — Когда она обо всем узнала? Вчера? С тех пор от нее наверняка не отходят Билли, старый Квил и Сэм. Конечно, она умирает от одиночества!.. А вообще, Сет, ты можешь уйти в любую минуту.

Он фыркнул.

И в следующую секунду навострил левое ухо: видимо, Ли была уже близко. Ну и скорость у нее! Два удара сердца, и Ли резко остановилась в кустарнике в нескольких метрах от нас. Затем неторопливо подошла и села перед Сетом, во главе стаи, задрав нос и нарочно не глядя в мою сторону.

Вот и умница.

— Ли, — обратился к ней Джаред.

Она посмотрела ему в глаза и едва заметно оскалилась.

Джаред ничуть не удивился ее враждебному настрою.

— Ли, ты ведь не хочешь быть здесь.

Она зарычала. Я бросил на нее предостерегающий взгляд, но она его не увидела. Сет заскулил и пихнул ее плечом в бок.

— Прости, — извинился Джаред. — Я не вправе судить... Но ведь с кровопийцами тебя ничто не связывает.

Ли многозначительно посмотрела на брата, затем на меня.

— Ты решила присматривать за Сетом, я понимаю. — Джаред покосился на меня — видимо, он тоже не понял, что означал ее второй взгляд. — Но Джейк не даст его в обиду, и сам он ничего не боится. — Джаред скорчил недовольное лицо. — В общем, Ли, возвращайся, очень тебя прошу. Мы все этого хотим. Сэм этого хочет.

Она дернула хвостом.

— Сэм велел умолять тебя, если понадобится, даже встать на колени. Он хочет, чтобы ты вернулась домой, Ли-Ли. Твое место — среди нас.

Она вздрогнула, услышав ласковое прозвище, придуманное для нее Сэмом, а на последних словах ее шерсть вздыбилась, из пасти вырвался громкий протяжный рык. Мне не надо было читать ее мысли, чтобы услышать проклятья, которыми она осыпала Джареда.

Когда Ли умолкла, я сказал:

— Сдается, она сама решит, где ей место.

По злобному взгляду Ли, брошенному на Джареда, я понял, что она со мной согласна.

— Слушай, Джаред, мы по-прежнему семья. Вражду мы как-нибудь переживем, а до тех пор вам лучше оставаться на своей территории. Ну, чтобы не было недоразумений. Нам семейные склоки ни к чему. Надеюсь, Сэму тоже.

— Конечно, — резко ответил Джаред. — Хорошо, мы не будем высовываться. Но где *ваша* территория, Джейкоб? Земли вампиров?

— Нет, Джаред, пока мы бездомные. Не волнуйся, это ненадолго. — Я перевел дух. — Осталось не так много... времени. Потом Каллены наверняка уедут. Сет и Ли вернутся домой.

Они взвыли и одновременно уставились на меня.

— А ты, Джейк?

— Уйду в лес, наверное. В Ла-Пуше не может быть двух альф, слишком опасно. К тому же я все равно собирался уйти.

— А если мы захотим поговорить?

— Войте — мы услышим и придем. Только не переходите границу, ладно? Скажи Сэму, что хватит и одного посланника. Мы драки не ищем.

Джаред нахмурился, однако кивнул. Ему не понравилось, что я выдвигаю Сэму требования.

— Увидимся, Джейк. А может, и нет. — Он нерешительно помахал рукой на прощание.

— Погоди, Джаред. У Эмбри все нормально?

Он удивился.

— Да, конечно. Почему ты спрашиваешь?

— Интересно, с чего это Сэм отправил сюда Коллина?

Я внимательно следил за его реакцией, все еще подозревая, что дело нечисто. В глазах Джареда мелькнуло понимание, но не то, на какое я рассчитывал.

— Вообще-то, тебя это больше не касается, Джейк.

— Верно. Просто полюбопытствовал.

Краем глаза я заметил какое-то движение, но не подал виду, потому что не хотел сдавать Квила. Он живо отреагировал на мой вопрос.

— Я передам Сэму твои... указания, Джейк. Пока.

Я вздохнул.

— Ага, пока, Джаред. Слушай, и передай моему отцу, что у меня все хорошо, ладно? И что я его люблю.

— Передам.

— Спасибо.

— Пошли, ребята.

Джаред скрылся в лесу, чтобы не перевоплощаться на глазах у Ли. Пол и Коллин шли за ним по пятам, а Квил задержался. Он тихо взвизгнул, и я шагнул к нему.

— Да, я тоже соскучился, брат.

Квил подбежал и печально свесил голову. Я хлопнул его по плечу.

— Все будет хорошо.

Он заскулил.

— Передай Эмбри, что я скучаю по тем славным временам, когда мы бегали вместе.

Квил кивнул и прижался носом к моему лбу. Ли фыркнула. Квил поднял глаза, но не на нее, а на своих братьев.

— Да, беги домой, — сказал я.

Он опять взвизгнул и потрусил за остальными — ручаюсь, Джаред терпением не отличался. Когда они ушли, я сосредоточился на тепле в своей груди и пустил его по рукам и ногам. Одна огненная вспышка, и я вновь встал на четыре лапы.

— *Я уж думала, вы поцелуетесь,* — подколола меня Ли.

Я пропустил ее слова мимо ушей.

— *Ну как?* — Мне было важно их мнение, потому что я говорил от их имени, не зная, что они на самом деле думают. А судить за других, как Джаред, я не хотел. — *Ляпнул лишнего? Или наоборот, что-то упустил?*

— *Ты молодчина, Джейк!* — похвалил мен Сет.

— *Хорошо бы еще треснул Джареда,* — добавила Ли

— *Мы вроде поняли, почему сюда не пустили Эм*бри —
подумал Сет.

— *Не пустили?* — удивился я.

— Джейк, ты видел Квила? Он прямо на части ра зры
вался. Готов поспорить, Эмбри огорчен еще сильнее Квил
ни за что не уйдет из Ла-Пуш, а вот Эмбри мог бы, у нег о

ведь нет Клэр. Поэтому Сэм и боится, что он сбежит с корабля, и наша стая увеличится.

— Ты так думаешь? По-моему, Эмбри с удовольствием порвал бы на куски парочку Калленов.

— Он же твой лучший друг, Джейк. Они с Квилом скорее будут прикрывать твою спину, чем сцепятся с тобой в бою.

— *Ну, тогда я рад, что Сэм его не пустил. Мне и вас хватает.* — Я вздохнул. — *Ладно, пока все идет хорошо. Сет, ты не против побегать? Мы с Ли прямо с ног валимся. Выглядело все правдоподобно, но мало ли, вдруг это отвлекающий маневр?*

Обычно я не такой параноик, тем не менее я хорошо помнил решимость Сэма. Он поставил перед собой единственную цель: устранить угрозу. Воспользуется ли он тем, что может беспрепятственно нам лгать?

— *Как скажешь!* — весело ответил Сэм. Он был только рад помочь. — *Хочешь, объясню все Калленам? Они, небось, до сих пор на взводе.*

— Лучше я сам. В любом случае, надо их проведать.

В моем спекшемся мозгу завертелся ураган свежих воспоминаний.

Сет изумленно тявкнул.

— Фу-у...

Ли потрясла головой, как бы вытряхивая из нее омерзительную картину.

— Черт, в жизни не видела ничего хуже! Гадость! Хорошо, что я ничего не ела — точно бы вытошнило.

— *Они же вампиры,* — через минуту подумал Сет, пытаясь как-то сгладить слова Ли. — *Ну, то есть все логично. Главное, это поможет Белле!*

Мы с Ли изумленно уставились на него.

— Чего?

— *Мама часто роняла его в детстве,* — подумала Ли.

— Видимо, на голову.

— А еще он грыз решетку от кроватки.

— Наелся свинцовых белил?

— Похоже.

Сет фыркнул.

— Очень смешно! Заткнитесь уже и ложитесь спать.

14. ЕСЛИ ТЫ НАГРУБИЛ ВАМПИРАМ И ЖАЛЕЕШЬ ОБ ЭТОМ — ДЕЛО ТРУБА

Когда я вернулся, на крыльце меня никто не ждал. Вот тебе и «на взводе».

«Все отлично, успокойся», — устало подумал я.

В глаза бросилась перемена в теперь уже хорошо знакомой картине: на нижней ступеньке крыльца лежала стопка светлых тряпок. Я подбежал ближе — посмотреть, что это. Задержав дыхание (ткань впитывает вампирскую вонь, как губка), я разворошил стопку носом.

Кто-то приготовил для меня одежду. Надо же! Видимо, Эдвард успел почуять мое раздражение, когда я выскочил из дома. Что ж... очень мило. И странно.

Я осторожно взял одежду в зубы — фу! — и отнес к деревьям. Мало ли, вдруг белобрысая психопатка решила пошутить и приготовила для меня девчачьи шмотки. Она бы все отдала за то, чтобы посмотреть, как я, голый, озадаченно разглядываю женское платье.

В тени деревьев я бросил вонючие тряпки на землю и переплотился. Затем встряхнул одежду и побил ее об дерево, чтобы хоть немного проветрить. Шмотки были мужские: желто-коричневые штаны и белая рубашка. И то и другое коротковато — похоже, вещи Эмметта. Рукава рубашки я закатал, а вот со штанами ничего нельзя было сделать. Ну и черт с ними.

Должен признать, в одежде мне стало намного лучше, пусть она воняла и не совсем подходила по размеру. Я больше не мог в случае чего заскочить домой за спортивными штанами, я опять стал бездомным. Вещей тоже не было — пока это не особо меня тревожило, но скоро обязательно начнет.

В новой, хотя и малость поношенной одежде я устало поднялся на крыльцо и замер перед дверью. Я что, постучал? Идиот, они и так знают о моем приходе. Почему никто не дал мне это понять? Могли бы пригласить внутрь или велеть убираться. Ладно, черт с ними. Я пожал плечами и вошел.

Опять перемены. За последние двадцать минут комната почти обрела прежний вид. На экране большого плазменного телевизора мелькал какой-то девчачий сериал; его, похоже, никто не смотрел. Элис, Эмметта и Джаспера видно не было, однако я слышал их голоса наверху. Белла лежала на диване, как вчера, и у нее из руки торчала единственная трубка, ведущая к капельнице. Беллу завернули в два толстых стеганых одеяла — ладно хоть послушались моего совета, — так что она стала похожа на огромное буррито. Розали сидела на полу в изголовье, а Эдвард на другой стороне дивана, положив себе на колени Беллины закутанные ноги. Когда я вошел, он поднял голову и улыбнулся — чуть заметно дернул губами, как будто его что-то обрадовало.

Белла меня не услышала. Она подняла глаза только вместе с Эдвардом и тоже улыбнулась. По-настоящему, так что ее лицо просияло. Не помню, когда последний раз она смотрела на меня с таким радостным волнением.

Да что с ней такое?! Черт, она ведь замужем! И счастлива в браке — любит своего вампира до безумия. Да к тому же вот-вот родит от него ребенка.

С какой стати она так рада меня видеть? Как будто ее день не пропал даром только потому, что пришел я.

Если бы ей было все равно... Нет, если бы она *не хотела* меня видеть, мне было бы проще держаться от нее подальше.

Эдвард, похоже, согласился с моими мыслями; последнее время мы с ним часто были на одной волне — с ума
сойти можно. Поглядев на Беллино сияющее лицо, он нахмурился.

— Они хотели поговорить, — утомленно пробубнил я. —
Никаких нападений на горизонте.

— Да, слышал, — ответил Эдвард.

Это немного меня встряхнуло. Мы же были в трех милях от дома!

— Как?

— Мы хорошо знакомы, поэтому твои мысли читать нетрудно. К тому же, их легче уловить, когда ты в обличье
человека. Так что я слышал практически весь разговор.

— Ясно... — Я немного рассердился, однако сразу понял, что повода для злости нет, и решил не возникать. —
Вот и хорошо, не люблю повторяться.

— Я бы сказала, тебе надо поспать, — заметила Белла, —
но по моим прикидкам ты через шесть секунд отключишь-
ся прямо у нас на полу, можно ничего не говорить.

Удивительно, насколько лучше она стала выглядеть, насколько чище звучал ее голос. Я учуял запах крови и только тут заметил кружку у нее в руках. Интересно, сколько
крови ей понадобится? И пойдут ли Каллены по с седям?

Я зашагал к двери, на ходу отсчитывая секунды для
Беллы.

— Одна, две, три...

— Где пожар, дурень? — пробормотала Розали.

— Знаешь, как утопить блондинку? — не оборачиваясь,
спросил я. — Надо приклеить зеркало ко дну бассейна.

Закрыв за собой дверь, я услышал смех Эдварда. Видимо, по мере того, как Белле становилось лучше, настроение у него поднималось.

— Этот я слышала! — крикнула Розали мне вслед.

Я устало спустился по ступеням. У меня было одно желание: уйти поглубже в лес, чтобы не чувствовать вони. Одежду я решил спрятать неподалеку от дома, чтобы не таскать с собой и не чувствовать запаха. С трудом расстегивая пуговицы, я отвлеченно подумал, что рубашки никогда не войдут в моду у оборотней.

Пока я тащился по лужайке, в доме раздались голоса.

— Куда ты? — спросила Белла.

— Забыл кое-что сказать.

— Дай ему выспаться, потом поговорите.

Да, *пожалуйста*, дайте мне выспаться!

— Я ненадолго.

Я медленно обернулся. Эдвард уже вышел из дома и шагал ко мне, лицо у него было виноватое.

— Ну что еще?!

— Извини, — сказал он и помедлил, словно не мог подобрать слов.

Что у тебя на уме, чтец мыслей?

— Когда ты разговаривал с посланниками Сэма, — пробормотал Эдвард, — я передавал ваши слова Карлайлу, Эсми и остальным. Они беспокоятся...

— Слушай, охранять мы вас не перестанем. Вы можете не доверять Сэму, но мы в любом случае будем начеку.

— Нет, нет, Джейкоб, мы вам полностью доверяем. Эсми очень волнуется, что из-за нас вы терпите столько лишений. Она просила с тобой поговорить.

Его слова застали меня врасплох.

— Лишений?

— Ну... вы теперь бездомные. Это ее огорчает.

Я фыркнул. Вот тебе раз — вампирская мамочка-наседка!

— Пег дай ей, что мы крепкие, выдюжим.

— И все же Эсми хочет помочь, чем может. Я правильно понял, что Ли не любит есть, как волк?

— Ну.

— У нас в доме есть нормальная еда, Джейкоб. Для прикрытия, ну и для Беллы, конечно. Пусть Ли ест, что хочет.
и вы с Сетом тоже.

— Хорошо, я передам.

— Ли нас ненавидит.

— И?

— Постарайся сказать это так, чтобы она хотя бы подумала.

— Постараюсь.

— И еще... насчет одежды.

Я посмотрел на свои шмотки.

— Ах да. Спасибо. — Я решил не упоминать, как они
воняют — из вежливости.

Эдвард улыбнулся.

— В общем, нам нетрудно давать вам вещи. Элис редко
позволяет себе надеть одну тряпку дважды, так что у нас
целый склад одежды, которую давно пора раздать. У Ли и
Эсми вроде один размер...

— Не знаю, как Ли отнесется к подачкам от вампиров.
Она не так практична, как я.

— Надеюсь, ты представишь ей наше предложение в
наилучшем свете. Мы готовы дать вам все, что нужно,
включая транспорт. И душ, раз уж спать вам нравится на
улице. Пожалуйста... не думайте, что теперь вы лишены до-
машних удобств.

Последние слова он произнес мягко — не просто тихо,
а с намеком на чувство.

Я уставился на него, сонно моргая.

— Ну... э-э... спасибо. Скажи Эсми, что мы... э-э... це-
ним ее заботу. Но граница несколько раз проходит через
реку, так что с купанием проблем нет, спасибо.

— Неважно, главное, передай своим наше предложение.

— Конечно, конечно.

Я отвернулся и тут же замер как вкопанный, услышав громкий мучительный вопль из дома. Когда я снова обернулся к Эдварду, его уже не было.

Что на этот раз?!

Я потащился за ним, волоча ноги, словно зомби. При этом соображал я примерно так же. Но выбора не было: что-то случилось, и я должен узнать что. Конечно, я все равно не смогу помочь, и от этого мне станет еще хуже.

Только деваться-то некуда.

Я снова вошел в дом. Белла задыхалась, свернувшись клубком вокруг своего огромного живота. Розали ее обнимала, а Эдвард, Карлайл и Эсми стояли рядом, встревоженные. Краем глаза я уловил какое-то движение: Элис замерла на лестнице и смотрела вниз, прижав пальцы к вискам. Странно, ей как будто запретили входить.

— Подожди секунду, Карлайл, — выдавила Белла.

— Я слышал треск, — взволнованно сказал врач. — Надо тебя осмотреть.

— Спорим, — хрип, — это ребро. Ох. Вот тут. — Белла указала на свой левый бок, не прикасаясь к нему.

Так, теперь эта тварь ломает ей *кости*!

— Надо сделать рентген. Могут быть осколки, вдруг они что-нибудь проткнут.

Белла перевела дыхание.

— Хорошо.

Розали осторожно подняла Беллу на руки. Эдвард хотел помочь, но белобрысая оскалилась и зарычала:

— Я сама!

Итак, Белла окрепла, но тварь в ее чреве тоже. Ребенок умирает от голода вместе с матерью и с ней же здоровеет. В любом случае, ничего хорошего.

Розали быстро унесла Беллу наверх, Карлайл и Эдвард умчались следом. Никто даже не заметил меня, оцепеневшего в дверях.

У них тут не только холодильник с кровью есть, но и рентген? Видать, док взял всю свою работу домой.

Я слишком устал, чтобы идти наверх, даже пошевелиться сил не было. Я прислонился к косяку и сполз по нему на пол. Входная дверь была еще открыта, и я повернулся к ней лицом, жадно вдыхая свежий воздух. Прислушался.

— Дать подушку? — предложила Элис.

— Не надо, — пробормотал я. Что за назойливое гостеприимство? Аж жуть берет.

— Тебе не очень-то удобно.

— Совсем неудобно.

— Тогда почему не уйдешь?

— Устал. А ты почему не со всеми? — поинтересовался я.

— Голова болит.

Я повернулся к ней. Элис была совсем крошечная, с мою руку, наверное. Сейчас она вся съежилась и стала еще меньше.

— У вампиров бывает головная боль?

— У нормальных — нет.

Ха! Нормальные вампиры, скажет тоже.

— Почему ты никогда не сидишь с Беллой? — спросил я с упреком. Раньше это не приходило мне в голову — она была забита другим мусором, но теперь до меня дошло, что я ни разу не видел Элис рядом с Беллой. Если бы за ней ухаживала она, может, Розали бы угомонилась. — Вы ведь подружки не разлей вода. — Я сцепил вместе два указательных пальца.

— Говорю же, — она свернулась на полу в нескольких метрах от меня, обхватив тонкими руками костлявые коленки, — голова болит.

— Из-за Беллы?

— Да.

Я нахмурился. Мне сейчас было не до загадок. Я снова перекатил голову по стене в сторону свежего воздуха и закрыл глаза.

— Ну, не совсем из-за Беллы, — уточнила Элис. — Из-за... плода.

О, еще одна единомышленница объявилась! Последнее слово она произнесла нехотя, как Эдвард.

— Я его не вижу, — сказала Элис, обращаясь не пойми к кому: я-то, по ее мнению, уже отключился. — Совсем ничего про него не вижу. Как про тебя.

Я вздрогнул и скрипнул зубами: мне не понравилось сравнение с тварью.

— Белла мешает. Она так печется, беспокоится о нем... что все туманится. Как будто антенна плохо ловит, а я все пытаюсь уследить за этими размытыми людьми, дергающимися на экране. Наблюдать за Беллой невыносимо, голова трещит. И все равно я не вижу больше нескольких минут. Плод... он стал частью ее будущего. Как только она решила рожать, то сразу исчезла из моего поля зрения. Я чуть со страху не умерла.

Элис замолчала на секунду, а потом добавила:

— Признаться, я рада, что ты пришел, пусть от тебя и несет мокрой псиной.

— К вашим услугам, мэм, — пробормотал я.

— Не понимаю, что между вами общего... Почему я вас обоих не вижу...

У меня в груди вдруг вспыхнул огонь. Я сжал кулаки, чтобы унять дрожь.

— Нет у меня ничего общего с кровопийцей! — процедил я.

— Видимо, есть.

Я не ответил. Жар уже проходил: усталость не давала разъяриться по-настоящему.

— Не возражаешь, если я тут посижу? — спросила Элис.

— Да нет. Все равно воняет.

— Спасибо. Это самое лучшее средство, от аспирина никакого толка.

— А помолчать можешь? Я сплю вообще-то.

Элис не ответила, но тут же умолкла. В следующий миг я уснул.

Мне приснилось, что я ужасно хочу пить. Прямо передо мной стоял большой стакан воды — холодный, запотевший. Я схватил его и сделал жадный глоток, но оказалось, что это не вода, а отбеливатель. Я тут же выплюнул его, забрызгав все вокруг, и немного отбеливателя попало мне в нос. В носу стало жечь...

От боли я вспомнил, где сплю. Вонь стояла жуткая, особенно если учесть, что я высунул нос на улицу. Фу! И еще было шумно. Кто-то громко смеялся, но не тот, от кого воняло. Смех вроде знакомый...

Я застонал и открыл глаза. Небо серое — стало быть, еще день, только не понятно, который час. Судя по свету, скоро закат.

— Наконец-то! — буркнула белобрысая. — Твое мастерское подражание бензопиле уже порядком всем надоело.

Я перекатился на спину и сел, одновременно установив источник дикой вони: кто-то сунул перьевую подушку мне под голову. Видно, *пытались* быть гостеприимными. Или это дело рук Розали?

Убрав нос подальше от вонючих перьев, я уловил и другие запахи — жареного бекона и корицы, — смешанные с вампирским смрадом.

Я заморгал, оглядывая комнату.

Гостиная не особо изменилась, если не считать, что Белла сидела на диване, а капельницу убрали. Белобрысая устроилась на полу, положив голову Белле на колени. Мне по-прежнему было дико видеть, как легко и спокойно они к ней прикасаются — глупо, конечно, учитывая происходящее. Эдвард сидел рядом и держал Беллу за руку. Элис тоже сидела на полу, и лицо у нее было ясное. Ага, нашла себе другое обезболивающее.

— О, Джейк снова с нами! — радостно вскричал Сет.

Он устроился на диване по другую сторону от Беллы и небрежно приобнял ее за плечи. У него на коленях была тарелка, полная еды.

Какого черта?!

— Он пришел за тобой, — пояснил Эдвард, когда я поднялся. — А Эсми убедила его остаться на завтрак.

Сет посмотрел, как я на это отреагирую, и поспешил объясниться:

— Да, Джейк, я просто хотел узнать, все ли у тебя нормально, уж больно ты давно перевоплотился. Ли начала волноваться. Я сказал ей, что ты небось уснул человеком, но ты же знаешь, какая она. А тут столько еды и... черт возьми! Эдвард, ты крутой повар!

— Спасибо, — ответил тот.

Я медленно вдохнул, пытаясь разжать стиснутые зубы, и не сводил взгляда с руки Сета, лежавшей на Беллином плече.

— Она замерзла, — поспешно объяснил Эдвард.

Ясно. В любом случае, это не мое дело. Белла мне не принадлежит.

Сет услышал Эдварда, покосился на меня и вдруг решил, что хочет есть обеими руками. Он снял руку с плеча Беллы и принялся уписывать завтрак. Я замер в нескольких метрах от дивана, все еще не придя в себя.

— Лес патрулирует Ли? — спросил я хриплым после сна голосом.

— Ага, — ответил Сет с набитым ртом. На нем тоже была новая одежда, причем по размеру. — Не парься, она даст знак, если что. Мы поменялись где-то в полночь. Я бегал двенадцать часов! — гордо заявил он.

— В полночь? Погоди-ка, а сейчас сколько времени?

— Я от-вот встанет солнце. — Сет глянул в окно, проверяя, н случилось ли это.

Вот черт! Я проспал весь день и всю ночь — ну и болван!

— Ох, извини, Сет. Надо было меня растолкать!

— Друг, ты давно не спал. С последнего дозора, да? Сорок или пятьдесят часов. Ты ведь не железный, Джейк. К тому же, ты ничего не пропустил.

Ничего? Я взглянул на Беллу. Ее кожа была привычного цвета: бледная, но с розовым оттенком. Губы тоже порозовели. Даже волосы стали более блестящими. Она увидела мой оценивающий взгляд и улыбнулась.

— Как ребро? — спросил я.

— Карлайл отлично меня забинтовал. Ни капельки не болит.

Я нахмурился и услышал, как скрипнул зубами Эдвард. Беллино наплевательское отношение к собственному здоровью тоже выводило его из себя.

— Что на завтрак? — язвительно осведомился я. — Первая группа, резус отрицательный или четвертая положительный?

Белла показала мне язык. Узнаю свою подругу! Вернулась, значит, к норме.

— Омлет! — заявила она, но ее взгляд тут же скользнул вниз, к кружке, зажатой между ее ногой и ногой Эдварда.

— Сходи-ка наложи себе еды, Джейк, — сказал Сет. — На кухне всего полно. Спорим, ты страшно проголодался?

Я посмотрел на содержимое его тарелки: там лежала половина сырного омлета и четвертинка сладкой булки с корицей. У меня в животе заурчало, но я только строго посмотрел на Сета и спросил:

— А Ли чем завтракает?

— Брат, да я первым делом отнес ей хавчик! Она сказала, что скорее съест задавленную кошку, чем примет еду от вампиров... Спорим, не выдержит? Эти булочки... — От восторга он лишился дара речи.

— Тогда я пойду охотиться вместе с ней.

Сет вздохнул, когда я направился к выходу.

— Подожди, Джейкоб.

Это был голос Карлайла, поэтому я обернулся не с такой презрительной миной, какую хотел бы состроить.

— Что?

Карлайл подошел ко мне, а Эсми упорхнула в другую комнату. Он остановился в нескольких метрах — чуть дальше, чем это принято между двумя собеседниками. Я по достоинству оценил его такт.

— Насчет охоты, — угрюмо сказал Карлайл. — Для моей семьи это очень важно. Поскольку прежнее соглашение больше не действует, я хотел спросить твоего совета. Будет ли Сэм выслеживать нас за пределами границы, которую вы провели? Мы не хотим подвергать опасности твоих родных — и терять своих. Как бы ты поступил на моем месте?

Я отшатнулся, немного удивившись такому неожиданному вопросу. Что бы я сделал на месте кровопийцы? Хотя... я ведь действительно хорошо знал Сэма.

— Риск есть, — сказал я, пытаясь смотреть только на Карлайла и не думать о том, что все взгляды обращены на меня. — Хотя Сэм немного успокоился, я уверен, что договор для него теперь — пустое место. Пока он думает, что его племя или другие люди в опасности, он не станет церемониться, если вы понимаете, о чем я. С другой стороны, его главная цель — защита Ла-Пуш. В стае теперь мало волков, и Сэм не сможет одновременно выслеживать вас и патрулировать земли. Думаю, лишний раз он из Ла-Пуш не высунется.

Карлайл задумчиво кивнул.

— В общем, если захотите выйти из дома, на всякий случай держитесь вместе. И лучше выходите днем — оборотни думают, что вампиры традиционно охотятся по ночам. Вы быстры, поэтому охотьтесь за горами, подальше отсюда: Сэм не отправит своих так далеко от дома.

— Мы не оставим Беллу одну!

Я фыркнул.

— А мы тут на что?

Карлайл рассмеялся, однако быстро посерьезнел.

— Джейкоб, ты же не будешь сражаться с братьями.

Я прищурился.

— Это в самом деле непросто, но если они придут убивать Беллу, я смогу их остановить.

Карлайл покачал головой.

— Нет, я не говорю, что ты... не сможешь. Я говорю, что так нельзя. Не хочу, чтобы это было на моей совести.

— Оно и не будет на вашей совести. Беру все на себя. Я выдержу.

— Нет, Джейкоб. Нам надо действовать осторожно, чтобы у тебя не возникло такой необходимости. — Карлайл нахмурился, размышляя. — Будем охотиться по трое.

— Не знаю, док. Разделяться в вашем случае — не лучшая стратегия.

— А мы воспользуемся своими преимуществами. Например, Эдвард сможет обеспечить безопасность в радиусе трех миль.

Мы оба посмотрели на Эдварда. Увидев его выражение лица, Карлайл тут же пошел на попятную:

— Или еще как-нибудь выкрутимся. — Конечно, никакие физические потребности не заставили бы Эдварда покинуть Беллу. — Элис, ты ведь умеешь определять, какие маршруты опасны?

— Те, что исчезают, — кивнула та. — Проще простого.

Когда Карлайл начал излагать свой план, Эдвард напрягся, а теперь расслабился. Белла грустно посмотрела на Элис, и между бровей у нее появилась складочка — она всегда появлялась, стоило Белле огорчиться.

— Ну, тогда решено, — сказал я. — Мне пора. Сет, жду тебя, когда начнет темнеть, а до тех пор поспи, ладно?

— Конечно, Джейк. Я перевоплощусь, как только доем. Если, конечно... — Он неуверенно посмотрел на Беллу. — Я тебе больше не нужен?

— Укроется одеялом! — рявкнул я.

— Все хорошо, Сет, спасибо большое, — выпалила Белла.

Тут в комнату вошла Эсми с большим накрытым блюдом в руках. Она неуверенно остановилась рядом с Карлайлом, глядя на меня золотистыми глазами, и робко шагнула вперед.

— Джейкоб, — тихо проговорила Эсми. Голос у нее был не такой пронзительный, как у остальных. — Я знаю, из-за запаха тебе... неприятно тут есть. Но мне стало бы гораздо легче, если бы ты взял с собой немного еды. По нашей вине у тебя больше нет дома. Пожалуйста, облегчи мои угрызения совести, возьми еду. — Она с умоляющим видом протянула мне блюдо. Уж не знаю, как так получилось — выглядела Эсми лет на двадцать пять, не больше, да еще кожа белая, как простыня, — но почему-то она напомнила мне маму.

Жуть какая.

— А, конечно, конечно, — забормотал я. — Возьму. Может, и Ли что-нибудь съест.

Я взял блюдо, но держал его на вытянутой руке — потом выброшу где-нибудь в лесу. Мне не хотелось обижать Эсми.

Тут я вспомнил про Эдварда.

«Ничего ей не говори! Пусть думает, что я все съел».

Я даже не стал смотреть, согласился он или нет. Это в его интересах. Кровопийца у меня в долгу.

— Спасибо, Джейкоб, — улыбнулась Эсми. Как на каменном лице могут быть ямочки, черт подери?!

— Э-э, вам спасибо, — ответил я. Мои щеки вспыхнули жарче обычного.

Вот чем плохо долго находиться в компании вампиров: к ним привыкаешь. Они начинают менять твое мировоззрение. Они делают вид, что ты им друг.

— Ты еще придешь, Джейк? — спросила Белла, когда я уже хотел удрать.

— Не знаю.

Она поджала губы, как будто сдерживая улыбку.

— Пожалуйста! Вдруг я замерзну?

Я глубоко втянул воздух носом и сразу пожалел, что это сделал.

— Может, и приду.

— Джейкоб! — окликнула меня Эсми. Я попятился к двери, но она шагнула в мою сторону. — На крыльце стоит корзина с одеждой для Ли. Она вся выстирана, я старалась к ней не прикасаться. Отнесешь?

— Уже несу, — бросил я и вылетел за дверь, пока на меня не повесили что-нибудь еще.

15. ТИК-ТАК, ТИК-ТАК, ТИК-ТАК

— Эй, Джейкоб, ты же велел прийти, когда начнет темнеть. Почему Ли не разбудила меня перед сном?

— Потому что ты был мне не нужен. Я пока в норме.

Сет уже начал патрулировать северную часть круга.

— Кого-нибудь видел?

— Нет, никого.

— Ходил на разведку?

Он заметил одну из тропинок, отходящих от основной, и побежал по ней.

— *Да, несколько раз забирался поглубже в лес — так, на всякий случай. Когда Каллены выйдут на охоту...*

— Правильно.

Сет вернулся на основную тропу.

С ним было легче бегать, чем с Ли. Хоть она и старалась — изо всех сил старалась, — в ее мыслях то и дело проскальзывало ра дражение. Ли не хотела быть с нами.

Не хотела чувствовать, как я все лучше и лучше отношусь к вампирам. Не хотела видеть, как крепнет уютная дружба между Сетом и Калленами.

Странно, я думал, больше всего ее буду бесить я. Раньше мы с Ли вечно действовали друг другу на нервы. Теперь ее неприязнь ко мне исчезла без следа, осталась только ненависть к вампирам и Белле. Интересно, почему? Из благодарности за то, что я не прогнал ее обратно к Сэму? Или потому, что я теперь лучше понимал ее враждебный настрой? В любом случае, нести дозор с Ли было занятием не из приятных.

Разумеется, она подобрела, но не *настолько*. Еду и одежду пришлось выкинуть в реку. Даже после того, как я демонстративно слопал половину стряпни (вдали от вампирского логова пахла она изумительно, но дело было даже не в этом: я хотел подать Ли пример самопожертвования), она отказалась. Маленький олень, которого она поймала, голода не утолил, зато настроение испортил. Ли терпеть не могла сырое мясо.

— *Может, сбегать на восток?* — предложил Сет. — *Вдруг они там затаились.*

— *Я тоже об этом думал,* — ответил я. — *Лучше дождемся, пока все выспятся, не стоит сейчас ослаблять охрану. Но разведать восточную часть леса нужно до того, как Каллены выйдут на охоту. То есть скоро.*

— *Ага.*

Это натолкнуло меня на размышления.

Если Калленам удастся покинуть эти земли целыми и невредимыми, то лучше им убраться насовсем. По идее, они должны были уйти, как только я предупредил их об опасности. Вроде у них есть друзья на севере, так? Пусть хватают Беллу и бегут. Это очевидное решение их проблем.

Я бы мог предложить им такой вариант, но боялся, что меня послушают. А я не хотел, чтобы Белла исчезла из моей жизни, — я ведь даже не узнаю, спаслась она или нет.

Глупости! Конечно, я посоветую им бежать. Какой смысл оставаться? Будет лучше — нет, правильнее, — если я больше не увижу Беллу.

Сейчас-то легко говорить, когда она рядом, жутко радуется, завидев меня, и из последних сил цепляется за жизнь...

— *А, я уже поговорил об этом с Эдвардом,* — подумал Сет.

— О чем?

— Спросил, почему они до сих пор ее не увезли. К Тане или еще куда-нибудь подальше, где Сэм ее не достанет.

Пришлось напомнить себе, что секунду назад я сам хотел дать Калленам такой совет. И нечего беситься, раз Сет избавил меня от этой необходимости. Я ни капельки не сержусь.

— Ну и? Они ждут подходящего случая?

— Нет, они никуда не поедут.

А эта новость не должна была меня обрадовать!

— Почему? Это же глупо!

— *Не совсем,* — вступился за них Сет. — *Чтобы собрать необходимое медицинское оборудование, нужно много времени. Здесь у Карлайла есть все, чтобы позаботиться о Белле, его тут уважают. Это одна из причин, почему они решили пойти на охоту. И еще Карлайл думает, что Белле скоро понадобится больше крови, запас уже подходит к концу. Он хочет закупить еще. Ты слышал, что кровь можно покупать?*

Пока мне было не до логических заключений.

— И все равно глупо. Они могли бы взять запас крови с собой, так? И украсть все, что понадобится. Бессмертным плевать на законы!

— Эдвард не хочет тревожить Беллу.

— Ей стало гораздо лучше.

— *Да,* — согласился Сет. Он мысленно сравнил две картины: одну из моих воспоминаний, когда Белла была вся в трубках, и одну из своих: она улыбалась и махала ему на прощание. — *Но все равно она еще слаба и передвигается с трудом. Эта тварь ее без конца избивает.*

Я проглотил кислоту, поднявшуюся к самому горлу.

— Знаю.

— *Еще одно ребро ей сломала,* — мрачно подумал Сет.

На секунду ноги меня подвели, и я споткнулся.

— Карлайл опять ее забинтовал и сказал, что это всего лишь трещина. А Розали добавила, что даже обычные дети иногда ломают матерям ребра. Эдвард ей чуть голову не оторвал.

— Лучше бы оторвал.

Сет докладывался по полной программе: он знал, что для меня это все жизненно важно, хотя я не задал ни единого вопроса.

— У Беллы сегодня то и дело поднималась температура. Невысокая: озноб и пот прошибал. Карлайл в растерянности — может, она действительно простудилась. Иммунитет у нее сейчас ослаблен.

— Да, просто совпадение, конечно.

— Настроение у нее хорошее. Она болтала с Чарли, смеялась и все такое...

— Что?! С Чарли?!! Она болтала с Чарли?

Теперь с шага сбился Сет: мой гнев не на шутку его удивил.

— Ну, он вроде каждый день ей звонит, узнать, как дела. Иногда и мама выходит на связь. Голос у Беллы сейчас гораздо лучше, вот она и подбадривает отца, что идет на поправку...

На поправку?! О чем они вообще думают? Да, давайте обнадежим Чарли, чтобы потом, когда Белла умрет, беднягу раздавило горем!.. Его, наоборот, надо готовить к ее смерти! Почему Белла так жестока?

— *Может, она не умрет,* — робко заметил Сет.

Я перевел дыхание, стараясь успокоиться.

— Сет, даже если она благополучно родит, человеком она не останется. Все это знают. Ей придется очень правдоподобно изображать покойницу, малыш. Или вообще исчезнуть. Я думал, они хотят облегчить Чарли страдания. Почему...

— Вроде Белла так решила. Никто ей не возразил, хотя у Эдварда было такое лицо... в общем, он явно с тобой согласен.

Опять мы на одной волне с кровопийцей!

Несколько минут мы с Сетом бежали молча. Я сошел с тропы на юг.

— Не уходи далеко.

— Почему?

— Белла просила заскочить.

Я стиснул зубы.

— *И Элис тоже. Она говорит, что устала торчать на чердаке, как летучая мышь в колокольне.* — Сет рассмеялся. — *И еще мы с Эдвардом сменяли друг друга, дежурили у Беллы... Если хочешь, я, конечно, могу вернуться...*

— *Нет. Я сам!* — рявкнул я.

— ОК.

Больше Сет ничего не сказал и сосредоточился на пустом лесе.

Я все равно побежал на юг в поисках сам не знаю чего. Когда вдалеке показались первые дома, я повернул обратно: до города было еще далеко, но рисковать не стоило, а то опять пойдут слухи о волках. Мы уже давно не показывались людям на глаза.

На обратном пути я вновь пересек тропу, направляясь к дому. Как ни глупо, я ничего не мог с собой поделать. Видать, я какой-то мазохист.

— Джейк, все с тобой нормально. На твоем месте любой вел бы себя так.

— Будь добр, заткнись.

— Молчу-молчу.

На этот раз я не замер перед дверью, а уверенно вошел в дом, как будто он мой собственный. Розали наверняка взбесилась — ну и черт с ней. Однако в гостиной я не увидел ни ее, ни Беллы. Я стал в ужасе озираться по сторонам, надеясь, что просто их не заметил. Сердце как-то странно, неудобно прижалось к ребрам.

— С ней все хорошо, — прошептал Эдвард. — То есть по-прежнему.

Он сидел на диване, спрятав лицо в ладонях. Эсми устроилась рядом и крепко обнимала его за плечи.

— Привет, Джейкоб, — сказала она. — Я так рада, что ты вернулся!

— Я тоже, — с глубоким вздохом добавила Элис, слетев по лестнице в гостиную. Лицо у нее было недовольное, как будто я опоздал на встречу.

— А, привет. — Пытаться быть вежливым мне в новинку. — Где Белла?

— В уборной. Она ведь теперь на жидкой диете. Ну и вообще, я слышала, беременные...

— Понятно.

Я неуклюже переступил с пяток на носки.

— О, чудесно, — проворчала Розали. Я быстро обернулся и увидел ее, по пояс скрытую за перилами. Она бережно несла на руках Беллу и презрительно глядела на меня. — А я-то думаю: откуда такая вонь?

Тут, как и в прошлый раз, Белла просияла, словно ребенок, проснувшийся рождественским утром. Точно я принес ей самый лучший подарок, какой только можно вообразить.

Это несправедливо.

— Джейкоб, — выдохнула Белла. — Ты пришел!

— Привет, Беллз.

Эсми и Эдвард встали. Розали очень бережно положила Беллу на диван, но та все равно побелела и задержала дыхание, словно решила не издавать ни звука, даже если будет очень больно.

Эдвард провел рукой по ее лбу и шее. Он сделал вид, будто убирает волосы с лица, но это больше походило на врачебный осмотр.

— Замерзла? — прошептал он.

— Нет, все хорошо.

— Белла, что тебе велел Карлайл? Не надо от нас ничего скрывать!

— Ладно, мне немножко холодно. Эдвард, принеси, пожалуйста, одеяло.

Я сел на пол рядом с диваном. Белла казалась совсем хрупкой, я боялся даже пошевелить ее. Так что просто сел вплотную к ней и взял за руку, а второй рукой потрогал ее лицо. Трудно было сказать, холодней она стала или нет.

— Спасибо, Джейк, — пробормотала Белла и содрогнулась.

— Ага.

Эдвард сел на подлокотник дивана, не сводя глаз с ее лица.

Надеяться, что острый вампирский слух не уловит урчания в моем животе, не приходилось.

— Розали, принеси Джейкобу поесть, — сказала Элис. Она тихонько устроилась за диваном, и я ее не видел.

Розали изумленно уставилась на то место, где она сидела.

— Спасибо большое, — поблагодарил я, — но мне что-то не хочется есть пищу, в которую плюнула белобрысая. Вряд ли мой организм усвоит яд.

— Что ты, Розали никогда бы не позволила себе такую грубость и не опозорила бы Эсми!

— Конечно! — приторно сладким голоском пролепетала Розали. Она встала и выпорхнула из комнаты.

Эдвард вздохнул.

— Скажешь, если она захочет меня отравить, ладно? — попросил его я.

— Ладно, — пообещал он.

И отчего-то я ему поверил.

Из кухни донесся дикий шум и — вот уж действительно странно — звук сгибаемого металла. Эдвард снова вздохнул, потом едва заметно улыбнулся. В следующий миг Розали была в гостиной. С довольной ухмылкой она поставила передо мной железную миску.

— Не обляпайся, дворняга!

Видимо, раньше это была обычная глубокая тарелка. Розали сделала из нее точь-в-точь собачью миску. Надо было отдать должное ее мастерству. И вниманию к деталям. На боку она идеальным почерком нацарапала: «Фидо».

Еда выглядела ужасно аппетитно: настоящий стейк и запеченная картошка с разными овощами.

— Спасибо, белобрысая.

Она фыркнула.

— Кстати, знаешь, как называется блондинка с мозгами? — вспомнил я еще один анекдот. — Золотой ретривер!

— Этот я тоже слышала, — уже без улыбки ответила Розали.

— Я вспомню еще, — пообещал я и принялся за еду.

Она состроила презрительную мину, села на подлокотник дивана и стала листать телеканалы с такой скоростью, что при всем желании не могла бы что-то увидеть.

Еда была вкусная, хоть в воздухе и стояла ужасная вонь. Впрочем, я начал к ней привыкать. Ха! Никогда бы не подумал, что со мной такое произойдет...

Когда я доел — и подумывал, не вылизать ли миску назло белобрысой, — я почувствовал у себя в волосах холодные пальцы Беллы. Она гладила меня по затылку.

— Пора стричься?

— Ага, ты совсем оброс, — ответила Белла. — Может...

— Кто-то из Калленов раньше работал парикмахером в парижском салоне?

Она хихикнула.

— Почти угадал.

— Нет, спасибо, — отказался я, хотя мне ничего не предложили. — На пару недель меня хватит.

Эти слова натолкнули на другую мысль: а на сколько хватит Беллы? Я попытался задать этот вопрос как можно вежливее.

— Э-э... а каков срок? Ну, когда родится маленький монстр?..

Белла шлепнула меня по голове — будто перышком по затылку провела, — но не ответила.

— Нет, серьезно, сколько еще я здесь пробуду? — «Сколько пробудешь здесь *ты?*» — мысленно добавил я и посмотрел на Беллу. У нее были задумчивые глаза, а между бровей опять пролегла морщинка.

— Точно не знаю. Явно не девять месяцев. Ультразвук мы сделать не можем, так что Карлайл прикидывает по моим размерам. У обычных женщин к концу срока здесь... — Белла провела пальцем по своему большому животу, — сорок сантиметров. По одному сантиметру за неделю. Сегодня утром мы сняли мерки — было тридцать. За день я обычно набираю пару-тройку сантиметров...

Две недели пролетали за один день. Жизнь Беллы мчалась вперед, как на быстрой перемотке. Сколько же дней осталось до сорока сантиметров? Четыре? От ужаса я невольно вздрогнул.

— Ты что? — спросила Белла.

Я покачал головой, опасаясь, что голос мне изменит.

Эдвард отвернулся, слушая мои мысли, но я увидел его отражение в стеклянной стене. Он вновь превратился в горящего человека.

Странно, от осознания того, как мало Белле осталось, мне было еще труднее уйти. Или представить, что уйдет она. Хорошо хоть Сет уже поднял эту тему, и теперь я знал, что Каллены никуда не уедут. Было бы ужасно гадать, заберут ли ее, заберут ли у меня последний день или два из оставшихся четырех. *Моих* четырех дней.

И еще странно, что теперь, когда конец был уже близко, связь между мной и Беллой стала еще прочнее. Как будто сила нашего притяжения увеличивалась вместе с ее раздувающимся животом.

На секунду я попытался взглянуть на Беллу со стороны, избавиться от тяги. Но я знал, что моя потребность в Белле — не вымышленная, и теперь она сильна, как никогда. Почему?! Потому что Белла умирает? А если и выживет, в лучшем случае превратится в нечто неведомое и непонятное.

Белла провела пальцем по моей щеке, и на этом месте кожа стала влажной.

— Все будет хорошо, — попыталась утешить меня она.

Ее слова ничего не значили. Она напела их так, как взрослые напевают детям бессмысленные песенки. Баю-бай, детка.

— Угу.

Она свернулась клубочком рядом с моей рукой, положив голову мне на плечо.

— Я думала, ты не придешь. Сет сказал, что обязательно придешь, и Эдвард тоже, но я им не поверила.

— Почему? — проворчал я.

— Тебе здесь плохо. А ты все равно пришел.

— Ты ведь хотела.

— Да, но ты мог и не приходить, потому что с моей стороны нехорошо просить тебя об этом. Я бы все поняла.

С минуту мы помолчали. Эдвард совладал со своим горем и наблюдал, как Розали листает каналы. Она была уже на шестисотом. Интересно, сколько времени займет вернуться на первый?

— Спасибо, — прошептала Белла.

— Можно задать тебе один вопрос?

— Конечно.

Эдвард не подавал виду, но я-то знал, что он прочел мои мысли — меня не проведешь.

— Почему ты хочешь, чтобы я был рядом? Согреть тебя мог бы и Сет, с ним легче. Он счастливый маленький балбес. Но когда в дверь вхожу я, ты улыбаешься так, словно я твой самый любимый человек на свете.

— Один из них.

— Хреново, знаешь ли.

— Угу. Прости.

— Но почему? Ты не ответила.

Эдвард теперь пялился в окно, его лицо в отражении было отрешенным.

— С тобой я чувствую себя... целой, Джейкоб. Как будто вся моя семья в сборе. Ну, то есть по идее оно так. У меня ведь никогда не было большой семьи. Знаешь, это здорово... — Она мимолетно улыбнулась. — А без тебя чего-то не хватает.

— Я никогда не буду тебе родным, Белла.

Хотя я бы мог. Мне было бы хорошо. Но это случилось бы в далеком будущем, которому уже не суждено наступить.

— Ты всегда был мне родным, — возразила она.

Я скрипнул зубами.

— Плохой ответ.

— А какой хороший?

— Ну, вроде: «Джейкоб, я кайфую, когда тебе фигово».

Она нахмурилась и прошептала:

— Тебе бы это понравилось?

— Стало бы легче. Я бы смог с этим смириться и жить дальше.

Я снова опустил взгляд на ее лицо — оно было так близко к моему! Белла лежала с закрытыми глазами и хмурилась.

— Мы заблудились, Джейк. Сбились с пути. Ты должен быть частью моей жизни, мы оба это чувствуем. — Она замолчала на секунду, словно ждала возражений. Когда я ничего не сказал, она продолжила: — А то, что происходит сейчас, — неправильно. Мы допустили какую-то ошибку. Нет. Я допустила. И из-за этого мы сбились с дороги...

Белла умолкла, ее лицо разгладилось, только губы были чуть поджаты. Я ждал, когда она еще насыплет соли на мои раны, а она вдруг тихонько засопела.

— Устала, — прошептал Эдвард. — Трудный день. Я думал, она уснет пораньше, но она все ждала тебя.

Не глядя на него, я ответил:

— Сет сказал, тварь сломала ей еще одно ребро.

— Да. Ей становится труднее дышать.

— Отлично.

— Скажешь, когда у нее поднимется температура?

— Хорошо.

На той руке, что не прикасалась ко мне, у Беллы по-прежнему были мурашки. Не успел я поднять голову и поискать одеяло, как Эдвард стащил одно с подлокотника и накрыл им Беллу.

Что ж, зато чтение мыслей экономит время. Например, мне не надо распинаться о том, как я зол насчет Чарли. Это...

— Да, — кивнул Эдвард. — Я тоже был против.

— Тогда почему? Почему Белла говорит отцу, что идет на поправку? Ему же будет только хуже!

— Она не может видеть его страдания.

— То есть лучше...

— Нет. Не лучше. Но пока я не хочу причинять ей боль. Неважно, что будет потом, главное, как она чувствует себя сейчас. А дальше я разберусь.

И все-таки странно. Белла не стала бы откладывать мучения Чарли на потом, чтобы кто-то другой был их свидетелем. Это на нее непохоже. Наверняка у нее есть план.

— Белла думает, что выживет, — сказал Эдвард.

— Не как человек.

— Нет, но она еще надеется увидеть Чарли.

Вот тебе раз. Совсем замечательно.

— Увидеть. Чарли. — Я оторопел. — Увидеть Чарли, когда она вся побелеет, а глаза станут ярко-красными?! Нет, я не вампир и, может, что-то упускаю, но выбрать первой закуской родного отца...

Эдвард вздохнул.

— Белла понимает, что еще около года не сможет с ним встретиться. Она попробует что-нибудь придумать. Например, соврать, что ей нужно лечь в особую больницу... и будет почаще ему звонить.

— Безумие.

— Да.

— Чарли не дурак. Если Белла его не убьет, он заметит разницу.

— На это она и рассчитывает.

Я по-прежнему пялился на Эдварда и ждал объяснений.

— Конечно, она не будет стареть, и это наложит определенные временные ограничения, даже если сперва Чарли ей поверит. — Он вымученно улыбнулся. — Помнишь, как ты пытался рассказать ей о своих превращениях? Как она строила догадки?

Моя свободная рука сжалась в кулак.

— Белла тебе рассказала?

— Да, она хотела объяснить мне свой... замысел. Видишь ли, говорить Чарли правду нельзя — для него это очень опасно. Но он разумный человек, наверняка сам придумает всему логичное объяснение. И, скорее всего, ошибется. — Эдвард фыркнул. — Мы не шибко соответствуем традиционным представлениям о вампирах. Чарли что-нибудь вообразит, а мы ему подыграем. Белла надеется видеть его... время от времени.

— Безумие.

— Да, — вновь согласился Эдвард.

Он слабак, раз потакает Белле, лишь бы сейчас она была довольна. Ничего хорошего из этого не выйдет.

Тут мне пришло в голову, что Эдвард, по всей видимости, не надеется, что Белла выживет и осуществит свой замысел.

Осталось четыре дня.

— Потом я сам со всем разберусь. — Эдвард опустил голову, чтобы я не увидел его лица в отражении. — Сейчас я не в силах причинять ей боль.

— Четыре дня? — спросил я.

Не поднимая головы, он ответил:

— Приблизительно.

— И что потом?

— В каком смысле?

Я вспомнил, что сказала Белла: плод укутан чем-то прочным и крепким, как кожа вампира. Что же будет? Как он выберется?

— Мы провели небольшое исследование и выяснили, что такие твари обычно прогрызают себе путь зубами, — прошептал Эдвард.

Мне пришлось смолчать, чтобы проглотить желчь.

— Исследование? — наконец выдавил я.

— Вот почему ты давно не видел Эмметта и Джаспера. Тем же занимается сейчас и Карлайл. Они изучают древние мифы и предания — те, что нам доступны, — и пытаются предсказать поведение твари.

Мифы и предания? Если есть мифы, то...

— ...такое происходит уже не впервые? — опередил мой вопрос Эдвард. — Может быть. Все неточно, часто мифы оказываются плодом страха и воображения. Хотя... — он помолчал, — ...ваши мифы правдивы, верно? Может быть, эти тоже. Они все привязаны к одному месту...

— Как вы узнали...

— В Южной Америке мы повстречали одну женщину. Ее воспитали в традициях предков, она слышала много легенд и древних предостережений о таких тварях.

— Что за предостережения?

— Чудище надо убить сразу, пока оно не окрепло.

Сэм так и думал! Неужели он прав?

— Конечно, в этих легендах то же самое говорится и о нас. Что нас нужно уничтожать, что мы бездушные убийцы.

Ну, почти правда.

Эдвард сдавленно рассмеялся.

— А в легендах говорится о... матерях?

Мучительная гримаса исказила его лицо. Я вздрогнул, увидев эту боль, и понял, что ответа не получу — вряд ли Эдвард сможет говорить.

Мне ответила Розали — с тех пор, как Белла уснула, она сидела так тихо, что я и забыл о ней.

Она презрительно усмехнулась.

— Конечно, в таких случаях уцелевших не было. — «Уцелевших не было» — прямая и бездушная фраза. — Рожать посреди смердящего болота, когда знахарка мажет тебе лицо слюной ленивца, чтобы изгнать злого духа, — не самый лучший способ. Даже обычные роды через раз проходили плохо. У тех матерей не было того, что есть у Беллы: людей, которые ухаживали бы за ними, понимали и удовлетворяли все их нужды. Врача с уникальными познаниями о вампирах. Четкого безопасного плана. Яд исправит любую оплошность. С ребенком все будет хорошо. Те матери тоже выжили бы... Хотя я не уверена, что они вообще существовали. — Розали фыркнула.

Ребенок, ребенок... Как будто ничто другое не имело значения. Жизнь Беллы — пустяк, о котором можно не думать.

Эдвард побелел, как снег, его руки сжались в кулаки. Эгоистичная и равнодушная, Розали по-прежнему сидела в кресле к нему спиной. Он пригнулся.

«Позволь мне», — подумал я.

Эдвард замер и приподнял бровь.

Я тихо взял с пола собачью миску и мощным броском запустил ее в голову Розали — с такой силой, что она оглушительно расплющилась, прежде чем рикошетом отлететь в круглую опору колонны, поддерживающей винтовую лестницу.

Белла вздрогнула, но не проснулась.

— Тупая блондинка, — пробормотал я.

Розали медленно обернулась. Ее глаза горели огнем.

— Ты. Испачкал. Мне. Волосы.

Тут я не выдержал: осторожно встал, стараясь не потревожить Беллу, и захохотал так, что слезы брызнули из глаз. Из-за спинки дивана раздался звенящий смех Элис.

Сперва я не понял, почему Розали не напала на меня, но потом сообразил, что мой смех разбудил Беллу, хотя минуту назад от настоящего грохота она не проснулась.

— Что смешного? — пробормотала она.

— Я испачкал ей волосы! — опять прыснул я.

— Однажды я тебе это припомню!

— А знаешь, как стереть блондинке память? Надо подуть ей в ухо!

— Придумай уже что-нибудь новенькое, — прошипела Розали.

— Ну хватит, Джейк. Оставь ее в по... — Белла умолкла на полуслове и со свистом втянула воздух. В тот же миг Эдвард навис над нами, срывая с Беллы одеяло. Она изогнула спину, точно ее свело судорогой.

— Он... — задыхаясь, выдавила Белла, — просто... потягивается.

Ее губы побелели, зубы были стиснуты так, словно она пыталась сдержать крик.

Эдвард приложил ладонь к ее лицу.

— Карлайл! — позвал он тихим напряженным голосом.

— Я здесь, — откликнулся врач, бесшумно войдя в гостиную.

— Вы подумайте, — проговорила Белла, все еще тяжело и часто дыша, — бедному малышу просто не хватает места. Он слишком вырос.

Мне было дико слышать, как ласково она говорит о твари, которая рвет ее на части. Особенно после бессердечных слов Розали. Захотелось швырнуть чем-нибудь и в Беллу.

Она понятия не имела, что я чувствую.

— Знаешь, он напоминает мне тебя, Джейк, — с любовью проговорила она, задыхаясь.

— Не сравнивай меня с этим чудищем! — выплюнул я.

— Я всего лишь о том, как внезапно ты вымахал, — ответила Белла обиженным голосом. Так ей и надо. — Ты рос с каждой минутой. Он тоже. Растет не по дням, а по часам.

Она облегченно перевела дух и развалилась на диване.

— Хм-м... — протянул Карлайл. Я поднял глаза: он смотрел на меня.

— Что?

Эдвард склонил голову набок, размышляя о том, что прочитал в мыслях Карлайла.

— Я просто подумал о геноме плода, Джейкоб. О его хромосомах.

— Ну?

— Учитывая ваши сходства...

— Сходства? Их много?! — прорычал я.

— Быстрый рост и то, что Элис не видит вашего будущего.

Я побелел. Ну да, как же я мог забыть.

— Вот я и думаю, не обусловлены ли они вашим генетическим родством.

— Двадцать четыре пары, — прошептал Эдвард.

— Вы не знаете этого наверняка.

— Нет. Но догадки строить тоже интересно.

— Ага. Невероятно увлекательно.

Тихий храп Беллы пришелся очень к месту.

Эдвард с Карлайлом завели мудреный разговор о генах: из всего сказанного я понимал только «и» и «но». Да еще собственное имя. Элис тоже время от времени что-то чирикала.

Хотя они разговаривали обо мне, я не пытался извлечь какие-то выводы из их беседы. Сейчас меня куда больше волновало другое... Я пытался осмыслить некоторые факты.

Факт первый: Белла сказала, что тварь защищена твердой и прочной, как кожа вампира, оболочкой. Ее не берут ни иглы, ни ультразвук. Факт второй: Розали заявила, что у них есть продуманный и безопасный план предстоящих родов. Факт третий: согласно легендам, твари, подобные этой, зубами прогрызают себе путь наружу.

Я вздрогнул.

Все сложилось в страшную картину. Факт четвертый: не всякий предмет может прорезать кожу вампира. Зубы полукровки — опять же, если верить легендам — могут. И мои зубы смогли бы.

И зубы вампира.

Жаль, не так просто закрыть глаза на очевидное. Потому что я наконец понял, в чем заключается «безопасный» план Розали.

16. ТРЕВОГА, ТРЕВОГА! ИЗБЫТОК ИНФОРМАЦИИ!

Я вышел из дома задолго до рассвета, беспокойно проспав несколько часов на полу, прислонившись к дивану. Эдвард разбудил меня, когда щеки у Беллы покраснели, и занял мое место, чтобы ее охладить. Я потянулся и решил, что отдыхать хватит — пора за работу.

— Спасибо, — тихо сказал Эдвард, поняв, что у меня на уме. — Если путь будет свободен, они пойдут сегодня.

— Я дам вам знать.

Как же приятно было вернуться в звериное обличье! От долгого сидения мышцы у меня затекли, и я делал длинные прыжки, обегая лес круг за кругом.

— *Доброе утро, Джейкоб*, — приветствовала меня Ли.

— Хорошо, что ты не спишь. Давно Сет дрыхнет?

— *Еще не дрыхну*, — сонно подумал он. — *Но скоро вырублюсь. А что ты хотел?*

— На час тебя хватит?

— *Конечно, без проблем!* — Сет тут же встряхнулся.

— *Давай сбегаем поглубже в лес*, — предложил я Ли. — *А ты, Сет, патрулируй границы.*

— *Понял!* — Он легкой трусцой двинулся по периметру.

— *Очередное задание от вампиров*, — проворчала Ли.

— Тебе что-то не нравится?

— Нет, я просто обожаю нянчиться с пиявками!

— Вот и хорошо. Пора побегать.

— О, это я с удовольствием!

Ли была на дальнем западном конце границы, и, вместо того чтобы срезать путь через дом Калленов, она побежала ко мне по кругу. Я рванул прямо на восток, зная, что если расслаблюсь хоть на секунду, она быстро меня обгонит.

— Нос к земле, Ли! Это не гонка, а разведка.

— Я могу делать и то и другое, но все равно надеру тебе задницу!

Мы свернули на извилистый путь через восточные горы. Места были знакомые: мы патрулировали эти земли в прошлом году, когда ушли вампиры. Потом они вернулись, и мы восстановили границы, ведь земля по праву принадлежала Калленам.

Впрочем, теперь для Сэма это не имело никакого значения. Договор потерял силу. Вопрос лишь в том, сганет ли

Сэм искать отбившихся от стада Калленов, решивших поохотиться на собственной территории? Джаред сказал правду или воспользовался тем, что я не могу прочесть его мысли?

Мы все глубже и глубже уходили в горы, однако следов стаи нигде не было. Временами нам попадались старые следы вампиров, но теперь их запахи были мне знакомы: я дышал ими весь день.

Я наткнулся на яркий, относительно недавний след. Все Каллены, кроме Эдварда, приходили сюда, но потом забыли о том, что их заинтересовало, когда он привез домой беременную и умирающую жену... Я скрипнул зубами. Не мое дело.

— *Мы уже далеко забрались,* — подметила Ли.

— Ага. Если Сэм подстерегал здесь Калленов, мы бы напали на его след.

— *По-моему, ему сейчас разумнее не вылезать из Ла-Пуш,* — подумала Ли. — *Он знает, что у вампиров появилось новое преимущество: три пары зорких глаз и шесть пар быстрых ног. Врасплох они нас не застанут.*

— Это всего лишь мера предосторожности, Ли.

— Ах да, мы же не хотим подвергать наших драгоценных паразитов ненужному риску.

— Вот именно.

— Ты изменился, Джейкоб. До неузнаваемости.

— И ты уже не та Ли, которую я знал и любил.

— Верно. Теперь я бешу тебя меньше, чем Пол?

— Как ни странно... да.

— О, безумно рада.

Мы опять побежали молча. Настала пора разворачиваться, но ни мне, ни Ли не хотелось. Бежать было приятно — мы слишком засиделись на маленьком участке леса, а здесь вволю размяли мышцы и побегали по пересеченной местности. Неплохо бы поохотиться на обратном пути: Ли изрядно проголодалась.

— *Ням-ням*, — язвительно подумала она.

— Ли, выкинь из головы эти мысли. Волки так питаются, это нормально. И вкусно. Если забыть о человеческих привычках...

— Не надо меня успокаивать, Джейкоб. Я буду охотиться, даже если мне это не по душе.

— *Ладно, ладно*, — быстро согласился я. Хочет все усложнять — пожалуйста, мне-то какое дело.

Несколько минут она молчала; я решил, что нам пора обратно.

— *Спасибо*, — вдруг подумала Ли изменившимся тоном.

— За что?

— За то, что позволил мне остаться. Ты очень добр ко мне, Джейкоб. Я это не заслужила.

— Э-э, без проблем. Честное слово, я думал, от тебя будет больше хлопот.

Ли фыркнула, но не презрительно, а игриво.

— Какой приятный комплимент!

— Не принимай близко к сердцу.

— *Ага, ты тоже.* — Она секунду помолчала. — *Мне кажется, из тебя вышел хороший альфа. Не такой, как Сэм, другой. За тобой приятно идти, Джейкоб.*

От удивления у меня из головы вылетели все мысли, так что ответил я не сразу.

— Ну... спасибо. Правда, я вряд ли смогу не принимать это близко к сердцу. Что на тебя нашло?

Ли тоже ответила не сразу, и я проследил за ее мыслями. Она думала о будущем — о том, что я сказал Джареду тем утром. Придет время, и я снова уйду в лес. Каллены уедут, а Ли и Сет вернутся в стаю...

— *Я хочу остаться с тобой*, — подумала Ли.

Я был так потрясен, что ноги мне отказали, и я замер на месте. Ли пролетела мимо, резко остановилась и медленно подошла.

— *От меня не будет хлопот, клянусь. Я не буду за тобой волочиться. Делай, что хочешь, и я буду делать, что хочу. Тебе придется мириться со мной только в волчьем обличье.* — Она ходила туда-сюда, взволнованно виляя хвостом. — *А раз уж я планирую бросить это все, как только смогу, перевоплощаться я буду нечасто.*

Я не нашелся с ответом.

— Мне уже много лет не было так хорошо, как в твоей стае.

— *Я тоже хочу остаться,* — тихо подумал Сет. Я и не подозревал, что он внимательно нас слушает, патрулируя лес. — *Мне здесь нравится.*

— *Эй, ну-ка! Сет, у нас не будет стаи.* — Я собрался с мыслями, чтобы они звучали как можно убедительнее. — *Сейчас у нас общая цель, но потом... когда все кончится, я хочу просто стать волком-одиночкой. Сет, ты не можешь жить без цели. Ты хороший, тебе всегда нужно кого-то защищать. Да и нельзя тебе уходить из Ла-Пуш: надо окончить школу, подумать о будущем. А кто станет заботиться о Сью? Я не хочу ломать твою жизнь.*

— Но...

— *Джейкоб прав,* — подумала Ли.

— Ты со мной согласна?

— Конечно. Однако ко мне это все не относится. Я и так хотела уйти. Найду работу подальше от Ла-Пуш. Запишусь на какие-нибудь курсы или займусь йогой и медитацией наконец — давно пора поработать над своим характером... И ради собственного душевного благополучия останусь в твоей стае. Джейкоб, ты же понимаешь, что это разумный выбор! Я не буду тебе мешать, ты не будешь мешать мне... и все будут довольны.

Я развернулся и неторопливо побежал на запад.

— Надо поразмыслить, Ли, хорошо?

— Конечно. Сколько угодно.

Назад мы бежали дольше. Я не торопился и думал только о том, чтобы не врезаться в дерево. Сет что-то тихо ворчал, но я не обращал на него внимания. Он знал, что я прав. Он не мог бросить маму, его долг — вернуться и защищать племя.

А вот Ли так поступить не могла. И меня это пугало.

Два волка в стае? Физическое расстояние значения не имеет, мы все равно будем жутко *близки*. Интересно, об этом Ли подумала? Неужели ей настолько нужна свобода?

Пока я размышлял, Ли молчала. Как будто пыталась доказать, что ужиться с ней будет нетрудно.

Когда солнце взошло и осветило тучи над нашими головами, мы наткнулись на стадо чернохвостых оленей. Ли мысленно вздохнула, однако медлить не стала. Она нанесла стремительный и чистый удар — даже изящный — и повалила самого крупного самца, прежде чем тот успел испугаться.

Я не отставал и выбрал в жертвы самую крупную лань, быстро сломав ей шею зубами, чтобы она не почувствовала боли. Я видел, как Ли борется то с отвращением, то с голодом, и попытался облегчить ей задачу, позволив волку во мне завладеть моим разумом. Я долгое время жил в зверином обличье и умел полностью становится волком, думать и действовать, как животное. Во мне возобладали звериные инстинкты, и Ли это заметила. С минуту она медлила, а затем осторожно попробовала взглянуть на все моими глазами. Странное было ощущение: наши мысли еще никогда не переплетались так тесно, теперь мы оба *пытались* думать одинаково.

Как ни удивительно, Ли это помогло. Она вспорола зубами шкуру на плече жертвы и оторвала большой кусок парного мяса. Вместо того чтобы сморщиться от омерзения, Ли позволила своему волчьему «я» действовать инстинктивно. Она словно бы онемела и потеряла всякий рассудок. И благодаря этому смогла поесть спокойно.

Мне не составило труда поступить так же. Я обрадовался, что по-прежнему это умею, ведь скоро я вернусь к волчьей жизни.

Неужто и Ли станет ее частью? Неделю назад эта мысль привела бы меня в ужас. Я бы не смог терпеть Ли. Теперь я знал ее куда лучше, к тому же, избавившись от постоянной боли, она стала другим волком. Другим человеком.

Мы наелись досыта.

— *Спасибо,* — сказала Ли позже, когда чистила морду и лапы о мокрую траву. Я не стал утруждаться: накрапывал дождь, да и на обратной дороге нам встретится речка, так что я еще искупаюсь. — *Мне даже понравилось думать, как ты.*

— Всегда пожалуйста.

Сет еле шевелил лапами, когда мы вернулись на границу. Я велел ему спать, и через несколько секунд он уже отключился.

— *Опять пойдешь к кровопийцам?* — спросила Ли.

— Может быть.

— Тебе трудно там находиться и трудно держаться подальше. Понимаю.

— Знаешь, Ли, я бы на твоем месте хорошенько подумал о своем будущем. В моей голове не останется приятных мыслей, и ты будешь постоянно терпеть мои муки.

Ли ответила на сразу.

— Звучит, конечно, не слишком обнадеживающе. Но я лучше будут терпеть твою боль, чем свою.

— Разумно.

— Я представляю, как тебе будет плохо, Джейкоб. И понимаю это... возможно, даже лучше, чем ты думаешь. Мне не нравится Белла, но она — твой Сэм. Ты никогда ее не получишь, а никто другой тебе не нужен.

Я не смог ответить.

— *Тебе труднее, чем мне. Сэм по крайней мере счастлив. Он жив и здоров. Я люблю его настолько, что могу это-*

му радоваться. Я хочу ему добра. — Ли вздохнула. — *Просто я не в силах видеть его счастье.*

— Нам обязательно об этом говорить?

— По-моему, да. Мне хочется, чтобы ты знал: со мной тебе хуже не будет. Черт, может, я тебе помогу! Я ведь не родилась бездушной мегерой, раньше я была хорошей.

— Что-то не припоминаю.

Мы оба рассмеялись.

— Джейкоб, мне очень жаль, что ты так страдаешь. Жаль, что тебе не становится лучше, только хуже.

— Спасибо, Ли.

Она подумала о том, что было «хуже» — о мрачных картинах в моей голове. Я попытался от нее отгородиться — бесполезно. Ли смогла увидеть все со стороны, и от этого, признаться, мне полегчало. Возможно, через несколько лет я тоже смогу думать, как она.

Ли увидела и забавную сторону моих визитов к вампирам. Ей понравились наши ругачки с Розали: она мысленно захихикала и даже припомнила несколько анекдотов о блондинках, которые могли бы мне пригодиться.

— *Знаешь, в чем дикость?* — спросила Ли.

— Ну, в нашем положении вообще все дико.

— Я очень хорошо понимаю эту белобрысую ведьму.

На секунду я решил, что Ли просто неудачно пошутила. Но потом, когда я осознал, что она говорит серьезно, меня охватила безудержная ярость. Хорошо, что мы бегаем не вместе. Будь Ли на расстоянии *укуса*...

— Подожди, я объясню!

— Не хочу даже слушать. Я сваливаю.

— *Стой, стой!* — взмолилась она, пока я тщетно пытался успокоиться и перевоплотиться. — *Ну хватит, Джейк!*

— Знаешь, Ли, так ты точно не уговоришь меня остаться с тобой.

— Господи, да чего ты так взбесился! Ты даже не понял, о чем я толкую!

— Ну, и о чем ты толкуешь?

Тут она снова превратилась в измученную и озлобленную Ли, которую я знал.

— О том, каково это — чувствовать себя генетическим тупиком.

Злоба в ее словах сбила меня с толку. Я не ожидал, что кто-то может разозлиться больше, чем я.

— Не понимаю.

— *Понял бы, если бы не был таким же, как остальные. Если бы мои «женские причуды»,* — эти слова она подумала особенно ядовито, — *не пугали бы тебя до чертиков, как всех тупых самцов, и ты бы хоть раз задумался о том, что это значит!*

— О...

Что ж, надо признать, никому из нас не нравилось об этом думать. Да и с чего бы? Конечно, я помнил, в каком ужасе была Ли первый месяц, и как нас всех это раздражало. Забеременеть Ли не могла — разве что случилось чудо, непорочное зачатие или еще какая-нибудь жуть в этом духе. После Сэма-то у нее никого не было. Шли недели, ничего не происходило, и она начала сознавать, что ее тело изменилось, перестало следовать законам природы. Ли охватила паника: кем же она стала? Неужели ее организм теперь устроен иначе только потому, что она превратилась в оборотня? Или наоборот: она превратилась в оборотня, потому что ее организм устроен иначе? Единственная женщина-оборотень за всю историю. Так может, она и не женщина вовсе?

Никому не хотелось видеть ее мучений. В конце концов, *понять* мы ее не могли.

— *Ты ведь знаешь теорию Сэма насчет запечатления,* — уже спокойнее подумала она.

— Да. Оно нужно для продолжения рода.

— Верно, чтобы на свет появлялись новые оборотни. Выживание видов, естественный отбор. Оборотня влечет к тому, кто лучше всего подходит для передачи волчьего гена.

Я молчал, ожидая разъяснений.

— *Если бы я годилась для этого, Сэм запечатлился бы на меня.*

От ее боли я замедлил бег.

— Но я не гожусь. Во мне что-то не так. Я не могу передавать ген, несмотря на то, что в моем роду были оборотни. Так что я урод, ни на что не годная самка. Генетический тупик. И мы оба это знаем.

— *Не знаем,* — возразил я. — *Мало ли что думает Сэм! Импринтинг случается, но почему — точно неизвестно. У Билли, например, другое мнение.*

— Знаю, знаю. Он считает, мы запечатляемся, чтобы на свет появлялись более сильные оборотни. Поэтому вы с Сэмом такие огромные и мощные, даже больше наших отцов. Но я все равно никогда не стану матерью. У меня менопауза. В двадцать лет у меня менопауза!

Ох. Как же я не хотел поднимать эту тему!

— Ты гадаешь, Ли. Может, все из-за остановки времени. Уверен, когда ты перестанешь быть волком и опять начнешь стареть... э-э, все станет по-прежнему.

— *Я бы тоже так думала, если бы на меня кто-нибудь запечатлился. А этому не бывать, несмотря на мою внушительную родословную. Знаешь...* — задумчиво добавила Ли, — *если бы не ты, у Сета были бы все шансы стать альфой — хотя бы по крови. Никому бы не пришло в голову рассматривать меня...*

— Слушай, чего ты так зациклилась на этом импринтинге? Почему не влюбишься, как все нормальные люди? Неужели ты и впрямь хочешь, чтобы у тебя не осталось никакого выбора?

— Ну, Сэм, Джаред, Пол, Квил... они, как я погляжу, не против.

— А их никто и не спрашивал.

— Разве ты не хочешь запечатлиться?

— Черт подери, нет!

— Это потому, что ты уже любишь Беллу. Но от импринтинга любовь пройдет. Ты перестанешь страдать.

— А ты бы отказалась от своих чувств к Сэму?

Ли поразмыслила над этим.

— Наверное, да.

Я вздохнул. Ли рассуждала куда более здраво, чем я.

— Вернемся к тому, о чем я говорила, Джейкоб. Я понимаю, почему эта белобрысая вампирша такая холодная — не в буквальном смысле слова, конечно. У нее одна цель в жизни. Больше всего на свете мы хотим того, чего не можем получить.

— Ты бы тоже поступила, как Розали? Убила бы человека — а именно это она и делает, не мешая Беллиной смерти — ради ребенка? С каких это пор в тебе проснулся материнский инстинкт?

— Я просто хочу того, что мне недоступно. Будь я нормальной, возможно, мне бы это и в голову не пришло.

— *И ты способна на убийство?* — настаивал я, не давая Ли уйти от ответа.

— *Розали не убийца, она просто восполняет то, чего ей не хватает в жизни. И... если бы Белла попросила меня о помощи...* — Ли задумалась. — *Хоть я и не высокого о ней мнения, я бы поступила так же, как Розали.*

Из моей пасти вырвался громкий рык.

— А будь все наоборот, я бы попросила о том же Беллу. И Розали попросила бы. Мы поступили бы одинаково.

— Значит, ты такая же плохая!

— В том-то и штука: когда осознаешь, что никогда не получишь желаемого, отчаиваешься.

— Ну, все, с меня хватит. Разговор окончен.

— Вот и хорошо.

Но мне было мало просто прекратить разговор. Я хотел более решительных действий.

До места, где я спрятал одежду, оставалась всего миля, поэтому я перевоплотился и дошел пешком. О разговоре я больше не думал — не потому, что думать было не о чем, просто мне надоело. Я бы никогда не понял этой точки зрения, но теперь Ли буквально засунула свои мысли и чувства в мою голову, и не понять их было трудно.

Решено: когда все кончится, нам с Ли нечего делать вместе. Пусть хандрит у себя в Ла-Пуш. Один маленький приказ от альфы никого не убьет.

Было еще рано, когда я подошел к дому Калленов. Белла наверняка спала. Я решил заглянуть в гостиную, посмотреть, что там творится, дать Калленам добро на охоту и улечься где-нибудь на травке. А в волка перевоплотиться, когда уснет Ли.

Однако в доме что-то оживленно обсуждали: возможно, Белла не спала. Сверху доносился гул какого-то аппарата — рентген? Отлично. Первый день из четырех начинался просто прекрасно.

Дверь мне открыла Элис.

— Привет, волк.

— Привет, коротышка. Что там творится?

В гостиной было пусто, все разговоры шли наверху. Она пожала худенькими плечами.

— Очередной перелом, кажется. — Она произнесла это непринужденно, однако в уголках ее глаз я заметил огонь. Горели не только мы с Эдвардом, Элис тоже любила Беллу.

— Опять ребро? — хрипло спросил я.

— Нет. Кости таза.

Поразительно, каким ударом для меня было каждое новое известие. Когда это прекратится? В конце концов, предугадать очередную катастрофу было нетрудно.

Элис посмотрела на мои дрожащие руки.

Мы оба прислушались к разговору наверху.

— Я же говорила, хруст тебе почудился, Эдвард. Я бы на твоем месте проверила слух.

Эдвард не ответил.

Элис поморщилась.

— Когда-нибудь он точно порвет ее на куски. Удивительно, что Розали этого не понимает. Или она рассчитывает на помощь Эмметта?

— Здоровяка беру на себя, — предложил я. — А ты помоги Эдварду растерзать белобрысую.

Элис натянуто улыбнулась.

Тут все спустились в гостиную. На этот раз Беллу нес Эдвард. Она была бледная как полотно и обеими руками сжимала кружку с кровью. Любое движение явно причиняло ей страшную боль, хотя Эдвард и старался идти как можно ровнее.

— Джейк, — прошептала Белла и вымученно улыбнулась.

Я молча уставился на нее.

Эдвард осторожно положил Беллу на диван и сел на пол рядом с изголовьем. Сперва я удивился, почему Беллу не оставят наверху, но потом понял: она сама так решила. Не хочет, чтобы вокруг была больничная обстановка. И Эдвард ей потакает. Ну разумеется.

Последним в гостиную спустился Карлайл, его лицо было искажено тревогой. Он словно постарел и теперь вполне смахивал на обычного врача.

— Карлайл, — сказал я, — мы пробежали полпути до Сиэтла, следов стаи нигде нет. Можете охотиться.

— Спасибо, Джейкоб, ты как раз вовремя. Мы проголодались. — Он мельком взглянул на кружку, которую так крепко сжимала в руках Белла.

— Честно говоря, вам необязательно разбиваться на тройки. Наверняка Сэм из Ла-Пуш и носа не кажет.

Карлайл кивнул. Удивительно, что он так легко послушался моего совета.

— Хорошо. Первыми пойдут Эсми, Элис, Джаспер и я. Потом Элис может взять Эмметта и Ро...

— Ни за что! — прошипела Розали. — Эмметт может пойти с вами.

— Тебе давно пора на охоту, — мягко произнес Карлайл Розали его тон не смягчил.

— Я буду охотиться вместе с *ним*, — прорычала она и мотнула головой в сторону Эдварда.

Карлайл вздохнул.

Джаспер с Эмметтом в мгновение ока спустились по лестнице, и в ту же секунду к ним подлетела Элис. Эсми порхнула к ней.

Карлайл положил руку на мое плечо. Она была ледяная, но я не отпрянул, а замер на месте — отчасти от удивления, а отчасти потому, что не хотел обижать Карлайла.

— Спасибо, — еще раз поблагодарил он и вместе с остальной четверкой вылетел за дверь. Не успел я и вдохнуть, как вампиры промчались по лужайке и скрылись в лесу. Они проголодались куда сильнее, чем я думал.

С минуту в гостиной стояла полная тишина. Я почувствовал на себе злобный взгляд и сразу догадался чей. Вообще-то я планировал убраться из дома и где-нибудь похрапеть, но не мог же я упустить такую потрясающую возможность — испортить белобрысой утро!

Я не спеша подошел к креслу, стоявшему рядом с креслом Розали, и развалился в нем, склонив голову к Белле, а ногу вытянув так, что она оказалась рядом с белобрысой.

— Фу, псиной завоняло, — наморщив нос, сказала Розали.

— А этот анекдот слышала, психованная? Как умирают клетки мозга у блондинок?

Она не ответила.

— Ну? Знаешь ответ?

Розали сверлила взглядом телевизор и не обращала на меня внимания.

— Она слышала этот анекдот? — спросил я Эдварда.

На его напряженном лице не мелькнуло даже тени улыбки: он не сводил глаз с Беллы.

— Нет.

— Отлично тогда слушай, пиявка: клетки мозга у блондинок умирают *в одиночестве!*

По-прежнему не глядя на меня, Розали прошипела:

— На моем счету в сто раз больше убийств, чем на твоем, мерзкая псина! Учти.

— Однажды, королева красоты, пустые угрозы тебе наскучат. Жду не дождусь этого дня.

— Хватит, Джейкоб, — одернула меня Белла.

Я опустил глаза и увидел, что она хмурится. Похоже, от вчерашнего веселья не осталось и следа.

Что ж, я не хотел ее злить.

— Мне уйти?

Не успел я понадеяться — или испугаться, — что Белла наконец устала от меня, как она растерянно заморгала, и ее лицо разгладилось, будто мой вывод поверг ее в шок.

— Нет! Конечно, нет!

Я вздохнул и услышал тихий вздох Эдварда. Ему тоже хотелось, чтобы Белла меня забыла. Жаль, он никогда не пошел бы против ее воли.

— Ты неважно выглядишь, — заметила она.

— Устал до смерти, — кивнул я.

— С радостью *избила* бы тебя до смерти, — очень тихо процедила Розали, чтобы Белла не услышала.

Я только еще удобнее развалился в кресле, так что моя босая нога оказалась чуть не под носом у вампирши. Она окаменела. Спустя несколько минут Белла попросила еще крови, и Розали молниеносно улетела наверх. Стало совсем тихо, я даже подумал, не вздремнуть ли.

Тут Эдвард озадаченно спросил:

— Ты что-то сказала?

Странно. Никто ничего не говорил, а слух у Эдварда был такой же острый, как у меня.

Он растерянно смотрел на Беллу, а та — на него.

— Я? — переспросила она. — Нет, я молчала.

Эдвард встал на колени и навис над Беллой. Его лицо переменилось, черные глаза внимательно вглядывались в Беллины.

— О чем ты сейчас думаешь?

— Ни о чем. А что? — недоуменно ответила она.

— О чем ты думала минуту назад?

— Да так... Об острове Эсми. И о перьях.

Я ни черта не понял, но тут Белла покраснела, и я решил, что лучше не спрашивать.

— Скажи еще что-нибудь.

— Что, например? Эдвард, в чем дело?

Он снова изменился в лице и сделал такое, отчего у меня буквально отвисла челюсть. За моей спиной кто-то охнул: Розали вернулась и была потрясена не меньше, чем я.

Эдвард очень нежно положил обе руки под огромный Беллин живот.

— Пло... — Он сглотнул. — ...ребенку нравится звук твоего голоса.

На короткое мгновение в гостиной воцарилась полная тишина. Я не мог пошевелить ни одним мускулом, даже моргнуть не мог. А потом...

— Черт возьми, ты читаешь его мысли! — закричала Белла. И тут же наморщилась.

Эдвард положил руку на верхушку живота и погладил то место, куда, по-видимому, ее пнул ребенок.

— Ш-ш... Ты напугала... его.

Белла изумленно распахнула глаза и погладила себя по животу.

— Прости, маленький.

Склонив голову, Эдвард внимательно прислушался.

— О чем он сейчас думает? — с любопытством спросила Белла.

— Пл... он или она... — Эдвард умолк и посмотрел ей в
глаза. В его взгляде читалось то же восхищение, только более сдержанное и чуть недовольное. — Он *счастлив*, — недоуменно проговорил Эдвард.

Белла затаила дыхание, и любой бы сейчас увидел фа-
натичный блеск в ее глазах. Обожание и преданность.
Крупные слезы покатились по ее щекам и улыбающимся
губам.

Во взгляде Эдварда больше не было страха, ярости,
огня — ничего из того, что не покидало его со дня возвра-
щения домой. Он любовался Беллой.

— Конечно, ты счастлив, мой маленький, — заворкова-
ла она, гладя живот. Слезы все еще катились по ее щекам. — Еще бы ты не был счастлив! Ты в тепле и в безопасности, тебя любят. Я же так тебя люблю, маленький Э-
Джей, конечно, ты счастлив.

— Как ты его назвала? — удивленно переспросил Эдвард.

Белла опять покраснела.

— Ну, я придумала ему имя... Решила, что ты не захо-
чешь... ну...

— Э-Джей?

— Твоего отца тоже звали Эдвард.

— Да, ну и... — Он умолк и озадаченно протянул: — Хм-м...

— Что?

— Ему и мой голос нравится.

— Конечно, нравится! — чуть не злорадствуя, воскликнула Белла. — У тебя же самый красивый голос на свете!
Как он может не нравиться?

— А запасной план у вас есть? — спросила Розали, перегнувшись через спинку дивана и глядя на Беллу с тем же
восхищением и обожанием. — Что если это не мальчик, а
девочка?

Белла провела пальцами под глазами, вытирая слезы.

— Ну, есть одна мысль. Я пыталась соединить «Рене» и «Эсми». Может... РенеЭсми.

— РенеЭсми?

— Ре-не-сми. Странно звучит?

— Нет, мне нравится, — заверила ее Розали и совсем близко наклонилась к Белле. Их волосы, золотые и каштановые, почти переплелись. — Очень красивое имя. И единственное в своем роде, так что подходит.

— Я все же полагаю, что родится Эдвард.

Ее муж по-прежнему прислушивался, сосредоточенно глядя в пустоту.

— Что? Что он думает? — сияя, спросила Белла.

Сперва Эдвард не ответил. Он потряс нас всех во второй раз — раздалось три отчетливых оха, — Эдвард нежно прижался ухом к Беллиному животу.

— Ребенок тебя любит. Просто *обожает*, — оторопело произнес он.

В этот миг я понял, что остался один, совсем один.

Мне захотелось врезать себе, когда я осознал, как сильно рассчитывал на поддержку проклятого вампира. Ну я и дурак... Разве можно было довериться пиявке? Конечно, рано или поздно он бы меня предал!

Я-то надеялся, что Эдвард будет на моей стороне. Считал, что он страдает сильнее, чем я. А самое главное, думал, он куда больше меня ненавидит мерзкое отродье, убивающее Беллу.

Я ему доверял.

А теперь они были вместе, сияющими глазами смотрели на невидимого раздувшегося монстра, будто обычная счастливая семья.

Я остался наедине со своей ненавистью и болью, которые были хуже любой пытки. Меня словно медленно тащили по острым бритвам. Я бы с улыбкой встретил смерть, лишь бы избавиться от такой боли.

Огонь растопил мои оцепеневшие мышцы, и я вскочил на ноги.

Все трое резко подняли головы, и я увидел, как моя агония исказила лицо Эдварда, когда он снова залез в мои мысли.

— О-о... — выдавил он.

Я не понимал, что мне делать; просто стоял посреди гостиной, дрожа от ярости, и искал хоть какой-нибудь путь к отступлению.

Со скоростью нападающей змеи Эдвард метнулся к маленькому столу и схватил что-то из ящика. Он швырнул это мне, и я машинально поймал предмет.

— Джейкоб, уходи отсюда! — выкрикнул Эдвард не грубо, а так, будто спасал мне жизнь. Он помогал мне сбежать.

Я разжал ладонь: в ней лежали ключи от машины.

17. НА КОГО Я ПОХОЖ? НА ВОЛШЕБНИКА ИЗ СТРАНЫ ОЗ? ВАМ НУЖЕН МОЗГ? ВАМ НУЖНО СЕРДЦЕ? ЗАБИРАЙТЕ МОИ. БЕРИТЕ ЧТО ХОТИТЕ

Пока я добежал до гаража Калленов, у меня появился план. Вторая его часть состояла в том, чтобы на обратном пути вдребезги разбить вампирскую тачку.

Поэтому я малость растерялся, когда нажал кнопку на брелоке, а фарами вспыхнула вовсе не «вольво». Эта машина даже в ряду с остальными обалденными тачками бросалась в глаза.

Неужели он *нарочно* дал мне ключи от «астон-мартин вэнкуиш»? Или все-таки ошибся?

Я не стал дольше раздумывать и не спросил себя, изменит ли это вторую часть моего плана. Просто запрыгнул в кожаный салон и завел двигатель, пока мои коленки все еще теснились под рулевым колесом. В другой день от мурлыканья двигателя я бы восхищенно застонал; сейчас меня хватило лишь на то, чтобы вести машину.

Я нашел рычаг для регулировки сиденья и отодвинулся подальше, одновременно выжав газ. Машина будто оторвалась от земли — так легко она покатила вперед.

Извилистую подъездную дорогу я преодолел буквально за несколько секунд. Машина была такая послушная, словно я управлял ею при помощи мыслей, а не рук. Вылетая из зеленого туннеля на шоссе, я успел заметить в папоротниках встревоженную серую морду Ли.

Я было задался вопросом, что она подумает, но тут же решил, что мне на это плевать.

Повернул на юг: сегодня мне не хватило бы терпения на паромы, оживленное движение и вообще что-либо, из-за чего пришлось бы отпустить педаль газа.

В каком-то извращенном смысле денек выдался удачный. Если под удачей подразумевать, что на оживленном шоссе, по которому я гнал на скорости двести миль в час, мне не попалось ни одного копа — даже в городишках, где было ограничение тридцать миль. Вот жалость! Маленькая погоня пошла бы мне на пользу, да к тому же у пиявки потом возникли бы проблемы с машиной. Конечно, он бы откупился, но пусть бы понервничал.

Единственный признак хоть какой-то слежки я заметил на юге Форкса: среди деревьев мелькнул коричневый волк и несколько миль бежал параллельно дороге. Кажется, Квил. Видимо, он тоже меня заметил, потому что через минуту скрылся в лесу, не подняв тревоги. Мне опять стало любопытно, что он расскажет своим, но потом я вспомнил, что мне нет до этого дела.

Я мчался по шоссе в сторону самого крупного города, какой удастся найти. Такова была первая часть моего плана.

Дорога заняла чуть ли не целую вечность — возможно, потому, что меня до сих пор тащили по бритвам, — хотя на самом деле прошло не больше двух часов, когда я добрался до первого безликого поселения. Тогда я сбавил скорость: невинных людей убивать вовсе не хотелось.

Глупый план я придумал. Ничего не выйдет. Однако, прокручивая в голове возможные способы избавления от боли, я снова и снова вспоминал слова Ли.

«От импринтинга любовь пройдет. Ты перестанешь страдать».

Возможно, не так оно и плохо, когда у тебя не остается выбора. Возможно, *эта* боль — самое ужасное, что есть на свете.

Но я видел всех девушек Ла-Пуш, Форкса и резервации мака. Пора расширить охотничьи угодья.

Как же мне найти свою духовную половинку в толпе? Ну, во-первых, нужна толпа. Я покатался по городу в поисках подходящего места. Проехал мимо двух торговых центров, где наверняка было полно девушек моего возраста, но почему-то не смог остановиться. Кому охота запечатлиться на девчонку, которая целыми днями торчит в торговом центре?

Я поехал на север, и вокруг становилось все больше и больше народу. Наконец я нашел большой парк, где было полно семейных пар с детьми, скейтбордов, мотоциклов, воздушных змеев и всего в таком духе. Только тогда я заметил, какая хорошая стоит погода. Солнце, все дела. Люди вылезли из дома порадоваться ясному небу.

Я припарковался в неположенном месте — напрашивался на штраф — и вошел в людный парк.

Бродил я там, наверное, несколько часов. По крайней мере, солнце успело перебраться на другую сторону неба.

Я вглядывался в лица всех проходящих мимо девчонок, отмечая, кто хорошо выглядит, у кого голубые глаза, кому идут скобки, а кто злоупотребляет косметикой. Я пытался в каждом лице найти что-нибудь интересное. Ну, там, вот у этой очень прямой нос; этой бы челку укоротить; эта могла бы сниматься в рекламе помады, будь у нее все лицо такое же безупречное, как губы.

Иногда девушки бросали на меня ответные взгляды. Порой испуганные: мол, что за жуткий верзила на меня пялится? Некоторые смотрели довольно приязненно, впрочем, мое взбесившееся эго могло и напутать.

Как бы то ни было, ничего не произошло. Даже когда я встретился взглядом с самой обалденной — тут уж не поспоришь — девчонкой в парке и прочел в ее глазах явный интерес, я ничего не почувствовал. Только прежнее отчаянное желание избавиться от боли.

Время шло, и я стал замечать то, чего не стоило бы. Беллины штучки. Ну, вроде, тот же цвет волос, похожую форму глаз, такие же скулы... У одной девушки тоже была морщинка между бровей, и я спросил себя, о чем она волнуется...

Вот тогда-то я и сдался. Какая страшная глупость: вообразить, будто я выбрал правильное время и место и сейчас встречусь с родной душой лишь потому, что отчаянно этого хочу!

Да и вообще, с чего ей тут быть? Если верить Сэму, моя генетическая половинка должна обитать в окрестностях Ла-Пуш. Однако там никого подходящего нет. А если прав Билли? Кто подойдет сильному волку?

Я вернулся к машине, привалился к капоту и стал теребить ключи.

Может, я — тот, кем считает себя Ли, и не гожусь для продолжения рода? А может, вся моя жизнь — длинный жестокий анекдот, и от ключевой фразы никуда не деться.

— Эй, у тебя все нормально? Да, ты, с угнанной тачкой!

Я не сразу понял, что обращаются ко мне, и не сразу сообразил поднять голову.

На меня пялилась девушка, вроде бы знакомая... Ах да, я видел ее в парке: светлые золотисто-рыжеватые волосы, светлая кожа, несколько веснушек на щеках и на носу, глаза цвета корицы.

— Если ты переживаешь из-за угнанной машины, всегда можно сдаться полиции, — сказала она, весело улыбнувшись, так что на подбородке появилась ямочка.

— Она не угнана, я взял ее у знакомых, — буркнул я. Голос у меня был ужасный, как будто я плакал или еще что. Кошмар.

— Конечно, в суде это учтут.

Я злобно уставился на незнакомку.

— Чего тебе надо?

— Ничего. Не парься, я пошутила насчет машины. Просто... ты как будто жутко расстроен. Ах да, меня зовут Лиззи. — Девушка протянула мне руку, но я ее не пожал.

— В общем... — неловко проговорила она, — я подумала... может, тебе нужна помощь. Ты там кого-то искал. — Она кивнула в сторону парка и пожала плечами.

— Ага.

Лиззи помолчала, дожидаясь объяснений.

Я вздохнул.

— Помощь мне не нужна. Ее тут нет.

— А... извини.

— Ты тоже извини, — пробормотал я и снова взглянул на девушку. Лиззи. А она симпатичная. И добрая: захотела помочь сварливому незнакомцу, у которого явно не все дома. Ну почему она не может быть «той самой»? Почему надо все так усложнять? Милая девушка, хорошенькая и вроде забавная. Почему нет?

— Красивая машина, — сказала она. — Жаль, их больше не делают. Ну, то есть у «вантажа» отличный дизайн, но в «вэнкуише» чувствуется особая...

Милая, да к тому же *разбирается в машинах*! Ничего себе. Я вгляделся в ее лицо... Как это работает? Ну, давай, Джейк, запечатлись уже!

— Как она на дороге? — спросила Лиззи.

— Просто блеск!

Девушка широко улыбнулась, показав ямочку на подбородке — видать, обрадовалась моей первой нормальной фразе. Я нехотя улыбнулся в ответ.

Увы, от ее улыбки острые бритвы, кромсающие мое тело, никуда не делись. Как бы сильно я этого ни хотел, моя жизнь так просто не наладится.

Мне далеко до практичной и здравомыслящей Ли. Я не смогу влюбиться, как обычный человек. Только не сейчас, когда я изнываю от любви. Возможно — лет через десять, когда сердце Беллы не будет биться уже очень долго, а я справлюсь со своим горем и выйду из него целым и невредимым, — я смогу предложить Лиззи покататься на крутой тачке, смогу поболтать с ней о дизайне и движках, чтобы узнать ее получше и понять, нравится ли она мне. Но не сейчас.

Волшебство мне не поможет. Придется мужественно сносить пытки. Вот лажа-то.

Лиззи, видимо, надеялась, что я предложу ей прокатиться.

— Лучше верну тачку хозяину, — пробормотал я.

Она улыбнулась.

— Рада, что ты одумался.

— Ага, ты меня убедила.

Лиззи смотрела, как я сажусь в машину, и взгляд у нее был немного встревоженный. Наверное, я был похож на придурка, который сейчас поедет и сорвется с обрыва. Что ж, я бы так и поступил, не будь я оборотнем, которому все нипочем. Глядя мне вслед, Лиззи помахала на прощание.

Поначалу я ехал довольно осторожно, никуда не торопясь. Мне не хотелось возвращаться в дом Калленов, в лес.

К боли, от которой я бы лучше сбежал. К полному одиночеству.

Ну ладно, нечего себя накручивать. Не так уж я и одинок, хотя в этом тоже хорошего мало. Ли и Сет будут из-за меня страдать. Ладно хоть Сету страдать придется недолго. Незачем нарушать его душевное спокойствие. Да и Ли это ни к чему, но она хотя бы все понимает: немало боли повидала на своем веку.

Я глубоко вздохнул, вспомнив, чего от меня хочет Ли. Все шло к тому, что она это получит. Я злился на нее, но не мог не понимать, что облегчу ей жизнь. На моем месте она бы поступила так же, теперь-то я это знал.

Будет хотя бы интересно — и, конечно, странно — дружить с Ли. Побесим мы друг друга вдоволь. Она не даст мне хандрить, но это даже хорошо. Скорее всего, время от времени мне будет нужен пинок под зад. А когда понадобится, Ли станет для меня единственным, понимающим другом.

Я вспомнил утреннюю охоту и то, как тесно переплелись наши мысли. В общем, было неплохо. Иначе. Немного страшно и неловко. Но все-таки хорошо.

Необязательно страдать от одиночества.

К тому же Ли достаточно сильная, чтобы терпеть меня все предстоящие месяцы. Месяцы или годы. Даже думать о них было тяжело: как будто смотришь на необъятный океан, который тебе надо переплыть от края до края.

Столько времени впереди, и так мало осталось до того, как все начнется, когда я брошусь в океан. Три с половиной дня. А я страдаю ерундой, растрачивая драгоценные минуты.

Я опять набрал недопустимую скорость.

Неподалеку от Форкса я заметил Сэма и Джареда: словно часовые, они стояли по обеим сторонам дороги. Их было почти не видно за деревьями, но я знал, куда смотреть, и кивнул, пролетев мимо, — пусть думают что хотят.

Сету и Ли я тоже кивнул, когда подъезжал к дому Калленов. Уже темнело, над лесом собирались тучи, но я увидел, как в свете фар сверкнули их глаза. Объясню им все позже. Времени у нас будет навалом.

К моему удивлению, в гараже меня поджидал Эдвард. Я уже несколько дней не видел его без Беллы. По лицу вампира было ясно, что ничего плохого не стряслось, наоборот, он выглядел непривычно умиротворенным. Мне скрутило живот, когда я вспомнил причину его спокойствия.

Черт, я так увлекся самокопанием, что забыл раздолбать тачку! Ну да ладно, вряд ли я смог бы угробить *эту* машину. Может, Эдвард тоже так подумал, поэтому и дал ее мне?

— На пару слов, Джейкоб, — сказал он, когда я выключил двигатель.

Я глубоко вдохнул и задержал дыхание. Потом медленно вышел и бросил Эдварду ключи.

— Спасибо за машину, — горько произнес я. Похоже, настало время вернуть долг. — Чего тебе надо?

— Во-первых, я знаю, как тебе неприятно командовать стаей, но...

Я изумленно заморгал. Ничего себе начало разговора!

— Что?

— Если ты не можешь или не хочешь приказывать Ли, то я...

— Ли? — процедил я. — Что случилось?

Эдвард помрачнел.

— Она пришла узнать, почему ты так внезапно уехал. Я пытался объяснить, но, боюсь, ничего не вышло.

— Что она натворила?

— Перевоплотилась в человека и...

— Правда? — снова перебил его я, на этот раз потрясенно. В голове не укладывалось: Ли пришла беззащитной в логово врага?!

— Она хотела *поговорить*... с Беллой.

— С Беллой?!

Тут Эдвард взорвался:

— Я больше не позволю так ее расстраивать! И плевать, что там думает Ли, имеет она на это право или нет! Я, конечно, ничего ей не сделал, однако в следующий раз, клянусь, вышвырну ее из дома! Запущу через реку...

— Погоди, что она сказала?

Я ничего не понимал.

Эдвард перевел дыхание, беря себя в руки.

— Ли была неоправданно груба. Честно говоря, я тоже не понимаю, почему Белла не оставит тебя в покое, но она точно не хочет причинять тебе боль. Она понимает, как нам с тобой тяжело, и страдает из-за этого. Ли могла бы и промолчать. Белла заплакала...

— Постой, Ли накинулась на нее из-за *меня*?!

Эдвард кивнул.

— Неслабая у тебя группа поддержки.

Обалдеть!

— Я ее об этом не просил.

— Знаю.

Ну конечно знает! Всезнайка чертов.

А вот Ли меня удивила. Кто бы мог подумать, что она придет в логово врага *человеком* и станет ругаться, что со мной плохо обращаются!

— Помыкать Ли я не смогу, — сказал я. — Ни за что. Но я с ней поговорю, ладно? Думаю, такого больше не повторится. Ли не привыкла скрывать свои чувства, и сегодня ей просто надо было выговориться.

— Видимо.

— С Беллой я тоже поговорю. Она ни в чем не должна себя винить. Дело только во мне.

— Я ей это сказал.

— Еще бы. Как она?

— Сейчас спит. С ней Роуз.

А, так психованная у нас теперь «Роуз». Выходит, Эдвард окончательно переметнулся на вражескую сторону.

Он ничего не ответил на мою последнюю мысль и продолжил:

— Во многом ей... лучше. Несмотря на тираду Ли и угрызения совести.

Лучше? Вот как. Эдвард прочел мысли отродья, и теперь у нас все замечательно.

— Дело не только в этом, — пробормотал он. — Выяснилось, что у него или у нее очень развиты мыслительные способности. По крайней мере, он нас понимает.

У меня отвисла челюсть.

— Ты *серьезно*?!

— Да. Он смутно представляет, какие его действия причиняют Белле боль. И старается их не повторять. Он... любит ее. Уже.

От изумления у меня чуть глаза на лоб не полезли. Несмотря на поднявшуюся во мне бурю, я сразу понял, что это и был критический фактор. Вот из-за чего Эдвард изменился: чудовище убедило его в своей *любви*. А он не мог ненавидеть того, кто любит Беллу. Возможно, поэтому он не мог ненавидеть и меня. Хотя между мной и тварью есть разница: я Беллу не убивал.

Эдвард как ни в чем не бывало продолжал:

— Все происходит быстрее, чем мы ожидали. Когда Карлайл вернется...

— Они еще не вернулись? — перебил я. Посмотрев на дорогу, я вспомнил про Сэма и Джареда.

— Элис и Джаспер уже дома. Карлайл отправил с ними столько крови, сколько сумел раздобыть, но такими темпами Белла выпьет ее за день. Карлайл решил попытать счастья в другом месте. Мне это кажется лишним, но он хочет подстраховаться.

— Почему лишним? Ей ведь нужна кровь.

Я видел, как внимательно Эдвард следит за моей реакцией.

— Когда Карлайл вернется, я попробую уговорить его ускорить роды.

— Что?!

— Ребенок старается не делать резких движений, но ему трудно. Он слишком вырос. Безумие ждать, пока он вырастет еще! Белла очень слаба.

У меня из-под ног вновь выбили почву. Сперва я напрасно положился на ненависть Эдварда к жуткой твари, а теперь не мог рассчитывать и на четыре дня, которые мне оставались!

Безбрежный океан горя распростерся передо мной.

Я попробовал восстановить дыхание.

Эдвард ждал. Приходя в себя, я не сводил глаз с его лица и заметил в нем еще одну перемену.

— Ты... ты думаешь, она выживет, — прошептал я.

— Да. И об этом я тоже хотел с тобой поговорить.

Я не смог выдавить ни слова. Через минуту Эдвард продолжил:

— Словом, ждать, как и раньше, пока ребенок разовьется, безумно опасно. В любую минуту может стать слишком поздно. Если же действовать быстро и своевременно, не вижу причин, почему роды не могут пройти успешно. Нам очень поможет то, что мы слышим мысли ребенка. К счастью, Белла и Роуз со мной согласны. Я убедил их, что он полностью готов к появлению на свет, и ничто не мешает нам приступить к делу.

— Когда вернется Карлайл? — шепотом спросил я, так и не совладав с собственным дыханием.

— К завтрашнему полудню.

У меня подогнулись колени. Пришлось схватиться за машину, чтобы устоять. Эдвард хотел подать мне руку, но передумал и опустил ее.

— Мне очень жаль, — прошептал он. — Мне в самом деле больно видеть твои страдания, Джейкоб. Хоть ты меня и ненавидишь, я к тебе ненависти не испытываю. Ты... ты для меня во многом как брат. Товарищ по оружию, во всяком случае. Мне гораздо больнее видеть твои муки, чем ты думаешь. Но Белла *выживет*, — последнее слово он произнес твердо, даже резко, — а я знаю, что только это для тебя и важно.

Может, он и прав. Я ничего не соображал, голова шла кругом.

— В общем, времени осталось очень мало. Я должен попросить тебя кое о чем... я готов умолять, если придется.

— Мне терять нечего, — выдавил я.

Эдвард снова поднял руку, будто хотел положить ее мне на плечо, потом со вздохом опустил.

— Ты уже очень много для нас сделал, — тихо произнес он. — Однако на *это* способен лишь ты. Я обращаюсь к тебе как к настоящему альфе, Джейкоб. Как к наследнику Эфраима.

В моем состоянии ответить было невозможно.

— Пожалуйста, позволь нам нарушить договор, который мы заключили с Эфраимом. Сделай для нас исключение. Если ты откажешься, мы все равно поступим, как считаем нужным, но нам бы не хотелось подрывать доверие между нашими семьями, если этого можно избежать. Прежде мы никогда не отступались от своего слова, и сейчас нам нелегко. Пойми нас, Джейкоб, ведь ты знаешь, почему мы это делаем. Я не хочу, чтобы наш союз рухнул, когда все закончится.

Я попытался проглотить комок в горле.

«Сэм, — подумал я. — Вам нужен Сэм».

— Нет. По праву власть принадлежит не Сэму, а тебе. Ты никогда ее не заберешь, но кроме тебя никто не может дать нам этого позволения.

«Не мне решать».

— Именно тебе, Джейкоб. Ты вправе осудить нас или оправдать. Только ты.

«Я не знаю. Я ничего не соображаю».

— У нас мало времени. — Эдвард бросил взгляд на дом.

Времени не было совсем. Мои несколько дней превратились в несколько часов.

«Не знаю. Дай подумать. Хотя бы пару минут!»

— Хорошо.

Я пошел к дому, Эдвард зашагал следом. Просто безумие, что мне так легко идти в темноте рядом с вампиром! Никакого страха, даже неловкости... Как будто идешь с обычным человеком, от которого, правда, воняет.

В кустах рядом с лужайкой я заметил какое-то движение, потом кто-то заскулил. В следующий миг, продравшись сквозь папоротники, к нам выскочил Сет.

— Привет, малыш, — пробормотал я.

Он опустил голову, и я похлопал его по плечу.

— Все клево, — соврал я. — Расскажу после. Извини, что уехал без предупреждения.

Сет улыбнулся.

— И передай сестричке, чтобы не бесилась, ладно? Хватит уже.

Он кивнул.

Я пихнул его в плечо.

— Ну все, за дело. Я скоро буду.

Сет пихнул меня в ответ и умчался в лес.

— У него невероятно чистая, искренняя, *добрая* душа, — пробормотал Эдвард, когда Сет скрылся из виду. — Тебе повезло, что ты делишь с ним мысли.

— Знаю, — буркнул я.

Мы снова зашагали вперед и одновременно вскинули головы, когда в доме кто-то втянул жидкость через соломинку. Эдвард поспешно метнулся к крыльцу и исчез за дверью.

— Белла, любимая, я думал, ты спишь, — услышал я его голос. — Прости, я бы не ушел.

— Ничего страшного. Мне захотелось пить, вот я и проснулась. Хорошо, что Карлайл привезет еще. Малышу понадобится кровь, когда он из меня выберется.

— Верно. Я как-то не подумал.

— Интересно, что-нибудь другое ему понадобится?.. — задумчиво спросила Белла.

— Скоро узнаем.

Я вошел в гостиную.

Элис сказала: «Наконец-то!» — у Беллы вспыхнули глаза. На мгновение ее лицо озарила неотразимая, приводящая меня в ярость улыбка, но она тут же померкла. Белла поджала губы, как будто вот-вот расплачется.

Мне захотелось дать Ли по зубам.

— Привет, Беллз! — выпалил я. — Как делишки?

— Хорошо.

— Сегодня важный день, а? Много нового.

— Тебе необязательно это делать, Джейкоб.

— Не понимаю, о чем ты, — сказал я, собираясь присесть на подлокотник дивана. Эдвард уже расположился на полу.

Белла поглядела на меня с упреком.

— Мне так ж... — начала было она.

Я сомкнул ее губы пальцами.

— Джейк... — пробубнила она, п таясь убрать мою руку. Попытка была совсем слабой, даже не верилось, что Белла прилагает какие-то силы.

Я покачал головой.

— Вот перестанешь нести чушь — отпущу. -

— Хорошо, перестала.

Я отнял руку.

— ...жаль! — быстро договорила Белла, улыбнувшись.

Я покачал головой и улыбнулся.

Глядя на Беллино лицо, я видел в нем все, что искал в парке.

Завтра она станет другой. Но хотя бы будет жива, и это самое главное, верно? Она будет смотреть на меня теми же глазами — ну, почти. Улыбаться теми же губами. По-прежнему будет понимать меня лучше, чем кто-либо, у кого нет полного доступа к моим мыслям.

Ли может стать мне достойной соратницей, даже верным другом — тем, кто всегда готов за меня постоять. Однако лучшим другом, таким, как Белла, она не станет. Помимо невероятной любви, которую я испытывал к Белле, между нами была и другая связь, глубинная.

Завтра Белла превратится в моего врага. Или союзника. Видно, решать мне.

Я вздохнул.

«Ладно! — подумал я, отказываясь от своей единственной привилегии. Я почувствовал себя опустошенным. — Спасайте ее. Как наследник Эфраима, даю вам свое разрешение и слово, что это не нарушит условий договора. Пусть остальные меня винят, но отрицать, что это мое право, они не могут — ты прав».

— Спасибо, — тихо, чтобы не услышала Белла, шепнул Эдвард. Он произнес это слово с таким чувством, что все вампиры обернулись к нему.

— Ну, — непринужденно заговорила Белла, — как прошел день?

— Отлично. Покатался на машине, погулял в парке.

— О, здорово!

— Ага, ага.

Вдруг Белла нахмурилась.

— Роуз...

— Опять? — хихикнула белобрысая.

— Кажется, за последние два часа я выпила уже два галлона, — пояснила Белла.

Мы с Эдвардом отошли в сторону, чтобы пропустить Розали, которая взяла Беллу на руки и понесла в ванную.

— А можно мне пройтись? Ноги затекли.

— Точно сможешь? — спросил ее Эдвард.

— Роуз меня поймает, если я оступлюсь. А это запросто потому что я не вижу своих ног.

Розали осторожно опустила ее на пол и придержала за плечи. Белла вытянула перед собой руки, чуть поморщилась.

— Приятно-то как. — Вздох. — Но я такая огромная!..

Да уж, живот у нее потянул бы на целый континент.

— Еще денек, — сказала Белла, погладив его.

Ничего не мог с собой поделать: боль пронзила меня внезапной вспышкой, но я постарался не подать виду. Еще денек можно и потерпеть, верно?

— Ну, ножки, пойдемте... Ой, нет!

Кружка, которую Белла оставила на диване, опрокинулась, и темная кровь брызнула на светлую ткань.

Белла машинально потянулась к кружке, хотя остальные уже давно ее опередили.

В тот же миг у нее внутри раздался жуткий рвущийся звук.

— О! — задохнулась она.

И начала оседать. Розали сразу ее поймала, Эдвард тоже метнулся к ней, забыв о разлитой крови.

— Белла! — воскликнул он. Его лицо исказил ужас.

Через полсекунды Белла закричала.

Это был не просто крик, а душераздирающий, кошмарный вопль. В горле у Беллы заклокотало, она закатила глаза. Ее тело дернулось, изогнулось в руках у Розали, и из горла хлынул фонтан крови.

18. СЛОВАМИ ЭТО НЕ ОПИСАТЬ

Изрыгая кровь, Белла задергалась, забилась, как на электрическом стуле. Лицо у нее было безжизненное — она потеряла сознание. Ее сотрясало изнутри, спазмы сопровождались громким треском и хрустом.

На долю секунды Розали и Эдвард оцепенели, потом Розали подхватила Беллу на руки и, выкрикивая слова так быстро, что их было трудно разобрать, вместе с Эдвардом бросилась на второй этаж.

Я помчался за ними.

— Морфий! — крикнул Эдвард.

— Элис, звони Карлайлу! — взвизгнула Розали.

Комната, в которой я оказался, была похожа на кабинет неотложной помощи, устроенный в библиотеке. Повсюду сияли яркие лампы. Беллу, мертвенно-бледную в ослепительном свете, уложили на стол. Ее тело билось, как рыба на песке. Розали одновременно придерживала Беллу и срывала с нее одежду, Эдвард воткнул шприц ей в руку.

Сколько раз я представлял Беллу обнаженной? Теперь я не мог смотреть — боялся, что образ навсегда отпечатается в памяти.

— Что происходит, Эдвард?!

— Ребенок задыхается!

— Видимо, плацента отделилась!

Тут Белла очнулась и издала истошный вопль, от которого у меня чуть не лопнули барабанные перепонки.

— ВЫТАСКИВАЙТЕ ЕГО! ОН ЗАДЫХАЕТСЯ! БЫСТРЕЕ!

На белках ее глаз выступили красные пятна: лопнули капилляры.

— Морфий... — прорычал Эдвард.

— НЕТ! БЫСТРЕЕ... — У Беллы вновь хлынула кровь горлом. Эдвард поднял ей голову, чтобы освободить рот.

В комнату влетела Элис и сунула в ухо Розали наушник от телефона. Затем она попятилась, распахнув горящие глаза, и Розали яростно зашипела в микрофон.

В ярком свете кожа Беллы казалась багровой и черной, а вовсе не белой. Огромный сотрясающийся живот набухал темно-красным. Розали схватила скальпель.

— Пусть морфий подействует! — крикнул Эдвард.

— Нет времени! — прошипела Розали. — Он умирает!

Она опустила руку, и яркая кровь хлынула из-под скальпеля: как будто перевернули ведро, включили кран на полную мощность. Белла дернулась, но не закричала. Она все еще не могла дышать.

И тут Розали не выдержала. Ее лицо переменилось, черные глаза вспыхнули жаждой, она хищно оскалилась.

— Нет, Роуз! — заорал Эдвард, но руки у него были заняты Беллиной головой.

Я рванул к Розали, даже не перевоплотившись. Когда я сшиб ее каменное тело, то почувствовал, как скальпель вошел глубоко в мою левую руку. Правой рукой я ударил белобрысую в лицо, зажал рот и дыхательные пути.

Я рывком развернул ее к себе и со всех сил пнул в живот — он был точно бетонный. Белобрысая врезалась в дверной косяк и проломила его. Маленький наушник в ее ухе рассыпался на части. Тут подоспела Элис: она схватила Розали за горло и оттащила в коридор.

Надо отдать должное белобрысой: она нисколько не сопротивлялась. Она *хотела*, чтобы мы ее одолели и этим спасли Беллу. Ну, точнее, спасли отродье.

Я вырвал из руки скальпель.

— Элис, убери ее отсюда! — крикнул Эдвард. — Отведи к Джасперу, пусть будет с ним! Джейкоб, сюда!

Я не стал смотреть, как Элис уводит Розали, и бросился к операционному столу, где Белла уже начинала синеть, выкатив глаза.

— Искусственное дыхание? — нетерпеливо прорычал Эдвард.

— Да!

Я мельком взглянул на него — хотел убедиться, что он не отреагирует на кровь, как Розали. Нет, лицо у него было ожесточенное и свирепое.

— Делай! Я вытащу ребенка, пока...

Снова жуткий треск, громче всех предыдущих, такой оглушительный, что мы с Эдвардом замерли в ожидании ответного вопля. Тишина. Сведенные судорогой ноги Беллы неестественно обмякли.

— Позвоночник, — в ужасе выдавил Эдвард.

— Давай, живо! — рявкнул я, бросив ему скальпель. — Она ничего не почувствует!

Я склонился над Беллиной головой. Губы вроде были чистые, я приник к ним и выдохнул в рот полные легкие воздуха. Подрагивающая грудь расправилась: дыхательные пути были свободны.

На губах я ощутил вкус крови.

Беллино сердце билось, неровно, но билось. «Давай, давай, — ожесточенно думал я, вдувая в Беллу очередную порцию воздуха, — ты обещала, что сердце не остановится».

Я услышал мягкий, влажный звук скальпеля по коже. На пол снова закапала кровь.

От следующего звука я в ужасе вздрогнул. Как будто рвалось железо. Я вспомнил, что этот же звук раздавался во время схватки на лесной поляне, когда раздирали на части новорожденных. Я взглянул на Эдварда: он приник лицом к Беллиному животу. Зубы вампира — верный способ порвать вампирскую кожу.

Я вновь содрогнулся, выдыхая в Беллу воздух.

Она вдруг закашлялась и заморгала, вращая невидящими глазами.

— Будь со мной, Белла! — завопил я. — Слышишь? Будь со мной! Не уходи! Твое сердце должно работать!

Она вращала глазами, пытаясь увидеть меня — или его, — но ничего не видела.

Я все равно не сводил с нее взгляда.

И тут Беллино тело замерло в моих руках, хотя ее дыхание восстановилось, а сердце еще работало. Я понял: все кончено. То, что сотрясало ее изнутри, больше не в ней.

Так оно и было.

Эдвард прошептал:

— Ренесми...

Значит, Белла ошиблась. Родился не мальчик, которого она воображала. Ничего удивительного: когда она последний раз была права?

Я не отрываясь смотрел в налитые кровью глаза, но почувствовал, как руки Беллы слабо приподнялись.

— Дай... — прохрипела она надтреснутым шепотом, — дай мне.

Я должен был понимать, что Эдвард выполнит ее просьбу, какой бы глупой она ни казалась! Но я и не подозревал, что он выполнит ее немедленно, поэтому не успел его остановить.

Что-то теплое коснулось моей руки. Уже это должно было меня насторожить! Ведь по сравнению с моей горячей кожей ничто не может быть теплым.

Однако я не отрывался от Беллиного лица. Она заморгала и наконец посмотрела куда-то, наконец *увидела*. Едва слышный стон сорвался с ее губ.

— Ренесми... Красавица...

Тут Белла охнула. Охнула от боли.

Когда я опустил глаза, было уже поздно: Эдвард выхватил теплую окровавленную тварь из ее слабых рук. Я пробежал глазами по Беллиному телу — оно было измазано кровью. Кровью изо рта, из чрева и свежей кровью из маленького укуса на левой груди.

—Нет, Ренесми, — пробормотал Эдвард, как будто учил отродье хорошим манерам.

Я не смотрел ни на него, ни на тварь, только на Беллу: она опять закатила глаза.

В груди у нее что-то глухо булькнуло, сердце трепыхнулось и замолчало.

Оно пропустило, должно быть, не больше половины удара — я с силой надавил Белле на грудь и начал считать про себя, пытаясь не сбиться с ритма. Раз. Два. Три. Четыре.

Вдул в ее легкие новую порцию воздуха.

Больше я ничего не видел: перед мокрыми глазами все помутилось. Зато я отлично слышал. Неохотное «бульк-бульк» ее сердца под моими неутомимыми руками и чье-то сердцебиение, слишком быстро и легкое. Я не смог определить, откуда оно доносится.

Я протолкнул еще один глоток воздуха в Беллино горло.

— Чего ты ждешь?! — с трудом выдавил я, нажимая Белле на грудь. Раз. Два. Три. Четыре.

— Возьми ребенка! — рявкнул Эдвард.

— Выбрось ее в окно. — Раз. Два. Три. Четыре.

— Отдай мне, — раздался мелодичный голос из коридора.

Мы с Эдвардом одновременно зарычали.

Раз. Два. Три. Четыре.

— Я уже успокоилась, — заверила нас Розали. — Отдай мне крошку, Эдвард. Я позабочусь о ней, пока Белла...

Когда ребенка передавали белобрысой, я сделал еще один вдох за Беллу. Быстрое «тук-тук-тук» стало удаляться.

— Убери руки, Джейкоб.

Я поднял глаза, все еще качая Беллино сердце, и увидел в руке Эдварда шприц — целиком из стали.

— Что это?

Его каменная рука сшибла мои. Раздался тихий хруст: сломался мизинец. В тот же миг Эдвард воткнул длинную иглу прямо в сердце Беллы.

— Мой яд, — ответил он, надавив на поршень.

Ее сердце сжалось, как от удара электрошоком.

— Не останавливайся! — приказал Эдвард. Голос у него был ледяной, мертвый. Ожесточенный и бесчувственный. Словно он превратился в машину.

Не обращая внимания на боль в заживающем пальце, я снова начал массаж сердца. Теперь качать было труднее, как будто кровь начала сворачиваться, стала густой и медленной. Проталкивая яд в Беллины артерии, я наблюдал за Эдвардом.

Он словно бы целовал ее: проводил губами по горлу, запястьям, сгибам локтей. Я слышал, как Беллина кожа снова и снова рвется под его клыками, — Эдвард хотел запустить как можно больше яда в ее тело. Бледный язык лизал кровоточащие укусы, но меня не успело затошнить от этого зрелища. Я понял, что делает Эдвард: там, где слюна смачивала кожу, она зарастала, и яд вместе с кровью запечатывался внутри.

Я опять вдул воздух в Беллины легкие, но ничего не произошло. Грудь безжизненно приподнялась в ответ. Я все качал и считал, а Эдвард неистово кружил над Беллой, пытаясь вернуть ее к жизни. Вся королевская конница и вся королевская рать...

Но в комнате были только мы, я и он.

Сгорбились над трупом.

Вот все, что осталось от девушки, которую мы оба любили: покалеченный обескровленный труп.

Все кончено. Белла умерла. Я знал это наверняка, потому что мое влечение бесследно испарилось. Я больше не видел причин оставаться с Беллой. Ее здесь не было. К этому телу меня не влекло. Безотчетное желание быть рядом исчезло.

Вернее сказать, оно *переместилось*. Меня теперь тянуло в обратном направлении — вниз по лестнице, за дверь, наружу. Уйти из этого дома и никогда, никогда не возвращаться.

— Так уходи! — рявкнул Эдвард, опять сбив мои руки. По ощущениям, на сей раз сломалось три пальца.

Я рассеянно потянул их, не возражая против боли.

Эдвард качал Беллино сердце быстрее, чем я.

— Она не умерла, — рычал он, — она выживет!

Не знаю, со мной ли он разговаривал.

Я отвернулся и, оставив его наедине с мертвой, медленно пошел к двери. Очень медленно. Не мог шевелить ногами быстрее.

Вот он какой, океан боли. Другой берег был так далеко, в милях и милях бурлящей воды, что я не мог его даже вообразить, не то что увидеть.

Я вновь почувствовал себя опустошенным. У меня больше не было цели. Я уже очень давно боролся за спасение Беллы... и не спас ее. Она добровольно принесла себя в жертву монстру, который разорвал ее изнутри. Моя битва проиграна.

Спускаясь по лестнице, я вздрогнул от звука, который раздался у меня за спиной: звука сердца, бившегося по воле чужих рук.

Мне захотелось налить себе в голову отбеливатель, чтобы он как следует разъел мозги и стер все воспоминания о Белле. Я бы согласился на мозговую травму, лишь бы не помнить тех криков, крови и невыносимого хруста...

Мне захотелось броситься вон, перепрыгнуть десять ступеней одним махом и выбежать за дверь, но ноги были свинцовые, а тело измотано как никогда прежде. Я спускался по лестнице, точно дряхлый старик.

На последней ступеньке я передохнул, собираясь с силами перед последним рывком к двери.

На чистой стороне дивана, спиной ко мне сидела Розали и сюсюкала с тварью, завернутой в пеленки. Наверно, она услышала, как я остановился, но не обратила на меня внимания, наслаждаясь мгновениями краденого материнства. Может, хоть она теперь будет счастлива. Розали получила что хотела, и Белла уже никогда не отберет у нее ребенка. Неужели белобрысая ведьма этого и добивалась?

Она держала в руках что-то темное, а маленькая убийца издавала жадные сосущие звуки.

В воздухе пахло кровью. Человеческой. Розали кормила тварь. Конечно, ей нужна была кровь, что еще нужно чудовищу, жестоко искалечившему родную мать? Оно бы и от Беллиной крови не отказалось. Может, ее оно и пило.

Когда я услышал эти звуки, силы ко мне вернулись.

Силы, ненависть, огонь — красный огонь охватил мой разум, сжигая его, но ничего не стирая. Образы в моей голове были дровами, топливом, на котором зиждилась геенна огненная. Дрожь пробила меня насквозь.

Розали была полностью увлечена тварью и не обращала на меня внимания. Она не успела бы меня остановить.

Сэм прав. Мерзкое отродье — ошибка природы, черный, бездушный демон. Он не имеет права на жизнь.

Его нужно уничтожить.

По-видимому, меня влекло вовсе не на улицу. Теперь я почувствовал источник неодолимой тяги. Я должен был прикончить тварь, очистить мир от мерзости.

Розали попытается убить меня, когда чудовище умрет, и я буду сражаться. Не знаю, хватит ли мне времени растерзать ее, пока остальные не придут на помощь. Может, хватит, а может, и нет. Без разницы!..

И плевать, если волки, не важно из какой стаи, захотят мне отомстить или сочтут правосудие Калленов справедливым. Больше ничто не имеет значения. Только мое собственное правосудие. Месть. Демон, погубивший Беллу, не проживет больше ни минуты.

Если бы Белла выжила, она бы меня возненавидела. Придушила бы собственными руками, если б смогла.

Ну и плевать. Ей было плевать на мою боль, когда она позволила безжалостно себя убить. Так почему я обязан беречь ее чувства?

Ах да, есть еще Эдвард. Впрочем, он сейчас слишком занят — пытается вернуть к жизни бездыханный труп, — чтобы прислушиваться к моим мыслям.

Так что вряд ли у меня будет шанс сдержать данное ему обещание. Если только я не одолею Розали, Джаспера и Элис. Трое против одного. Да уж, в этом поединке я бы на себя не поставил. Но даже если я выиграю, не уверен, что найду в себе силы убить Эдварда.

Для этого мне не хватит сострадания. С какой стати я позволю ему выйти сухим из воды? Разве не справедливее оставить ему жизнь — пустую, лишенную смысла жизнь?

Подумав так, я чуть не улыбнулся — меня снедала кошмарная ненависть. У Эдварда не будет никого: ни Беллы, ни мерзкого отродья. В придачу я постараюсь прикончить как можно больше его родных. Хотя ему наверняка удастся их воскресить, потому что сжечь останки я не успею. Вот Беллу не оживишь.

А мерзкую тварь? Вряд ли. Она ведь наполовину Белла и частично переняла ее уязвимость. Я слышал это в ее тихом трепещущем сердцебиении.

Сердце чудища билось. Беллино — нет.

Все нужные решения я принял буквально за секунду.

Дрожь, охватившая меня, усилилась. Я пригнулся, готовясь броситься на Розали и зубами выхватить убийцу из ее рук.

Белобрысая снова что-то проворковала, отставила пустую железную бутылочку и подняла тварь в воздух, чтобы потереться о ее щеку.

Отлично. Самое время для удара. Я подался вперед, и огонь начал преображать меня по мере того, как тяга к чудовищу росла. Она была сильнее, чем все предыдущие, и очень напоминала приказ альфы: раздавила бы меня, если бы я не подчинился.

На сей раз я *хотел* подчиниться.

Убийца поглядела через плечо Розали мне в глаза — ее взгляд был куда осмысленнее, чем полагается новорожденным.

Теплые карие глаза цвета молочного шоколада — точь-в-точь Беллины.

Дрожь как рукой сняло; невиданной силы жар охватил меня, но то был не огонь.

То было свечение.

Внутри все словно сошло с рельс, когда я уставился на фарфоровое личико полувампира, получеловека: кто-то молниеносными движениями перерезал нити, удерживающие мою жизнь, как связку воздушных шариков. Чик-чик-чик: все, что делало меня собой — любовь к мертвой девушке наверху, любовь к отцу, преданность новой стае, любовь к прежним братьям, ненависть к врагам и самому себе — отделилось и улетело в небо.

Но я не улетел. Теперь меня удерживала новая нить.

Не одна, а миллион нитей, нет — стальных тросов. Миллион стальных тросов привязали меня к единственному центру Вселенной.

Я понял, каково это, когда мир вращается вокруг одной точки. Прежде симметрия Вселенной была мне неподвластна, а теперь я увидел, что она очень проста.

Отныне на земле меня удерживала вовсе не сила притяжения.

А маленькая девочка на руках у Розали.

Ренесми.

Со второго этажа донесся новый звук. Единственное, что могло отвлечь меня в эту бесконечную секунду.

Неистовый стук, стремительное биение...

Преображающееся сердце.

Книга третья

БЕЛЛА

> *Личная привязанность — роскошь, которую человек может себе позволить, лишь когда его враги уничтожены. До тех пор все, кого он любит, — потенциальные заложники. Они лишают мужества и не дают здраво мыслить.*
>
> Орсон Скотт Кард, «Империя»

Пролог

Это был не просто ночной кошмар: сквозь ледяную дымку к нам приближались черные силуэты.

«Мы умрем», — в ужасе подумала я. Меня охватил страх за то бесценное, что я охраняла, но сейчас нельзя было отвлекаться даже на эту мысль.

Они подходили все ближе; черные плащи едва заметно колыхались при движении, руки стиснуты в кулаки костяного цвета. Силуэты плавно разошлись в стороны и взяли нас в кольцо. Это конец.

И тут — словно вспыхнула молния — все вокруг переменилось. Нет, Вольтури по-прежнему подступали, изготовившись к бою, но я вдруг увидела их иначе. Мне не терпелось вступить в схватку. Я хотела, чтобы они напали. Паника сменилась жаждой крови, и я припала к земле, скаля зубы и рыча.

19. ОГОНЬ

Боль была безумная.

Именно так: я словно обезумела, ничего не соображала, не понимала, что происходит.

Мое тело пыталось отгородиться от боли, и меня снова и снова засасывало во тьму, которая на секунды или даже на целые минуты отрезала меня от страданий, зато не давала воспринимать реальность.

Я попробовала отделить их друг от друга.

Небытие было черным, безболезненным.

Реальность была красной, и меня словно сбивал автобус, колотил профессиональный боксер и топтали быки одновременно; меня окунали в кислоту и распиливали на части.

В реальности мое тело дергалось и извивалось, но от боли сама я пошевелиться не могла.

В реальности я осознавала: есть нечто гораздо более важное, чем эти пытки, хотя что именно, вспомнить не могла.

Мгновение назад все было, как положено. Любимые люди вокруг. Улыбки. Почему-то — неясно почему — меня не покидало чувство, что скоро я получу все, за что боролась.

И от одной крошечной неприятности все пошло наперекосяк.

Я увидела, как моя кружка опрокинулась, темная кровь брызнула на белоснежный диван. Я непроизвольно потянулась к ней, хотя увидела другие, более проворные руки.

Внутри что-то дернулось в обратном направлении.

Разрывы. Переломы. Адская боль.

Накатила и отступила чернота, сменившись волной боли. Я не могла дышать — однажды я уже тонула, но теперь все было иначе, слишком горячо в горле.

Меня разрывало, ломало, кромсало изнутри

Вновь чернота.

Голоса, крики, новая волна боли.

— Видимо, плацента отделилась!

Что-то невероятно острое, острее любого ножа, пронзило меня насквозь — несмотря на пытки, слова неожиданно обрели смысл. «Плацента отделилась» — я поняла, что это значит. Мой ребенок может погибнуть внутри меня.

— Вытаскивайте его! — заорала я Эдварду. Почему он до сих пор этого не сделал? — Он задыхается! Быстрее!

— Морфий...

Наш ребенок умирает, а он вздумал ждать, пока подействует обезболивающее?!

— Нет! Быстрее... — выдавила я и не смогла закончить.

Свет в комнате стал заплывать черными пятнами, когда холодное острие новой боли вонзилось мне в живот. Что-то было не так, я невольно начала бороться, чтобы защитить свое чрево, моего ребенка, моего маленького Эдварда Джейкоба, но мне не хватило сил. Легкие ныли, словно в них сгорал кислород.

Боль вновь начала утихать, хотя я и держалась за нее, как могла. Мой ребенок, мой малыш умирает...

Сколько же прошло времени? Несколько секунд или минут? Боль исчезла совсем. Я онемела, ничего не чувствовала и не видела, зато могла слышать. В легких опять появился воздух, он раздирал мне глотку грубыми пузырями.

— Будь со мной, Белла! Слышишь? Будь со мной! Не уходи! Твое сердце должно работать!

Джейкоб? О, Джейкоб все еще здесь, все еще пытается меня спасти...

«Ну конечно», — хотела ответить я. Конечно, мое сердце не остановится, разве я не обещала им обоим?

Я попыталась найти сердце, ощутить его, но безнадежно заплуталась в собственном теле. Я не чувствовала того, что должна была чувствовать, все было не на своих местах. Я заморгала и нашла глаза. Увидела свет. Не совсем то, что искала, но лучше, чем ничего.

Пока я привыкала к свету, Эдвард прошептал:

— Ренесми.

Ренесми?

Так это не бледный красивый мальчик, которого я себе представляла?.. А уже в следующий миг меня захлестнула волна тепла.

Ренесми.

Я заставила свои губы шевельнуться, протолкнула пузыри воздуха наружу, превратила их в шепот. Потом усилием воли подняла руки.

— Дай... дай ее мне.

Свет затанцевал, отразившись от хрустальных рук Эдварда. Блики были красноватые от крови на его коже. И держал он тоже что-то красное, маленькое и барахтающееся. Эдвард прижал теплое тельце к моим рукам, будто я сама взяла его. Влажная кожа малышки была горячая, как у Джейкоба.

Наконец-то я сумела сфокусировать зрение; все вокруг стало абсолютно четким.

Ренесми часто-часто дышала. Ее глазки были широко распахнуты, а лицо такое напуганное, что я чуть не рассмеялась. Маленькую, идеально круглую головку толстым слоем покрывали кровавые сгустки. Глаза были знакомого — но потрясающего — шоколадного цвета. Кожа под кровью казалась бледной, сливочной или цвета слоновой кости. И только щеки горели румянцем.

— Ренесми... — прошептала я. — Красавица...

Дивное личико вдруг улыбнулось — широкой, сознательной улыбкой. За нежно-розовыми губками оказался полный набор белоснежных молочных зубов.

Ренесми уткнулась головкой в мою теплую грудь. У нее была шелковистая кожа, но не такая мягкая, как моя.

Тут я снова ощутила боль — единственный теплый укол. Я охнула.

И она исчезла. Моя крошка с ангельским лицом исчезла. Я ее больше не видела и не чувствовала.

«Нет! — хотела крикнуть я. — Нет! Верните ее!»

Я слишком ослабла. Мои руки упали, как шланги без воды, а потом я вообще перестала их чувствовать. Перестала чувствовать *себя*.

Меня затопила тьма чернее прежней — будто на глаза быстро надели плотную повязку. Причем она закрыла не только глаза, меня саму придавило тяжеленным грузом. Сопротивляться я не могла. Проще сдаться. Позволить тьме столкнуть меня вниз, вниз, вниз, где нет боли, нет усталости и нет страха.

Если бы дело было только во мне, я бы не смогла долго бороться с этим желанием. Я ведь всего лишь человек, и силы мои — человеческие. Я слишком давно в тесной связи со сверхъестественным, как говорил Джейкоб.

Но дело не только во мне.

Если я сейчас сдамся тьме и позволю ей стереть меня, они будут страдать.

Эдвард. Мой Эдвард. Наши жизни переплелись в единую нить. Перережь одну, и лопнет вторая. Если бы он умер, я бы не вынесла. Если умру я, не вынесет он. А мир без Эдварда не имеет никакого смысла. Эдвард *обязан* жить.

Джейкоб, который снова и снова прощался со мной и по первому же зову вновь приходил. Джейкоб, которому я причинила преступно много боли. Неужели я снова раню его — так, как еще никогда не ранила? Ради меня он оставался, несмотря ни на что. И теперь просил лишь об одном: чтобы осталась я.

Но вокруг была такая темнота, что я не видела их лиц. Все казалось ненастоящим — волей-неволей сдашься.

Я проталкивалась сквозь тьму почти инстинктивно. Я не пыталась ее рассеять, лишь слабо сопротивлялась. Не давала себя раздавить. Я ведь не Атлас, а тьма была весом с планету; сбросить ее я не могла. Только бы не исчезнуть вовсе.

Всю жизнь мне не хватало сил, чтобы бороться с неподвластным, атаковать врагов и одерживать над ними победу. Избегать боли. Всегда по-людски слабая, я могла только жить дальше. Терпеть. Выживать.

И пока этого достаточно. Сегодня этого должно хватить. Я буду терпеть, пока не придет помощь.

Эдвард приложит все возможные усилия. Он не сдастся. И я не сдамся.

Из последних сил я не подпускала к себе черноту небытия.

Однако моей решимости было недостаточно. Время шло, и чернота подбиралась все ближе, мне нужен был какой-то источник силы.

Я даже не смогла представить лицо Эдварда. И Джейкоба тоже, и Элис, Розали, Чарли или Рене, Карлайла или Эсми... Никого. Это привело меня в ужас: неужели слишком поздно?

Я ускользала, и ухватиться было не за что.

Нет! Я должна выжить. От меня зависит Эдвард. Джейкоб. Чарли, Элис, Розали, Карлайл, Рене, Эсми...

Ренесми...

И тут, хотя я по-прежнему ничего не видела, я что-то *почувствовала*. Словно калека, вообразила свои руки. И в них был кто-то маленький, твердый и очень-очень теплый.

Моя крошка. Моя маленькая непоседа.

Получилось! Несмотря ни на что, я вытерплю ради Ренесми, продержусь до тех пор, пока она не научится жить без меня.

Тепло в моих воображаемых руках казалось таким настоящим. Я прижала его покрепче. Именно здесь должно быть мое сердце. Держась за теплое воспоминание о дочери, я смогу бороться с тьмой сколько понадобится.

Тепло становилось все более и более реальным. Горячим. Жар был настоящий, не вымышленный.

И он усиливался.

Так, теперь уже слишком. Чересчур горячо.

Как будто я схватилась за раскаленный кусок железа — первым желанием было уронить обжигающий предмет. Но ведь в моих руках ничего не было! Я не прижимала их к груди. Они безжизненно лежали по бокам. Горело у меня внутри.

За бушующим в груди огнем я ощутила пульс и поняла, что снова нашла свое сердце — как раз тогда, когда пожелала его не чувствовать. Пожелала принять черноту, хотя у меня еще был шанс. Я хотела поднять руки, разорвать грудную клетку и выдрать из нее сердце — только бы прекратилась пытка. Но рук я не чувствовала, не могла пошевелить ни одним бесследно исчезнувшим пальцем.

Когда Джеймс раздавил мою ногу, боль была ничтожной. По сравнению с теперешней — как мягкая пуховая перина. Я бы с радостью согласилась испытать ее сотни раз.

Когда ребенок выламывал мне ребра и пробивался наружу, боль была ничтожной. Как плавание в прохладном бассейне. Я бы с радостью согласилась испытать ее тысячу раз.

Огонь разгорелся сильнее, и мне захотелось кричать. Умолять, чтобы меня убили — я не могла вынести ни секунды этой боли. Но губы не шевелились. Гнет по-прежнему давил на меня.

Я поняла, что давит не тьма, а мое собственное тело. Такое тяжелое... Оно зарывало меня в пламя, которое теперь шло от сердца, прогрызало себе путь к плечам и животу, ошпаривало глотку, лизало лицо.

Почему я не могу шевельнуться? Почему не могу закричать? О таком меня не предупреждали.

Мой разум был невыносимо ясен — видимо, его обострила всепоглощающая боль, — и я увидела ответ, как только сформулировала вопрос.

Морфий.

Кажется, это было миллионы смертей назад: мы с Эдвардом и Карлайлом обсуждали мое превращение. Они надеялись, что большая доза обезболивающего поможет мне бороться с болью от яда. Карлайл испытывал это на Эммете, но яд распространился быстрее, чем морфий, и запечатал вены.

Тогда я лишь невозмутимо кивнула и возблагодарила свою на редкость счастливую звезду за то, что Эдвард не может прочесть мои мысли.

Потому что морфий и яд уже смешивались в моем теле, и я знала правду. Онемение, наступавшее от морфия, никак не мешало яду жечь вены. Но я бы ни за что в этом не призналась. Иначе Эдвард еще меньше захотел бы меня изменить.

Я не догадывалась, что морфий даст такой эффект: пришпилит меня к столу, обездвижит, и я буду гореть, парализованная.

Я слышала много историй. Карлайл, как мог, пытался не шуметь, пока горел, чтобы его не раскрыли. Розали говорила, кричать бесполезно — легче не становится. И я надеялась, что смогу быть как Карлайл, что поверю Розали и не раскрою рта. Ведь каждый крик, сорвавшийся с моих губ, будет невыносимой пыткой для Эдварда.

По ужасной прихоти судьбы мое желание исполнилось.

Если я не могу кричать, то как же попросить, чтобы меня убили?

Я хотела только умереть. Никогда не появляться на свет. Вся моя жизнь не перевешивала этой боли, не стоила ни единого удара сердца.

Убейте меня, убейте, убейте.

Бесконечный космос мучений. Лишь огненная пытка, да еще мои безмолвные мольбы о смерти. Больше не было ничего, не было даже времени. Боль казалась бескрайней, она не имела ни начала, ни конца. Один безбрежный миг страдания.

Единственная перемена произошла, когда внезапно боль удвоилась — разве такое возможно? Нижняя часть моего тела, омертвевшая еще до морфия, вдруг тоже вспыхнула. Видимо, исцелилась какая-то порванная связь — ее скрепили раскаленные пальцы огня.

Бесконечное пламя все бушевало.

Прошли секунды или дни, недели или годы, но в конце концов время снова появилось.

Одновременно произошли три вещи — они выросли одна из другой, и я не поняла, что случилось вначале: время пошло, ослабло действие морфия, или я стала сильнее.

Власть над собственным телом возвращалась ко мне постепенно, и благодаря этому я смогла почувствовать ход времени. Я поняла это, когда пошевелила пальцами на ногах и сжала руки в кулаки. Но я не стала ничего делать с этим знанием.

Хотя огонь ни капельки не ослаб — наоборот, я даже научилась воспринимать его по-новому, ощущая каждый язык пламени в отдельности от других, — я вдруг обнаружила, что начинаю трезво мыслить.

Например, я вспомнила, почему нельзя кричать. Причину, по которой пошла на эти нестерпимые муки. Вспомнить-то вспомнила, но мне казалось невероятным, что я согласилась на такую пытку.

Это произошло как раз в тот миг, когда гнет, давящий на мое тело, полностью исчез. Для окружающих никаких перемен не произошло, однако меня, пытающуюся удержать крики и метания внутри, где они больше никому не могли причинить боли, словно бы *отвязали от столба, на* котором я горела, и заставили за него *держаться*.

Мне хватило сил лежать и не шевелиться, сгорая заживо.

Слух становился все острее и острее, я уже могла считать время по ударам бешено колотящегося сердца.

Еще я могла считать свои частые неглубокие вдохи.

И чьи-то тихие, ровные. Они были самые длинные, и я решила сосредоточиться на них: так проходило больше времени. Даже ход секундной стрелки был короче, и эти вдохи тащили меня к концу мучений.

Я становилась все сильнее, мыслила яснее. Когда раздавались новые звуки, я их воспринимала.

Послышались легкие шаги, шорох воздуха — отворилась дверь. Шаги приблизились, и кто-то надавил на мое запястье. Прохлады от пальцев я не ощутила: огонь стер все воспоминания о прохладе.

— Никаких перемен?

— Никаких.

Легчайшее прикосновение воздуха к опаленной коже.

— Морфием уже не пахнет.

— Знаю.

— Белла, ты меня слышишь?

Я понимала, что если разомкну губы, то не выдержу: начну орать, визжать и биться от боли. Даже если просто шевельну пальцем, все мое терпение будет насмарку.

— Белла! Белла, любимая, ты можешь открыть глаза? Можешь сжать руку?

Прикосновение к моим пальцам. Труднее было не ответить, но я лежала, как парализованная. Боль в этом голосе не шла ни в какое сравнение с той, какую Эдвард мог бы испытать. Сейчас он только *боится*, что я страдаю.

— Может... Карлайл, может, я опоздал?.. — сдавленно произнес он и затих.

Моя решимость на мгновение дрогнула.

— Да ты послушай ее сердцебиение, Эдвард! Оно даже сильнее, чем было у Эмметта. Никогда не слышал ничего подобного, в нем столько *жизни*. Белла будет само совершенство.

Да, не зря я молчу. Карлайл его убедит. Эдвард не должен страдать вместе со мной.

— А как же... позвоночник?

— Травмы у нее ненамного серьезнее, чем были у Эсми. Яд их исцелит.

— Но она так неподвижна... Наверняка я сделал что-то неправильно.

— Сынок, ты сделал все, что на твоем месте сделал бы я, и даже больше. Не уверен, что мне хватило бы мужества и веры ее спасти. Перестань себя корить, Белла поправится.

Надломленный шепот:

— Она, наверное, очень страдает.

— У нее в крови была большая доза морфия — неизвестно, как это повлияло.

Легкое касание на сгибе локтя. Вновь шепот:

— Белла, я тебя люблю. Мне так жаль...

Я очень хотела ответить, но это лишь усилило бы его муки. Нет, надо дождаться, пока я смогу держать себя в руках.

Все это время огонь продолжал бушевать в моем теле. Зато в голове освободилось много пространства. Появилось место для понимания разговоров, для запоминания происходящего, для мыслей о будущем, хотя бесконечный космос боли никуда не делся.

И еще было место для тревоги.

Где моя малышка? Почему ее тут нет? Почему они о ней не говорят?

— Нет, я останусь здесь, — проговорил Эдвард, словно отвечая на мои мысли. — Они сами разберутся.

— Интересное положение... — ответил ему Карлайл. — Я-то считал, что предусмотрел все.

— Я подумаю над этим потом. *Мы* подумаем.

— Уверен, впятером мы сумеем избежать кровопролития.

Эдвард вздохнул.

— Даже не знаю, на чью сторону встать. Я бы им обоим задал трепку. Ну да ладно, позже обсудим.

— Интересно, на чьей стороне будет Белла, — задумчиво произнес Карлайл.

Тихий вымученный смешок.

— Не сомневаюсь, она меня удивит. Всегда удивляла.

Шаги Карлайла стихли в коридоре, и я огорчилась, что никто ничего не объяснил. Они специально говорят загадками, чтобы меня позлить?

Я вновь начала считать вдохи Эдварда.

Десять тысяч девятьсот сорок три вдоха спустя в комнате раздались другие шаги. Более легкая поступь. Более... ритмичная.

Странно, что я вообще заметила эту разницу, ведь раньше ничего подобного я не слышала.

— Долго еще? — спросил Эдвард.

— Уже скоро, — ответила Элис. — Она становится гораздо четче. Я хорошо ее вижу. — Вздох.

— Все еще злишься?

— Да, спасибо, что напомнил, — пробурчала Элис. — Ты бы тоже умер от злости, когда понял, что оказался в заложниках у собственной сущности. Вампиров я вижу прекрасно, потому что сама вампир, людей тоже ничего — была человеком, а этих странных полукровок вообще не видно! Жуть.

— Сосредоточься, Элис.

— Ах да. Беллу разглядеть проще простого.

Ненадолго воцарилась тишина, а потом Эдвард вздохнул — по-новому, облегченно.

— Она действительно выживет.

— Ну конечно!

— Два дня назад ты не была так уверена.

— Потому что два дня назад я ее толком не видела! А теперь, когда белых пятен почти не осталось, это ясно, как день.

— Можешь сосредоточиться на моем будущем? Сколько времени на часах?

Элис вздохнула.

—Какой ты нетерпеливый! Хорошо, подожди секунду...

Ни слова, только дыхание.

— Спасибо, Элис, — радостно произнес Эдвард.

Сколько?! Неужели нельзя было сказать это вслух, для меня? Я что, о многом прошу? Сколько еще секунд мне гореть? Десять тысяч? Двадцать? Еще день — восемьдесят шесть тысяч четыреста? Или больше?

— Она будет обворожительна.

Эдвард тихо зарычал.

— Она всегда была обворожительной!

Элис фыркнула.

— Ты понимаешь, о чем я. Взгляни на нее.

Ответа не последовало, но слова Элис меня обнадежили: может, я и не похожа на брикет угля, как мне казалось. По ощущениям я уже давно должна была превратиться в груду обугленных костей. Каждая клеточка моего тела сгорела дотла.

Элис ветром умчалась из комнаты: я слышала шорох ее одежды при движении. И тихое гудение лампы под потолком. И легкий ветерок, обдувающий стены дома. Я слышала *все*.

Внизу кто-то смотрел по телевизору бейсбол. «Сиэтл Маринерс» вели счет.

— Сейчас *моя* очередь! — услышала я сердитый голос Розали, а в ответ — тихое рычание.

— Ну-ка, хватит! — осадил их Эммет.

Кто-то зашипел.

Бейсбол не мог отвлечь меня от боли, поэтому я стала опять считать вдохи Эдварда.

Двадцать одну тысячу девятьсот семнадцать с половиной секунд спустя моя боль изменилась.

Хорошая новость заключалась в том, что она начала утихать на кончиках пальцев рук и ног. Медленно, но хоть какие-то перемены! Выходит, скоро боль отступит...

Плохая новость: изменился и огонь в моей глотке. Я теперь не только горела, но и умирала от жажды. В горле была пустыня. Ох, как же хотелось пить! Нестерпимый огонь и нестерпимая жажда...

Еще одна плохая новость: пламя в моем сердце стало горячее. Неужели это *возможно*?!

Сердце, которое и так билось очень быстро, заколотилось еще исступленнее.

— Карлайл! — позвал Эдвард. Если Карлайл рядом с домом, он обязательно услышит.

Огонь покинул мои ладони, оставив их нежиться в блаженной прохладе, — ушел в сердце, которое теперь пылало подобно солнцу и колотилось как бешеное.

В комнату вошел Карлайл, вместе с ним — Элис. Я четко различала их шаги и даже могла определить, что Карлайл идет справа, чуть впереди.

— Слушайте, — сказал им Эдвард.

Самым громким звуком в комнате было мое сердцебиение, грохочущее в одном ритме с огнем.

— Наконец-то, — сказал Карлайл, — скоро все закончится.

Нестерпимая боль в сердце затмила даже облегчение, которое я испытала от этих слов.

Зато от боли уже освободились запястья и лодыжки. Огонь в них полностью утих.

— Да, совсем скоро! — радостно подтвердила Элис. — Позову остальных. Розали пусть...

— Да, держите малышку подальше отсюда.

Что? Нет! Нет! Как это — держите малышку подальше? О чем он только думает?!

Я дернула пальцами — раздражение пробило мою идеальную броню. В комнате тут же воцарилась мертвая тишина, которую нарушало только исступленное сердцебиение.

Чья-то рука сжала мои приподнявшиеся пальцы.

— Белла! Белла, любимая!

Смогу ли я ответить, не закричав? На мгновение я задумалась, потом огонь еще сильнее разгорелся в моей груди, покинув колени и локти. Нет, лучше не испытывать судьбу.

— Сейчас позову всех, — торопливо выпалила Элис и со свистом умчалась из комнаты.

И тут — о!

Сердце забилось, точно лопасти вертолета, удары слились в почти непрерывный звук; казалось, оно вот-вот сотрет в порошок мои ребра. Огонь вспыхнул в груди с небывалой силой, вобрав все остатки пламени из тела. Боль застала меня врасплох и пробила железную хватку: спина изогнулась, как будто пламя тянуло меня вверх за самое сердце.

Другим частям тела я выйти из-под контроля не позволила и рухнула обратно на стол.

Внутри меня разыгралась битва: сердце летело вперед, пытаясь обогнать бушующий огонь. Победителя не предвиделось: пламя гасло, спалив все, что можно, а сердце неуклонно приближалось к последнему удару.

Теперь из всех человеческих органов у меня осталось только сердце. Огонь сосредоточился в нем и взорвался последней нестерпимой вспышкой. В ответ на нее раздался глубокий пустой стук. Сердце дважды запнулось и напоследок ударило вновь, едва слышно.

Больше ни звука. Вокруг — ни дыхания. Даже моего собственного.

В какой-то миг я поняла, что чувствую только одно: отсутствие боли.

А потом я открыла глаза и изумленно огляделась.

20. НОВАЯ ЖИЗНЬ

Все было таким *четким*.

Ярким. Резким.

Над головой по-прежнему сиял ослепительно-белый свет, но в то же время я видела нити накала внутри лампочки. В этом белом свете я разглядела все цвета радуги, а на самом краю спектра еще один, название которого я не знала.

За светом я различила отдельные волокна темного дерева на потолке. Пылинки в воздухе были отчетливо видны с обеих сторон — светлой и темной. Они кружили, словно планеты в небесном танце.

Пыль была такой красивой, что я потрясенно втянула воздух; он со свистом пронесся по моему горлу, а из пылинок рядом с моим лицом образовалась воронка. Что-то не так. Я подумала и поняла, в чем дело: вдох не принес никакого облегчения. Воздух мне больше не нужен. Легкие его не ждали и никак не отреагировали на приток кислорода.

Пусть в воздухе не было необходимости, он мне *нравился*. В нем я ощутила вкус всей комнаты: красивых пылинок, смесь духоты и более свежего ветерка из коридора. Богатый вкус шелка. Слабый привкус чего-то теплого и желанного, что должно было быть влажным, но почему-то не было... Хотя этот аромат перешибали хлорка и нашатырный спирт, от него у меня в горле вспыхнула жажда — легкий отголосок прежнего огня. Но сильнее всего я ощущала другой запах — смесь меда, сирени, солнечного света и чего-то еще; его источник находился совсем рядом.

Я услышала, как вокруг вместе со мной задышали другие. Их дыхание смешалось с сиренью, медом и солнцем, принеся новые ароматы: корицы, гиацинта, груш, морской воды, пекущегося хлеба, хвои, ванили, кожи, яблок, моха, лаванды, шоколада... Я перебирала в уме сотни знакомых мне запахов, — ни один из них не соответствовал полностью тому, что я сейчас чувствовала. Такой чудесный и приятный аромат...

У телевизора в гостиной выключили звук, и я услышала, как кто-то — Розали? — заерзал на диване.

Еще я услышала едва различимые ударные, под который кто-то кричал. Рэп? Не успела я толком озадачиться, как звук постепенно исчез, словно мимо проехала машина с опущенными стеклами.

Я испуганно поняла, что так оно, наверное, и было. Неужели я теперь слышу до самого шоссе?

Я не чувствовала, что меня держат за руку, пока ее легонько не стиснули. Мое тело тут же оцепенело, словно реагируя на боль. Я не ожидала такого прикосновения. Кожа была идеально гладкой, но... не холодной.

После секундного оцепенения тело ответило на незнакомый раздражитель еще более странным образом.

Воздух поднялся по горлу и вырвался сквозь стиснутые зубы с низким зловещим гудением, точно зажужжал рой пчел. Но прежде мои мышцы напряглись и изогнулись, инстинктивно уворачиваясь от неизвестного. Я вскочила так стремительно, что перед глазами все должно было слиться в размытое пятно — однако не слилось. Я видела каждую пылинку, каждое волокно в деревянных панелях, каждую микроскопическую ниточку, которая попала в поле зрения.

Когда я испуганно прижалась к стене — спустя шестнадцатую долю секунды, — я поняла, в чем была причина моего страха. И что отреагировала я чересчур резко.

Ну конечно, Эдвард больше не кажется мне холодным! У нас же одинаковая температура тела.

Я просидела в этой позе где-то восьмую долю секунды, оценивая обстановку.

Через стол — мой погребальный костер — ко мне тянулся встревоженный Эдвард.

Самым главным в окружающей обстановке было его лицо, хотя боковым зрением я на всякий случай подметила и все остальное. Во мне сработал какой-то защитный инстинкт, и я невольно искала вокруг угрозу.

Мои родственники-вампиры настороженно замерли у дальней стены, Эмметт и Джаспер впереди. Как будто угроза действительно была. Я раздула ноздри, озираясь по сторонам. Ничем особенным не пахло. Чудесный аромат — хоть и подпорченный запахом химикалий — вновь защекотал мне горло, отчего оно вспыхнуло и заболело.

Из-за плеча Джаспера, широко улыбаясь, выглядывала Элис. Блики света на ее зубах сияли всеми цветами радуги.

Ее улыбка меня успокоила, и я сумела разобраться в происходящем. Похоже, Джаспер и Эмметт защищали остальных, вот только до меня не сразу дошло, что защищали они их от *меня*.

Все это я воспринимала побочно; мои чувства и мысли были сосредоточены на лице Эдварда.

До сих пор я никогда не видела его по-настоящему.

Сколько раз я любовалась его красотой? Сколько часов — дней, недель — своей жизни я мечтала об этом совершенстве? Я думала, что знаю лицо Эдварда лучше, чем свое собственное. Я полагала, что безупречность этих черт — единственное, в чем нельзя усомниться.

На самом деле я была слепой.

Впервые в жизни я увидела это лицо во всей красоте — мне больше не мешали тени и ограниченность человеческого зрения. Я охнула и попыталась подобрать нужные слова — безуспешно. Таких слов не существовало.

Примерно в это время часть моего сознания уже убедилась, что никакой опасности кроме меня в комнате нет, и я машинально выпрямилась. С того момента, как я лежала на столе, прошла почти целая секунда.

Тут меня озадачили собственные движения. Не успела я подумать о том, чтобы встать, как я уже стояла. Действие не заняло и доли секунды; перемена была мгновенной, как будто я и вовсе не двигалась.

Мой взгляд снова замер на Эдварде.

Он медленно обошел вокруг стола, все еще протягивая ко мне руки — каждый шаг занимал чуть ли не полсекунды и волнообразно перетекал в другой, точно вода скользила по гладким камням.

Новыми глазами я наблюдала за его грациозными движениями.

— Белла, — тихо, как бы успокаивая, окликнул меня Эдвард, тем не менее с ноткой тревоги.

Я не смогла ответить сразу, зачарованная бархатными складками его голоса. То была совершенная симфония, исполненная на единственном инструменте. Ни один инструмент, созданный человеком, не смог бы с ним сравниться.

— Белла, любимая! Прости, я понимаю, как ты растеряна. Все хорошо.

Все? Я мысленно вернулась к событиям моего последнего «человеческого» часа. Воспоминания были туманные, как будто я смотрела на них сквозь плотный темный занавес — ведь мои человеческие глаза были почти незрячими.

Под словом «все» Эдвард подразумевал и Ренесми? Где же она? С Розали? Я попробовала представить ее лицо — очень красивое, — но продираться сквозь человеческие воспоминания было неприятно. Лицо Розали скрывалось в темноте.

А Джейкоб? У него тоже все хорошо? Мой многострадальный лучший друг теперь меня ненавидит? Он вернулся в стаю Сэма? А Сет и Ли?

Каллены в безопасности, или мое превращение разожгло вражду между вампирами и оборотнями? Заверения Эдварда действительно касались *всего*, или он просто меня успокаивал?

А Чарли? Что же я теперь ему скажу? Он наверняка звонил, пока я горела. Что они ему сказали? Как объяснили случившееся?

Пока я раздумывала, какой вопрос задать первым, Эдвард осторожно протянул руку и погладил меня по щеке.

Прикосновение Эдварда будто проникло мне под кожу, сквозь кости черепа. По позвоночнику в живот пробежал электрический разряд.

«Погодите», — подумала я, когда дрожь сменилась теплом, желанием. Разве я не должна была этого лишиться? Разве отказ от подобных чувств — не одно из условий сделки?

Я стала новорожденным вампиром. Сухое жжение в горле это подтверждало. И я отдавала себе отчет в последствиях: человеческие чувства и желания со временем ко мне вернутся, хотя никогда не будут такими, как раньше. Останется только жажда. Такова была цена, и я согласилась ее заплатить.

Однако, когда ладонь Эдварда легла на мое лицо, точно сталь, покрытая шелком, по моим иссушенным венам пробежало желание, опалившее меня с головы до ног.

Дожидаясь ответа, Эдвард пристально смотрел на меня.

Я обняла его.

Опять я будто и не двигалась: только что стояла прямо и неподвижно, точно статуя, как вдруг Эдвард очутился в моих объятьях.

Теплый — по крайней мере, таким он теперь казался. Ароматный — прежде мое притупленное человеческое обоняние не могло воспринять этот чудесный запах во всей его многогранности. Теперь передо мной был стопроцентный Эдвард. Я прижалась лицом к его гладкой груди.

Он неловко переступил с ноги на ногу. Чуть отпрянул. Я изумленно уставилась ему в глаза, смущенная его неприятием.

— Э-э... осторожней, Белла. Ой.

Я отдернула руки и спрятала их за спину, поняв, в чем дело.

Я стала чересчур сильной.

— Прости... — беззвучно, одними губами сказала я.

Он улыбнулся — если бы мое сердце еще билось, оно бы замерло от этой улыбки.

— Не бойся, любимая, — ласково проговорил Эдвард, прикасаясь к моим приоткрытым от ужаса губам. — Сейчас ты немного сильнее меня.

Я нахмурилась. Меня ведь предупреждали! Но почему-то именно это казалось самым странным из всего в высшей степени странного, что творилось вокруг. Я сильнее Эдварда. Из-за меня он *ойкнул*.

Эдвард вновь погладил меня по щеке, и я почти забыла о своих тревогах, когда желание охватило мое неподвижное тело.

Чувство было настолько мощнее всех привычных, что я едва смогла уцепиться за какую-нибудь мысль, хотя в моей голове и освободилось много пространства. Каждое новое ощущение заполняло меня до краев. Эдвард однажды сказал (воспоминание о его голосе было слабой тенью той хрустальной симфонии, которую я теперь слышала), что их — нет, *нас* — очень легко отвлечь. Ясно, почему.

Я изо всех сил попыталась сосредоточиться. Мне нужно было кое-что сказать. Самое-самое важное.

Очень осторожно — так что я даже успела заметить свое движение — я убрала руку из-за спины и дотронулась до щеки Эдварда. Мне стоило больших усилий не отвлекаться на жемчужное сияние моей кожи и на электрический разряд, зазвеневший в моих пальцах.

Я поглядела в глаза Эдварду и впервые услышала свой голос.

— Люблю тебя, — сказала я, хотя это больше походило на пение. Мой голос звучал, будто нежный перезвон колокольчиков.

Улыбка Эдварда поразила меня даже сильнее, чем когда я была человеком, ведь теперь я увидела ее по-настоящему.

— И я тебя люблю, — ответил он.

Эдвард прикоснулся к моему лицу обеими ладонями и наклонился — очень медленно, чтобы напомнить мне об осторожности. Сначала он поцеловал меня мягко, едва ощутимо, а потом вдруг сильнее, более пылко. Я попыталась держать себя в руках, но под таким натиском чувств и ощущений было трудно о чем-либо помнить, трудно придерживаться связных мыслей.

У меня сложилось впечатление, будто прежде мы никогда не целовались, это был наш первый поцелуй. Впрочем, *так* Эдвард меня еще не целовал.

Я почувствовала укол совести. Разумеется, это нарушает условия договора. Ничего такого мне не позволено.

Хотя кислород мне был не нужен, мое дыхание участилось, стало быстрым, как во время горения. Однако на сей раз огонь был иным.

Кто-то кашлянул. Эмметт. Я узнала его низкий голос, шутливый и раздраженный одновременно.

Совсем забыла, что в комнате мы не одни! На людях не положено так обниматься.

Я смущенно отступила — движение вновь не заняло у меня ни секунды.

Эдвард хихикнул и шагнул следом, не выпуская меня из крепких объятий. Лицо у него сияло, как будто под алмазной кожей горело белое пламя.

Я сделала ненужный вдох, чтобы прийти в себя.

Как же наш поцелуй отличался от прежних! Я внимательно вгляделась в лицо Эдварда, сравнивая размытые человеческие воспоминания с этим небывало четким, сильным чувством. Эдвард выглядел... немного самодовольным.

— Ты нарочно мне не рассказывал! — с упреком пропела я, чуть-чуть прищурившись.

Он рассмеялся, сияя от облегчения, — наконец-то все позади: страх, боль, неясность ожидания.

— Тогда это было необходимо, — напомнил он. — Теперь твоя очередь обращаться со мной бережно! — Эдвард захохотал.

Я нахмурилась и тут вдруг услышала смех остальных.

Карлайл обошел Эмметта и быстро приблизился ко мне; в его глазах почти не было настороженности, однако Джаспер не отставал от него ни на шаг. Лицо Карлайла я тоже прежде не видела: мне захотелось сморгнуть, будто я посмотрела на солнце.

— Как ты себя чувствуешь, Белла? — спросил он.

Ответ я придумала за одну шестьдесят четвертую долю секунды:

— Я потрясена. *Столько* всего... — Я умолкла, вновь прислушавшись к своему мелодичному голосу.

— Да, есть от чего растеряться.

Я кивнула — очень быстро, отрывисто.

— Я чувствую себя прежней. Вроде бы. Даже странно.

Эдвард обнял меня чуть крепче и прошептал:

— Я же говорил.

— Ты прекрасно владеешь собой, — задумчиво произнес Карлайл. — Я такого не ожидал, хотя у тебя и было время на моральную подготовку.

Я подумала о резких переменах настроения и о том, как трудно мне сосредоточиваться.

— Вот уж не знаю.

Он серьезно кивнул, а потом в его глазах, похожих на драгоценные камни, вспыхнуло любопытство.

— Видимо, на этот раз морфий подействовал как надо. Скажи, что ты помнишь о самом превращении?

Я замешкалась, явственно ощущая на себе дыхание Эдварда, от которого по телу бежали электрические разряды.

— Все, что было раньше... осталось как в тумане. Помню, что ребенок задыхался...

Я в страхе посмотрела на Эдварда.

— Ренесми жива и здорова, — заверил меня он, и его глаза заблестели так, как еще никогда не блестели. Он произнес ее имя с затаенным трепетом, благоговением. Так верующие говорят о своих богах. — А потом что было, помнишь?

Я изо всех сил сосредоточилась на том, чтобы не выдать своих чувств. Никогда не умела врать.

— Почти нет. В прошлом так темно. В какой-то миг я открыла глаза... и увидела *все*.

— Потрясающе, — выдохнул Карлайл. Его глаза сияли.

Мне вдруг стало досадно. Ну вот, сейчас покраснею и выдам себя с головой! Ах да, краснеть я теперь не могу.

Однако Карлайлу рано или поздно нужно будет все рассказать. На случай, если ему понадобится создать еще одного вампира. Впрочем, такое едва ли произойдет, и пока можно врать безбоязненно.

— Подумай хорошенько и расскажи все, что помнишь, — не унимался Карлайл.

Я невольно поморщилась: все-таки ложь не мой конек, могу и лишнего ляпнуть. К тому же мне не хотелось вспоминать свои муки. В отличие от моей прошлой жизни эту стадию я запомнила во всех ужасающих подробностях.

— О, прости, Белла, — тут же извинился Карлайл. — Тебя, конечно, мучит жажда. Разговоры подождут.

Пока он этого не сказал, жажда была не такой уж мучительной. В моей голове освободилось столько места! За пылающее горло отвечала какая-то отдельная часть мозга, так что думать об этом не приходилось — ведь не думала я раньше о том, как дышать или моргать.

Однако слова Карлайла вывели жажду на первый план. Сухая боль вдруг заняла все мои мысли. Рука невольно дернулась к горлу, будто я могла потушить пламя снаружи.

Кожа на ощупь была очень странная: одновременно мягкая и твердая, как камень.

Эдвард легонько сжал мою ладонь.

— Пошли на охоту, Белла.

Я изумленно распахнула глаза, и мысли о жажде уступили место потрясению.

На охоту? С Эдвардом?! Но... как? Я ведь ничего про это не знаю.

Он прочел тревогу на моем лице и ободряюще улыбнулся.

— Все очень просто, любимая. За тебя будут работать инстинкты. Не волнуйся, я покажу. — Когда я не пошевелилась, он одарил меня еще одной широкой, чуть кривоватой улыбкой. — Ну вот, а я думал, ты всегда мечтала посмотреть, как я охочусь.

Я рассмеялась (часть моего сознания невольно прислушалась к перезвону колокольчиков), смутно припоминая давний разговор. А потом целую секунду прокручивала в голове наши первые встречи — истинное начало моей жизни, — чтобы уже никогда их не забыть. Я даже не догадывалась, как это будет трудно: словно пытаешься разглядеть что-то в мутной воде. Если думать о прошлом достаточно часто, говорила Розали, воспоминания не сотрутся. А я не хотела забывать ни одной нашей минуты с Эдвардом, хотя впереди была целая вечность. Надо будет покрепче запечатлеть эти образы в своей совершенной вампирской памяти.

— Ну, что? — спросил Эдвард и убрал руку, которую я все еще держала у горла. — Ты не должна страдать, — тихим шепотом добавил он. Раньше нипочем бы этого не услышала!

— Все хорошо! — сказала я по давней человеческой привычке. — Подожди. Сначала другое.

Столько всего нового навалилось, что я не успела задать ни одного вопроса. А ведь были вещи и поважнее жажды.

На этот раз заговорил Карлайл:

— Что, Белла?

— Я хочу ее увидеть. Ренесми.

Было как-то странно произносить ее имя. А слова «моя дочь» вообще не укладывались в голове... Я попробовала вспомнить свои ощущения трехдневной давности и невольно положила руки на живот.

Плоский. Пустой. Я стиснула бледный шелк, покрывавший мою кожу, и вновь запаниковала (какая-то незначительная часть сознания подметила: одела меня наверняка Элис).

Да, я знала, что внутри уже никого нет, и смутно помнила само извлечение, но физическое тому доказательство осмыслить было трудно. Прежде я любила ту, что жила *внутри* меня, а теперь она казалась вымышленной, придуманной. Ускользающим сном — и наполовину кошмаром.

Пока я боролась со смятением, Эдвард и Карлайл настороженно переглянулись.

— Что такое? — с тревогой спросила я.

— Белла, — ласково произнес Эдвард, — сейчас не лучшее время. Она наполовину человек, у нее есть сердце, в ее жилах течет кровь. Пока ты полностью не совладаешь с жаждой... Не хочешь же ты подвергать ее жизнь опасности?

Я нахмурилась. Конечно, не хочу!

Разве я неуправляема? Растеряна — да. Быстро отвлекаюсь — да. Но опасна? Для собственной дочери?

С уверенностью ответить на этот вопрос я не могла. Ладно, придется потерпеть. Ох, как же трудно! Пока я не увижу дочку, она так и будет для меня ускользающим сном... о незнакомке...

— Где она? — Я прислушалась и уловила на первом этаже сердцебиение. И еще чьи-то дыхания — очень тихие, как будто там тоже прислушивались. И трепещущий звук, почти дробь, источник которого я определить не могла...

Сердцебиение звучало так влажно и маняще, что у меня потекли слюнки.

Да, определенно нужно поохотиться, прежде чем я увижу дочь. Мою маленькую незнакомку.

— С ней Розали?

— Да, — резко ответил Эдвард, как будто его что-то расстроило. Я думала, их нелады с Розали давно позади. Неужели между ними вновь вспыхнула вражда? Не успела я спросить, как Эдвард отнял мои руки от плоского живота и легонько потянул меня за собой.

— Подожди, — возразила я, собираясь с мыслями. — А что Джейкоб? Чарли? Расскажи мне все, что я пропустила. Долго я была... без сознания?

Эдвард словно не заметил, как нелегко мне дались последние слова. Они с Карлайлом опять переглянулись.

— Что не так? — прошептала я.

— Все *так*, — заверил меня Карлайл, странно выделив последнее слово. — Ничего особенного не случилось, ты пропустила каких-то два дня. Эдвард молодчина, прямо-таки новатор — он придумал ввести яд в сердце. — Карлайл умолк, гордо улыбнулся сыну и вздохнул. — Джейкоб по-прежнему здесь, а Чарли еще думает, что ты больна. Я сказал ему, что ты сейчас в Атланте, сдаешь анализы в Центре контроля заболеваний. Мы дали ему неправильный номер телефона, и он расстроен.

— Надо срочно ему позвонить... — пробормотала я себе под нос, но, услышав собственный голос, вспомнила о новых трудностях. Чарли меня не узнает. Он не поверит, что это я. Тут до меня дошла другая новость. — Постойте... Джейкоб здесь?!

Опять они переглянулись.

— Белла! — выпалил Эдвард. — Нам многое надо обсудить, но прежде мы должны позаботиться о тебе. Ты мучаешься...

При этих словах я вновь ощутила жжение в горле и судорожно сглотнула.

— Но Джейкоб...

— У нас впереди целая вечность для объяснений, любимая, — ласково напомнил Эдвард.

Конечно, можно и подождать. Слушать проще, когда внимание не отвлекает огонь в горле.

— Хорошо.

— Стойте, стойте, стойте! — защебетала Элис и порхнула ко мне, восхитительно грациозная. Как уже было с Карлайлом и Эдвардом, я впервые увидела ее по-настоящему. Красавица! — Вы обещали, что я буду присутствовать, когда это случится впервые! А вдруг на охоте вам попадется какая-нибудь отражающая поверхность?

— Элис... — хотел было возразить Эдвард.

— Да это всего секундочку займет! — И Элис умчалась из комнаты.

Эдвард вздохнул.

— О чем она?

Прежде чем кто-либо успел ответить, Элис вернулась, таща огромное зеркало Розали в золоченой раме. Оно было вдвое выше нее и в несколько раз шире.

Все это время Джаспер был так молчалив и неподвижен, что я и не видела его за спиной Карлайла. Теперь он снова пошевелился — подскочил к Элис, при этом не сводя глаз с меня. Потому что я представляла угрозу.

Он внимательно следил за моим состоянием и наверняка заметил ужас, с каким я впервые поглядела на его лицо.

Для незрячих человеческих глаз многочисленные шрамы, оставленные армиями новорожденных, были практически незаметны. Раньше я видела их только при ярком свете, выделявшем небольшие припухлости.

А теперь я поняла, что шрамы — самая яркая примета Джаспера. Трудно было оторвать взгляд от его изувеченной шеи и подбородка. Неужели кто-то, пусть и вампир, способен выжить после стольких укусов?

Я инстинктивно приготовилась обороняться. Любой вампир, увидев Джаспера, сделал бы то же самое. Шрамы говорили сами за себя: «Осторожно, опасность!» Сколько вампиров пыталось убить Джаспера? Сотни? Тысячи? Ровно столько же погибло от его клыков.

Джаспер одновременно и увидел, и почувствовал мое восхищение. Сухо улыбнулся.

— Эдвард уже выругал меня за то, что перед свадьбой я не подвела тебя к зеркалу! — сказала Элис, отвлекая меня от своего грозного возлюбленного. — Не хочу снова получить взбучку.

— Взбучку? — Эдвард приподнял бровь.

— Ну, преувеличила чуток, подумаешь! — рассеянно пробормотала Элис, поворачивая ко мне зеркало.

— Ладно, признайся: ты потворствуешь своим вуайеристским наклонностям.

Элис ему подмигнула.

Их обмен любезностями коснулся лишь малой части моего сознания; все остальные мысли были прикованы к женщине в зеркале.

Сначала я бездумно залюбовалась ею. Незнакомка в отражении несомненно была красива, ничуть не хуже Элис и Эсми. Даже в покое она выглядела подвижной и изменчивой, а бледное лицо сияло, точно луна, в обрамлении густых темных волос. Руки и ноги гладкие, сильные, кожа таинственно мерцает, будто жемчуг.

А потом я пришла в ужас.

Кто она?! Сперва я даже не смогла разглядеть собственные черты в этом безупречно гладком лице.

А глаза! Да, я знала, чего ждать, но такое!..

Тем временем лицо женщины оставалось невозмутимым. Точеные черты богини, ничем не выдающие бури, что бушевала внутри. Тут ее пухлые губы шевельнулись:

— Глаза... — выдавила я. — Долго так будет?

— Через несколько месяцев потемнеют, — успокоил Эдвард. — Кровь животных быстрее человеческой разбавляет цвет. Сначала они станут янтарными, потом золотистыми.

Мои глаза несколько *месяцев* будут сверкать, как зловещее красное пламя?!

— Месяцев? — Мой голос стал выше, напряженнее. Идеальные брови женщины в зеркале удивленно взлетели над алыми глазами — такого яркого блеска я в жизни не видела.

Джаспер насторожился и шагнул ко мне. Он прекрасно знал повадки новорожденных вампиров; неужто даже такое безобидное проявление чувств означает, что я опасна?

Никто не ответил на мой вопрос. Я повернулась к Эдварду и Элис. Они оба были слегка растеряны и не сводили глаз с Джаспера: прислушивались к его тревожным мыслям, заглядывали в ближайшее будущее.

Я сделала еще один глубокий, совершенно бесполезный вдох.

— Нет, со мной все нормально, — заверила их я и мельком взглянула на незнакомку в зеркале. — Просто... слишком много впечатлений.

Джаспер нахмурил лоб, отчего два шрама над его левым глазом стали еще заметнее.

— Не знаю, — прошептал Эдвард.

Женщина в зеркале помрачнела.

— И какой вопрос я пропустила?

Эдвард улыбнулся.

— Джаспер спросил, как тебе это удается.

— Что?

— Сдерживать чувства, Белла, — ответил Джаспер. — Никогда не видел, чтобы новорожденные обладали такой властью над своими порывами. Ты расстроилась, но, увидев нашу тревогу, тут же совладала с собой. Я хотел помочь, но тебе моя помощь не понадобилась.

— Это плохо? — спросила я. Мое тело невольно окаменело в ожидании вердикта.

— Нет, — не слишком убедительно отозвался Джаспер.

Эдвард погладил мою руку, как бы разрешая мне успокоиться и оттаять.

— Это удивительно, Белла. Мы не совсем понимаем... надолго ли тебя хватит.

Неужели в любую минуту я могу сорваться? Обернуться чудовищем?

Приближения гнева я не чувствовала... Может, готовиться к этому бесполезно?

— Ну, что думаешь? — нетерпеливо спросила Элис, указав на зеркало.

— Не знаю даже... — уклончиво ответила я, не желая признавать, что до смерти напугана.

Я уставилась на красавицу с ужасными глазами, пытаясь найти в ней хоть частичку себя. В форме губ... Если не обращать внимания на сногсшибательную красоту, можно было заметить, что верхняя губа пухлее нижней — этот знакомый маленький изъян меня даже обрадовал. Может, и в другом я осталась прежней.

Я неуверенно подняла руку; женщина в зеркале тоже прикоснулась к лицу. Ее алые глаза внимательно наблюдали за мной.

Эдвард вздохнул.

Я отвернулась от зеркала и посмотрела на него.

— Ты разочарован? — бесстрастным певучим голосом спросила я.

Эдвард рассмеялся и признал:

— Да.

Мою невозмутимую маску разбило потрясение, и в тот же миг я ощутила боль.

Элис зарычала. Джаспер вновь подался вперед, решив, что я вот-вот сорвусь.

Однако Эдвард не обратил на них внимания и крепко обвил руками мой оцепеневший стан, приникнув губами к щеке.

— Я надеялся, что смогу слышать твои мысли, когда они станут похожими на мои, — прошептал он. — Но вот я опять убит: совершенно не понимаю, что творится в твоей голове.

Мне тут же полегчало.

— Ну, — весело сказала я, радуясь, что мои мысли по-прежнему принадлежат только мне, — видно, мой мозг никогда не будет работать, как полагается. Зато я хорошенькая!

По мере того как я привыкала, мне становилось легче шутить, мыслить связно. Быть собой.

Эдвард прорычал мне на ухо:

— Белла, ты никогда не была просто хорошенькой!

Тут он отпрянул, вздохнул и сказал кому-то:

— Ладно, ладно...

— Что?

— С каждой секундой Джасперу все больше не по себе. Он успокоится, только когда ты поохотишься.

Я взглянула на встревоженное лицо Джаспера и кивнула. Я и сама не хотела срываться здесь, если уж от этого никуда не денешься. Лучше пусть вокруг будут деревья, чем родные.

— Хорошо, пойдем, — согласилась я, и от радостного предвкушения, смешанного со страхом, у меня в животе все задрожало. Я убрала руки Эдварда со своей талии (хотя одну не отпустила) и повернулась спиной к странной красавице в зеркале.

21. ПЕРВАЯ ОХОТА

— Через окно? — спросила я, потрясенно выглядывая со второго этажа.

Прежде я не боялась высоты, но теперь, когда увидела все в мельчайших подробностях, перспектива спрыгнуть вниз не показалась мне такой уж заманчивой. Края камней выглядели куда острее, чем я представляла.

Эдвард улыбнулся.

Самый удобный выход. Если боишься, давай я тебя понесу

— У нас впереди целая вечность, а ты хочешь сэкономить время на спуске по лестнице?

Он слегка нахмурился.

— В гостиной Ренесми и Джейкоб...

— Ах да...

Я ведь теперь чудовище. Нужно держаться подальше от запахов, которые могут пробудить во мне зверя. В частности — от любимых людей. Даже от тех, кого я толком не знаю.

— А Ренесми... ничего, что она с Джейкобом? — прошептала я и запоздало поняла, что слышала внизу сердцебиение Джейкоба. Я снова прислушалась, но уловила только один ровный пульс. — Он ведь ее недолюбливает...

Эдвард странно поджал губы.

— Уверяю, она в полной безопасности. Я читаю мысли Джейкоба.

— Верно. — Я снова выглянула в окно.

— Тянешь время? — поддразнил меня Эдвард.

— Немножко. Я не знаю, как...

Тут я вдруг поняла, что за мной молча, внимательно наблюдает вся семья. Ну, почти молча. Эмметт уже позволил себе тихонько хихикнуть. Одна моя оплошность — и он будет кататься по полу. Знаю я его: потом начнутся шуточки про самого неуклюжего вампира на свете...

И вообще, мое платье — Элис одела меня, когда мне было вовсе не до нарядов — не лучшим образом подходит для прыжков со второго этажа и охоты. Узкий шелковый футляр нежно-голубого цвета? Для чего он мог мне понадобиться?! У нас намечается коктейльная вечеринка?

— Смотри, — сказал Эдвард и непринужденно шагнул из высокого открытого окна.

Я внимательно проследила, под каким углом он согнул колени, чтобы смягчить удар. Приземлился он почти бесшумно: как будто мягко прикрыли дверь или осторожно положили на стол книгу.

Вроде бы ничего сложного.

Стиснув зубы и сосредоточившись, я попыталась скопировать его непринужденный шаг в пустоту.

Ха! Земля приближалась так медленно, что я бы тысячу раз успела правильно поставить ноги... — Элис обула меня в туфли на шпильках?! Совсем спятила!.. — поставить дурацкие туфли так, словно я просто шагнула вперед по ровной поверхности.

Я приземлилась на самые носочки, чтобы не сломать тонкие каблуки. Звук получился такой же тихий, как у Эдварда. Я улыбнулась.

— И правда, проще простого!

Он улыбнулся в ответ.

— Белла.

— Что?

— У тебя очень изящно получилось. Даже для вампира.

Я подумала над его словами и просияла. Если бы это была неправда, Эмметт рассмеялся бы. Но никто не счел комплимент Эдварда смешным, а значит, у меня действительно хорошо получилось! За всю мою жизнь... ну, то есть существование, никто и никогда не называл меня «изящной».

— Спасибо!

Я сняла серебряные шелковые туфельки и зашвырнула их обратно в окно. Явно перестаралась, но кто-то успел их поймать, так что панели остались цели.

Элис буркнула:

— Координация ее больше не подводит, а вот чувство стиля...

Эдвард взял меня за руку — я не уставала наслаждаться гладкостью и приятной температурой его кожи — и помчался через задний двор к реке. Я следовала за ним, не прилагая при этом никаких усилий.

Любое физическое действие давалось мне без труда.

— Мы что, переплывем? — спросила я, когда мы остановились у берега.

— И испортим твое чудесное платье? Нет. Перепрыгнем.

Я озадаченно поджала губы. Река была метров пятьдесят в ширину.

— Сначала ты.

Эдвард погладил меня по щеке, быстро отошел на два шага от берега, разбежался и сиганул вперед с большого плоского камня. Я проследила за его молниеносным прыжком, в конце которого он сделал эффектный кувырок и скрылся в чаще на другом берегу.

— Хвастун! — буркнула я и услышала смех.

Я сделала пять шагов назад — так, на всякий пожарный — и перевела дух.

Почему-то мне опять стало страшно. Не за себя, а за лес. Медленно, но верно во мне зрело осознание собственной мощи — мышцы наполнялись сверхъестественной силой. Я вдруг поняла, что если бы захотела прокопать туннель под рекой — зубами или ногтями, — это не составило бы большого труда. Окружающие предметы — деревья, кусты, камни, дом — вдруг стали казаться страшно хрупкими.

Понадеявшись, что у Эсми нет любимых деревьев вдоль берега, я сделала первый шаг. И сразу остановилась: узкий шелк разошелся сантиметров на десять вдоль ноги. Ох уж эта Элис!

Впрочем, она всегда относилась к вещам так, словно они одноразовые, поэтому ворчать, наверное, не будет. Я нагнулась, осторожно схватила края материи и, приложив как можно меньше усилий, порвала шов до самого бедра. Потом сделала то же самое с другой стороны.

Так-то лучше.

В доме засмеялись, кто-то скрипнул зубами. Смех шел с обоих этажей, и я сразу же узнала хрипловатый, грудной смешок из гостиной.

Выходит, Джейкоб тоже за нами наблюдает? Даже подумать страшно, что он сейчас думает. Почему он до сих пор не ушел? Я полагала, что наше примирение — если Джейкоб вообще сможет меня простить — произойдет в далеком будущем, когда я стану спокойнее, а он залечит раны, которые я ему нанесла.

Помня о своей несдержанности, я не обернулась, хотя и очень хотела взглянуть на Джейкоба. Нельзя, чтобы какое-то чувство завладело мной целиком. Страхи Джаспера передались и мне: перво-наперво я должна поохотиться, об остальном нужно пока забыть.

— Белла! — окликнул меня из леса Эдвард, его голос приближался. — Хочешь посмотреть еще раз?

Нет, я отлично все запомнила и не хотела давать Эмметту лишний повод смеяться над моим обучением. Физические действия должны выполняться инстинктивно, так? Я сделала глубокий вдох и побежала вперед.

Юбка мне больше не мешала, поэтому я в один прыжок очутилась у воды. Прошла восемьдесят четвертая доля секунды — однако этого времени хватило, чтобы мои глаза и мысли сосредоточились на прыжке. Всего только и нужно: оттолкнуться правой ногой от камня и приложить достаточное усилие, чтобы взлететь в воздух. Особое внимание я уделила не силе толчка, а своей цели, поэтому и ошиблась — хорошо хоть не угодила в воду. Пятьдесят метров пролетели слишком быстро...

Это было так странно, головокружительно, бодряще... но недолго. Уже через секунду я оказалась на другом берегу.

Я боялась, что густой лес помешает мне приземлиться, но деревья, наоборот, только помогли: мне ничего не стоило протянуть руку и ухватиться за удобную ветку. Я слегка покачалась на ней и спрыгнула на толстую ветвь серебристой ели — до земли оставалось еще метров пять.

Восхитительно.

Сквозь собственный восторженный смех я услышала, как ко мне бежит Эдвард. Я прыгнула вдвое дальше него. Когда он подбежал к моему дереву, глаза у него были изумленные. Я ловко спрыгнула с ветки и бесшумно приземлилась на носочки рядом с ним.

— Ну как? — спросила я, часто дыша от восторга.

— Здорово! — Хотя Эдвард одобрительно кивнул, его непринужденный тон не соответствовал удивленному выражению лица.

— Давай еще раз?

— Белла, сосредоточься, мы на охоте.

— Ах да, — опомнилась я. — Охота, верно.

— Беги за мной... если сможешь. — Сделав хитрое лицо, он бросился вперед.

Эдвард бегал быстрее, чем я. Ума не приложу, как ему удавалось переставлять ноги с такой невероятной скоростью. Впрочем, я была сильнее, и каждый мой шаг равнялся его трем. Поэтому мы вместе летели сквозь живую зеленую паутину, и я ничуть не отставала. На бегу я тихонько смеялась от восторга; смех ни капельки меня не отвлекал.

Наконец-то я поняла, как Эдварду удается не врезаться в деревья. Удивительное ощущение: баланс скорости и четкости. Я мчалась сквозь густую зелень так стремительно, что все вокруг должно было слиться в одну сплошную линию, однако же я различала каждый крохотный листок на маленьких ветвях самых небольших кустов.

Ветер раздувал мои волосы и порванное платье, и, хотя я знала, что так не должно быть, он казался мне теплым. Да и грубая лесная земля под босыми ногами не должна была казаться мне бархатом, а ветви, хлещущие по коже, — мягкими перышками.

Лес был полон жизни, о которой я и не догадывалась: всюду в листве кишели маленькие существа; когда мы пролетали мимо, они в страхе затаивали дыхание. Животные реагировали на наш запах куда разумнее, чем люди. На меня он в свое время произвел прямо противоположный эффект.

Я все ждала, что вот-вот начну задыхаться, но дышала по-прежнему легко и ровно. Я думала, мышцы скоро начнут гореть от усталости, однако по мере того, как я привыкала к бегу, сил только прибавлялось. Мои шаги становились длиннее, и я заметила, что Эдвард пытается не отставать. Когда он все-таки отстал, я ликующе рассмеялась. Мои босые ноги так редко касались земли, что я скорее летела, чем бежала.

— Белла, — спокойно, даже лениво позвал меня Эдвард. Больше я ничего не слышала; он остановился.

Может, устроить бунт?

Вздохнув, я развернулась и легко подбежала к Эдварду — он стоял метрах в ста от меня и улыбался. Я выжидающе на него посмотрела. Боже, какой красавец!

— Может, останемся в стране? — шутливо спросил Эдвард. — Или ты хочешь прогуляться до Канады?

— Останемся, — ответила я, думая не столько о вопросе, сколько о том, как завораживающе двигаются его губы. С моим новым зрением было трудно не отвлекаться на все новое. — На кого будем охотиться?

— На лосей. Я подумал, для начала стоит выбрать жертву попроще... — Он умолк, когда я прищурилась на последнем слове.

Однако спорить в мои планы не входило: меня мучила жажда. Как только я подумала о пересохшем горле, все остальное вообще потеряло значение. Во рту было сухо, как июньским днем в Долине Смерти.

— Где? — спросила я, нетерпеливо вглядываясь в чащу. Теперь, когда я обратила внимание на свою жажду, мысль о ней заразила все остальные, даже самые приятные: о беге, о губах Эдварда, об... изнуряющей жажде. Никуда от нее не деться!

— Стой спокойно, — сказал Эдвард, положив руки мне на плечи. От его прикосновения жажда мгновенно отступила на второй план.

— Теперь закрой глаза, — прошептал он. Когда я повиновалась, он погладил мои скулы. Дыхание участилось, и на мгновение я снова приготовилась краснеть — разумеется, я не покраснела.

— Слушай, — велел Эдвард. — Что ты слышишь?

«Все», — могла бы ответить я; его восхитительный голос, его дыхание, движение губ, шорох птичек, которые чистили перья на вершинах деревьев, их дробное сердцебиение, шепот кленовых листьев, едва слышные щелчки муравьев, ползущих длинной вереницей по коре ближайшего дерева. Однако я поняла, что Эдвард имеет в виду нечто особенное, и простерла слух дальше, за пределы того живого гула, что нас окружал. Где-то рядом было поле — ветер свистел иначе в открытой траве — и маленький ручей с каменистым дном. Оттуда шел плеск лакающих языков, громкое биение тяжелых сердец, качающих густую кровь...

Мое горло словно бы сжалось.

— У ручья, на северо-западе? — спросила я, не открывая глаз.

— Да. — Голос прозвучал одобрительно. — А теперь... подожди, ветер подует... чем пахнет?

В основном пахло Эдвардом: странный медово-сиренево-солнечный аромат. Еще был густой землистый запах моха и прели, хвойной смолы; теплый, почти пряный дух маленьких грызунов, замерших в страхе под корнями деревьев. Издали доносился чистый запах воды, на удивление непривлекательный, хотя у меня и пересохло в горле. Я сосредоточилась на воде и нашла запах, который относился к лакающим языкам и бьющимся сердцам. Еще один теплый аромат, богатый и терпкий, сильнее всех прочих, но почему-то такой же неаппетитный. Я поморщилась.

Эдвард хихикнул.

— Знаю, придется привыкать.

— Их три? — спросила я.

— Пять. Еще два стоят в лесу.

— Что надо делать?

Судя по голосу, Эдвард улыбнулся.

— А что бы ты хотела?

Я подумала над его вопросом, все еще не открывая глаз и принюхиваясь к запаху. Очередной приступ нестерпимой жажды занял мои мысли, и вдруг теплый резкий аромат перестал казаться таким уж неприятным. Хоть что-то горячее и влажное смочит иссохшее горло!.. Я распахнула глаза.

— Не думай об этом, — предложил Эдвард, отняв руки от моего лица и шагнув назад. — Просто следуй инстинктам.

Я поплыла на запах, почти не замечая собственных движений, скользя по склону к небольшому лугу с ручьем. Мое тело само припало к земле, когда я в нерешительности замерла в папоротниках на краю леса. Я увидела большого самца с ветвистыми рогами, склонившего голову над водой, и еще четверых, неспешно идущих к лесу, — на их спинах лежала кружевная тень деревьев.

Я сосредоточилась на запахе самца и горячей точке на его мохнатой шее, где тепло пульсировало сильнее всего. Нас разделяло каких-то тридцать метров — два или три прыжка. Я приготовилась к первому.

Но только мои мышцы напряглись, как ветер подул с другой стороны, с юга. Без лишних размышлений я выбежала из-за деревьев в совершенно другом направлении и спугнула лося в лес. Меня привлек новый аромат, такой манящий, что выбора не оставалось.

Мною полностью завладел запах. Выслеживая его источник, ни о чем другом я не думала: лишь о своей жажде и способе ее утолить. Жажда усилилась и причиняла теперь столько боли, что я не могла ясно мыслить. Я сразу вспомнила, как горел яд в моих венах.

Единственное, что могло бы сейчас сбить меня со следа, — инстинкт более могущественный и примитивный, чем желание потушить огонь. Инстинкт самосохранения.

Я вдруг почувствовала, что за мной следят. Необоримая тяга к источнику запаха стала бороться с желанием защититься от погони. В груди у меня что-то заклокотало, я сбавила шаг и предостерегающе оскалила зубы.

Мой преследователь был совсем близко, и во мне окончательно возобладал инстинкт самосохранения. Я обернулась, воздух со свистом и клокотанием поднялся к горлу...

Животный рык, сорвавшийся с моих губ, так меня напугал, что я остановилась. На секунду в голове у меня стало ясно: туман, вызванный жаждой, отступил, хотя сама она никуда не исчезла.

Ветер переменился, обдув меня ароматами мокрой земли и приближающегося дождя; огненная хватка нового запаха стала еще слабее — запаха такого восхитительного, что он мог принадлежать лишь человеку.

Эдвард замер в нескольких метрах от меня с поднятыми руками — он хотел то ли обнять меня, то ли остановить. Лицо у него было внимательное, настороженное и в то же время потрясенное.

До меня дошло, что я чуть на него не *напала*. Одним рывком я распрямилась и задержала дыхание — запах с юга мог вновь лишить меня рассудка.

Эдвард увидел, что ко мне возвращается способность мыслить, и шагнул вперед, опустив руки.

— Побежали отсюда! — выплюнула я с остатком воздуха из легких.

Эдвард опешил.

— А ты *сможешь*?

Отвечать времени не было. Я понимала, что мой рассудок снова помутится, стоит только подумать о...

Я бросилась бежать — стремительно рванула на север, сосредоточившись на неприятном ощущении от того, что тело никак не реагирует на недостаток кислорода. Моей единственной целью было убежать как можно дальше, туда, где не будет чувствоваться запах. Где я при всем желании не смогу найти его обладателя...

Вновь почувствовав, что за мной следят, я уже не взбесилась. Я поборола в себе желание втянуть воздух и по запаху убедиться, что это Эдвард. Долго бороться не пришлось; я бежала быстрее, чем когда-либо, — мчалась подобно комете, выбирая кратчайший путь на север, — однако уже через минуту Эдвард меня настиг.

В голову пришла новая мысль, и я остановилась. Здесь наверняка было безопасно, но на всякий случай я затаила дыхание.

Эдвард пролетел мимо, не ожидая такой внезапной остановки. Затем развернулся и уже в следующий миг был рядом со мной: положил руки мне на плечи и заглянул в глаза. С его лица не сходило изумление.

— Как тебе это удалось?

— Ты нарочно мне поддался, когда мы бежали сюда! — сердито заявила я, пропустив вопрос мимо ушей. А я-то подумала, что быстро бегаю!

Открыв рот, я почувствовала вкус воздуха — в нем не было соблазнительной примеси, пробуждающей жажду. Я осторожно вдохнула.

Эдвард пожал плечами и качнул головой, не желая уходить от темы.

— Белла, как тебе это удалось?

— Убежать? Я задержала дыхание.

— Но как ты смогла прекратить охоту?

— Ты меня преследовал... ох, прости, Эдвард!

— Почему ты извиняешься передо *мной*?! Это я во всем виноват. Решил, что мы уже далеко от людей, — нет бы сначала проверить! Какой же я дурак! Тебе не за что извиняться.

— Я же на тебя зарычала! — Я по-прежнему была в ужасе от себя: неужели я действительно способна на такое святотатство?

— Конечно. Это естественно. Но вот как ты смогла убежать...

— А что мне оставалось? — спросила я, ничего не понимая: какой реакции он от меня ждал?! — Там ведь могли быть мои знакомые!

Эдвард напугал меня, вдруг разразившись громким смехом. Он запрокинул голову, и эхо его хохота отдалось в деревьях.

— Да что тут *смешного*?!

Эдвард сразу настороженно умолк.

«Держи себя в руках», — мысленно сказала себе я. Надо учиться управлять своими чувствами. Я больше похожа на молодого оборотня, чем на вампира.

— Я не над тобой смеюсь, Белла. Я смеюсь от потрясения. А потрясен потому, что первый раз это вижу.

— Что?

— Удивительно, что ты вообще на такое способна. Ты не можешь быть... рассудительной. Не можешь спокойно болтать со мной. А самое главное, ты не должна была остановиться посреди охоты, когда в воздухе пахло человеческой кровью. Даже взрослые вампиры не всегда на это способны — мы внимательно отбираем места охоты, чтобы случайно не оказаться на пути соблазна. Белла, ты ведешь себя так, словно родилась несколько десятилетий, а не дней назад.

— Ого...

Эдвард вновь погладил мое лицо, в его глазах сияло восхищение.

— Все бы отдал, лишь бы на секундочку заглянуть в твои мысли!

Какие сильные чувства... К жажде я готовилась, но к этому — нет. Я была совершенно уверена, что его прикосновения уже никогда не пробудят во мне прежних чувств. Ну, по правде говоря, прежними они и не были.

Они были куда сильнее.

Я погладила прекрасное лицо Эдварда и задержалась на его губах. От неуверенности мои слова прозвучали скорее как вопрос.

— Я по-прежнему тебя *хочу?*..

Эдвард изумленно заморгал.

— Как ты вообще можешь об этом думать? Разве тебя не мучает нестерпимая жажда?

Конечно, мучает — когда мне об этом напомнили!

Я с трудом проглотила слюну и вздохнула, закрывая глаза, как в прошлый раз, чтобы сосредоточиться. Отпустила свои чувства на волю, но все-таки приготовилась к очередной атаке дивного запретного запаха.

Эдвард уронил руки и даже затаил дыхание, пока я прислушивалась к паутине зеленой жизни, отыскивая среди звуков и запахов что-нибудь, чем можно утолить жажду. На востоке мне попался какой-то необычный и едва уловимый аромат...

Я распахнула глаза, однако по-прежнему была сосредоточена на своих ощущениях, когда развернулась и молча устремилась на восток. Почти сразу же начался пологий подъем, и я бежала на полусогнутых, как зверь на охоте, стараясь не высовываться из леса. Эдварда, несущегося следом, я скорее чувствовала, чем слышала.

Чем выше мы поднимались, тем меньше вокруг становилось зелени. Запах смолы и хвои усилился, как и тот, который меня привлек — теплый, куда острее и приятнее лосиного. Через несколько секунд я услышала приглушенные удары огромных лап — мягкие, не то что топот копыт. Звук шел откуда-то сверху, не с земли, и я инстинктивно взобралась на серебристую ель, заняв стратегически выгодную — более высокую — позицию.

Теперь мягкие удары доносились снизу; источник запаха был совсем рядом. Мои глаза выхватили из окружающего мира движение, соответствующее звукам, и я увидела огромного рыжего льва, припавшего к толстой ветви ели. Он был очень большой, раза в четыре крупнее меня, и не сводил взгляда с земли — тоже охотился. Я уловила запах какого-то мелкого животного, совсем пресный по сравнению с ароматом моей добычи. Хвост льва подергивался: он готовился к броску.

Я легко прыгнула влево и вниз и приземлилась на его ветку. Лев почувствовал дрожь дерева и развернулся, взвизгнув от страха и ярости. Он выпустил когти и замахал лапами в воздухе. Сходя с ума от жажды, я не обратила внимания ни на оскаленные клыки, ни на острые когти, и бросилась прямо на льва. Мы упали на землю.

Схватка длилась недолго.

Смертельные когти были подобны ласковым пальцам, глядящим мою кожу, а клыки соскальзывали с глотки и плеч. Весил лев как пушинка. Мои зубы безошибочно нашли его горло. Бедняжка, он сопротивлялся так слабо, точно ребенок!.. Я сомкнула челюсти ровно в том месте, где сконцентрировался поток тепла.

Шкуру я прокусила легко — словно сливочное масло. Зубы у меня были острые как бритва; им ничего не стоило прогрызть мех, жир и сухожилия.

Конечно, запах был не тот, зато горячая кровь смочила раздраженное зудящее горло. Я жадно пила, лев сопротивлялся все слабее, его вопли утихли. Тепло крови согрело все мое тело, даже кончики пальцев на руках и ногах.

Я прикончила льва, но жажда не исчезла. Она снова вспыхнула в моем горле, и я с отвращением отбросила обескровленный труп. Разве можно хотеть пить после такого количества крови?

Одним быстрым движением я вскочила на ноги и поняла, что видок у меня тот еще. Я вытерла лицо тыльной стороной ладони и расправила платье — от львиных когтей тонкому шелку досталось куда больше, чем моей коже.

— Хм-м... — протянул Эдвард. Я подняла глаза и увидела, что он стоит, небрежно прислонившись к стволу дерева, и задумчиво смотрит на меня.

— Не очень хорошо получилось, да? — Я перепачкалась с ног до головы, волосы сбились в комок, а заляпанное кровью платье висело лохмотьями. Когда Эдвард возвращался домой с охоты, вид у него был более презентабельный.

— Ты молодчина, — успокоил меня он. — Просто... смотреть было довольно жутко.

Я растерянно взглянула на него.

— Ну, ты же боролась со львом! Я за тебя боялся.

— Глупости!

— Знаю. От старых привычек трудно избавиться. Зато мне по душе твое платье.

Если бы я могла покраснеть, непременно бы покраснела. Вместо этого я сменила тему:

— Почему я до сих пор хочу пить?

— Потому что ты молода.

Я вздохнула.

— И вряд ли поблизости есть еще горные львы.

— Зато полно оленей.

Я наморщила нос.

— Они невкусно пахнут.

— Потому что травоядные. У хищников запах больше похож на человеческий.

— Ни капельки не похож, — возразила я, стараясь не вспоминать запретный аромат.

— Можем вернуться, — сказал Эдвард, и в его глазах сверкнул хитрый огонек. — Если те люди — мужчины, они с удовольствием погибнут от твоих рук. — Он вновь окинул взглядом мое порванное платье. — Вернее, они решат, что уже умерли и попали в рай.

Я фыркнула.

— Лучше съедим парочку вонючих травоядных.

По дороге домой мы нашли большое стадо чернохвостых оленей. Эдвард охотился вместе со мной, поскольку я уже поняла тактику. Я завалила большого самца: грязи получилось столько же, сколько и со львом. Пока я возилась с одним оленем, Эдвард выпил двоих и даже прическу не испортил. На рубашке — ни пятнышка крови! Мы бросились за напуганным и разбежавшимся стадом; на этот раз я не пила, а наблюдала за мужем и старалась понять, как ему удается убивать так аккуратно.

Сколько раз я мечтала о том, чтобы Эдвард взял меня на охоту! Но каждый раз, оставаясь дома, я чувствовала тайное облегчение: зрелище наверняка ужасное. Чудовищное. Я боялась, что, увидев Эдварда на охоте, начну относиться к нему как к вампиру.

Конечно, теперь я смотрела на все с другой точки зрения, поскольку сама стала вампиром. Хотя, подозреваю, даже человеком я бы сочла это зрелище красивым.

Наблюдать за охотящимся Эдвардом оказалось невероятно волнующе. Его прыжок был похож на смертельный бросок змеи; руки такие сильные, уверенные, проворные; полные губы, обнажающие белые зубы, такие пленительные! Эдвард был великолепен. Я ощутила внезапную вспышку гордости и желания. Он *мой*. Отныне ничто нас не разлучит. Я теперь слишком могуча: никакая сила не оторвет меня от Эдварда.

Он управился очень быстро и с любопытством посмотрел на мое злорадное лицо.

— Больше не хочешь пить?

Я пожала плечами.

— Ты меня отвлек. Ты охотишься гораздо лучше, чем я.

— Века практики. — Эдвард улыбнулся. Его глаза были обезоруживающе прекрасного цвета: медово-золотистого.

— Вообще-то один, — поправила его я.

Он рассмеялся.

— Ну что, хватит на сегодня? Или еще поохотимся?

— Вроде хватит.

Кажется, я выпила даже чересчур много. Вряд ли в меня еще что-нибудь влезло бы. Но жжение в горле лишь слегка ослабло. Меня предупреждали: жажда — неотъемлемая часть этой жизни.

Оно того стоило.

Я чувствовала себя собранной и уверенной. Может, ощущение было мнимым, но я искренне радовалась тому, что никого не убила. Раз я сумела не напасть на чужих людей, неужели я не смогу удержаться рядом с оборотнем и малышкой-полукровкой, в которых души не чаю?

— Хочу увидеть Ренесми, — сказала я.

Теперь, когда жажда немного утихла (о том, чтобы ее утолить, не было и речи), вернулись мои прежние тревоги. Я хотела убедиться, что незнакомка, моя дочь — то же самое создание, которое я любила три дня назад. Мне все еще казалось странным и неправильным, что внутри меня никого нет. Я внезапно почувствовала себя опустошенной.

Эдвард протянул мне руку. Она была теплее, чем обычно. Его щеки чуть-чуть порозовели, а круги под глазами почти исчезли.

Я не удержалась и погладила его по щеке. А потом еще раз.

Глядя в сияющие золотые глаза Эдварда, я практически забыла, что жду ответа.

Это было не легче, чем устоять перед запахом человеческой крови, однако я зарубила себе на носу, что с Эдвардом надо быть поаккуратнее. Встав на цыпочки, я обняла его за шею. Очень нежно.

Он был не так нежен, когда обхватил меня за талию, прижал к себе и впился в меня губами — теперь они были мягкие. Мои губы больше не принимали форму его, а держали собственную.

Как и прежде, прикосновения его губ и рук словно бы проходили сквозь мою гладкую твердую кожу и новенькие кости прямо внутрь, к сердцу. Я не представляла, что могу любить Эдварда даже сильнее, чем раньше.

Мой прежний рассудок не выдержал бы такой любви. Мое прежнее сердце ее бы не вынесло.

Возможно, именно эта моя особенность усилилась в новой жизни. Вроде сострадания Карлайла и преданности Эсми. Пусть я никогда не смогу делать что-нибудь выдающееся, как Эдвард, Элис или Джаспер, зато я буду любить мужа так, как не любил никто за всю историю человечества.

А что, я не против.

Отчасти я помнила, каково это — перебирать пальцами его волосы, гладить его прекрасную грудь, — но все стало иным. Эдвард стал для меня иным. Он поцеловал меня с небывалой страстью, ничего не боясь, и я ответила тем же. Мы упали в траву.

Я ойкнула, а Эдвард подо мной рассмеялся.

— Прости, не хотела тебя свалить! Все нормально?

Он погладил меня по лицу.

— Даже лучше, чем нормально. — Тут Эдвард вдруг смутился. — Ренесми?.. — неуверенно произнес он, как бы пытаясь понять, чего я хочу. А я хотела всего и сразу!

Мне было ясно, что он непрочь отложить наше возвращение домой, да я и сама могла думать только о его прикосновениях — от платья-то остались одни лоскутки. Но мои воспоминания о Ренесми — до и после ее рождения — становились все более призрачными. Ненастоящими. Они были человеческие, а стало быть, их окружала аура искусственности. То, что я еще не успела потрогать новыми руками, увидеть новыми глазами, казалось мне нереальным.

С каждой минутой маленькая незнакомка ускользала от меня все дальше.

— Ренесми... — печально выдохнула я и встала на ноги, поднимая за собой Эдварда.

22. ОБЕЩАННОЕ

Мысль о дочери заняла центральное место в моем странном, вместительном, но удивительно несобранном разуме. Столько вопросов...

— Расскажи о ней, — попросила я, беря Эдварда за руку. Это нас практически не замедлило.

— На свете нет никого прекраснее, чем Ренесми, — ответил Эдвард, и вновь в его голосе послышалось набожное благоговение.

Меня кольнула ревность. Он ее знает, а я нет!

— Она похожа на тебя? А на меня? Вернее, на прежнюю меня...

— Я бы сказал поровну.

— Ну да, у нее же теплая кровь... — вспомнила я.

— Да, и сердце бьется, хотя и быстрее, чем человеческое. Температура у нее повышенная. И она спит.

— В самом деле?

— Довольно крепко для новорожденной. Мы единственные родители на свете, которым не нужен сон, а наш ребенок дрыхнет всю ночь! — Эдвард хихикнул.

Мне понравилось, как он сказал «наш ребенок». Эти слова сделали Ренесми чуть более настоящей.

— Глаза у нее точь-в-точь как у тебя. Ладно хоть это не потерялось. — Эдвард улыбнулся. — Очень красивые.

— А что от вампира? — спросила я.

— Вроде бы кожа такая же прочная, как наша. Хотя никому бы и в голову не пришло проверять.

Я изумленно заморгала.

— Да не бойся, никто проверять не будет! — успокоил меня Эдвард. — Питание... ну, предпочитает кровь. Карлайл пытается уговорить ее пить детскую смесь, но она капризничает. Еще бы! Пахнет эта штука мерзко, даже для человеческой пищи.

От удивления я разинула рот. Они что, с ней беседуют?!

— Пытается *уговорить*?

— Ренесми потрясающе сообразительна и умнеет с каждой минутой. Она не говорит — *пока*, — но изъясняется вполне доходчиво.

— Не говорит. *Пока*.

Эдвард сбавил шаг, давая мне время переварить услышанное.

— Что значит «доходчиво изъясняется»?!

— Лучше ты... сама посмотришь. Объяснить нелегко.

Я задумалась. Конечно, мне многое надо увидеть своими глазами, иначе все так и будет казаться ненастоящим. Вот только не знаю, к чему я готова. Лучше пока сменить тему.

— Почему Джейкоб еще здесь? Как он это терпит? И зачем? — Мой певучий голос слегка задрожал. — Зачем он должен страдать?

— Джейкоб не страдает, — новым, необычным тоном ответил Эдвард. — Хотя я бы с удовольствием это исправил, — добавил он сквозь стиснутые зубы.

— Эдвард! — зашипела я и рывком остановила мужа (мне немного польстило, что я вообще смогла это сделать). — Зачем ты так говоришь?! Джейкоб пожертвовал *всем*, чтобы защитить нас! Я причинила ему столько... — Я съежилась, вспомнив чувство стыда и вины. Непонятно, почему мне был так нужен Джейкоб. Пустота в груди почти исчезла; видимо, то была какая-то человеческая слабость.

— Скоро ты меня поймешь, — пробормотал Эдвард. — Я пообещал, что он сам тебе все объяснит, но вряд ли ты воспримешь это иначе, чем я. Хотя... я часто ошибаюсь на твой счет, верно? — Он поджал губы и посмотрел мне в глаза.

— Что он мне объяснит?

Эдвард покачал головой.

— Я обещал. Впрочем, вряд ли я чем-то ему обязан... — Он скрипнул зубами.

— Ничего не понимаю. — Внутри у меня закипело раздражение.

Эдвард погладил меня по щеке и нежно улыбнулся, когда мое лицо оттаяло от его ласки; раздражение моментально сменилось желанием.

— Давай поскорее вернемся домой, там ты все поймешь. — Эдвард пробежал глазами по моему платью и нахмурился. — Да-а... — Подумав с полсекунды, снял с себя белую рубашку и подал ее мне.

— Что, все так плохо?

Он улыбнулся.

Я просунула руки в рукава и быстро застегнула пуговицы поверх разодранного лифа. Теперь без рубашки был Эдвард, и это здорово меня отвлекало.

— Давай наперегонки, — предложила я. — Только чур не поддаваться!

Эдвард выпустил мою руку, ухмыльнулся и сказал:

— На старт...

Найти дорогу к моему новому дому оказалось проще, чем спуститься по Чарлиной улице к старому. Мы оставили четкий и ясный след, идти по которому было очень легко даже на такой невероятной скорости.

Эдвард опережал меня, пока мы не добрались до реки. Я решила рискнуть и прыгнуть раньше — воспользоваться своей силой.

— Ха! — ликующе воскликнула я, когда мои ноги первыми коснулись травы.

Прислушиваясь к Эдварду, я вдруг уловила нечто неожиданное. И громкое. Сердцебиение.

В тот же миг Эдвард очутился рядом и крепко схватил меня за плечи.

— Не дыши, — предупредил он.

Я постаралась не поддаться панике и затаила дыхание посреди вдоха. Двигались только мои глаза, инстинктивно озираясь по сторонам в поисках источника звука.

На границе леса и лужайки стоял Джейкоб. Он сложил руки на груди и стиснул зубы. В лесу за его спиной билось еще два сердца; под чьими-то большими лапами шелестели заросли папоротника.

— Осторожно, Джейкоб, — сказал Эдвард. Будто эхом на тревогу в его голосе из леса донесся волчий рык. — Может, не стоило...

— По-твоему, лучше сперва подпустить ее к ребенку? — не дослушал Джейкоб. — Сначала посмотрим, как Белла поведет себя со мной. Если что, я быстро исцелюсь.

Так это проверка? Они хотят посмотреть, смогу ли я не убить Джейкоба, прежде чем попытаюсь не убить Ренесми? Мне вдруг стало тошно — не физически, а мысленно. Чья, любопытно, идея? Эдварда?

Я с тревогой поглядела на него; озабоченность на его лице сменилась чем-то другим, он пожал плечами и с едва ощутимой враждебностью в голосе произнес:

— Ну что ж...

Из леса донесся гневный рык — наверняка он принадлежал Ли.

Да что такое с Эдвардом? После всего, что мы пережили, разве не должен он относиться к моему лучшему другу по крайней мере с теплом? Я-то думала — глупо, наверное, и все-таки, — что они теперь друзья. Видимо, ошибалась.

И что творит Джейкоб? Почему он готов жертвовать собой ради Ренесми?

Я ничего не понимала. Даже если нашей дружбе не конец...

Тут мы переглянулись, и я подумала, что нет, не конец. Джейкоб по-прежнему смотрел на меня, как на лучшую подругу. Он нисколько не изменился. А вот я...

Он встретил меня улыбкой — ласковой, родственной, — и я окончательно уверилась, что наша дружба еще жива. Все как раньше, когда мы днями напролет убивали время в его гараже. Легко и *нормально*. Я вновь заметила, что странная потребность в Джейкобе, которую я чувствовала до перерождения, исчезла. Он стал мне просто другом, как и полагалось.

И все-таки я не могла понять смысл его поступка. Неужели Джейкоб настолько самоотвержен? Готов ценой собственной жизни помешать мне сделать то, за что я буду казнить себя до скончания веков? В чем причина — в снисхождении к моей новой сущности? Конечно, таких прекрасных людей, как Джейкоб, очень мало, но даже от него я не смогла бы принять столь большой жертвы.

Он улыбнулся еще шире и слегка пожал плечами.

— Беллз, извини, конечно, но вид у тебя жуткий. Ты прямо как из фильма ужасов.

Я улыбнулась: вот он, старый добрый Джейкоб, которого я знала и понимала.

Эдвард зарычал:

— Попридержи язык, псина.

Ветер подул мне в спину, и я быстро наполнила легкие безопасным воздухом, чтобы ответить:

— Нет, он прав. Глаза кошмарные, да?

— Просто жуть. Хотя я думал, будет хуже.

— Вот спасибо! Потрясающий комплимент.

Джейк подмигнул.

— Ты же знаешь, что я имею в виду. Ты похожа на себя. Ну, внешне не очень-то, но ты — Белла. Я боялся, что ты перестанешь быть собой... — Он улыбнулся и поглядел на меня без тени гнева или раздражения. А потом хихикнул и добавил: — Да и к глазам я скоро привыкну!

— *Привыкнешь?* — растерянно переспросила я. Конечно, я очень обрадовалась, что наша дружба жива, но вряд ли мы будем проводить вместе много времени...

Джейкоб сделал ужасно странное лицо; от улыбки не осталось и следа. Он выглядел почти... виноватым?

— Спасибо, — сказал он Эдварду, — я боялся, ты не сдержишь обещание. Обычно ты во всем ей потакаешь.

— А может, я надеялся, что она взбесится и оторвет тебе башку? — съехидничал Эдвард.

Джейкоб фыркнул.

— В чем дело? У вас секреты от меня? — недоуменно спросила я.

— Потом объясню, — смущенно ответил Джейк, как будто не ожидал, что все так обернется. Потом он внезапно сменил тему: — Сперва проведем эксперимент. — Он двинулся ко мне, хитро улыбаясь.

Из-за его спины раздался недовольный визг, и на тропинку выскочила Ли. За ней выбежал Сет — он был повыше, песочного цвета.

— Ребята, успокойтесь, — сказал Джейкоб. — Лучше отойдите в сторонку.

Я обрадовалась, что они его не послушали и все равно двинулись следом, только чуть медленнее.

Ветра не было; значит, ничто не скроет от меня его запах.

Джейкоб приблизился настолько, что я ощутила тепло его тела в воздухе. Горло тут же вспыхнуло.

— Давай, Беллз. Не дрейфь.

Ли зашипела.

Мне не хотелось вдыхать. Неправильно так рисковать жизнью Джейкоба, даже если он сам предлагает! Но деваться было некуда: как еще проверить, что я не причиню зла Ренесми?

— Я состарюсь, пока ты надумаешь, Белла, — поддразнил меня Джейк. — Ну, на самом деле нет, но ты меня поняла. Давай, нюхай уже.

— Держи меня, — сказала я Эдварду, прижимаясь к его груди.

Он еще крепче взял меня за плечи.

Я оцепенела, надеясь, что в случае чего это поможет мне сдержаться. А если станет совсем невмоготу, задержу дыхание и убегу отсюда подальше. Морально приготовившись ко всему, я осторожно сделала крошечный вдох.

Стало немного больно, однако в горле и так уже горело. Джейкоб пах человеком не больше, чем горный лев. У его крови был животный запашок, который отбивал всю охоту. И хотя влажное сердцебиение звучало соблазнительно, от запаха я невольно наморщила нос. Он не пробудил во мне жажду, наоборот — помог сдержаться.

Я сделала еще один вдох и окончательно успокоилась.

— Ха, теперь понятно, чего все так бесятся! Ты воняешь, Джейкоб.

Эдвард со смехом убрал руки с моих плеч и обнял меня за талию. Сет тихонько зафыркал вместе с ним; он подошел чуть ближе, а Ли, наоборот, отбежала назад. Тут я услышала еще одного свидетеля: в доме раздался гогот Эмметта, чуть приглушенный стеклянной стеной.

— Кто бы говорил! — буркнул Джейкоб и картинно зажал нос. Когда Эдвард меня обнял, он не помрачнел и не скорчил недовольное лицо, даже когда тот успокоился и прошептал мне на ухо: «Я люблю тебя». Стоял себе и улыбался, как ни в чем не бывало. Это меня обнадежило: может, все действительно наладится и станет так, как не было уже давным-давно. Может, мы опять будем просто друзьями.

— Ну, испытание я выдержала, — сказала я. — Теперь-то вы объясните мне, что случилось?

Джейкоб сразу оробел.

— Ничего такого, о чем стоит сейчас волноваться...

Эмметт снова захихикал — в предвкушении.

Я бы надавила на Джейкоба, но, прислушавшись к Эмметту, уловила и другие звуки: семь разных дыханий, одни легкие работают быстрее остальных. Единственное сердце бьется, словно крылья птахи, легко и быстро.

Я тут же отвлеклась. Моя дочь находилась по другую сторону стеклянной стены. Ее не было видно: свет отражался от стекла, как от зеркала, и в нем я видела только себя. Надо сказать, выглядела я очень странно по сравнению с Джейкобом — такая бледная и спокойная... И по сравнению с Эдвардом, который выглядел привычно.

— Ренесми... — прошептала я и тут же оцепенела от страха. Моя дочь не пахнет животным. Неужели я для нее опасна?

— Пойдем в дом, — прошептал Эдвард. — Уверен, ты справишься.

— Ты мне поможешь? — еле двигая губами, выдавила я.

— Конечно.

— А Эмметт и Джаспер — ну, на всякий пожарный?

— Мы будем начеку, Белла, не волнуйся. Никто из нас не стал бы рисковать жизнью Ренесми. Просто удивительно, как она всех в себя влюбила. Что бы ни случилось, она в полной безопасности.

Желание увидеть дочь и понять, откуда взялся этот благоговейный трепет в голосе Эдварда, разбило мое оцепенение. Я шагнула вперед.

Путь мне преградил Джейкоб. На его лице застыла тре-

— А точно стоит, кровопийца? — жалобно, почти умоляюще спросил он Эдварда. Никогда не слышала, чтобы он так разговаривал с вампиром. — Не по душе мне это. Может, лучше...

— Твое испытание она прошла.

Выходит, это Джейкоб придумал!

— Но...

— Никаких «но», — с внезапной злобой ответил Эдвард. — Белла должна увидеть дочь. Прочь с дороги.

Джейкоб бросил на меня странный безумный взгляд и первым побежал в дом.

Эдвард зарычал.

Я не понимала их взаимной неприязни и не могла на ней сосредоточиться. Я думала только о крошке из моих размытых воспоминаний и пыталась разобрать в тумане ее лицо.

— Ну, идем? — Голос Эдварда опять стал ласковым.

Я нерешительно кивнула.

Он уверенно взял меня за руку и повел в дом.

В гостиной нас встретила вереница улыбчивых и в то же время настороженных лиц. Розали стояла чуть дальше, рядом с парадной дверью. Она была одна, пока к ней не подошел Джейкоб, загородив ее от меня. Я еще никогда не видела их так близко друг к другу; по тому, как они оба съежились, было ясно, что им тоже не по себе.

Кто-то очень маленький выглядывал из объятий Розали и из-за спины Джейкоба. В тот же миг все мое внимание, все мои мысли сосредоточились на ней — такое случилось впервые с тех пор, как я открыла глаза.

— Говорите, меня не было два дня? — потрясенно выдохнула я.

Незнакомой девочке на руках у Розали было несколько недель, а то и месяцев. Она была вдвое больше ребенка из моих смутных воспоминаний и легко держала спину. По ее плечикам рассыпались блестящие бронзовые кудри, а шоколадные глаза рассматривали меня с ничуть не детским интересом; то был взрослый взгляд, сознательный и понимающий. Ренесми подняла одну ручку, на мгновение протянула ее ко мне, а потом снова схватилась за шею Розали.

Будь у нее не такое прекрасное и безупречное лицо, я бы не поверила, что эта малышка — моя дочь.

Но в ее личике я действительно увидела Эдварда; от меня ей достались шоколадные глаза и румянец на щеках. От Чарли — густые кудри, хотя их цвет был точь-в-точь, как у Эдварда. Она в самом деле *наша*. Невероятно, но факт.

Впрочем, от того, что я увидела свою удивительную крошку, она не стала для меня более настоящей. Даже наоборот, Ренесми словно вышла из сказки.

Розали погладила ее по шее и прошептала:

— А вот и она.

Малышка смотрела мне прямо в глаза. Затем — совсем как после мучительных родов — улыбнулась, сверкнув идеально ровными зубками.

Дрожа, я сделала неверный шаг вперед.

Все тут же пришли в движение.

Прямо передо мной выросли Эмметт и Джаспер — плечо к плечу, руки наготове. Эдвард крепко схватил меня сзади. Даже Карлайл и Эсми встали по бокам от сыновей, а Розали, прижав к себе мою дочь, попятилась к двери. Джейкоб приготовился их защищать.

Только Элис не двинулась с места.

— Ох, да ладно вам! — с упреком проговорила она. — Белла ничего плохого не сделает. Вы бы на ее месте тоже захотели взглянуть поближе.

Элис права. Я держала себя в руках и была готова ко всему — даже к невероятно соблазнительному человеческому запаху, как тот, что я учуяла в лесу. Но с Ренесми соблазн был не так велик. Она пахла как самые дивные духи на свете и как вкуснейшее лакомство. Сладкий вампирский дух разбавлял человеческий, поэтому я не потеряла самообладания.

У меня все получится. Иначе и быть не может.

— Все хорошо, — сказала я и похлопала руку Эдварда, вцепившуюся в мою. — На всякий случай не отходи далеко.

Джаспер следил за мной внимательным сосредоточенным взглядом. Он оценивал мое эмоциональное состояние, поэтому я напустила на себя как можно более спокойный вид. Прочитав мысли Джаспера, Эдвард не слишком уверенно убрал руки.

Услышав мой голос, моя не по годам разумная дочка заерзала на руках у тети и потянулась ко мне. Удивительно: на ее личике даже отразилось нетерпение.

— Джас, Эм, пустите. Белла держится молодцом.

— Эдвард, риск... — начал было Джаспер.

— Минимален. Слушай, на охоте она уловила запах каких-то злополучных туристов, разбивших лагерь неподалеку...

Карлайл потрясенно охнул. Лицо Эсми вдруг исполнилось тревоги и сострадания. Джаспер распахнул глаза, но едва заметно кивнул, как будто Эдвард ответил на его вопрос. Джейкоб брезгливо скривил губы. Эмметт только пожал плечами, а Розали и вовсе никак не отреагировала — слишком была увлечена извивающейся в ее руках малышкой.

По лицу Элис было ясно, что ее так легко не проведешь. Пылающий взгляд сосредоточился на моей одолженной у Эдварда рубашке — видимо, она хотела знать, что произошло с платьем.

— Эдвард! — воскликнул Карлайл. — Как ты мог поступить так безответственно?

— Знаю, знаю, я ужасно сглупил. Надо было сначала убедиться, что поблизости никого нет, а потом уж ее отпускать.

— Эдвард, — прошептала я, смутившись под внимательными взглядами. Казалось, все смотрят на мои глаза — не покраснели ли они еще сильнее.

— Я заслужил упреки, Белла, — с улыбкой сказал Эдвард. — Я допустил огромную ошибку. То, что ты выносливее всех, кого я знаю, еще ничего не меняет.

Элис ухмыльнулась.

— Изысканная шутка, Эдвард.

— Я не шучу, а объясняю Джасперу, почему Белла неопасна. Я не виноват, что вы делаете поспешные выводы.

— Погоди... — охнул Джаспер. — Хочешь сказать, она не набросилась на людей?!

— Она начала охоту, — с явным удовольствием ответил Эдвард. Я скрипнула зубами. — И была полностью сосредоточена на добыче.

— Так что произошло? — не выдержал Карлайл. Его глаза вдруг просияли, на губах появилась удивленная улыбка. С таким же лицом он расспрашивал меня о превращении — им двигало любопытство.

Эдвард оживленно склонился к нему.

— Она услышала, что я ее преследую, и инстинктивно попыталась защититься. Ее внимание переключилось на меня, и она тут же прекратила охоту. В жизни не видел ничего подобного! Она осознала, что происходит, а потом... *задержала дыхание и убежала!*

— Ничего себе... — пробормотал Эмметт. — Правда, что ли?

— Он вам не все рассказал, — выдавила я, окончательно смутившись. — Я на него зарычала.

— Хорошую трепку она тебе задала? — с любопытством спросил Эмметт.

— Нет, конечно, нет!

— Серьезно? Ты на него не напала?

— Эмметт! — воскликнула я.

— Какая жалость, — промямлил он. — Единственный человек, который мог бы застать Эдварда врасплох — раз уж он не читает твои мысли, — да и повод был хороший... — Эмметт вздохнул. — *Все* бы отдал, чтобы посмотреть, как Эдвард будет драться без своего преимущества!

Я смерила его ледяным взглядом.

— Я бы никогда его не тронула!

Тут мое внимание привлек помрачневший Джаспер.

Эдвард несильно ударил его кулаком по плечу.

— Ну, теперь понял, куда я клоню?

— Это ненормально.

— Она могла напасть на тебя, ей же всего несколько часов! — воскликнула Эсми, схватившись за сердце. — Ох, надо было нам идти с вами!

Теперь, когда Эдвард выдал задуманную фразу, я перестала обращать на него внимание и не сводила глаз с чудесной девочки, которая так же пристально смотрела на меня. Она протянула ко мне пухлую ручку, будто знала, кто я такая. Я машинально повторила ее жест.

— Эдвард, — проронила я, опершись на Джаспера и выглядывая из-за его спины, чтобы получше рассмотреть дочь, — пожалуйста.

Джаспер стиснул зубы.

— Джас, такого ты еще не видел, поверь мне, — тихо сказала Элис.

Они быстро переглянулись, и Джаспер кивнул. Он отошел в сторону, но, когда я медленно двинулась к Ренесми, положил руку мне на плечо.

Я обдумывала каждый шаг, оценивала свое состояние, жажду, расположение остальных в комнате, свою силу против их силы — удастся ли им меня сдержать? Я шла очень медленно.

Тут моя девочка, брыкавшаяся и тянувшая ко мне ручки, издала пронзительный звенящий вопль. Все — и я в том числе — посмотрели на нее так, словно услышали ее голос впервые.

В тот же миг они столпились вокруг малышки, бросив меня одну, оцепеневшую на месте. Крик Ренесми пронзил меня насквозь и пригвоздил к полу. В глазах защипало так, будто они вот-вот лопнут.

Все, кроме меня, гладили и успокаивали мою девочку!

— Что случилось? Ей больно? В чем дело?

Громче прочих голосил Джейкоб. Я потрясенно наблюдала, как он потянулся к Ренесми, и с ужасом увидела, что Розали отдала ее без всяких возражений.

— Нет, все хорошо! — заверила она Джейкоба.

Розали его успокаивает?!

Ренесми с удовольствием пошла к нему на руки, пихнула его крошечным кулачком и вновь изогнулась ко мне.

— Видишь? — сказала Розали. — Она просто хочет к Белле.

— Ко мне? — прошептала я.

Глаза Ренесми — мои глаза — нетерпеливо смотрели на меня.

Эдвард вернулся, положил руки мне на плечи и подтолкнул вперед.

— Она ждет тебя уже третий день.

Мы стояли всего в двух метрах от Ренесми. Вспышки ее дрожащего тепла будто касались моей кожи.

Или это дрожал Джейкоб? Подойдя ближе, я увидела, что у него трясутся руки. Однако, несмотря на явную тревогу, лицо у моего друга было умиротворенное, как никогда.

— Джейк... все нормально, — сказала я. Мне было страшно видеть Ренесми в его дрожащих руках, но я старалась не терять спокойствия

Он нахмурил лоб и прищурился — вероятно, ему тоже стало страшно, когда он представил Ренесми в *моих* руках.

Малышка нетерпеливо захныкала и вновь потянулась ко мне, сжимая и разжимая кулачки.

В эту секунду у меня внутри что-то щелкнуло и встало на место. Ее плач, знакомые глаза, нетерпение, с каким она ждала нашей встречи — все это сплелось в удивительно естественную и понятную картину. Ренесми вдруг стала для меня настоящей. *Конечно же*, я ее знаю! Нет ничего сверхъестественного в том, что сейчас я сделаю маленький шаг вперед, положу руки туда, где они должны быть, и ласково прижму к себе дочь.

Джейкоб вытянул руки, чтобы я могла прижать Ренесми к груди, но сам ее не выпустил. Когда мы соприкоснулись, он вздрогнул. Кожа Джейка, всегда такая теплая, сейчас показалась мне открытым пламенем. Ренесми была всего на пару градусов прохладнее.

Дочка будто и не заметила, какая я холодная. Наверное, привыкла.

Она подняла на меня глазки и опять улыбнулась, показав ровные зубы и ямочки на щеках. А потом вполне осознанно потянулась к моему лицу.

Все руки, сдерживающие меня, напряглись.

Я задохнулась, ошарашенная и напуганная странной тревожной картиной, возникшей у меня в голове. Она была *похожа* на очень яркое воспоминание, потому что мои глаза одновременно видели все, что происходит вокруг. Однако образ был совершенно незнакомый. Я поглядела сквозь него на личико Ренесми — она словно чего-то ждала, — пытаясь понять, что происходит, и не потерять при этом самообладание.

Картинка была не только страшной и незнакомой, но и какой-то неправильной — я увидела в ней собственное лицо, свое прежнее лицо, будто бы перевернутое... Вскоре я сообразила, что вижу не привычное отражение в зеркале, а себя со стороны.

Лицо было искажено гримасой боли, покрыто кровью и потом, однако на губах играла восхищенная улыбка; несмотря на глубокие темные круги, глаза сияли любовью. Картинка увеличилась, лицо приблизилось к невидимой точке обзора, и затем все исчезло.

Ренесми уронила руку и улыбнулась еще шире, вновь показав мне ямочки.

В комнате царила полная тишина, если не считать двух сердцебиений. Дышали тоже лишь Джейкоб и Ренесми. Все молчали, будто дожидаясь, пока я заговорю.

— Что... что это было? — с трудом выдавила я.

— А что ты увидела? — с любопытством спросила Розали, выглядывая из-за спины Джейкоба, — я бы предпочла, чтобы его тут не было. — Что она тебе показала?

— *Она* показала? — шепнула я.

— Я же говорил, это трудно объяснить, — произнес Эдвард мне на ухо, — но ее способ общения ничем не хуже остальных.

— Так что ты видела? — спросил Джейкоб.

Я изумленно поморгала.

— Ну... себя. Вроде бы. Только выглядела я ужасно.

— Это ее единственное воспоминание о тебе, — пояснил Эдвард. Несомненно, он увидел ту же картинку в голове у Ренесми, поэтому так сжался и охрип. — Она хочет сказать, что помнит тебя.

— Каким образом...

Ренесми будто не было дела до моих испуганных и удивленных глаз. Она улыбалась и теребила мои волосы.

— А как я читаю мысли? Как Элис видит будущее? — задал Эдвард риторический вопрос и пожал плечами. — Это дар.

— Очень интересно! — сказал ему Карлайл. — Ее способность прямо противоположна твоей.

— В самом деле, — кивнул Эдвард. — Может...

Я поняла, что сейчас они начнут строить догадки, и перестала слушать. Передо мной было самое прекрасное лицо на свете. Горячая кожа напоминала о том миге, когда мной почти завладела чернота, когда в мире не осталось ничего, за что я могла бы уцепиться. Ничего, что вытащило бы меня из сокрушительной тьмы. О миге, когда я вспомнила про Ренесми и обрела то, что никогда бы не отпустила.

— Я тоже тебя помню, — тихо шепнула я.

Казалось вполне естественным наклониться и прильнуть губами к ее лбу. Ренесми чудесно пахла. От аромата ее кожи у меня в горле вспыхнуло пламя, но на него было легко не обращать внимания. Оно не лишило этого мига особой прелести. Ренесми — настоящая, и я ее знаю. Именно за нее я боролась с самого начала. Моя маленькая непоседа. Она тоже любила меня, даже когда была еще внутри. Так похожая на Эдварда, безупречно красивая. И так похожая на меня — удивительно, это не делало ее хуже в моих глазах, только лучше.

Я с самого начала была права. За Ренесми стоило бороться.

— Все хорошо, — прошептала Элис, видимо, Джасперу. Я чувствовала, как они замерли, еще не полностью мне доверяя.

— Может, хватит экспериментов на сегодня? — спросил Джейкоб. От напряжения его голос звучал выше обычного. — Да, Белла молодец, но давайте не будем испытывать судьбу.

Я посмотрела на него с неподдельным раздражением. Джаспер тревожно переступил с ноги на ногу. Мы так столпились, что чувствовали малейшие движения друг друга.

— Да что с тобой такое, Джейкоб?! — Я легонько потянула на себя Ренесми. Он не выпустил ее, а только шагнул

ближе. Мы почти прижались друг к другу, Ренесми касалась его и моей груди.

Эдвард зашипел на Джейкоба.

— Я, конечно, все понимаю, но это не помешает мне
вышвырнуть тебя из дома! Белла отлично держится, не
порть ей радостную минуту.

— А я ему помогу, — злобно пригрозила Розали. — С меня
еще пинок под дых причитается.

Ну, хоть в их отношениях ничего не изменилось!

Я уставилась на сердитое и одновременно встревоженное лицо Джейкоба. Он не сводил глаз с Ренесми. Мы все
стояли вплотную друг к другу, так что к нему прикасалось
минимум шесть вампиров.

Неужели он пошел на все это ради того, чтобы уберечь
меня от самой себя? Что же случилось во время моего преображения — превращения в ненавистного ему вампира, — что
он так подобрел к виновнице последних событий?

Я озадаченно размышляла над этим, глядя, как он
смотрит на мою дочь... Будто слепец, впервые узревший
солнце.

— *Нет!* — вырвалось у меня.

Джаспер стиснул зубы, а руки Эдварда железными
кольцами сдавили мою грудь. Джейкоб тут же выхватил у
меня Ренесми, и я не стала сопротивляться, потому что почувствовала приближение того, чего они все ждали.

— Роуз, — медленно и отчетливо процедила я, — забе-
ри Ренесми.

Розали протянула руки Джейкобу, и тот без разговоров
отдал ей мою дочь. Оба попятились.

— Эдвард, я не хочу тебя задеть, так что лучше отпусти.

Он помедлил.

— Загороди Ренесми, — предложила я.

Он тщательно все взвесил и убрал руки.

Она пригнулась, как на охоте, и сделала два шага в сторону Джейкоба.

— Как ты посмел! — зарычала я.

Он вновь попятился и поднял руки, пытаясь меня образумить.

— Ты же знаешь, это не в моей власти!

— *Тупая псина*! Как ты посмел?! Это же моя *дочь*!

Пятясь, он вышел за дверь и чуть не бегом спустился с крыльца.

— Я не хотел, Белла!

— Я успела всего *раз* подержать ее на руках, а ты уже решил, что имеешь на нее какое-то идиотское волчье право?! Она моя!

— Могу поделиться, — умоляющим голосом проговорил Джейкоб, пятясь по лужайке.

— Я выиграл, гони деньги, — донесся из дома голос Эммета.

Часть моего сознания задалась вопросом, кто мог поставить на другой исход, но я была слишком рассерженна, чтобы думать об этом.

— Как ты посмел?! У тебя совсем мозгов нет?

— Да я не нарочно! Не по своей воле! — упирался Джейкоб, пятясь к деревьям.

Тут к нему подоспела помощь. Из леса выскочили два огромных волка и встали по бокам от него. Ли зарычала.

Жуткий рык вырвался из моего горла. Этот звук напугал меня, но моего наступления не остановил.

— Белла, хотя бы попробуй выслушать! Пожалуйста! — взмолился Джейкоб. — Ли, назад!

Та оскалилась.

— А почему я должна тебя слушать? — прошипела я. Затмив все остальные чувства, мною завладела ярость.

— Ты же сама говорила, помнишь? Что наши жизни неразрывно связаны! Что мы семья. Ты сказала, что мы с тобой должны быть вместе. И вот... так оно и случилось. Как ты хотела.

Я смерила его лютым взглядом. Что-то такое я действительно припоминала, но мой новый мозг работал очень быстро, и я сразу поняла, куда клонит Джейкоб.

— Ты вздумал **стать моим** *зятем*! — взвизгнула я. Мой певучий голос резко поднялся на две октавы, однако по-прежнему звучал, как красивая музыка.

Эмметт рассмеялся.

— Останови ее, Эдвард, — пробормотала Эсми. — **Она** будет казнить себя, если причинит ему вред.

Но никто и не подумал мне мешать.

— Нет! — возразил Джейкоб. — Как ты можешь **такое** говорить? Она еще *ребенок*, черт подери!

— Вот и я о том же!

— Ты же знаешь, у меня и в мыслях не было! Иначе Эдвард давно меня придушил бы! Я просто хочу, чтобы **она** была счастлива! Разве **ты** хочешь другого? — Джейкоб тоже перешел на крик.

Не в состоянии говорить, я пронзительно зарычала.

— Потрясающе! — пробормотал Эдвард.

— Она еще ни разу не попыталась вцепиться ему в глотку, — изумленно добавил Карлайл.

— Ладно, тут вы победили, — нехотя признал Эмметт.

— Держись от нее подальше! — зашипела я.

— Не могу!

Сквозь стиснутые зубы:

— А ты *попробуй*. Прямо сейчас.

— Да не могу я! Помнишь, как три дня назад ты постоянно хотела меня видеть? Как тяжело тебе было без меня? А теперь все прошло, верно?

Я молча смотрела на Джейкоба, не понимая, куда **он** клонит.

— Это из-за нее! Мы с самого начала чувствовали, что должны быть вместе.

Я вспомнила — и тут же все поняла; отчасти даже обрадовалась, что моя безумная потребность чем-то объяснилась. Но потом я рассвирепела еще больше. Неужели Джейкоб думает, что этого достаточно? Что одно маленькое объяснение решит проблему?

— Беги, пока можешь, — пригрозила я.

— Да ладно тебе, Беллз! Несси тоже меня любит...

Я оцепенела. Даже перестала дышать. За моей спиной все настороженно притихли.

— *Как ты ее назвал?!*

Джейкоб сделал еще шаг назад и совсем оробел.

— Ну... ты такое заковыристое имя выдумала, вот я и...

— Ты дал моей девочке прозвище *Лох-Несского чудовища?!* — взвизгнула я.

И бросилась в атаку.

23. ВОСПОМИНАНИЯ

— Прости, Сет. Не уследил.

Эдвард все еще просил прощения, что, по-моему, было несправедливо и неправильно. В конце концов, это не он слетел с катушек. Не он пытался оторвать Джейкобу голову — Джейкобу, который даже перевоплотиться не мог ради защиты, — и не он сломал плечевую кость и ключицу Сету, кинувшемуся наперерез. Не он покусился на жизнь лучшего друга.

Лучший друг, конечно, сам хорош, но меня это ни в коем случае не оправдывает.

Тогда просить прощения должна я, логично? Начнем сначала.

— Сет, я...

— Все в порядке, Белла. Я в норме, — заверил Сет в один голос с Эдвардом, сказавшим:

— Белла, любимая, тебя никто не винит. Ты прекрасно держишься.

Даже закончить не дали.

Мало того, чувствовалось, что Эдвард внутренне улыбается. Это меня мучила совесть за слишком бурную реакцию, которую Джейкоб, конечно, не заслужил, а вот Эдвард явно испытывал тайное удовлетворение. Жалеет, наверное, что сам не может выплеснуть накипевшую досаду, прикрываясь слабым самообладанием.

Усилием воли я попыталась унять злость, но как ее уймешь, когда Джейкоб там, снаружи, с Ренесми. Охраняет ее от меня, неуправляемой новорожденной вампирши...

Карлайл прибинтовал еще кусок шины, и Сет поморщился.

— Прости, прости... — забормотала я, понимая, что полноценное извинение я сейчас не выдавлю.

— Не парься, Белла. — Сет успокаивающе похлопал меня по коленке здоровой рукой, а Эдвард погладил по плечу с другой стороны.

Сет, кажется, не имел ничего против, что я сижу рядом на диване, пока Карлайл лечит переломы.

— Через полчаса все само заживет, — продолжая похлопывать меня по коленке и как будто не чувствуя, какая она холодная и твердая, успокаивал Сет. — Кто угодно озверел бы, когда Джейкоб и Несс... — он осекся. — Ладно ты хоть меня не укусила. Вот тогда был бы каюк.

Я уткнулась лицом в ладони, по спине пробежала дрожь — ведь и правда могла укусить. Запросто! А у оборотней — сообщили мне только что — реакция на яд вампиров совсем не такая, как у людей. Для них он в самом деле яд.

— Я чудовище!

— Ничего подобного. Это я не... — начал Эдвард.

— Перестань, — вздохнула я. Еще не хватает, чтобы он, как обычно, взял вину на себя.

— Повезло, что Несс... Ренесми не ядовитая, — прервал неловкое молчание Сет. — Джейка-то она все время кусает.

— Правда? — Я отняла ладони от лица.

— А то! Всякий раз как Джейк с Роуз не подсуетятся и не дадут ей что-нибудь другое пожевать. Роуз в восторге.

Я слушала его с изумлением — и легким чувством вины, потому во мне шевельнулась мстительная радость.

Нет, я и так знала, что Ренесми не ядовитая. Меня она укусила первой. Правда, вслух я не признавалась, изображая потерю памяти на все недавние события.

— Ну, Сет... — Карлайл выпрямился. — Все что мог, я сделал. Постарайся не двигаться... не знаю, пару часов, наверное. — Он усмехнулся. — Вот бы и человеческие пациенты так же моментально выздоравливали. — Карлайл провел рукой по черной шевелюре Сета. — Сиди смирно, — напутствовал он еще раз, перед тем как удалиться наверх. Легонько хлопнула дверь кабинета. Интересно, там уже успели все убрать?

— Чуть-чуть, наверное, посижу, — пообещал Сет вслед Карлайлу, а потом зевнул во весь рот. Осторожно, чтобы не задеть плечо, он откинулся головой на спинку дивана и сомкнул ресницы. Еще через секунду его рот сонно приоткрылся.

Я, наморщив лоб, еще какое-то время смотрела на умиротворенное лицо. Судя по всему, он, как и Джейкоб, может заснуть в любой момент, когда захочет. Видя, что извиняться теперь случай выпадет нескоро, я поднялась с дивана, ни малейшим движением не нарушая покой Сета. Все физическое — просто. А вот остальное...

Эдвард встал рядом со мной у дальнего окна и взял за руку.

Вдоль реки вышагивала Ли, то и дело останавливаясь и посматривая на дом. По ее взгляду нетрудно понять, когда она выискивает брата, а когда — меня. То тревожный, то убийственный.

Джейкоб с Розали препирались перед входом, чья очередь кормить Ренесми. Они по-прежнему друг друга не выносили, единственная точка соприкосновения — меня ни в коем случае нельзя подпускать к дочери, пока я на сто процентов не научусь контролировать перепады настроения. Эдвард пытался опротестовать вердикт, но я и не настаивала. Мне тоже нужна уверенность. Единственное, моя стопроцентная уверенность и их стопроцентная уверенность могут сильно отличаться — вот что меня беспокоило.

Если не считать их препирательств, размеренного дыхания Сета и сердитого пыхтения Ли, вокруг стояла тишина. Эмметт, Элис и Эсми отправились на охоту. Джаспер остался присматривать за мной, и, стараясь не навязывать своего присутствия, сидел за поворотом лестницы.

Самое время воспользоваться тишиной и покоем: надо переварить все то, что Эдвард и Сет успели рассказать, пока Карлайл занимался переломом. Я столько всего пропустила, сгорая в своем огне, пора наверстывать.

Во-первых, окончилась вражда со стаей Сэма, поэтому-то остальные и бродят безбоязненно где и когда вздумается. Перемирие теперь крепче прежнего. Или строже. Как посмотреть.

Строже, потому что самый незыблемый из законов стаи гласит: волк не вправе убить объект импринтинга своего собрата. Иначе вся стая погибнет от невыносимых душевных мук. Проступку такого рода, будь он умышленный или нечаянный, нет прощения. Волков, вовлеченных в конфликт, ждет смертельная схватка, по-другому никак. Подобное уже случалось, по словам Сета, правда, давным-давно и по неосторожности. Намеренно ни один волк такую подлость не совершит.

Значит, чувства, которые испытывает Джейкоб к Ренесми, делают ее неприкосновенной. Я попыталась настроиться на радость по этому поводу и прогнать горечь. Не вышло. Противоречивые эмоции умудрялись уживаться.

Во-вторых, мое перерождение Сэма тоже не возмуща-
ет — потому что Джейкоб властью ритуального вожака
стаи дал добро. Как же горько сознавать снова и снова,
сколько Джейкоб для меня сделал, когда хочется просто
вцепиться ему в глотку...

Чтобы справиться с эмоциями, пришлось срочно повер-
нуть мысли в другое русло. Вот еще одно загадочное явление: между отдельными стаями по-прежнему тишина в
эфире, но вожаки обнаружили, что могут общаться в волчьем обличье. Не так, как раньше, правда, когда мысли они
тоже слышали. Больше напоминает разговор вслух, как
объяснил Сет. Сэм слышит только те мысли, которые позволяет ему услышать Джейкоб, и наоборот. На расстоянии они тоже могут переговариваться, так что общение на-
лаживается.

Все это выяснилось, только когда Джейкоб — несмотря
на протесты Сета и Ли — отправился ставить Сэма в известность насчет Ренесми (в первый и последний раз за все
время от нее отлучившись).

Сэм, осознавший серьезность перемен, прибыл вслед
за Джейком, и у них с Карлайлом состоялся разговор. Об-
щались они в человеческом облике (потому что Эдвард не
мог отойти от меня, чтобы переводить). Перемирие заключили снова. Однако о дружбе речи нет.

Одной большой проблемой меньше.

Зато остается другая, не такая грозная, как стая разъярен-
ных волков, и все же не менее существенная.

Чарли.

Утром он разговаривал с Эсми, но это не помешало ему
позвонить снова, аж два раза, когда Карлайл перевязывал
Сета. Эдвард с Карлайлом трубку снимать не стали.

Что ему сказать? Может, Каллены правы? Может, разумнее и милосерднее сообщить, что я умерла? Сумею ли
я лежать в гробу неподвижно, когда мама с папой будут
рыдать надо мной?

По-моему, так нельзя. Однако принести Чарли и Ренесми в жертву Вольтури, озабоченным конспирацией, нельзя тем более.

Остается еще мой способ — пригласить Чарли, когда я буду готова, и позволить ему сделать собственные неверные выводы. Формально это не считается нарушением конспирации. Может, Чарли так будет легче — знать, что я жива (более-менее) и счастлива? Даже если я изменилась, стала чужой и, возможно, своим видом напугаю его?

Глаза, например, у меня сейчас просто как из фильма ужасов. Сколько еще времени пройдет, прежде чем цвет глаз и темперамент придут в норму, чтобы можно было показаться папе?

— Что такое, Белла? — неслышно спросил Эдвард, почувствовав растущее напряжение. — Никто на тебя не сердится... — Его слова тут же опроверг утробный рык с берега, но Эдвард не обращал внимания. — И не видит ничего странного. Точнее, нет, на самом деле просто удивительно, что ты сумела так быстро опомниться. Ты держишься молодцом. Никто не ожидал.

В комнате постепенно воцарилось спокойствие. Сонное пыхтение Сета переросло в храп. От сердца чуть отлегло, хотя тревога не рассасывалась.

— Я думала о Чарли.

Перепалка снаружи стихла.

— А... — пробормотал Джаспер.

— Мы обязательно должны уехать, так? На время. Якобы в Атланту или еще куда подальше?

Я чувствовала, что Эдвард не сводит с меня глаз, но сама смотрела на Джаспера. Он и ответил мне, с мрачной уверенностью:

— Да. Это единственный способ защитить твоего отца.

Я помрачнела.

— Мне будет его не хватать. И всех остальных, кто здесь останется.

«Джейкоба тоже», — мелькнула неожиданная мысль. Хоть прежняя тоска по нему прошла и получила объяснение — что просто замечательно, — он все еще мой друг. Тот, кто меня знает и принимает такой, какая я есть. Даже если я чудовище.

Вспомнились слова, которыми он увещевал меня перед тем, как я на него накинулась. *«Ты же сама говорила, помнишь? Что наши жизни неразрывно связаны! Что мы семья. Ты сказала, что мы с тобой должны быть вместе. И вот... так оно и случилось. Как ты хотела».*

Но я хотела не этого. Не так. Я порылась в памяти — далеких, расплывчатых человеческих воспоминаниях. Самых невыносимых и тяжелых, которые я изо всех сил пыталась похоронить, — о времени, когда Эдварда не было рядом. Точные слова не воспроизведу, но смысл сводился вот к чему: «Хорошо бы Джейкоб был моим братом, чтобы любить друг друга без смущения и душевных терзаний». Одной семьей. Кто же знал, что в уравнение придется вписывать дочку?

И позже, в одно из наших с Джейкобом прощаний, когда я размышляла вслух, с кем он найдет свое счастье, кто наладит его жизнь, после того, что я с ней сделала. Кажется, я тогда пришла к выводу, что в любом случае эта девушка будет его недостойна.

Я фыркнула, и Эдвард вопросительно взглянул на меня. Я только головой покачала.

Да, я буду скучать по Джейкобу, однако этим проблема не исчерпывается. Приходилось ли Сэму, Джареду или Квилу расставаться со своими возлюбленными — Эмили, Ким и Клэр? Хоть на день? Как переживет Джейкоб разлуку с Ренесми? Выдержит?

Раздражение еще не выветрилось, поэтому я почувствовала легкое злорадство — что Ренесми окажется подальше от Джейкоба, а не от того, что ему будет больно. Она принадлежит Джейкобу. Как прикажете с этим мириться, если она и мне-то почти не принадлежит?

Из кабинета спустился Карлайл с непонятным набором в руках — зачем-то портновский метр, весы... Джаспер стрелой подлетел ко мне. И все это одновременно, как по сигналу, непонятному только мне. Даже Ли на берегу остановилась и присела, в ожидании какой-то привычной процедуры глядя через окно в комнату.

— Шесть часов, — пояснил Эдвард.

— И? — Мой взгляд остановился на Джейкобе, Розали и Ренесми. Они стояли в дверях — Ренесми у Розали на руках. Роуз настороженная. Джейкоб встревоженный. Ренесми прекрасная и беспокойная.

— Пора измерять Несс... э-э... Ренесми, — внес ясность Карлайл.

— А. И так каждый день?

— Четырежды в день, — рассеянно поправил Карлайл, жестом приглашая остальных к дивану. Ренесми, кажется, вздохнула.

— Четырежды? В день? Зачем?

— Она растет очень быстро, — вполголоса отрывисто проговорил Эдвард. Одной рукой он сжимал мою, а другой обвил меня за талию, как будто в поисках опоры.

Я не сводила глаз с Ренесми, поэтому не видела выражения его лица.

А она выглядела отлично, совершенно здоровой. Кожа сияет, как подсвеченный алебастр, щечки — лепестки роз. Какой изъян может таиться в этой ослепительной красоте? Какие опасности ее подстерегают, кроме собственной матери? Разве есть что-то еще?

Разница между рожденным мной ребенком и девочкой, которую я увидела час назад, бросилась бы в глаза каждому. Разница между Ренесми нынешней и Ренесми час назад казалась едва ощутимой. На человеческий взгляд точно. Но разница была.

Тело чуть вытянулось. Стало чуть тоньше. Личико уже не такое круглое, а слегка овальное. Кудряшки, падающие на плечи, успели отрасти миллиметра на полтора. Девочка послушно вытянулась на руках у Розали, чтобы Карлайлу было удобнее измерить длину тела, а потом окружность головы. Записей он не делал, полагаясь на свою идеальную память.

Ренесми хватило нескольких недель, чтобы из малюсенькой клетки превратиться в нормального младенца. Пара дней после появления на свет, и она уже скоро ходить начнет. Если и дальше такими темпами...

Вампирский мозг считал со скоростью калькулятора.

— Что же нам делать? — в ужасе прошептала я.

Эдвард сжал меня крепче, моментально поняв, о чем я.

— Не знаю.

— Замедляется, — выдавил Джейкоб сквозь стиснутые в тревоге зубы.

— Нужно как минимум еще несколько дней измерять, чтобы проследить тенденцию, Джейкоб. Пока ничего не обещаю.

— Вчера она выросла на пять сантиметров. Сегодня меньше.

— На восемь сотых сантиметра, если я правильно меряю, — тихо произнес Карлайл.

— Да уж, док, меряйте правильно, — чуть ли не с угрозой велел Джейкоб. Розали напряглась.

— Стараюсь, ты же знаешь, — заверил Карлайл.

Джейкоб вздохнул.

— О большем просить не могу.

Меня снова охватило раздражение — Джейкоб мало того что крадет мои слова, так еще и переворачивает.

Ренесми тоже занервничала. Начала извиваться, а потом властно протянула руку к Розали. Та наклонилась, подставляя девочке щеку. Через секунду Роуз вздохнула.

— Что ей нужно? — требовательно спросил Джейкоб, снова не дав мне рта раскрыть.

— Беллу, разумеется. — От этих слов у меня потеплело на сердце. Розали посмотрела на меня. — Ты как?

— Волнуюсь, — не стала скрывать я, и Эдвард стиснул меня еще крепче.

— Мы все волнуемся. Я не об этом.

— Держу себя в руках, — заверила я. Жажда и в самом деле отступила, тем более что запах Ренесми, хоть и приятный, аппетита не возбуждал.

Джейкоб закусил губу, но не двинулся с места, когда Розали вручила мне Ренесми. Джаспер и Эдвард зависли рядом, готовые скрутить меня в любой момент. Роуз сжалась, как пружина. Интересно, каково сейчас Джасперу, когда в комнате повисло такое напряжение? Или он настолько сосредоточен на моих ощущениях, что остальных пока не чувствует?

Мы с Ренесми потянулись друг к другу одновременно, и ее личико озарила ослепительная улыбка. Она устроилась у меня на руках с таким удобством, будто имен. для нее они и были созданы. И тут же приложила горячую ладошку к моей щеке.

В этот раз я была готова, но дыхание все равно перехватило, когда в голове возникла картинка. Яркая, цветная и одновременно прозрачная.

В воспоминании Ренесми я гналась за Джейкобом по газону, а Сет бросился наперерез. Неужели грациозная хищница, стрелой летящая к жертве, — я? Нет, это кто-то другой. Я уже чувствовала себя не такой виноватой перед Джейкобом, глядя, как он стоит, беспомощно выставив вперед руки. Которые при этом не дрожат.

Эдвард усмехнулся, читая вместе со мной воспоминания Ренесми. А потом нас обоих пробрала дрожь, когда хрустнули кости Сета.

Ренесми улыбалась своей сияющей улыбкой, а ее мысленный взгляд во время последующей суматохи ни на секунду не покидал Джейкоба. Этот взгляд придавал воспоминанию новый оттенок — не то покровительственный, не то собственнический. Я отчетливо ощутила, как она рада, что Сет мне помешал. Она не хочет давать Джейкоба в обиду. Это ее Джейкоб.

— Замечательно! — простонала я. — Супер!

— Это просто потому что он вкуснее, чем мы, — успокоил Эдвард, сам едва сдерживая досаду.

— Я же говорил, что тоже ей нравлюсь, — поддел Джейкоб, не сводивший глаз с Ренесми на другом конце комнаты. Шутка, правда, вышла вялая, а сдвинутые брови не шевельнулись.

Ренесми нетерпеливо похлопала меня по щеке, требуя внимания. Еще одна картинка: Розали прядка за прядкой расчесывает вьющиеся локоны. Приятно.

Потом Карлайл с портновским метром — надо вытянуться и замереть. Не интересно.

— Кажется, она хочет устроить просмотр всего, что ты пропустила, — шепнул мне на ухо Эдвард.

От следующей картинки у меня задергался нос. Запах из странной металлической (чтобы не прокусить) чашки. В горле как будто огнем полыхнуло. Ай!

В то же мгновение у меня выхватили Ренесми, а руки стянули за спиной. С Джаспером я бороться не стала, зато посмотрела в испуганное лицо Эдварда.

— Что случилось?

Эдвард перевел взгляд на Джаспера, потом на меня.

— Она вспоминала, как ей хотелось пить, — наморщив лоб, проговорил Эдвард. — Вспоминала вкус человеческой крови.

Джаспер усилил хватку. Я краем сознания отметила, что мне совсем не больно — человеку было бы куда больнее.

Просто не нравится. Я могла свободно разорвать оковы, но не стала.

— Да, — согласилась я. — И что?

Эдвард еще какое-то время смотрел нахмурившись, потом его лицо прояснилось. Он рассмеялся.

— И, оказывается, ничего. Ложная тревога. Джас, отпусти.

Оковы распались. Я поспешила забрать Ренесми обратно, и Эдвард отдал ее без колебаний.

— Не понимаю! — возмутился Джаспер. — Это невыносимо!

И под моим удивленным взглядом он вышел широким шагом через заднюю дверь. Ли посторонилась, пропуская, и он, домаршировав до реки, перемахнул на тот берег.

Ренесми тронула меня за шею, проигрывая сцену нашего расставания минуту назад. В картинке звучал тот же вопрос, что и у меня.

Я уже перестала удивляться ее необычному дару. Есть и есть, врожденный талант. Наверное, теперь, когда я сама стала частью сверхъестественного мира, скептицизма у меня сильно поубавится.

Непонятно только, что с Джаспером.

— Вернется, — успокоил Эдвард, то ли меня, то ли Ренесми. — Ему сейчас необходимо побыть одному, переосмыслить кое-что в жизни. — В уголках губ пряталась лукавая улыбка.

Еще одно человеческое воспоминание: Эдвард признается, что Джасперу «будет легче», если я не сразу освоюсь с вампирской сущностью. В контексте размышлений на тему, сколько человек я прикончу за первый год после перерождения.

— Он на меня злится? — робко спросила я.

Эдвард удивился:

— Нет. С чего бы?

— Тогда что с ним?

— Досада гложет. Не на тебя, на себя. Подозревает... самоисполняющееся пророчество — кажется, это так называют.

— Как это? — Карлайл опередил меня с вопросом.

— Гадает, правда ли новорожденному вампиру так трудно справиться с собой, или при должном старании и сосредоточенности мы все могли бы держать себя в руках не хуже Беллы. Даже сейчас — он считает, что по-другому никак, вот и бесится. Верил бы в себя по-настоящему, был бы шанс подняться в собственных глазах. Из-за тебя ему придется пересмотреть уйму ложных аксиом, Белла.

— Но это нечестно, — возразил Карлайл. — Мы все разные. У всех разные планки. А вдруг у Беллы это сверхъестественная способность? Может, в этом ее дар?

Я застыла, пораженная. Ренесми, почувствовав перемену, дотронулась до моей щеки и вопросительно воспроизвела предыдущую секунду.

— Интересное предположение. И вполне логичное, — заметил Эдвард.

На мгновение я почувствовала обиду. Как же так? Ни тебе предвидения, ни боевых умений — ну там, я не знаю, могла бы молнии метать глазами... Ни пользы, ни чуда?

И тут же поняла, как это здорово — даже если в качестве «сверхсилы» мне досталось банальное умение владеть собой.

Во-первых, у меня есть дар. Уже что-то!

Однако главное в другом. Если Эдвард прав, можно сразу перейти к самому страшному.

Что если быть новорожденным вампиром не обязательно? В смысле кровожадным-безумным-неуправляемым? Что если я с первого дня стала такой же, как Каллены? И нет нужды уходить на год в подполье, пока я не «созрею»? И я, как в свое время Карлайл, не кинусь никого убивать? А сразу буду «хорошим» вампиром?

Я смогу увидеться с Чарли!

На этом месте в радужные мечты вклинился голос разума. Эх! Не смогу я увидеть Чарли. Глаза, голос, неземной красоты лицо... Что я ему скажу? Как начать, и то не знаю. В глубине души я порадовалась поводу отложить на время встречу: и хочется не расставаться с Чарли, и колется — как-то он меня воспримет? Страшно представлять, как у него глаза на лоб полезут при виде моего нового лица, новой кожи. Как он испугается. Гадать, какое жуткое объяснение он себе придумает.

Вот так и буду целый год дрожать от страха, пока глаза придут в норму. А я-то думала, с неуязвимостью все страхи рассеются...

— Тебе когда-нибудь попадалось самообладание в качестве дара? — спросил Эдвард у Карлайла. — Как думаешь, это сверхъестественная способность или просто исключительная заслуга Беллы?

Карлайл пожал плечами.

— Немного напоминает то, что умеет Шивон, — хотя талантом она свою способность никогда не считала.

— Шивон, твоя приятельница из ирландского клана? — уточнила Розали. — Разве она что-то такое умеет? Я и не знала. У них же там Мэгги в одаренных числится?

— Шивон так и думает. Но при этом обладает способностью сформулировать желание и... как-то воплотить его в жизнь. Ей кажется, что она просто умеет правильно планировать, хотя я всегда подозревал, что тут нечто большее. Например, когда они принимали Мэгги в клан. Лиам ведь тот еще собственник, но Шивон захотела — и вышло по ее.

Продолжая рассуждать, Эдвард, Карлайл и Розали расселись по креслам. Джейкоб со скучающим видом пристроился рядом с Сетом. По полуприкрытым векам я догадывалась, что он вот-вот отключится.

Я слушала внимательно, однако работать приходилось на два фронта. Ренесми все еще показывала, как у нее прошел день. Я укачивала девочку на руках, стоя у стеклянной стены, и мы смотрели друг другу в глаза.

Остальным, кстати, совершенно не обязательно было усаживаться — я вот стою как стояла, не испытывая никакой усталости. Будто с удобством разлеглась на кровати. Могу так хоть неделю простоять не шевелясь и нисколько не утомиться.

Они уселись по привычке. Если часами стоять неподвижно, даже не переминаясь, у людей обязательно возникнет подозрение. Вот Розали поправляет волосы, вот Карлайл кладет ногу на ногу. Шевелиться, не застывать, как статуя, не выдавать свою вампирскую сущность. Попробую последить и взять с них пример.

Перенести вес на левую ногу... Глупо-то как.

А еще, наверное, они хотели дать мне побыть наедине с дочкой (насколько позволит соблюдение мер безопасности).

Ренесми тем временем прокручивала мне свой день в мельчайших подробностях, и я поняла, что нам хочется одного — я должна знать собственную дочь от и до. Самое важное ведь упустим! Например, как Джейкоб держал ее на руках, притаившись неподвижно за большим тисом, и к ним, скок-поскок, подскакивали воробышки. А к Розали ни в какую. Или противная белая каша — детское питание, — которую положил в ее чашку Карлайл. Пахнет прокисшей грязюкой. А вот песня, которую ей мурлыкал Эдвард, — такая красивая, что Ренесми проиграла мне ее дважды. Как же я удивилась, когда на дальнем плане картинки разглядела себя — застывшую в оцепенении, с еще не зажившими ранами. И вздрогнула, вспомнив собственные ощущения в тот момент. Адский огонь...

Примерно через час (остальные с головой ушли в обсуждение, Сет и Джейкоб дружно храпели на диване) воспоминания замедлились. Картинка стала нечеткой, расплывалась, не дойдя до логического завершения. Я чуть не кинулась в страхе к Эдварду — что такое с малышкой?! — но тут ее веки задрожали и ресницы сомкнулись. Ренесми зевнула, почмокала пухлыми розовыми губками, и больше глаза не открывала.

Прижатая к моей щеке ладошка сонно опустилась. Тонкие веки отливали нежно-сиреневым, как закатные облака. Осторожно, чтобы не разбудить, я снова прижала ее ладошку к своей щеке. Сначала не было ничего, потом в мыслях как будто рой разноцветных бабочек взметнулся.

Зачарованная, я вглядывалась в ее сны. Смысла там не было. Только цвета, пятна и лица. Среди них я обрадованно различала свои (оба — и жуткое человеческое, и прекрасное вампирское). В бессознательном мелькании они попадались довольно часто. Чаще, чем Эдвард и Розали. Зато один в один с Джейкобом... Нет, не буду злиться.

Я впервые поняла, как Эдвард мог проводить ночь за ночью у моей кровати, в надежде услышать сонное бормотание. Теперь я и так же — готова смотреть сны Ренесми хоть целую вечность.

Мои мысли прервал Эдвард, который изменившимся голосом произнес: «Наконец-то!» и повернулся к окну. Снаружи стояла темная непроглядная ночь, но я видела не хуже, чем днем. Темнота ничего не скрывала, просто изменила цвета.

Вот Ли, все еще пылая негодованием, поднимается и исчезает в кустах, заметив Элис на дальнем берегу. Раскачавшись на ветке дерева, как цирковой гимнаст на трапеции, Элис ласточкой перепорхнула через реку. Эсми прыгнула обычным способом, а Эмметт торпедой рассек речную гладь, подняв фонтаны брызг, долетевших аж до наших окон. За ними, к моему удивлению, показался Джаспер, и его прыжок, хоть и удачный, вышел каким-то вялым, вполсилы.

На лице Элис сияла загадочная смутно знакомая улыбка. Я вдруг поняла, что и все остальные улыбаются мне —

Эсми ласково, Эмметт в предвкушении, Розали чуть свысока, Карлайл участливо, а Эдвард выжидающе.

Элис влетела в комнату впереди всех, и видно было, как она почти буквально сгорает от нетерпения. В вытянутой руке поблескивал бронзовый ключ с огромным бантом из розовой атласной ленты.

Ключ явно предназначался мне. Машинально перехватив Ренесми покрепче, я раскрыла свободную ладонь. Элис опустила в нее ключ и радостно взвизгнула:

— С днем рождения!

Я закатила глаза.

— Так ведь само превращение — еще не точка отсчета. Ты-то сама только через год начала праздновать, Элис.

Улыбка стала лукавой.

— А мы не вампирский день рождения отмечаем! Рано еще. Сегодня же тринадцатое сентября, Белла. С девятнадцатилетием!

24. СЮРПРИЗ

— Нет! Ни за что! — Я замотала головой и случайно наткнулась взглядом на самодовольную улыбку своего семнадцатилетнего мужа. — Не считается. Я перестала стариться три дня назад. Мне всегда будет восемнадцать.

— Подумаешь! — передернула плечами Элис. — Мы все равно отпразднуем, так что нечего тут.

Эх... Против Элис нет приема.

Почувствовав, что я сдаюсь, Элис просияла еще ярче.

— Готова открывать подарок? — вывела она певучим голосом.

— Подарки, — поправил Эдвард, вытаскивая из кармана еще один ключ — продолговатый, серебристый, со скромным синим бантиком.

Я едва удержалась, чтобы не фыркнуть. Этот понятно от чего — от машины «после». Где же восторг? Видимо, даже превращение в вампира не пробудило во мне интереса к спортивным автомобилям.

— Сначала мой! — Элис показала Эдварду язык, предвидя возражения.

— Мой ближе.

— Да, но ты посмотри, в чем она ходит! — буквально простонала Элис. — Глаза б мои не глядели. Так что мой важнее.

Я нахмурилась в недоумении. Какая связь между ключом и одеждой? Она мне сундук нарядов собирается дарить?

— Бросим жребий! — сообразила Элис. — Камень, ножницы, бумага?

Джаспер усмехнулся, Эдвард вздохнул.

— Признавайся уж сразу, кто выиграет, — с кислой миной велел он.

— Я! — расцвела Элис. — Вот и славно.

— Тогда мне, наверное, лучше подождать до утра, — улыбнувшись уголком губ, Эдвард кивнул на спавших мертвым сном Сета с Джейкобом. Сколько же они, бедняги, на ногах провели? — Открывать мой подарок при Джейке будет куда интереснее. Хоть кто-то по достоинству оценит...

Я улыбнулась. Эдвард меня насквозь видит.

— Ага! — пропела Элис. — Белла, отдай Несс... Ренесми Розали.

— А где она обычно спит?

Элис пожала плечами.

– На руках у Роуз. Или у Джейкоба. Или у Эсми. Ну, ты поняла. От рождения с рук не спускают. Она вырастет самым избалованным на свете полувампиром.

Под смех Эдварда Розали осторожно и ловко взяла у меня Ренесми.

— А еще самым неиспорченным, — возразила Роуз. — Она прекрасна, потому что единственная в мире.

В ее улыбке, обращенной ко мне, я увидела признание в нерушимости нашей дружбы. Неизвестно, правда, сколько она продержится, когда Ренесми уже не будет так неразрывно со мной связана. Но мы так долго сражаемся на одной стороне — может, этого хватит, чтобы оставаться друзьями. Я наконец сделала тот же выбор, что и она сделала бы на моем месте. Тем самым перечеркнув прошлые обиды и непонимание.

Элис сунула мне в руку украшенный бантиком ключ и, ухватив за локоть, потащила к выходу.

— Пойдем, скорее! — звала серебряная трель.

— Он что, снаружи?

— Вроде того... — Элис нетерпеливо подталкивала меня в спину.

— Надеюсь, тебе понравится, — сказала Розали. — Он от всех нас. Хотя главным образом от Эсми.

— А вы? Не пойдете? — Остальные почему-то не двигались с места.

— Хотим дать тебе время освоиться, — объяснила Розали. — Впечатлениями потом поделишься.

Эмметт захохотал, а я от его смеха смутилась и чуть не покраснела. Почему-то.

Оказывается, кое в чем я осталась прежней: все так же боюсь сюрпризов и не люблю подарки. Какое счастье и облегчение обнаружить в новом теле старые привычки и склонности.

Не ожидала, что смогу остаться собой. Как здорово!

Расплываясь в широченной улыбке, я последовала за Элис в густую ночь. С нами пошел только Эдвард.

— Наконец-то! Энтузиазм проснулся. — С одобрительным кивком Элис отпустила мою руку и, сделав двойное сальто, перемахнула через реку.

— Давай, Белла! — позвала она с другого берега.

Мы с Эдвардом прыгнули одновременно — оказалось так же здорово, как и днем. Даже интереснее, потому что ночь окрасила все вокруг в совсем другие, более насыщенные цвета.

Элис решительно помчалась прямиком на север, и мы послушно побежали за ней. Ориентироваться по шелесту шагов и остающемуся в воздухе легчайшему аромату было гораздо легче, чем высматривать ее фигурку в густой листве.

В какой-то момент она вдруг застыла и кинулась обратно ко мне.

— Только не дерись, — предупредила она и прыгнула.

— Ты что?! — почувствовав, что мне взбираются на закорки и закрывают глаза ладонями, возмутилась я, одновременно подавляя порыв сбросить Элис на землю.

— Чтобы не подсматривала.

— Могла бы меня попросить. И обойтись без цирка, — вмешался Эдвард.

— Ты бы оставил ей щелочку. Давай лучше бери ее за руку и веди.

— Элис, я...

— Спокойствие, Белла. Делаем, как я сказала.

Пальцы Эдварда сплелись с моими.

— Потерпи, Белла. Пару секунд. А потом пусть кого-нибудь другого достает.

Он потянул меня за собой. Идти было легко. Врезаться в дерево я не боялась — если кто и пострадает в таком случае, то оно, а не я.

— Мог бы и повежливее, — упрекнула Элис. — Это ведь и для тебя подарок.

— Да, ты права. Спасибо!

— Ну-ну. Ладно. — Голос Элис вдруг зазвенел от восторженного предвкушения. — Стойте тут! Поверни ее чуть-чуть вправо. Так. Все. Готова?

— Готова. — Воображение будоражили незнакомые запахи. Не лесные. Жимолость. Дым. Розы. Опилки? Что-то металлическое. Терпкий аромат сырой перекопанной земли. Я потянулась навстречу загадке.

Элис спрыгнула у меня со спины и убрала ладони.

Я уткнулась взглядом в лиловую тьму. В ее глубине, уютно устроившись на крошечной полянке, притаился каменный домик, казавшийся лавандово-серым при свете звезд.

Он так идеально вписывался в окружающую действительность, будто вырос из каменного валуна сам собой. Одну стену заплела ковром жимолость, перекинувшая плети на крытую деревянной черепицей кровлю. В крошечном палисаднике размером с носовой платок благоухали под темными глубокими окнами поздние летние розы. Узкая аметистово поблескивающая мощеная дорожка вела к полукруглой, как в сказочных домиках, деревянной входной двери.

Изумленно застыв, я сжимала подаренный ключ.

— Ну как? — негромко, чтобы не нарушить сказочную идиллию, спросила Элис.

Я открыла рот, но не могла подобрать слова.

— Эсми хотела, чтобы нам было где уединиться, не исчезая далеко и надолго, — пояснил Эдвард вполголоса. — И потом, ей только дай повод ремонт сделать... Иначе эта избушка еще лет сто в развалину превращалась бы.

От изумления я молча хватала ртом воздух.

— Не нравится? — Элис спала с лица. — Ты только скажи, мы в два счета все перестроим. Эмметт и так хотел добавить несколько сот квадратных метров, второй этаж, колонны, башню приделать, но Эсми решила, пусть все останется, как предполагалось. Если нет, ты скажи, мы займемся, — тараторила Элис. — Времени это почти не...

— Тс-с! — наконец выдавила я.

Элис плотно сжала губы. Еще несколько секунд, и дар речи ко мне вернулся.

— Вы дарите мне дом на день рождения? — еле слышно прошелестела я.

— Нам, — поправил Эдвард. — И это не дом. Так, избушка. В доме обычно хоть развернуться можно.

— Не обижай мой домик, — шепнула я.

Элис просияла.

— Тебе нравится?

Я отрицательно покачала головой.

— Ты от него без ума?

Я кивнула.

— Вот Эсми обрадуется!

— А она почему не пошла смотреть?

Улыбка Элис чуть померкла — вопрос, похоже, щекотливый.

— Ну... Все помнят, как ты «обожаешь» подарки. Не хотели на тебя давить и заставлять.

— Да неужели он мог мне не понравиться?

— Им будет приятно. — Элис похлопала меня по руке. — В любом случае, гардеробная укомплектована. Пользуйся с умом.

— А ты разве не зайдешь?

Она как бы невзначай отступила на пару шагов.

— Эдвард тебе все покажет. А я потом... наведаюсь. Если сама одежду правильно не подберешь — звони. — Она посмотрела на меня с сомнением и улыбнулась. — Джас на охоту зовет. До встречи.

И грациознейшей пулей усвистела в лес.

— Надо же, — поделилась я в наступившей тишине. — Я и правда такая страшная? Побоялись прийти... Мне теперь стыдно. Даже спасибо как следует не сказала. Надо вернуться, поблагодарить Эсми...

— Белла, не глупи. Никто тебя не боится.

— Тогда почему...

— Это часть подарка. Дать нам побыть вдвоем. Просто Элис слишком туманно изъясняется.

— А-а.

И тут дом для меня растворился. Мне стало все равно, где мы. Исчезли деревья, камни и звезды. Я видела только Эдварда.

— Пойдем, устрою тебе экскурсию. — Он взял меня за руку. Разве не заметно, что по моим венам бежит электрический ток?

И вновь я почувствовала себя странно, настроившись на реакцию, которую мой организм уже не способен был выдать. Сердце должно было ухать, как паровой молот, грозя нас расплющить. Заглушая все остальное. А щеки должны полыхать алым пламенем.

Хотя нет, в таком случае я бы уже с ног валилась от усталости. Это ведь самый долгий день в моей жизни.

У меня вырвался смех — короткий такой заливистый смешок — при мысли, что этот день еще и бесконечный.

— А мне? Я тоже хочу посмеяться!

— Да смешного-то ничего нет. — Вслед за Эдвардом я зашагала по дорожке к полукруглой двери. — Просто подумала, что сегодня первый и последний день вечности. В голове не укладывается. Даже теперь, когда там такая уйма места. — Я снова рассмеялась.

Эдвард усмехнулся. Замерев перед дверью, он ждал, пока я выполню обязанности хозяйки. Я повернула ключ в замке.

— У тебя так естественно все получается, Белла: Я даже забываю, как тебе, наверное, непривычно. И жаль, что не могу услышать твои мысли. — Он вдруг нагнулся и стремительным движением подхватил меня на руки.

— Ай!

— Пороги — мой конек, — напомнил он. — И все равно любопытно. О чем ты сейчас думаешь?

Он распахнул дверь — с едва слышным скрипом — и шагнул внутрь, в маленькую каменную гостиную.

— Обо всем. Одновременно и сразу. О хорошем, о том, что тревожит, о новом и необычном. В голове одни хвалебные слова. Эсми — настоящий мастер! Тут все просто идеально...

Внутри действительно все было как в сказке. Лоскутное одеяло каменной плитки на полу. Низкий потолок с деревянными балками, о которые жираф Джейкоб наверняка бы треснулся. На стенах теплое дерево перемежается с каменной мозаикой. В пузатом угловом камине потрескивают поленья — топляк — и догорает разноцветное сине-зеленое от морской соли пламя.

Все вещи словно из разных эпох, но удивительно гармонично сочетаются. Кресло навевает ассоциации со средневековьем, низкая оттоманка у камина больше похожа на современную, стеллаж с книгами у дальнего окна как будто перенесли из фильма об Италии. И все это непостижимым образом сочетается одно с другим, как в трехмерном пазле. Несколько картин на стенах я узнала — мои любимые из большого дома. Бесценные оригиналы, само собой, как и все остальное, идеально вписывались в сказочный интерьер.

В этом домике нельзя было не поверить в чудо. Вот-вот отворится дверь, и, сжимая в руке яблоко, войдет Белоснежка — или единорог примется щипать розы под окном.

Эдвард всегда считал, что его мир — это мир ужасов и страшных легенд. А я всегда знала, что он ошибается. Вот он, его мир. Сказочный.

Теперь мы с ним в одной сказке.

Я уже хотела воспользоваться тем, что Эдвард все еще держит меня на руках и его непостижимо прекрасное лицо совсем близко, как он произнес:

— Повезло, что Эсми пришла в голову мысль сделать лишнюю комнату. Никто ведь не держал в планах Несс... Ренесми.

Я нахмурилась, почувствовав укол обиды.

— И ты, Брут?

— Прости, любимая. Они ее в мыслях постоянно так называют. Хочешь не хочешь, а цепляется.

Я вздохнула. Моя малышка — и вдруг морское чудище... Как бороться с дурацкой кличкой? И все равно не сдамся!

— Сгораешь небось от желания посмотреть гардеробную? Я в любом случае передам Элис, что да, а то расстроится.

— Мне уже пугаться?

— До смерти.

Он понес меня по узкому каменному коридорчику со стрельчатыми сводами — как в крошечном замке.

— Вот здесь будет комната Ренесми. — Он кивнул на пустое помещение с полом из светлого дерева. — Не успели доделать. Куда там, когда по округе рыщут злые оборотни...

Я тихонько рассмеялась. Поразительно, всего неделю назад мы жили в кромешном аду, а сейчас...

Только вот Джейкоба еще прибить — за то что сложилось как нельзя кстати для него...

— А тут наша комната. Эсми попыталась перенести сюда кусочек острова. Как знала, что мы прикипим к нему душой.

Огромная белая кровать, облака белого тюля на балдахине спускаются легкой дымкой до пола. Пол из беленого дерева, такой же, как в предыдущей комнате, — и точно совпадающий по цвету с песчаным пляжем на острове. Стены — лазурный, напоенный солнцем воздух жаркого дня, и одна стеклянная, выходящая в закрытый садик. Маленький круглый пруд, гладкий, как зеркало, выложен по краю блестящей галькой. Крошечный кусочек океана, принадлежащий нам одним.

— О! — Других слов у меня не было.

— Знаю, — прошептал Эдвард.

На минуту мы погрузились в воспоминания. Пусть недостаточно красочные, человеческие, они все равно поглотили меня целиком.

Лицо Эдварда озарила широченная улыбка.

— Вот за этими двойными дверями — гардеробная, — показал он со смехом. — Сразу предупреждаю, по размеру она больше спальни.

Я даже не взглянула на двери. Мир снова сосредоточился в нем, в Эдварде, в его руках, сладком дыхании, губах, оказавшихся так близко, — и никакая сила не оторвет меня от него. Хоть я новорожденный вампир, хоть кто.

— Элис скажем, что я прямо с порога кинулась в гардеробную, — прошептала я, накручивая на палец прядь его волос. — И что я часами оттуда не вылезала, меряя все подряд.

Эдвард моментально подхватил мой настрой — а может, чувствовал то же, что и я, с самого начала, просто, как джентльмен, хотел дать мне насладиться подарком. С внезапной страстью и глухим стоном он притянул меня к себе. От этого звука через меня как будто электрический разряд пропустили — хочу оказаться еще ближе и еще быстрее.

Под нашими руками рвалась ткань — хорошо, что моя одежда и так висит лоскутами. Теперь его черед. Только вот белоснежная кровать незаслуженно обижена — не дойдем мы до нее, ох не дойдем...

Второй медовый месяц оказался совсем не похожим на первый.

На острове я испытала апофеоз своей человеческой жизни. Лучшее из возможного. Поэтому и хотела пожить человеком еще чуть-чуть, продлить счастье подольше. Потому что в физическом плане это неповторимо.

После сегодняшнего могла бы догадаться, что будет только прекраснее.

Теперь я могла разглядеть Эдварда по-настоящему, любоваться каждой черточкой совершенного лица и безупречного тела. Мои новые зоркие глаза видели все до малейшего изгиба. Я ощущала на языке его чистый яркий вкус, касалась кончиками пальцев его нежной, как шелк, мраморной кожи.

И моя кожа горела под его руками.

Все было абсолютно иначе, не так как раньше, когда наши тела сплелись воедино на светлом, как песок, полу. Ушли осторожность и сдержанность. А главное — ушел страх. Теперь мы могли любить с одинаковой страстью. Наконец-то на равных.

Повторялось то же, что и с поцелуями: в каждом прикосновении я ощущала неведомую силу. Невероятно, как он раньше себя ограничивал! Для моей безопасности, понятное дело... Ох, сколько же мы упустили...

Я помнила, что теперь сильнее его, но как держать себя в узде, когда чувства обострены до предела и миллионы ощущений рвут тебя на части? Если я и причинила ему боль, он не жаловался.

И тут в каком-то крошечном участке мозга зародился парадоксальный вопрос. Я неутомима, Эдвард тоже. Нам не нужно прерывать процесс, чтобы отдышаться, восстановить силы, поесть и даже сходить в туалет — обременительные человеческие потребности больше не актуальны. У него совершенное, самое прекрасное в мире тело, он целиком и полностью мой, и вряд ли настанет момент, когда я подумаю: «Ну все, на сегодня достаточно...» Мне всегда будет мало. А «сегодня» будет длиться вечно. Однако, если так, каким образом мы остановимся?

Впрочем, отсутствие ответа на загадку меня не волновало.

Постепенно небо начало светлеть. Крошечный океан за окном стал из черного серым, где-то совсем близко запел жаворонок — наверное, в гнезде среди роз.

— Тебе не жалко? — спросила я Эдварда, когда песня смолкла.

Не первые слова, прозвучавшие между нами за всю ночь, но предыдущие назвать диалогом язык не повернется.

— Чего именно? — пробормотал он.

— Всего... Теплоты и мягкости кожи, вкусного запаха. Я-то ничего не теряю, а ты — вдруг тебе грустно, что это все исчезло?

Эдвард ответил негромким ласковым смехом.

— Грустно? Человека менее склонного сейчас грустить я даже представить не могу. Невозможно. Кто еще получил все, о чем только мечтал, и в придачу все, о чем мечтать не смел, — да еще в один день!

— Уклоняешься от ответа?

Он коснулся ладонью моей щеки.

— Кожа теплая.

Похоже, что так. Ведь его руки теперь тоже теплые. Не обжигающие, как у Джейкоба, а приятные. Как надо.

Эдвард медленно провел пальцем от моего подбородка к шее, потом к талии. Я чуть прикрыла глаза.

— И ты мягкая.

Его прикосновения казались атласно-гладкими. Да, он прав. Мягко.

— А насчет запаха я тем более не жалею. Помнишь, как пахли те туристы в лесу?

— Стараюсь не вспоминать.

— Теперь представь, что ты их целуешь.

В горле полыхнул огонь, как будто шарик с нагретым воздухом лопнул.

— Ой!

— Вот именно. Так что жалеть мне не о чем. Я наполнен радостью до краев. Нет в мире никого богаче меня.

Я хотела возразить, что знаю по крайней мере одного, но губы внезапно нашли занятие поважнее.

Когда прудик стал жемчужным в рассветных лучах, у меня назрел еще вопрос.

— Сколько так будет? Вот смотри, Эсми с Карлайлом, Эм с Роуз, Элис и Джаспер — они же не закрываются на весь день в комнате... Они все время на виду, в одежде. Получается, когда-нибудь желание утихнет? — Я обвилась вокруг него (а раньше бы не сумела), пытаясь наглядно показать, что имею в виду.

— Трудно сказать. По-разному, у кого как. А ты ни на кого не похожа. Новорожденный вампир кроме жажды поначалу ничего испытывать не способен. К тебе это не относится. Через год у обычного вампира просыпаются и другие желания. Они, как и жажда, никогда не утихают до конца. Вопрос в том, чтобы научиться их совмещать, управлять ими, выделять главное...

— Сколько по времени?

Эдвард улыбнулся, слегка сморщив нос.

— Самый тяжелый случай у Эмметта с Розали. Лет десять я и на пять километров к ним подойти не мог. Даже Эсми с Карлайлом с трудом их переваривали. В конце концов, сладкую парочку отселили. Эсми построила им отдельный дом. Роскошнее, чем этот, — Эсми понимает, какие у Розали вкусы, а какие у тебя.

— Десять лет, говоришь? — Разумеется, Эмметту с Розали до нас далеко, но называть более долгий срок было бы слишком самонадеянно. — И все придет в норму? Как у них?

Эдвард не сдержал улыбку.

— Не знаю, что ты имеешь в виду под «нормой». Ты же видела, родные живут совершенно обычной жизнью. А вот по ночам ты спала. — Он подмигнул. — Когда не приходится тратить время на сон, остается уйма свободного времени. На все желания хватит. Поэтому я лучше всех играю на пианино, больше всех (за исключением Карлайла) прочитал книг, изучил кучу наук и говорю на стольких языках... Эммет будет тебе вешать лапшу на уши, что без чтения мыслей я ничего такого бы не добился, однако на самом деле у меня просто был вагон и маленькая тележка свободного времени.

Мы хором рассмеялись, и дрожь от смеха передалась нашим сплетенным воедино телам, направив диалог совсем в другое русло...

25. УСЛУГА

Впрочем, совмещать желания и выделять главное я начала учиться уже (как мне показалось) через миг. Эдвард помог.

Одним единственным словом.

— Ренесми...

Я вздохнула. Скоро она проснется. Сейчас, наверное, часов семь. Будет ли она искать меня? Я вдруг застыла, парализованная страхом. Какой мы найдем ее сегодня?..

Эдвард почувствовал, что мыслями я уже не с ним.

— Все хорошо, любимая. Одевайся, и через две секунды мы будем там.

Я, наверное, напоминала персонаж из мультика: вскочила, оглянулась, бросая взгляд на его распростертое тело, тускло мерцающее в рассеянном свете, потом снова на запад, где в большом доме дожидалась Ренесми, опять на него, на нее — голова вертелась, как флюгер. Эдвард смотрел с улыбкой, но без смеха — сильный характер.

— Главное — найти равновесие, любимая. А у тебя так хорошо получается, что еще совсем чуть-чуть, и все встанет на места.

— Ночь ведь принадлежит нам, да?

Улыбка стала шире.

— Думаешь, в противном случае я стал бы спокойно смотреть, как ты одеваешься?

Вот на этой мысли я и продержусь до вечера. Упрячу подальше огромное всепоглощающее желание и буду хорошей... нет, язык не поворачивается. Ренесми — самая настоящая, реальная, осязаемая часть моей жизни, — а я все никак не осознаю себя матерью. Впрочем, у других обычно есть аж девять месяцев, чтобы свыкнуться с мыслью. Мой же ребенок растет не по дням, а по часам.

При воспоминании о том, как стремительно протекает ее жизнь, ноги сами понесли меня вперед. Я влетела в резные двери гардеробной, не успев перевести дух, и ахнула от изумления, увидев дело рук Элис. А ведь думала набросить первое что под руку попадется... Сейчас, разбежалась!

— Что здесь мое? — напряженно прошептала я. Гардеробная и впрямь выглядела больше спальни по размеру. Не исключено, что больше всех остальных комнат в доме вместе взятых, — утверждать не берусь, пока не измерю шагами. В голове мелькнула картинка: Элис уговаривает Эсми послать к чертям классические пропорции, чтобы втиснуть это монструозное сооружение. Интересно, как Элис выиграла спор?

Передо мной простирались бесконечные ряды девственно белых одежных чехлов.

— Если не ошибаюсь, твое все, кроме этой стойки, — Эдвард коснулся вешалок, закрывающих кусочек стены по левую сторону от двери.

— Целиком?!

Он пожал плечами.

— Элис... — произнесли мы хором. Только у Эдварда получилось объяснение, а у меня — ругательство.

— Отлично. — Я потянула язычок «молнии» на ближайшем чехле — и зарычала сквозь зубы. Вечернее шелковое платье в пол. Нежно-розовое.

Я так до завтра искать буду.

— Давай помогу, — поспешил на выручку Эдвард. Осторожно потянув носом воздух, он уверенным шагом двинулся в дальний конец гардеробной. Там обнаружился встроенный комод. Еще раз потянув носом, Эдвард выдвинул ящик и с ликующей улыбкой извлек пару тертых дизайнерских джинсов.

Я подскочила к нему одним прыжком.

— Как тебе удалось?

— Джинсовая ткань пахнет по-особому. У каждой ткани свой запах. Так... Теперь поищем хлопок?

Чутье привело Эдварда к другой стойке; откуда, порывшись, он добыл и кинул мне белую футболку с длинными рукавами.

— Спасибо! — горячо поблагодарила я и тут же понюхала обе ткани, запоминая запах на будущее. А то никогда не сориентируюсь в этом бедламе. Шелк и атлас тоже запомним — чтобы обходить стороной.

Со своей одеждой Эдвард разобрался в считанные секунды. Если бы не счастье видеть его обнаженным, поклялась бы, что нет более прекрасного зрелища, чем Эдвард в хлопковых брюках и бежевом пуловере.

Он взял меня за руку, мы пролетели через закрытый садик, перемахнули каменную ограду и стремглав бросились в лес. Там я выпустила его ладонь, чтобы добежать до дома наперегонки. В этот раз первым к финишу пришел Эдвард.

Ренесми уже проснулась. Она сидела на полу и под бдительным надзором Роуз и Эмметта перебирала горку гнутого столового серебра, сжимая в правом кулачке перекрученную ложку. Как только я показалась за стеклянной стеной, ложка полетела прочь (оставив щербину в полу), а Ренесми властно протянула ко мне руку, вызвав у зрителей взрыв хохота. Элис, Джаспер, Эсми и Карлайл, устроившись на диване, следили за Ренесми, как за сюжетом увлекательнейшего фильма.

Я вихрем влетела внутрь, когда только раздались первые смешки, гигантским прыжком подскочила к Ренесми, одновременно подхватывая ее на руки. Мы смотрели друг на друга, расплываясь в улыбке.

Она изменилась, но не сильно. Чуть вытянулась, пропорции становятся из младенческих детскими. Волосы отросли на полсантиметра, локоны пружинят при каждом движении. По дороге к дому у меня воображение разгулялось настолько, что я успела представить куда более страшные картины. По сравнению с надуманными ужасами, это просто пустяки. Невооруженным глазом видно, что рост замедляется, можно и не ждать, пока Карлайл измерит.

Ренесми похлопала меня по щеке. Я вздрогнула. Опять голодная.

— Давно она проснулась? — спросила я, глядя, как Эдвард скрывается в кухне. Пошел делать завтрак, увидев ее мысли с той же четкостью, что и я. Интересно, если бы он был единственным, кто общается с Ренесми, заметил бы он ее необычный дар? Ведь Эдвард читает ее мысли так же, как мысли всех остальных.

— Несколько минут назад, — ответила Роуз. — Она тебя просила — скорее, даже требовала. Пришлось Эсми принести в жертву маленькому чудовищу свое лучшее серебро. — В улыбке Роуз, обращенной к Ренесми, было столько обожания, что «чудовище» прозвучало совсем не обидно. — Мы не хотели вас... э-э... отрывать.

Закусив губу, Розали отвернулась, чтобы не рассмеяться. За спиной от беззвучного смеха Эмметта задрожал весь дом до фундамента.

Я вскинула подбородок.

— Твою комнату начнем приводить в порядок сейчас же, — пообещала я Ренесми. — Тебе понравится домик. Он просто сказочный. — Я перевела взгляд на Эсми. — Спасибо! Огромное спасибо. Лучшего подарка и желать нельзя.

Не дав Эсми ответить, Эмметт захохотал, на этот раз вслух.

— Так что, домик еще стоит? — корчась от смеха, выдавил он. — А я думал, вы его с землей сровняли. Чем же вы ночью-то занимались? Обсуждением национального долга? — Эмметт закатился снова.

Скрежетнув зубами, я напомнила себе, к каким нехорошим последствиям привел мой вчерашний взрыв эмоций. Эмметт, правда, покрепче Сета...

— Да, а где же волки? — спохватилась я, глядя наружу сквозь стеклянную стену. И Ли нигде не видно.

— Джейкоб куда-то умчался спозаранку, — нахмурившись, ответила Розали. — Сет за ним.

— Что его так расстроило? — поинтересовался Эдвард, входя в комнату с чашкой для Ренесми. Видимо, память Розали открыла ему больше, чем мне — выражение ее лица.

Задержав дыхание, я передала ей Ренесми. Сверхсамоконтроль — великий дар, но с кормлением девочки я пока не справлюсь. Пока.

— Не знаю. И не хочу знать, — буркнула Роуз, хотя подробностями все же поделилась: — Он смотрел на спящую Несси, открыв рот, как придурок, а потом вдруг как вскочит и как понесется — ни с того, ни с сего. Я, во всяком случае, повода не вижу. И хорошо, что убрался. Чем дольше он тут сидит, тем меньше надежда, что вонь когда-нибудь выветрится.

— Роуз! — укоризненно пропела Эсми.

— Собственно, какая разница! — воинственно взмахнув волосами, заявила Роуз. — Мы здесь тоже долго не задержимся.

— Я по-прежнему считаю, что надо ехать прямиком в Нью-Гэмпшир и обустраиваться, — как будто продолжая давнюю дискуссию, подхватил Эмметт. — Белла числится в Дартмуте. Судя по всему, влиться в ряды студентов для нее проблемы не составит. — Он обернулся ко мне с ехид-

ной улыбкой. — И программу будет щелкать, как орешки...
все равно по ночам кроме зубрежки заняться нечем.

Розали захихикала.

«Не сорвись, не сорвись», — твердила я себе. И, к собственной гордости, справилась.

А вот Эдвард, как ни странно, нет.

Он издал короткий рык — резкий и утробный — и по его лицу, подобно грозе, прокатились чернейшие волны гнева.

Прежде чем кто-то успел отреагировать, Элис вскочила на ноги.

— Что он делает? Что этот пес себе думает? Целого дня как не бывало! Ничего не вижу! Нет! — Ее измученный взгляд метнулся ко мне. — Ты только посмотри на себя! Обязательно проведу инструктаж по пользованию гардеробной.

Ну уж нет... Что бы там ни выкинул Джейкоб, в эту секунду я готова была его благодарить.

И тут Эдвард, сжав руки в кулаки, прорычал:

— Он сказал Чарли. Чарли, видимо, идет за ним. Сюда. Сегодня.

С губ Элис сорвалось никак не вяжущееся с мелодичным голоском слово, и она вихрем вылетела через заднюю дверь.

— Сказал Чарли?! — ахнула я. — Он что, не понимает? Как он мог?! — Чарли нельзя знать обо мне. О вампирах. Теперь он попадет в список смертников, и даже Каллены не спасут... — Нет!

— Джейкоб уже здесь, — через силу выдавил Эдвард.

По дороге Джейкоб, видимо, попал под дождь. Он вошел, отряхиваясь, как пес. Брызги полетели на ковер и диван, оставляя на белоснежном фоне серые крапинки. Темные губы раздвинуты в ослепительной улыбке, глаза горят. Весь как на пружинках, словно на подъеме от того, что оборвал папину жизнь.

— Ребята, привет! — радостно поздоровался он.

Тишина.

Вслед за Джейкобом нарисовались Ли и Сет — в человеческом облике. Видимо, ненадолго, потому что их тут же пробила дрожь — до того наэлектризован был воздух в комнате.

— Роуз! — окликнула я, протягивая руки.

Розали без слов передала мне Ренесми. Я прижала девочку к недвижному сердцу, как оберег от вспышек гнева. Буду держать ее до тех пор, пока не уверюсь, что желание убить Джейкоба продиктовано холодным разумом, а не бешеной яростью.

Малышка замерла, прислушиваясь и всматриваясь. Интересно, что она понимает?

— Чарли скоро придет, — будничным тоном сообщил Джейкоб. — Предупреждаю на всякий случай. Элис я догадываюсь где — побежала тебе солнечные очки искать?

— Догадливый ты наш! — процедила я. — Что! Ты! Наделал?!

Улыбка на лице Джейкоба дрогнула, но отвечать серьезно в своей эйфории он еще не мог.

— Белобрысая с Эмметтом разбудили меня утром и давай нудеть про переезд. Можно подумать, я дам вам уехать! Вся закавыка ведь в Чарли была? Ну так все, беспокоиться не о чем.

— Ты хоть понимаешь, что натворил? Что ему теперь грозит?

— Ничего не грозит. — Джейкоб фыркнул. — Кроме тебя. А у тебя этот твой незаурядный самоконтроль. Хоть и фуфло, на мой вкус, по сравнению с чтением мыслей. Никакого интереса.

Эдвард подскочил к нему через всю комнату и занес кулак, целя в лицо. Джейкоб, хоть и выше на полголовы, в замешательстве отвернулся, как будто Эдвард навис над ним во всем величии гнева.

— Это всего лишь теория, псина! — рявкнул он. — По-
твоему, надо проверить ее на Чарли? А ты не подумал, каких физических мук Белле стоит держать себя в руках? И
о муках душевных, если не удержит? Или на чувства Беллы тебе теперь плевать? — Последнее слово он и впрямь
буквально выплюнул.

Ренесми возбужденно коснулась моей щеки. Передава-
емую мысленную картинку пронизывала тревога.

До наэлектризованного сознания Джейкоба наконец
дошло, о чем толкует Эдвард.

— Белле будет больно?

— Как будто каленым железом в горло.

Вспомнив запах чистой человеческой крови, я дернулась.

— Откуда ж я знал... — прошептал Джейкоб.

— Спрашивать надо! — сквозь зубы прорычал Эдвард.

— Ты бы меня не пустил.

— И правильно сделал бы!

— Дело не во мне. — Я стояла не шевелясь, прижимая к
себе Ренесми в надежде сохранить рассудок. — Дело в Чарли, Джейкоб. Как ты мог поставить его жизнь под удар?
Неужели не понимаешь, что теперь ему или в могилу, или
в вампиры? — Голос задрожал от слез, которые не могли
скатиться по щекам.

Слова Эдварда впечатлили Джейкоба куда больше моих.

— Белла, не переживай. Я не сказал Чарли ничего такого, что ты сама не собиралась.

— Так он же придет сюда!

— Ну да, в этом и смысл. Сама ведь хотела, чтобы он
«сделал неправильные выводы». А я мастерски (прости, что
хвастаюсь) вывел его на ложный след.

Пальцы, державшие Ренесми, начали разжиматься. Я
перехватила девочку покрепче.

— Не юли, Джейкоб, говори прямо! Иначе мое терпение лопнет.

— О тебе я ему ничего не сказал, Белла. Ничего такого. Только о себе. То есть даже не сказал, а показал.

— Он перевоплотился на глазах у Чарли, — процедил Эдвард.

— Что сделал?.. — Меня хватило только на шепот.

— Папа у тебя храбрец. Прямо как ты. В обморок не хлопнулся, не побледнел, не позеленел. Герой! Жаль, что вы не видели его лицо, когда я начал раздеваться... Картина века! — хохотнул Джейкоб.

— У тебя с головой как? А если бы сердечный приступ?

— Да нормально с ним все. Крепкий дядька. Ну, пораскиньте же мозгами хоть на минуту, поймете, что мне спасибо надо сказать.

— Полминуты, Джейкоб, — отчеканила я ровным голосом. — Через тридцать секунд я должна знать дословно, что ты сказал папе. Потом я передаю Ренесми Розали и отрываю твою дурью башку. Сет меня не остановит.

— Бог мой, Беллз! Откуда столько театральщины? Вампирская натура?

— Двадцать шесть секунд.

Закатив глаза, Джейкоб плюхнулся в ближайшее кресло. Два оставшихся члена стаи переместились на фланги — причем вид у них был совсем не такой безмятежный, как у вожака. Ли, предостерегающе обнажив клыки, не спускала с меня взгляда.

— Утром я постучался к Чарли и предложил пройтись. Он сначала не понял, но я объяснил, что есть новости о тебе и что ты уже приехала. Мы пошли в лес. Я начал с того, что ты выздоровела, все в порядке, но немного не как раньше. Чарли подорвался бежать к тебе, а я говорю, нет, сперва я вам кое-что покажу. И превратился. — Джейкоб пожал плечами.

Зубы мои как будто в тисках сжали.

— Я просила дословно!

— За тридцать секунд-то? Ладно, ладно... — Наверное, по моему лицу было видно, что мне не до шуток. — Ну, вот. Я превратился обратно, оделся. Когда он снова смог дышать, сказал: «Чарли, мир вокруг не совсем такой, как вы привыкли считать. В принципе, это ничего не меняет. Просто теперь вы знаете. Жизнь пойдет своим чередом. Можете сделать вид, что вам все померещилось».

Минуту-другую он собирал мысли в кучку, потом потребовал объяснений, что там с тобой на самом деле творится — вирус, не вирус. Я объяснил, что ты и правда болела, теперь здорова, но в процессе выздоровления слегка изменилась. Он, конечно, давай выспрашивать, в каком смысле «изменилась». Ну, я на это сказал, что теперь ты скорее похожа на Эсми, чем на Рене.

Эдвард зашипел сквозь зубы, я замерла от ужаса. Разговор принимал опасный оборот.

— Он еще пару минут подумал, потом спрашивает, что, может, ты теперь, как я, в зверя превращаешься? Не, говорю, тут ей до меня далеко. — Джейкоб усмехнулся.

Розали фыркнула с отвращением.

— Я начал ему рассказывать про оборотней, а он меня перебил и говорит, мол, «знать не хочу никаких подробностей». Потом спросил, знала ли ты, на что идешь, когда выходила за Эдварда. Я ему на это: «Да, с самого начала, с тех пор, как перебралась в Форкс». Это ему здорово не понравилось. Ругался будь здоров. Ну, я подождал, пока он выпустит пар. В общем, когда успокоился, желаний у него осталось два: увидеться с тобой (я тут же потребовал фору, чтобы вас не застать врасплох).

— А второе? — Я набрала воздуха в грудь.

Джейкоб заулыбался.

— Тебе понравится. Попросил, чтобы его как можно меньше во все это посвящали. Так что дозируйте информацию. Лозунг — меньше знаешь, крепче спишь.

Впервые с тех пор, как Джейкоб переступил порог, у меня отлегло от сердца.

— С этим, думаю, справимся.

— А в остальном он предпочел бы делать вид, что все как обычно. — В улыбке Джейкоба появилось самодовольство. Видимо, заподозрил шевельнувшуюся где-то в дальнем уголке моей души благодарность.

— Что ты ему сказал насчет Ренесми? — Я изо всех сил старалась сохранить в голосе металл, гоня прочь невольную признательность. Рано еще. Все должно было случиться не так. Какая разница, что непрошеное вмешательство Джейкоба Чарли воспринял с таким спокойствием, на какое я и надеяться не смела...

— Сказал, что вам с Эдвардом перепало наследство и теперь приходится кормить еще один рот. — Он оглянулся на Эдварда. — Ренесми — твоя осиротевшая воспитанница. Как Дик Грейсон у Брюса Уэйна. — Джейкоб фыркнул. — Ты ведь не в обиде, что я соврал? Все по сценарию? — Эдвард молчал, и Джейкоб продолжил: — К тому моменту Чарли уже ничего бы не удивило, он так в лоб и спросил, удочеряете ли вы ее. «Это что, как дочь? А я вроде как дедушка?» — вот тебе дословно. Я говорю, да, мол. «Мои поздравления, дедуля!» и все такое. Он даже улыбку выдавил.

В глазах защипало, но на этот раз не от ярости и боли. Чарли радует перспектива стать дедушкой? Чарли увидится с Ренесми?

— Но она же так быстро меняется... — прошептала я.

— Я ему сказал, что она самая особенная из нас всех вместе взятых, — тихо произнес Джейкоб. Поднявшись с кресла, он приблизился, жестом остановив двинувшихся следом Ли и Сета. Ренесми потянулась к нему, но я прижала ее покрепче к груди. — Говорю: «Лишнее и правда знать ни к чему. Зато если закрыть глаза на странности, вы не пожалеете. Она самая удивительная на всем белом свете».

Втолковал, что надо только потерпеть чуть-чуть, и тогда вы останетесь тут, а он сможет познакомиться с ней поближе. Если же ему это окажется не под силу, вы уедете. Сошлись на том, что главное — не грузить его лишними сведениями, и тогда он на все готов.

Джейкоб выжидающе замолчал, глядя на меня с полуулыбкой.

— Спасибо говорить не буду! — отозвалась я. — Опасность для Чарли пока не миновала.

— Я не знал, что тебе придется туго, прости! Белла, хотя все изменилось, ты всегда будешь моей лучшей подругой, и я всегда буду тебя любить. Только наконец правильной любовью. Равновесие восстановлено. И у тебя, и у меня есть те, без кого мы не сможем жить.

Он улыбнулся своей прежней улыбкой.

— Мир?

Как ни боролась с собой, я не смогла сдержать ответной улыбки. Намека на улыбку.

Джейкоб протянул руку в знак примирения.

Набрав полные легкие воздуха, я перехватила Ренесми и пожала протянутую руку. Джейк даже не вздрогнул от холодного прикосновения.

— Если Чарли останется в живых после сегодняшних гостей, я подумаю — может, и прощу тебя.

— Это ты останешься — в вечном долгу передо мной, потому что Чарли, конечно, будет цел и невредим.

Джейкоб протянул вторую руку к Ренесми — просительно.

— Можно?

— Я специально ее держу, чтобы не вцепиться тебе в глотку, Джейкоб. Так что давай попозже.

Он вздохнул, но давить не стал. Мудро.

Через заднюю дверь в комнату ворвалась Элис. В руках какие-то коробочки, глаза мечут молнии.

— Ты, ты и ты! — Она поочередно поглядела грозным взглядом на оборотней. — Если вам так надо остаться, скройтесь хотя бы за угол и не высовывайтесь. Вы мне зрение портите! Белла, девочку лучше отдай. Руки у тебя должны быть свободны.

Лицо Джейкоба озарила ликующая улыбка.

Только тут я осознала, какой гигантский подвиг мне предстоит, и живот скрутило от дикого страха. Делать из собственного отца подопытного кролика, ставя эксперименты с сомнительным самоконтролем... В ушах снова прогремели слова Эдварда: *«А ты не подумал, каких физических мук Белле стоит держать себя в руках? И о муках душевных, если не удержит?»*

Эти муки даже вообразить было страшно. Я судорожно глотала воздух.

— Возьми... — прошептала я, опуская Ренесми на руки Джейкобу.

Он кивнул, озабоченно сморщив лоб. Махнул остальным, и оборотни переместились в дальний угол комнаты. Сет и Джейк тут же ссутулились на полу, а Ли, сжав губы, покачала головой и угрюмо буркнула:

— Можно мне уйти? — Видно было, как тяготит ее человеческий облик — та же грязная футболка и хлопковые шорты, в которых она кричала на меня несколько дней назад, растрепанные короткие волосы. Дрожь в руках все еще не прошла.

— Конечно, — разрешил Джейк.

— Держи к востоку, чтобы не пересечься с Чарли, — напутствовала Элис.

Даже не оглянувшись, Ли исчезла за дверью и ринулась в кустарник — перевоплощаться.

Эдвард моментально оказался рядом и нежно погладил меня по щеке.

— Ты справишься. Без сомнений. Я тебе помогу. Мы все поможем.

Я подняла на него глаза, в которых плескалась паника. Сумеет ли он удержать меня от непоправимого?

— Если бы я не верил в твои способности, мы исчезли бы отсюда сегодня же. Немедленно. Но у тебя все получится. И представь, какое будет счастье, когда отпадет необходимость расставаться с Чарли.

Я попыталась дышать ровнее.

Элис протянула руку. На ладони белела коробочка.

— Глазам будет неудобно. Не больно, просто зрение затуманится. А это раздражает. И все-таки лучше, чем ярко-алый, да?

Она подкинула коробочку в воздух, и я, подставив руки, поймала.

— Когда ты?..

— Перед тем как вы отправились в медовый месяц. Готовилась к нескольким возможным вариантам будущего.

Кивнув, я открыла контейнер. Никогда не носила контактные линзы... Вряд ли это так уж трудно. Поддев на палец маленькую коричневую пленку, я приложила ее вогнутой стороной к глазу.

И, моргнув, почувствовала, как моментально село зрение. Я видела сквозь пленку, но и саму пленку со всеми прожилками видела тоже. Взгляд постоянно цеплялся за микротрещинки и впадинки.

— Теперь понятно, — пробормотала я, вставляя вторую линзу. На этот раз постаралась не моргать, хотя глаз так и норовил вытолкнуть постороннее тело.

— Ну, как я вам?

Эдвард улыбнулся.

— Ослепительно! Конечно...

— Да, да, она всегда ослепительна, — нетерпеливо перебила Элис. — Хотя большей похвалы не жди. Мутно-карие. Твои карие были гораздо красивее. И еще, имей в виду — они долго не продержатся, через несколько часов яд их растворит. Если Чарли все еще будет здесь, придется исчезнуть под благовидным предлогом, и поменять линзы. Впрочем, людям ведь надо время от времени отлучаться в туалет. — Элис покачала головой. — Эсми, проинструктируй ее быстренько, как вести себя «по-человечески», а я пока затарю ванную линзами.

— Сколько у меня времени?

— Пять минут до прихода Чарли. Так что покороче.

Эсми, понимающе кивнув, взяла меня за руку.

— Запомни главное: не застывать неподвижно и не передвигаться слишком быстро.

— Когда он сядет, тоже садись, — подхватил Эмметт. — Люди не любят долго стоять.

— Раз в полминуты переводи взгляд, — внес свою лепту Джаспер. — Люди не могут смотреть в одну точку часами.

— Пять минут сидишь нога на ногу, потом пять минут — просто скрестив ноги, — учила Розали.

Я послушно кивала. Кое-что из этого я и сама наблюдала вчера. Наверное, смогу повторить.

— И не забывай моргать, раза три в минуту, — добавил Эмметт и вдруг, нахмурившись, подлетел к дальнему концу стола, где лежал пульт от телевизора. Отыскав университетский матч по регби, удовлетворенно кивнул.

— Руками тоже двигай. Волосы поправь или почеши что-нибудь, — посоветовал Джаспер.

— Я же просила только Эсми, — возмутилась вернувшаяся Элис. — Вы ее сейчас запутаете.

— Нет, все вроде понятно. Сидеть, не задерживать взгляд, моргать, шевелиться.

— Молодец, — похвалила Эсми, обнимая меня.

Джаспер наморщил лоб.

— Дыхание тебе придется задерживать, но ты все равно двигай плечами, чтобы создавалось впечатление, будто ты дышишь.

Я набрала воздуху в легкие и кивнула.

Эдвард обнял меня с другого бока.

— У тебя получится! — повторил он вполголоса.

— Две минуты, — предупредила Элис. — Наверное, лучше сразу лечь на диван. Ты, в конце концов, после болезни. Тогда он не увидит, как ты двигаешься.

Элис потянула меня к дивану. Я попыталась идти медленнее, вспомнить былую неуклюжесть — но, судя по тому как Элис выразительно на меня посмотрела, ничего хорошего не вышло.

— Джейкоб, мне нужна Ренесми.

Джейкоб сдвинул брови и даже с места не сошел, а Элис покачала головой.

— Нет, Белла, так я ничего не вижу.

— Она мне нужна! Для страховки. — В моем голосе звенела паника.

— Ладно, — простонала Элис. — Только пусть сидит как можно спокойнее. Попробую смотреть мимо нее. — Слова сопровождались обреченным вздохом, как будто Элис попросили сверхурочно поработать в выходной. Джейкоб тоже вздохнул, но Ренесми принес — и тут же ретировался под грозным взглядом Элис.

Эдвард сел рядом и обнял нас вместе с Ренесми, а потом пристально посмотрел девочке в глаза.

— Ренесми, сейчас к вам с мамой придет в гости кто-то очень важный, — торжественно, как будто она без труда могла понять, произнес он. А вдруг понимает? Поразительно ясный, серьезный взгляд. — Только он не такой, как мы. И даже не как Джейкоб. С ним надо очень осторожно себя вести. Нельзя рассказывать ему так, как ты рассказываешь нам.

Ренесми коснулась щеки Эдварда.

— Да, вот так не надо. И когда его увидишь, тебе захочется пить. Но кусать его нельзя. На нем заживает не так быстро, как на Джейкобе.

— Она понимает? — прошептала я.

— Понимает. Ты ведь постараешься осторожно, да, Ренесми? Поможешь нам?

Ренесми снова дотронулась до его щеки.

— Это можно, Джейкоба кусай, сколько хочешь. Не жалко.

Джейкоб хохотнул.

— А тебе, наверное, лучше уйти, — холодно обронил Эдвард, смерив его негодующим взглядом. Простить он пока не мог, ведь, каков бы ни был исход визита Чарли, мне все равно придется несладко. Но если пожар в горле — самое страшное, что мне сегодня предстоит, эту цену я заплачу с радостью.

— Я обещал Чарли быть тут, — не послушался Джейкоб. — В качестве моральной поддержки.

— Поддержки! — презрительно фыркнул Эдвард. — Ты теперь для Чарли самое поганое чудище из нас всех.

— Поганое?! — Джейк хотел возмутиться, однако вместо этого тихонько рассмеялся.

И тут я услышала, как шуршат шины — сначала по асфальту шоссе, потом, мягче, по сырой подъездной аллее, ведущей к особняку. Дыхание снова участилось. Сердце должно было бы выпрыгивать из груди — как же странно, когда ждешь от себя реакции, на которую уже не способна.

Тогда, чтобы успокоиться, я стала слушать ровное биение сердца Ренесми. И довольно быстро справилась с паникой.

— Молодец, Белла! — шепотом похвалил Джаспер.

Эдвард стиснул мое плечо.

— Ты уверен? — последний раз спросила я.

— Абсолютно. У тебя все получится. — Улыбнувшись, он поцеловал меня.

Нет бы просто в губы чмокнуть... Меня захлестнуло волной дикого вампирского желания. Как будто с поцелуем Эдвард впрыснул мне в кровь сильнодействующий наркотик. Я не могла оторваться. Пришлось собрать всю волю и напомнить себе о ребенке на руках.

Джаспер почувствовал мою внутреннюю борьбу.

— Эдвард, не отвлекай ее сейчас.

— Упс! — Эдвард моментально отпрянул, а я рассмеялась. Мои слова! Это я с самого первого поцелуя забывала об осторожности.

— Потом... — шепнула я, чувствуя, как желудок сворачивается в тугой комок от предвкушения.

— Белла, не расслабляйся! — предостерег Джаспер.

— Да. — Я задвинула сладкие мысли подальше. Чарли, сейчас главное — Чарли. Он не должен пострадать. А у нас вся ночь впереди...

— Белла!

— Прости, Джаспер.

Эмметт засмеялся.

Судя по звуку, папина патрульная машина вот-вот будет здесь. Смех Эмметта на секунду разрядил атмосферу, потом все снова застыли. Я положила ногу на ногу и потренировалась моргать.

Так. Машина перед домом. Ожидание. Интересно, Чарли так же нервничает, как и я? Наконец мотор стих, хлопнула дверца. Три шага по траве, восемь гулких шагов по деревянным ступеням. Еще четыре до входной двери. Пауза. Чарли делает два глубоких вдоха.

Тук, тук, тук.

Я тоже вдохнула, набирая напоследок полные легкие воздуха. Ренесми уселась поглубже и спрятала лицо у меня в волосах.

Открывать дверь пошел Карлайл. Тревога на его лице мгновенно сменилась радушием — как будто пультом щелкнули.

— Добро пожаловать, Чарли! — пригласил он с подобающим смущением. Ведь предполагается, что мы в Атланте, в карантине. Чарли уже знает про обман.

- Приветствую, — натянуто ответил он. — Где Белла?
— Я здесь, пап!

Плохо! Голос не получился. И воздух пришлось потратить. Я судорожно глотнула еще, пока запах Чарли не успел просочиться в комнату.

Судя по недоуменному выражению папиного лица, голос вышел совсем мало похожим на прежний. Наконец его взгляд наткнулся на меня. Глаза тут же расширились от изумления.

Череду сменяющих друг друга чувств я прочитала безошибочно.

Потрясение. Неверие. Боль. Потеря. Страх. Злость. Подозрение. Снова боль.

Я прикусила губу. Надо же. Кусать гранитной твердости кожу вампирскими клыками гораздо больнее, чем мягкие человеческие губы моими прежними зубами.

— Это ты, Белла? — прошептал папа.

— Угу. — И сама дернулась от мелодичного, как перезвон «музыки ветра», голоса. — Привет, пап.

Он набрал воздуха в грудь, чтобы не потерять равновесие.

— Здрасте, Чарли, — позвал Джейкоб из дальнего угла. — Как вы?

Чарли возмущенно покосился в его сторону, вздрогнул от воспоминания и снова посмотрел на меня в упор.

Потом медленными шагами пересек комнату и остановился в метре от меня. Его обвиняющий взгляд на секунду метнулся к Эдварду. С каждым ударом папиного сердца меня окатывала идущая от него теплая волна.

— Белла? — все еще не верил он.

Я постаралась убрать из голоса колокольчики.

— Да, кто же еще.

Он стиснул зубы.

— Прости, пап.

— С тобой все в порядке? — сурово поинтересовался он.

— В самом что ни на есть, — заверила я. — Здорова, как лошадь.

Все, конец запасам кислорода.

— Джейк говорил, что... по-другому нельзя было. Что ты лежала при смерти, — произнес Чарли, явно не веря ни единому слову.

Обратившись в сталь, я сосредоточила все мысли на теплом тельце Ренесми в моих руках, прижалась покрепче к Эдварду для поддержки — и сделала глубокий вдох.

Запах Чарли показался мне сгустком пламени. И ладно бы только боль... Я плавилась от жажды. Вкуснее этого запаха и представить нельзя. Куда лучше, чем неизвестные туристы на лесной тропе. Да еще стоит в паре шагов от меня, источая аромат горячей соленой влаги.

Но я не на охоте. А это мой родной отец.

Эдвард понимающе сжал мне плечи, а Джейкоб посмотрел с другого конца комнаты виноватым взглядом.

Я постаралась собраться, сделать вид, что не чувствую никакой боли и жажды. Чарли ждал ответа.

— Джейкоб сказал правду.

— Значит, вы все заодно? — обиженно буркнул папа.

Главное сейчас, чтобы в моем незнакомом лице он сумел прочитать сожаление и раскаяние.

Уткнувшаяся мне в волосы Ренесми засопела — папин запах достиг и ее носа. Я прижала малышку еще крепче.

Чарли перехватил мой обеспокоенный опущенный взгляд.

— Ух ты! — Злость тут же исчезла, оставив только изумление. — Так это она? Приемыш, про которого рассказывал Джейкоб?

— Моя племянница, — без тени смущения пояснил Эдвард. Наверное, решил, что надо как-то объяснить вопиющее сходство между ним и Ренесми. Кровные узы, вполне логично.

— Я думал, у тебя никого не осталось, — подозрительно молвил Чарли.

— Родителей я потерял. А старшего брата усыновили, как и меня. Больше я его не видел. Меня нашли органы опеки, когда брат с женой погибли в автокатастрофе, и девочка осталась круглой сиротой.

Складно у Эдварда получалось. Ровный голос, необходимая доля непринужденности. Мне до таких высот расти и расти.

Ренесми украдкой выглянула из-под завесы, потянув носом воздух. Взмахнула длинными ресницами, посмотрела застенчиво на Чарли и снова спряталась.

— Она... она... что уж тут, просто красавица!

— Да, — согласился Эдвард.

— Но ведь и ответственность какая! Вы сами-то едва на ноги встали.

— А разве можно было иначе? — Эдвард мимолетным движением провел пальцами по щеке Ренесми и едва заметно прижал палец к губам — не забывай. — Вы бы отказались от нее?

— Хм-м. Эх. — Чарли рассеянно покачал головой. — Джейк говорит, ее зовут Несси?

— Нет! — пронзительно взвизгнула я. — Ее зовут Ренесми.

Чарли снова перевел взгляд на меня.

— А ты что на этот счет думаешь? Не лучше было бы Карлайлу и Эсми...

— Она моя, — перебила я на полуслове. — Она мне нужна.

Чарли нахмурился.

— Хочешь сделать меня дедушкой? Так рано?

Эдвард с улыбкой парировал:

— Карлайл ведь тоже дедушка.

Чарли недоверчиво покосился на Карлайла, по-прежнему стоящего у входной двери, — вылитый брат Зевса, только моложе и прекраснее.

— Спасибо, утешили! — фыркнул папа и расхохотался. Потом снова посмотрел на Ренесми. — Да, она, конечно, загляденье. — На меня повеяло его теплым дыханием.

Ренесми потянулась на запах, отбросив завесу моих волос, и впервые открыто встретилась глазами с Чарли. Папа ахнул.

Я знала, что он видит. Мои глаза. Точно такие же, как у него. На прекрасном лице малышки.

Чарли чуть не задохнулся. Шевеля трясущимися губами, он считал в уме. В обратном порядке, пытаясь втиснуть девять месяцев в один, увязать все воедино. Только упрямые факты никак не желали увязываться...

Поднявшись, Джейкоб подошел и похлопал Чарли по спине. Что-то шепнул ему на ухо — Чарли, конечно, не знал, что мы все равно слышим.

— Помните, «меньше знаешь, крепче спишь». Все в порядке. Даю слово.

Чарли сглотнул, медленно кивая. А потом, сверкнув глазами, сжал кулаки и шагнул к Эдварду.

— На знание не претендую, но враками сыт по горло!

— Простите, — невозмутимо ответил Эдвард. — Официальная версия вам сейчас гораздо полезнее правды. Если хотите остаться с нами, другие версии значения не имеют. Только так можно защитить Беллу, Ренесми — и всех нас. Ради этого можете вы поступиться принципами?

Комната напоминала пантеон — все застыли, как статуи. Я скрестила ноги.

Чарли посопел и перевел возмущенный взгляд на меня.

— Могла бы заранее предупредить, дочка.

— Думаешь, было бы легче?

Нахмурившись сперва, он опустился на колени рядом со мной. Я чувствовала, как в жилах на шее струится теплая кровь. Как она пульсирует.

То же самое чувствовала Ренесми. С улыбкой она протянула к Чарли розовую ладошку. Я поспешно дернула ее на себя. Тогда Ренесми прижала другую ладонь к моей шее, показывая мне лицо Чарли. И тут я убедилась: Ренесми отлично поняла все, что говорил Эдвард. Жажда возникла, и в том же мысленном эпизоде малышка от нее избавилась.

— Ух ты! — разглядев идеально ровные зубки, изумился Чарли. — Сколько ей?

— М-м...

— Три месяца, — пришел на помощь Эдвард, а потом поправился: — То есть размером с трехмесячную. В чем-то она взрослее, а в чем-то, наоборот, не дотягивает.

Ренесми приветливо помахала рукой.

Чарли судорожно заморгал.

— А что я говорил? Самая удивительная! — Джейкоб заговорщически подтолкнул его локтем.

Чарли отдернулся.

— Да ладно вам, Чарли, — простонал Джейкоб. — Я такой же, как и был. Выкиньте из головы мой фокус-покус в лесу.

Хотя у Чарли побелели губы при воспоминании, он покорно кивнул.

— А ты здесь каким боком, Джейк? И насколько Билли в курсе? — Чарли вглядывался в сияющее при виде Ренесми лицо Джейкоба.

— Я могу рассказать, мне не жалко — и Билли все знает, — но тогда вам придется слушать про оборо...

Чарли со сдавленным хрипом закрыл уши руками.

— Нет-нет, не надо.

Джейкоб заулыбался.

— Все будет хорошо, Чарли! Вы, главное, глазам своим не верьте.

Папа пробормотал что-то неразборчивое себе под нос.

— У-у! — раздался вдруг гулкий бас Эмметта. — «Гейторз», вперед!

Джейкоб с Чарли подскочили от неожиданности. Остальные замерли.

Вновь обретя дар речи, папа оглянулся через плечо на Эмметта.

— Флорида ведет?

— Они только что тачдаун сделали. — И посмотрев на меня, Эмметт лукаво подвигал бровями, как опереточный злодей. — Давно пора! Хоть кто-то здесь кому-то вставит.

Волевым усилием я удержалась, чтобы не зашипеть. В папином присутствии!.. Это переходит всякие границы.

Но Чарли двойного смысла не заметил. Он сделал еще один долгий вдох, как будто хотел наполниться воздухом до самых пяток. Как я ему завидовала... Поднявшись на ноги, он осторожно обошел Джейкоба и рухнул в свободное кресло.

— Ну что же. Посмотрим, удастся ли им удержать первенство.

26. ВО ВСЕМ БЛЕСКЕ

— Вот не знаю, до какой степени стоит посвящать Рене... — стоя одной ногой на пороге, проговорил Чарли. Как только он потянулся, разминая мышцы, из живота раздалось урчание.

Я кивнула.

— Именно. Не хочу ее волновать. Лучше поберечь. Это ведь все не для слабонервных.

Чарли грустно хмыкнул.

— Тебя я бы тоже поберег — если бы знал как... С другой стороны, тебя слабонервной не назовешь.

Я улыбнулась в ответ, вдыхая очередной раскаленн шар.

Чарли рассеянно похлопал себя по животу.

— Что-нибудь придумаю. У нас ведь еще будет время поговорить?

— Конечно, — пообещала я.

Странный получился день — то летел стрелой, то тянулся бесконечно. Чарли уже опаздывал на ужин (который им с Билли готовила Сью Клируотер). Вот там ему точно будет неловко, зато хоть порадуется полноценной пище. Хорошо, что есть кому спасти папу от голодной смерти, и его патологическое неумение готовить не обернется летальным исходом.

Возникшее между нами напряжение так и не спало за весь день — минуты ползли медленно, Чарли ни разу не расправил сведенные плечи. Однако уходить все же не торопился. Посмотрел целых два матча (к счастью, настолько погрузившись в собственные мысли, что не замечал все более сальных и все меньше связанных с футболом шуточек Эмметта), потом разбор игры, потом новости — и, наверное, не двинулся бы с места, не напомни Сет про время.

— Чарли, вы что, хотите продинамить маму и Билли? Ренесми и Белла никуда завтра не денутся. Едем, пожуем чего-нибудь.

По глазам Чарли было видно, что прогнозу Сета он не очень верит, но к выходу за ним пошел. И вдруг остановился на пороге в сомнениях. Тучи расходятся, дождь закончился. Может, даже солнце успеет выглянуть перед закатом.

— Джейк говорит, вы собирались сделать отсюда ноги? — пробурчал папа.

— Я оставалась бы до последнего, используя малейшую возможность! Поэтому мы и тут, — тихо произнесла я.

— Он сказал, что вы еще побудете, — если только я проявлю выдержку и смогу держать язык за зубами.

— Да... Но пап, я не могу обещать, что мы вообще никогда не уедем. Это сложно...

— Меньше знаешь... — напомнил он.

— Именно.

— Вы ведь не уедете не попрощавшись? Заглянете?

— Даю честное слово. Теперь ты знаешь вполне доста-точно, так что, может, обойдется. А я постараюсь не про-падать.

Он задумчиво прикусил губу, потом осторожно накло-нился ко мне, раскрыв объятия. Я перехватила задремав-шую Ренесми, сцепила зубы и, задержав дыхание, обняла папу свободной рукой за теплую, мягкую талию — едва ка-саясь.

— Да уж, Беллз, пожалуйста. Не пропадай, — пробор-мотал он.

— Люблю тебя, пап, — сквозь стиснутые зубы шепну-ла я.

Он задрожал и высвободился. Я опустила руку.

— И я тебя люблю, дочка. Что бы там вокруг нас ни тво-рилось. — Чарли дотронулся пальцем до розовой щечки Ренесми. — Она очень на тебя похожа.

Я постаралась сохранить невозмутимое выражение лица, хотя на самом деле до невозмутимости мне было да-леко.

— Скорее, на Эдварда. А кудри — как у тебя, — добави-ла я после секундного раздумья.

Чарли вздрогнул, потом засопел.

— Хм... Наверное. Хм. Дедушка. — Он с недоумением покачал головой. — А мне когда-нибудь дадут ее подер-жать?

Я заморгала от неожиданности, однако тут же собра-лась. Полсекунды на раздумья, беглый взгляд на Ренесми (она уже крепко спала) — и... Была не была, испытывать судьбу, так уж по полной, а удача сегодня мне улыбается.

— Держи! — Я протянула малышку Чарли. Он неумело подставил сложенные колыбелькой руки. По температуре его кожа ничем не отличалась от кожи Ренесми — такая же горячая — но, представив, как под тонким покровом бьется и пульсирует живое тепло, я снова почувствовала першение в горле. От моего прикосновения папина рука покрылась пупырышками. То ли от холода, то ли от нервов...

— Надо же... Крепенькая! — крякнул Чарли, принимая Ренесми на руки.

Разве? Я нахмурилась. Мне она казалась легче перышка. Видимо, мои ощущения уже не критерий.

— Это хорошо, — увидев мое лицо, поспешил заверить Чарли — и добавил себе под нос: — Когда вокруг такой дурдом, только крепенькой и нужно быть. — Он осторожно покачал девочку из стороны в сторону. — Красивее малышки за всю жизнь не видал. Даже считая тебя, дочка. Прости.

— Согласна.

— Красавица! — заворковал он.

По его лицу было видно, как растет и крепнет симпатия. Чарли не стал исключением — подобно всем нам он оказался бессилен перед чарами девочки. Две секунды у него на руках — и все, он покорен навеки.

— Можно я завтра опять загляну?

— Конечно, пап. Заезжай. Мы тут.

— Да уж, пожалуйста, — сурово попросил Чарли, хотя тон его совершенно не вязался с нежным взглядом, направленным на Ренесми. — До завтра, Несси.

— Ну, ты хоть не начинай!

— А?

— Ее зовут Ре-не-сми. Рене плюс Эсми. Без уменьшительных. — Я попыталась успокоиться, не делая глубоких вдохов. — Хочешь знать, какое у нее второе имя?

— Конечно.

— Карли. Через «к». Карлайл плюс Чарли.

В уголках папиных глаз лучиками разбежались морщинки, и неожиданная улыбка озарила лицо.

— Спасибо, Беллз!

— Это тебе спасибо, пап. Все так резко и стремительно изменилось. Голова до сих пор кругом идет. Если бы не ты, не знаю, как бы я еще сохраняла связь... с реальностью. — Чуть не сказала «с собою прежней». Не надо взваливать на папу слишком много.

У него снова заурчало в животе.

— Езжай, поешь, пап. Мы никуда не денемся. — Я вспомнила свои чувства после первого неловкого погружения в фантастический мир — кажется, что все исчезнет с первыми рассветными лучами.

Кивнув, Чарли неохотно отдал Ренесми, и взгляд его скользнул в ярко освещенную комнату. С минуту он, округлив недоуменно глаза, наблюдал за происходящим. Никто и не думал разбредаться — кроме Джейкоба, который, судя по звукам, опустошал холодильник на кухне. Джаспер положил голову на колени Элис, уютно устроившейся у подножия лестницы. Карлайл уткнулся носом в какую-то толстенную книгу. Эсми, мурлыча себе под нос, набрасывала что-то в блокноте, а Розали с Эмметтом выкладывали под лестницей фундамент для огромного карточного дома. Эдвард переместился за рояль и наигрывал негромкую мелодию. Никаких признаков вечера — того, что день клонится к концу, что пора ужинать и готовиться ко сну. Каллены ослабили конспирацию, чуть приподняли завесу перед Чарли, и он чувствовал эту неуловимую перемену.

Поежившись, папа со вздохом покачал головой.

— До завтра, Белла. — Потом добавил, сдвинув брови: — Я не в том смысле, что ты какая-то не такая. Ты отлично выглядишь. А я привыкну.

— Спасибо, пап.

Кивнув, Чарли задумчиво двинулся к машине. Я смотрела, как он выезжает, но только услышав шорох шин по асфальту, осознала, что у меня получилось. Весь день находясь рядом с Чарли, я его и пальцем не тронула! Сама, без поддержки. Наверное, у меня действительно сверхспособность!

Даже не верится... Неужели в придачу к новой семье я получила возможность сохранить хотя бы часть прежней? Неужели еще накануне я думала, что лучше вчерашнего дня нет и быть не может?

— Ух! — прошептала я. И моргнув, почувствовала, как растворяется третья пара контактных линз.

Рояль умолк, руки Эдварда легли мне на талию, а подбородок — на плечо.

— Я первый хотел это сказать.

— Эдвард, у меня получилось!

— Получилось. Просто невероятно! Столько волнений из-за «новорожденного» периода, а ты раз — и его перескакиваешь. — Он тихонько рассмеялся.

— Я уже сомневаюсь, что она вообще вампир, не то что «новорожденный», — подал голос Эмметт из-под лестницы. — Такая паинька.

В ушах снова зазвучали все двусмысленности, которые он себе позволял — при папе! В общем, хорошо, что руки у меня в тот момент были заняты Ренесми. Хотя удержаться от хищного рыка все же не удалось.

— Ой, боюсь-боюсь! — рассмеялся Эмметт.

Я зашипела, и Ренесми шевельнулась у меня на руках. Поморгав, она в недоумении оглянулась по сторонам, потом, посопев носом, потянулась к моей щеке.

— Чарли завтра вернется, — успокоила я.

— Отлично! — отозвался Эмметт. Теперь его смех подхватила и Розали.

— Недальновидно, — упрекнул его Эдвард, протягивая руки, чтобы забрать у меня Ренесми. Увидев, что я не решаюсь, он подмигнул, и я, все еще в сомнениях, покорилась.

— Что недальновидно? — не понял Эмметт.

— Глупо, ты не находишь, нарываться на конфликт с самым сильным в семье вампиром?

Эмметт презрительно фыркнул, запрокинув голову.

— Тоже мне!

— Белла! — вполголоса позвал Эдвард на глазах у обратившегося в слух Эмметта. — Помнишь, несколько месяцев назад я просил оказать мне одну услугу, как только станешь бессмертной?

Что-то смутно знакомое. Я прокрутила в голове покрытые туманом человеческие разговоры. И ахнула, вспомнив.

Элис рассмеялась звонким заливистым смехом. Из-за угла высунул голову Джейкоб — с набитым ртом.

— Что такое? — прорычал Эмметт.

— Точно? — переспросила я Эдварда.

— Поверь мне.

Я глубоко вдохнула.

— Эмметт, как насчет небольшого пари?

Он с готовностью вскочил на ноги.

— Отлично! Давай.

Я на мгновение прикусила губу. Эта груда мышц...

— Конечно, если трусишь... — начал Эмметт.

Я расправила плечи.

— Мы. С тобой. Будем бороться на руках. За обеденным столом. Сию секунду.

Улыбка Эмметта растянулась до ушей.

— Белла, — поспешно предостерегла Элис, — Эсми очень дорожит этим столом. Антиквариат, как-никак.

— Спасибо! — одними губами поблагодарила Эсми.

— Ничего страшного, — сияя, успокоил Эмметт. — Прошу вот сюда, Белла!

Я проследовала за ним через заднюю дверь к гаражу. Остальные не отставали. На берегу, среди россыпи камней торчал большой гранитный валун — к нему-то Эмметт, похоже, и вел. Неровный, чуть округлый камень вполне годился для состязания.

Поставив локоть на гранитную поверхность, Эмметт жестом пригласил меня. При виде бугрящихся мышц меня снова охватили сомнения, но я не подала виду. Эдвард уверял, что какое-то время я буду сильнее любого из них. Внутренне я себя так и ощущала. «Настолько?» — усомнилась я, глядя на мощные бицепсы Эмметта. Впрочем, мне едва исполнилось два дня, это что-нибудь да значит. С другой стороны, вдруг общие правила не для меня? Вдруг я гораздо слабее, чем положено новоявленному вампиру? И поэтому так легко себя контролирую?

Стараясь казаться невозмутимой, я поставила локоть на гранит.

— Значит так, Эмметт. Если побеждаю я, ты больше ни словом не обмолвишься о моей сексуальной жизни. Никому, даже Роуз. Никаких намеков, никаких подколок — ничего.

Эмметт сощурился.

— Идет. Но если побеждаю я — держись, будет в сто раз хуже.

Я задохнулась от возмущения, и на его губах заиграла саркастическая ухмылка.

— Уже стушевалась, сестренка? — поддел Эмметт. — Не пылкая ты у нас? Домик небось целехонький стоит, нигде ни царапины... Тебе Эдвард не рассказывал, сколько мы с Роуз домов по камешку развалили?

Скрежетнув зубами, я обхватила его широкую ладонь.

— Раз, два...

— Три! — прохрипел он и налег на мою руку.

Рука не дрогнула.

Я чувствовала, как он старается. Вампирскому мозгу разного рода подсчеты давались без труда, поэтому я мгновенно вычислила, что без моего сопротивления ладонь Эмметта уже ушла бы в каменный валун. Он надавил сильнее. Интересно, с чем можно сравнить такую силу? С грузовиком цемента, катящимся под гору на скорости шестьдесят пять километров в час? Восемьдесят? Сто? Больше?

А рука не шелохнулась. Эмметт давил на нее с сокрушительной силой — а мне было не больно. Наоборот, даже радостно как-то. С прошлого пробуждения я старалась двигаться с оглядкой, чтобы ничего не сломать. Теперь наконец можно поиграть мускулами. Дать силе выход, вместо того чтобы мучительно ее сдерживать.

Эмметт захрипел от натуги, наморщил лоб и всем телом налег на мою неподвижную руку. Я позволила ему попыхтеть и попотеть — образно говоря, — наслаждаясь кипящей в мышцах сумасшедшей силой.

Через несколько секунд мне, правда, надоело. Я напрягла руку. Эмметт уступил на пару сантиметров.

Я рассмеялась. Эмметт грозно зарычал сквозь оскаленные зубы.

— Не распускай язык! — напомнила я и припечатала его руку к гранитной поверхности.

Между стволами деревьев пошло гулять эхо от оглушительного треска. Валун дрогнул, от него по невидимой линии раскола отвалился кусок — примерно в одну восьмую общей массы. Он ухнул прямо на ногу Эмметту, и я задохнулась от смеха. Джейкоб с Эдвардом тоже не удержались от сдавленного хохота.

Кусок гранита Эмметт отфутболил на тот берег. На лету камень расщепил стволик молодого клена и рухнул прямо на комель огромной ели, которая, закачавшись, повалилась на соседнюю.

— Реванш! Завтра!

— Сила так быстро не уйдет, — предупредила я. — Может, через месяц.

— Завтра! — сверкнув зубами, прорычал Эмметт.

— Ради тебя — все что угодно, братишка!

Уже развернувшись, чтобы уйти, Эмметт вдруг стукнул по валуну кулаком, вызвав лавину щебня и гранитной пыли. Мило так, по-детски.

Завороженная неоспоримостью своего превосходства над самым сильным из всех известных мне вампиров, я положила руку с растопыренными пальцами на камень. И медленно запустила их в гранит — скорее, сминая и кроша, чем вгрызаясь. По плотности валун оказался как твердый сыр. Вскоре я держала горстку щебня.

— Круто! — вырвалось у меня.

Расплывшись в улыбке от уха до уха, я завертелась волчком и каратистским движением саданула ребром ладони по камню. Валун застонал, завизжал — и раскололся надвое в облаке пыли.

Я захихикала.

Не обращая внимания на смешки за спиной, я начала крушить остатки валуна. Мне было так весело, что я хохотала от души. И только услышав вдруг чье-то незнакомое хихиканье, похожее на звон колокольчика, я отвлеклась от дурацкой забавы.

— Это она смеялась?

Остальные с таким же изумлением, как и я, уставились на Ренесми.

— Да, — ответил Эдвард.

— Лучше спроси, кто не смеялся, — пробурчал Джейк.

— Скажешь, ты в первое перевоплощение не оттягивался, псина? — беззлобно поддел Эдвард.

— Это другое! — К моему удивлению, он шутливо ткнул Эдварда кулаком в плечо. — А Белла вроде как взрослая. У нее муж, ребенок. Посолиднее надо быть!

Ренесми, нахмурив брови, дотронулась до щеки Эдварда.

— Что говорит? — спросила я.

— Поменьше солидности, — с улыбкой передал просьбу Эдвард. — Ей было почти так же весело наблюдать за тобой, как и мне.

— Я себя смешно веду? — поинтересовалась я у Ренесми, подскакивая к ней. Мы одновременно протянули друг к другу руки. Забрав девочку у Эдварда, я раскрыла перед ней ладонь с кусочком гранита. — Хочешь попробовать?

Она улыбнулась ослепительной улыбкой и схватила камень обеими руками. Между бровей залегла складка. Ренесми нажала посильнее.

Результатом был едва уловимый скрежет и струйка пыли. Нахмурившись, девочка протянула осколок обратно.

— Сейчас! — И я двумя пальцами стерла камень в порошок.

Тогда она захлопала в ладоши и засмеялась — так заразительно, что присоединились и остальные.

Внезапно из-за туч пробилось солнце, озарив нас десятерых рубиново-золотыми лучами. Потрясенная, я залюбовалась мерцанием своей кожи в свете заката. Глаз не оторвать...

Ренесми погладила переливающиеся бриллиантовым блеском крошечные грани, а потом поднесла руку к моей. Ее кожа светилась изнутри едва заметным таинственным сиянием. Которое, в отличие от наших «бриллиантов», не заставит Ренесми скрываться дома в погожий день. Она дотронулась до моей щеки, обескураженная разницей.

— Ты самая красивая! — поспешила успокоить я.

— Не могу согласиться, — возразил Эдвард. Я повернулась — и замерла, увидев его освещенное закатным солнцем лицо.

Джейкоб прикрыл глаза рукой, притворяясь, что глазам больно от блеска.

— Чудная ты, Белла, — заключил он.

— Чудная, — поправил Эдвард. Ослепленный и ослепительный.

А я впервые (и неудивительно, ведь все кругом было в новинку) ощущала, каково это — в чем-то отличиться. В человеческой жизни я не выделялась ничем. Да, умела находить общий язык с Рене — только многие смогли бы еще лучше. Фил, например, смог. Я хорошо училась, но никогда не выбивалась в круглые отличники. Спорт во всех видах точно отпадает. Художественные или музыкальные способности — тоже мимо. Никаких особенных талантов. А за чтение книг призы не вручают. За восемнадцать лет я привыкла быть посредственностью. И только сейчас осознала, что давно уже оставила надежду хоть в чем-то блеснуть. Просто жила как живется, слегка выпадая из рамок привычного мира.

Так что теперь все разом перевернулось. Я удивительная — и для самой себя, и для остальных. Такое чувство, что я была рождена для вампирской жизни.

При этой мысли я чуть не рассмеялась — и чуть не запела. Наконец я обрела свое место в мире, который создан для меня, и где наконец взошла моя звезда.

27. СБОРЫ В ДОРОГУ

Став вампиром, я начала относиться к легендам и мифам куда серьезнее.

Иногда, вспоминая первые три месяца после перерождения, я пыталась представить, как выглядит моя нить на ткацком станке судеб — вдруг и он существует? Наверное, в какой-то момент она меняет цвет: сначала тянется бледно-бежевая, успокаивающая, неконфликтная — такая хороша в качестве фона. А теперь она, по-моему, ярко-алая или горит золотом.

Нити друзей и родных сплетаются вокруг меня в пестрый гобелен, произведение искусства, радующее глаз сочными, взаимодополняющими цветами.

Забавно, сколько всего в этот гобелен пришлось вплести. Вот оборотни с их насыщенными древесными оттенками — их я никак не ожидала, Джейкоб, конечно же, и Сет. Рядом присоединившиеся к стае Джейкоба мои старые приятели Квил и Эмбри, и даже Сэм с Эмили настроились доброжелательно. Былая вражда между семьями утихла — все благодаря Ренесми. Ее трудно не любить.

А еще с нашими судьбами тесно сплелись судьбы Сью и Ли Клируотер — кто бы мог подумать?

Сью, похоже, взялась облегчить для Чарли знакомство с миром фантастики. Когда папа наведывался в дом Калленов, она почти всегда приходила вместе с ним, хотя и чувствовала себя тут гораздо скованнее, чем ее сын и почти вся стая Джейка. Говорила редко, в основном просто держалась рядом с Чарли, оберегала. К ней обращался его взгляд, стоило Ренесми сделать очередной скачок в развитии — а это случалось часто. В ответ Сью многозначительно косилась на Сета, подразумевая: «Ну-ну, мне можешь не рассказывать!»

Ли приходилось еще труднее, чем Сью, тем более что она единственная в нашей неожиданно разросшейся семье никак не могла примириться с объединением. Однако взять и уйти ей не позволяли узы товарищества, связывающие их с Джейком. Однажды я попыталась узнать у него подробнее — осторожно, опасаясь совать нос не в свое дело, но уж очень отличались их отношения от прежних, и меня разбирало любопытство. Он безразлично пожал плечами и сказал, что это связи внутри стаи. Она его правая рука, его «бета», как я однажды выразилась.

— Раз уж я взвалил на себя обязанности вожака, альфы, — объяснил Джейкоб, — вполне логично соблюсти и прочие формальности.

Так что Ли по статусу полагалось быть на подхвате у Джейкоба, а раз Джейкоб ни на шаг не отходит от Ренесми...

В общем, наше вынужденное соседство счастья Ли не добавляло — но она была единственным исключением. Счастье пронизывало всю мою нынешнюю жизнь, выплетая основной узор на гобелене судьбы. Настолько, что и с

Джаспером мы сошлись теснее, чем я могла бы представить.

Сначала, правда, меня это раздражало.

— Зря он! — жаловалась я Эдварду как-то вечером, когда мы уже уложили Ренесми в кованую колыбельку. — Раз я до сих пор пальцем не тронула ни Чарли, ни Сью, наверное, и дальше не убью. Зачем тогда Джаспер вокруг меня вьется?

— Да нет же, Белла, никто в тебе не сомневается! — начал разубеждать Эдвард. — Просто ты ведь знаешь Джаспера — его как магнитом тянет к положительному эмоциональному заряду. А ты, любимая, буквально **светишься от счастья**.

И Эдвард обнял меня крепко-крепко. Для него не было большей радости, чем видеть, каким восторгом я переполняюсь от новой жизни.

Я действительно почти все время пребывала в эйфории. Мне не хватало дня, чтобы отдать все свое обожание дочке, не хватало ночи, чтобы сполна насладиться любовью Эдварда.

Но и в этой бочке меда не обошлось без ложки дегтя. Подозреваю, что с изнанки наш гобелен судьбы ткался из угрюмых, мрачных оттенков сомнения и страха.

Ренесми исполнилась ровно неделя, когда она произнесла свое первое слово. Слово «мама». Мне бы прыгать от радости — а я, пугаясь этих невероятных темпов, едва сумела растянуть в улыбке оцепеневшие губы. Хуже того, на первом слове девочка не остановилась и без запинки выдала целое предложение. «Мама, а дедуля где?» — пропела она высоким, чистым сопрано. И только потому вслух, что я в тот момент была на другом конце комнаты. У Розали она уже пыталась это выяснить своим обычным (то есть для простых смертных необычным) способом. Розали не знала, пришлось обратиться ко мне...

А еще недели три спустя Ренесми научилась ходить. Сперва она долго наблюдала за Элис, глядя, как та расставляет букеты, танцующей походкой двигаясь от одной вазы к другой с охапками цветов в руках. Смотрела-смотрела, а потом вдруг встала на ноги — даже не шатаясь — и с не меньшей, чем у тети, грацией заскользила по паркету.

Джейкоб встретил ее аплодисментами (потому что именно этой реакции девочка и ждала). Привязанность заставляла его отодвигать собственные эмоции на второй план, первым делом он старался угодить Ренесми. Но когда наши с ним взгляды встретились, я увидела в его глазах отражение своего страха. Пытаясь скрыть панику от дочки, я через силу хлопнула пару раз в ладоши. Рядом так же тихо захлопал Эдвард, и стало ясно без слов: страхи у нас общие.

Эдвард и Карлайл с головой ушли в исследования, пытаясь найти хоть какие-то ответы, понять, чего ждать дальше. Что-то находили, но очень мало и ничего достоверного.

Для Элис и Розали каждый день начинался с показа мод. Ренесми ни один наряд не надела дважды — во-первых, потому что моментально из всего вырастала, а во-вторых, потому что тети задались целью соорудить детский фотоальбом, охватывающий годы, а не недели. Они делали тысячи снимков, запечатлевая каждый шаг на ускоренном пути ее развития.

В три месяца Ренесми можно было дать на вид и год, и два (для года крупновата, для двух — мелковата). Формой тела она уже не напоминала младенца, казалась гораздо тоньше и изящнее, с пропорциями, приближенными к взрослым. Бронзовые локоны струились до талии. У меня рука не поднималась их остричь, даже если бы Элис позволила. Говорила Ренесми свободно, грамматически правильно, выговаривая все звуки, хотя предпочитала «показывать», если ей что-то было надо. Она уже умела не просто ходить, но и бегать, и танцевать. И даже читать.

Как-то перед сном я читала ей Теннисона, понадеявшись на убаюкивающий поэтический ритм. (Для чтения постоянно приходилось выбирать что-то новое — по второму разу, в отличие от других детей, Ренесми ничего слушать не желала, а книжек с картинками не выносила). Однако, послушав немного, она коснулась моей щеки, и перед моим мысленным взором возникли мы с ней — только книга у нее в руках. С улыбкой я отдала девочке томик.

> Есть музыка, чей вздох нежнее упадает,
> Чем лепестки отцветших роз,
> Нежнее, чем роса, когда она блистает,
> Роняя слезы на утес;
> Нежней, чем падает на землю свет зарницы,
> На утомленные глаза...*

читала она без запинки.

Плохо повинующимися руками я забрала у Ренесми книгу.

— Как же ты уснешь, если будешь читать? — не сумев побороть дрожь в голосе, проговорила я.

По замерам Карлайла ее физический рост постепенно замедлялся, зато умственное развитие по-прежнему стремительно неслось вперед. Такими темпами через четыре года она станет взрослой, даже если будет постепенно притормаживать.

В четыре года. А к пятнадцати — старухой...

Всего пятнадцать лет жизни.

Но она ведь светится здоровьем. Живая, яркая, веселая, счастливая. Рядом с ней, глядя на это безоблачное счастье, я могу только радоваться, существуя сегодняшним днем, а мысли о будущем откладывая на завтра.

Будущее во всех вариантах обсуждали Карлайл и Эдвард — приглушенными голосами, к которым я старалась

---

* Перевод К. Бальмонта.

не прислушиваться. При Джейкобе они умолкали, поскольку существовал один верный способ остановить развитие,
который ему сто процентов не понравился бы. И мне тоже.
«Слишком опасно!» — вопила интуиция. Джейкоб с Ренесми так похожи, оба «полукровки», «два в одном»... А легенды оборотней гласят, что вампирский яд для них —
смертный приговор, а не врата в вечность...

Исчерпав все доступные источники информации, Карлайл с Эдвардом стали готовиться к экспедиции на родину
легенд. Сперва в Бразилию. Там среди индейцев тикуна
ходят предания о таких, как Ренесми. Если когда-либо существовали дети, подобные ей, вдруг отголоски этих преданий поведают, какой срок жизни отпущен наполовину
смертным?

Оставалось решить один главный вопрос — когда едем.
Всех задерживала я. Во-первых, потому что не хотела
уезжать из Форкса до праздников — чтобы побыть с Чарли. А во-вторых, потому что сперва нужно было совершить
еще одно путешествие, на данный момент более важное.
Причем, в одиночку.

Для нас с Эдвардом это путешествие стало единственным поводом для споров после моего перерождения. В основном из-за того, что я собиралась ехать одна. Однако
факты упрямы, а других разумных выходов я не видела.
Мне нужно предстать перед Вольтури. Без сопровождаю-
щих.

Даже избавившись от прежних кошмаров (как и снов
вообще), о Вольтури невозможно было забыть. Тем более
что они не уставали о себе напоминать.

До того дня, как мне вручили подарок от Аро, я даже не
подозревала, что Элис послала предводителям Вольтури
объявление о нашей с Эдвардом свадьбе. Пока мы наслаж-
дались медовым месяцем на острове Эсми, в ее видениях
возникли воины Вольтури — в том числе убийственная
парочка Джейн и Алек. Кай собирался отправлять поиско-

вый отряд, выяснить, вдруг я до сих пор остаюсь человеком в нарушение указа (зная о существовании мира вампиров, я должна была или стать одним из них — или умолкнуть навек...). Элис выслала объявление, надеясь отсрочить визит Вольтури. Но рано или поздно они объявятся. Без сомнений.

Сам по себе подарок угрозы не внушал. Да, щедрый, и да, щедрость эта пугала. Угрозу внушала последняя строчка поздравления, написанного рукой Аро черными чернилами на квадрате плотной белой бумаги:

«Жду, когда собственными глазами увижу новоявленную миссис Каллен».

Подарок хранился в антикварной резной шкатулке, инкрустированной золотом и перламутром и украшенной радугой самоцветов. Элис сообщила, что шкатулка сама по себе бесценное сокровище, способное затмить любой ювелирный шедевр — кроме того, который в ней приехал.

— Давно задаюсь вопросом, какая судьба постигла драгоценности короны, после того как в тринадцатом веке их заложил Иоанн Безземельный, — прокомментировал Карлайл. — И меня, признаться, не удивляет, что Вольтури своего не упустили.

Ожерелье не было замысловатым. Толстая золотая цепь, чешуйчатой змеей обвивающаяся вокруг шеи. И драгоценный камень под горлом — белый бриллиант размером с мяч для гольфа.

Недвусмысленное напоминание от Аро волновало меня куда больше, чем бриллианты. Вольтури должны увидеть, что я бессмертна, что Каллены исполнили приказ, причем увидеть как можно скорее. Нельзя пускать их в Форкс. Значит, есть только один способ сохранить нашу жизнь в безопасности.

— Одна ты не поедешь! — стиснув зубы и сжав кулаки, возражал Эдвард.

— Они меня не тронут, — как можно ласковее убеждала я, стараясь придать голосу уверенность. — С какой стати? Я вампир. Дело закрыто.

— Нет. Ни в коем случае.

— Эдвард, это единственный способ уберечь *ее*.

Тут его аргументы кончались, разбиваясь о мою железную логику.

Даже короткого знакомства с Аро мне хватило, чтобы разглядеть в нем коллекционера — для которого нет ничего вожделеннее живых экспонатов. Ни одна драгоценность в сокровищнице не способна зажечь в глазах Аро такого алчного блеска, как красота или редкость дара его бессмертных последователей. Хватает и того, что он успел приметить способности Эдварда и Элис, так что незачем давать Аро еще один повод позавидовать семье Карлайла. Ренесми. И красавица, и одаренная, и единственная в своем роде. Нельзя, чтобы он ее увидел, даже в чьих-то мыслях.

А все остальные мысли, кроме моих, он сумеет прочитать. Так что, разумеется, я еду одна.

У Элис моя поездка опасений не вызывала, ее тревожило другое — размытость видений. По ее словам, такая неопределенность возникает, если существуют сторонние решения, которые могут вступить в противоречие и не получили окончательного завершения в прошлом. Эдварда, который и без того мучался сомнениями, эта неопределенность настроила решительно против. Он хотел проводить меня хотя бы до Лондона, однако оставить Ренесми без обоих родителей разом было выше моих сил. Вместо него меня проводит Карлайл. Нам с Эдвардом будет гораздо спокойнее от осознания, что Карлайл, в случае чего, рядом.

Элис продолжала заглядывать в будущее, но постоянно видела совсем не то, что искала. Текущую биржевую тенденцию, возможный визит Ирины с целью примирения (она еще сама не определилась), снегопад месяца через полтора, звонок от Рене (я тренировалась говорить «грубым» голосом — день ото дня все лучше) — для нее я пока болею.

Билеты до Италии мы купили, когда Ренесми исполнилось три месяца. Поездка планировалась короткой, поэтому Чарли я ничего говорить не стала. Зато Джейкоб был в курсе, причем разделял точку зрения Эдварда. Однако сегодня спор шел о Бразилии. Джейкоб был полон решимости ехать с нами.

Мы отправились на охоту втроем — я, Ренесми и Джейкоб. Звериную кровь Ренесми не слишком жаловала, поэтому Джейкобу разрешили присоединиться. Он устроил из охоты состязания, и у Ренесми тут же проснулся интерес.

Что такое хорошо, и что такое плохо по отношению к охоте на людей Ренесми усвоила как дважды два, а донорскую кровь считала отличным выходом из положения. Человеческая твердая пища помогала утолить голод и нормально усваивалась организмом, но Ренесми встречала ее с тем же мученическим выражением, что появлялось у меня в свое время при виде цветной капусты и фасоли. Так что лучше уж звериная кровь. А вызов, брошенный Джейкобом, будил в ней дух соревнования и охотничий азарт.

— Джейкоб! — Я попыталась снова воззвать к голосу разума, пока Ренесми умчалась по следу вперед, на вытянутую полянку. — У тебя здесь свои обязанности. Ли, Сет...

Он фыркнул.

— Я им что, нянька? У них у самих куча дел в Ла-Пуш.

— А у тебя? Школу ты уже не будешь заканчивать? Учти, если хочешь угнаться за Ренесми, придется поднатечь на учебу.

— Считай, что я взял академку. Восстановлюсь, когда темпы у Ренесми... поутихнут.

Я тут же растеряла все аргументы, и мы оба машинально посмотрели на девочку. Запрокинув голову, она любо-

валась танцующими над головой снежинками, которые таяли, не успев долететь до пожухлой травы на вытянутом
стрелой лугу, где мы стояли. Пышное, с оборками платье
цвета слоновой кости чуть темнело на фоне снега, каштановые кудри отливали медью и сияли, несмотря на то, что
солнце скрылось за плотными облаками.

Ренесми согнула ноги — и вдруг подпрыгнула вверх на
четыре с половиной метра. Поймав снежинку как бабоч-
ку, двумя руками, девочка мягко опустилась обратно на
землю.

С невероятной улыбкой (честное слово, никак не привыкну) она повернулась к нам и продемонстрировала идеальную восьмиконечную звездочку, тающую на ладони.

— Красивая! — восхитился Джейкоб. — Но ты, кажется, подзастряла, а, Несси?

Ренесми со всех ног помчалась назад, к Джейкобу. Раскинув руки, он подхватил ее, когда она с разбега прыгнула
ему на шею. Получилось у них слаженно и четко: Ренесми
всегда так делала, когда хотела что-то сообщить. Вслух ей
по-прежнему нравилось меньше.

Умилительно хмурясь, она дотронулась до щеки Джейкоба. В полной тишине мы слушали, как небольшое стадо
лосей уходит в глубь леса.

— Коне-е-ечно, тебе не хочется пить, Несси! — с ехид-
цей и в то же время любя протянул Джейкоб. — Ты просто
боишься, что самый большой опять достанется мне!

Девочка кувырнулась назад из Джейковых объятий и,
мягко приземлившись на ноги, хитро прищурилась — в точности как Эдвард. А потом стремглав полетела в рощу.

— Я первый! — крикнул Джейкоб, увидев, как я пригнулась, готовясь мчаться следом. Сорвав футболку, он кинулся догонять, дрожа на бегу. — А жулить нечестно!

Я улыбнулась, глядя на взметнувшиеся вихрем листья,
и покачала головой. Джейкоб иногда еще больший ребенок, чем Ренесми.

Задержусь чуть-чуть, дадим охотникам фору. Выследить их по запаху не составит труда, а Ренесми с радостью похвастается потом размерами добычи. Я снова не смогла сдержать улыбку.

На узком лугу царила пустота и тишина. Танцующие в вышине снежинки поредели, почти исчезли. Элис говорила, что снег ляжет не раньше чем через месяц.

Обычно мы с Эдвардом выбирались на такие охотничьи вылазки вместе. Однако сегодня он остался с Карлайлом, обсуждать поездку в Рио, пока нет Джейкоба... Я нахмурилась. Вернемся, встану на сторону Джейка. Он должен ехать с нами. Слишком велика его ставка — целая жизнь, как и у меня.

Заблудившись мыслями в недалеком будущем, я не прекращала обшаривать глазами горный склон — в поисках добычи и чтобы не проглядеть опасность. Машинально, бездумно, по привычке.

А может, все-таки была причина. Которую мои обостренные чувства засекли раньше, чем отметило сознание.

Скользя взглядом по кромке дальнего кряжа, вставшего серовато-голубой стеной на фоне темно-зеленого леса, я вдруг зацепилась за серебристую — или золотистую — искорку.

Я всматривалась изо всех сил в цветную точку, которой на этом склоне неоткуда было взяться. И орел не разглядел бы ее в густом тумане.

Она смотрела на меня.

С первого взгляда было ясно, что это вампирша. Белоснежно-мраморная кожа, в миллион раз глаже человеческой, слегка мерцающая даже в этот пасмурный день. Впрочем, если бы не кожа, ее выдала бы неподвижность. Только вампиры и статуи умеют так застывать.

Волосы у нее были светлые-светлые, почти серебристые. Вот она, искорка, притянувшая мой взгляд. Прямые, как линейкой, разделенные на пробор, они обрывались ровным каре у подбородка.

Незнакомка. Раньше я ее точно никогда не видела, даже в человеческой жизни. Ни одно лицо из смутных воспоминаний не походило на это. Однако темно-золотистые глаза моментально подсказали мне разгадку.

Ирина. Все-таки решила наведаться.

Мгновение мы смотрели друг на друга. Неужели ей тоже хватит одного взгляда, чтобы понять, кто я такая? Я хотела помахать рукой, но ее губы внезапно скривила злобная гримаса.

Из леса донесся победный клич Ренесми, которому вторил вой Джейкоба. Через несколько секунд звук долетел до Ирины, и она машинально дернула головой. Взгляд ее переместился чуть вправо — понятно, что она увидела. Огромного рыже-коричневого волка, возможно, того самого, что прикончил ее возлюбленного Лорана. Сколько она уже за нами наблюдает? Наверняка достаточно, чтобы не пропустить предшествовавший обмен любезностями...

Ее лицо исказилось от боли.

Я непроизвольно развела руками, извиняясь. Она повернулась ко мне и ощерила зубы. Из горла вырвался глухой рык.

Когда он долетел до меня, вампирша уже скрылась в дальнем лесу.

— Черт! — простонала я.

Ноги сами понесли меня в рощу, за Джейкобом и Ренесми, которых я теперь боялась упустить из вида. Неизвестно, куда подалась Ирина и насколько она сейчас разъярена. Все вампиры одержимы мстительностью, а подавить ее стоит огромных усилий...

Не прошло и двух секунд, как, мчась во весь опор, я оказалась возле них.

— Мой больше! — раздался возмущенный голос Ренесми, когда я, продравшись через густые заросли колючего боярышника, ступила на полянку.

Увидев выражение моего лица, Джейкоб прижал уши и припал к земле, обнажив клыки на окровавленной после охоты морде. Глаза принялись прочесывать лес, а из груди донесся раскатистый рык.

Ренесми, как и Джейкоб, вся обратилась во внимание. Позабыв о добытом лосе, она прыгнула мне на руки и прижала обе ладони к моим щекам в ожидании разъяснений.

— Ничего страшного, — поспешила успокоить я. — Перестраховываюсь. Все в порядке. Наверное. Сейчас, погодите.

Вытащив сотовый, я нажала кнопку моментального набора. Эдвард ответил после первого гудка. Джейкоб и Ренесми напряженно слушали мою часть диалога, пока я вкратце обрисовывала случившееся.

— Беги сюда, возьми Карлайла, — тараторила я так, что Джейкоб хорошо если половину разбирал. — Я видела Ирину, она видела меня, а потом разглядела Джейкоба, психанула и убежала — наверное. У нас не появлялась — пока, — но, может, появится. Если нет, вам с Карлайлом нужно будет догнать ее и поговорить. Я беспокоюсь.

Джейкоб глухо зарычал.

— Будем через полминуты, — пообещал Эдвард, и за его спиной засвистел ветер.

Мы понеслись обратно на луг и сели ждать. Вслушивались в тишину, надеясь вовремя уловить незнакомые шаги.

Впрочем, они оказались знакомыми. Рядом со мной возник Эдвард, потом, через несколько секунд, — Карлайл. Затем — к моему удивлению — послышался мягкий топот больших лап. Впрочем, что удивительного? Конечно, Джейкоб вызвал подкрепление, стоило появиться крошечному намеку на грозящую Ренесми опасность.

— Она стояла вон на том утесе, — показала я. Если Ирина бросилась наутек, то фора у нее уже приличная. Вряд ли она остановится, чтобы выслушать Карлайла. — Может, вызвать на подмогу Эмметта с Джаспером? Она... очень уж всполошилась. И на меня рычала.

— Что? — вскинулся Эдвард.

Карлайл успокаивающе положил ему руку на плечо.

— Она переживает. Я ее догоню.

— Я с тобой! — не отступал Эдвард.

Они обменялись долгим взглядом — Карлайл, судя по всему, взвешивал: с одной стороны, Эдвард злится на Ирину, с другой — чтение мыслей может сослужить хорошую службу... Наконец Карлайл кивнул, и они с Эдвардом отправились по следу, не став звать ни Джаспера, ни Эмметта.

Джейкоб нетерпеливо засопел и ткнул меня носом в спину. Наверное, хочет как можно быстрее доставить Ренесми домой, в безопасное место. Поскольку я думала так же, мы немедленно поспешили обратно, с Ли и Сетом в арьергарде.

Ренесми довольно восседала у меня на руках, не отнимая ладошки от моей щеки. Раз охоту отменили, значит, остается только донорская кровь. Еще бы тут не быть довольной.

28. БУДУЩЕЕ

Карлайл с Эдвардом не успели догнать Ирину — ее след обрывался в заливе. Они переплыли на другой берег в надежде найти его там снова, однако на многие километры в обе стороны по восточному побережью не осталось ни одной зацепки.

Я во всем виновата. Ирина, как и предсказывала Элис, пришла помириться с Калленами — а вместо этого перед ней помахали красной тряпкой, продемонстрировав дружбу с Джейкобом... Ну почему я не заметила ее раньше, до того как Джейкоб перевоплотился?! И что нам стоило пойти охотиться в другое место?..

Теперь почти ничего не поделаешь. Карлайл позвонил Тане, сообщил неутешительные новости. Они с Кейт не видели Ирину с тех пор, как решили приехать на свадьбу, и их очень обескуражило, что она была так близко, а домой не вернулась. Наверное, даже временная утрата сестры будила тяжелые воспоминания о том, как много столетий назад их семья лишилась матери.

Элис зацепила краем глаза несколько обрывков ближайшего будущего Ирины — правда, ничего конкретного. Ясно было, что путь ее лежит не в Денали, но в остальном картинка получалась расплывчатая. Элис видела, как Ирина в крайнем смятении бредет, убитая горем, через безлюдную снежную равнину... на север? на восток?

Шли дни. Хоть я и не забывала ничего, Ирина с ее болью постепенно отодвинулись на второй план. Нашлись другие, более важные заботы. Через несколько дней мне предстояло лететь в Италию. Как только вернусь, отправимся в Южную Америку.

Все уже обсудили в подробностях по сто раз. Сперва обратимся к тикуна, доберемся до истоков их преданий. Джейкобу, который уже точно ехал с нами, отводилась в исследованиях немаловажная роль — вдруг тикуна, которые верят в вампиров, не пожелают обсуждать с нами свои легенды. Если с этим племенем не выйдет, будем изучать другие, родственные — их там немало. У Карлайла в долине Амазонки живут старые друзья, которые тоже могут располагать важными сведениями. Или хотя бы направят нас по нужному пути. Маловероятно, конечно, что к амазонским вампирам предания о «полукровках» имеют непосредственное отношение, поскольку все трое — женского пола... В общем, неизвестно, насколько затянутся наши поиски.

Об этих планах я еще ни словом не обмолвилась Чарли, так что, пока Эдвард с Карлайлом обсуждали детали поездки, я ломала голову, как сказать отцу. Как преподнести поаккуратнее?

Размышляя, я не сводила глаз с Ренесми. Она свернулась калачиком на диване, и, судя по ровному дыханию, спала крепким сном. Спутанные локоны разметались по лицу. Обычно мы относили ее на ночь в наш домик, но сегодня не хотели уходить от остальных, тем более что Эдвард с Карлайлом с головой ушли в обсуждение.

Эмметта с Джаспером больше занимали охотничьи вопросы. Просторы Амазонки сулили интереснейшие изменения в рационе. Ягуары, пантеры... Эмметт лелеял мечту сразиться с анакондой. Эсми и Розали прикидывали, что брать с собой. Джейкоб отлучился, чтобы оставить стае Сэма указания на время своего отсутствия.

Элис неспешно (для нее) двигалась по комнате, наводя порядок — хотя все и так было вылизано до блеска, — поправляя и без того ровно висящие гирлянды. Вот она принялась выравнивать вазы на полке. По лицу, где отсутствующее выражение сменялось осмысленным, было ясно, что Элис заглядывает в будущее. Я думала, она силится рассмотреть, что нас ждет в Южной Америке (в обход слепых пятен от Джейкоба и Ренесми), — пока Джаспер не обронил: «Перестань. Нам нет до нее дела!», — и комнату не окутало легким облаком безмятежности. Выходит, Элис вновь беспокоится об Ирине...

Показав Джасперу язык, она взяла тяжелую хрустальную вазу с белыми и красными розами и направилась в кухню. Один из белых бутонов подвял — едва заметно, однако Элис твердо вознамерилась добиться абсолютной безупречности (и не мучаться отсутствием видений).

Я смотрела на Ренесми, поэтому не видела, как ваза внезапно выскользнула у Элис из рук. Только услышала, как хрусталь рассекает воздух, и, скосив глаза, поймала момент, когда ваза, грохнувшись на мраморный пол, разлетелась десятком тысяч сверкающих осколков.

Мы застыли, слушая звяканье прыгающих по полу кусочков хрусталя, упираясь остановившимися взглядами в спину Элис.

Сперва мне пришла в голову бредовая мысль, что Элис шутит. Ведь уронить вазу случайно она никак не могла. Я сама сто раз успела бы метнуться через комнату и поймать вазу на лету, если бы не уверенность, что Элис подхватит ее сама. Как она вообще могла выскользнуть из рук? Таких сильных и ловких?..

Никогда не видела, чтобы вампир что-то ронял. Никог-да.

Резким, неуловимым движением Элис обернулась.

Дикими, остановившимися глазами, расширенными до того, что, они, казалось, перестали умещаться на ее узком лице, Элис смотрела одновременно на нас и в будущее. Заглянуть в ее глаза в ту секунду — все равно что в могильную яму, где меня моментально похоронило под лавиной ужаса, отчаяния и боли.

Я услышала, как ахнул, будто задохнувшись, Эдвард.

— Что такое? — прорычал примчавшийся вихрем Джаспер, захрустев рассыпанными по полу осколками. Он взял Элис за плечи и встряхнул. Она закачалась тряпичной куклой. — Элис, в чем дело?

Тут я заметила, как Эмметт, оскалив зубы, бросает взгляд за окно в ожидании атаки.

Эсми, Карлайл и Розали не проронили ни звука, замерев, как и я, в неподвижности.

Джаспер снова встряхнул Элис.

— Что с тобой?

— Они идут за нами... — в один голос прошептали Элис с Эдвардом. — Все вместе.

Тишина.

На этот раз я догадалась раньше остальных, потому что их слова воскресили в памяти мое собственное видение. Обрывки давнего сна — расплывчатого, нечеткого, смутного, как будто смотришь через плотную вуаль... Черная шеренга, плывущая на меня, призрак полузабытого человеческого кошмара. Разглядеть сквозь пелену кровавый отсвет в глазах и блестящие клыки я не могла, но прекрасно знала, что все это есть...

Вместе с картинкой проснулось мучительное желание защитить, уберечь самое драгоценное, скрытое за моей спиной.

Я хотела подхватить Ренесми на руки, растворить в своей коже, в волосах, сделать невидимкой. Но даже повернуться и посмотреть на нее не было сил. Я не окаменела, я заледенела. Впервые с тех пор, как я стала вампиром, меня пробрал холод.

Подтверждения своим страхам я уже не слышала. К чему? Все ясно и так.

— Вольтури! — простонала Элис.

— Все вместе, — раздался одновременный стон Эдварда.

— Зачем? — спросила Элис у самой себя. — Как?

— Когда? — прошептал Эдвард.

— Зачем? — эхом откликнулась Эсми.

— Когда? — трескающимся, как лед, голосом, повторил Джаспер.

Элис смотрела не мигая; ее глаза как будто подернулись пленкой, и из них ушло всякое выражение. Только на губах застыл ужас.

— Скоро, — проговорила она одновременно с Эдвардом. Потом добавила, уже одна: — В лесу снег, в городе тоже. Чуть больше месяца.

— Зачем? — дождался своей очереди Карлайл.

— Должна быть причина, — предположила Эсми. — Может, посмотреть...

— Нет, Белла им не нужна, — глухо отозвалась Элис. — Там все до единого — Аро, Кай, Марк, свита в полном составе — и жены.

— Жены никогда не покидали замок! — тусклым голосом возразил Джаспер. — Сидели сиднем. Даже во время южного бунта, когда власть пытались захватить румыны. Даже во время истребления бессмертных младенцев. Не вышли ни разу.

— А теперь выйдут... — прошептал Эдвард.

— Но зачем? — недоумевал Карлайл. — Что же мы должны были натворить, чтобы навлечь такое?!

— Нас так много, — бесцветным голосом ответил Эдвард. — Наверняка они хотят убедиться... — Он не договорил.

— Все равно главное остается неясным! Что им нужно?

Я, кажется, знала ответ на вопрос, хотя и не понимала. Им нужна Ренесми. Я догадывалась с самого начала, что они за ней придут. Подсознание предупреждало, когда девочки еще и в помине не было. Поэтому, как ни странно, известие не стало для меня неожиданностью. Как будто я всегда понимала, что рано или поздно Вольтури придут отнять мое счастье.

Однако все же непонятно.

— Вернись назад, Элис, — умолял Джаспер. — Поищи, откуда взялось видение.

Элис, ссутулившись, покачала головой.

— Ниоткуда, Джас. Я не искала ни их, ни кого-то из наших. Пыталась прощупать Ирину. Там, где я предполагала... — Элис умолкла, и ее глаза снова затуманились. Мгновение она всматривалась в никуда.

И вдруг Элис вскинула голову. Взгляд ее стал тверже кремня.

— Она решила пойти к ним! Ирина решила пойти к Вольтури. И тогда они соберутся... Как будто они только ее и ждали. Как будто и без того намеревались, просто хотели дождаться...

В полной тишине мы переваривали услышанное. Что же такого Ирина сообщит Вольтури, чтобы вызвать столь ужасные последствия?

— Ее можно остановить? — не сдавался Джаспер.

— Никак. Она почти на месте.

— Что она делает? — Карлайл начал выяснять подробности, но я уже не слушала.

Разрозненные образы складывались в единую картину. Вот Ирина застыла на утесе. Смотрит. Что она видит? Вампира и оборотня, которые дурачатся как лучшие друзья. Ирина, само собой, приходит в ярость — все ясно, других объяснений не требуется. Но я так зациклилась на этом образе, что упустила из виду другой.

Еще она видит ребенка. Бесконечно прекрасного ребенка, выделывающего цирковые трюки на фоне падающего снега, — трюки, которые человеческому отпрыску не под силу...

Ирина... осиротевшие сестры... Карлайл говорил, что приговор Вольтури не только лишил девушек матери, но и внушил глубокий пиетет перед законом.

Джаспер сам произнес каких-нибудь полминуты назад: «Даже во время истребления бессмертных младенцев...» Бессмертные младенцы, зловещее табу, то, о чем не говорят вслух...

Разве могла Ирина, с ее прошлым, иначе истолковать сценку, разыгравшуюся в зимний день на узком лугу? Да еще стоя так далеко, не слыша стук сердца Ренесми, не чувствуя тепло ее тела. А румянец на щечках — ну, мало ли, на какие фокусы мы способны?

Если уж Каллены якшаются с оборотнями... В глазах Ирины мы ни перед чем не остановимся.

Вот Ирина, заламывая руки, бредет через снежную пустошь, и скорбь на ее лице — вовсе не траур по Лорану. Она осознает свой долг — донести на Калленов, хотя ей известно, какая участь им после этого уготована. Видимо, многовековая дружба уступила в борьбе с законопослушностью.

Что касается Вольтури, то их действия отработаны до автоматизма и обсуждению не подлежат.

Я легла рядом с Ренесми и накрыла ее своим телом, завесила волосами, зарылась лицом в ее локоны.

— Вспомни, что она увидела утром, — едва слышно перебила я рассуждения Эдварда. — Женщина, лишившаяся матери из-за бессмертного младенца, — кем, по-твоему, ей покажется Ренесми?

Воцарилась тишина. Все выстраивали ту же логическую цепочку, что и я.

— Бессмертный младенец... — прошептал Карлайл.

Эдвард кинулся на колени рядом со мной и обнял нас с Ренесми.

— Только она ошибается, — продолжила я. — Ренесми не такая, как те младенцы. Они застыли в развитии, а Ренесми растет, да еще так быстро. Они были неуправляемы, а Ренесми пальцем не тронула ни Чарли, ни Сью, и не показывает им ничего, что могло бы навести на подозрения. Она владеет собой. Она уже сейчас смышленее многих взрослых. Так что совершенно незачем...

Я тараторила, ожидая, что вот-вот кто-нибудь вздохнет облегченно, и сковавшее всех ледяное оцепенение развеется. Однако в комнате стало еще холоднее. Мой слабый голос постепенно затих.

Долгое время никто не проронил ни слова.

Потом Эдвард зашептал, уткнувшись мне в волосы:

— Любимая, такое преступление карается без суда и следствия. Все доказательства Аро получит из мыслей Ирины. Они придут уничтожать, а не выяснять.

— Но они ошибаются! — упрямо повторила я.

— Да, только нам не дадут времени указать на ошибку.

Голос у Эдварда был по-прежнему тихим, мягким, словно бархат... Но в нем отчетливо слышались боль и безнадежное отчаяние. Как до этого в глазах Элис — будто в могилу заглянул.

— Что мы можем сделать? — решительно спросила я.

У меня на руках теплым комочком уютно свернулась Ренесми. А я еще боялась, что она слишком быстро растет, что ей отпущен всего какой-нибудь десяток с лишним лет жизни. Каким глупым показался мне этот страх теперь.

Чуть больше месяца...

А потом все, конец? На мою долю выпало столько счастья, сколько обычным людям и не снилось. Неужели есть в природе закон, что счастья и горя всегда должно быть поровну? И моя небывалая радость нарушает равновесие... Попраздновала четыре месяца — и хватит?

На мой риторический вопрос ответил Эмметт.

— Будем бороться!

— Мы проиграем, — зарычал Джаспер. Я, не глядя, видела, как исказилось его лицо, как он изогнулся, пытаясь закрыть своим телом Элис.

— Бежать мы тоже не можем. У них Деметрий. — В голосе Эмметта слышалось отвращение — не при воспоминании об ищейке из свиты Вольтури, а при мысли о бегстве. — И потом, почему сразу проиграем? У нас есть свои козыри. Не обязательно сражаться в одиночку.

Я встрепенулась.

— Мы не имеем права обрекать квилетов на смерть, Эмметт!

— Спокойно, Белла. — Такое же лицо у него было, когда он предвкушал схватку с анакондой. Даже угроза уничтожения не истребит его способности радостно бросаться навстречу вызову. — Я не имел в виду стаю. С другой стороны, сама подумай, неужели Джейкоб или Сэм будут спокойно сидеть и смотреть? Даже если бы дело не касалось Несси? Тем более что теперь — спасибо Ирине — Аро знает и о нашем союзе с волками. Но вообще-то, я имел в виду остальных друзей.

Карлайл шепотом повторил мои слова:

— Других мы тоже не имеем права обрекать на смерть.

— Предоставим им возможность решать самим, — примиряюще заметил Эмметт. — Я же не говорю, что они будут за нас сражаться. — Чувствовалось, что план постепенно выкристаллизовывается. — Пусть просто постоят рядом, чтобы Вольтури успели задуматься. В конце концов, Белла права. Главное — заставить их остановиться и выслушать. Правда, тогда, чего доброго, до драки вообще не дойдет...

На лице Эмметта мелькнула тень улыбки. Странно, что его до сих пор никто не стукнул. У меня лично руки чесались.

— Да! — живо подхватила Эсми. — Эмметт дело говорит. Всего-то и нужно, чтобы Вольтури остановились на секунду. И послушали.

— Целая толпа свидетелей понадобится, — ломким, как стекло, голосом откликнулась Розали.

Эсми кивнула, соглашаясь, будто не расслышала горькой иронии в ее словах.

— Мы ведь можем попросить друзей о таком одолжении? Просто выступить свидетелями?

— Если бы они нас попросили, мы бы не отказались, — продолжал Эмметт.

— Только просить надо с умом, — чуть слышно прошелестела Элис. В ее глазах снова разверзлась черная бездна. — Показать, но очень осторожно.

— Показать? — переспросил Джаспер.

Элис с Эдвардом одновременно посмотрели на Ренесми. Взгляд Элис остекленел.

— Танина семья, — начала перечислять она. — Шивон со своими. Клан Амона. Кочевники — не все, но Гаррет и Мэри точно. Может быть, Алистер.

— А Питер и Шарлотта? — с опаской спросил Джаспер, будто надеясь на отрицательный ответ, который убережет его старшего брата от кровавой расправы.

— Не исключено.

— Как насчет амазонских вампиров? — вспомнил Карлайл. — Кашир(, Зафрина, Сенна?

Элис ответила не сразу, слишком глубоко погрузившись в видения. По ее телу пробежала дрожь, и только потом взгляд вернулся в настоящее. На долю секунды он встретился с взглядом Карлайла, и Элис опустила глаза.

— Не вижу.

— Что это было? — настойчиво прошептал Эдвард. — Про джунгли? Мы отправимся на поиски?

— Не вижу, — повторила Элис, отводя взгляд. По лицу Эдварда пробежала тень недоумения. — Надо разделиться и действовать как можно скорее. Пока не выпал снег. Собрать всех, пригласить сюда и показать. — Она снова отключилась. — Спросите Елеазара. Тут еще много чего понамешано, кроме бессмертных младенцев.

На долгий миг, пока Элис не вышла из транса, комната погрузилась в зловещее молчание. Наконец Элис моргнула, но взгляд не посветлел, хотя и обрел осмысленность.

— Столько всего... Нужно торопиться! — прошептала она.

— Элис, — позвал Эдвард. — Ты слишком быстро... я не разобрал. Что там было...

— Я не вижу! — взорвалась она. — Джейкоб на пороге!

Розали шагнула к выходу.

— Я с ним разбе...

— Нет, пусть заходит, — поспешно перебила Элис. Ее голос звенел, как натянутая струна, с каждым словом взлетая все выше. Ухватив Джаспера за руку, она потащила его к задней двери. — Я разгляжу, когда буду подальше от Несси. Надо бежать. Попробую сосредоточиться, посмотреть как следует. Пойду. Идем, Джаспер, некогда рассиживаться!

На лестнице раздались шаги Джейкоба. Элис нетерпеливо дернула Джаспера за руку. Он подчинился, хотя в глазах отразилось то же недоумение, что и у Эдварда, и вместе с Элис кинулся в серебристую ночь.

— Торопитесь! — крикнула Элис на прощание. — Надо отыскать всех!

— Кого — всех? — закрывая входную дверь, поинтересовался Джейкоб. — И куда помчалась Элис?

Никто не ответил, мы молча смотрели им вслед.

Джейкоб встряхнул мокрыми волосами и, не сводя глаз с Ренесми, натянул футболку.

— Привет, Беллз! А я думал, вы уже к себе ушли...

Наконец он поднял взгляд на меня и заморгал в растерянности. Воцарившееся в комнате смятение захватило и его. Расширенными глазами Джейкоб разглядывал лужу на полу, рассыпанные розы, осколки хрусталя. Пальцы у него затряслись.

— Что? — тихо произнес он. — Что произошло?

Я не знала, с чего начать. У остальных тоже, по-видимому, не было слов.

В три гигантских шага Джейкоб пересек комнату и упал на колени рядом со мной и Ренесми. От него шла горячая волна, руки до кончиков пальцев сотрясала дрожь.

— Что с ней? — кладя ладонь Ренесми на лоб и одновременно прижимая ухо к груди, требовательно спросил он. — Всю правду, Белла, пожалуйста!

— С Ренесми ничего не случилось, — через силу выдавила я.

— Тогда кто при смерти?

— Мы все, Джейкоб. — Теперь и мой голос звучал глухо, как из могилы. — Все кончено. Нам вынесли приговор.

29. БЕГСТВО

Скорбными статуями мы просидели всю ночь до рассвета. Элис не появилась.

Силы иссякли, всех как будто сковало оцепенение. Карлайл, едва шевеля губами, объяснил Джейкобу, что стряслось. В пересказе все прозвучало еще страшнее — даже Эмметт после этого застыл в молчании и неподвижности.

Только когда взошло солнце, и Ренесми должна была вот-вот зашевелиться у меня на руках, я забеспокоилась, почему так долго нет Элис. Хорошо бы хоть что-то прояснить, пока Ренесми не начала задавать вопросы. Подготовиться. Обрести крошечный лучик надежды, который позволит мне улыбнуться и не напугать заодно и дочку.

Лицо как будто окаменело, превратилось в маску, которая так и продержалась до утра. Смогу ли я теперь когда-нибудь улыбаться?

В углу косматой горой громоздился храпящий и вздрагивающий во сне Джейкоб. Сэм уже в курсе. Волки готовятся. Только что эта подготовка даст, кроме неминуемой гибели, когда они разделят участь моей семьи?

Солнечные лучи, проникнув в комнату сквозь задние окна, заиграли на коже Эдварда. С того самого момента, как умчалась Элис, я не отрываясь смотрела ему в глаза. Мы просидели так всю ночь, пытаясь наглядеться на самое дорогое, на то, без чего ни ему, ни мне не жить — друг на друга. Солнце коснулось и моей кожи, и я увидела собственное переливающееся отражение в наполненных болью глазах Эдварда.

Брови чуть дрогнули, губы едва заметно изогнулись.

— Элис! — произнес он.

Голос напоминал треск тающего льда. Остальные тоже капельку оттаяли, самую малость ожили. Зашевелились.

— Долго она как! — удивленно пробормотала Роуз.

— Где ее носит? — Эмметт шагнул к двери.

Эсми придержала его, положив руку на плечо.

— Сейчас лучше не отвлекать...

— Она никогда так надолго не исчезала. — Застывшую маску, в которую превратилось лицо Эдварда, исказил новый страх. Он вдруг вздрогнул. — Карлайл, а что если... если они нанесли упреждающий удар? Элис успела бы увидеть, что за ней кого-то послали?

Все мои мысли заполнило лицо Аро с прозрачной пергаментной кожей. Аро, который видел Элис насквозь, до последнего изгиба. Который знает все, на что она способна...

Эмметт выругался — слишком громко, потому что Джейкоб с рычанием поднялся на ноги. Во дворе эхом откликнулась стая. Вокруг меня все пришло в движение.

— Побудь с Ренесми! — едва не сорвавшись на визг, крикнула я Джейкобу и вылетела наружу. Силой я по-прежнему превосходила любого из членов семьи, поэтому воспользовалась преимуществом, чтобы вырваться вперед. В несколько прыжков я оставила позади Эсми, еще через пару шагов — Розали. Я летела стрелой через густую чащу, пока не догнала Эдварда и Карлайла.

— Могут ли они застать ее врасплох? — рассуждал Карлайл ровным голосом — как будто не мчался во всю прыть, а стоял без движения.

— Не вижу как, — отозвался Эдвард. — Однако Аро знает ее лучше нас всех. Лучше меня.

— Может, это ловушка? — подал голос Эмметт.

— Может. Но других запахов, кроме Элис и Джаспера тут нет. Куда они побежали?

След изгибался широкой дугой — сперва на восток от дома, потом на другом берегу реки вдруг резко уходил на север, а потом, через несколько километров, снова поворачивал на запад. Мы по второму разу перемахнули через реку — все шестеро с секундным интервалом. Эдвард, целиком братившись во внимание, возглавлял погоню.

— Чуете след? — окликнула Эсми через пару мгновений после того, как мы перепрыгнули реку. Она бежала последней, по крайнему левому флангу и сейчас указывала рукой на юго-восток.

— Главный не потеряйте, мы почти у границы квилетских земель, — предостерег Эдвард. — И не разбредайтесь. Посмотрим, куда они повернули, на юг или на север.

Границу владений я помнила не так четко, как остальные, но с востока отчетливо тянуло волчьим запахом. Эдвард и Карлайл по привычке замедлили бег и, поводя носом из стороны в сторону, пытались определить, куда свернет след. Вдруг волчий запах стал резче, а Эдвард вскинул голову и остановился как вкопанный. Остальные тоже замерли.

— Сэм? — ровным голосом произнес Эдвард. — В чем дело?

Сэм вышел из-за деревьев и быстрым шагом двинулся нам навстречу — в человеческом облике, но в сопровождении двух волков, Пола и Джареда. С нами он поравнялся нескоро, и его человеческая медлительность выводила меня из себя. Только лишнее время на тревожные раздумья. Я хотела действовать, а не стоять сложа руки. Найти Элис, прижать к себе, удостовериться, что она в безопасности.

Лицо Эдварда вдруг покрылось мертвенной бледностью, и стало понятно, что он прочитал мысли Сэма. Тот, не глядя на него, обратился прямо к Карлайлу.

— Сразу после полуночи сюда примчались Элис и Джаспер. Попросили допуск на нашу территорию, чтобы добраться до океана. Разрешение я дал и сам проводил их до берега. Они бросились в воду и больше не возвращались. По дороге Элис настоятельно просила ни в коем случае не сообщать Джейкобу, что я ее видел, пока не переговорю с вами. Мы условились, что я дождусь вашего поискового отряда тут и передам эту записку. Элис велела слушаться ее беспрекословно, от этого зависит жизнь всех нас.

С суровым лицом он передал нам сложенный лист бумаги, покрытый мелким печатным текстом. Страница из книги. Я успела выхватить своим зорким взглядом несколько строчек, пока Карлайл разворачивал листок. Оборотная сторона титульного листа из «Венецианского купца», вот что это такое. Расправляя, Карлайл встряхнул записку, и на меня повеяло моим же собственным запахом. Выходит, страница вырвана из моей книги? Часть вещей из дома Чарли перекочевала вместе со мной в «избушку» — кое-что из нормальной одежды, мамины письма и любимые книги. Вчера утром на полке в крошечной гостиной стояло потрепанное собрание сочинений Шекспира в мягких обложках...

— Элис решила нас бросить... — прошептал Карлайл.

— Что?! — воскликнула Розали.

Карлайл перевернул листок, чтобы мы прочитали сами.

«Не ищите нас. Нельзя терять время. Запомните: Таня, Шивон, Амон, Алистер, все кочевники, каких найдете. Мы постараемся по дороге разыскать Питера и Шарлотту. Простите, что убегаем без объяснений и прощаний. По-другому никак. Мы вас любим».

Мы в очередной раз оцепенели. Стояла гробовая тишина, если не считать волчьего дыхания и стука сердец. Наверное, их мысли звучали ненамного тише, потому что Эдвард, очнувшийся первым, ответил на незаданный Сэмом вопрос:

— Да, дела настолько плохи.

— Настолько, чтобы бросать родных в беде? — уже вслух недоумевал Сэм осуждающе.

Лицо у Эдварда стало каменным. Сэму наверняка оно показалось надменным и высокомерным, но я-то знала, что заострившиеся черты скованы невыносимой болью.

— Мы ведь не знаем, что она видела, — попытался оправдать сестру Эдвард. — Элис не черствая и не малодушная. Просто ей открыто больше.

— У нас бы такого никогда... — начал Сэм.

— У вас совсем другие узы, — отрезал Эдвард. — А у нас каждый волен выбирать сам.

Сэм вздернул подбородок, и его глаза вдруг потемнели до черноты.

— Но предупреждение вы учтите, — продолжал Эдвард. — Вам ни к чему ввязываться. Тогда видение Элис обойдет вас стороной.

Сэм мрачно усмехнулся.

— Убегать — не в наших правилах.

За его спиной презрительно фыркнул Пол.

— Не стоит гнать семью на верную смерть из-за глупой гордыни, — тихо вмешался Карлайл.

Сэм перевел на него смягчившийся взгляд.

— Как правильно заметил Эдвард, мы не обладаем вашей свободой выбора. Ренесми теперь для нас такой же член семьи, как и для вас. Джейкоб не может бросить ее, а мы его. — Он покосился на оставленную Элис записку и плотно сжал губы.

— Ты ее не знаешь! — возразил Эдвард.

— А ты знаешь? — отрезвил его Сэм.

Карлайл положил руку Эдварду на плечо.

— Надо приступать, сын. Что бы там ни решила Элис, пренебрегать советами глупо. Так что возвращаемся домой — и за дело.

Эдвард кивнул, и лицо его снова окаменело от боли. За спиной тихо, без слез, всхлипнула Эсми.

Плакать в новом облике я еще не умела, поэтому оставалось только смотреть. Осознание пока не пришло. Все казалось ненастоящим, словно впервые за прошедшие месяцы я вновь погрузилась в сон. И мне снится кошмар.

— Спасибо, Сэм! — поблагодарил Карлайл.

— Прости, — отозвался тот. — Не надо было ее пропускать.

— Ты поступил правильно, — успокоил Карлайл. — Элис вольна делать, что сочтет нужным. Я не вправе отнимать у нее свободу выбора.

Каллены с самого начала казались мне единым, неделимым целым. И только сейчас я вспомнила, что так было не всегда. Карлайл создал Эдварда, Эсми, Розали и Эмметта, а Эдвард создал меня. Мы связаны узами крови и вампирского яда. Элис и Джаспера я никогда не воспринимала отдельно, как приемных. На самом деле Элис выбрала Калленов сама. Пришла со своим непонятным прошлым, привела Джаспера и внедрилась в уже сложившуюся семью. У них с Джаспером была своя жизнь до присоединения к Калленам. Выходит, сейчас она решила начать новую, поняв, что у Калленов будущего нет?

Значит, мы обречены? Никакой надежды... Ни лучика, ни искорки, которая заставила бы Элис поверить в какие-то шансы на нашей стороне.

Прозрачный утренний воздух сгустился и потемнел, будто мое отчаяние наполнило его мраком.

— Я не сдамся без боя! — глухо прорычал Эмметт. — Элис объяснила, что делать. Вот и займемся.

Остальные решительно закивали, показывая, что не упустят оставленный Элис призрачный шанс. Не дадут волю отчаянию и не станут, сложа руки, дожидаться смерти.

Да, мы будем бороться. Как же иначе? И, очевидно, привлечем на подмогу остальных, потому что именно так напутствовала Элис. Разве можно пренебречь ее последним советом? Волки выступят с нами, встав на защиту Ренесми.

Мы будем сражаться, они будут сражаться. И все погибнем...

Я не разделяла решимости остальных. Элис видела расклад. Она оставила нам единственный шанс — который для себя, однако, сочла слишком ничтожным.

Повернувшись спиной к Сэму, напустившему на себя осуждающий вид, и направляясь вслед за Карлайлом обратно домой, я уже настроилась на поражение.

Если прежде нас подгонял страх, теперь мы бежали почти по инерции, машинально перебирая ногами. Около реки Эсми подняла голову.

— Был же другой след! Свежий...

Она кивнула в ту сторону, куда показывала Эдварду еще по дороге сюда. Когда мы мчались вызволять Элис...

— Он еще более ранний. Одна Элис, без Джаспера, — безжизненно проговорил Эдвард.

Эсми сконфуженно кивнула.

А я, чуть-чуть отстав, переместилась на правый фланг. Эдвард прав, конечно, и все же... Не зря ведь записка Элис оказалась нацарапанной на странице из моей книги.

— Белла? — без выражения позвал Эдвард, пока я раздумывала.

— Хочу проверить след, — пояснила я, вдыхая едва уловимый аромат Элис, уводящий в сторону от основного пути. Выслеживать кого-то по запаху для меня было в новинку, поэтому никаких особых различий между ранним и поздним следом я не заметила. Разве что запах Джаспера не примешивался.

В золотистых глазах Эдварда зияла пустота.

— Наверное, ведет назад к дому.

— Тогда там и встретимся.

Я сперва подумала, что он отпустит меня одну, но стоило мне сделать несколько шагов, как пустые глаза ожили.

— Я с тобой, — тихо произнес Эдвард. — Карлайл, увидимся дома.

Карлайл кивнул, и остальные побежали дальше. Я дождалась, пока они скроются из виду, а потом вопросительно глянула на Эдварда.

— Не мог видеть, как ты уходишь, — пояснил он вполголоса. — Даже представить больно.

Дальнейших объяснений не понадобилось. Достаточно было вообразить, что нам сейчас придется разделиться — пусть даже ненадолго, и меня пронзила бы та же боль.

Слишком мало нам осталось быть вместе.

Я протянула Эдварду руку.

— Надо быстрее, — проговорил он. — Пока Ренесми не проснулась.

Мы побежали, взявшись за руки.

Глупо, наверное, давать крюк из чистого любопытства, вместо того чтобы побыстрее оказаться рядом с Ренесми. Но записка не давала мне покоя. За неимением бумаги Элис могла высечь ее в камне или нацарапать на стволе. Могла, в конце концов, стащить пачку стикеров из любого дома на шоссе. Зачем ей понадобилась моя книга? И когда она успела до нее добраться?

След определенно вел к нашему домику — кружным путем, далеко огибающим и дом Калленов и волчьи тропы в ближайших лесах. Эдвард в недоумении сдвинул брови.

— Она оставила Джаспера ждать, а сама успела сбегать сюда?

Увидев, что домик совсем близко, я вдруг забеспокоилась. С Эдвардом, конечно, надежнее, но почему-то я чувствовала, что внутрь ему заходить не надо. Почему Элис вырвала страницу и понесла обратно к Джасперу? Странный поступок. Как будто с умыслом — которого я никак не пойму. Но ведь книга моя, значит, и разгадывать мне. Если бы намек предназначался Эдварду, логично было бы вырвать страницу из его книги, разве нет?

— Подожди минутку, — попросила я у самой двери, отнимая руку.

Эдвард непонимающе нахмурился.

— Белла?

— Пожалуйста. Тридцать секунд.

Я не стала дожидаться ответа. Нырнула в дверь и захлопнула ее за собой. Вот он, стеллаж. Запах Элис еще держится, свежий — суток не прошло. В камине горит невысокое, но жаркое пламя — которого я не разжигала. Я схватила «Венецианского купца» и распахнула на титульном листе.

Сбоку торчал оборванный край, а на странице, прямо под заглавием «Уильям Шекспир. Венецианский купец» значилось:

«Прочти и уничтожь».

Ниже были нацарапаны имя, фамилия и адрес в Сиэтле.

Когда через тринадцать (а не через тридцать) секунд в комнату вошел Эдвард, книга уже корчилась в огне.

— Белла, что происходит?

— Она сюда заходила. Вырвала страницу из моей книги, чтобы написать записку.

— Почему?

— Не знаю.

— Почему ты ее жжешь?

— Я...я... — Бессилие и боль отчетливо отразились на моем лице. Не знаю, что пыталась передать Элис, но она сделала все, чтобы кроме меня этого никто не узнал. Только я, единственная, чьи мысли для Эдварда закрыты. Значит, она не хочет ставить его в известность, и на это должна быть причина. — Так было надо.

— Мы не знаем, что она делает, — тихо произнес он

Я уставилась на огонь. Никто в целом свете, кроме меня не может соврать Эдварду. Элис этого хотела? В этом ее последняя просьба?

— Когда мы летели в Италию, — прошептала я (никакой лжи, разве что контекст), — спасать тебя... она обманула Джаспера, чтобы он не полетел с нами. Она знала, что встреча с Вольтури обернется для него смертью. И готова была умереть сама, лишь бы не подвергать его опасности. Готова была пожертвовать мной. И тобой.

Эдвард молчал.

— У нее свои приоритеты. — Я вдруг осознала, что объяснение никак не тянет на обман, и мое неподвижное сердце сжалось от боли.

— Не верю, — возразил Эдвард. Он как будто не со мной спорил, а сам с собой. — *Может, опасность грозит именно Джасперу. Может, нас ее план спасет, а его — если бы он остался — нет. Может...*

— Она могла объяснить нам. Отослать его одного.

— *И что, Джаспер бы уехал? Может, она его и в этот раз обманывает?*

— Может. — Я сделала вид, что соглашаюсь. — **Надо идти домой. Времени нет.**

Эдвард взял меня за руку, и мы побежали.

Послание Элис меня не обнадежило. Будь у нас хоть малейший шанс избежать гибели, Элис бы осталась. Вариантов я не вижу. Значит, она хотела передать мне совсем другое. И это не путь к спасению. Тогда что? Что еще мне может быть нужно? Вероятность уберечь хотя бы что-то? Я еще могу что-то спасти?

Карлайл и остальные в наше отсутствие не сидели сложа руки. Нас не было каких-то пять минут, а они уже успели подготовиться к отъезду. В углу сидел перевоплотившийся в человека Джейкоб с Ренесми на коленях, и оба смотрели на нас широко открытыми глазами.

Розали сменила облегающее шелковое платье на крепкие джинсы, кроссовки и плотную рубашку на пуговицах, какие обычно носят походники. Эсми оделась примерно так же. На кофейном столике возвышался глобус, но на него никто не смотрел, все ждали только нас.

Чувствовалось, что общее настроение поднимается, — уже не бездействие, и это хорошо. Все, как за соломинку, ухватились за инструкции, которые оставила Элис.

«Интересно, куда сначала?» — подумала я, взглянув на глобус.

— Мы остаемся тут? — уточнил Эдвард, посмотрев на Карлайла. Радости в голосе не слышалось.

— Элис ведь говорила, что нужно будет показать всем Ренесми, причем как можно аккуратнее, — ответил Карлайл. — Всех, кого удастся найти, мы отправим сюда — а лучше тебя, Эдвард, по этому минному полю никто пройти не сможет.

Эдвард коротко кивнул, хотя легче ему явно не стало.

— Сколько земель придется обойти...

— Разделимся, — пояснил Эмметт. — Мы с Роуз — на поиски кочевников.

— Вам тут тоже работы хватит, — предупредил Карлайл. — Завтра с утра прибудет Танин клан, и они еще не знают зачем. Главное — первым делом убедить их не воспринимать все так, как восприняла Ирина. Потом выяснить, что Элис имела в виду насчет Елеазара. И наконец, согласятся ли они стать нашими свидетелями. Затем придется все повторять сначала с вновь прибывшими — если, конечно, нам удастся хоть кого-то сюда прислать. — Карлайл вздохнул. — На вашу долю выпадает самое трудное. Но мы постараемся вернуться обратно на подмогу как можно скорее.

На секунду Карлайл положил Эдварду руку на плечо, а меня поцеловал в лоб. Эсми обняла нас обоих, Эмметт шутливо ткнул кулаком в предплечье. Розали улыбнулась нам с Эдвардом скупой улыбкой, послала Ренесми воздушный поцелуй, а Джейкобу на прощание скорчила гримаску.

— Удачи! — пожелал всем Эдвард.

— Вам тоже! — ответил Карлайл. — Без нее мы никуда.

Я проводила их взглядом. Мне бы ту надежду, что их окрыляет... И за компьютер на пару секунд. Надо выяснить, кто такой Джей Дженкс, и зачем Элис понадобилось настолько все усложнять, чтобы о нем не узнали другие.

Ренесми, извернувшись на руках у Джейкоба, коснулась его щеки.

— Пока неизвестно, приедут ли друзья Карлайла. Надеюсь, что да. Сейчас мы вроде как в меньшинстве, — вполголоса объяснил девочке Джейкоб.

То есть она уже в курсе. Ренесми прекрасно осознает, что у нас творится. «Возлюбленная» оборотня, павшего жертвой импринтинга, ни в чем не знает отказа — вот оно как обернулось? А не правильнее ли было бы оградить ее, вместо того чтобы потакать любопытству?

Я внимательно вгляделась в ее лицо. Никакого страха, только тревога и сосредоточенность. Безмолвный разговор продолжался.

— Нет, мы не можем помочь, наше дело — быть тут, — разъяснял Джейкоб. — Они приедут посмотреть на тебя, а не полюбоваться видом.

Ренесми нахмурилась.

— Нет, мне тоже никуда отсюда не надо, — заверил Джейкоб — и вдруг, пораженный внезапной мыслью, посмотрел на Эдварда. — Или надо?

Эдвард помолчал.

— Давай, не тяни! — Джейкоб вот-вот готов был сорваться. Нервы на пределе, как и у всех нас.

— Вампиры, которые прибудут на подмогу... они другие, — начал Эдвард. — Кроме нас, только Танина семья чтит человеческую жизнь, но и они не слишком жалуют оборотней. Возможно, было бы безопаснее...

— В защите не нуждаюсь! — отрезал Джейкоб.

— Безопаснее для Ренесми, — продолжил Эдвард, — если на убедительность нашего о ней рассказа не будут влиять нежелательные ассоциации с оборотнями.

— Хороши друзья! Так вот запросто отвернутся, потому что вы не с теми общаетесь?

— В другой ситуации они бы закрыли на тебя глаза. Но ты пойми, принять Несси — для них и так задача не из легких. Зачем еще усложнять?

Накануне Карлайл изложил Джейкобу историю запрета на бессмертных младенцев.

— Что, эти младенцы правда такое зло? — усомнился он.

— Поверь, нашу вампирскую психику они успели изранить основательно.

— Эдвард... — Непривычно слышать, как Джейкоб произносит имя Эдварда без всякого раздражения.

— Понимаю, Джейк. Тебе будет тяжело без нее. Посмотрим по ситуации, как они ее воспримут. В любом случае Несси придется следующие несколько недель время от времени уходить в подполье. Будет сидеть в избушке, пока не подвернется подходящий момент для знакомства. Так что, если сможешь держаться подальше от главного дома...

— Смогу. Первая партия утром, да?

— Да. Наши ближайшие друзья. С ними лучше долго не темнить и сразу открыть карты. Ты можешь пока не уходить, Таня о тебе знает. Она даже Сета видела.

— Хорошо.

— Да, и Сэма предупреди. В лесах скоро появятся гости.

— Здравая мысль. Хотя за вчерашнее молчание я вправе отплатить ему тем же.

— Элис плохого не посоветует.

Судя по тому, как Джейкоб скрипнул зубами, он полностью разделял мнение Сэма насчет Элис и Джаспера.

Воспользовавшись их диалогом, я потихоньку отошла к дальним окнам, делая вид, что погрузилась в тревожные мысли. Это было несложно. В задумчивости я уткнулась лбом в изгиб стены между гостиной и столовой — как раз рядом с компьютерным столом. Не сводя взгляда с темневшей на горизонте полоски леса, я будто бы рассеянно пробежала пальцами по клавиатуре. Бывают у вампиров безотчетные поступки? Вряд ли на меня сейчас кто-нибудь смотрит, но оборачиваться и проверять я не решалась. Монитор ожил. Еще раз незаметно погладить клавиши. Побарабанить в тревоге по столу. Теперь по клавиатуре.

Краем глаза я покосилась на экран.

Никаких Джеев Дженксов, зато есть Джейсон Дженкс. Юрист. Я рассеянно поглаживала клавиатуру, как обычно гладят свернувшуюся на коленях кошку. У Джейсона Дженкса имеется в наличии роскошно оформленный сайт, но адрес на главной странице не совпадает, хотя тоже Сиэтл. Запомнив телефон, я снова принялась гладить клавиатуру. На этот раз в поисковик я ввела адрес. Никаких результатов. Будто не существует. Хотела взглянуть на карту, но передумала: незачем испытывать удачу. Еще одно касание, стереть историю посещений...

Продолжая отстраненно смотреть в окно, я в последний раз провела пальцами по столешнице. И обернулась (надеюсь, не изменив выражение лица), когда услышала легкие шаги за спиной.

Ренесми. Попросилась на руки, и я распахнула объятия. Обдав меня запахом оборотня, уткнулась мне лицом в шею.

Я не выдержу... Боязнь за собственную жизнь, за жизнь Эдварда, за родных не шла ни в какое сравнение с животным страхом за дочь. Должен найтись какой-то способ уберечь ее, даже если кроме этого я больше ничего не смогу.

И вдруг я почувствовала, что больше мне ничего и не надо. Остальное я, если придется, как-нибудь переживу. Только не эту потерю. Только не эту.

Ренесми — единственная, кого мне просто необходимо спасти.

Элис знала? Что именно к такому выводу я приду?

Ренесми легонько прикоснулась к моей щеке.

Я увидела собственное лицо, потом Эдварда, Джейкоба, Розали, Эсми, Карлайла, Элис, Джаспера... Они мелькали все быстрее и быстрее. Сет и Ли. Чарли, Сью, Билли. Снова и снова. Ренесми беспокоится, как и остальные. Пока всего лишь беспокоится. Джейк скрыл от нее самое страшное. Что надежды нет, и через месяц мы все погибнем.

Наконец Ренесми в недоумении и печали остановилась на лице Элис. Где Элис?

— Понятия не имею, — прошептала я. — Но ведь это Элис. Она всегда знает, как правильно.

Хотя бы для себя самой.

Неприятно так думать. А как еще можно объяснить ее поступок?

Ренесми вздохнула.

— Мне без нее тоже плохо.

Я почувствовала, как меняется мое лицо, пытаясь прийти в соответствие с внутренними переживаниями. Глазам стало сухо и неуютно, я невольно заморгала. Прикусила губу. На очередном вдохе воздуху стало тесно в горле, как будто я задыхалась.

Ренесми, откинувшись, посмотрела на меня, и тут же отразила в глазах и мыслях. Точно такое же лицо было утром у Эсми...

Вот, значит, как плачут вампиры.

При взгляде на меня у Ренесми в глазах заблестели слезы. Она погладила меня по щеке — ничего на этот раз не показывая, просто утешая.

Вот уж никак не ожидала, что наступит однажды момент, когда будет непонятно, кто из нас мама, кто дочка —

как всегда было у меня с Рене. С другой стороны, я много чего не ожидала...

Набухшая слеза уже готова была скатиться по щеке Ренесми. Я осушила ее поцелуем. Девочка потерла глаз и с удивлением посмотрела на мокрый кончик пальца.

— Не плачь... — успокоила я. — Все будет хорошо. С тобой ничего не случится. Я тебя вытащу.

Даже если больше ничего сделать не получится, мою малышку я спасу. Теперь я почти уверена, что именно в этом мне пыталась помочь Элис. Она должна была знать. И оставить мне лазейку.

30. НЕ УСТОЯТЬ

Сколько всего еще надо обдумать...

Как выкроить время, чтобы в одиночку отыскать Джея Дженкса? Зачем Элис вообще мне про него написала?

Если послание Элис не дает ключа к спасению Ренесми, как мне ее спасти?

Как мы с Эдвардом объясним все Тане и ее родным? Что если они отреагируют так же, как Ирина? И начнется потасовка?

Я не умею сражаться. Разве можно научиться за оставшийся месяц? Есть ли хоть малюсенькая возможность освоить экспресс-курсом пару приемов, чтобы на равных сразиться с кем-то из свиты Вольтури? Или я совсем ни на что не гожусь? Заурядный вампир-новичок, с которым разделаются в два счета?

Сколько ответов требуется — а я даже вопросы задать не успела.

Чтобы не выбивать Ренесми из привычной колеи, я решила на ночь, как и раньше, уносить ее к нам в домик. Джейкоб чувствовал себя гораздо спокойнее в обличье волка, зная, что может в любую секунду отразить нападение. Вот бы и мне тоже самое... Боевую готовность. Сейчас он в лесу, на страже, несет вахту.

Убедившись, что Ренесми крепко спит, я уложила ее в колыбель, а сама пошла в гостиную, выспрашивать Эдварда. Хотя бы о том, о чем можно, ведь самое для меня сейчас трудное и невыносимое — утаивать от него часть мыслей (хотя именно мои он не в силах прочитать).

Повернувшись ко мне спиной, он смотрел на огонь.

— Эдвард, я...

В мановение ока, в крошечную долю секунды он подлетел ко мне через всю комнату. Я успела только заметить свирепое выражение на его лице, прежде чем он впился в мои губы поцелуем и сжал меня в стальных объятиях.

Больше в ту ночь я о вопросах не вспоминала. Причину его настроения я поняла моментально, а разделила еще быстрее.

Я-то готовилась к годам жестокого воздержания, чтобы как-то утихомирить всепоглощающую страсть. И потом веками наслаждаться друг другом. А нам осталось чуть больше месяца... Значит, прежние установки побоку. Сейчас я своим эгоистичным желаниям сопротивляться не могла. Я хотела только любить его, весь отпущенный нам недолгий срок.

Мне стоило невероятных усилий оторваться от Эдварда, когда взошло солнце, но... Впереди работа, которая может оказаться куда тяжелее, чем все старания остальной родни вместе взятые. Стоило на секунду об этом задуматься, и меня тут же пробрала внутренняя дрожь — как будто нервы тянут на дыбе, и они делаются все тоньше, тоньше...

— Жаль, что не получится сперва расспросить Елеазара, и только потом представить им Несси, — размышлял Эдвард, пока мы лихорадочно одевались в гигантской гардеробной, так некстати напоминающей об Элис. — На всякий случай.

— Тогда он не поймет, о чем мы спрашиваем, — согласилась я. — Думаешь, они дадут нам объясниться?

— Не знаю.

Я вытащила спящую Ренесми из кроватки и прижала к себе, уткнувшись лицом в ее кудри. Родной запах перебил все остальные.

Но сегодня нельзя было терять ни секунды. Столько вопросов, оставшихся без ответа, и неизвестно, удастся ли нам с Эдвардом улучить хоть немного времени наедине. Если с Таниной семьей все пройдет гладко, одиночество нам еще долго не грозит.

— Эдвард, ты научишь меня драться? — внутренне сжавшись в ожидании ответа, попросила я, когда он галантно придержал мне дверь.

Все как я и думала. Он замер и долгим взглядом оглядел меня с головы до ног, будто в первый или последний раз. Потом посмотрел на спящую дочь.

— Если дойдет до сражения, от нас от всех толку мало будет, — сразу оговорился он.

— Лучше будет, если я не смогу себя защитить?

Эдвард судорожно сглотнул, дверь задрожала, а петли жалобно заскрипели, так он в нее вцепился. Наконец он кивнул.

— Тогда надо начинать как можно скорее.

Я тоже кивнула, и мы двинулись к большому дому. Не спеша.

Будем думать. Что в моем арсенале дает хоть какую-то надежду оказать сопротивление? Да, я не совсем такая, как все, в некотором роде исключительная — если сверхъестественно толстую черепушку можно приравнять к исключительным особенностям. Но какой от этого прок?

— Что бы ты назвал их главным козырем? И есть ли у них слабые места? Хоть одно?

Эдвард без уточнений понял, что я спрашиваю о Вольтури.

— Их главные нападающие — Алек и Джейн, — бесстрастно произнес он, как будто речь шла о баскетбольной команде. — На долю защиты и не остается ничего.

— Потому что Джейн испепеляет на месте — неважно, что в огне ты корчишься мысленно. А Алек что делает? Ты как-то сказал, что он еще опаснее Джейн?

— Да. В каком-то смысле он противоположность Джейн. Она погружает тебя в пучину невыносимой боли. Алек, наоборот, стирает все ощущения. Ты не чувствуешь вообще ничего. Бывает, что Вольтури проявляют милосердие — позволяют Алеку «анестезировать» преступника перед казнью. Если тот сдался сам или еще как-то их умаслил.

— Анестезировать? Тогда почему он опаснее Джейн?

— Потому что он выключает все. Боли нет, но с ней исчезают и зрение, слух, обоняние. Все чувства, напрочь. Ты один в глухой тьме. Не чувствуешь даже пламени костра.

Я вздрогнула. Это все, на что мы можем надеяться? Не увидеть и не услышать приближения смерти?

— Поэтому он не менее опасен, чем Джейн, — тем же бесстрастным голосом подвел итог Эдвард. — Оба способны обезвредить противника, превратить в беспомощную мишень. Но разница между ними такая же, как между мной и Аро. Аро читает мысли у каждого по очереди, по одному. Джейн аналогично — воздействует только на кого-то одного. А я слышу всех сразу.

Я похолодела, догадавшись, к чему он ведет.

— То есть Алек может выключить нас всех одновременно?

— Именно. Если он это сделает, мы будем тихо стоять и ждать, пока нас не прикончат. Да, мы можем и потрепыхаться, но покалечим, скорее всего, друг друга, а Вольтури останутся невредимыми.

Пару секунд мы шли в молчании.

У меня зрела мысль. Не то чтобы спасительная, однако лучше, чем ничего.

— Как, по-твоему, Алек — хороший боец? Если не считать дара? Если бы ему пришлось драться, не применяя способности? Он ведь наверняка даже не пробовал...

Эдвард кинул на меня пронзительный взгляд.

— Ты это к чему?

Я смотрела прямо перед собой.

— Вдруг со мной у него фокус не пройдет? Если его дар похож на твой, на тот, что у Аро, у Джейн... И тогда, если в защите он не силен, а я выучу пару приемов...

— Он не одно столетие в свите Вольтури, — перебил Эдвард с неожиданной паникой в голосе. Наверное, перед глазами у него возникла та же картинка, что и у меня: беспомощные, бесчувственные Каллены, стоящие столбом на поле битвы, — и только я не поддаюсь. — Может, его дар на тебя и не действует, но ты ведь совсем младенец. За несколько недель я не сделаю из тебя крутого бойца. А его наверняка обучали.

— Может, да, а может, и нет. Кроме меня, этого все равно никто не сумеет. Даже отвлечь его хоть на чуть-чуть, уже польза. — Вопрос, продержусь ли я, сколько нужно, чтобы дать надежду остальным?

— Пожалуйста, Белла, — стиснув зубы, выдавил Эдвард. — Оставим этот разговор.

— Ну ты сам подумай!

— Я научу тебя всему, что можно, только, пожалуйста, не надо жертвовать собой в качестве отвлекающего... — он задохнулся, не договорив.

Я кивнула. Хорошо, буду обдумывать про себя. Значит, сперва Алек, а потом, если мне каким-то чудом удастся его победить, Джейн. Как хорошо было бы уравнять шансы, лишив Вольтури их орудия массового уничтожения. Может, тогда появится надежда... Мысли понеслись дальше. Что если мне удастся отвлечь Алека и Джейн или даже вывести их из строя? Вот честное слово, ну зачем им боевые навыки? Как-то сложно представить, чтобы самоуверенная малявка Джейн вдруг на время отказалась от своего дара и научилась чему-то новому.

Если я смогу их прикончить, расклад станет совсем другим...

— Я должна освоить все. Все, что успеешь вбить мне в голову за ближайшие недели, — пробормотала я.

Эдвард шел дальше, как будто не слышал.

Хорошо, что потом? Надо продумать все заранее, чтобы не растеряться, если выживу в схватке с Алеком. Где еще может пригодиться моя непробиваемая черепушка? Слишком мало известно об остальных способностях. Ясно, что бойцы вроде здоровяка Феликса мне не по плечу. С ним пусть Эммет сражается. Больше я никого из свиты Вольтури не знаю, разве что Деметрия...

Не меняясь в лице, я начала размышлять в этом направлении. Настоящий боец, иначе давно бы уже погиб, он ведь всегда на переднем фланге. Всегда первый, потому что он ищейка. Непревзойденный, потому что в противном случае Вольтури давно бы его заменили. Аро не берет к себе в свиту второй сорт.

Если бы не Деметрий, можно было бы сбежать. Хотя бы тем, кто уцелеет. Ренесми, теплым комочком свернувшаяся у меня на руках... Отправить ее с кем-нибудь. С Джейкобом, с Розали — с тем, кто останется в живых.

И еще... если не Деметрий, тогда Элис с Джаспером могут до скончания века жить в безопасности. Это и было в ее видении? Что хотя бы часть нашей семьи уцелеет? Хотя бы они двое?

Вправе ли я в таком случае осуждать ее?

— Деметрий... — произнесла я вслух.

— Деметрия — мне, — сдавленным, но твердым голосом отрезал Эдвард. На лице его проступила ярость.

— Почему? — прошептала я.

Он ответил не сразу. Только на берегу я получила объяснение·

— За Элис. Хоть чем-то отплатить ей за последние пятьдесят лет.

Выходит, наши мысли текли в одном направлении.

Мощные лапы Джейкоба загрохотали по мерзлой земле. Через пару секунд он поравнялся со мной и приклеил-
ся взглядом к Ренесми.

Я приветственно кивнула, но тут же вернулась к вопро-
сам. Время поджимает.

— Эдвард, зачем, по-твоему, Элис велела разузнать насчет Вольтури у Елеазара? Он что, в Италию недавно ез-
дил? Откуда у него сведения?

— Елеазар знает их от и до. Я и забыл, что ты не в курсе.
Когда-то он у них служил.

У меня вырвалось шипение. Джейкоб зарычал.

— Как? — Я мысленно закутала темноволосого красав-
ца с нашей свадьбы в длинный пепельный плащ.

Лицо Эдварда чуть потеплело — он даже улыбнулся краешком губ.

— У Елеазара мягкий характер. Вольтури в нем восторг-
га не вызывали, но закон есть закон, и кто-то должен следить за его исполнением. Он верил, что служит всеобщему
благу. И не жалеет, что состоял в свите. Однако, встретив
Кармен, он нашел свое подлинное предназначение. У него
с ней много общего, оба очень сострадательные по вампирским меркам. — Эдвард снова улыбнулся. — После
знакомства с Таниной семьей они уже не хотели возвращаться к прошлому. И вполне довольны своей жизнью.
Рано или поздно они бы, наверное, и сами нашли способ
обойтись без человеческой крови.

И все же картинка не складывалась. Не стыковалось у
меня. Сострадательный воин Вольтури?

Кинув быстрый взгляд на Джейкоба, Эдвард ответил на
его немой вопрос.

— Нет, воином в прямом смысле он не был. Но его дар
оказался Вольтури как нельзя кстати.

Джейкоб, судя по всему, задал следующий очевидный вопрос.

— Он умеет распознавать чужой дар — ту самую сверхспособность, которой обладают многие вампиры. Поэтому мог в общих чертах описать Аро, кто на что годится, просто постояв рядом. Отличный козырь для Вольтури в боевой обстановке, ведь Елеазар всегда предупредит, нет ли в стане противника какого-нибудь опасного для них дара. Хотя я не знаю, чем нужно обладать, чтобы Вольтури забеспокоились. Гораздо чаще умение Елеазара помогало им приберечь носителя выгодной способности для себя. Кстати, на людей его дар тоже действует — до некоторой степени. И напрягаться приходится больше, ведь у людей способности еще скрытые, расплывчатые. Аро привлекал его отбирать кандидатов на службу в свите, — глянуть, есть ли у них что в запасе. Понятное дело, отпускал он Елеазара с большой неохотой.

— Но ведь отпустил? — не поверила я. — Вот просто взял и отпустил?

Улыбка Эдварда чуть померкла.

— Вольтури не обязательно злодеи. Они оплот нашего спокойствия и цивилизации. Все, кто им служат, делают это по собственной воле. Состоять в свите Вольтури — почетно; воины гордятся своим положением, их никто силой туда не гонит.

Я, нахмурившись, уставилась в землю.

— Белла, слухи о злобе и подлости Вольтури распускают преступники.

— Мы не преступники.

Джейкоб засопел в знак согласия.

— Им это неизвестно.

— Думаешь, нам удастся заставить их выслушать?

Помедлив крошечную долю секунды, Эдвард пожал плечами.

— Если сумеем привлечь достаточно союзников на нашу сторону...

Если... Я вдруг осознала, насколько важная нам предстоит сегодня задача. Мы с Эдвардом, не сговариваясь, ускорили шаг, потом кинулись бегом. Джейкоб не отставал.

— Таня уже скоро будет, — предупредил Эдвард. — Надо подготовиться.

Хорошо, но как именно подготовиться? Мы прикидывали так и эдак, думали и гадали. Ренесми сразу показать? Или сперва спрятать? Джейкоба в комнату? Или пусть побудет снаружи? Он велел стае держаться рядом, но не высовываться. Может, его тоже отправить?

В конце концов мы с Ренесми и Джейкобом (уже в человеческом облике) устроились в столовой за большим полированным столом, не видимым от входной двери. Ренесми сидела у меня на руках, чтобы не мешать Джейку перевоплотиться в случае чего.

Держать ее было радостью, однако одновременно вселяло чувство никчемности. В битве со зрелым вампиром я все равно бесполезна, моментально стану легкой добычей, поэтому незачем развязывать мне руки.

Я попыталась вспомнить Таню, Кейт, Кармен и Елеазара по свадьбе. Лица на этих тусклых картинках уже стерлись. Знаю только, что они ослепительно прекрасны, две светловолосые, два темноволосых. А вот добрые ли у них были глаза — не помню.

Эдвард стоял, неподвижно привалившись к стеклянной стене и устремив взгляд на входную дверь. Однако, судя по этому взгляду, мыслями он был далеко.

Мы прислушивались к летящим по шоссе автомобилям. Все проносились мимо, не замедляя хода.

Ренесми уткнулась мне в шею, касаясь ладошкой щеки, но ничего не показывала. Не могла подобрать изображения своим чувствам.

— А если я им не понравлюсь? — прошептала она, и мы дружно посмотрели на нее.

— Конечно, понра... — начал Джейкоб, но осекся от моего взгляда.

— Они не понимают, кто ты такая, Ренесми, потому что никогда не встречали ничего подобного, — объяснила я, не желая обманывать и вселять неоправданную надежду. — Главное, чтобы они поняли.

Ренесми вздохнула, и у меня перед глазами вспыхнуло изображение всех нас разом. Вампиры, люди, оборотни. А ее нет, она никуда не подходит.

— Ты — исключение, но это же хорошо.

Ренесми отрицательно помотала головой. Изобразила мысленно наши тревожные лица, а вслух произнесла:

— Все из-за меня...

— Нет! — хором возразили мы с Джейкобом и Эдвардом, однако развить мысль не успели. Раздался тот самый звук, которого мы дожидались, — двигатель одного из автомобилей на шоссе сбавил обороты, шины, перестав шуршать по асфальту, мягко покатились по земле.

Эдвард полетел стрелой к входной двери и встал наготове. Ренесми зарылась мне в волосы. Мы с Джейкобом в отчаянии посмотрели друг на друга через стол.

Машина быстро неслась по лесу, гораздо быстрее, чем водят Чарли или Сью. Судя по звуку, она въехала на луг и затормозила у парадного входа. Открылись и хлопнули четыре дверцы. До крыльца никто не произнес ни слова. Эдвард распахнул дверь, не дожидаясь стука.

— Эдвард! — оживленно воскликнул женский голос.

— Здравствуй, Таня. Кейт, Елеазар, Кармен, здравствуйте.

Три негромких приветствия в ответ.

— Мы зачем-то срочно понадобились Карлайлу. — Первый голос. Таня. Судя по всему, они еще снаружи. Я представила, как Эдвард стоит в дверях, преграждая проход. — Что случилось? Оборотни?

Джейкоб хмыкнул.

— Нет, — отмел предположение Эдвард. — У нас с ними сейчас мир, крепче прежнего.

— Ты нас в дом не пригласишь? — удивилась Таня и без паузы продолжила: — А где Карлайл?

— Ему пришлось уехать.

Короткое молчание.

— Эдвард, что происходит? — возмущенно спросила Таня.

— Пожалуйста, выслушайте сперва и обещайте не принимать в штыки мои слова. Мне надо вам кое-что объяснить, очень непростое, поэтому, очень прошу, постарайтесь отнестись без предвзятости.

— Что-то с Карлайлом? — Тревожный мужской голос. Елеазар.

— Со всеми нами, Елеазар. — ответил Эдвард и, видимо, похлопал его по плечу. — Физически Карлайл в данный момент жив-здоров.

— Физически? — вскинулась Таня. — Что это значит?

— Что вся моя семья в огромной опасности. Но прежде чем объяснить, я должен взять с вас обещание. Не делать выводов, пока не выслушаете меня до конца. Обещайте, что дадите мне договорить, умоляю.

Ответом было долгое молчание. Мы с Джейкобом безмолвно смотрели друг на друга в напряженной тишине. Его коричневатые губы побелели.

— Мы слушаем! — наконец раздался Танин голос. — И обещаем выслушать до конца, прежде чем судить.

— Спасибо, Таня! — горячо поблагодарил Эдвард. — Без крайней нужды мы не стали бы к вам обращаться.

Эдвард посторонился. Четыре пары ног прошествовали внутрь.

Кто-то потянул носом.

— Я так и знала, что не обошлось без оборотней! — процедила Таня.

— Да, они за нас. Как тогда.

Напоминания оказалось достаточно, чтобы Таня умолкла.

— А где твоя Белла? — спохватился другой женский голос. — Как она?

— Скоро будет здесь. У нее все хорошо, спасибо. Осваивает бессмертие с необыкновенным изяществом.

— Рассказывай, в чем опасность, Эдвард, — тихо проговорила Таня. — Мы внимательно тебя выслушаем и встанем на твою сторону, потому что наше место там.

Эдвард набрал в грудь воздуха.

— Сперва положитесь на свои чувства. Прислушайтесь... Что вы слышите в той комнате?

Тишина. Потом кто-то шагнул.

— Нет, сперва послушайте, — остановил Эдвард.

— Оборотень, судя по всему. Я слышу, как бьется его сердце, — заключила Таня.

— А еще?

Пауза.

— Что это такое трепещет? — удивилась то ли Кейт, то ли Кармен. — Птицу завели?

— Нет. Но звук вы, пожалуйста, запомните. Так, теперь какие вы чувствуете запахи? Оборотень не в счет.

— Там человек? — прошептал Елеазар.

— Нет, — возразила Таня. — Это не человек... но к человеческому запаху ближе, чем любой другой запах в доме. Эдвард, что же там? Я такое сочетание впервые чувствую.

— Разумеется, Таня, впервые. Пожалуйста, умоляю, запомните, что до сих пор вам ничего подобного не встречалось. Отбросьте предвзятость.

— Эдвард, я же обещала, что мы выслушаем.

— Хорошо. Белла! Приведи Ренесми, пожалуйста.

Ноги отчего-то перестали слушаться, но я твердо знала, что все страхи — исключительно в моей голове. Усилием воли я заставила себя пройти, не шаркая и не плетясь те несколько шагов, что отделяли нас от гостиной. Спину обдавало жаром от Джейкоба, который держался за мной след в след.

Я завернула за угол — и застыла, не в силах двинуться дальше. Ренесми, сделав глубокий вдох, робко выглянула из-под моих волос и съежилась, ожидая неприятия.

Мне казалось, я готова к любой реакции. К оскорблениям, крикам, глубочайшему изумлению и ступору.

Таня отбежала на четыре шага назад, вздрагивая рыжеватыми локонами. Люди так отбегают, столкнувшись с ядовитой змеей. Кейт отскочила аж к входной двери и вжалась в стену. Из стиснутых зубов вырвалось потрясенное шипение. Елеазар заслонил собой Кармен, принимая оборонительную позицию.

— Тоже мне... — едва слышно процедил Джейкоб.

Эдвард обнял меня за плечи вместе с Ренесми.

— Вы обещали выслушать, — напомнил он.

— О чем слушать, если это недопустимо! — воскликнула Таня. — Эдвард, как вы могли? Ты понимаешь, что вы натворили?

— Уходим, — с тревогой произнесла Кейт, взявшись за дверную ручку.

— Эдвард... — У Елеазара не нашлось слов.

— Стойте! — Голос Эдварда окреп. — Вспомните, что вы слышали, вспомните запах. Ренесми совсем не то, что вы подумали.

— У запрета не может быть исключений! — отрезала Таня.

— Таня, — взывал Эдвард, — вы же слышите ее сердце! Задумайтесь на секунду, что это значит.

— Сердце? — прошептала Кармен, выглядывая из-за плеча Елеазара.

— Это не вампирский младенец. — Эдвард обратился к Кармен как к самой благосклонно настроенной слушательнице. — Ренесми наполовину человек.

Четверо вампиров смотрели на него так, будто он вдруг заговорил на незнакомом наречии.

— Дослушайте, прошу вас! — Голос у Эдварда стал мягким, увещевающим. — Ренесми — единственная в своем роде. Я ее отец. Не создатель, а родной отец.

У Тани едва заметно тряслась голова.

— Эдвард, не думаешь же ты... — начал Елеазар.

— Тогда как еще это объяснить? Тепло ее тела. Кровь, Елеазар, которая бежит по ее венам? Вы же ощущаете запах.

— Но как? — не понимала Кейт.

— Белла — ее родная мать. Она успела зачать, выносить и произвести девочку на свет, когда была еще человеком. Это чуть не стоило ей жизни. У меня не было другого выхода, кроме как — ради спасения — вкатить ей в сердце изрядную дозу своего яда.

— Никогда ничего подобного не слышал, — не расправляя настороженно сведенных плеч, произнес Елеазар.

— Физическая близость между вампиром и человеком — нечастое явление, — с легким сарказмом пояснил Эдвард. — А уж чтобы человек после этого остался жив, так и вообще нонсенс. Да, сестрички?

Кейт с Таней ответили неприязненным взглядом.

— Ну же, Елеазар! Неужели не замечаете сходства?

Вместо него откликнулась Кармен. Обогнув Елеазара и не замечая высказанного полушепотом предостережения, она осторожно приблизилась ко мне вплотную. Ей пришлось чуть наклониться, чтобы внимательно посмотреть Ренесми в лицо.

— Глаза у тебя мамины, — ровным, спокойным голосом заключила она. — А вот лицо — папино. — И улыбнулась, будто не в силах больше сдерживаться.

Ренесми в ответ просияла ослепительной улыбкой. Не сводя взгляда с Кармен, она коснулась моей щеки и представила, как дотрагивается до темноволосой вампирши, мысленно спрашивая, можно ли.

— Давай Ренесми сама тебе все расскажет? — предложила я Кармен. Голос мой от переживаний звучал не громче шепота. — У нее особый дар.

Кармен с немеркнущей улыбкой смотрела на Ренесми.

— Ты уже умеешь говорить, малышка?

— Да! — звонким сопрано подтвердила девочка. Все гости, кроме Кармен, дружно отпрянули. — Но я лучше покажу.

И она дотронулась до Кармен пухлой ладошкой.

Та оцепенела, как будто сквозь нее пропустили электрический ток. Елеазар, мгновенно оказавшийся рядом, схватил ее за плечи, чтобы отдернуть.

— Подожди, — беззвучно выдохнула Кармен, немигающим взглядом смотря в глаза Ренесми.

«Показывала» Ренесми долго. Эдвард не отрываясь смотрел вместе с Кармен, а мне оставалось только жалеть, что я не умею, как он, читать мысли. Джейкоб позади начал переминаться с ноги на ногу — судя по всему, жалея о том же.

— Что Несси ей там показывает? — пробурчал он вполголоса.

— Все, — так же тихо ответил Эдвард.

Еще минуту спустя Ренесми наконец отняла ладошку. И одарила потрясенную вампиршу победной улыбкой.

— Значит, она действительно твоя дочь?! — переводя топазовые глаза на Эдварда, изумилась Кармен. — Какая умница! Этот дар у нее явно от папы.

— Ты ей веришь? — с надеждой спросил Эдвард.

— Безоговорочно.

На лице Елеазара отразилось смятение.

— Кармен!

Она взяла его руки в свои и ласково сжала.

— Невероятно, но Эдвард говорил чистую правду. Пусть тебе девочка сама покажет.

Подтолкнув Елеазара ко мне, Кармен кивнула Ренесми:

— Покажи ему, mi querida, дорогая.

Ренесми ответила улыбкой, польщенная одобрением Кармен, и осторожно прикоснулась ко лбу Елеазара.

— Ay caray! Ах ты черт! — вскрикнул он, отскакивая.

— Что она сделала? — с опаской подбираясь ближе, спросила Таня. Кейт отлепилась от стены.

— Просто пытается донести свою версию, — успокоила Кармен.

Ренесми нетерпеливо нахмурилась.

— Смотри же, смотри! — велела она Елеазару и, протянув руку, поднесла ее почти к самому его лицу.

Елеазар окинул ее подозрительным взглядом и обернулся на Кармен ища поддержку. Кармен ободряюще кивнула. Тогда Елеазар с глубоким вдохом наклонил голову и коснулся лбом маленькой ладошки.

По его телу прошла дрожь, когда Ренесми начала «сеанс», но в этот раз Елеазар выстоял, только глаза прикрыл, чтобы не отвлекаться.

— Ага... — выдохнул он несколько минут спустя, и глаза снова открылись. — Теперь понимаю.

Ренесми улыбнулась. Елеазар, чуть помедлив, выдавил ответную скованную улыбку.

— Елеазар? — вопросительно окликнула Таня.

— Все правда. Она не бессмертный младенец, а наполовину человек. Иди сюда, сама убедишься.

В комнате воцарилась тишина. Таня, готовая в любую секунду отпрыгнуть, выстояла свой «сеанс», затем настала очередь Кейт. Обеих прикосновение и последовавшая за ним картинка глубоко потрясли. Когда все кончилось, стало ясно, что Ренесми сумела покорить и их.

Я глянула мельком на бесстрастное лицо Эдварда. Неужели все так просто — раз, и готово? Золотистые глаза лучились ясным, спокойным светом. Значит, никакого подвоха.

— Спасибо, что дослушали, — негромко поблагодарил он.

— Ты говорил о смертельной опасности, — вспомнила Таня. — Раз она исходит не от девочки, значит, насколько я понимаю, от Вольтури? Как они узнали? Когда они здесь будут?

Я не удивилась, что она так быстро все разгадала. В конце концов, кто еще может представлять угрозу для такой сильной семьи, как наша? Только Вольтури.

— В тот день, когда Белла видела в горах Ирину, Ренесми тоже была там, — пояснил Эдвард.

Глаза Кейт превратились в щелочки, из горла со свистом вырвался воздух.

— Ирина? Донесла на вас? На Карлайла? Ирина?!

— Нет... — прошептала Таня. — Наверное, кто-то другой...

— Элис видела, как она к ним идет, — сказал Эдвард. Интересно, одна я заметила, что он слегка вздрогнул, произнося ее имя?

— Как она могла? — бросил в пространство Елеазар.

— Представь, что ты увидел бы Ренесми издалека. Не дожидаясь наших объяснений.

Танины глаза потемнели.

— Неважно! Вы — наша семья.

— Ирину мы уже не остановим. Слишком поздно. Элис дала нам месяц.

Таня и Елеазар задумчиво склонили головы набок. Кейт наморщила лоб.

— Так много?

— Они придут все. Им нужно время на подготовку.

Елеазар ахнул.

— Всем войском?

— Не только войском. Аро, Марк, Кай. Вместе с женами.

В глазах гостей застыл ужас.

— Не может быть... — глухо проговорил Елеазар.

— Позавчера я сказал бы то же самое, — ответил Эдвард.

Елеазар оскалился, и голос его больше напоминал рык:

— Почему они подвергают опасности жен?

— С этой точки зрения смысла нет. Элис предупредила, что, возможно, они идут не только затем, чтобы нас покарать. И думала, ты прольешь свет на их замыслы.

— Не только? А зачем тогда? — Елеазар принялся в задумчивости ходить туда-сюда, сдвинув брови и глядя в пол, словно кроме него в комнате никого не было.

— Кстати, Эдвард, где остальные? Карлайл, Элис... — спохватилась Таня.

Эдвард едва уловимо помедлил и ответил только на первую часть.

— Ищут, кто еще мог бы прийти нам на помощь.

Таня подалась к нему, выставив ладони вперед.

— Пойми, неважно, сколько народу вы соберете, — мы не обеспечим вам победу. Мы можем только умереть за вас. И ты это знаешь. Впрочем, мы четверо заслуживаем смерти — за предательство Ирины и за наше прошлое дезертирство — опять же из-за нее.

Эдвард поспешно замотал головой.

— Мы не просим сражаться и умирать за нас, нет! Ты же знаешь, Таня, Карлайл никогда бы такого не попросил.

— Тогда чем мы поможем?

— Нам нужны свидетели. Чтобы Вольтури остановились, хоть на миг. Дали нам объяснить... — Он погладил Ренесми по щеке, девочка ухватила его за руку и прижала покрепче. — Увидев собственными глазами, им будет сложнее усомниться в наших словах.

Таня медленно кивнула.

— Полагаешь, им важно будет ее прошлое?

— Оно предопределяет будущее. Ведь смысл запрета был в том, чтобы сохранить конспирацию, перестать плодить неуправляемых младенцев-вампиров.

— Я совсем не страшная, — вмешалась Ренесми. Я слышала ее высокий чистый голосок будто впервые, ушами гостей. — Я ни разу не укусила ни Чарли, ни Сью, ни Билли. Люди хорошие. И волколюди, как мой Джейкоб. — Она отпустила руку Эдварда, чтобы, перегнувшись назад, похлопать Джейкоба по плечу.

Таня и Кейт обменялись взглядами.

— Если бы Ирина не появилась так быстро, — продолжал Эдвард, — беды удалось бы избежать. Ренесми растет невероятными темпами. К концу месяца прибавит еще полгода в развитии.

— Что ж, это мы подтвердим с легкостью, — решительно сказала Кармен. — Что собственными глазами наблюдали, как она взрослеет. Неужели Вольтури способны отмести такое доказательство?

— И впрямь, неужели? — пробормотал Елеазар, не поднимая головы и продолжая мерять шагами комнату, будто не слышал.

— Да, подтвердить мы можем, — согласилась Таня. — Это уж в любом случае. И подумаем, как еще вам помочь.

— Таня! — воскликнул Эдвард, прочитав в ее мыслях невысказанную решимость. — Мы не просим за нас сражаться!

— Думаешь, мы будем просто стоять и смотреть, если Вольтури не остановятся? Впрочем, я отвечаю только за себя.

Кейт возмущенно фыркнула.

— Ты обо мне настолько плохого мнения, сестрица?

Таня улыбнулась.

— Ну, все-таки верная гибель...

— Я с тобой, — небрежно пожав плечами, тоже улыбнулась Кейт.

— И я. Сделаю все, что в моих силах, чтобы защитить девочку, — присоединилась Кармен. Повинуясь душевному порыву, она протянула руки к Ренесми. — Хочешь ко мне на ручки, bebe linda, куколка?

Ренесми радостно потянулась к Кармен, довольная, что обрела новую подругу. Кармен прижала ее к себе и начала что-то ворковать на испанском.

Повторялась та же история, что с Чарли, а до этого со всей семьей Калленов. Обаянию Ренесми нет преград. Как ей удается покорять с первого взгляда настолько, что все готовы отдать за нее жизнь?

На секунду я поверила, что наша миссия выполнима. Вдруг Ренесми сумеет переманить врагов на свою сторону с такой же легкостью, с какой завоевывает друзей?

Затем перед глазами встал образ ударившейся в бега Элис — и надежда моментально померкла.

31. ОДАРЕННАЯ

— Так, а оборотни нам на что? — непонимающе поинтересовалась Таня.

Джейкоб не дал Эдварду ответить.

— Если Вольтури не соизволят выслушать насчет Несси — то есть Ренесми, — поправился он, догадавшись, что Таня не поймет дурацкой клички, — их остановим мы.

— Храбрость, малыш, — это ценно, только учти: их и более опытная сила не остановит.

— Откуда вам знать, на что мы способны?

Таня пожала плечами.

— Твоя жизнь, тебе губить.

Джейкоб кинул тоскующий взгляд на Ренесми, которая до сих пор не слезла с рук Кармен (теперь над девочкой ворковала еще и Кейт).

— Она у вас необыкновенная... — задумчиво произнесла Таня. — Покоряет в два счета.

— Какая одаренная семья, — пробормотал Елеазар. Он постепенно ускорял шаг и теперь носился от Кармен к двери, мелькая передо мной почти ежесекундно. — У отца — чтение мыслей, у матери — щит, и совершенно особые чары, которыми нас приворожила ваша крошка. Не знаю, есть ли этому дару название, — а может, он обычное дело у вампирско-человеческих отпрысков. Нет, стоп! Какая вообще «обычность»?! При таком-то союзе?

— Секундочку! — воскликнул Эдвард потрясенным тоном, хватая Елеазара за плечо на очередном круге. — Что ты сказал о моей жене?

Елеазар вопросительно посмотрел на Эдварда, прервав свою исступленную гонку.

— Щит. Правда, я не уверен, она же меня блокирует.

В недоумении сдвинув брови, я посмотрела на Елеазара. Щит? А что значит, я его блокирую? Вот я стою перед ним, у меня и в мыслях нет обороняться.

— Щит? — в замешательстве переспросил Эдвард.

— Ну, Эдвард, сам посуди: если я ее прочитать не могу, не можешь, полагаю, и ты. Ты ее мысли сейчас слышишь?

— Нет... — растерянно ответил Эдвард. — И никогда не слышал. В ее «человеческой» жизни тоже.

— Никогда? — Елеазар изумленно заморгал. — Интересно... Видимо, мы имеем дело со скрытым талантом очень большой силы, раз он начал проявляться еще до перерождения. К сожалению, я не в состоянии пробиться через этот заслон и глянуть повнимательнее. Хотя, полагаю, он еще не развился — Белле ведь всего несколько месяцев от роду. — Елеазар смотрел на Эдварда почти сердито. — Небось, сама не подозревает, что делает. В полном неведении. Это ж надо! Аро гонял меня по всему миру за такими талантами, а вам оно само в руки приплыло — и вы даже не поняли. — Елеазар недоверчиво потряс головой.

Я нахмурилась.

— О чем ты? Какой из меня щит? Что это значит? — В голове крутились сплошные образы рыцарей в громоздких доспехах.

Елеазар, склонив голову набок, окинул меня внимательным взглядом.

— В свите нас всех подразделяли довольно строго. Хотя на самом деле классификация способностей слишком субъективна и бессистемна — ведь каждый талант уникален, поскольку неповторим. Однако твой, Белла, отнести к категории не так уж сложно. Оборонительные способности, которые помогают оградить от вмешательства какую-то часть хозяина, всегда называют щитом. Ты хоть раз проверяла свой дар? Пробовала блокировать кого-то еще, кроме меня и супруга?

Хотя голова моя теперь работала куда быстрее прежнего, ответ сформулировался не сразу.

— Оно действует, но не на все. Вот мысли... туда никому хода нет. Однако это не мешает Джасперу мудрить с моим настроением, а Элис — видеть мое будущее.

— Исключительно мысленная защита... — кивнул Елеазар, подтверждая свою догадку. — Ограниченная, зато сильная.

— Аро тоже не пробился, — вспомнил Эдвард. — Хотя тогда она была еще человеком.

Вампир изумленно уставился на меня.

— Джейн хотела причинить мне боль — и не смогла. Эдварду кажется, что Деметрий меня вряд ли найдет, и Алеку удачи не видать. Есть в этом толк?

— Еще какой! — кивнул не оправившийся от изумления Елеазар.

— Щит... — В голосе Эдварда послышалось глубочай-
шее удовлетворение. — Мне и в голову не приходило. Единственная, у кого я такое видел, — Рената, но у нее совсем
иначе...

Елеазар слегка успокоился.

— Правильно, не бывает абсолютно одинаковых талантов, потому что и мыслит каждый по-своему.

— Кто такая Рената? И что она делает? — спросила я.
Ренесми тоже заинтересовалась и, выгнувшись на руках у
Кармен, поглядела из-за плеча Кейт.

— Рената — личный телохранитель Аро, — пояснил Елеазар. — Из нее получается очень действенный щит, и весьма прочный.

Я смутно припомнила стайку вампиров, вьющихся вокруг Аро в той мрачной башне. Среди них были и мужчины,
и женщины. Все женские лица на той пугающей, неуют-
ной картинке уже стерлись; одно из них, выходит, принад-
лежало Ренате?

— Интересно... — размышлял Елеазар. — Видишь ли,
Рената — мощный заслон против физического удара. Любой, кто захочет приблизиться к ней — или к Аро (в минуту опасности она держится рядом, как приклеенная), —
развернется с полдороги. Ее сила как будто отталкивает,
хотя и незаметно. Просто вдруг понимаешь, что идешь не
туда, куда собирался, и не помнишь, зачем вообще собирался. Этот щит она может выставлять на несколько метров. Кстати, Кая с Марком она тоже защищает, однако ее
главный объект — Аро.

— И действует она не физической силой. Как и большинство наших талантов, ее дар — мысленный. Хотел бы
я знать, если она попытается тебя свернуть с пути, кто из
вас окажется сильнее... — Он покачал головой. — Впервые
слышу, чтобы кто-то сумел устоять против Аро и Джейн.

— Мамуля, ты супер, — безо всякого изумления про-
комментировала Ренесми, будто цвет платья назвала.

Я совсем запуталась. У меня ведь уже есть один дар? Сверхсамообладание, благодаря которому не пришлось мучаться, переживая первый вампирский год. Положено ведь по одному таланту на брата, или я чего-то не понимаю?

А может, Эдвард с самого начала был прав? Когда Карлайл еще не высказал догадку насчет сверхъестественности, Эдвард предполагал, что все дело в настрое и умении сосредоточиться.

Чья версия правильная? Неужели у меня есть еще дар? Которому даже нашлось имя и категория?

— А проецировать ты тоже умеешь? — заинтересовалась Кейт.

— Проецировать?

— Выталкивать наружу. Чтобы прикрыть кого-то еще помимо себя.

— Не знаю. Не пробовала. Я ведь не знала, что так бывает.

— И не факт, что получится, — поспешно предупредила Кейт. — Я вот сколько столетий тренируюсь, а самое большее, что могу — пустить разряд по поверхности кожи.

Я непонимающе уставилась на нее.

— У Кейт боевой дар. Почти как у Джейн, — внес ясность Эдвард.

Меня тут же отнесло в сторону, а Кейт рассмеялась.

— Я не садистка, — заверила она. — Но в сражении может пригодиться.

Слова Кейт постепенно обретали смысл, укладываясь в сознании. «Прикрыть кого-то еще помимо себя». Сделать свою непроницаемую черепушку убежищем для другого.

Вот Эдвард корчится на каменном полу в древней башне Вольтури. В отличие от остальных человеческих воспоминаний, это проступало отчетливо и отзывалось острой болью — как будто картинку выжгли у меня в голове каленым железом.

Получается, я могу не допустить, чтобы это произошло снова? Защитить его? Защитить Ренесми? Существует крупица вероятности, что я могу их обезопасить?

— Научи меня! — хватая Кейт за руку, вскричала я. — Покажи, как это делать!

Кейт поморщилась от боли.

— Попробую. Если перестанешь ломать мне кости.

— Ой! Прости!

— А загораживаешься ты здорово. Иначе давно бы дернуло. Совсем ничего не почувствовала?

— Это ты зря, Кейт. Она же не со зла, — процедил себе под нос Эдвард.

— Нет, совсем ничего. Ты пустила разряд, да?

— Да. Хм... Первый раз вижу, чтобы на кого-то — хоть смертного, хоть бессмертного — не подействовало.

— И ты сама этот разряд выводишь? На поверхность кожи?

Кейт кивнула.

— Да. Раньше было только на ладонях. Как у Аро.

— И у Ренесми, — подсказал Эдвард.

— Я долго тренировалась и теперь могу пускать его по всему телу. Хороший способ защиты. Любой, кто меня тронет, свалится, как от электрошока. Всего на секунду, правда, но и этого хватит.

Я вполуха слушала Кейт, а в голове вертелась одна мысль: неужели мою маленькую семью можно защитить, если я достаточно быстро научусь? Какое было бы счастье с такой же легкостью освоить умение выставлять этот щит, с какой я освоила остальные тонкости вампирской жизни! Человеческий опыт не подготовил меня к тому, что, бывает, все получается само собой, и я не надеялась, что такое везение продлится долго.

Никогда еще я ничего не желала с таким жаром, как обрести способность обезопасить своих любимых.

За раздумьями я не сразу обратила внимание на безмолвный диалог между Эдвардом и Елеазаром. Очнулась, только когда Эдвард спросил уже вслух:

— А хоть одно исключение можешь припомнить?

Я обернулась, пытаясь понять, о чем он, и увидела, что остальные тоже в недоумении смотрят на них двоих. Они стояли друг напротив друга, Эдвард подозрительно всматривался в лицо Елеазара, чем-то недовольного, но явно чувствующего неловкость.

— Ты плохо о них думаешь, — сквозь стиснутые зубы выдавил Елеазар. Я удивилась внезапной перемене настроения. — Если ты прав... — снова начал он.

— Эту мысль ты сам подкинул, не я, — перебил Эдвард.

— Хорошо, если я прав... Даже не представляю, что это значит. Перевернется весь мир, который мы создали. И вся моя жизнь. Я ведь был одним из них.

— Ты действовал из лучших побуждений.

— Какая разница? Что я натворил?! Сколько жизней... Таня, успокаивая, положила руку Елеазару на плечо.

— Друг мой, посвятите и нас. Я тут же отмету все сомнения. Ни один твой поступок не заслужил такого самобичевания.

— Если бы... — пробормотал Елеазар и, вывернувшись из-под ее руки, снова засновал туда-сюда по комнате, еще быстрее, чем раньше.

Таня последила за ним глазами, потом обратилась к Эдварду.

— Тогда ты объясни.

Эдвард кивнул и принялся рассказывать, не сводя напряженного взгляда с Елеазара.

— Он пытался понять, зачем Вольтури выступают против нас таким огромным отрядом. Обычно так не делается. Да, мы самый крупный из всех когда-либо противостоящих им кланов, но ведь и раньше кланы объединялись в борьбе, однако, несмотря на численность, особого сопротивле ния Вольтури оказать не могли. Да, наши узы крепче, но и это мало что меняет.

Елеазар вспоминал, как и за что выносили приговор другим кланам, и у него начала вырисовываться схема. Которую никто другой в свите Вольтури распознать бы не мог, потому что сведения поступали от Елеазара к Аро в конфиденциальном порядке. И повторялась эта схема приблизительно раз в столетие.

— В чем она состояла? — подала голос Кармен, так же неотрывно следившая за Елеазаром.

— Аро не всегда принимает личное участие в карательной экспедиции. Однако в прошлом, стоило Аро кого-то заприметить, через какое-то время обязательно обнаруживались неоспоримые доказательства злостного нарушения закона в том или ином клане. Старейшины вызывались самолично проследить, как вершится правосудие. И вот тогда, почти полностью истребив весь клан, Аро даровал прощение кому-то одному, чьи помыслы, по его словам, полны раскаяния. И всегда оказывалось, что именно этот вампир обладает особенно ценным для Аро талантом. И ему всегда находилось место в свите, где он быстро проникался благодарностью за оказанную честь. Исключений не было.

— Наверное, лестно чувствовать себя избранным? — предположила Кейт.

— Ха! — презрительно выпалил на бегу Елеазар.

— Есть в свите одна вампирша, — объяснил Эдвард этот странный возглас, — по имени Челси. Она способна влиять на чувства, которые мы испытываем друг к другу. Ослабить или, наоборот, укрепить эмоциональную привязанность. Заставить тебя почувствовать неразрывную связь с Вольтури, желание быть одним из них, угодить им...

Елеазар вдруг остановился.

— Мы прекрасно понимали роль Челси. В бою она разрывала товарищеские узы между союзническими кланами, чтобы нам было легче справиться. Если невиновные члены клана перестанут чувствовать тесную связь с виновными, можно вершить правосудие без лишней жестокости — виновных наказать без боя, а невиновных пощадить. Другого способа избавить клан от необходимости сражаться целиком, кроме как разорвать эмоциональные связи, не существует. И вот для этого нужна была Челси. Мне применение ее дара всегда казалось свидетельством гуманности, милосердия со стороны Аро. В свите она, наоборот, укрепляет связи, сплачивает нас — и это хорошо. Мы действовали более слаженно. Легче уживались друг с другом.

И снова ожили старые воспоминания. Я тогда все ломала голову, почему свита с таким рвением, чуть ли не с обожанием служит старейшинам.

— Насколько силен ее дар? — настороженно спросила Таня, обводя взглядом по очереди всех членов своей семьи.

Елеазар пожал плечами.

— Нам с Кармен удалось уйти... — И тут же помотал головой. — Хотя все остальные связи, кроме любовных, куда более уязвимы. По крайней мере, в обычных кланах. В нашей семье они заведомо прочнее. Отказ от человеческой крови помогает нам стать цивилизованнее, формируются семейные узы, основанные на любви. Так что нас, Таня, ей вряд ли удастся расколоть.

Таня кивнула, и Елеазар продолжил:

— Я заподозрил, что раз Аро предполагает присутствовать лично и привлечь такую толпу, он настроен не карать, а прибрать к рукам. Прибыть самому, чтобы взять действо под контроль. И прихватить всю свиту, чтобы защититься от такого сильного, богатого талантами клана. Но тогда остальные старейшины останутся в Вольтерре без прикрытия. Риск слишком велик, кто-то может воспользоваться. Значит, выход один — идти вместе. Как еще Аро проконтролирует, чтобы обладателей самых ценных способностей оставили в живых? Ведь хочется же... Наверняка хочется...

Голос Эдварда прозвучал чуть громче выдоха.

— Судя по тому, что я прочитал у него в мыслях прошлой весной, сильнее всего на свете Аро хочет заполучить
Элис.

Я ошеломленно открыла рот, в голове заплясали давние
кошмары: Элис и Эдвард, закутанные в черные плащи, стоят безмолвными тенями по обе руки от Аро, с чужих холодных лиц на меня смотрят налитые кровью глаза... Это
увидела Элис? Как Челси вырывает с корнем ее любовь к
нам, а вместо этого внушает преклонение перед Аро, Каем
и Марком?

— Поэтому сбежала Элис? — Голос дрогнул на ее
имени.

Эдвард прижался ладонью к моей щеке.

— Не исключено. Чтобы помешать Аро обрести самое же-
ланное. Уберечь свой дар от его загребущих рук.

Услышав встревоженное перешептывание Кейт и Тани,
я вспомнила, что они ведь не знают про Элис.

— Ты ему тоже нужен.

Эдвард пожал плечами с несколько нарочитым спокойствием.

— Не настолько. То, что я могу, у него уже есть. И сперва
ему придется найти способ подчинить меня своей воле. А
это маловероятно. — Эдвард усмехнулся.

Елеазар нахмурился: ему не понравилась такая беспеч-
ность.

— Твои слабости ему тоже известны. — Он перевел
взгляд на меня.

— Не стоит сейчас об этом, — поспешил сменить тему
Эдвард.

Елеазар, не обращая внимания, продолжал:

— И твоей супругой он наверняка заинтересовался. Не
мог его оставить равнодушным талант, позволяющий еще
в человеческой жизни противостоять самому Аро.

Эдварду ход его рассуждений явно не нравился. Мне тоже. Аро достаточно пригрозить Эдварду, и я выполню все, что старик пожелает. И наоборот.

Выходит, смерть — это еще легкий исход? По сравнению с пленом...

Эдвард все-таки сменил тему.

— Думаю, Вольтури только этого и ждали. Предлога. Какого именно — все равно, ведь план уже разработали. Поэтому Элис и увидела их выступление еще до того, как Ирина пришла с доносом. Решение уже было принято, ждали только надуманного оправдания.

— Если Вольтури злоупотребляют доверием, которое возлагают на них все бессмертные... — проборомотала Кармен.

— Какая разница? — воскликнул Елеазар. — Кто в это поверит? Даже если удастся убедить остальных, что Вольтури слишком много на себя берут, что это изменит? Кто выйдет против них?

— Есть тут горстка безумцев, которые хотят попытаться, — съязвила Кейт.

Эдвард покачал головой.

— Вы здесь только как свидетели, Кейт. Что бы ни задумал Аро, вряд ли он готов ради этого поступиться репутацией Вольтури. Как только мы разобьем его обвинения, он вынужден будет оставить нас в покое.

— Разумеется, — обронила Таня.

Слова Эдварда, судя по всему, никого не убедили. На несколько долгих минут воцарилось молчание.

А потом я услышала шорох шин по асфальту и их приглушенный шелест на подъездной дороге Калленов.

— Ох, черт! Чарли! — вырвалось у меня. — Может, гости пока побудут наверху...

— Нет, — глухо произнес Эдвард. Глаза его были устремлены на входную дверь, но взгляд обращен куда-то вдаль. — Это не он. Элис все-таки прислала Питера и Шарлотту. Так что готовимся ко второму раунду.

32. ПОПОЛНЕНИЕ

Огромный дом Калленов наводнили гости — в куда большем количестве, чем можно было разместить с удобствами. Спасало то, что сон никому не требовался. А вот с едой оказалось сложнее. Гости, надо отдать им должное, подстраивались и помогали. Обходя далеко стороной Ла-Пуш и Форкс, ездили на охоту в другие штаты. Эдвард, как гостеприимный хозяин, не морщась, выдавал ключи от любой машины. Меня даже от такого компромисса все равно совесть мучила, приходилось успокаивать ее тем, что наши вампиры все равно бы где-то охотились — не здесь, так у себя.

Джейкоб терзался еще сильнее. Оборотни для того и существуют, чтобы оберегать человеческую жизнь, а тут, пожалуйста, разгул убийств в шаге от подзащитной территории! Однако перед лицом смертельной опасности, грозящей Ренесми, он был вынужден прикусить язык и испепелять взглядом пол, а не вампиров.

Я поражалась, как легко гости приняли Джейкоба. Никаких трений, которых опасался Эдвард. На Джейкоба смотрели как на пустое место — ну, ходит и ходит, не ровня и не еда. Так смотрят на любимую собачку хозяев люди, которые сами интереса к животным не питают.

Ли, Сета, Квила и Эмбри отправили дежурить вместе со стаей Сэма, и Джейкоб охотно бы к ним присоединился, будь он в силах перенести разлуку с Ренесми, которая полным ходом завоевывала сердца разномастных друзей Карлайла.

Раз за разом в нашей гостиной воспроизводилась сцена знакомства с Ренесми, опробованная на Таниной семье. Сперва с Питером и Шарлоттой, прибывшими в полном неведении по просьбе Элис и Джаспера. Как и остальные знакомые Элис, они привыкли полагаться на ее слово, не требуя объяснений. Куда они сами с Джаспером держат путь, Элис даже не намекнула и надежды когда-нибудь увидеться не выразила.

Ни Питеру, ни Шарлотте не доводилось сталкиваться с бессмертными младенцами. Поэтому, хотя они знали о запрете, их реакция оказалась не такой бурной, как у деналийского клана. Потом любопытство победило, и они позволили Ренесми «объяснить самой». И все. После этого они с такой же готовностью, как и Танина семья, согласились выступить свидетелями.

Карлайл прислал своих ирландских и египетских друзей.

Первыми появились ирландцы, которых и убеждать почти не пришлось, они сразу встали на нашу сторону. Главой клана у них была Шивон — внушительных размеров женщина, с гипнотизирующим колыханием перемещающая в пространстве свое необъятное, но прекрасное тело. Однако и она, и ее суровый супруг Лиам привыкли полагаться во всем на мнение самого юного члена семьи. Малышка Мэгги, с пружинистыми рыжими кудрями, не внушала такого трепета, как старшие, однако обладала весьма полезным даром — распознавать ложь, поэтому ее вердикт обжалованию не подлежал. Выслушав Эдварда, она сразу заявила, что его слова — истинная правда, и Шивон с Лиамом безоговорочно поверили нам, даже не прикоснувшись к Ренесми.

Другое дело — Амон и его египетский клан. Даже когда двое младших — Бенджамин и Тиа — перестали сомневаться, удовлетворившись «рассказом» Ренесми, Амон наотрез отказался дотронуться и заявил, что его семья уезжает немедленно. Однако Бенджамин (на редкость жизнерадостный вампир, внешне едва вышедший из мальчишеского возраста и сочетающий крайнюю уверенность с крайней беспечностью) в два счета уговорил Амона остаться, тонко намекнув на распад клана в противном случае. Амон покорился, но Ренесми упорно обходил стороной, и своей супруге Кеби тоже запретил до нее дотрагиваться. Странный у них был союз, хотя при внешнем сходстве — черные, как ночь волосы, бледно-оливковая кожа — они легко могли бы сойти за кровных родственников. Самый старший, Амон, считался официальным главой клана. Кеби следовала за ним тенью, я ни разу не слышала от нее ни одного самостоятельного слова. Тиа, подруга Бенджамина, тоже в основном ходила молчком, но ее редкие высказывания поражали проницательностью и глубиной. Однако подлинной звездой их клана был Бенджамин. Он обладал какой-то необъяснимой притягательностью, и остальные вращались вокруг него, как планеты вокруг солнца. Увидев, с каким интересом на него смотрит Елеазар, я догадалась, что в этом и состоит талант Бенджамина.

— Нет, его дар не в этом, — опроверг мою догадку Эдвард, когда ночью мы остались наедине. — Амон просто боится потерять мальчика, обладающего уникальнейшей способностью. Он скрывает Бенджамина от Аро, как мы, — Эдвард вздохнул, — хотели уберечь Ренесми. Амон создал Бенджамина, заранее зная, что тот будет одаренным.

— Что же он умеет?

— Елеазар такого никогда не видел. А я никогда не слышал. Против него даже твой щит бессилен. — Эдвард лукаво улыбнулся. — Бенджамин управляет стихиями — ему подвластны земля, воздух, вода и огонь. И это физическое воздействие, не умственное, не иллюзия. Он, правда, пока еще учится, экспериментирует, но Амон хочет вырастить из него грозное оружие. А Бенджамин, как видишь, сам себе голова. И не поддается.

— Он тебе симпатичен, — догадалась я по голосу.

— Бенджамин четко знает, что хорошо, а что плохо. И мне нравится его настрой.

У Амона дела с настроем обстояли хуже, поэтому они с Кеби держались замкнуто, хотя у Бенджамина и Тиа вовсю крепла дружба с деналийцами и ирландцами. Оставалось надеяться, что возвращение Карлайла поможет снять отчужденность.

Эммет и Роуз присылали кочевников-одиночек из друзей Карлайла, которых удавалось разыскать.

Первым прибыл Гаррет — высокий поджарый вампир с живыми рубиновыми глазами и длинными волосами песочного цвета, собранными в хвост, перевязанный кожаным ремешком. С первого взгляда было ясно, что Гаррет — искатель приключений, который примет любой вызов просто из любопытства, чтобы проверить себя. Он быстро втянулся в разговоры с сестричками Денали и начал забрасывать вопросами об их необычном образе жизни. Не исключено, что у него возникла мысль попробовать вегетарианство — как очередное испытание.

Вслед за ним появились Мэри и Рэндал — уже знакомые друг с другом, хотя кочующие порознь. Выслушав «рассказ» Ренесми, они не только согласились выступить свидетелями, но и, как деналийцы, принялись прикидывать, что предпринять, если Вольтури не остановятся. Все трое кочевников решили в таком случае постоять за нас.

Джейкоб, как и следовало ожидать, с каждым новым гостем все больше мрачнел. По возможности он старался держаться подальше, а когда не получалось, жаловался Ренесми, что имена проклятых кровопийц у него уже в голове не помещаются, так что пусть кто-нибудь срочно составит список*.

После недельного отсутствия вернулись Карлайл и Эсми, еще несколько дней спустя — Эммет и Розали. С приездом родных нам стало чуточку спокойнее. Карлайл привез еще одного друга (хотя нет, «друг» — слишком громко сказано). Угрюмый англичанин Алистер считал Карлайла своим самым близким приятелем, при этом с огромным

---

* См. с.631.

скрипом выбирался на встречу раз в столетие. Он предпочитал странствовать в одиночку, Карлайлу пришлось его долго умасливать, чтобы затащить сюда. Держался он нелюдимо, и видно было, что поклонников среди собравшихся у него нет.

Насчет происхождения Ренесми мрачный темноволосый вампир предпочел поверить Карлайлу на слово и, по примеру Амона, обходил девочку стороной. Эдвард поведал нам с Карлайлом и Эсми, что Алистеру здесь страшно, однако еще больше его страшит неизвестный исход. Он с глубокой подозрительностью относился к любым властям, а значит, и к Вольтури. Происходящее только подтверждало его опасения.

— Теперь они все равно узнают, что я тут был, — бормотал он себе под нос на чердаке, куда удалялся предаваться мрачным раздумьям. — От Аро уже не скроешь. Значит, в бега на несколько столетий. Возьмут всех, с кем Карлайл хоть парой слов перекинулся за последний десяток лет. Зачем я-то ввязался? И он хорош, друзей втягивать...

Возможность скрыться в бегах, если его опасения оправдаются, у Алистера была получше, чем у любого из нас. Алистер обладал способностями ищейки, которые, правда, не шли ни в какое сравнение с точностью и быстротой Деметрия. Но даже этот талант — чувствовать легкую тягу к объекту поиска — мог без труда помочь ему скрыться, если двигаться в противоположную от Деметрия сторону.

Следом прибыла еще одна пара нежданных гостей — нежданных, потому что ни Карлайлу, ни Розали не удалось отыскать амазонских вампиров.

— Здравствуй, Карлайл! — поприветствовала хозяина более высокая из появившихся на пороге двух высоченных женщин с кошачьими повадками. Обе выглядели так, будто их тянули на станке — длинные руки, длинные ноги, длинные пальцы, длинные черные косы и вытянутые лица с длинными носами. Одежда их была сделана из дубленых

шкур — кожаные жилеты и узкие штаны со шнуровкой по
бокам. Однако обитательниц джунглей в них выдавала не
столько одежда, сколько беспокойные ярко-алые глаза и
резкие, стремительные движения. Никогда еще я не встречала более диких вампиров.

К нашему удивлению (мягко сказано!), выяснилось, что
их прислала Элис. Как ее занесло в Южную Америку? Увидела, что никому больше не удастся найти «амазонок»?

— Зафрина! Сенна! — обрадовался Карлайл. — А где
Кашири? Всегда думал, что вы неразлучны...

— Элис велела разделиться, — низким гортанным голосом, очень подходившим к ее дикарскому облику, ответила Зафрина. — Непривычно без Кашири. Но Элис уверя-
ла, что мы позарез нужны здесь, а Кашири нужна ей самой еще где-то. Больше ничего не сказала, только что все
это очень срочно?.. — закончила Зафрина с вопроситель-
ной интонацией.

Вместо ответа я (с внутренней дрожью, которая охватывала меня каждый раз независимо от количества повто-
рений) вынесла Ренесми.

Несмотря на хищный вид, амазонки спокойно выслушали нашу историю, а потом дали Ренесми подтвердить наглядно. Как и остальные, они прониклись к девочке мгновенной симпатией, но меня охватывала тревога, когда в
непосредственной близости от Ренесми кто-то перемещался так молниеносно и порывисто. Сенна вторила движениям Зафрины, не открывая рта, — однако ее молчание
мало напоминало молчание Кеби. Та не смела перечить
Амону, а Сенна и Зафрина казались частями единого организма, просто Зафрина высказывалась от имени обеих.

Новости об Элис, как ни странно, обнадеживали. Она
определенно преследует какие-то свои цели, не собираясь
идти на поводу у Аро.

Приезд амазонок крайне воодушевил Эдварда — потому что Зафрина обладала сильнейшим талантом, незаме-

нимым в качестве оружия наступления. Не то чтобы Эдвард собирался просить Зафрину принять участие в битве, однако, если Вольтури не остановит толпа свидетелей, возможно, их остановит другое зрелище...

— Это очень реалистичная иллюзия, — объяснил Эдвард, когда выяснилось, что я, как обычно, ничего не вижу. Зафрина, удивленная и заинтригованная моей непробиваемостью, беспокойно переминалась, пока Эдвард описывал скрытую от меня картину. — Зафрина делает так, что ты видишь созданное ею изображение и ничего кроме. Например, сейчас я нахожусь в гордом одиночестве в чаще тропического леса. И я бы с легкостью поверил, если бы не чувствовал, что обнимаю при этом тебя.

Губы Зафрины изогнулись в суровой улыбке. Через секунду взгляд Эдварда обрел сосредоточенность, и он тоже улыбнулся.

— Впечатляет!

Ренесми, заинтересованно слушавшая разговор, бесстрашно протянула руки к Зафрине.

— А мне можно посмотреть?

— А что ты хочешь?

— То, что ты папе показывала.

Зафрина кивнула. Меня охватила тревога, когда взгляд Ренесми рассеялся, но уже через секунду лицо девочки озарила ослепительная улыбка.

— Еще!

После этого Ренесми невозможно было оттащить от Зафрины с ее «веселыми картинками». Я сперва обеспокоилась, потому что вряд ли все картинки были такими уж «веселыми». Но Ренесми показывала их мне в своих мыслях — поразительно четкие, реалистичные, как и сами мысли, — давая возможность судить, что подходит девочке, а что нет.

И хотя я сдалась не сразу, в конце концов поняла: это же хорошо, пусть Зафрина пока развлечет Ренесми. А у

меня будут свободны руки. Ведь сколько еще нужно освоить — и умственно, и физически. Время поджимает...

Первый блин (попытка овладеть боевым искусством)
вышел комом.

Эдвард скрутил меня в два счета. И вместо того чтобы
подождать, пока я в нелегкой борьбе вырвусь на свободу
(я ведь могла!), отпустил. Я сразу заподозрила неладное,
глядя, как он застыл изваянием посреди луга и отводит
взгляд.

— Прости, Белла.

— Все хорошо! Давай еще раз.

— Не могу.

— Как это? Мы же только начали!

Он не ответил.

— Ну Эдвард! Да, у меня плохо получается, но без твоей помощи я и не научусь.

Он молчал. Я, дурачась, прыгнула на него. Эдвард не сопротивлялся, и мы оба рухнули на землю. Даже когда мои
губы впились ему в горло, он не пошевелился.

— Тогда я победила!

Эдвард сузил глаза. Молча.

— Эдвард! В чем дело? Ты будешь меня учить?

Прошла целая минута, прежде чем он заговорил.

— Я... просто не могу. Эмметт и Роуз справятся не хуже.
Таня с Елеазаром наверняка даже лучше. Попроси кого-
нибудь из них.

— Так нечестно! Ты помогал Джасперу — с ним же ты
боролся? И с остальными! Почему со мной нет? Что я не
так сделала?

Он вздохнул с хмурым видом. Глаза потемнели, ни единой золотой искорки не осталось.

— Не хочу представлять тебя в качестве жертвы. Про-
считывать слабые места, способы расправиться... — Его
передернуло. — Слишком по-настоящему. У нас мало вре-

мени, так что без разницы, кто будет тебя учить. Начальным навыкам — может кто угодно.

Я сердито насупилась.

Эдвард с ободряющей улыбкой коснулся моей выпяченной нижней губы.

— И потом, вряд ли тебе это пригодится. Вольтури остановятся. Мы их убедим.

— А если нет? Я должна уметь.

— Пусть кто-нибудь другой учит.

Эмметт с готовностью вызвался его заменить, хотя я подозревала, что он просто отыгрывается за поражение в поединках по армрестлингу. Если бы на моей коже могли проступать синяки, я бы ходила фиолетовая с головы до ног. Роуз, Таня и Елеазар, наоборот, подошли с терпением и пониманием. Их уроки напоминали наставления, которые раздавал в прошлом году перед боем Джаспер, хотя в памяти они уже изрядно поистрепались и стерлись. Кого-то из гостей наши занятия забавляли, кто-то предлагал помощь. Несколько раз тренером успел побывать кочевник Гаррет — у него получалось на удивление хорошо. Он вообще так легко сходился со всеми, что я начала недоумевать, почему у него нет своего клана. Однажды моей противницей стала Зафрина, и Ренесми наблюдала за нашими упражнениями, сидя на руках у Джейкоба. Я переняла несколько приемов, но больше ее помощи не просила. При всей моей симпатии и понимании, что она ни за что не причинит мне вреда, дикарка внушала мне смертельный страх.

Я научилась многому, однако не могла избавиться от ощущения, что это примитивнейший примитив. Сколько я продержусь против Алека или Джейн? Пусть бы хватило, чтобы помочь остальным...

Все свободное время, оставшееся от общения с Ренесми и тренировок, я проводила на заднем дворе с Кейт, пытаясь научиться выводить мысленный щит за пределы собственной головы. Тут Эдвард поддерживал меня вовсю.

Надеялся, что я смогу обрести способ внести свою лепту, не высовываясь на линию огня.

Мне приходилось нелегко. Не за что уцепиться, не на что опереться — только горячее желание быть полезной, уберечь, оградить Эдварда, Ренесми и сколько возможно остальных моих родных. Снова и снова я пыталась вытолкнуть зыбкий щит — со слабым и очень переменным успехом. Я как будто растягивала невидимую резиновую ленту, которая в любой момент могла потерять упругую твердость и расползтись клочьями тумана.

Эдвард единственный согласился стать нашим подопытным — и теперь Кейт раз за разом била его электрошоком, пока я неумело барахталась в собственном сознании. Мы тренировались часами, пот должен был бы литься с меня градом, хотя, разумеется, совершенное вампирское тело на такую низость не способно. Но мозги плавились.

К сожалению, страдать приходилось Эдварду, а я, обвив его руками, ничего не могла поделать, и он снова и снова дергался от «слабого» разряда Кейт. Я изо всех сил старалась растянуть мысленную защиту на нас обоих — иногда получалось, но заслон моментально соскальзывал.

Во мне бушевала злость. Почему Зафрина не может со мной позаниматься? Тогда Эдвард смотрел бы себе «кино», а я бы старалась прервать «сеанс». Но Кейт считала, что мне нужна мотивация, то есть в данном случае — прекратить мучения Эдварда. Нет, она все-таки садистка, как бы она это ни отрицала в день приезда.

— Эй! — ободряюще окликнул меня Эдвард, превозмогая боль. На что угодно пойдет, лишь бы не пустить меня на боевую тренировку. — Уже почти не дергает. Молодец, Белла, так держать!

Я сделала глубокий вдох, обдумывая, что привело к нужному результату. Потянула упругую ленту, изо всех сил стараясь, чтобы она не развеялась, пока я тяну ее от себя.

— Еще раз, Кейт! — прохрипела я сквозь стиснутые зубы.

Кейт прижалась ладонью к плечу Эдварда.

Он обрадованно вздохнул.

— Ничего!

Кейт удивилась:

— А разряд был неслабый.

— Хорошо! — отдуваясь, проговорила я.

— Приготовились! — И Кейт снова дотронулась до Эдварда.

На этот раз его тряхнуло, и из груди вырвалось сдавленное шипение.

— Прости, прости, прости! — заклинала я, кусая губу. Ну почему у меня не получается?!

— Ты молодец, Белла! — притягивая меня к себе, успокоил Эдвард. — Всего несколько дней, как попробовала, и уже получается иногда проецировать. Кейт, скажи, правда она молодец?

Кейт поджала губы.

— Не знаю... У нее громадный талант, мы только начали его раскрывать. Не достаточно старается. Стимула не хватает.

Я уставилась на нее, не веря своим ушам. Губы сами собой растянулись в оскале. Не хватает? Она на моих глазах мучает Эдварда, и не хватает?..

Со всех сторон послышались перешептывания — занимаясь, мы постепенно обросли толпой зрителей. Сперва приходили поглядеть только Елеазар, Кармен и Таня, потом проявил интерес Гаррет, за ним подтянулись Бенджамин, Тиа, Шивон и Мэгги, а теперь даже Алистер, пристроившийся у окна под самой крышей. Все разделяли мнение Эдварда — я и так делаю огромные успехи.

— Кейт... — предостерегающе произнес Эдвард, распознав, куда она клонит, но Кейт уже не слушала. Она неслась вдоль берега туда, где медленно прогуливались

Зафрина, Сенна и Ренесми. Ренесми с Зафриной держались за руки, обмениваясь «картинками», сзади тенью следовал Джейкоб.

— Несси, — позвала Кейт (дурацкая кличка успела распространиться среди гостей), — не хочешь помочь мамочке?

— Нет! — прорычала я.

Эдвард успокаивающе обнял меня, но я сбросила его руки, увидев летящую через двор Ренесми, за которой по пятам бежали Кейт, Зафрина и Сенна.

— Не вздумай, Кейт! — прошипела я.

Ренесми потянулась ко мне, и я машинально подхватила ее на руки. Она свернулась комочком, уткнувшись головой мне в плечо.

— Мамуля, я правда хочу помочь, — решительно произнесла она. В подтверждение, она коснулась моей шеи и показала картинку, где мы с ней выступали вдвоем, как одна команда.

— Нет! — поспешно отшатываясь, воскликнула я.

Кейт целеустремленно шагнула к нам, вытянув руку.

— Не приближайся! — предупредила я.

Она продолжала подкрадываться, не обращая внимания. Ухмыляясь, как охотник, загнавший зверя в угол.

Перекинув Ренесми за спину, я продолжала отступать — мы с Кейт двигались с одной скоростью. Руки у меня свободны, так что, если Кейт не жалко своих, — что ж, пусть попробует подойти...

Кейт, видимо, никогда не испытывала гнев матери, защищающей дитя. И не догадывалась, насколько перешла границу. От ярости глаза у меня заволокло красной пеленой, а во рту появился привкус раскаленного металла. Мышцы налились силой, которую я привыкла сдерживать, — пусть только Кейт сделает еще шаг, и я разотру ее в горстку алмазной пыли!

Гнев обострил все чувства. Даже злосчастную эластичную ленту я теперь ощущала лучше — осознав вдруг, что это никакая не лента, а скорее, оболочка, пленка, покрывающая меня с головы до ног. Сквозь бурлящую ярость я отчетливо ее разглядела и прихватила покрепче. Потом, оттянув от себя, укрыла ею Ренесми, закутывая, как в кокон, на случай если Кейт прорвет оборону.

Кейт сделала еще один осторожный шаг, из моей груди вырвалось злобное рычание.

— Берегись, Кейт! — предостерег Эдвард.

Кейт продвинулась еще на шаг — и сделала ошибку, понятную даже такому неопытному бойцу, как я. На расстоянии прыжка до меня она вдруг повернулась к Эдварду.

Убедившись, что Ренесми крепко держится на спине, я сжалась в пружину, готовясь прыгнуть.

— Как Несси? Ты ее сейчас слышишь? — непринужденно поинтересовалась Кейт у Эдварда.

Он метнулся между нами, загораживая Кейт от меня.

— Нет, не слышу, все глухо. А теперь отойди, дай Белле остыть. Незачем было ее так взвинчивать. Ей всего три месяца от роду, хоть она и выглядит уравновешенной.

— Некогда церемониться, Эдвард. Только шоковая терапия. У нас всего пара недель в запасе, а у Беллы такой потенциал, что...

— Отойди, Кейт, на минутку.

Она сдвинула брови, но Эдварду в отличие от меня покорилась.

Ренесми уперлась ладошкой мне в шею — прокрутила еще раз наступление Кейт, показывая, что опасности не было, что папа был рядом...

Меня это не успокоило. Все вокруг по-прежнему виделось словно через красный фильтр. Однако, чуть овладев собой, я поняла, что Кейт, в общем-то, права. Злость помогает. В стрессовой ситуации я учусь быстрее.

Не надо только думать, что меня это устраивает.

— Кейт! — рявкнула я, обняв Эдварда одной рукой за талию. Щит ощущался до сих пор, как тугое упругое покрывало, окутывающее нас с Ренесми. Поднатужившись, я растянула его на Эдварда. Вроде бы выдерживает, никаких перетянутых мест, грозящих порваться или лопнуть, не видно. Тяжело дыша от усердия, я уже не гневно, а скорее обессилено выдохнула: — Еще раз. Только Эдварда.

Кейт хмыкнула, но, покорно подлетев к нам, приложила ладонь к его плечу.

— Ничего, — с улыбкой произнес он.

— А теперь? — спросила Кейт.

— Тоже ничего.

— А теперь? — голос напрягся от усилий.

— Совершенно ничего.

Кейт, устало выдохнув, отошла.

— А это видите? — пристально уставившись на нас троих, спросила низким хриплым голосом Зафрина. Говорила она со странным акцентом, будто подпрыгивая на некоторых слогах.

— Ничего необычного не вижу, — ответил Эдвард.

— А ты, Ренесми?

Ренесми, улыбнувшись Зафрине, помотала головой.

Ярость почти схлынула. Сцепив зубы и учащенно дыша, я из последних сил растягивала тугую оболочку щита, а он как будто становился тяжелее с каждой секундой. В конце концов он сжался обратно.

— Без паники, — предупредила Зафрина всех собравшихся. — Проверим радиус действия.

Елеазар, Кармен, Таня, Гаррет, Бенджамин, Тиа, Шивон, Мэгги — все, кроме Сенны, не удивлявшейся ни одному поступку Зафрины, — дружно ахнули. И застыли с тревожными лицами, потерявшись взглядом в пространстве.

— Как только зрение вернется, поднимите руку, — велела Зафрина. — Давай, Белла. Посмотрим, скольких ты сможешь укрыть.

Я обескураженно выдохнула. Ближе всех ко мне, если не считать Эдварда с Ренесми, стояла Кейт, но даже до нее было шагов десять. Стиснув зубы, я налегла на щит, пытаясь оттянуть тугую сопротивляющуюся оболочку подальше. Сантиметрик за сантиметриком я подвигала ее к Кейт, а щит с каждым отвоеванным миллиметром норовил схлопнуться обратно. Не отрывая глаз от встревоженного лица Кейт, я с облегчением увидела, как она заморгала и взгляд снова сфокусировался. Кейт вскинула вверх руку.

— Поразительно! — вполголоса пробормотал Эдвард. — Похоже на одностороннее стекло. Я могу прочитать мысли остальных, но их способности против меня бессильны. И я слышу мысли Ренесми, хотя не мог, пока находился снаружи. Так что Кейт, попав под наш «зонтик», наверное, опять может тряхнуть меня током. А твои мысли я по-прежнему не слышу... Как так получается? Интересно, а если...

Он продолжил бормотать себе под нос, но отвлекаться мне было некогда. Скрипя зубами, я тянула щит, силясь набросить его на Гаррета, ближайшего соседа Кейт. Вот и его рука взлетела ввысь.

— Хорошо! — похвалила Зафрина. — А теперь...

Рано радовалась. Задохнувшись, я почувствовала, как щит стремительно съеживается. Ренесми, внезапно ощутив слепоту, которую напустила на всех Зафрина, задрожала у меня за спиной. Я из последних сил растянула оболочку снова, чтобы укрыть Ренесми.

— Отпустишь на минутку? — тяжело дыша, попросила я Зафрину. До сих пор, с момента превращения в вампира, мне не требовалось ни секунды отдыха. Чувствовать себя выжатой, как лимон, и одновременно сильной было слегка обидно.

— Конечно. — Зафрина сняла иллюзию, и все обрадованно заморгали.

— Кейт! — позвал Гаррет, пока остальные, переговариваясь вполголоса, потихоньку разбредались, выбитые из

••

колеи временной слепотой. Вампиры не привыкли к уя3
вимости. Высокий светловолосый Гаррет единственный из
неодаренных проявлял искренний интерес к моим упраж-
нениям. Интересно, что тут такого занимательного для ис-
кателя приключений?

— Гаррет, я бы на твоем месте не стал... — предостерег
Эдвард.

Гаррет, не обращая внимания, шагал прямо к Кейт, задумчиво покусывая губы.

— Говорят, ты можешь уложить вампира на лопатки одной левой?

— Могу, — подтвердила она и с игривой улыбкой пошевелила пальцами. — Любопытно?

Гаррет пожал плечами.

— Просто не видел никогда. Может, заливают...

— Может, — внезапно посерьезнев, кивнула Кейт. —
Не исключено, что получается только с молодыми и слабыми. Не знаю. Ты на вид сильный. Может, и выдержишь. —
Она вытянула перед собой руку ладонью вверх, приглашая Гаррета испытать силы. Губы ее насмешливо дернулись, и мне стало ясно, что серьезный вид — обман, она
хочет взять Гаррета на «слабо».

Гаррет принял вызов с улыбкой и самоуверенно дотронулся пальцем до раскрытой ладони Кейт.

Колени его тут же подкосились, и он, хватанув ртом воздух, повалился на спину. Голова с треском ударилась о гранитный булыжник. Жутковатое зрелище. Во мне все вос-
стало при виде обездвиженного вампира — было в этом что-
то глубоко неправильное.

— А я предупреждал, — заметил Эдвард.

Веки Гаррета затрепетали, и через несколько секунд глаза открылись. Его взгляд уперся в самодовольно ухмыляю-
щуюся Кейт, и лицо озарила удивленная улыбка.

— Ух ты!

— Неужели понравилось? — скептически поинтересовалась она.

— Я не мазохист! — рассмеялся он, мотая головой и медленно поднимаясь на колени. — Но впечатляет!

— Все так говорят.

И тут с парадного двора послышался оживленный шум. В гуле удивленных голосов я различила вопрос, заданный Карлайлом:

— Вас прислала Элис? — Тон у него был неуверенный и даже слегка обескураженный.

Еще гость?

Эдвард кинулся в дом, остальные за ним. Я пошла следом, Ренесми по-прежнему сидела у меня на закорках. Дадим Карлайлу время. Пусть пока проявит гостеприимство, подготовит вновь прибывшего к тому, что его здесь ждет.

Осторожно огибая дом, чтобы войти через кухню, я взяла Ренесми на руки и прислушалась.

— Никто нас не посылал, — глухо прошелестел гость Карлайлу в ответ. Мгновенно вспомнив старческое дребезжание Аро и Кая, я застыла на пороге кухни.

У входной двери собралась толпа — ведь почти все разом помчались посмотреть, кто прибыл на этот раз, — однако никто не издавал не звука. Даже дыхание затаили.

— Тогда что же привело вас сюда? — осторожно поинтересовался Карлайл.

— Слухи, — ответил другой голос, такой же шелестящий, как и первый. — Сорока на хвосте принесла, что на вас идут Вольтури. И что вы не намерены защищаться в одиночку. Как я погляжу, она не ошиблась. Компания внушительная.

— Мы не выступаем против Вольтури, — сдержанно возразил Карлайл. — Вышло недоразумение. Весьма серьезное, однако мы надеемся его прояснить. Все, кого вы здесь видите, наши свидетели. От Вольтури нам нужно только одно — чтобы нас выслушали. Мы ничего...

— Нам без разницы, что они о вас думают, — перебил первый голос. — Как и то, нарушили вы закон или нет.

— И насколько вопиюще нарушение, — встрял второй.

— Полтора тысячелетия мы ждали, пока кто-нибудь осмелится выступить против итальянской швали, — произнес первый. — Если их наконец свергнут, мы хотим при этом присутствовать.

— Или даже поспособствовать, — подхватил второй. Они подхватывали реплики без запинки, а голоса были так похожи, что кому-то с менее острым слухом могло бы показаться, что гость один. — Если поймем, что победа за вами.

— Белла, — решительно окликнул меня Эдвард. — Приведи Ренесми, пожалуйста. Думаю, пора ловить наших румынских гостей на слове.

Обнадеживало то, что, по крайней мере, половина собравшихся кинется спасать Ренесми, если румыны ее не примут. Мне не понравились их голоса и речи, таившие угрозу. Войдя в комнату, я сразу поняла, что не одна так думаю. Большинство застывших без движения вампиров смотрели враждебно, а кое-кто — Кармен, Таня, Зафрина и Сенна — даже заняли оборонительную позицию между гостями и Ренесми.

Они стояли в дверях — невысокие, щуплые, один темноволосый, другой пепельно-русый, почти седой. Такая же мучнистая кожа, как у Вольтури... хотя нет, у этих менее заметно. Впрочем, сложно сравнивать, ведь на Вольтури я смотрела еще человеческим взглядом. Узкие, юркие глаза, цвета насыщенного красного вина. Никакой молочной пленки. Незамысловатая черная одежда — вполне сойдет за современную, но чувствуется древний покрой.

Увидев меня, темноволосый расплылся в улыбке.

— Ох, Карлайл. Значит, все-таки есть грешок?

— Это не то, что ты думаешь, Стефан.

— Как мы уже сказали, — ответил русый, — нам все равно.

— Тогда, Владимир, будьте любезны убедиться, что в наши планы, как мы уже сказали, не входит выступать против Вольтури.

— Что ж, скрестим пальцы, — начал Стефан.

— И понадеемся на удачу, — закончил Владимир.

В конечном итоге у нас набралось семнадцать свидетелей: ирландцы Шивон, Лиам и Мэгги, египтяне Амон, Кеби, Бенджамин и Тиа, «амазонки» Зафрина и Сенна, румыны Владимир и Стефан, и кочевники — Шарлотта с Питером, Гаррет, Алистер, Мэри и Рэндал. Плюс наша семья в количестве одиннадцати душ (Таня, Кейт, Елеазар и Кармен потребовали причислить их сюда же).

Наверное, никогда еще на бессмертной памяти не уживалось под одной крышей столько взрослых вампиров — если не считать Вольтури.

Нас всех окрыляла робкая надежда. Даже меня. Ренесми столько сердец завоевала в считанные дни!.. Главное, чтобы Вольтури хоть на секунду замедлили шаг и послушали...

Двое последних представителей древнего румынского клана (полторы тысячи лет копившие обиду на узурпаторов, которые сокрушили их трон) наблюдали за нами с отрешенным спокойствием. К Ренесми не прикасались, но глядели без отвращения. Как ни странно, пришли в восторг, узнав о союзе с оборотнями. Смотрели, как Зафрина и Кейт учат меня растягивать щит, как Эдвард отвечает на немые вопросы, как по велению Бенджамина река взрывается фонтанами, а в неподвижном воздухе закручиваются вихри... Смотрели, и глаза загорались мстительной надеждой, что Вольтури наконец встретили достойного противника.

Мы лелеяли разные надежды... И все же мы надеялись.

33. ПОДДЕЛКА

— Чарли, у нас пока еще гости — из разряда «меньше знаешь», ну и так далее. Понимаю, ты уже неделю не видел Ренесми, но сейчас лучше не заезжать. Давай мы с Ренесми тебя навестим?

Чарли надолго умолк. Неужели заметил тревогу под напускной беспечностью?

— «Меньше знаешь», ага, — фыркнул он наконец. Ясно, страх перед сверхъестественным — отсюда и заминка. — Хорошо, дочка. Сейчас приедешь? Сью привезет ланч. От моей стряпни она чуть не в обморок падает, прямо как ты.

Чарли усмехнулся, а потом вздохнул, вспоминая старые добрые деньки.

— Да, хорошо бы сейчас. — Чем скорее, тем лучше. И так слишком долго тянула.

— Джейк тоже приедет?

Ничего не зная об импринтинге, Чарли, как и любой другой, чувствовал незримую связь между Ренесми и Джейкобом.

— Наверное. — Чтобы Джейк добровольно отказался провести полдня с Ренесми вдали от кровососов? Да ни за что!

— Тогда, может, позвать Билли? — предложил Чарли. — Хотя... хм. Нет, лучше в другой раз.

Я, думая о своем, уловила легкое отчуждение в голосе, когда папа упомянул Билли, однако вникать и волноваться не стала. Оба взрослые, сами разберутся. У меня сейчас других забот хватает.

— До скорого! — Я повесила трубку.

Напросилась в гости я не только и не столько для того, чтобы уберечь папу от пестрой компании из двадцати семи вампиров (которые, конечно, обещали не трогать никого в радиусе пятисот километров, но мало ли...). Хотя, разумеется, любого смертного имеет смысл держать подальше от такого сборища. Эдварду я так и объяснила — мол, везу Ренесми к Чарли, дабы тот не вздумал заявиться к нам. Хороший предлог, чтобы выбраться из дома, но ехала я не только за этим.

— А почему не на «феррари»? — огорчился Джейкоб, придя в гараж и увидев, что мы с Ренесми уже в «вольво».

Эдвард наконец открыл тайну машины «после», однако опасения подтвердились — должного восторга она у меня не вызвала. Да, быстрая. А бегать все-таки забавнее.

— Слишком приметная. Можно было бы и пешком, да Чарли испугается.

Джейкоб с ворчанием устроился на переднем сиденье. Ренесми перебралась к нему на колени.

— Ну что, как ты? — спросила я, выруливая из гаража.

— А сама как думаешь? — огрызнулся Джейкоб. — Эти вонючие кровососы мне уже вот где! — И тут же поспешил исправиться, увидев мое лицо. — Ну, знаю, знаю. Они хорошие, они приехали помочь, они нас всех спасут. И тэ дэ, и тэ пэ. Но, говори что хочешь, Дракула Первый и Дракула Второй — натуральные байки из склепа.

Я невольно улыбнулась. Да уж, от румынской парочки у меня тоже скулы сводило.

— Не могу не согласиться.

Ренесми молча покачала головой. Ее в отличие от остальных румыны завораживали. Она даже попробовала пообщаться с ними вслух, раз уж касаться не разрешают. Спросила, почему у них такая странная кожа. Меня саму разбирало любопытство, и детская непосредственность оказалась как нельзя кстати, хоть я и боялась, что парочка обидится.

Нет, ничего. Не обиделись. Разве что погрустнели.

— Мы слишком долго просидели без движения, девочка, — объяснил Владимир. Стефан кивнул, против обыкновения фразу не продолжив. — Упивались собственной божественностью. Все приходили к нам сами, в этом был знак нашей власти. Предназначенные на убой, ищущие нашей милости, посланники. Мы восседали на троне, считая себя богами. Далеко не сразу мы заметили, что происходит. Мы каменели. Поэтому надо, наверное, сказать спасибо Вольтури, что сожгли наши замки. Пока мы со Стефаном в статуи не превратились. Теперь наши глаза горят огнем, а у Вольтури подернуты мутной пеленой. И хорошо, нам будет легче их выколоть.

После этого я старалась держать Ренесми подальше.

— Мы к Чарли надолго? — вклинился в мои раздумья Джейкоб. Он заметно оживал по мере того, как мы удалялись от дома и его новых обитателей. У меня потеплело на душе при мысли, что я для него не вампир. Я все та же Белла, его подруга.

— Какое-то время придется поторчать.

Мой тон его насторожил.

— Мы не просто в гости едем?

— Джейк, ты ведь хорошо умеешь следить за своими мыслями в присутствии Эдварда?

Он насторожился.

— И?

Я молча кивнула, скосив глаза на Ренесми. Она смотрела в окно, прислушиваясь к разговору или нет — непонятно. Я решила не рисковать.

Джейкоб подождал, потом задумчиво выпятил нижнюю губу, размышляя над скупым намеком.

Мы ехали в тишине, я вглядывалась сквозь дурацкие линзы в косые струи холодного дождя. Для снега еще рано. Глаза у меня уже потихоньку утрачивали пугающий вурдалачий оттенок, из ярко-алого делаясь красно-оранжевыми. Скоро станут янтарными, и тогда можно будет обходиться без линз. Надеюсь, Чарли не слишком расстроится.

Джейкоб ушел в раздумья, до самого папиного дома переваривая наш обрывочный разговор. В молчании мы вышли из машины и быстрым человеческим шагом прошествовали под холодным дождем. Папа нас ждал — я даже постучать не успела, а дверь уже распахнулась.

— Привет, ребята! Сто лет не виделись! Несси, какая ты стала! Иди к дедушке. На целую голову выросла, честное слово. А похудела-то как, Несс! — Чарли кинул сердитый взгляд в мою сторону. — Тебя там что, голодом морят?

— Издержки роста, — пробормотала я и поздоровалась со Сью. Из кухни пахло курицей, помидорами, чесноком и сыром — наверное, для остальных аппетитно. А я еще различила запах свежей сосны и упаковочной стружки.

У Ренесми на щеках появились ямочки. Она никогда не разговаривала в присутствии Чарли.

— Заходите, ребята, не стойте на холоде. А где мой зять?

— Развлекает гостей, — объяснил Джейкоб. Потом фыркнул: — Не представляете, как вам повезло, Чарли, что вы не в курсе. Все-все, молчу.

Чарли недовольно поморщился, а я легонько двинула Джейкобу по почкам.

— Ай! — выдохнул он едва слышно. Нет, я правда хотел легонько.

— Чарли, вообще-то мне надо отъехать ненадолго.

Джейкоб скосил глаза, но промолчал.

— Небось, рождественские подарки докупать, а, Беллз? До праздника-то всего пара дней, учти.

— Точно, — с запинкой ответила я. Так вот откуда упаковочная стружка... Папа достал старые елочные украшения.

— Не бойся, Несси, — прошептал он девочке на ухо. — У меня ты без подарка не останешься.

Да, праздники у меня и правда вылетели из головы.

— Ланч на столе! — позвала Сью из кухни. — Ребята, идите есть!

— До встречи, пап, — попрощалась я, переглянувшись с Джейкобом. Даже если он не удержится и подумает о моих словах при Эдварде, все равно из них ничего не понятно. Никто не догадывается, куда я еду.

«Можно подумать, я сама догадываюсь», — подумала я, усаживаясь за руль.

На шоссе было темно и скользко, но боязнь вождения у меня давным-давно прошла. Я почти не следила за дорогой, доверившись рефлексам. Главное не разгоняться до немыслимых пределов при других водителях. Мне хотелось побыстрее разделаться с загадкой и вернуться к первостепенным делам, то есть к учебе. Продолжить учиться защищать и убивать.

Выставлять щит получалось с каждым разом все лучше. Услуги Кейт больше не требовались: осознав, что злость — ключ к победе, я сама без труда находила повод разозлиться и вместо Кейт тренировалась с Зафриной. Мои успехи ее радовали — я уже могла растянуть щит на десять шагов и удерживать минуту с лишним (правда, выдыхалась ужасно). С утра мы пытались выяснить, получится ли у меня «вытолкнуть» щит целиком. Какая от этого польза, я не совсем понимала, но Зафрина предположила, что упражнение поможет набрать силу — ведь спортсмен поднимет больший вес, если помимо бицепсов тренирует мышцы пресса и спины.

Пока у меня не очень получалось.

Однако подготовка не ограничивалась учебой, а поскольку до прихода Вольтури оставалось каких-нибудь две недели, я беспокоилась, что упущу самое важное. Сегодня настало время восполнить пробел.

Карту я выучила заранее, поэтому без труда нашла адрес Джея Дженкса — тот самый, которого не было на сайте. Следующим будет Джейсон Дженкс по другому адресу, полученному не от Элис.

Райончик оказался тот еще — мягко говоря. Я взяла самую неприметную из калленовских машин, и все равно она смотрелась белой вороной. Чего там, даже мой старенький «шевроле» казался бы здесь пижонским. Будь я человеком, моментально заперлась бы изнутри и смылась от греха подальше. Но я не человек. Поэтому всего лишь удивилась. Попробовала представить Элис на этой улице — и не смогла. Воображения не хватило.

Вдоль дороги выстроились дома — все как один трехэтажные, узкие, покосившиеся, будто прибитые непрекращающимся дождем. Старые многоквартирные дома. Облупившаяся краска неопределенного цвета. Все какое-то серое, вылинявшее. Кое-где на первом этаже разместились частники — грязный бар с выкрашенными в черный окнами, магазинчик со всякой эзотерикой (на двери то вспыхивают, то гаснут неоновые карты таро и две руки), тату-салон, детский садик (разбитое окно держится на клейкой ленте). Нигде ни огонька — хотя на улице слишком пасмурно, чтобы сидеть дома без света. Откуда-то доносится приглушенное бормотание — похоже, телевизор.

Впрочем, улица не совсем вымерла. Двое прохожих брели в разные стороны под дождем, а один сидел на узких ступенях дешевой юридической конторы с забитыми фанерой окнами. Читал мокрую насквозь газету и насвистывал — на редкость жизнерадостно для такой унылой обстановки.

Заглядевшись на бодрого свистуна, я не сразу сообразила, что заколоченная контора — это и есть нужный мне адрес. На обшарпанном здании таблички с номером не было, зато я разглядела число на предыдущем доме — как раз на два меньше.

Притормозив у обочины, я на секунду задумалась. В развалюху я так или иначе проникну, вопрос только, как пробраться мимо свистуна... Можно проехать дальше и подойти с заднего хода. А вдруг там людей больше? По крышам? Пока недостаточно темно.

— Эй, леди! — окликнул свистун.

Я опустила боковое стекло, как будто иначе не расслышу.

Странный тип отложил газету, и я с удивлением разгляде́ла, как он одет. Сверху длинный потрепанный пыльник, а вот под ним — довольно приличные вещи. Без ветра сложно было определить по запаху, но темно-красная рубашка поблескивала как шелковая. Вьющиеся черные волосы спутаны и растрепаны, а темная кожа гладкая, чистая, и зубы ровные, белые. Человек контрастов.

— Не советую бросать тут машину, леди. А то обыщетесь потом.

— Спасибо за предупреждение.

Заглушив мотор, я вышла. Вдруг у этого свистуна я сейчас все быстренько разузнаю, и в дом лезть не придется... Я раскрыла над головой большой серый зонт — вовсе не потому, что боялась за кашемировое платье-свитер. Просто человек без зонта под дождь не выйдет.

Свистун вгляделся сквозь косые струи в мое лицо, и глаза его вдруг расширились. Он нервно сглотнул, сердце учащенно забилось (я же слышала).

— Мне нужен один человек.

— Я человек и я один, — улыбнулся он. — Чем могу помочь, красавица?

— Вы Джей Дженкс?

— Хм. — Вопросительное выражение на его лице сменилось пониманием. Он поднялся и, прищурившись, посмотрел на меня. — Зачем вам Джей?

— Это мое дело. — Вообще-то, я сама без понятия. — Так вы Джей?

— Нет.

Мы застыли друг напротив друга, свистун заскользил взглядом по обтягивающему жемчужно-серому платью. Наконец он встретился со мной глазами.

— Вы не похожи на обычную клиентку.

— Тогда я, наверное, необычная. Мне нужно срочно с ним увидеться.

— Даже не знаю, как быть...

— Как вас зовут?

— Макс. — Он расплылся в улыбке.

— Очень приятно, Макс. А с обычными клиентами вы как поступаете?

Улыбка исчезла, а брови сомкнулись на переносице.

— Нет, обычным клиентам до вас как до Луны. Вы птица высокого полета, такие в этот офис ни ногой. Едут прямиком в шикарный, который в небоскребе.

Я вопросительным тоном перечислила набор цифр.

— Да, точно, — подозрительно сказал он. — Что ж вы сразу по тому адресу не поехали?

— Мне дали этот. Источник проверенный и надежный.

— За честным делом сюда не приходят.

Я поджала губы. Так и не научилась блефовать, но Элис не оставила мне другого выбора.

— А если я не за честным делом?

Вид у Макса стал извиняющийся

— Послушайте, леди...

— Белла.

— Хорошо, Белла. Я не хочу терять работу. Джей платит приличные бабки, а мне всего и забот — сиди тут насвистывай. Я бы вам с удовольствием помог, но... Да, вы учтите, я это все теоретически. Или не для протокола — как вам удобнее. Так вот, если я сдам его кому не надо, сам без работы останусь. Понимаете?

Я задумалась.

— Тут никто не появлялся похожий на меня? Ну, более-менее? Моя сестра пониже ростом, короткая стрижка, темные волосы.

— Джей встречался с вашей сестрой?

— По-моему, да.

Макс призадумался. Я подбодрила его улыбкой, и у него сбилось дыхание.

— А знаете что? Сейчас я звякну Джею и опишу вас. Пусть сам решает.

Насколько Джей Дженкс в курсе? Что ему скажет мое описание? Сложный вопрос.

— Моя фамилия Каллен, — сообщила я Максу, надеясь, что не слишком раскрыла карты. У меня росло раздражение на Элис. Почему я должна тыкаться вслепую? Могла бы хоть парой слов намекнуть...

— Каллен, ясно.

Я ждала, пока он набирал номер, без труда запоминая цифры. Если понадобится, свяжусь с Дженксом сама.

— Здравствуйте, Джей, это Макс. Я помню, что вам нельзя сюда звонить без крайней необходимости...

«А что, у тебя крайняя?» — донесся из трубки приглушенный голос.

— Вроде того. Тут вас одна девушка спрашивает...

«И что за пожар? Почему нельзя было как обычно?»

— Как обычно нельзя было, потому что она не похожа на обычную...

«Нас накрыли?!»

— Нет...

«А ты откуда знаешь? Вдруг ее Кубарев прислал...»

— Нет, дайте договорить! Вы, типа, знаете ее сестру.

«Вряд ли. Как она выглядит?»

— Выглядит... — Меня снова окинули оценивающим взглядом с головы до туфель. — Как супермодель она выглядит! — Он подмигнул в ответ на мою улыбку. — Суперфигура, сама бледная как смерть, темные волосы до талии, хронический недосып... Говорит о чем-нибудь?

«Нет. Очень жаль, что слабость к красивым девушкам помешала...»

— Ну да, я тащусь от красоток. Нельзя? Простите, что побеспокоил. Больше не буду.

— Фамилия! — прошептала я.

— Ах, да. Секундочку! Ее зовут Белла Каллен.

Секундная тишина в трубке взорвалась дикими воплями, наполовину состоящими из лексикона пьяных грузчиков. Макс изменился в лице — шутовское выражение пропало, и даже губы побелели.

— Потому что вы не спрашивали! — перепуганно заорал он в ответ.

Молчание. Джей приходил в себя.

«Красивая и бледная?» — переспросил он, подуспокоившись.

— Да, я же говорю.

Красивая и бледная? Что этому человеку известно о вампирах? Или он сам один из нас? Ничего себе поворот сюжета! Я скрипнула зубами. Элис, во что ты меня втравила?

Макс переждал обрушившийся ему в ухо второй шквал ругательств и упреков, потом посмотрел на меня полными страха глазами.

— Да, но вы принимаете клиентов отсюда только по четвергам... Да-да, понял! Будет сделано! — Он захлопнул телефон.

— Он хочет меня видеть? — оживилась я.

Макс насупился.

— Могли бы сразу сказать, что вы вип-клиент...

— Я не знала.

— А я думал, вы коп, — признался он. — Вы, конечно, не похожи. Но ведете вы себя, красавица, загадочно.

Я пожала плечами.

— Наркосиндикат? — предположил Макс.

— У кого? У меня?

— Ну да. Или у вашего бойфренда, или кто он там?

— Вот еще! Никаких наркотиков. Мы с мужем к ним плохо относимся. «Скажи нет» и так далее.

Макс чертыхнулся.

— Замужем... Что ж мне так везет?

Я улыбнулась.

— Мафия?

— Нет.

— **Контрабанда бриллиантов?**

— Хватит! Это и есть ваши «обычные» клиенты Макс? Может, все-таки смените работу?

Признаться честно, мне было забавно. Я ведь больше не общалась ни с кем из людей, кроме Чарли и Сью, а Макс так уморительно терялся в догадках. И я не испытывала желания его убить. Можно гордиться.

— Наверняка у вас что-то крупное. И незаконное, — размышлял он.

— Да нет, совсем нет.

— Все так говорят. Тогда зачем вам документы? И откуда такие деньжищи, чтобы платить цену, которую Джей заламывает? Хотя, собственно, не мое дело. — Он снова буркнул себе под нос: «Замужем».

Продиктовав совершенно другой адрес и объяснив, как проехать, Макс проводил меня подозрительным, но полным сожаления взглядом.

Теперь я бы уже ничему не удивилась — наоборот, футуристический офис в духе злодея из бондианы казался самым логичным пристанищем Джея. Поэтому, приехав по адресу, я заподозрила, что Макс меня проверяет, дав ложные указания. Хотя, возможно, злодей обитает в подземном бункере, прямо под этим заурядным торговым центром в окружении уютных домиков, примостившихся у подножия лесистого холма.

Отыскав на стоянке свободное место, я припарковала машину. Прямо передо мной красовалась неприметная стильная табличка «Джейсон Скотт, адвокат». Интерьер был оформлен в бежевых тонах со светло-зелеными акцентами — ненавязчиво и без претензий. Вампирами не пахло, так что я успокоилась. Исключительно человеческий запах, незнакомый, правда. Рядом со встроенным в стену аквариумом восседала за столом симпатичная блондинка — секретарь.

— Здравствуйте! Чем могу помочь?

— Я хотела бы видеть мистера Скотта.

— У вас назначена встреча?

— Не совсем.

Улыбка чуть померкла.

— Тогда, боюсь, придется подождать. Присядьте, пожалуйста, вон там...

«Эйприл! — заклекотал телефон у нее на столе требовательным мужским голосом. — Сейчас подойдет миссис Каллен».

Я с улыбкой показала на себя.

«Сразу шли ее ко мне. Поняла? Остальные перебьются».

В голосе звучало нетерпение. И еще что-то. Стресс. Нервы.

— Она как раз приехала, — доложила Эйприл, улучив момент.

«Что? Тогда чего ты ждешь? Веди скорее!»

— Уже, мистер Скотт! — Она выскочила из-за стола и, всплескивая руками, повела меня по короткому коридорчику, попутно предлагая чай или кофе или что моей душе угодно.

— Прошу вас! — Приоткрыв дверь, она пропустила меня в кабинет начальства с массивным деревянным столом и «стеной славы».

— Закрой дверь с той стороны! — приказал скрипучий тенор.

Эйприл поспешно скрылась, а я тем временем разглядывала хозяина кабинета. Невысокий, лысеющий, лет пятидесяти пяти, с брюшком. Голубая рубашка в белую полоску, красный шелковый галстук, темно-синий клубный пиджак висит на спинке кресла. Почему-то юриста бьет мелкая дрожь, лицо болезненного землистого цвета, а лоб в испарине — может, под слоем жирка проснулась застарелая язва?

Овладев собой, Джей, пошатываясь, встал с кресла и протянул мне руку через стол.

— Рад вас видеть, миссис Каллен.

Я шагнула к нему и коротко пожала протянутую руку. Он чуть поморщился от холодного прикосновения, но удивления не выказал.

— Взаимно, мистер Дженкс. Или лучше Скотт?

Он вздрогнул.

— Как вам удобнее.

— Тогда пусть будет Белла и Джей, не возражаете?

— Вполне по-дружески, — согласился Джей, промокая лоб шелковым платком. Жестом пригласив меня сесть, он занял свое место. — Позвольте спросить. Я имею честь наконец познакомиться с замечательной супругой мистера Джаспера?

Секунда на раздумья. Значит, он встречался с Джаспером, а не с Элис? Здорово тот на него страху нагнал.

— Нет, я его невестка.

Он задумчиво поджал губы, видимо, как и я, теряясь в догадках.

— Надеюсь, мистер Джаспер в добром здравии? — осторожно поинтересовался адвокат.

— Вне всякого сомнения. Просто уехал в долгосрочный отпуск.

У Джея что-то прояснилось. Он кивнул своим мыслям и сложил пальцы домиком.

— Все равно. Нужно было вам сразу в главный офис. Вас бы мигом провели ко мне с должным гостеприимством, без нервотрепки.

Я кивнула. Зачем-то Элис дала мне трущобный адрес...

— Впрочем, главное, вы здесь. Что я могу для вас сделать?

— Документы. — Я притворилась, будто прекрасно понимаю, о чем речь.

— Само собой, — без колебаний согласился Джей. — Свидетельство о рождении, о смерти, водительские права, паспорт, карта социального обеспечения?..

Я сделала глубокий вдох и улыбнулась. Спасибо, Макс, я твоя должница!

Но улыбка тут же померкла. Элис послала меня сюда не просто так, а чтобы спасти Ренесми. Прощальный подарок. То единственное и необходимое.

Поддельные документы Ренесми понадобятся только в одном случае — если придется убегать. А убегать придется, только если мы проиграем.

Если мы с Эдвардом останемся в живых, чтобы пуститься в бега, нет нужды делать документы заранее. Наверняка Эдвард знает, как добыть или изготовить паспорт, в крайнем случае, как обойтись без паспорта вообще. Мы ведь можем пробежать с Ренесми тысячи километров. Или переплыть океан.

Если будет кому бежать и плыть.

И потом, вся эта конспирация, полное неведение Эдварда... Понятно для чего — чтобы Аро не выведал лишнего, прочитав его мысли. Если мы проиграем, Аро непременно вытащит из Эдварда все, что нужно, перед тем как уничтожить.

В точности как я и предполагала. Шансов на победу нет. Однако велика вероятность, что мы сумеем убить Деметрия, оставив Ренесми надежду спастись бегством.

Неподвижное сердце стало тяжелее камня. Неподъемная гиря. Надежда рассеялась, как туман в солнечных лучах. В глазах защипало.

Кому поручить Ренесми? Чарли? Он по-человечески уязвим и беззащитен. И как я передам ему девочку? Он ведь будет далеко от поля боя. Остается единственная кандидатура. Другой, по сути дела, и не существовало никогда.

Все эти мысли промелькнули так быстро, что Джей даже не уловил заминки.

— Два свидетельства о рождении, два паспорта, одни права, — упавшим голосом произнесла я.

Если даже адвокат заметил перемену настроения, виду он не подал.

— На имя?

—Джейкоб... Вольф. И... Ванесса Вольф. — Несси вполне пойдет как уменьшительное от Ванессы. А фамилия Вольф обрадует Джейкоба.

Ручка проворно забегала по планшету.

— А вторые имена?

— Вставьте сами, что-нибудь неприметное.

— Как скажете. Возраст?

—Двадцать семь для молодого человека, пять для девочки. — Джейкоб вполне потянет на двадцать семь. Он же зверь. А для Ренесми, с ее темпами роста, лучше оставить припуск. Джейкоб сойдет за ее отчима...

— Для готовых паспортов понадобятся фотографии, — прервал мои раздумья Джей. — Мистер Джаспер, правда, предпочитал доделывать сам.

Теперь ясно, почему Джей не знает, как выглядит Элис.

— Секундочку.

Как удачно. У меня в бумажнике хранилось несколько снимков, и среди них отличная фотография Джейкоба с Ренесми на ступеньках у входа в дом. Снято месяц назад. Элис мне ее как раз выдала за несколько дней до... Ох, нет. Кажется, удача ни при чем. Элис знала, что у меня есть фотография. А может, отдать снимок Элис тоже подсказал обрывок какого-нибудь видения.

— Вот, держите.

Джей внимательно посмотрел на фотографию.

— Дочка у вас — ну просто ваша копия.

Я насторожилась.

— Она больше похожа на папу.

— И это, — адвокат постучал пальцем по фото Джейкоба, — совсем не он.

Я сузила глаза. Блестящая лысина Джея покрылась бисеринками пота.

— Нет, не он. Это близкий друг семьи.

— Простите, — пробормотал адвокат и снова застрочил в планшете. — Когда вам нужны документы?

— Через неделю можно?

— Заказ срочный. Будет стоит в два раза... Ох, простите! Я забыл, с кем разговариваю.

Да, Джаспера он знает.

— Назовите сумму.

Вслух он не решался — хотя, имея дело с Джаспером, должен был понять, что цена не проблема. Если даже забыть про огромные счета в разных банках мира на имя Калленов, по дому припрятано столько наличности, что хватило бы лет десять подпитывать бюджет небольшого государства. (У Чарли так рыболовные крючки по всем ящикам занысканы.) Вряд ли кто-то хватится той пачки, что я сегодня вытащила, готовясь к поездке.

Джей нацарапал сумму на нижней строчке планшета.

Я спокойно кивнула. У меня с собой гораздо больше. Раскрыв сумочку, я отсчитала нужное количество купюр (чтобы долго не возиться, я заранее скрепила их по пять тысяч).

— Держите.

— Что вы, Белла, не обязательно сразу отдавать все целиком. Обычно половину платят авансом, а остальное — когда будут готовы документы.

Я слабо улыбнулась нервному адвокату.

— Я вам доверяю, Джей. А когда документы будут готовы, получите премию — столько же сверху.

— В этом нет необходимости, уверяю вас.

— Не отказывайтесь. — Куда мне их, с собой в могилу? — Значит, я подъеду через неделю в это же время, правильно?

Джей затравленно оглянулся.

— Честно говоря, я предпочел бы встречаться по таким делам в местах, не связанных с моей обычной работой.

— Да, конечно. Что-то я на каждом шагу нарушаю установленный порядок.

— Я уже привык не ждать от Калленов никакого порядка. — Он состроил гримасу, но тут же снова посерьезнел. — Давайте встретимся через неделю в восемь в «Пасифико», идет? Это на озере Юнион-Лейк, и там отменная кухня.

— Отлично. — Хотя обедать я с ним, конечно, не буду. Он, боюсь, и сам не обрадуется.

Я поднялась и пожала ему руку на прощание. На сей раз адвокат даже не поежился. Однако видно было, что его тревожит какое-то сомнение. Плечи сведены, губы поджаты.

— Уверены, что успеете в срок? — уточнила я.

— Что? — Мой вопрос выдернул его из раздумий. — В срок? Нет-нет, не беспокойтесь. Конечно, успею.

Жаль, нет Эдварда, и я не узнаю, что на самом деле мучает адвоката. Я вздохнула. Тяжело, когда приходится что-то скрывать от Эдварда, но, оказывается, бывает еще тяжелее — когда его нет рядом.

— Тогда увидимся через неделю.

34. НАЧИСТОТУ

Музыку я услышала еще на подъездах к дому. Эдвард не садился за рояль с тех пор, как исчезла Элис. И вот я закрываю дверь, а мелодия плавно перетекает в мою колыбельную. Приветствие от Эдварда.

Медленно и осторожно я вытащила из машины крепко спящую (вернулись мы уже под вечер) Ренесми. Джейкоб остался у Чарли, сказал, что попросит Сью подвезти его домой. Пытается забить голову ерундой, чтобы не вспоминать, с каким лицом я вернулась из поездки?

Едва волоча ноги, я брела по дорожке и вдруг поняла, что надежда и душевный подъем, которыми буквально светился большой белый дом Калленов, еще с утра передавались и мне. А теперь на душе было пусто.

Слушая игру Эдварда, я снова чуть не заплакала. Но сдержалась. Незачем вызывать подозрения. От меня Аро не получит в мыслях Эдварда ни единой подсказки.

Не переставая играть, Эдвард с улыбкой обернулся, заметив меня в дверях.

— Вот ты и дома. — Как в самый обычный день. Как будто по дому не бродит дюжина занятых кто чем вампиров, и еще дюжина не шастает по окрестностям. — Как у Чарли, хорошо посидели?

— Да. Прости, что так долго. Съездила уже оттуда за подарками для Ренесми к Рождеству. Праздник, конечно, получится так себе... — Я пожала плечами.

Уголки губ у Эдварда поползли вниз. Он оборвал мелодию и повернулся к клавишам спиной, а потом, обняв меня, притянул к себе.

— Я об этом как-то не подумал. Если хочешь отпраздновать...

— Нет, — перебила я, внутренне содрогаясь при мысли, что придется изображать радость и веселье. — Просто не хотела, чтобы Ренесми осталась без подарка.

— А мне покажешь?

— Если тебе интересно. Так, ничего особенного.

Ренесми посапывала, уткнувшись мне в шею. Я ей даже позавидовала — вот бы и мне так отключиться, сбежав от действительности, пусть даже на несколько часов.

Приоткрыв сумочку, осторожно, чтобы Эдвард не увидел толстую пачку денег, я выудила бархатный мешочек для украшений.

— Совершенно случайно увидела в витрине антикварной лавки, когда мимо проезжала.

Я вытряхнула ему на ладонь маленький золотой медальон. Овал, окаймленный изящно вырезанной виноградной лозой. Щелкнув крохотным замочком, Эдвард заглянул внутрь. На одной стороне место под фотографию, на другой — надпись по-французски.

— Ты знаешь, что тут написано? — спросил он. Совсем другим голосом, погрустневшим.

— Продавец приблизительно перевел. Что-то вроде «больше собственной жизни». Правильно?

— Да, он не ошибся.

Эдвард испытующе посмотрел на меня. Я честно выдержала взгляд, потом притворилась, будто заметила что-то в телевизоре.

— Надеюсь, ей понравится, — пробормотала я.

— Обязательно понравится. — По беззаботному тону мне стало ясно, что он догадывается: я от него что-то скрываю. — Пойдем уложим ее спать.

Я помедлила.

— Что?

— Хотела потренироваться с Эмметтом... — На распутывание тайны ушел весь день, и теперь я чувствовала, что безнадежно отстаю.

Эмметт, устроившийся на диване с Роуз и телевизионным пультом, оживился.

— Давай! А то в лесу деревьев многовато.

Эдвард кинул сердитый взгляд сначала на Эмметта, потом на меня.

— Завтра будет уйма времени.

— Если бы! — посетовала я. — Не существует больше таких слов, как «уйма времени». Исчезли как класс. Мне еще столько надо освоить...

— Завтра! — оборвал Эдвард.

Лицо у него было такое, что даже Эмметт не решился возражать.

Удивительно, с каким скрипом я возвращалась к только что выстроенному распорядку. Стоило исчезнуть крошечному ростку надежды, который я так заботливо пестовала, и все усилия показались напрасными.

Я попыталась думать о хорошем. У Ренесми есть все шансы пережить грозящую опасность, и у Джейкоба тоже. Их будущее — это ведь уже победа! Наше маленькое войско даст неплохой отпор, раз у Джейкоба с Ренесми появится возможность скрыться. Ведь план Элис сработает только в том случае, если мы сумеем постоять за себя. И это тоже победа, учитывая, что на протяжении тысячелетий никто не решался оспорить власть Вольтури.

Конец света не наступит. Всего лишь конец Калленам. Конец Эдварду и мне.

Лучше уж так. Я не смогу жить без Эдварда. Если он покинет этот мир, я уйду следом.

Время от времени я задавалась вопросом: что нас ждет там, по ту сторону. Эдвард с Карлайлом разошлись во мнениях, а самой мне тоже верилось с трудом. И в то же время не укладывалось в голове, что Эдварда вообще нигде и ни в каком виде не будет. Так что, если мы хоть где-то окажемся вместе, — это будет счастливый исход.

Дни потянулись дальше, наполненные теми же делами, просто стало чуть тяжелее.

На Рождество мы с Эдвардом, Ренесми и Джейкобом поехали к Чарли. Там уже сидела вся стая Джейкоба, плюс Сэм, Эмили и Сью. Огромные, пышущие жаром, они заполнили все свободное пространство, теснясь по углам вокруг бестолково наряженной елки (сразу видно, в каком месте Чарли надоело вешать шарики) и не помещаясь на диванах и креслах. Они придавали мне сил. Волки всегда кипят энергией и рвутся в бой, даже смертельный. Их заряда хватало, чтобы зажечь энтузиазмом всю комнату и скрыть мою подавленность. Эдвард, как обычно, притворялся куда лучше меня.

Ренесми надела медальон, который я вручила ей еще утром, а в карман куртки сунула МР3-плейер, подаренный Эдвардом. Крошечный приборчик удерживал в памяти пять тысяч песен, и свои любимые Эдвард закачал заранее. На запястье красовался замысловатый плетеный браслет, играющий у квилетов роль помолвочного кольца. Эдвард, увидев, скрипнул зубами, а мне было уже все равно.

Скоро, совсем скоро, я вручу ее жизнь Джейкобу. Есть ли разница, каким символом будет скреплен союз, на который я так надеюсь?

Настоящий фурор произвел подарок, приготовленный Эдвардом для Чарли. Его привезли накануне (срочной доставкой), и Чарли провел все утро за толстенной инструкцией к новому рыбопоисковому эхолоту.

Сью закатила настоящий пир — волки уплетали за обе щеки. Интересно, как смотрятся наши посиделки на посторонний взгляд? Справляемся ли мы с ролью? Сойдем ли за счастливую компанию, собравшуюся отметить праздник в тесном кругу друзей?

Кажется, Джейкоб и Эдвард втайне обрадовались не меньше меня, когда пришло время уходить. Глупо расходовать силы на то, чтобы притворяться человеком, если есть много куда более важных дел. Я с трудом заставляла себя сосредоточиться. С другой стороны... Может, я в последний раз вижу Чарли. Тогда хорошо, что я замороженная и не ощущаю этого в полной мере.

Маму я не видела с самой свадьбы, но только теперь поняла, как удачно, что мы с ней еще два года назад начали потихоньку отдаляться. Мама слишком хрупкая для моего мира. Нельзя на нее такое взваливать. Чарли сильнее.

Возможно, даже выдержит, если сейчас мы попрощаемся навсегда. Я вот только не выдержу.

В машине было тихо, мелкий дождь висел в воздухе изморосью — еще не снег, уже не капли. Ренесми у меня на коленях открывала и закрывала медальон. Я, глядя на нее, мысленно проговаривала поручение Джейкобу, которое произнесла бы вслух, не будь рядом Эдварда.

«Если когда-нибудь все успокоится, отвези ее к Чарли. Расскажи ему все. Как сильно я его любила и как не допус-

кала мысли о расставании, даже когда закончилась моя че-
ловеческая жизнь. Передай, что он был самым лучшим на
свете папой. Пусть передаст Рене, что я ее тоже любила
и надеялась, что у нее все будет хорошо...»

Надо будет заранее отдать Джейкобу документы, пока
не поздно. И записку для Чарли. И письмо для Ренесми.
Чтобы она читала, когда я уже не смогу сказать, как люблю ее.

Мы въехали на луг перед домом Калленов. Снаружи
все было как обычно, однако изнутри доносился какой-
то шум. Приглушенная многоголосая перепалка, сопро-
вождающаяся глухим рычанием. Какой-то напряженный
спор. В общем гуле чаще всего раздавались голоса Карлайла и Амона.

Эдвард не стал заводить машину в гараж, припарковался прямо перед домом. Мы встревоженно переглянулись.

У Джейкоба изменилась осанка, лицо посерьезнело, и в
глазах мелькнула настороженность. Он сейчас вожак, альфа. Что-то случилось, и он добывает необходимую для них
с Сэмом информацию.

— Алистер ушел, — вполголоса пояснил Эдвард на ходу.
Мы взбежали по ступенькам.

О том, что в комнате разгорается ссора, стало ясно с первого взгляда. Вдоль стен кольцом выстроились зрители —
все присоединившиеся к нам друзья и знакомые за исключением Алистера и троих участников перепалки. Эсми,
Кеби и Тиа держались ближе всех к центру комнаты, где
Амон гневно шипел на Карлайла и Бенджамина.

Эдвард, сжав челюсти, шагнул к Эсми, потянув меня за
собой. Я покрепче прижала Ренесми к груди.

— Амон, если хочешь уйти, тебя никто не держит силой, — спокойно произнес Карлайл.

— Чтобы ты забрал половину моего клана? — завопил
Амон, ткнув пальцем в Бенджамина. — За этим ты меня
сюда позвал? Чтобы обокрасть?

Карлайл вздохнул. Бенджамин скептически усмехнулся.

— Ну, конечно! Карлайл настроил против себя Вольтури, поставил под удар жизнь всей семьи — и все исключительно для того, чтобы заманить меня сюда на встречу со смертью. Подумай сам, Амон. Я здесь, чтобы помочь и исполнить долг, а не перейти в другой клан. Тебя, впрочем, как сказал Карлайл, силой никто не держит.

— Это добром не кончится, — пробурчал Амон. — Вы все спятили, один Алистер в своем уме. Бежать нам всем надо.

— Алистер в своем уме? Подумай, о ком ты говоришь... — молвила стоящая поодаль Тиа.

— Нас всех укокошат!

— До битвы не дойдет, — твердо заявил Карлайл.

— Откуда ты знаешь?

— Если даже дойдет, ты всегда можешь переметнуться, Амон. Вольтури, без сомнения, оценят и будут рады.

Амон ухмыльнулся.

— Вот в чем дело...

— Я на тебя не в обиде, Амон, — искренне заверил Карлайл. — Мы давно дружим, но я никогда не стал бы просить тебя умереть за нас.

Амон слегка успокоился.

— Однако ты тащишь за собой моего Бенджамина!

Карлайл положил Амону руку на плечо. Тот ее стряхнул.

— Я остаюсь, Карлайл, только тебе от этого может быть хуже. Если прижмет, я и вправду переметнусь на их сторону. Вы безумцы, если думаете, что способны выстоять против Вольтури. — Нахмурившись, он вздохнул и, глянув на нас с Ренесми, добавил в сердцах: — Я берусь подтвердить, что девочка выросла. Это истинная правда. Любой заметит.

— Больше мы ни о чем и не просили.

— Не просили, но получаете, — скривился Амон. — Я подарил тебе жизнь, — обратился он к Бенджамину. — А ты хочешь бездарно ее профукать.

Такого холодного выражения на лице Бенджамина я не видела еще никогда, и оно удивительно не вязалось с его мальчишеским обликом.

— Жаль, что, даря мне жизнь, ты заодно не вложил свое к ней отношение. Тогда тебе было бы со мной куда проще.

Амон сощурился. Потом, коротко махнув Кеби, прошествовал мимо нас к выходу.

- Он не уйдет, — тихо пояснил мне Эдвард. — Но с этого момента еще больше отдалится. И угроза перейти на сторону Вольтури — тоже всерьез.

— Почему уехал Алистер? — спросила я шепотом.

— Точно никто не знает, он не оставил записки. Из его брюзжания ясно — он считает битву неминуемой. А ему, несмотря на угрюмость, слишком дорог Карлайл, чтобы вставать на сторону Вольтури. Наверное, пришел к выводу, что опасность чересчур велика. — Эдвард пожал плечами.

Мы разговаривали между собой, однако нас, разумеется, все слышали. Поэтому Елеазар ответил так, будто свое объяснение Эдвард обращал ко всем.

— Из его брюзжания ясно не только это. План действий Вольтури мы почти не обсуждали, но Алистер опасался, что слушать они не будут, как бы горячо мы ни отстаивали истину. И что они найдут предлог осуществить задуманное.

Вампиры тревожно переглянулись. Вольтури повернут, как дышло, свой священный закон ради собственной выгоды? Такое казалось невероятным. Только румыны хранили полное спокойствие, иронично улыбаясь уголками губ. Наверное, парочку забавляло, как остальные упорно не хотят думать плохо об их заклятых врагах.

Все начали одновременно переговариваться вполголоса, но я прислушивалась к румынам. Возможно, потому что светловолосый Владимир то и дело поглядывал на меня.

— Очень надеюсь, что Алистер не ошибся, — излагал Владимиру Стефан. — Молва все равно пойдет, при любом исходе. Пора нашему миру узнать, во что превратились Вольтури. Их не свергнуть, пока все верят в эту чушь о защите и покровительстве.

— Мы хотя бы не скрывали своих помыслов, когда правили, — подхватил Владимир.

Стефан кивнул.

— Не строили из себя героев в белом и не прикидывались святыми.

— Думаю, пришло время для битвы, — изрек Владимир. — Найдем ли мы лучших соратников? Выпадет ли нам еще одна подходящая возможность?

— Мало ли. Может, когда-нибудь...

— Мы ждем пятнадцать сотен лет, Стефан. А они только силу набирают с годами! — Владимир снова посмотрел на меня и ничуть не удивился, встретив ответный взгляд. — Если Вольтури победят, то еще больше прибавят в силе. Они прибавляют с каждым своим завоеванием. Взять хотя бы одну эту новорожденную, — Владимир указал подбородком на меня, — а ведь она и сама всех своих талантов до конца не знает. Или этот вот землетряс и ветродуй... — Он кивнул на Бенджамина, и тот напрягся. Теперь уже почти все прислушивались к их диалогу. — Другое дело, что фокусы или огненное жало, — Владимир поочередно перевел взгляд на Зафрину и Кейт, — им без надобности, пока в свите есть колдовская двойня.

Стефан повернулся к Эдварду.

— Равно как и умение читать мысли. Но я понимаю, к чему ты ведешь. Победа их сильно обогатит.

— Гораздо сильнее, чем мы можем им позволить. Согласен?

Стефан вздохнул.

— Вынужден согласиться. А это значит...

— Что, пока жива надежда, мы должны выступить против них.

— Даже если удастся просто сломить их, обнажить их гнилую сущность...

— Тогда кто-нибудь однажды доведет начатое до конца.

— И нам воздастся за ожидание. Наконец-то.

Посмотрев друг на друга в упор, они проговорили хором:

— Остается одно.

— Мы будем биться, — подвел итог Стефан.

Я видела, что они разрываются между инстинктом самосохранения и жаждой возмездия, но все же в мелькнувшей у обоих улыбке ясно ощущалось предвкушение.

— Будем, — согласился Владимир.

Что ж, хорошо. Я, как и Алистер, считала, что битвы не избежать. В таком случае еще два бойца на нашей стороне — существенная помощь. И все-таки я внутренне содрогнулась, услышав вердикт румын.

— Мы тоже будем биться, — выступила Тиа. Ее голос, и так всегда серьезный, сейчас звучал почти торжественно. — Вольтури наверняка превысят полномочия. Мы не хотим оказаться в их власти. — Она выжидающе посмотрела на супруга.

Бенджамин, улыбаясь, кинул озорной взгляд на румын.

— Я, судя по всему, ценный приз. Так что придется отстаивать собственную свободу.

— А мне не впервой сбрасывать ярмо, — съязвил Гаррет и, подойдя, хлопнул Бенджамина по плечу. — За свободу от гнета.

— Мы с Карлайлом, — объявила Таня. — И будем сражаться за него.

Услышав заявление румын, все сочли необходимым тоже прояснить свою позицию.

— Мы еще не решили, — произнес Питер и посмотрел на свою миниатюрную спутницу. Шарлотта недовольно поджала губы. Было ясно, что ее решение принято. Вопрос — какое.

— Я тоже, — высказался Рэндал.

— И я, — подхватила Мэри.

— Обе стаи сражаются за Калленов, — вдруг вклинился Джейкоб. — Вампиров мы не боимся, — осклабившись, добавил он.

— Детский сад... — пробормотал Питер.

— Младшая группа, — согласился Рэндал.

Джейкоб насмешливо улыбнулся.

— Я за Калленов, — выворачиваясь из-под руки Шивон, произнесла Мэгги. — Правда на их стороне, а значит, мое место там.

Шивон обеспокоенно проводила взглядом самую юную участницу клана.

— Карлайл! — Она обращалась к нему, начисто игнорируя внезапную официальность обстановки и стихийный обмен признаниями. — Я не хочу, чтобы дошло до битвы.

— Я тоже, Шивон. Меньше всего на свете, сама знаешь. — Он улыбнулся. — Так что направь все свои помыслы на то, чтобы она не состоялась.

— Что толку от моих помыслов?

Я вспомнила, как Роуз с Карлайлом обсуждали способности главы ирландского клана. Карлайл подозревал, что Шивон обладает неприметным, однако сильным даром выстраивать события, как ей нужно. А теперь оказывается, Шивон и сама в это не верит.

— Хуже не будет, — заметил Карлайл.

— Представить исход, который мне по душе? — саркастически усмехнулась она.

— Сделай одолжение.

— Тогда моему клану нет нужды высказываться. Потому что битва отпадает. — Положив руку на плечо Мэгги, она притянула девочку к себе. Супруг Шивон, Лиам, смотрел на всех безучастно и молча.

Никто не понял этого таинственного обмена ехидными репликами между Карлайлом и Шивон, однако выяснять не стали.

На этом торжественные речи умолкли. Все потихоньку разбрелись — кто на охоту, кто убивать время за книгами, телепередачами и компьютером.

Мы с Эдвардом и Ренесми отправились охотиться. Джейкоб потянулся следом.

— Безмозглые пиявки! — пробурчал он в сердцах себе под нос и фыркнул. — Думают, самые умные.

— Вот удивятся, когда их, таких умных, спасет «младшая группа»! — подбодрил Эдвард.

Джейк с улыбкой двинул его кулаком в плечо.

— А то!

Это была не последняя наша охотничья вылазка. Ближе к моменту появления Вольтури мы всей компанией собирались отправиться еще раз. Ведь точный день неясен, поэтому предполагалось несколько ночей постоять лагерем на «бейсбольном» поле из видения Элис. Мы твердо знали одно: они придут, когда землю укроет снегом. Чем дальше от города они окажутся, тем лучше — а Деметрий все равно приведет их к нам, какое бы место мы ни выбрали. На кого, хотела бы я знать, он настроится? Скорее всего, на Эдварда, ведь меня ему не запеленговать.

Всю охоту я думала о Деметрии, не обращая внимания ни на добычу, ни на лениво кружащиеся в воздухе снежинки (они пока еще таяли, не долетая до каменистой земли). Поймет ли Деметрий, что не может настроиться на меня? И какой вывод сделает? А Аро? Или Эдвард ошибается? Существуют же исключения, способности, действующие в обход щита. Все, что не касается мыслей, сознания, поддается воздействию — Джаспера, Элис, Бенджамина. Как знать, вдруг Деметрий тоже пробьется окольным путем?

И тут меня как громом поразило. Наполовину осушенный лось выпал из рук и мешком повалился на мерзлую землю. В нескольких сантиметрах от горячей туши с едва уловимым шипением испарялись снежинки. Я невидящим взглядом уставилась на свои окровавленные ладони.

Эдвард, заметив неладное, подскочил ко мне, бросив собственную нетронутую добычу.

— Что случилось? — Взгляд заметался по лесу в поисках источника моей паники.

— Ренесми, — через силу выговорила я.

— Она вон там, за деревьями. Я отчетливо слышу и ее мысли, и Джейкоба. Все в порядке.

— Я не об этом. Я думала про свой щит — ты ведь считаешь, что он нам поможет, сослужит свою службу. Все надеются, что я сумею прикрыть Зафрину с Бенджамином — пусть на пару секунд. А вдруг мы ошиблись? Вдруг я не оправдаю надежд, и мы из-за этого проиграем?

Голос срывался на истерику, хотя у меня еще хватало сил, чтобы не кричать. Незачем пугать Ренесми.

— Белла, откуда такие мысли? Будет замечательно, если сможешь защитить себя, спасать остальных тебя никто не обязывал. Не надо терзаться попусту.

— А если я вообще никого не смогу прикрыть? — задыхаясь, прошептала я. — У меня то получается, то нет. Ни складу, ни ладу. Или щит не выстоит против Алека?

— Тш-ш, — успокоил Эдвард. — Без паники. И насчет Алека не волнуйся. Его дар по сути такая же иллюзия, как у Джейн и Зафрины. Так что ему — как и мне — в твои мысли не забраться.

— Но ведь Ренесми забирается! — зашептала я в истерике сквозь стиснутые зубы. — Так естественно, что я даже не задумывалась. Воспринимала как данность. Она же вкладывает свои мысли мне в голову. Как остальным. Значит, в моем щите брешь, Эдвард!

Я в отчаянии смотрела на него, дожидаясь, пока он осознает весь ужас моего открытия. Ни малейшей тени тревоги не отразилось на его лице.

— Ты уже об этом думал, да? — догадалась я и сразу почувствовала себя дурочкой — столько времени не замечать очевидного...

Эдвард кивнул, едва заметно улыбаясь краешком рта.

— Еще когда она первый раз тебя коснулась.

Надо же быть такой тугодумкой!

— И тебя это не беспокоит? Не пугает?

— У меня две версии — одна более логичная, вторая менее.

— Давай сперва ту, которая менее.

— Она твоя дочь, — пожал плечами Эдвард. — В ней половина твоих генов. Помнишь, я тебя раньше поддразнивал, что, мол, твой мозг работает на другой волне, не такой, как у всех? Может, у вас с Ренесми волна одинаковая.

Меня эта версия не устроила.

— Ты же ее «слышишь». И все остальные. А если Алек тоже работает «на другой волне»? А если...

Эдвард прижал палец к моим губам.

— Я и об этом думал. Поэтому вторая версия мне нравится больше.

Я нетерпеливо скрипнула зубами.

— Помнишь, что сказал Карлайл, когда Ренесми показала тебе самую первую картинку?

Еще бы! «Поразительно. Она делает то же самое, что и ты, только наоборот».

— Именно. И тогда мне пришла в голову мысль: может, она и твою способность так же перевернула?

Я задумалась.

— Ты закрываешься ото всех, — подсказал он.

— А от нее не может закрыться никто? — неуверенно домыслила я.

— По моей версии, да. Если она проникает к тебе в голову, вряд ли хоть один барьер в мире устоит против нее. И это хорошо. Мы же видели, никто из тех, кому она показывала свои мысли, не усомнился в их истинности. А удержать ее, когда она подберется достаточно близко, невозможно. Если Аро позволит ей объяснить...

Я содрогнулась, представив Ренесми под пристальным взглядом жадных, подернутых молочной пленкой глаз.

— Что же, — разминая мои затекшие плечи, проговорил Эдвард. — По крайней мере, ему ничто не мешает узнать правду.

— Да, но остановит ли его эта правда? — пробормотала я.

Эдвард промолчал.

35. ПРОБИЛ ЧАС

— В город? — небрежно поинтересовался Эдвард. По лицу видно было, что спокойствие напускное. Перехватив Ренесми, он прижал ее покрепче к груди.

— Да, надо кое-что доделать... — так же непринужденно ответила я.

Эдвард улыбнулся моей любимой улыбкой.

— Возвращайся поскорее.

— Конечно. Как всегда.

Я снова воспользовалась «вольво». Интересно, Эдвард проверял одометр после прошлой поездки? Если да, насколько ему удалось восстановить картину? Что у меня есть тайна — несомненно. Догадался ли он, почему я не могу ему открыться? Понял, что иначе Аро моментально станет известно все? Не исключено, что именно к этому выводу

Эдвард и пришел, потому и не выспрашивает. И даже, возможно, старается поменьше об этом думать, отгоняя мысли о причинах моих поступков. Нашел ли он логическую связь между этими отлучками и книгой, непонятно зачем сожженной после исчезновения Элис? Маловероятно. Слишком большой разрыв.

На дороге было хмуро и пасмурно — сумерки, а уже почти темно. Я неслась сквозь мрак, не сводя глаз со свинцово-серого неба. Выпадет ли сегодня снег? Такой, чтобы укрыть землю и воссоздать сцену из видения Элис? По расчетам Эдварда, пара дней в запасе еще есть. А потом мы встанем лагерем и будем дожидаться Вольтури на выбранном месте.

Летя сквозь лес в сгущающихся сумерках, я вспоминала свою прошлую вылазку в Сиэтл. И, кажется, догадалась, зачем Элис отправила меня через трущобы и контору в развалюхе, куда Джей Дженкс посылал своих менее законопослушных клиентов. Как бы я узнала, о чем спрашивать, если бы сунулась сразу в «легальный» офис? Увидела бы там Джейсона Дженкса или Джейсона Скотта, честного адвоката, не подозревая о существовании Джея, изготовителя поддельных документов. Только скользкая дорожка могла привести меня к правильной догадке.

Уже в полной темноте я въехала на стоянку перед рестораном (чуть раньше назначенного времени), начисто проигнорировав засуетившихся у входа парковщиков. Надела линзы и отправилась дожидаться Джея внутри. Я бы, конечно, с превеликим удовольствием провернула все побыстрее и отправилась домой к семье, но Джей старательно делал вид, что, несмотря на теневую часть практики, не теряет благородства. Поэтому наверняка оскорбился бы, предложи я втихую передать бумаги на стоянке.

Услышав фамилию Дженкса, угодливый метрдотель повел меня наверх, в отдельный зальчик, где в каменном очаге потрескивал огонь. Помогая снять длинный плащ из кре-

мовой телячьей кожи, под которым скрывался наряд, способный вызвать одобрение Элис, он восхищенно ахнул при
виде моего атласного жемчужно-серого коктейльного платья. Мне его восторг неожиданно польстил — я ведь не привыкла, чтобы мной восхищался кто-то, кроме Эдварда. Бормоча комплименты, метрдотель попятился к выходу.

Я подошла к камину и попробовала слегка согреть ладони, чтобы не смущать Джея холодным рукопожатием.
Вряд ли, впрочем, от адвоката ускользнули странности
Калленов, но лучше не выходить из формы.

В какой-то момент я чуть не поддалась порыву сунуть
руку в огонь. Узнать, как это, когда горишь...

От мрачных мыслей меня отвлекло появление Джея.
Метрдотель принял у него пальто, и стало ясно, что не только я принарядилась ради встречи.

— Простите за опоздание! — извинился Джей, когда мы
остались одни.

— Нет-нет, вы как раз вовремя.

Он протянул руку, и я почувствовала, пожимая, что
пальцы у него все-таки гораздо теплее моих. Его это, впрочем, не смутило.

— Простите за дерзость, миссис Каллен, но вы ослепительны.

— Спасибо, Джей. И пожалуйста, зовите меня Белла.

— Должен сказать, с вами работается совсем не так, как
с мистером Джаспером. Гораздо... спокойнее. — Он неуверенно улыбнулся.

— Правда? А я всегда считала, что Джаспер прямо-таки
внушает безмятежность.

Брови адвоката сошлись на переносице.

— В самом деле? — вежливо пробормотал он, втайне
оставшись при своем мнении. Надо же... Что Джаспер с
ним такое сделал?

— Вы давно его знаете?

Адвокат сконфуженно вздохнул.

— Мистер Джаспер числится в моих клиентах двадцать с лишним лет, а до этого с ним работал мой старший партнер — еще лет пятнадцать... Не скажу, чтобы он сильно изменился за это время. — Джей едва заметно поежился.

— Да, есть у Джаспера такая особенность.

Джей мотнул головой, будто пытаясь вытрясти тревожные мысли.

— Вы не присядете, Белла?

— Если честно, я спешу. Мне еще домой добираться. — С этими словами я вытащила из сумочки пухлый белый конверт с премией и вручила адвокату.

— Вот как... — В голосе послышалось легкое огорчение. Джей засунул конверт во внутренний карман, даже не потрудившись пересчитать деньги. — А я надеялся, у вас найдется минутка поговорить.

— О чем? — удивленно спросила я.

— Сперва позвольте отдать вам заказ. Хочу убедиться, что нет нареканий.

Он развернулся и, уложив дипломат на стол, щелкнул замками. Из портфеля появился большой коричневый конверт.

Понятия не имея, на что конкретно обращать внимание, я все же скользнула беглым взглядом по документам. Фотографию Джейкоба адвокат развернул и слегка поменял цветовую гамму, чтобы не бросалась в глаза идентичность снимков в паспорте и на правах. По мне, так оба документа выглядели совсем как настоящие. На миг я зацепилась взглядом за фотографию Ванессы Вольф в паспорте — и поспешно отвела глаза, не в силах сдержать комок в горле.

— Спасибо! — прошептала я.

Джей огорченно сощурился — видимо, разочарованный моим небрежным осмотром.

— Поверьте, все выполнено с филигранной точностью. Пройдет любую самую тщательную проверку.

— Не сомневаюсь. Огромное спасибо за то, что вы для меня сделали, Джей.

— Рад был стараться, Белла. Если вам и вашим близким еще что-нибудь понадобится, пожалуйста, обращайтесь. — Я расценила этот тонкий намек как приглашение сменить Джаспера в роли посредника между адвокатом и Калленами.

— Вы что-то хотели обсудить?

— Э-э... Да. Щекотливый момент... — Вопросительно глядя на меня, он махнул рукой в сторону каменного очага. Я присела на краешек, Джей устроился рядом и, вытянув из кармана шелковый синий платок, промокнул выступившую на лбу испарину.

— Вы доводитесь сестрой жене мистера Джаспера? Или замужем за его братом?

— Замужем за братом. — К чему это он?

— Значит, это вы были невестой мистера Эдварда?

— Да.

Улыбка стала извиняющейся.

— Понимаете, их имена мне уже как родные. Примите мои запоздалые поздравления. Я очень рад, что в конце концов мистер Эдвард обрел такую замечательную спутницу жизни.

— Большое спасибо.

Он помолчал, промокая лоб.

— За прошедшие годы я успел проникнуться уважением к мистеру Джасперу и всей вашей семье.

Я осторожно кивнула.

Он набрал воздуху в легкие и шумно выдохнул.

— Джей, признавайтесь уже, к чему вы ведете!

Адвокат сделал еще вдох и выпалил на одном дыхании, глотая слова:

— Дайте слово, что не собираетесь похищать малышку у ее отца, иначе мне не уснуть сегодня.

— А? — Все мысли улетучились. Только через минуту до меня дошло, что он себе напридумывал. — Нет-нет, ничего подобного. — Я улыбнулась, пытаясь его успокоить. — Я всего лишь хочу обеспечить ее безопасность, на случай если со мной и мужем что-то произойдет.

Он сузил глаза.

— Полагаете, что-то может произойти? — И тут же, вспыхнув, пошел на попятный. — Хотя нет, я лезу не в свое дело.

Глядя, как под тонкой кожей проступают красные пятна, я в который раз порадовалась, что отличаюсь от среднестатистического новорожденного вампира. Джей симпатяга и честный малый во всех отношениях, кроме подпольной практики, убивать его было бы жалко.

— Тут разве угадаешь... — вздохнула я.

Адвокат нахмурился.

— Тогда удачи вам. И, не сердитесь, но если придет мистер Джаспер и спросит, на какое имя я сделал документы...

— Расскажете все как есть. Для меня будет самым огромным на свете счастьем, если мистер Джаспер узнает о нашей сделке.

Мой искренний порыв его немного успокоил.

— Вот и отлично. Позволите еще раз проявить назойливость и пригласить вас на ужин?

— Простите, Джей, не получится. Очень спешу.

— Тогда примите еще раз мои наилучшие пожелания — ровья вам и счастья! Непременно обращайтесь, Белла, буду рад оказать любую услугу семейству Калленов.

— Спасибо, Джей.

Я удалилась со своей контрабандной ношей, оглянувшись напоследок на Джея, который провожал меня взглядом, полным тревоги и сожаления.

Обратный путь пролетел быстрее. Я выключила фары и мчалась в полной темноте. Приехав домой, увидела, что гараж опустел. Гости разобрали почти все машины, включая «порше» Элис и мою «феррари». Стремясь утолить жажду, вампиры-невегетарианцы уезжали как можно дальше. Я содрогнулась, представив жертв их ночной охоты, и немедленно прогнала прочь страшную картинку.

В гостиной остались только Кейт с Гарретом, оживленно спорящие о питательной ценности животной крови. Очевидно, Гаррет попробовал поохотиться «по-вегетариански» — и остался не в восторге.

Эдвард, наверное, унес Ренесми к нам и уложил спать. Джейкоб крутится в лесу где-то неподалеку. Остальные, подозреваю, тоже на охоте. Не исключено, что вместе с деналийцами.

А это значит, что в доме я практически одна, и надо действовать немедленно.

Судя по запахам, в комнату Элис и Джаспера давно никто не заходил, — возможно, с самого их исчезновения. Бесшумно порывшись в большой гардеробной, я откопала подходящую сумку. Наверное, вещичка принадлежала Элис. Черная кожаная торбочка-рюкзачок, вполне подойдет Ренесми по размеру и не вызовет подозрений. Из ящика с наличностью я выгребла двойную сумму годового дохода средней американской семьи. Здесь пропажи хватятся с меньшей вероятностью, ведь в комнату никто не заходит, чтобы не расстраиваться. Конверт с поддельными документами лег в рюкзачок поверх денежных пачек. Я опустилась на край кровати, глядя на жалкую котомку. Это все, чем я могу помочь своей дочери и лучшему другу на пути к спасению. Я бессильно привалилась к столбу, поддерживающему балдахин.

Что еще я могу сделать?

Несколько минут я сидела, горестно поникнув, пока в голове не мелькнул проблеск мысли.

А если...

Если принять как данность, что Джейкобу с Ренесми удастся сбежать, значит, Деметрий будет мертв. Тогда уцелевшие смогут в какой-то мере вздохнуть свободно — в том числе Элис с Джаспером.

Тогда что помешает им прийти на помощь Джейкобу и Ренесми? Если четверка воссоединится, лучших опекунов Ренесми не найти. Воссоединению мешает только одно — для Элис что Джейкоб, что Ренесми — слепые пятна, она их не видит. А значит, и не отыщет.

Помедлив, я вышла из комнаты и пробралась по коридору в апартаменты Карлайла и Эсми. У нее на столе, как обычно, громоздились аккуратные стопки чертежей и планов, а среди них — вертушка с ящичками для канцелярских принадлежностей. Я вытащила чистый лист бумаги и ручку.

Минут пять я, не отрываясь, смотрела на кремовую поверхность листа. Элис не увидит ни Джейкоба, ни Ренесми, зато увидит меня. Я представила, как у нее перед глазами возникает эта сцена, отчаянно надеясь, что Элис будет не слишком занята и обратит внимание.

Медленно, аккуратно я вывела крупными буквами через весь лист «РИО-ДЕ-ЖАНЕЙРО».

Лучшего места для беглецов не найти. Достаточно далеко отсюда, Элис с Джаспером, судя по последним новостям, уже в Южной Америке, а новые, более насущные проблемы не отменяют старых. По-прежнему неясно, во что вырастет Ренесми и сколько ей осталось жить с таким бешеным темпом развития. Мы так и так собирались на юг. Теперь собирать и расшифровывать легенды предстоит Джейкобу — и Элис, если повезет.

Я опустила голову, борясь с подступившими рыданиями и комком в горле. Главное, чтобы Ренесми была жива, пусть даже без меня. Но тоска уже сейчас казалась невыносимой.

Вздохнув, я засунула лист на самое дно рюкзачка, где Джейкоб его вскоре отыщет.

Оставалось скрестить пальцы в надежде, что Джейкоб (раз португальский у них в школе невиданная экзотика) хотя бы испанский факультативом выбрал.

Все, теперь только ждать.

Два дня Эдвард с Карлайлом провели на поле, куда в видении Элис должны были прийти Вольтури. На том самом, где летом состоялась битва с новорожденными вампирами, взращенными Викторией. У Карлайла, наверное, уже дежавю. А для меня все впервые. В этот раз мы с Эдвардом выступим наравне со всей семьей.

По нашим прикидкам, Вольтури «запеленгуют» либо Эдварда, либо Карлайла. Интересно, удивятся ли они, поняв, что жертвы не намерены уносить ноги? Почуют неладное? Думаю, необходимость осторожничать у них давно отпала.

Я, хоть и невидимая для Деметрия (будем надеяться), ждала на поле вместе с Эдвардом. А как иначе? Нам хорошо еще если несколько часов вместе осталось.

Никаких драматических прощаний мы не устраивали, да я и не предполагала. Произнести слова вслух значило бы самим поставить точку. Оборвать повесть и влепить внизу страницы надпись «Конец». Поэтому мы не разговаривали на эту тему, просто держались вместе, не отходя друг от друга ни на шаг. Каков бы ни был исход, мы встретим его неразлучными.

Для Ренесми поставили палатку на опушке, под покровом леса, и на меня все-таки нахлынули воспоминания при виде Джейкоба в холодном лагере. Невероятно, как все изменилось с того июня. Семь месяцев назад наш дружеский треугольник казался немыслимым, ведь пришлось бы разбить целых три сердца. А теперь все встало на свои места. Какая злая ирония... Только куски головоломки успели сложиться воедино, как ее вот-вот расшвыряют и растопчут снова.

Накануне Нового года снова пошел снег. В этот раз крошечные хлопья опускались на мерзлую землю, не исчезая. Пока Ренесми с Джейкобом спали (не понимаю, как она не проснулась от молодецкого храпа), снег сперва припорошил поле, затем стал ложиться все гуще и гуще. На рассвете пейзаж из видения Элис предстал перед нами во всей красе. Взявшись за руки, мы с Эдвардом безмолвно вглядывались в дальнюю кромку мерцающего белого ковра.

Постепенно подтянулись остальные. Судя по цвету глаз — у кого алые, у кого золотистые, — вчерашняя «подготовка» прошла успешно. Слышно было, как в лесу перемещаются волки. Джейкоб оставил Ренесми спать, а сам выбрался из палатки и побежал к стае.

Эдвард с Карлайлом рассредоточили собравшихся по местам, попросив свидетелей занять фланги.

Я наблюдала за передвижениями издалека, дожидаясь у палатки, пока проснется Ренесми. Дождавшись, одела ее в подготовленные еще с позавчера вещи. Вполне себе девчачьи, но при этом крепкие — не порвутся и не протрутся, даже после скачки верхом на огромном волке через несколько штатов. На плечи поверх курточки повесила черный кожаный рюкзачок с документами, деньгами, подсказкой и прощальными словами любви — ей, Джейкобу, Чарли и Рене. Вроде не тяжело, она у меня девочка сильная.

Заметив мой полный боли и муки взгляд, Ренесми встревожилась, но догадалась, что допытываться не надо.

— Я люблю тебя! Больше всего на свете.

— Я тебя тоже люблю, мам. — Она коснулась висящего на цепочке медальона, где теперь помещалась фотография нас троих — меня, ее и Эдварда. — Мы всегда будем вместе.

— Хранить друг друга в сердце, — поправила я едва
слышным шепотом. — Но сегодня, возможно, тебе придется меня покинуть.

Широко раскрыв глаза, Ренесми прижала ладошку к
моей щеке. Безмолвное «нет» прозвучало громче любого
крика.

Горло сдавило так, что не глотнуть.

— Ради меня. Пожалуйста.

Ренесми прижалась крепче. «*Почему?*»

— Не могу сказать. Ты скоро сама все поймешь. Обещаю.

Перед моим мысленным взором возникло лицо Джейкоба.

Я кивнула, и Ренесми убрала руку.

— Не думай об этом, — выдохнула я. — И не говори
Джейкобу, пока не дам знак, что пора бежать.

Ренесми кивком показала, что понимает.

Все, остался последний штрих. Я опустила руку в карман.

Еще когда я собирала вещи для Ренесми, мое внимание
вдруг привлек неожиданный радужный всплеск. Луч солнца, пробившийся сквозь тучи, коснулся самоцветов на
крышке старинной шкатулки, задвинутой на самую высокую полку в дальнем углу. Я задумалась на секунду, потом
пожала плечами. Все подсказки Элис вели к одному — противостояние с Вольтури миром не закончится. Однако разве плохо начать встречу с изъявления признательности?
Кому от этого будет хуже? Наверное, какие-то крохи надежды (слепой и безрассудной) у меня все-таки остались —
решила я, потянувшись на дальнюю полку за свадебным
подарком Аро.

Теперь я защелкнула толстую золотую цепь, и массив-
ный бриллиант угнездился в ямке под горлом.

— Красиво! — прошептала Ренесми. обхватывая меня
за шею. Я прижала ее к себе и вынесла на поле.

Эдвард, увидев нас, ни словом не обмолвился ни о моем
украшении, ни об экипировке Ренесми. Только обнял нас

обеих и, постояв, со вздохом отпустил. Его взгляд не показался мне прощальным. Что ж, может, на самом деле он верит в жизнь после жизни куда сильнее, чем готов был признать.

Мы заняли свои места. Ренесми ловко вскарабкалась мне на закорки, чтобы освободить руки. На переднем крае выстроились Карлайл, Эдвард, Эмметт, Розали, Таня, Кейт и Елеазар, я за ними, чуть в глубине. Рядом встали Зафрина и Бенджамин, моя задача — прикрывать их насколько хватит сил. Они наше главное оружие нападения. Если хоть на миг слепота накроет не нас, а Вольтури, возможно, перевес окажется на нашей стороне.

Зафрина, вся подобравшись, пылала яростью. Сенна казалась ее зеркальным отражением. Бенджамин сидел на земле и, прижав ладони к поверхности, что-то бормотал о линиях разлома. Вчера он выстраивал вдоль задней кромки поля пирамиды из булыжников, которые теперь, укрытые снегом, не отличались от сугробов. Вампира ими не покалечишь, но отвлечь внимание можно.

Свидетели сгрудились по правую и левую руку, кто поближе (вызвавшиеся принять участие в битве), кто подальше. Шивон, сосредоточенно зажмурившись, потирала виски — неужели последовала совету Карлайла? Пытается направить помыслы на дипломатическое разрешение конфликта?

В лесу невидимками застыли волки, готовые прийти на помощь в любой момент. Слышно было только тяжелое дыхание и стук сердец.

Сквозь низко нависшие тучи пробивался рассеянный свет — непонятно, то ли утро, то ли уже день. Взгляд Эдварда, не спускавшего глаз с горизонта, вдруг стал непроницаемым, и я поняла, что сейчас он видит это все во второй раз. Первый был в мыслях Элис. До прибытия Вольтури ничего не изменится. Нам остались минуты, если не секунды.

Родные и союзники напряглись в ожидании.

Из-за деревьев вышел большой коричневый волк и встал у моей ноги. Не выдержал сидеть в засаде, вдали от Ренесми, когда опасность уже на подступах.

Ренесми запустила пальцы в густую шерсть на холке и, кажется, слегка расслабилась. С Джейкобом ей было чуть спокойнее. Мне тоже. Пока Джейкоб рядом, она не пропадет.

Эдвард, не рискуя оглянуться, протянул руку за спину. Я протянула свою, и наши пальцы встретились. Он тихонько сжал их.

Проползла еще минута. Я поймала себя на том, что напряженно вслушиваюсь, ловя приближающиеся шаги.

И тут Эдвард замер, едва слышно зашипев сквозь стиснутые зубы. Взгляд его застыл на кромке леса к северу от нас.

Мы дружно посмотрели туда же. Истекли последние секунды.

36. ЖАЖДА КРОВИ

Они выступали помпезно и даже, пожалуй, красиво.

Вольтури двигались четким, слаженным строем. Шагая в ногу, но не переходя на марш, они отделились от деревьев и темным облаком будто поплыли над снежным ковром — так плавно они шли.

По краям облако было серым, но к центру постепенно, ряд за рядом, темнело, сгущаясь в середине кромешной тьмой. Лица скрыты под нависающим капюшонами. Легкое шарканье ног сливалось в мелодию со сложным не сбивающимся ритмом.

По невидимому знаку (а может, не было никакого знака, только тысячелетний опыт) строй распался, раскрываясь наружу. Для распускающегося бутона слишком резко и прямолинейно, хотя оттенки цвета наводили на такую мысль. Скорее, раскрывающийся веер. Изящно и вместе с тем геометрически правильно. Серые фигуры перестроились на фланги, а темные выступили вперед. Ни одного лишнего шага.

Они надвигались медленно и неумолимо. Без спешки, без суеты, без опаски. Поступью непобедимых.

Почти как в моем старом кошмаре. Не хватает только алчного огня в глазах и мстительных улыбок. Пока Вольтури не удостаивали нас проявлением чувств. Они не выказали ни удивления, ни страха при виде пестрой компании, которая на их фоне кому угодно показалась бы сборищем дилетантов. Огромный волк в наших рядах их тоже не впечатлил.

Я невольно пересчитала фигуры. Тридцать две. Даже если не брать в расчет две неприкаянные черные сутаны в самом дальнем ряду (видимо, жены, которые отсидятся в тылу и не будут принимать участия в битве), нас все равно меньше. Девятнадцать готовых сразиться и семь сторонних наблюдателей. Прибавим десять волков, но и тогда Вольтури превосходят нас числом.

— Красные мундиры наступают, наступают, — загадочно пробормотал Гаррет и, усмехнувшись, подвинулся на шаг ближе к Кейт.

— Они пришли, — прошептал Владимир Стефану.

— С женами, — шепнул в ответ Стефан. — И всей свитой. Все до единого. Хорошо, что мы не сунулись в Вольтерру.

И тут, видимо, чтобы численный перевес стал полным и окончательным, вслед за неумолимо надвигающимися Вольтури из леса повалили еще вампиры.

Лица в этом бесконечном потоке являли собой прямую противоположность бесстрастным маскам Вольтури, выражая целый калейдоскоп чувств. Сперва изумление и тревога при виде отряда, выстроившегося в ожидании. Страх, впрочем, быстро прошел — за спинами несокрушимых им нечего было опасаться нашей малочисленной горстки.

Когда удивление прошло и лица приняли изначальное выражение, стало понятно, что движет второй волной «гостей». На нас двигалась разъяренная, накрученная толпа, жаждущая торжества справедливости. И только тут я воочию увидела, что делается с вампирами при мысли о бессмертных младенцах.

Эту разношерстную неорганизованную толпу Вольтури, без сомнения, привели в качестве свидетелей со своей стороны. Когда с нами будет покончено, они разнесут весть о том, что порок наказан, а старейшины выступили беспристрастными вершителями закона. Однако многие, судя по всему, готовы были, не ограничиваясь ролью свидетелей, собственными руками рвать нас и тащить на костер.

Шансов нет. Даже если удастся чудом лишить Вольтури их преимуществ, нас попросту задавят массой. Даже если мы убьем Деметрия, от такой погони Джейкобу не уйти.

Я почувствовала, как остальных охватывает то же смятение. Повисшая в воздухе безнадежность давила, пригибала к земле.

И тут я разглядела в стане противника одну фигуру, стоящую особняком — не в свите и не среди свидетелей. Ирина. Никак не разберется, куда ей примкнуть, и смотрит совсем не так, как прочие. Ее полный ужаса взгляд прикован к Тане, замершей на переднем фланге. Эдвард зарычал тихо, но с чувством.

— Алистер был прав, — шепнул он Карлайлу.

Карлайл глянул вопросительно.

— Прав? Алистер? — раздался недоуменный шепот Тани.

— Они — Кай и Аро — пришли уничтожать и присваивать, — беззвучно, чтобы слышали только мы, ответил Эдвард. — У них в запасе многоходовая стратегия. Если обвинение Ирины оказалось бы ложным, они собирались прицепиться еще к чему-нибудь. Теперь же, увидев Ренесми собственными глазами, они будут следовать изначальному курсу. Можно попытаться отразить остальные нападки, но сперва их надо заставить остановиться и выслушать правду о Ренесми. А это в их намерения не входит, — закончил Эдвард совсем тихо.

Джейкоб как-то странно фыркнул.

И вдруг, буквально через пару секунд, процессия замедлила ход. Оборвалась еле слышная мелодия слаженного шага, при этом не нарушив безупречной синхронности. Вольтури замерли на месте в один и тот же миг, остановившись в сотне метров от нас.

За моей спиной с обеих сторон донесся стук громадных сердец — ближе, чем прежде. Я украдкой скосила глаза налево-направо, пытаясь понять, почему Вольтури не движутся дальше.

Наш отряд усилился волками.

Они продолжили наш неровный строй в обе стороны, вытянувшись двумя длинными рукавами. Секундного взгляда хватило, чтобы определить — их больше десяти, и кого-то из них я знаю, а кого-то вижу впервые. В итоге они рассредоточились позади нас полукругом, и оказалось, что их шестнадцать (Джейкоб — семнадцатый). Судя по росту и непропорционально большим лапам, все новички — почти подростки. Следовало ожидать. С таким наплывом вампиров по соседству неудивительно, что популяция оборотней должна была резко увеличиться.

Дети погибнут. Я поразилась, как Сэм такое допустил, и тут же поняла, что у него не было выбора. Если к нам примкнул один волк, Вольтури обязательно разыщут остальных. Значит, на карту поставлено само существование оборотней как вида.

А карта будет бита.

И тут меня охватила ярость. Я закипела от гнева. Безнадежность и отчаяние испарились. Темные фигуры как будто окружило красным ореолом; я хотела только одного — вонзиться в них клыками, растерзать, нагромоздить штабелями и поджечь. А потом в остервенелой пляске скакать вокруг костров, дожидаясь, пока Вольтури сгорят заживо. И хохотать над курящимся пеплом. Губы сами поползли вверх, обнажая клыки, а горло разорвал свирепый рык, поднимающийся откуда-то из живота. Я с удивлением обнаружила, что уголки рта изогнулись в улыбке.

На приглушенное рычание откликнулись эхом Зафрина и Сенна. Эдвард предостерегающе сжал мою руку.

Скрытые под капюшонами лица Вольтури по-прежнему хранили бесстрастность. Только две пары глаз вдруг ожили. В самом центре строя шедшие рука об руку Аро и Кай остановились оценить обстановку — а с ними замерла в ожидании приказа вся свита. Двое старейшин, не глядя друг на друга, явно обменивались мнениями. При этом Марк, стоявший по другую руку от Аро, участия в обсуждении не принимал. На лице его, хоть и не таком бездумном, как у свиты, не отражалось ничего. Сплошная беспросветная скука, с которой он смотрел и в прошлую, единственную мою встречу с Вольтури.

Их свидетели стояли у кромки леса, на приличном расстоянии от воинов, и, подавшись вперед, испепеляли взглядом меня и Ренесми. Только Ирина держалась почти вплотную к Вольтури, поближе к женам старейшин (светловолосым, с мучнистой кожей и подернутыми пленкой глазами) и двум внушительным телохранителям.

Прямо за Аро стояла женщина в темно-сером плаще. И, кажется, касалась рукой плеча старейшины. Это и есть его щит? Знаменитая Рената? Я задалась тем же вопросом, что Елеазар — сможет ли она «отразить» меня.

Впрочем, тратить свои мизерные шансы на Аро и Кая было бы неправильно. Есть задачи поважнее.

Побегав глазами, я без труда отыскала в самой середине свиты две крошечные фигурки в графитно-серых накидках. Алек и Джейн, миниатюрная парочка, пристроились по другую руку от Марка, между ним и Деметрием. Гладкие, миловидные лица замкнуты, на плечах самые темные по оттенку плащи, темнее только угольно-черный у старейшин. Колдовская двойня, как их окрестил Владимир. Два столпа, на которых зиждется боевая мощь Вольтури. Жемчужины коллекции Аро.

Я напрягла мускулы, рот наполнился ядом.

Подернутые пленкой красные глаза Аро и Кая шарили по нашему строю. Снова и снова Аро ощупывал взглядом наши лица в поисках недостающего, и я видела, как растет его разочарование. Губы старейшины сжались от досады.

Вот тут я мысленно похвалила Элис за побег.

Молчание затягивалось. Я услышала, как вдруг участилось дыхание Эдварда.

— Эдвард? — тревожным шепотом окликнул Карлайл.

— Они не знают, как поступить. Взвешивают, выбирают основные жертвы — меня, тебя, конечно, Елеазара, Таню. Марк просчитывает крепость наших уз, пытается нащупать слабые места. Еще им очень не нравится присутствие румын. Беспокоят незнакомые лица — Зафрина и Сенна прежде всего. И волки, само собой. Вольтури впервые столкнулись с численным превосходством. Это и заставило их остановиться.

— Нас больше? — не поверила Таня.

— Их свидетели не в счет. Для свиты они пустое место. Просто Аро не может без зрителей.

— Я поговорю? — вызвался Карлайл.

Эдвард, помедлив, кивнул.

— Другой возможности не будет.

Карлайл расправил плечи и, покинув строй, вышел вперед на несколько шагов. Мне больно было смотреть на его одинокую и беззащитную фигуру.

·Раскинув руки в приветственном жесте, он обратился к «гостям».

— Аро, друг мой! Сколько лет, сколько зим!

На бесконечно долгий миг заснеженное поле окутала мертвая тишина. Эдвард с мучительным напряжением вслушивался, как воспринимает Аро слова Карлайла. Секунда ползла за секундой, ждать становилось все тягостнее.

Наконец Аро вышел вперед. За ним, как пришитая, не отрывая пальцев от его плаща, качнулась Рената.

Свита не осталась безучастной. По рядам пробежал злобный ропот, брови сошлись на переносице, рты ощерились. Кто-то даже припал к земле перед прыжком.

Аро остановил их жестом.

— Тихо!

Пройдя еще несколько шагов, он вопросительно склонил голову набок. В мутных глазах вспыхнуло любопытство.

— Приятно слышать, Карлайл. Только что проку, если на словах одно, а на деле другое? Ты, гляжу, целую армию собрал — на погибель мне и моим близким?

Карлайл, отрицательно помотав головой, вытянул руку — будто их с Аро не разделяло расстояние в сотню метров.

— Одно касание, и ты поймешь, что у меня подобного и в мыслях не было.

Аро прищурил глаза.

— Какая разница, что было у тебя в мыслях, дорогой Карлайл, если они расходятся с делом? — Он нахмурился, и печальная тень пробежала по его лицу — насколько искренняя, не берусь судить.

— Я не совершал проступка, за который ты явился меня наказывать.

— Тогда отойди и не мешай нам покарать истинных преступников. Поверь, для меня не будет большей радости, чем сохранить сегодня твою жизнь.

— Закон никто не нарушал, Аро. Позволь объяснить. — Карлайл снова протянул руку.

К Аро, не дав ответить, вдруг подлетел Кай.

— Вы сами себе создали столько ненужных правил и пустых законов, Карлайл, — прошелестел белый как лунь старейшина. — Зачем же оправдывать нарушение единственно верного?

— Закон не нарушен. Выслушайте...

— Карлайл, мы видим ребенка! — рявкнул Кай. — Не держи нас за дураков!

— Она не бессмертна. И не вампир. Я с легкостью могу доказать...

Кай оборвал его на полуслове.

— Если это не запретное дитя, зачем тогда было собирать целый отряд на ее защиту?

— Они всего лишь свидетели, Кай. Как и ваши. — Карлайл обвел рукой гневную толпу у кромки леса. Оттуда донеслось рычание. — Спросите любого, они расскажут вам всю правду об этой девочке. Или просто приглядись к ней получше, Кай. Увидишь человеческий румянец на ее щеках.

— Обман! — отрезал Кай. — Где осведомительница? Пусть выйдет вперед! — Повертев головой, он отыскал Ирину за спинами жен. — Ты! Иди сюда!

Ирина посмотрела непонимающим взглядом, как будто еще не очнулась от жуткого кошмара. Кай нетерпеливо щелкнул пальцами, и огромный телохранитель кого-то из жен грубо подтолкнул Ирину вперед. Заморгав, она медленно, как во сне, двинулась к нам и замерла в нескольких шагах от Кая, не сводя глаз с сестер.

Кай подошел к ней и с размаху ударил по щеке.

Больно Ирине, конечно, не было, однако жест получился донельзя пренебрежительным. Как будто собаку пнули. У Тани и Кейт одновременно вырвалось шипение.

Ирина, одеревенев, наконец посмотрела на Кая. Тот указал скрюченным пальцем на Ренесми, которая по-прежнему сидела у меня на закорках, запустив руку в густую шубу Джейкоба. Кай сквозь полыхавшую в моих глазах ярость уже казался огненно-красным. Джейкоб глухо заворчал.

— Этого ребенка ты видела? — допрашивал Кай. — О ней говорила, что способности ее выше человеческих?

Ирина, внимательно пригляделась к Ренесми. И озадаченно склонила голову набок.

— Ну? — подстегнул Кай.

— Я... я точно не знаю, — запутавшись, призналась она.

Кай дернул рукой, будто собираясь отвесить еще одну пощечину.

— Что значит «не знаю»? — В тихом голосе зазвенела сталь.

— Она другая, но, кажется, это ее я видела. То есть она изменилась. Эта девочка больше...

Кай в бешенстве втянул воздух сквозь оскаленные зубы, и Ирина умолкла на полуслове. Моментально оказавшийся рядом Аро положил Каю руку на плечо, успокаивая.

— Не кипятись, брат. Мы во всем разберемся. Незачем спешить.

Кай, помрачнев, отвернулся от Ирины.

— А теперь, золотце, — елейным голосом обратился к ней Аро, — покажи, что ты хотела сказать. — И он протянул руку ничего не понимающей вампирше.

Ирина неуверенно подала свою. Аро подержал ее ладонь всего пять секунд.

— Видишь, Кай? Получить желаемое несложно.

Кай не ответил. Аро искоса глянул на толпу своих зрителей и повернулся к Карлайлу.

— Итак, перед нами загадочное явление. Судя по всему, девочка подросла. Однако в воспоминаниях Ирины она выглядит в точности как бессмертное дитя. Любопытно.

— Об этом я и толкую, — подхватил Карлайл, судя по голосу, слегка воспрянувший духом.

Вот она, пауза, на которую мы возлагали все наши призрачные надежды. Я пока не спешила радоваться. Не чувствуя ничего, кроме клокочущей ярости, я ждала, когда настанет черед запасных ходов стратегии, о которых предупреждал Эдвард.

Карлайл вновь вытянул руку.

Аро помедлил.

— Я предпочел бы получить объяснение от кого-то непосредственно замешанного в деле. Ведь, насколько я понимаю, свою вину в проступке ты отрицаешь?

— Проступка не было.

— Как угодно. В любом случае истина откроется мне во всей полноте. — Шелестящий голос Аро стал жестким. — И лучше всего, если мне откроет ее твой одаренный сын. — Аро едва заметным кивком указал на Эдварда. — Полагаю, без него не обошлось, раз именно к его новорожденной супруге приникло сейчас дитя.

Конечно Эдвард, кто же еще! Через его мысли Аро выведает, что творится в головах у остальных. Но не у меня.

Эдвард, отводя взгляд, поцеловал нас с Ренесми в лоб и широким шагом двинулся по заснеженному полю, на ходу хлопнув Карлайла по плечу. Сзади раздался тихий всхлип — это Эсми не сумела сдержать ужаса.

Красное зарево вокруг свиты Вольтури заполыхало ярче. Смотреть, как Эдвард в одиночку пересекает «нейтральную полосу», было невыносимо, но хоть на шаг приблизить Ренесми к противнику я тоже не могла. Меня разрывало на части и сжимало в тисках с такой силой, что, казалось, кости вот-вот затрещат.

Я увидела, как заулыбалась Джейн, когда Эдвард, перешагнув невидимую границу, оказался ближе к ним, чем к нам.

Ее самодовольная улыбка стала последней каплей. Клокотавшая во мне ярость достигла предела, захлестнув сильнее, чем жажда крови при мысли о том, что волки обрекли себя на смерть. Я чувствовала ее вкус во рту, она бурлила во мне, как пенный прибой. Мышцы непроизвольно сжались, и все остальное произошло на автомате. Вложив в этот бросок всю мысленную силу, я метнула свой щит подобно копью через бесконечную снежную полосу (в десять раз шире моего рекордного расстояния). И коротко выдохнула от натуги.

Щит надулся пузырем чистейшей энергии, грибовидным облаком из жидкой стали. Он пульсировал, как живой, и я чувствовала его целиком, от макушки до краев.

И понимала, что он уже не схлопнется обратно. Вспышка ярости помогла мне осознать: на тренировках я сама не давала ему развернуться в полную силу, тянула обратно, цепляясь за свой невидимый «зонтик», подсознательно боясь его лишиться. Теперь же я выпустила его на волю, и щит легко развернулся в добрых пятидесяти метрах от меня, и я спокойно могла держать его краешком сознания. Он сокращался, как мышца, подвластная моей воле. Я вытянула его продолговатым заостренным овалом. Все, что накрыл собой гибкий стальной пузырь, вдруг стало частью меня — окружающая действительность зарябила жаркими огоньками и ослепительными искрами жизненной силы. Продвинув край щита еще чуть дальше в глубь поля, я облегченно вздохнула, когда к этим огонькам присоединился сияющий блеск Эдварда. Все, пусть так и остается. Я только чуть сжала новую «мышцу», подтянув край к Эдварду поближе, возводя невидимую, но прочную преграду между ним и врагами.

На все это ушло меньше секунды. Эдвард разговаривал с Аро. Никто не заметил разительной перемены, не почувствовал моего взрыва. Я не удержалась от нервного смеха.

и на меня начали оглядываться. Джейкоб тоже покосился большим черным глазом, видимо, решив, что я схожу с ума.

Эдвард остановился в нескольких шагах от Аро, и я с досадой поняла, что защиту придется ослабить, поскольку обмен мыслями должен состояться. Мы ведь к этому и стремились — чтобы Аро выслушал нашу версию случившегося. Мучительным до боли усилием я заставила себя оттянуть щит, оставляя Эдварда без прикрытия. Смешливость как рукой сняло. Я не сводила глаз с Эдварда, готовая при малейшей опасности заслонить его снова.

Надменно вздернув подбородок, Эдвард протянул руку, будто оказывая величайшую честь. Аро встретил его жест с восторгом, который, впрочем, разделяли не все. Обеспокоенно затрепетала Рената. Кай сморщился так, что, казалось, его пергаментная просвечивающая кожа не разгладится никогда. Малявка Джейн оскалила зубы, а рядом с ней сосредоточенно прищурился Алек, настроенный, как и я, пустить свой дар в ход по первому сигналу.

Аро, не колеблясь, подошел к Эдварду. Действительно, чего ему бояться? Дюжие фигуры в светло-серых плащах — мускулистые громилы вроде Феликса — вот они, в нескольких метрах. Посмей Эдвард сделать хоть один лишний шаг — у Джейн наготове адский огонь, у Алека — слепота и глухота. И никто, даже Эдвард, не догадывается, что я могу отразить их своим щитом.

Невозмутимо улыбаясь, Аро взял Эдварда за руку. Веки его моментально опустились, а плечи поникли под шквалом сведений и фактов.

Все до единой стратегии, догадки, тайные мысли — все, что Эдвард «услышал» в чужих умах за последний месяц — теперь известно Аро. Дальше, дальше вглубь — все видения Элис, семейные вечера наедине, каждая «картинка» Ренесми, каждый поцелуй, каждое наше с Эдвардом прикосновение... От Аро не укроется ничего.

Я зашипела от бессилия, и взбаламученный щит заколыхался, подбираясь по краям.

— Спокойно, Белла, — шепнула Зафрина.

Я стиснула зубы.

Аро зарывался все дальше в воспоминания Эдварда. Тот опустил голову, и я видела, как напряглись мышцы у него на шее. Он сейчас проживал все заново, читая мысли Аро и попутно наблюдая реакцию старейшины на каждую сцену.

Этот неравный обмен затянулся надолго, свита уже начала беспокоиться. В строю поднялся ропот, оборвавшийся по грозному рявканью Кая. Джейн, будто не в силах устоять на месте, незаметно подбиралась ближе. У Ренаты свело скулы от напряженного ожидания. Я призадумалась — раз этот мощный щит трясется от страха, как осиновый лист, значит, она не воин, хотя ее дар и неоценим для Аро. Ее дело не сражаться, а прикрывать. Ей неведом азарт битвы. И пусть я совсем новичок, но в схватке один на один я, без сомнения, ее уничтожу.

Тут Аро наконец выпрямился и, не выпуская руку Эдварда, распахнул глаза, в которых мелькнуло благоговейное опасение.

Эдвард чуть пошевелился, стряхивая скованность.

— Убедились? — ровным баритоном спросил он.

— Теперь да, — подтвердил Аро. Судя по голосу, происходящее его, как ни странно, забавляло. — Смею предположить, среди богов и смертных вряд ли найдутся еще двое, кто мог бы похвастаться такой полнотой и ясностью картины.

На вышколенных лицах свиты отразилось то же недоверие, что и у меня.

— Ты дал мне много пищи для размышлений, мой юный друг, — продолжал Аро. — Куда больше, чем я предполагал. — Руку Эдварда он все еще держал в своей, а Эдвард стоял перед ним в напряженной позе слушателя.

На слова Аро он ничего не ответил.

— Можно мне с ней познакомиться? — охваченный внезапным порывом попросил (чуть ли не с мольбой) Аро. —
Сколько столетий живу, ни разу не встречал подобного создания. Эта история войдет в анналы!

— В чем дело, Аро? — взорвался Кай, не дав Эдварду
ответить. Я моментально перехватила висевшую на закорках Ренесми и, оберегая, прижала к груди.

— Тебе такое и не снилось, мой приземленный друг.
Возьми-ка и ты минуту на размышление. В правосудии, которое мы пришли вершить, нужды больше нет.

Кай с шипением втянул в себя воздух.

— Тише, брат! — предостерегающе успокоил Аро.
Нам бы впору восторжествовать. Ведь именно этого зак-
лючения — отмены приговора, мы добивались, не смея надеяться. Аро услышал правду. Аро признал, что закон никто не нарушал.

Однако я, буравя Эдварда взглядом, заметила, как снова напряглись мышцы у него на шее. Прокрутив последние
слова Аро еще раз, я уловила подтекст, который он вкладывал в «минуту на размышление».

— Так ты познакомишь меня с дочерью? — повторил
Аро свою просьбу.

Этот неожиданный поворот встретил шипением не только Кай.

Эдвард неохотно кивнул. Что же... Ренесми уже столько
сердец успела завоевать. Аро — лидер среди старейшин.
Если он проникнется к ней, будут ли остальные настроены
по-прежнему враждебно?

Аро, сжимавший руку Эдварда, ответил на вопрос, который, кроме него, никто не слышал.

— Полагаю, в данном пункте, с учетом всех обстоя-
тельств, компромисс возможен. Пойдем друг другу навстречу.

Старейшина разжал пальцы. Эдвард повернулся, Аро по-приятельски закинул руку ему на плечо, — чтобы ни на секунду не терять контакта. Вдвоем они двинулись по снежному полю в нашу сторону.

Свита качнулась было за ними, но Аро, не глядя, остановил их небрежным жестом.

— Стойте, друзья мои! На нас никто не покусится, пока мы настроены решить все миром.

В рядах раздалось протестующее ворчание, шипение и рык, но с места никто не сошел. Рената, почти слившаяся с плащом Аро, тревожно всхлипнула.

— Господин...

— Нечего опасаться, радость моя. Все хорошо.

— Думаю, стоит пригласить с нами кого-нибудь из вашей свиты, — предложил Эдвард. — Так им будет спокойнее.

Аро кивнул, как будто сожалея, что сам не додумался до такой мудрой мысли, и дважды щелкнул пальцами.

— Феликс, Деметрий!

Они выросли рядом с ним как из-под земли, ничуть не изменившиеся с нашей прошлой встречи. Оба высокие, темноволосые, только Деметрий тверд и целеустремлен, как стальной клинок, а Феликс грозен и сокрушителен, как утыканная гвоздями дубина.

Впятером они остановились посреди заснеженного поля.

— Белла! — позвал Эдвард. — Приведи Ренесми... и еще кого-нибудь возьми.

Я набрала воздуху в легкие. Внутри все сжималось и противилось тому, чтобы тащить Ренесми прямо в гущу конфликта... Но я верила Эдварду. Если Аро замыслил какой-то подвох, он бы уже знал.

Аро привел с собой троих, значит, мне для ровного счета положены двое. На раздумья хватило секунды.

— Джейкоб? Эмметт? — вопросительно позвала я. Эмметта, потому что ему до смерти хочется поучаствовать. Джейкоба, потому что он не вынесет оставаться в стороне.

Оба кивнули. Эмметт ухмыльнулся.

Я зашагала через поле, ребята следом. Свита снова недовольно заворчала — они не знали, чего ждать от оборотня. Однако по мановению руки Аро возмущение прекратилось.

— Интересные у вас приятели, — негромко заметил Деметрий.

Эдвард, к которому он обращался, не ответил, а вот Джейкоб не сдержал глухого рычания.

Мы остановились в нескольких метрах от Аро. Вывернувшись из-под его руки, Эдвард встал рядом со мной и сжал мою ладонь.

Какое-то время мы и Вольтури смотрели друг на друга в упор.

Затем молчание нарушил бас Феликса.

— Здравствуй, Белла! — приветствовал он меня с развязной усмешкой, не переставая краем глаза следить за каждым движением Джейкоба.

Я сухо улыбнулась громадине.

— Привет, Феликс.

— А ты неплохо выглядишь. Бессмертие тебе идет, — хохотнул он.

— Спасибо.

— Не за что. Жаль только...

Феликс не договорил, но я догадалась, чем заканчивалась фраза. *«Жаль только, что через секунду мы тебя прикончим».*

— А мне как жаль... — пробормотала я.

Феликс подмигнул.

Аро на нас даже внимания не обратил. Склонив голову, он завороженно вслушивался.

— Какое необычное сердце! — мелодично продекламировал он. — И какой необычный запах! — Наконец взгляд подернутых пленкой глаз остановился на мне. — Воистину, Белла, бессмертие тебя чрезвычайно красит. Ты прямо как создана была для него.

Я кивнула, благодаря за комплимент.

— Вижу, тебе понравился мой подарок? — поинтересовался он, глядя на подвеску.

— Да, очень красивый и очень, очень щедрый. Спасибо. Я хотела выразить восхищение в письме.

Аро польщенно рассмеялся.

— Так, пустячок, милая безделушка. Подумал, она оттенит твою новую красоту, и не ошибся.

Из строя Вольтури донеслось короткое злобное шипение. Я глянула поверх плеча Аро.

Хм... Кажется, Джейн не в восторге, что Аро шлет мне подарки.

Старейшина кашлянул, привлекая мое внимание.

— Позволишь поприветствовать твою дочь, милейшая Белла? — пропел он медовым голосом.

Этого мы и хотели, напомнила я себе. Подавляя отчаянное желание схватить Ренесми в охапку и умчаться прочь, я сделала два медленных шага вперед. Щит затрепетал за моей спиной, как плащ, укрывающий всех, кроме Ренесми. Сознавать это было больно и невыносимо.

Аро просиял.

— Очарование! — вполголоса восхитился он. — Просто копия и тебя, и Эдварда. Привет, Ренесми!

Девочка оглянулась на меня. Я кивнула.

— Здравствуйте, Аро, — вежливо проговорила она высоким звенящим голосом.

В глазах старейшины мелькнуло изумление.

— Что это? — прошипел Кай у него из-за спины, раздраженный, что приходится спрашивать.

— Наполовину смертная, наполовину бессмертная, — пояснил Аро ему и свите, не отрывая завороженного взгляда от Ренесми. — Зачата и выношена в человеческом теле этой юной вампирши.

— Невозможно! — презрительно бросил Кай.

— По-твоему, брат, меня обманули? — притворно удивился Аро, но Кай вздрогнул. — А стук сердца, который ты слышишь, — хитроумный фокус?

От вкрадчивых вопросов Кай стушевался, будто под ударом.

— Спокойнее, брат, и осторожнее, — напомнил Аро, улыбаясь Ренесми. — Я прекрасно понимаю, как дорого тебе правосудие, однако судить эту необыкновенную малютку за ее происхождение уже нет нужды. Зато сколько неузнанного перед нами открывается! Да, ты не разделяешь моей любви к пополнению анналов, однако прояви терпение, и я впишу новую страницу, о которой и помыслить доселе не представлялось возможным. Мы шли карать отступников, скорбя о потере бывших друзей, но посмотри, что мы обрели взамен! Какие перспективы перед нами открываются, какие знания, какие возможности!

Он приглашающим жестом подал руку Ренесми, однако ей нужно было не это. Выгнувшись у меня на руках, она потянулась к лицу старейшины и дотронулась до его щеки.

Аро, в отличие от большинства предшественников, не подскочил от неожиданности, когда Ренесми начала «показ». Как и Эдвард, он давно привык к потоку чужих мыслей и воспоминаний.

Досмотрев, он удовлетворенно вздохнул, и расплылся в еще более широкой улыбке.

— Великолепно!

Ренесми с серьезным личиком откинулась обратно.

— Да? Пожалуйста! — попросила она.

Аро ласково улыбнулся.

— Разумеется, я не желаю причинять боль никому из твоих родных, малютка Ренесми.

На секунду я поверила задушевному успокаивающему тону. Но тут же услышала, как скрежетнул зубами Эдвард, а далеко за спиной раздалось возмущенное шипение Мэгги.

— Интересно, — протянул Аро, словно не заметив реакции на свою предыдущую фразу. Его взгляд неожиданно упал на Джейкоба, и вместо отвращения, с которым смотрели на огромного волка остальные Вольтури, я прочитала в нем непонятное любопытство.

— Нет, все происходит не так, — отрезал Эдвард. Вежливая холодность улетучилась.

— Мысли бродят, — пояснил Аро, в открытую окидывая Джейкоба оценивающим взглядом, который затем заскользил вдоль двойной шеренги оборотней. За что-то такое он уцепился в «картинках» Ренесми, раз воспылал интересом к волкам.

— Мы им не хозяева, Аро. И они не подчиняются командам. Они пришли, потому что сами так решили.

Джейкоб угрожающе зарычал.

— Однако они испытывают привязанность к тебе, — заметил Аро. — И к твоей юной супруге, и к твоей... семье. Преданность. — Он ласково покатал это слово на языке.

— Долг велит им защищать человека, Аро. Поэтому с нами они еще могут существовать бок о бок, а с вами вряд ли. Разве что вы измените свой образ жизни.

Аро залился веселым смехом.

— Мысли бродят, — повторил он. — Сам знаешь. Над своими тайными желаниями никто из нас не властен.

Эдвард дернул уголком рта.

— Я-то знаю. И прекрасно вижу разницу между случайной мыслью и мыслью с дальним прицелом. Не выйдет, Аро!

Джейкоб повернул огромную голову к Эдварду и едва слышно проскулил.

— Тешит себя мыслью о... сторожевых псах, — вполголоса пояснил Эдвард.

Мертвую тишину разорвало негодующее рычание, донесшееся из глоток всей стаи.

Затем раздался короткий повелительный лай (судя по всему, Сэма, хотя я не оглядывалась), и ярость сменилась зловещим молчанием.

— Ответ ясен, — смеясь, подвел итог Аро. — Эти уже выбрали, за кого они.

Эдвард вдруг подался вперед, с шипением втянув воздух сквозь зубы. Я схватила его за руку, не догадываясь, что в мыслях Аро могло вызвать такую бурную реакцию. Феликс и Деметрий одновременно напружинились, однако Аро успокаивающе махнул им рукой. Все, в том числе Эдвард, встали как раньше.

— Столько надо обсудить, — тоном занятого по горло бизнесмена объявил Аро. — Столько решить. С вашего, дорогие Каллены, позволения — и позволения вашего косматого защитника — я должен посовещаться с братьями.

37. УХИЩРЕНИЯ

Аро не стал возвращаться к свите, дожидающейся у северной кромки поля, наоборот, взмахом велел им приблизиться.

Эдвард тут же начал отступать, потянув за руку меня и Эмметта. Мы пятились. Джейкоб шел медленнее всех, вздыбив шерсть на загривке и скалясь на Аро. Ренесми ухватила его за кончик хвоста, и волк был вынужден пятиться с нами, как на поводке. До наших мы дошли в тот самый миг, когда Аро со всех сторон окружили темные плащи.

Теперь нас разделяли жалкие пятьдесят метров — любому вампиру на один прыжок.

Кай тут же накинулся на Аро.

— Почему ты допускаешь этот позор? Почему мы бездействуем, вместо того чтобы искоренить вопиющее беззаконие, прикрытое жалкой ложью? — Когтистые пальцы на плотно прижатых к телу руках скрючились от злобы. Странно, зачем он кричит вслух? Мог бы просто дотронуться до Аро. Что это, раскол в рядах старейшин? Неужели нам улыбнулась удача?

— Потому что все правда, — спокойно ответил Аро. — До единого слова. Сам посмотри, сколько у них свидетелей, готовых подтвердить, что за короткое время знакомства удивительная малышка успела и подрасти, и многому научиться. Они все почувствовали тепло крови, бегущей по ее жилам. — Аро обвел рукой наших друзей от Амона до Шивон.

Несмотря на почти ласковый тон Аро, Кай почему-то едва заметно вздрогнул при слове «свидетели». Возмущение исчезло, видно было, как он что-то прикидывает в уме. Оглянувшись, Кай бросил беглый взгляд на свидетелей Вольтури, и взгляд этот показался мне каким-то... нервным.

Я последовала его примеру, и моментально заметила, что толпу уже нельзя назвать разъяренной. Жажда возмездия сменилась растерянностью. Вампиры перешептывались, пытаясь понять, что происходит.

Кай, нахмурив брови, погрузился в раздумья. Его задумчивость раздула пламя погасшего было костра моей ярости. Вдруг, повинуясь безмолвному сигналу, как во время наступления и перестроений, стража ринется в бой? Я с тревогой проверила щит — вроде бы по-прежнему непробиваемый. Тогда я растянула его широким приземистым куполом над всем нашим отрядом.

Родные и друзья под ним тянулись ввысь резкими сполохами света — у каждого свой неповторимый оттенок, который я со временем, наверное, научусь различать. Эдварда я уже узнавала — он светился ярче всех. Нехорошо, что вокруг этих сполохов много пустот... Ведь физической преграды у щита нет, и если кто-то из Вольтури просто войдет под него, уберечь я смогу только себя. Сосредоточенно наморщив лоб, я осторожно подтянула края щита. Дальше всех стоял Карлайл, и я сантиметр за сантиметром втягивала упругий «пузырь», пока он не облепил Карлайла, как пленка.

Щит, казалось, помогал мне сам. Когда Карлайл переступил с ноги на ногу, качнувшись чуть ближе к Тане, эластичная «ткань» потянулась следом, будто прилипнув к его сполоху.

Окрыленная успехом, я продолжала подтягивать хвост за хвостом, окутывая каждую из разноцветных искр, принадлежавших к нашему стану. Щит легко повторял их контуры и перемещался вместе с ними.

Прошла всего секунда. Кай по-прежнему медлил.

— Волки, — буркнул он наконец.

Я, к собственному ужасу, осознала, что большая часть волков у меня не укрыта. И уже хотела дотянуть защиту и до них, когда с удивлением обнаружила: я вижу их искры. Не понимая, как это, я чуть подвинула один край, выпустив из-под «колпака» Амона и Кеби, стоящих почти рядом с волками. Их сполохи моментально пропали, оказавшись по ту сторону, а значит, вне доступа для моего «шестого чувства». Однако волки по-прежнему горели яркими искрами — половина стаи, во всяком случае. Хм... Я снова развернула щит пошире, и, как только он накрыл Сэма, засверкала и остальная половина.

Вот оно что. Их мысленные узы еще теснее, чем я думала. Если вожак под защитой, стая защищена в абсолютно равной степени.

— Ах, брат... — с болью в голосе ответил Аро.

— Ты что, и этот союз бросишься оправдывать? — возмутился Кай. — Дети Луны испокон веков были нашими злейшими врагами. В Европе и Азии мы их почти извели. А тут Карлайл пригрел под боком громаднейшую стаю. Спрашивается, зачем, как не ради того, чтобы свергнуть нашу власть. И нести свою ересь дальше.

Эдвард громко откашлялся, и Кай смерил его злобным взглядом. Аро закрыл лицо тонкой изящной ладонью, будто стыдясь за слова брата.

— Кай, сейчас полдень, — намекнул Эдвард, жестом указывая на Джейкоба. — Какие же они дети Луны? Эта стая не имеет ни малейшего отношения к вашим заклятым врагам.

— Вы тут мутантов разводите! — выпалил Кай.

У Эдварда заходили желваки на скулах, однако он сдержался и ответил, не повышая голоса:

— Они не вервольфы. Спросите у Аро, если мне не верите.

Вервольфы? Какие вервольфы? Я непонимающе глянула на Джейкоба. Огромные лопатки приподнялись и опустились — волк пожал плечами.

— Дорогой Кай, — укоризненно проговорил Аро, — если бы ты потрудился сперва изложить свои мысли мне, я бы предупредил, какой это скользкий момент. Официально стая считает себя вервольфами, но это название ошибочно. На самом деле они именно оборотни. Волчий облик, по сути дела, случайность. Самый первый их предок мог превратиться хоть в медведя, хоть в ястреба, хоть в пантеру. Так что дети Луны тут действительно ни при чем. Стая унаследовала свою необычную способность от отцов, и она передается генетическим путем, а не через укусы, как у подлинных вервольфов.

В обозленном взгляде Кая мелькнуло что-то еще — упрек, обвинение Аро в предательстве?

— Им известно о нашем существовании, — сдержанно произнес Кай.

Эдвард вскинулся, готовый возразить, но Аро его опередил.

— Они сами принадлежат к миру сверхъестественного, брат. Для них конспирация значит, по-видимому, еще больше. Так что они нас не выдадут. Поаккуратнее, Кай. Надуманными обвинениями ничего не добьешься.

Кай кивнул. Старейшины обменялись долгими многозначительными взглядами.

Несмотря на завуалированную формулировку, я догадалась, какой подтекст вкладывал Аро в свои слова. Ложные обвинения могут насторожить свидетелей, поэтому Аро намекал, что пора подойти с другого бока. Еще я, кажется, нашла объяснение возникшему между старейшинами несогласию: Кай упорно не хочет пообщаться сперва мысленно, потому что его вся эта показуха не очень-то и заботит. Предстоящая расправа интересует его куда больше, чем необходимость сохранять репутацию.

— Приведите осведомительницу! Хочу поговорить, — распорядился вдруг Кай, обращая раздраженный взгляд на Ирину.

Та, пропустив их разговор, все это время с исказившимся лицом смотрела на сестер в стане обрекших себя на верную смерть. По глазам было видно, что она давно поняла ошибочность своего доноса.

— Ирина! — рявкнул Кай, недовольный, что приходится звать самому.

Она будто очнулась — и явно испугалась.

Кай щелкнул пальцами.

Нерешительно перебирая ногами, Ирина подошла к Каю.

— Ты, как мы успели понять, поспешила с выводами, — начал он.

Таня и Кейт с тревогой подались вперед.

— Простите... — еле слышно прошелестела Ирина. — Надо было присмотреться получше. Я и не подозревала... — Она беспомощно махнула рукой в нашу сторону.

— Дорогой Кай, тут случай редкий и удивительный, неужели ты полагаешь, она могла сразу найти верное объяснение? — вмешался Аро. — Любой на ее месте пришел бы к тому же выводу.

Щелчком пальцев Кай заставил Аро умолкнуть.

— Про ошибку нам уже все ясно, — отрывисто проговорил он. — Теперь меня интересуют твои мотивы.

— Мотивы? — переспросила Ирина.

— Именно. Зачем ты вдруг взялась шпионить за Калленами?

При слове «шпионить» Ирина вздрогнула.

— Тебе ведь есть за что их не любить?

Ирина горестно посмотрела на Карлайла.

— Да.

— И за что?.. — допытывался Кай.

— Оборотни убили моего друга, — прошептала она. — А Каллены встали на их защиту и не дали мне отомстить.

— Значит, Каллены, сговорившись с оборотнями, выступили против себе подобного. И не просто себе подобного, а ближайшего друга, — подвел итог Кай.

Эдвард презрительно фыркнул себе под нос.

Ясно было, что Кай перебирает все пункты по списку, авось какой-нибудь подойдет.

Ирина сжалась.

— Да, я так думала.

Кай помолчал, потом прозрачно намекнул:

— Если ты хочешь выдвинуть официальное обвинение против оборотней и против Калленов как соучастников, сейчас самое время.

Мстительно усмехнувшись, он предвкушал, как у него наконец появится благовидный предлог начать расправу.

Наверное, Кай никогда не понимал, на чем держится настоящая семья. Не понимал, что такое любовь к ближнему, а не к власти. А может, просто переоценил жажду мести.

Ирина расправила плечи и вскинула подбородок.

— Нет! Я не намерена обвинять ни волков, ни Калленов. Вы пришли уничтожить бессмертного младенца. Такового не обнаружилось. Я ошиблась и готова ответить за ошибку. Но Каллены невиновны, так что у вас нет больше повода здесь находиться. Простите, — покаялась она перед нами, а затем повернулась к свидетелям Вольтури. — Преступления не было. Вам незачем здесь больше оставаться.

Кай поднял руку с зажатым в ней странным металлическим предметом, украшенным затейливой вязью.

Сигнал. Дальнейшее произошло так быстро, что все просто застыли в изумлении, а когда очнулись, было уже поздно.

Трое стражников бросились на Ирину, загородив ее от нас своими светло-серыми плащами. Над полем разнесся невыносимый металлический скрежет. Кай ввинтился в самую гущу серой кучи-малы, и душераздирающий визг перешел в треск взметнувшегося столбом пламени. Воины, кинувшись прочь от адского костра, немедленно заняли свои места в идеально ровном строю.

Рядом с пылающими останками Ирины стоял один Кай, сжимая в руке металлическую штуковину, из которой еще вырывалась струя огня.

Щелчок, и она исчезла. Толпа свидетелей за спинами Вольтури задохнулась от ужаса.

Мы же как будто онемели. Одно дело знать, что расправа будет скорой и неумолимой, другое дело увидеть собственными глазами.

Кай холодно улыбнулся.

— Вот теперь она ответила за ошибку.

Его взгляд скользнул по нашим рядам, задержавшись на оцепеневших фигурах Тани и Кейт.

И тогда до меня дошло, что в семейных узах он разбирается не хуже нас. В том и уловка. От Ирины он добивался не обвинения, а как раз протеста. Предлога уничтожить ее, чиркнуть спичкой, от которой загорится ненависть, сгустившаяся в воздухе бензиновыми парами. И он чиркнул.

Неустойчивый, шаткий мир накренился опаснее, чем слон на проволоке. Если бой начнется, его уже не остановишь. А закончится он только полным истреблением одной из сторон. Нашей. И Кай это знал.

Эдвард тоже.

— Держите их! — крикнул он, хватая за руку Таню, рванувшуюся с бешеным воплем навстречу улыбающемуся Каю. Она попыталась вывернуться, но подоспевший Карлайл сжал ее как в тисках.

— Сестру уже не вернешь, — увещевал он извивающуюся Таню. — А он только этого и ждет!

Удержать Кейт оказалось сложнее. Вторя бессловесному воплю сестры, она кинулась в атаку, которая окончилась бы нашей общей погибелью. Розали, стоявшая ближе всех, попыталась ее скрутить, — и отлетела прочь, получив мощный удар электрошоком. Эмметт поймал Кейт за руку и швырнул в снег, но тут же попятился, шатаясь на мгновенно ослабевших ногах. Кейт вскочила, не видя больше преград.

Тогда на нее навалился Гаррет, всем корпусом прижимая к земле. Кочевнику удалось припечатать ее локти к бокам, сомкнув кольцо своих рук в замок у нее за спиной. Видно было, как он бьется в конвульсиях от электрических разрядов. Глаза его закатились, но хватка не ослабла.

— Зафрина! — крикнул Эдвард.

Взгляд у Кейт стал бессмысленным, а вопли превратились в стоны. Таня перестала вырываться.

— Верни мне зрение! — прорычала она.

Охваченная отчаянием, я со всей осторожностью как можно туже обтянула пленкой щита искры своих друзей, отслоив ее от Кейт, но стараясь не «открывать» Гаррета. Теперь щит разделял их тончайшим барьером.

Гаррета перестало бить током, и он навалился на Кейт.

— Если я тебя выпущу, ты опять меня ударишь, Кейт? — прошептал он.

Она зарычала, не прекращая слепо отбрыкиваться.

— Таня, Кейт, послушайте меня, — настойчивым шепотом уговаривал Карлайл. — Месть не вернет вам сестру. Разве Ирина хотела для вас такой кончины? Подумайте, что вы делаете! Мы все погибнем, если вы кинетесь в атаку.

Танины плечи горестно поникли, и она бессильно повисла на руке Карлайла. Кейт наконец замерла. Карлайл с Гарретом продолжали утихомиривать сестер отрывистыми и горькими, далекими от сочувствия словами.

Тогда я почувствовала гнет тяжелых взглядов — противники наблюдали за переполохом. Краем глаза я успела отметить, что Эдвард и все остальные, кроме Гаррета и Карлайла, снова настороже.

Самым тяжелым взглядом буравил нас Кай, с возмущенным недоумением смотревший на Кейт и Гаррета. Аро тоже не сводил глаз с этой сцены. Он знал о способностях Кейт. Видел в воспоминаниях Эдварда, что вытворяет ее электрошок.

Догадается ли Аро? Поймет, что мой щит стал куда гибче и мощнее, чем Эдвард предполагал? Или спишет все на особую неуязвимость Гаррета?

В свите все напружинились, готовые в любой момент ответить ударом на удар.

Сорок три свидетеля за их спинами смотрели совсем не так, как в момент выхода на снежное поле. Растерянность сменилась подозрением. Моментальная расправа с Ириной повергла их всех в глубокую оторопь. Она-то в чем виновата?

Кай рассчитывал, что бой завяжется моментально, не оставив никому времени опомниться. Не вышло. Теперь у свидетелей Вольтури возникал закономерный вопрос — что происходит? Аро украдкой глянул назад, и на лице его мелькнула тень досады. Пристрастие к зрелищам обернулось в этот раз против него.

Стефан с Владимиром, почувствовав замешательство Аро, радостно зашептались.

Аро определенно пытался любой ценой «остаться в белом», как и предсказывали румыны. Однако мне с трудом верилось, что Вольтури оставят нас в покое ради спасения репутации. Скорее всего, сначала прикончат нас, потом уничтожат свидетелей. Мне вдруг стало жаль эту толпу незнакомых вампиров, которых Вольтури притащили посмотреть на казнь. Деметрий ведь не даст уйти ни одному.

Ради Джейкоба и Ренесми, ради Элис и Джаспера, ради Алистера, ради этих несчастных, которые не знали, чем обернется для них жажда зрелищ, — Деметрий должен умереть.

Аро прикоснулся к плечу Кая.

— Ирина понесла кару за лжесвидетельство против этой девочки. — Вот, значит, как выкрутились... — Вернемся к более насущным делам.

Кай выпрямился, и лицо его превратилось в непроницаемую маску. Невидящий взгляд уперся в горизонт. У людей такой ступор случается, когда их неожиданно оглушают понижением в должности.

Аро поплыл вперед, Рената, Феликс и Деметрий устремились за ним.

— Я хотел бы опросить ваших свидетелей, — объяснил старейшина. — Чтобы внести окончательную ясность. Таков порядок. — Он махнул рукой — пустяки, мол.

Кай пристально посмотрел на Аро, и злобная усмешка вернулась. В тот же момент Эдвард с шипением сжал кулаки, да так, что выпирающие костяшки чуть не разорвали алмазную кожу.

Мне отчаянно хотелось узнать у него, в чем дело, но Аро услышал бы даже самый тихий шепот. Карлайл бросил тревожный взгляд на Эдварда и моментально посуровел.

Очевидно, за то время, что Кай перебирал беспочвенные обвинения и увертки, чтобы спровоцировать битву, Аро успел разработать новый план.

Легким призраком паря над снежной равниной, старейшина подобрался к нашему западному флангу и остановился в десяти метрах от Амона и Кеби. Стоявшие рядом волки ощетинились.

— Амон, мой южный приятель! — тепло приветствовал его Аро. — Давненько ты ко мне не заглядывал.

Амон застыл в тревожном оцепенении, Кеби вытянулась безмолвной статуей.

— Время ничто, я его не замечаю, — онемевшими губами выговорил Амон.

— Пожалуй, — согласился Аро. — Значит, у тебя не было других причин избегать нас?

Амон промолчал.

— Очень хлопотно вводить новичков в клан, уж мне ли не знать! Впрочем, у меня, к счастью, есть на кого переложить заботы. Рад видеть, что твое пополнение прекрасно обжилось. И с удовольствием с ними познакомлюсь. Ты ведь все равно хотел их представить?

— Конечно. — По пресному голосу было не понять, с иронией Амон отвечает или со страхом.

— Тогда вдвойне приятно, что мы собрались вместе!

Амон без выражения кивнул.

— Однако повод для твоего появления здесь приятным не назовешь. Карлайл пригласил тебя в свидетели?

— Да.

— О чем же ты готов свидетельствовать?

Амон зашелестел тем же бесцветным голосом:

— Я наблюдал какое-то время за означенной девочкой. Почти сразу стало ясно, что перед нами не бессмертный младенец...

— Терминологию, пожалуй, стоит пересмотреть, — перебил Аро. — Раз у нас появились вариации. Под «бессмертным младенцем» ты, разумеется, имеешь в виду человеческое дитя, превращенное в вампира путем укуса?

— Да, именно.

— Что еще ты можешь сказать о девочке?

— Ничего сверх того, что ты уже наверняка видел в мыслях Эдварда. Она его родная дочь. Она растет. Учится.

— Да-да. — В миролюбивом голосе Аро мелькнуло нетерпение. — Я имею в виду, что конкретно ты успел заметить за несколько проведенных здесь недель?

Лоб Амона пошел складками.

— Она растет... очень быстро.

Аро улыбнулся.

— Как, по-твоему, ее стоит оставить в живых?

У меня вырвалось разъяренное шипение — и не только у меня. Половина вампиров в нашем строю откликнулись протестующим эхом. Казалось, шипит накалившийся воздух. На противоположном конце поля такой же звук донесся из рядов свидетелей Вольтури. Эдвард, шагнув назад, предостерегающе сжал мое запястье.

Аро даже бровью не повел, Амон же стал беспокойно озираться.

— Меня позвали не для того, чтобы выносить приговоры, — попробовал увильнуть он.

Старейшина рассмеялся.

— Поделись своим мнением.

Амон вскинул подбородок.

— Я не вижу в ней опасности. А учится она еще быстрее, чем растет.

Аро задумчиво кивнул и двинулся прочь.

— Аро! — окликнул Амон.

Старейшина мигом развернулся.

— Да, друг мой?

— Я выступил свидетелем. Больше мне здесь делать нечего. Мы с супругой хотели бы удалиться.

Аро ласково улыбнулся.

— Разумеется. Был рад поболтать. Уверен, мы скоро увидимся снова.

Амон, плотно сжав губы, склонил голову в знак того, что понял плохо скрытую угрозу в словах Аро. Затем, схватив Кеби за руку, он помчался к южной кромке поля, и оба вампира скрылись за деревьями. Я догадывалась, что остановятся они не скоро.

Аро в сопровождении телохранителей скользил вдоль нашего строя в противоположную сторону, к восточному флангу. На этот раз он замедлил ход перед массивной фигурой Шивон.

— Здравствуй, дорогая моя. Ты как всегда обворожительна.

Шивон смотрела на него выжидающе.

— Что скажешь? Ты бы ответила так же, как Амон?

— Да, — подтвердила она. — С небольшим уточнением. Ренесми прекрасно осознает, что можно, а что нельзя. Она не опасна для людей, ее легко принимают за свою — куда лучше, чем нас. Так что никакой угрозы разоблачения.

— Ни единой? — вмиг посерьезнев, переспросил Аро.

Эдвард зарычал, глухо и утробно.

В молочно-алых глаза Кая зажегся огонек.

Рената прижалась почти вплотную к господину.

Гаррет, отпустив Кейт, шагнул вперед, не обращая внимания на ее предостерегающий жест.

— Что-то я перестаю понимать, — медленно проговорила Шивон.

Аро качнулся назад — едва заметно, однако ближе к охране. Рената, Феликс и Деметрий выросли у него за спиной молчаливыми тенями.

— Закон нарушен не был. — Аро вроде бы успокаивал, но мы сразу догадались, что сейчас последует вердикт. Я подавила рвущийся наружу негодующий рык и направила ярость на усиление щита, проверяя, все ли укрыты.

— Никакого нарушения закона, — повторил старейшина. — Однако значит ли это, что опасность миновала? Нет. — Он мягко покачал головой. — Ведь это отдельный вопрос.

Нервы, и так натянутые до предела, казалось, вот-вот лопнут. В арьергарде нашего боевого отряда, медленно распаляясь, мотала головой Мэгги.

Аро задумчиво прошелся туда-сюда — со стороны выглядело будто он плывет, не касаясь земли. Я заметила, что с каждым шагом он отходит все дальше под прикрытие своей свиты.

— Она уникальна... до крайности, до невозможности уникальна. Лишиться такого чуда, уничтожить его было бы огромной потерей. Особенно учитывая познавательные перспективы... — Он вздохнул, будто не желая продолжать. — Однако угроза существует, и мы не вправе закрывать на нее глаза.

Никто не ответил. В мертвой тишине Аро вел свой монолог, притворяясь, что рассуждает сам с собой.

— По иронии судьбы, чем больше развивается человечество, чем сильнее в нем вера в науку, пронизывающую все сферы его жизни, тем меньше для нас угроза обнаружения. Однако, пока мы наслаждаемся свободой, пользуясь отказом человека верить в сверхъестественное, он развивает технологии. Которые, между прочим, могут представлять для нас опасность, и кое для кого — смертельную.

На протяжении многих и многих тысячелетий конспирация нужна была, скорее, для нашего удобства, чем для

безопасности. Однако последний век, жестокий и кровавый, породил оружие такой силы, что его стоит опасаться
даже бессмертным. Поэтому наш статус созданий леген-
дарных, вымышленных впервые за долгое время призван
уберечь нас от слабых существ, на которых мы же и охо-
тимся.

Это удивительное дитя, — Аро простер руку ладонью
вниз, будто кладя ее на макушку Ренесми, хотя от нас он
уже отошел метров на сорок, почти соединившись со свитой. — Если бы мы могли предсказать ее будущее и — с
абсолютной точностью — утверждать, что она никогда не
покинет скрывающую нас спасительную тьму... Но мы не
можем утверждать! Ее собственных родителей терзает
страх за будущее дочери. Мы не знаем, во что она вырастет. — Аро, умолкнув, окинул выразительным взглядом
сперва наших свидетелей, затем собственных. Судя по голосу, он сам разрывался от жалости.

Не сводя глаз со своих, старейшина продолжил:

— Безопасно только то, в чем мы уверены. Только оно
приемлемо. Неизвестность... чревата.

Кай расплылся в зловещей ухмылке.

— Ты убедителен, Аро, — глухо произнес Карлайл.

— Тише, друг мой! — по-прежнему ласково ответил
тот. — Не будем торопиться. Рассмотрим вопрос со всех
сторон.

— Хотите, подкину вам точку зрения? — ровным тоном
поинтересовался Гаррет, выступая вперед.

— Да, кочевник, — подтверждая кивком, разрешил Аро.

Гаррет вскинул подбородок. Глядя в упор на сбивших-
ся в кучу свидетелей на противоположном конце поля, он
обращался непосредственно к ним.

— Как и прочие, я пришел сюда по просьбе Карлайла,
чтобы выступить свидетелем. Теперь нужда в моих пока-
заниях отпала. Мы и так видим, что это за девочка. Зато я
могу засвидетельствовать кое-что другое. Вы! — Он ткнул

пальцем в настороженную толпу. — Двоих из вас я знаю — Макенну, Чарльза — и вижу, что остальные тоже бродяги, такие же вольные птицы, как и я. Сами себе хозяева. Так вот, послушайте, что я вам скажу.

Эти старцы пришли сюда вовсе не за тем, чтобы вершить правосудие. Мы подозревали, что все так обернется. Наши подозрения оправдались. Суровое обвинение, которое привело их сюда, оказалось фальшивым. Будьте же свидетелями, как они изворачиваются, цепляются за соломинки, лишь бы исполнить задуманное. Будьте свидетелями, как они ищут оправдание своей подлинной цели — уничтожить вот их семьи. — Гаррет обвел жестом Карлайла и Таню.

Вольтури пришли избавиться от пугающей их конкуренции. Наверное, вы, как и я, с удивлением смотрите в золотистые глаза Калленов. Их клан трудно понять — что правда, то правда. Однако старейшины видят в этих глазах не только странный выбор. Они видят силу. Мне довелось почувствовать прочность уз в этой семье — именно семье, не клане. Эти золотоглазые отвергают собственную природу. Однако взамен они обрели нечто большее, чем удовлетворение желания. Я наблюдал за ними, пока сидел тут, — и прихожу к выводу, что такая привязанность и дружеская поддержка невозможна без миролюбия. Оно и лежит в основе их жертвы. В них нет агрессии, от которой на наших глазах гибли огромные южные кланы, раздираемые междоусобицей. Нет жажды власти. И Аро знает об этом не хуже меня.

Я напряженно следила, как отреагирует Аро на обличительную речь. Однако на его лице отражалось лишь вежливое любопытство. Он как будто ждал, когда же закативший истерику ребенок поймет, что его ор никому не интересен.

— Карлайл, предупреждая о приходе старейшин, ясно дал понять, что зовет нас не на битву. Эти свидетели, —

Гаррет указал на Шивон и Лиама, — согласились дать показания, своим присутствием остановить Вольтури, чтобы Карлайл получил возможность высказаться. Однако были среди нас те, у кого возникли сомнения, — взгляд Гаррета скользнул по лицу Елеазара, — что перед истиной так называемое правосудие отступит. Так зачем пришли Вольтури? Позаботиться о сохранении конспирации или собственной власти? Уничтожить плод преступления или чуждый им образ жизни? Остановились ли они, когда стало ясно, что опасности нет? Или продолжили начатое, уже не прикрываясь правосудием?

На все эти вопросы у нас есть ответ. Мы слышали его в лживых словах Аро — да, у нас имеется обладатель дара, помогающего распознать ложь, — и мы видим его в хищной ухмылке Кая. Их свита — безмозглое орудие, дубина, которой Вольтури прокладывают себе путь к власти.

Вопросов у меня еще немало, и я хочу, чтобы вы на них ответили. Кто вами правит, кочевники? Перед кем вы в ответе, кроме собственной совести? Вольны ли вы идти своим путем, или за вас решают Вольтури?

Я пришел как свидетель. А остаюсь как боец. Смерть ребенка для Вольтури пустяк. Они хотят большего — смерти нашей свободы! — Гаррет развернулся и в упор посмотрел на старейшин. — Так давайте же! Перестаньте пичкать нас лживыми доводами. Откройте свои истинные цели, а мы откроем свои. Мы будем бороться за свободу. Вы покуситесь на нее или не посмеете. Выбор за вами, а свидетели пусть увидят, о чем на самом деле идет спор.

Гаррет снова окинул взглядом толпу, всматриваясь поочередно в каждое лицо. Его слова никого не оставили равнодушным.

— Присоединяйтесь! Если вы думаете, что Вольтури позволят вам разбрестись по свету, рассказывая о сегодняшнем дне, вы жестоко ошибаетесь. Может, нас всех перебьют, — он пожал плечами. — А может, и нет. Может, они недооценивают наши силы. Может, Вольтури наконец встретили равного противника. Однако одно я знаю точно — если погибнем мы, вам тоже не жить!

Закончив свою пламенную речь, Гаррет отступил назад к Кейт и пружинисто пригнулся, готовясь отразить удар.

Аро ответил улыбкой.

— Великолепное выступление, сразу видно революционера!

Гаррет не изменил позы.

— Революционера? Кого же я хочу свергнуть? Вы мне кто? Король? Хотите, чтобы я назвал вас господином, как лизоблюды из свиты?

— Тише, тише, Гаррет! — терпеливо успокоил Аро. — Я намекал исключительно на время твоего рождения. Ты все такой же патриот.

Гаррет смерил его воинственным взглядом.

— Давайте спросим наших свидетелей, — предложил Аро. — Выслушаем их мнение, прежде чем решать. Скажите, друзья, — повернувшись к нам спиной, он шагнул ближе к толпе оторопевших свидетелей, жавшихся к кромке леса, — что вы обо всем этом думаете? Заявляю с уверенностью, что опасения насчет ребенка не подтвердились. Имеем ли мы право пойти на риск и оставить девочку в живых? Сохранить семью ценой угрозы всему нашему миру? Или этот риск возьмет на себя честный малый Гаррет? Готовы ли вы пополнить ряды бойцов против неожиданно обуявшей нас жажды власти?

Свидетели встречали его взгляд настороженно. Одна из них, маленькая черноволосая вампирша, вдруг выпалила, оглянувшись на своего русого спутника:

— Других вариантов нет? Кто не с вами, тот против вас?

— Как ты могла подумать, очаровательная Макенна? — Аро, казалось, пришел в ужас. — Разумеется, вы можете идти с миром, как Амон, даже если не согласны с решением совета.

Макенна снова оглянулась на своего спутника, тот едва заметно кивнул.

— Мы пришли сюда не воевать. — Помедлив, она шумно выдохнула. — Мы пришли как свидетели. И подтверждаем невиновность этой семьи, которой вы уже вынесли приговор. Гаррет сказал истинную правду.

— Эх... — сокрушенно вздохнул Аро. — Жаль, что вы так восприняли. Что ж, таковы издержки нашей работы.

— Я полагаюсь на свои ощущения, — высоким, нервным голосом подхватил русоголовый приятель Макенны, бросив быстрый взгляд на Гаррета. — Гаррет сказал, что им дано распознать ложь. Так вот, я тоже способен отличить ложь от истины. — Он встал поближе к подруге, с опаской ожидая ответа Аро.

— Не стоит бояться, друг мой Чарльз. Разумеется, наш патриот искренне верит в свои слова, — усмехнулся Аро, и Чарльз сощурил глаза.

— Таково наше свидетельство, — твердо заявила Макенна. — Мы уходим.

Они с Чарльзом медленно попятились, не разворачиваясь, пока не исчезли за деревьями. Их примеру последовал еще кто-то, потом целых трое без оглядки ринулись в лес.

Я посмотрела на оставшихся тридцать семь. Некоторые в замешательстве просто не успели сориентироваться. Однако большинство прекрасно понимали, к чему все идет, но предпочли пожертвовать форой, зато знать точно, от кого придется убегать.

Аро, судя по всему, пришел к таким же выводам. Развернувшись, он размеренной походкой двинулся обратно к свите.

— Любезные мои друзья, численный перевес не на нашей стороне, — ясным голосом обратился он к своим. — Помощи ждать неоткуда. Оставим ли мы вопрос открытым ради спасения собственной жизни?

— Нет, господин! — хором прошелестела свита.

— Готовы ли мы отстоять свой мир пусть даже ценой жизни кого-то из нас?

— Да! — выдохнули они. — Мы не устрашимся.

Аро с улыбкой повернулся к двум другим укутанным в черное старейшинам.

— Братья! — торжественно произнес он. — Нам есть о чем посовещаться.

— Давайте решать! — с готовностью откликнулся Кай.

— Давайте, — равнодушно повторил Марк.

Аро встал спиной к нам, и старейшины, взявшись за руки, образовали черный треугольник.

Еще пара свидетелей потихоньку растворились за деревьями, воспользовавшись тем, что Аро отвлекся. Что ж, удачи, если ноги быстрые...

Все, пора. Я осторожно расцепила руки Ренесми, обвивавшие меня за шею.

— Помнишь, что я тебе говорила?

Она кивнула и, едва сдерживая слезы, прошептала:

— Я люблю тебя!

Эдвард удивленно смотрел на нас. Джейкоб тоже поглядывал исподтишка.

— И я тебя люблю. — Я коснулась медальона. — Больше собственной жизни. — И поцеловала ее в лоб.

Джейкоб тревожно проскулил.

Приподнявшись на цыпочках, я зашептала прямо ему в ухо:

— Дождись, когда они совсем отвлекутся, хватай Ренесми и беги. Как можно дальше отсюда. Когда пешком будет уже некуда, сядете в самолет — все необходимое найдешь в рюкзачке.

На лице Эдварда и морде Джейкоба застыл одинаковый ужас.

Ренесми потянулась к Эдварду, он взял ее на руки и крепко прижал к себе.

— Так вот что ты от меня скрывала... — прошептал Эдвард.

— От Аро...

— Элис?

Я кивнула.

Его лицо исказилось догадкой и болью. Наверное, у меня было такое же, когда я достроила логическую цепочку из намеков Элис.

Джейкоб тихо рычал, глухо и почти непрерывно, как мотор. Холка вздыблена, клыки оскалены.

Поцеловав Ренесми в лоб и обе щеки, Эдвард поднес ее к плечу Джейкоба. Она ловко вскарабкалась волку на спину, цепляясь за густую шерсть, и уселась между огромными лопатками.

Джейкоб посмотрел на меня полными боли глазами, грудь его разрывал все тот же несмолкающий рокот.

— Нам некому доверить ее кроме тебя. Я ни за что бы с ней не рассталась, если бы ты не любил ее так сильно. Ты сбережешь ее, Джейкоб, я знаю.

Он снова проскулил и, наклонив голову, боднул меня в плечо.

— Знаю... Я тоже тебя люблю, Джейк. Ты всегда будешь моим лучшим другом.

По коричнево-рыжей морде покатилась слеза величиной с бейсбольный мяч.

Эдвард уткнулся лбом в теплое волчье плечо, куда он только что подсаживал Ренесми.

— Прощай, Джейкоб. Брат мой... сын мой...

Прощание не прошло незамеченным. Хотя все взгляды наших были прикованы к черному треугольнику, я чувствовала, что они прислушиваются.

— Значит, надежды нет? — прошептал Карлайл. Без страха, просто констатируя факт.

— Конечно, есть, — возразила я не кривя душой. — Я ведь знаю только свою судьбу.

Эдвард взял меня за руку. Разумеется, говоря «свою судьбу», я имела в виду нашу общую. Мы одно целое.

Дыхание Эсми за моей спиной стало прерывистым. Она обогнула нас, погладив мимоходом по щеке, и, встав рядом с Карлайлом, сжала его ладонь в своей.

Внезапно все вокруг принялись прощаться и обмениваться словами любви.

— Если останемся в живых, — шепотом пообещал Гаррет Кейт, — я пойду за тобой на край света.

— Опомнился... — пробормотала она.

Розали с Эмметтом коротко, но страстно поцеловались.

Тиа погладила Бенджамина по вискам. Он с улыбкой поймал ее ладонь и прижал к щеке.

Всех проявлений нежности я увидеть не успела. По щиту пробежала дрожь — какие-то легкие трепещущие касания. Откуда шло воздействие, непонятно, однако направляли его, по моим ощущениям, на дальние наши фланги — в первую очередь на Шивон и Лиама. Через какое-то время трепет прекратился, не причинив нам вреда.

Совещающиеся старейшины по-прежнему стояли молчаливым неподвижным треугольником. Если сигнал и прозвучал, я его не заметила.

— Внимание! — шепнула я нашим. — Начинается!

38. СИЛА

— Челси проверяет наши узы на прочность, — шепотом пояснил Эдвард. — И не может ничего нащупать. Не чувствует... Твоих рук дело? — догадался он.

Я ответила мрачной улыбкой.

— Не совсем рук.

Отпустив меня, он вдруг стрелой метнулся к Карлайлу. В тот же миг я почувствовала довольно сильный удар по щиту как раз в том месте, где он облеплял световой сполох Карлайла. Не болезненный удар, но довольно ощутимый.

— Карлайл! Тебе не больно? — встревоженно ахнул Эдвард.

— Нет. А что?

— Джейн.

Как только Эдвард произнес ее имя, на щит обрушилась еще дюжина ударов, целивших в двенадцать разных сполохов. Я слегка пошевелила его, проверяя, нет ли бреши. Кажется, нет! Джейн осталась с носом. Наскоро оглядев наших, я убедилась, что все целы и невредимы.

— Невероятно! — восхитился Эдвард.

— Они ведь даже решения не дождались! — возмущенно прошептала Таня.

— А так всегда делается. Обездвижить подсудимых, чтобы те не сбежали.

Джейн исходила злостью, не веря в происходящее. Сомневаюсь, что на ее памяти кто-либо, кроме меня, устоял под ударом «огнемета».

Наверное, я сглупила. Но все равно через полсекунды Аро догадается (если уже не догадался), что мой щит со времени воспоминаний Эдварда успел стать мощнее. А раз и так все ясно, незачем дальше скрывать свои способности. И я презрительно улыбнулась Джейн.

Вампирша сузила глаза. Я почувствовала, как щит снова содрогается от удара — на этот раз напротив меня.

Я улыбнулась еще шире, показав зубы.

Джейн завизжала в бешенстве. Все аж подскочили, включая вышколенную свиту. Все, кроме старейшин, которые даже головы не повернули. Она уже согнула колени, готовясь к прыжку, но ее поймал за локоть брат-близнец.

Румынские старцы довольно заквохтали.

— Я говорил, пришло наше время! — горделиво напомнил Владимир Стефану.

— Ты только посмотри на лицо этой ведьмы! — **сдавленно** хохотнул тот.

Алек утешающе похлопал сестру по плечу, потом, приобняв, обернул к нам свое гладкое ангельское личико.

Я напряглась в ожидании удара, какого-то воздействия, но ничего не почувствовала. Алек продолжал сосредоточенно буравить нас взглядом. Он атакует или нет? Или уже пробился сквозь щит? Вдруг все остальные уже ослепли и оглохли, и Алека вижу я одна? Я потрясла Эдварда за руку, задохнувшись от ужаса.

— Слышишь меня?

— Да.

— Алек что-нибудь делает?

Эдвард кивнул.

— Его дар действует медленнее. Ползком. Дойдет до нас через пару секунд.

И тут-то, разобравшись, куда смотреть, я увидела.

Через снежное поле ползла какая-то прозрачная дымка, едва различимая на белом. Как мираж — легкое, чуть мерцающее марево в воздухе. Я поспешно выдвинула щит немного вперед, создавая пространство между пленкой и стоявшими в первом ряду, чтобы не подпускать ползучий туман слишком близко к их сполохам. А вдруг ему мой неощутимый барьер нипочем? Как тогда быть? Бежать?

Земля под нашими ногами загудела, налетевший откуда ни возьмись ветер взвихрил снежное полотно между нами и Вольтури. Это Бенджамин, тоже заметивший ползучую дымку, попытался ее сдуть. Снежные буранчики плясали прямо перед ней, но дымка не останавливалась. Все равно что пытаться развеять тень.

Старейшины внезапно разомкнули треугольник. Потому что земля разверзлась с мучительным стоном, и середину поля прочертила зигзагом глубокая узкая трещина. С ее краев сорвались каскады снега, однако туман невесомо проскользнул дальше, не поддаваясь ни силе тяжести, ни ветру.

Аро и Кай во все глаза смотрели на разверзшуюся расщелину. Марк тоже поглядел, но без выражения.

Не говоря ни слова, они вместе со всеми следили за приближением тумана. Ветер взвыл сильнее, однако туман двигался прежним курсом. На губах Джейн заиграла улыбка.

И вдруг туман наткнулся на стену.

Я сразу почувствовала его вкус — густой, приторный, сиропный. Смутно припомнилось, как немеет все во рту после новокаиновой «заморозки».

Туман пополз вверх, ища брешь, лазейку. И не находил. Он шарил щупальцами по щиту, не в силах пробраться внутрь, только обозначая гигантские размеры моего «купола».

По обе стороны расщелины послышались удивленные возгласы.

— Молодец, Белла! — громко восхитился Бенджамин.

Я улыбнулась снова.

Алек сузил глаза. С впервые мелькнувшим в них сомнением он смотрел, как туман бессильно клубится у краев щита.

И тогда я поняла, что смогу. Конечно, я стану главной мишенью, первой кандидатурой на убой, но пока я держусь, мы с Вольтури на равных. Еще у нас есть Бенджамин и Зафрина. Главное — удержаться.

— Я должна буду сосредоточиться, — предупредила я Эдварда. — Когда дойдет до рукопашной, станет сложнее прикрывать всех, кого нужно.

— Я не подпущу их к тебе.

— Нет. Твоя задача — Деметрий. А меня подстрахует Зафрина.

Она торжественно кивнула.

— Никто нашу Беллу и пальцем не тронет.

— Я бы взяла на себя Джейн и Алека, но, по-моему, так от меня больше пользы.

— Джейн — моя! — прошипела Кейт. — Пора ей уже попробовать, чем других потчует.

— Тогда Алек мой, — пробурчал Владимир с другой стороны. — И пусть скажет спасибо, что за все отнятые жизни я готов принять его одну.

— Мне хватит Кая, — ровным голосом произнесла Таня.

Остальные тоже начали было делить между собой врагов, но пришлось прерваться.

Подал голос Аро, до этого спокойно наблюдавший за не справившимся с задачей туманом.

— Прежде чем голосовать...

Я возмущенно помотала головой. Достал весь этот цирк! Во мне снова бурлила жажда крови, я досадовала, что придется стоять на месте, прикрывая остальных. Хочу в бой!

— ...спешу напомнить, что каков бы ни был вердикт совета, можно обойтись и без насилия.

Эдвард саркастически усмехнулся.

Аро перевел на него удрученный взгляд.

— Лишиться любого из вас было бы невосполнимой утратой для всего нашего рода. Особенно тебя, юный Эдвард, и твоей новорожденной супруги. Вольтури почли бы за честь увидеть многих в наших рядах. Белла, Бенджамин, Зафрина, Кейт, — у вас у всех есть выбор. Подумайте!

Я снова почувствовала трепещущие прикосновения к щиту — это Челси безуспешно пыталась заставить нас дрогнуть. Взгляд Аро заскользил по нашим суровым лицам, ища признаки сомнения. Не нашел, судя по всему.

Он отчаянно желал сохранить нас с Эдвардом в живых, заполучить себе, поработить, как хотел поработить Элис. Но битва обещала быть жаркой. И ему не видать победы, пока я цела. Меня охватила мстительная радость — какая же я сильная, что не оставляю ему другого выбора, кроме как расправиться со мной.

— Что же, тогда голосуем, — с видимой неохотой произнес Аро.

Кай откликнулся с готовностью.

— Ребенок — темная лошадка. Оставлять ее в живых — громадный риск. Значит, надо уничтожить вместе со всеми, кто ее защищает. — Он выжидающе осклабился.

Я подавила негодующий вопль, который стер бы его злобную ухмылку.

Марк поднял равнодушные глаза и, глядя куда-то сквозь нас, высказался:

— Непосредственной опасности не вижу. Сейчас от ребенка угрозы нет. Что будет потом, потом и выясним. Предлагаю уйти с миром.

Никто из свиты при этих словах даже не шевельнулся. Кай продолжал ухмыляться в предвкушении. Как будто Марк и не говорил ничего.

— Видимо, решающий голос за мной, — заключил Аро.

Эдвард вдруг замер и прошептал:

— Есть!

Я искоса кинула быстрый взгляд. Лицо его сияло непонятным мне победным ликованием — с таким, наверное, ангел разрушения смотрел бы на погибель мира. Прекрасное и одновременно пугающее.

В свите раздались тревожные перешептывания.

— Аро! — громко окликнул Эдвард, не скрывая своего победного восторга.

Старейшина ответил не сразу, настороженный внезапной переменой настроения.

— Да, Эдвард? У тебя есть что добавить?..

— Возможно, — уже спокойнее, справившись с неожиданным всплеском радости, проговорил Эдвард. — Только можно сперва кое-что прояснить?

— Разумеется. — Аро приподнял брови. Сама любезность. Я скрипнула зубами. Чем Аро любезнее, тем он коварнее.

— Моя дочь опасна только тем, что мы не в силах предугадать, какой она вырастет? В этом суть?

— Да, друг мой Эдвард, — подтвердил Аро. — Если бы мы знали наверняка... что, и став взрослой, она будет скрыта от людских глаз и не выдаст нашей тайны... — Он умолк, пожимая плечами.

— То есть если мы будем знать наверняка, — продолжил свою мысль Эдвард, — во что именно она вырастет... необходимость в вердикте отпадет?

— Если сможем сказать с абсолютной уверенностью, — согласился Аро. Его шелестящий голос стал пронзительнее. Старейшина не понимал, к чему клонит Эдвард. Я тоже. — Тогда да, обсуждать будет нечего.

— И мы разойдемся с миром, как добрые друзья? — с легкой ноткой иронии поинтересовался Эдвард.

Еще пронзительнее:

— Конечно, мой юный приятель. Я был бы только рад.

Эдвард ликующе усмехнулся.

— Тогда у меня для вас кое-что есть.

Аро сузил глаза:

— Она ведь единственная в своем роде. Какой она будет, можно только гадать.

— Не единственная! — возразил Эдвард. — Одна из немногих, но не единственная.

Я поспешно стряхнула изумление и внезапную надежду, боясь отвлечься и не удержать щит. Приторный туман еще клубился по краям. Стоило сосредоточиться, как на мою «броню» обрушился острый, направленный удар.

— Аро, будьте так любезны, велите Джейн прекратить атаки на мою жену, — вежливо попросил Эдвард. — Мы ведь еще обсуждаем?

Аро поднял руку.

— Тише, дорогие! Давайте дослушаем.

Удары прекратились. Джейн оскалила зубы, и я не удержалась от ответной ухмылки.

— Элис, выходи! — крикнул Эдвард.

— Элис... — ошарашенно пробормотала Эсми.

Элис!

Элис, Элис, Элис!

— Элис, Элис! — раздавалось кругом.

— Элис, — выдохнул Аро.

Меня затопила дикая радость и облегчение. Только громадным усилием воли я не упустила щит. Алеков туман еще не убрал щупальца, ища лазейку, да и Джейн сразу бы воспользовалась открывшейся брешью.

И тут я услышала, как они мчатся через лес, летят, несутся на всех парах, не тратя сил на то, чтобы бежать бесшумно.

Обе стороны ждали. Свидетели Вольтури нахмурились, запутавшись окончательно.

И когда Элис грациозно выпорхнула на поле с юго-западной стороны, я чуть не упала в обморок от счастья. Вслед за ней, почти вплотную выбежал Джаспер. За ними показались трое, которых я не знала. Первая — высокая мускулистая женщина с гривой темных волос, вероятно, Кашири. Я догадалась по вытянутым конечностям и чертам лица, причем у нее они бросались в глаза еще сильнее, чем у наших амазонок.

Вторая — небольшого роста вампирша с оливковой кожей и длинной черной косой, хлеставшей на бегу по спине. Ее глаза цвета темно-красного вина нервно забегали между двумя противоборствующими отрядами.

Последним — чуть более медленно и неуклюже, чем остальные, — бежал юноша. С невозможно коричневой, насыщенного оттенка кожей. Настороженным взглядом тиковых глаз он окинул собравшихся. Черные волосы, хоть и не такие длинные, как у женщины, тоже были заплетены в косу. Настоящий красавец!

Как только он подбежал ближе, по толпе вновь прокатился вздох изумления. Мы услышали учащенный после быстрого бега стук сердца.

Легко перепрыгнув через расползающиеся клочья тумана, Элис танцующей походкой устремилась к Эдварду и встала рядом. Я коснулась ее руки. Эдвард, Эсми и Карлайл сделали то же самое — сейчас не до приветствий. Джаспер и остальные вслед за Элис проследовали под щит.

Свита задумчиво смотрела, как вновь прибывшие беспрепятственно пересекают невидимую границу. Громилы вроде Феликса уставились на меня с внезапным интересом. Не до конца понимая, что отражает мой щит, они уже убедились: преграда не физическая. Стоит Аро отдать приказ, и начнется расправа. Надо мной. Неизвестно, скольких сможет ослепить Зафрина, и надолго ли их задержит слепота. Хватит ли времени Кейт и Владимиру, чтобы вывести из игры Джейн с Алеком? О большем не прошу.

Эдвард гневно дернулся услышав мысли Вольтури. Однако, взяв себя в руки, продолжил разговор с Аро.

— Эти несколько недель Элис потратила на то, чтобы отыскать еще свидетелей. И вернулась не с пустыми руками. Элис, представь своих спутников сама, пожалуйста.

— Опрос свидетелей давно закончен! Выноси решение, Аро! — рявкнул Кай.

Аро, не сводя глаз с лица Элис, жестом попросил Кая замолчать.

Элис порхнула вперед и представила гостей.

— Знакомьтесь! Это Уйлин. А это ее племянник, Науэль. Родной, любимый голос... как будто и не исчезала.

Взгляд Кая посуровел, когда Элис назвала, кем незнакомцы приходятся друг другу. Свидетели Вольтури зашептались. Все почувствовали, что в вампирском мире грядут перемены.

— Говори, Уйлин, — велел Аро. — Поведай нам то, ради чего тебя привели.

Невысокая вампирша обеспокоенно оглянулась на Элис. Та ободряюще кивнула, а Каширо покровительственно положила длинную руку ей на плечо.

— Я — Уйлин, — назвалась гостья. Говорила она **без** запинки, но со странным акцентом. Видно было, **что речь** подготовлена заранее и не раз отрепетирована. **Рассказ** звучал складно, как знакомый с детства стишок. — Полтора столетия назад я жила со своим народом, мапуче. У меня была сестра Пире. Родители нарекли ее в честь **сне-**га на горных вершинах — из-за бледной кожи. И она **была** очень красивая — слишком красивая. Однажды она пришла ко мне и по секрету рассказала, что в лесу ей **встре-**тился ангел и теперь навещает ее по ночам. Я предостерегала ее, — Уйлин горестно покачала головой. — Как будто недостаточным предупреждением были синяки по **все-**му телу. Я догадалась, что ее ангел — это лобисомем **из** наших преданий, но она и слушать не желала. Он ее околдовал.

Потом она призналась, что ждет ребенка от своего **тем-**ного ангела. Она хотела бежать, я не стала ее отговаривать — даже наши отец и мать решили бы уничтожить ребенка и Пире вместе с ним. Я ушла с ней в глухую чащу. Она искала своего ангельского демона, но тщетно. Я уха живала за ней, охотилась, когда ее силы иссякли. Она **ела** звериное мясо сырым и пила кровь. Другого подтверждения, кого она носит в утробе, мне не надо было. Я надеялась, что успею убить чудовище и спасти ее.

Но сестра любила этого еще не родившегося **ребенка.** Она дала ему имя Науэль, так зовут у нас дикую пуму, **и** любовь не прошла, когда плод ее чрева подрос и начал **ло-**мать ей кости.

Я не смогла ее спасти. Дитя разорвало ее на части, **вы-**бираясь на свет, и она умерла, умоляя меня позаботиться **о** Науэле. Предсмертная просьба. Я не могла отказать.

Когда я попыталась оторвать его от тела сестры, он **уку-**сил меня. Я уползла в чащу, умирать. Недалеко, потому **что** боль была невыносимой. Но он нашел меня. Новорожденный младенец пробрался через подлесок и стал дожидаться, когда я приду в себя. Когда боль ушла, он лежал рядом, свернувшись в клубок.

Я растила его, пока он не смог добывать себе пищу сам. Мы охотились в окрестных поселениях, жили, скрываясь ото всех. Так далеко от дома мы еще не уходили, но Науэль хотел посмотреть на вашего ребенка.

Закончив, Уйлин склонила голову и попятилась, прячась за спиной Кашири.

Аро, поджав губы, разглядывал шоколадного юношу.

— Науэль, тебе полторы сотни лет?

— Плюс-минус десяток, — чистым и теплым голосом почти без акцента ответил он. — Мы не считаем.

— Когда ты достиг зрелости?

— Совсем вырос где-то лет через семь после рождения.

— И с тех пор не меняешься?

Науэль пожал плечами.

— Не замечал.

По телу Джейкоба прошла дрожь. Я заметила, однако оставила все мысли на потом. Сперва пусть отступит угроза, тогда и подумаю.

— А питаешься чем? — допытывался Аро, невольно проникаясь интересом.

— Кровью. Могу и человеческой пищей. И то, и то годится.

— Ты способен создавать бессмертных? — Аро, внезапно оживившись, жестом указал на Уйлин. Я проверила щит — вдруг старейшина сейчас подыщет новую уловку?

— Я — да, остальные нет.

По рядам собравшихся вновь пробежал изумленный шепот.

Брови Аро взлетели вверх.

— Остальные?

— Мои сестры, — пожал плечами Науэль.

Аро на секунду растерялся, но быстро справился с собой.

— Тогда мы ждем продолжения рассказа.

Науэль нахмурился.

— Через несколько лет после смерти матери меня разыскал отец. — Прекрасное лицо едва заметно исказилось. — Очень обрадовался, когда нашел... — Судя по голосу, радость не стала взаимной. — У него росли две дочери, а сыновей не было. И он хотел взять меня к себе, как и сестер.

Его удивило, что у меня уже есть компания. Мои сестры не ядовиты — не знаю, случайно так вышло или потому что они женского пола. Мне хватало Уйлин, она была моей семьей, и заводить другую я не собирался. Отца иногда вижу. Сейчас у меня появилась еще одна сестра — она уже лет десять как достигла зрелости.

— Как зовут отца? — скрежеща зубами, рявкнул Кай.

— Жуан. Он считает себя ученым, создающим новую расу сверхлюдей, — с неприкрытым отвращением поведал юноша.

— Твоя дочь ядовита? — Кай смерил меня грозным взглядом.

— Нет.

Науэль вскинул голову, услышав вопрос, и пристально уставился на меня.

Кай оглянулся на Аро, ища подтверждения, но тот был занят собственными мыслями. Плотно сжав губы, он посмотрел на Карлайла, потом на Эдварда, и наконец его взгляд остановился на мне.

— Сперва наведем порядок здесь, а потом и до южан доберемся, — выразительно глядя на Аро, проревел Кай.

Тот посмотрел мне в глаза долгим напряженным взглядом. Не знаю, что он там искал и что нашел, но что-то в его лице вдруг неуловимо изменилось, дрогнуло. Аро принял решение.

— Брат мой, — негромко обратился он к Каю. — Судя по всему, опасности нет. Неожиданный выверт развития, который, впрочем, не представляет угрозы. Эти полувампиры, насколько я вижу, мало чем отличаются от нас.

— Это твой вердикт? — потребовал ясности Кай.

— Да.

Кай недовольно поморщился.

— А Жуан? Бессмертный, которому приспичило поэкспериментировать?

— С ним надо побеседовать, — согласился Аро.

— С Жуаном поступайте как знаете, — подал голос Науэль, — а сестер моих не трогайте. Они ни в чем не виноваты.

Аро кивнул с торжественным видом. Потом с теплой улыбкой повернулся к свите.

— Дорогие мои! Сегодня битвы не будет.

Свита дружно склонила головы и, перестав изображать боевую готовность, выпрямилась. Туман почти мгновенно рассеялся, хотя щит я на всякий случай не убирала. Как знать, вдруг это очередная уловка.

Я пристально вглядывалась в лица старейшин. Аро, как всегда, ласков, однако за привычной маской чувствуется странная пустота. Как будто и вправду бросил подыскивать увертки. Кай бурлит от злости, только наружу она больше не выплескивается. Марк... ему смертельно скучно, вот и все. Свита снова застыла отлаженным механизмом, где ни один винтик сам ничего не решает и над собой не властен. Они выстроились, готовясь уходить. Свидетели Вольтури, решив не испытывать судьбу, один за другим отступали и растворялись в лесу. Чем больше редели их ряды, тем стремительнее скрывались за деревьями оставшиеся. Наконец исчезли все.

Аро, раскинув руки, повернулся к нам с почти извиняющимся видом. За его спиной большая часть процессии во главе с Каем, Марком и загадочными молчуньями женами уже покинула поле. Со старейшиной осталась только троица его личных телохранителей.

— Как я счастлив, что удалось решить дело миром, — промурлыкал он. — Друг мой Карлайл, какая радость снова назвать тебя другом! Надеюсь, без обид? Ты ведь сознаешь тяжесть бремени, которое накладывает на нас долг?

— Оставь нас в покое, Аро, — сухо ответил Карлайл. И помни, что мы намерены еще пожить в этих местах, поэтому передай свите, чтобы воздержались от охоты.

— Разумеется, Карлайл, — заверил Аро. — Огорчен, что вызвал твое неодобрение, друг мой. Надеюсь, когда-нибудь ты меня простишь.

— Не исключено. Если докажешь, что с тобой можно дружить.

Аро, склонив голову и являя собой воплощенное раскаяние, отступил на несколько шагов назад и только потом развернулся к нам спиной. Мы молча проводили взглядами последних четырех Вольтури.

Тишина. Я не торопилась убирать щит.

— Неужели они все-таки ушли? — прошептала я Эдварду.

Он просиял широченной улыбкой.

— Да! Вольтури сдались. Они ведь на самом деле трусы, хотя и прикидываются крутыми. Как и все тираны.

Элис рассмеялась вслед за ним.

— Серьезно, расслабьтесь. Они не вернутся.

Еще мгновение тишины.

— Везет, как утопленникам, — пробурчал Стефан.

И тогда началось.

Радостные вопли, оглушительный волчий вой. Мэгги колотила Шивон по спине. Розали с Эмметтом целовались — еще более страстно и пылко, чем прежде. Бенджамин и Тиа сжали друг друга в объятиях — Кармен с Елеазаром не отставали. Эсми крепко обнимала Элис и Джаспера. Карлайл горячо благодарил новых гостей, которые нас всех спасли. Кашири молча сплела пальцы с Зафриной и Сенной. Гаррет обхватил Кейт за талию и закружил.

Стефан сплюнул в снег. Владимир с досадой скрипнул зубами.

А я, повиснув на огромном коричнево-рыжем волке, сдернула у него со спины свою дочь и прижала к груди. В ту же секунду нас обеих обнял Эдвард.

— Несси, Несси, Несси, — бормотала я.

Джейкоб захлебнулся коротким лающим смехом и ткнул меня носом в макушку.

— Заткни пасть! — велела я.

— Я теперь буду с тобой? — поспешила убедиться Несси.

— Навсегда! — обещала я.

У нас впереди целая вечность. Несси вырастет здоровой и сильной. Как и полувампир Науэль, она и через сто пятьдесят лет останется юной. И мы всегда будем вместе.

Меня переполняло такое счастье, что я боялась не выдержать и лопнуть.

— Навсегда, — эхом откликнулся Эдвард.

Слов не осталось. Я потянулась к нему и впилась в губы с такой страстью, что удивительно, как лес не запылал огнем.

Хотя я бы все равно не заметила.

39. ДОЛГО И СЧАСТЛИВО

— Конечно, множество факторов переплелось, но но если бы не Белла, неизвестно, как бы все закончилось. — объяснял Эдвард. Мы всей семьей с двумя последними гостями сидели у Калленов. Лес за высокими окнами погружался в темноту.

Владимир со Стефаном исчезли, даже не дожидаясь конца всеобщего ликования. Исход противостояния их разочаровал, однако, по словам Эдварда, трусливое бегство Вольтури послужит румынам вполне сносным утешением.

Бенджамин и Тиа тоже не стали медлить — им хотелось поскорее догнать Амона с Кеби и поделиться новостями. Я знала, что мы с ними еще увидимся — с ребятами точно, насчет старших не уверена. А кочевники засиживаться просто не умели. Питер и Шарлотта напоследок перекинулись парой слов с Джаспером, и все уехали.

Вновь обретшим друг друга «амазонкам» не терпелось вернуться домой — вдали от любимых джунглей они чувствовали себя неуютно, хотя, в отличие от некоторых, с удовольствием погостили бы.

— Привези как-нибудь девочку к нам повидаться, — попросила Зафрина. — А ты малышка, обещай, что приедешь.

Несси умоляюще прижалась ладонью к моей шее.

— Конечно, Зафрина, приедем!

— Будем с тобой самыми лучшими друзьями, Несси, — заверила на прощание дикарка, и сестры покинули нас.

Следом за ними засобирался ирландский клан.

— Ты просто молодец, Шивон! — похвалил Карлайл перед тем, как расстаться.

— А, ну да! Сила мысли, как же... — съехидничала ирландка. И тут же посерьезнела. — Ты ведь понимаешь, ничего еще не кончено. Вольтури не смирятся с позором.

Тут вмешался Эдвард.

— Они сейчас в смятении и уже не так свято верят в свою несокрушимость. Однако настанет день, когда они опомнятся. И тогда... — Он поглядел сурово. — Думаю, они попробуют перебить нас поодиночке.

— Элис предупредит, если Вольтури задумают новый поход, — с уверенностью возразила Шивон. — И мы соберемся вновь. Ведь наступит же время, когда наш мир сможет обойтись без их «услуг».

— Когда-нибудь, — согласился Карлайл. — И если оно наступит, мы встанем плечом к плечу.

— Конечно. И победа будет за нами, потому что я — я! — желаю именно так. — Ирландка раскатисто рассмеялась.

— Именно! — Карлайл обнялся с Шивон, пожал руку Лиаму. — Разыщите Алистера, расскажите ему новости. Не хочу, чтобы он еще лет десять скрывался где-нибудь под корягой.

Шивон снова залилась смехом, а Мэгги обняла нас с Несси. Ирландцы укатили.

Последними уезжали деналийцы — вместе с Гарретом, который, я не сомневалась, теперь всегда будет с ними. Тане и Кейт тяжело было участвовать во всеобщем веселье, когда еще свежи раны от потери сестры.

В итоге у нас остались только Науэль и Уйлин, не уехавшие, вопреки моему предположению, с амазонками. Карлайл увлеченно беседовал с Уйлин, а Науэль, сидя рядом с ней, слушал Эдварда, раскрывавшего нам известный только ему одному ход событий во время противостояния.

— Элис подкинула Аро благовидный предлог, чтобы отступить с миром. Однако он ни за что бы не отошел от намеченного плана, если бы не испугался Беллу.

— Испугался? — не поверила я. — Меня?

Эдвард посмотрел на меня каким-то незнакомым взглядом — одновременно нежным, благоговейным и даже слегка сердитым.

— Ну когда ты наконец перестанешь себя недооценивать? — прошептал он и уже громче продолжил для всех остальных: — Вольтури двадцать пять сотен лет как отвыкли честно сражаться. И вообще сражаться с заведомо более сильным противником. С тех пор как у них появились Джейн и Алек, все их битвы — это расправа над безоружными.

Видели бы вы, что у них в голове творилось! Обычно, пока старейшины делают вид, что совещаются, Алек «вырубает» подсудимых, чтобы те не сбежали во время оглашения вердикта. А мы стоим себе, целехоньки, дожидаемся. К тому же нас больше, да еще и собственные таланты имеются, тогда как способности Вольтури перед Беллой оказались бессильны. Аро прекрасно понимал, что на этот раз благодаря усилиям Зафрины тыкаться вслепую придется им самим. Да, многие из нас погибли бы, однако и мы не остались бы в долгу. Расклад не в их пользу. Никогда Вольтури таких загадок не решали. И сегодня едва вывернулись.

— Конечно, поджилки затрясутся, когда кругом волки размером с мустанга! — Эмметт со смехом хлопнул Джейкоба по руке.

Джейкоб довольно ухмыльнулся в ответ.

— Волки же их первыми и остановили, — вспомнила я.

— А то! — кивнул Джейкоб.

— Именно, — подтвердил Эдвард. — Такого зрелища они тоже никогда не видели. Настоящие дети Луны бродят по одиночке, не сбиваясь в стаи, да и на месте редко стоят. Отряд из шестнадцати огромных волков — есть от чего опешить. Особенно Каю — у него перед вервольфами давний страх. Чуть не погиб в лапах одного такого несколько тысяч лет назад и до сих пор никак не оправится.

— То есть бывают настоящие оборотни-вервольфы? — удивилась я. — Полнолуние, серебряные пули и прочее в таком же роде?

— Настоящие! — фыркнул Джейкоб. — А я тогда какой, игрушечный?

— Ну, ты же понял!

— Полнолуние — да, — ответил Эдвард. — Серебряные пули — нет, это очередная сказка, чтобы люди не теряли надежду. На самом деле их осталось мало. Кай почти всех истребил.

— И ты даже не заикался...

— К слову не пришлось.

Элис со смехом подмигнула мне, высунувшись из-под руки Эдварда (он сидел, обнимая нас обеих за плечи).

Ответом ей был сердитый взгляд.

Конечно, я обожала Элис до безумия. Но теперь, убедившись, что она никуда не денется, а побег оказался всего лишь хитроумным маневром, чтобы Эдвард поверил в ее безвозвратное исчезновение, — я чувствовала закипающую обиду. Потрудись-ка объяснить, Элис.

Она вздохнула.

— Давай, Белла, выкладывай...

— Элис, как же ты могла?

— Так было нужно.

— Нужно?! — взорвалась я. — Ты заставила меня поверить, что мы все умрем! Я месяц ходила как живой труп.

— И это не исключалось, — спокойно ответила Элис. — Поэтому надо было хотя бы Несси попытаться спасти.

Я непроизвольно прижала спящую дочку покрепче к груди.

— Ты ведь видела, что есть и другие варианты! Что есть надежда! Тебе не приходило в голову мне все рассказать? Ладно, Эдвард, ему нельзя, потому что Аро узнает, но мне-то можно...

Элис окинула меня задумчивым взглядом.

— Вряд ли. Актриса из тебя никакая.

— Я талантом не вышла?

— Ох, Белла, сбавь на полтона... Ты хоть понимаешь, как сложно было все состыковать? Я даже Науэля наобум разыскивала, не уверенная до конца в его существовании. Шарила в поисках невидимки! Представь, каково это — гоняться за слепым пятном... Нелегкая, скажу тебе, работенка! Да еще и свидетелей по дороге перехватить и отправить к вам, а время поджимает. И глаза не закрывать ни на секунду, на случай если ты вдруг решишь кинуть мне весточку. Кстати, объясни на досуге, что там у тебя в Рио... А прежде следовало прощупать, какие фокусы у Вольтури на уме, и вам намекнуть, чтобы они вас врасплох не застали. Как, по-твоему, я должна была за пару часов отследить все варианты развития событий? А самое главное, не дать вам усомниться, что я слиняла, иначе Аро заподозрил бы припрятанные в рукаве козыри, и его не удалось бы загнать в ловушку. И если ты думаешь, что я не считала себя последней сволочью...

— Все, все, хватит! — перебила я. — Прости! Я понимаю, тебе тоже пришлось нелегко. Просто... ох, Элис, как же мне тебя не хватало! Не делай так больше...

Мелодичный смех Элис рассыпался по комнате, и мы заулыбались, радуясь, что снова его слышим.

— Мне тебя тоже не хватало. Так что не обижайся и довольствуйся скромной ролью героини дня.

Теперь расхохотались все остальные, а я смущенно зарылась лицом в волосы Несси.

Эдвард продолжил разбор сегодняшних полетов, еще раз подчеркнув, что именно мой щит заставил Вольтури позорно сбежать, поджав хвосты. Мне стало неловко оттого, как все на меня смотрят. Даже Эдвард. Как будто я за сегодняшнее утро вдруг выросла в их глазах до небес. Я, стараясь не ловить восхищенные взгляды, смотрела только на спящую Несси и на невозмутимого Джейкоба. Для него я всегда останусь просто Беллой, и это здорово!

Однако один из этих взглядов меня не то что смущал, а даже скорее тревожил.

Получеловеку-полувампиру Науэлю не с чего было проникаться ко мне уважением. Откуда он знает, может, я каждый день сражаюсь с полчищами вражеских вампиров и сегодняшнее противостояние для меня не подвиг? А он сидит и смотрит, глаз не сводит. Хотя, может, я ошибаюсь, и он смотрит на Несси. Тоже не легче.

Вряд ли он упустил из виду, что Несси — единственная среди ему подобных особа женского пола, не доводящаяся ему единокровной сестрой.

Джейкоб, похоже, еще не додумался. И, надеюсь, не скоро додумается. С меня на сегодня драк хватит...

Наконец вопросы к Эдварду иссякли, и от общего разговора все перешли к беседам между собой.

Я вдруг поняла, как устала. Нет, в сон меня, конечно, не клонило, но день выдался ужасно длинный. Хотелось покоя, чего-то привычного. Уложить Несси в колыбель, оказаться в родных стенах нашего крошечного домика.

Посмотрев на Эдварда, я внезапно почувствовала, что читаю его мысли. Ему сейчас нужно то же, что и мне. Отдохнуть.

— Отнесем Несси...

— Правильно! — согласился он и добавил, с улыбкой глядя на Джейкоба: — Наверняка вчера ночью не выспалась, такой храп стоял.

Тот ухмыльнулся и тут же зевнул.

— Сто лет не спал на кровати. Отец с ума сойдет от радости, что я в кои-то веки домой заскочил.

Я погладила его по щеке.

— Спасибо, Джейкоб!

— Всегда пожалуйста, Белла. Ну, ты и так знаешь.

Он встал, потянулся, поцеловал в макушку Несси, потом меня. Напоследок ткнул Эдварда кулаком в плечо.

— До завтра, ребята. Теперь, наверное, скукотища настанет?

— Очень надеюсь, — ответил Эдвард.

Мы тоже поднялись, я — плавно и осторожно, чтобы не потревожить спящую Несси. Как у меня отлегло от сердца, когда она заснула глубоким спокойным сном! Взвалить такую тяжесть на маленькие детские плечики... Хорошо, что теперь она может вновь стать ребенком, которому не грозят никакие тревоги и печали. Впереди еще несколько лет детства.

При мысли о душевном спокойствии я вспомнила про нашего «сапожника без сапог».

— Джаспер! — окликнула я уже на пути к двери.

Плотно зажатый между Элис и Эсми, сейчас он как никогда раньше вписывался в семейную идиллию.

— Да, Белла?

— А скажи мне, почему Джея Дженкса от одного твоего имени трясет?

Джаспер усмехнулся.

— Я пришел к выводу, что некоторые деловые контакты лучше держатся на страхе, чем на деньгах.

Нахмурившись, я дала себе слово, что с этого момента деловые контакты с Джеем Дженксом беру на себя, пока бедняга инфаркт не схлопотал.

С поцелуями и объятиями нам пожелали спокойной ночи и отправили в домик. Единственную тревожную ноту внес Науэль, проводивший нас таким выразительным взглядом, будто просил взять с собой.

На том берегу мы сбавили шаг почти до человеческого и рука об руку медленно двинулись к дому. Очумев от крайних сроков и часов X, хотелось просто брести и ни о чем не думать. Эдварду, кажется, тоже.

— Джейкоб меня, если честно, сегодня поразил, — признался он.

— Да, волки молодцы, постарались.

— Я не об этом. За весь день он ни разу не подумал, что, если верить Науэлю, через каких-нибудь шесть с половиной лет Несси станет совсем взрослой.

Я поразмыслила.

— Он ее по-другому воспринимает. Не ждет, считая дни, когда Несси вырастет, а просто хочет, чтобы она была счастлива.

— Это и впечатляет. Как ни тяжело, приходится признать, что ей мог достаться жених и похуже.

— Ближайшие шесть с половиной лет я об этом думать не намерена, — сдвинув брови, пообещала я.

Эдвард рассмеялся и вздохнул.

— Соперников у него, правда, будет пруд пруди.

Я сдвинула брови еще плотнее.

— Заметила. При всей моей признательности Науэлю, взгляды его меня пугают. И мне плевать, что Несси — единственная полувампирша, не связанная с ним кровным родством.

— Да нет, он не ее разглядывал. Тебя.

В общем, наверное... Мне тоже так казалось. Но с чего бы?

Я повторила вопрос вслух.

— Потому что ты жива.

— То есть?

— Всю свою сознательную жизнь — а он на полвека старше меня...

— Развалина!

— ...всю свою жизнь он считал себя воплощением зла, убийцей. Его сестры своих матерей тоже погубили появлением на свет, но девушек это не тревожит. Жуан воспитал в них презрение к людям и чувство собственной избранности. Науэля растила Уйлин, которая в сестре души не чаяла. И вот, пожалуйста. В какой-то степени он себя буквально ненавидит.

— Жаль его...

— Теперь же, глядя на нас троих, он понимает, что принадлежать к бессмертным не означает непременно быть отмеченным печатью зла. А я воплощаю для него... идеал отца.

— Ты во всех отношениях идеал, — подтвердила я.

Эдвард фыркнул, но тут же посерьезнел.

— Так что в тебе он видит пример того, как жила бы его мать, если бы не погибла.

— Бедный Науэль, — пробормотала я со вздохом. Больше не буду его ни в чем подозревать, пусть смотрит сколько хочет.

— Не надо его жалеть. Теперь он счастлив. Сегодня он наконец смог себя простить.

Я улыбнулась, радуясь счастью Науэля, и вдруг осознала, что сегодня действительно счастливый день. Хотя и омраченный гибелью Ирины, а все равно безудержно радостный. Жизнь, за которую мы боролись, спасена. Наши родные снова вместе. У моей дочери впереди бесконечное прекрасное будущее. Завтра я поеду навестить папу, и он, увидев, что страхи в моих глазах сменились радостью, тоже будет счастлив. Кстати, он ведь, могу спорить, окажется там не один. Я мало что замечала в последние недели, но теперь ясно вижу, что к тому давно уже шло. С ним будет Сью (чудесная парочка — мама оборотня с папой вампирши), так что он больше не одинок. Я просияла от этой догадки.

Но самое главное и самое несомненное в этой затопившей меня счастливой волне — мы с Эдвардом вместе. Навсегда.

Никому не желала бы пережить то, что пережили мы в эти несколько недель, однако благодаря им я по-настоящему оценила свое счастье.

Домик в серебристо-голубом лунном сиянии дышал уютом и покоем. Мы отнесли Несси в кроватку и укрыли одеялом. Она улыбалась во сне.

Стянув с шеи подарок Аро, я зашвырнула колье в самый дальний угол. Несси поиграет, если захочет, ей нравятся блестящие побрякушки.

Мы с Эдвардом, взявшись за руки, дошли до нашей комнаты.

— Устроим праздничную ночь, — прошептал он, приподнимая пальцем мой подбородок, чтобы прижаться губами.

— Подожди... — Я отстранилась.

Эдвард посмотрел непонимающе.

— Хочу кое-что попробовать, — с улыбкой наблюдая его замешательство, объяснила я.

Обхватив его лицо ладонями, я закрыла глаза и сосредоточилась.

С Зафриной у меня получалось плоховато, но теперь я владела щитом куда лучше. Ведь я догадалась, что в глубине души пытаюсь удержать его хоть за краешек, боясь открыться полностью.

И все равно сейчас мне пришлось гораздо тяжелее, чем когда я укрывала огромный отряд. Эластичная поверхность сжалась обратно, не желая оставлять меня без защиты. На то чтобы вытолкнуть ее полностью, ушли все силы.

— Белла! — изумленно прошептал Эдвард.

Я поняла, что получилось, и принялась выуживать самые прекрасные воспоминания, которые приберегала специально на этот случай. Они заполнили все мои мысли — надеюсь, и его тоже.

Некоторые выходили расплывчатыми, нечеткими — подаренные слабым человеческим слухом и зрением, они хранились в туманной человеческой памяти. Вот я первый раз вижу его лицо... вот он обнял меня на лугу... его голос сквозь темноту, когда он спас меня от Джеймса... его глаза, когда он ждал меня под увитой цветами аркой у алтаря... все до единой секунды на острове... вот он кладет прохладные ладони на мой живот, здороваясь с нашим малышом...

И тут же другие, отчетливые: его лицо, когда я впервые открыла глаза навстречу своей новой жизни, бесконечному рассвету бессмертия... первый поцелуй... первая ночь...

Я почувствовала, как его губы впиваются в мои — и моментально отвлеклась.

Тяжелый эластичный шар, который я пыталась удержать на расстоянии, выскользнул и, щелкнув, закрыл мои мысли снова.

— Эх, упустила!

— Я их слышал, — выдохнул Эдвард. — Как... как тебе удалось?

— Зафрина придумала. Для тренировки.

Он не мог оправиться от изумления. Моргнул дважды, помотал головой.

— Теперь ты точно знаешь. — Я пожала плечами. — Никто никогда никого не любил сильнее, чем я тебя.

— Ты почти права. — Эдвард улыбнулся. — За одним исключением.

— Врун!

Он начал целовать меня и вдруг резко остановился.

— А еще раз можешь?

— Это не так просто.

Он покорно ждал.

— Только учти — отвлечешь меня хоть на секунду, и я его не удержу.

— Я буду себя хорошо вести.

Я скептически поджала губы и прищурилась. Потом заулыбалась.

Коснувшись ладонями его лица, я вытолкнула щит и продолжила с прерванного места — кристально-четкого воспоминания о первой ночи моей новой жизни... останавливаясь на каждой подробности.

И беззвучно рассмеялась, когда поток мыслей вновь прервался нетерпеливым поцелуем.

— Черт с ним! — прорычал Эдвард, жадно покрывая поцелуями мой подбородок и шею.

— У нас уйма времени, чтобы потренироваться, — напомнила я.

— Вечность, потом еще вечность и еще вечность!

— По-моему, так и должно быть.

И мы с упоением предались первому невыразимо прекрасному мгновению нашей вечности.

Конец

СПИСОК ВАМПИРОВ

*По алфавиту с разбивкой на кланы. Звездочкой отме-
чены обладающие значимой сверхъестественной способностью; тире соединяет супружеские пары (по старшин-
ству); ~~вычеркнутые~~ — погибли до событий, изложенных в
романе.*

Амазонский клан

Зафрина*
Каширbi
Сенна

Клан Вольтури

Аро* — Сульпиция
Кай — Афинодора
Марк* — ~~Дидима*~~

Свита Вольтури (не полностью)

Алек*
Деметрий*
Джейн*
Корин*

Рената*
Сантьяго
Феликс
Хайди*
Челси* — Афтон*

Деналийский клан

Василий
Елеазар* — Кармен
Ирина — ~~Лоран~~
Кейт*
Саша
Таня

Египетский клан

Амон — Кеби
Бенджамин* — Тиа

Ирландский клан

Мэгги*
Шивон* — Лиам

Олимпийский клан

Джаспер* — Элис*
Карлайл — Эсми
Ренесми*
Розали — Эмметт
Эдвард* — Белла*

Румынский клан

Владимир
Стефан

Кочевники (не полностью)
американские

Гаррет
~~Джеймс* — Виктория*~~
Мэри
Питер — Шарлотта
Рэндал

европейские

Алистер*
Чарльз* — Макенна

БЛАГОДАРНОСТИ

Как обычно, море благодарностей:

Моим потрясающим родным, за неоценимую поддержку и заботу.

Моему талантливейшему и крутейшему агенту по рекламе Элизабет Юлберг, которая из серой мышки Стеф создала СТЕФАНИ МАЙЕР.

Всей команде сотрудников отдела молодежной литературы в издательстве «Литтл, Браун и Кº» за пять лет самоотверженного труда, веры и поддержки.

Всем создателям и админам сайтов, помогающим поклонникам «сумеречной саги» на просторах Интернета; ребята, вы невероятно круты!

Моим великолепным, замечательным поклонникам — за ваш хороший литературный, музыкальный и кинематографический вкус, за то, что любите меня больше, чем я того заслуживаю.

Книжным магазинам, за то что благодаря вашим рекомендациям эта серия стала бестселлером. Все авторы в неоплатном долгу перед вашей любовью и страстью к литературе.

Группам и музыкантам, которые вдохновляли меня всю дорогу. Про Muse я уже говорила? Да? Жаль
Muse, Muse, Muse!

И новый поток благодарностей:
Лучшей группе из несуществующих — Ник и обеим Джен, а также Шелли К. в главной роли (Николь Дригс, Дженифер Хэнкок, Дженифер Лонгман и Шелли Колвин). Спа-

сибо, что взяли меня под крыло. Без вас бы так и сидела затворницей.

Моим дальним приятельницам и столпам здравомыслия — крутейшей Меган Хиберт и Кимберли «Шэззер» Зуки.

Моей главной поддержке и опоре — Шэннон Хейл за все-понимание и неиссякаемый источник шуток о зомби.

Макенне Джуэл Льюис за то, что позволила воспользоваться своим именем, и ее маме Хетер за поддержку Аризонской балетной труппы.

Новые имена в списке моих музыкальных источников вдохновения: Interpol, Motion City Soundtrack и Spoon.

Феномен продолжается...

СТЕФАНИ МАЙЕР

ОГЛАВЛЕНИЕ

Книга третья
БЕЛЛА

Книга третья
БЕЛЛА

Литературно-художественное издание

Майер Стефани

РАССВЕТ

Ведущий редактор *И.Л. Шишкова*
Редактор *О. Кутуев*
Художественный редактор *О.Н. Адаскина*
Компьютерный дизайн переплета *Н.А. Хафизовой*
Корректор *И.М. Башлай*
Технический редактор *Н.Н. Хотулева*
Компьютерная верстка *Л.О. Огневой*

Общероссийский классификатор продукции
ОК-005-93, том 2; 953000 — книги, брошюры

Санитарно-эпидемиологическое заключение
№ 77.99.60.953.Д.009937.09.08 от 15.09.2008 г.

ООО «Издательство АСТ»
141100, Россия, Московская обл.,
г. Щёлково, ул. Заречная, д. 96

ООО «АСТ МОСКВА»
129085, г. Москва, Звездный б-р, д. 21, стр. 1

Наши электронные адреса:
www.ast.ru
E-mail: astpub@aha.ru

Издано при участии ООО «Харвест». ЛИ № 02330/0494377 от 16.03.2009.
Республика Беларусь, 220013, Минск, ул. Кульман, д. 1, корп. 3, эт. 4, к. 42.
E-mail редакции: harvest@anitex.by

ОАО «Полиграфкомбинат им. Я. Коласа».
АП № 02330/0150496 от 11.03.2009.
Республика Беларусь, 220600, Минск, ул. Красная, 23.